W0341318

Scheffler Verlag

Kurt Baltinowitz

Irrwege des Lebens

Roman

Impressum

Scheffler-Verlag
Herdecke 1997

Umschlaggestaltung: Sabine Stephan, Frankfurt

Baltinowitz, Kurt
Irrwege des Lebens: Roman

ISBN 3-929885-26-3

Prolog

Endlich war Karl-Otto Pranke wieder in Deutschland, aber die Freude über die wiedererlangte Freiheit währte nur kurz - im besetzten und aufgeteilten Deutschland. Fern war die verlorene Heimat, das geliebte Ostpreußen. Spätheimkehrer und Heimatvertriebene irrten oftmals Jahre umher, bis sie festen Boden unter den Füßen fanden und integriert wurden. Doch die Heimat konnte ihnen niemand ersetzen, auch nicht der tröstende Sinnspruch: *Wo es mir gut geht, da ist meine Heimat!*
All denen, die entwurzelt und entrechtet nach dem schrecklichen Zweiten Weltkrieg heimat- und herrenlos umherirrten, soll dieser Roman ein Anstoß sein, sich noch einmal daran zu erinnern, was es hieß, überall hintenanzustehen und meistens nicht gefragt zu sein.

Die "Odyssee" des Karl-Otto Franke ist kein Einzelschicksal. Mancher Leser wird Parallelen finden. Anderen, die jene turbulente Zeit nicht miterleben mußten, kann dieser Roman ein Stück Nachkriegsgeschichte vermitteln und sie zum Nachdenken anregen.

An dieser Stelle möchte ich nicht versäumen, meiner Annelie für ihr selbstloses Engagement zu danken, das wesentlich zum Gelingen dieses Buches beitrug.

Kurt Baltinowitz

- Namen von Personen sowie andere Eigennamen in diesem Roman sind frei erfunden! - Jede Ähnlichkeit mit lebenden oder toten Personen ist rein zufällig.

Irrwege des Lebens

Es war Anfang Dezember. Ein Sonntag. Dicke Schneeflocken schwebten sacht vom verhangenen Himmel hernieder und reihten sich auf dem hartgefrorenen Lehmboden vor der braungetünchten Holzbaracke aneinander wie kleine Wattebäuschchen. Innerhalb weniger Minuten überzog ein weißer Teppich den sonst unfreundlich wirkenden Vorplatz.

Irgendwo läutete eine Kirchenglocke. Andächtig lauschte Karl-Otto Franke dem feierlichen Klang. Der helle Ton erinnerte ihn an die Glocke der Schloßberger Kirche, an seine Heimatstadt. "Zum Verwechseln ähnlich", murmelte er vor sich hin. Er schloß die Augen und nahm das monotone "Bim-bam" tief in sich auf, als hätte er Schöneres noch nie zuvor gehört.

In das Glockengeläut hinein mischte sich plötzlich das schrille Pfeifsignal einer Güterzuglokomotive, die schnaufend und fauchend näher kam. 20 Waggons, vollbeladen mit Braunkohle, zog sie hinter sich her. Nur einige Meter von der Baracke entfernt verliefen die Gleise. Das laute Geräusch des vorbeiächzenden Zuges verschluckte jeden Ton der Kirchenglocke. Obwohl Karl-Otto seit Kindheit an, wie fast alle Knaben, von der Eisenbahn fasziniert war, manchmal davon geträumt hatte, auch einmal Lokführer zu werden, haßte er im Moment den dahinzuckelnden Güterzug, der ihn so ruckartig aus seiner Träumerei riß.

Verärgert schloß er das Fenster und setzte sich zu den anderen fünf Mitbewohnern der verräucherten Mannschaftsstube. Nichts war in dem Raum gemütlich: Keine Tapeten an den Wänden, drei wackelige Etagenbetten mit dünner Matratze und einer Wolldecke pro Mann, ein rohgezimmerter Tisch, umrahmt von sechs Schemeln und ebenso vielen zerbeulten Blechschränken an der Wand. Der wohl wertvollste Gegenstand im Raum war ein altes Radio, aus dem unaufhörlich englische und amerikanische Tanzmusik dröhnte.

"Darf ich mal das Radio etwas leiser stellen?" fragte der 22jährige schwarzhaarige Karl-Otto Franke den rechts von ihm sitzenden kahlköpfigen Mann, der gerade damit beschäftigt war, mit einem Taschenmesser seine Fingernägel zu reinigen.

"Das Radio bleibt so laut... verstanden?" war die Antwort.

"Vielleicht nur ein bißchen leiser... Ich hab' schon Kopfschmerzen", versuchte es Karl-Otto noch einmal. Seine dunklen Augen glitten flehend über die ungepflegten Gesichter der Männer, die schon wieder unter Alkoholeinfluß standen.

"Ach, hört euch das mal an!" mischte sich ein anderer ein, der sozusagen als Stubenältester fungierte. "Unser 'Hungerhaken' hat Kopfweh! Dir bekommt wohl die Freiheit nicht? Hast noch immer 'L'amour und Mademoiselle' im Gehirn? Hier weht jetzt ein anderer Wind; hier bist du in der britischen Besatzungszone! Jazz und Swing... das ist unsere neue Musik!"

"Der Kleine wird sich schnell an seine neue Umgebung gewöhnen", meinte der Blonde, der Karl-Otto gegenübersaß. Sein Haar trug er zurückgekämmt. Es glänzte wie eine polierte Platte; soviel Pomade hatte er aufgetragen! "Hier ist alles anders geworden, mein Lieber", hub er wieder an. "Das 'Großdeutsche Reich' mußt du vergessen! Wir haben den Krieg verloren! Sei froh, daß du noch am Leben geblieben bist..."

Schweigend blickte Karl-Otto in die Runde. Die Männer, mit denen er das enge Zimmer teilen mußte, kamen ihm unheimlich vor. Sie bewegten sich am Rande des Existenzminimums, waren arbeitslos und wegen kleinerer Delikte vorbestraft. Man gewährte ihnen, aus welchen Gründen auch immer, vorläufig in der Baracke Unterkunft, ab und zu mal eine warme Suppe.

Das Radio spielte nach wie vor auf voller Lautstärke. Einer der Männer öffnete erneut eine Flasche Wermutwein. Einen der billigsten Sorte. 88 Pfennig kostete ein Liter dieser braunen Brühe, auch "Kommodenlack" genannt. Es war ein widerliches Getränk, aber, wie die Männer hervorhoben: "Billig, viel und man wird garantiert schnell besoffen!" Nachdem auch Karl-Otto eine halbe Kaffeetasse des übelriechenden Getränks heruntergekippt hatte, warf er seinen schwarzgefärbten Militärmantel über und verließ den verqualmten und muffigen Raum.

Die frische Luft tat gut. Es schneite nur noch schwach. Karl-Otto fröstelte. Die abrupte Klimaveränderung machte sich nun doch bemerkbar. Vor fünf Tagen, als er Korsika den Rücken kehren durfte, ging er in Ajaccio sommerlich gekleidet an Bord des Truppentransporters, der ihn nach Marseille brachte. Auch dort schien noch die Sonne. Aber dann, je mehr sich der Schnellzug Straßburg näherte, desto unfreundlicher wurde das Klima. Noch einmal hieß es zittern. Nicht wegen des ungewohnten Wetters, sondern um den Entlassungsschein, denn wer konnte schon garantieren, daß die Franzosen es sich nicht doch noch anders überlegt hatten. Karl-Otto hatte sie ausreichend von ihrer guten und auch ihrer schlechten Seite kennengelernt. Wie oft mußte auch er die Wut- und Haßausbrüche mancher Wachposten über sich ergehen lassen, hatte es schweigend hinnehmen müssen, wenn sie, meistens angetrunken, mit ihren Waffen herumfuchtelnd losbrüllten: "Sale boche! Nazi! Fasciste!" So wurden sie ihren Haß und ihren Unmut gegen die Deutschen los, aber sie schütteten ihn über die Falschen aus, denn diejenigen, die für unzählige Grausamkeiten, Repressalien und Morde an der französischen Bevölkerung während der Besatzungszeit verantwortlich waren oder selbst Hand angelegt hatten, befanden sich selten in einem Kriegsgefangenenlager. Entweder waren sie anhand von Namenslisten gleich aussortiert worden oder sie waren untergetaucht. Allerdings interessierte das die Wachposten nicht: Für sie war jeder, und war der Gefangene auch noch so jung, ein Nazi, ein Kriegsverbrecher und ein Schwein! Natürlich gab es auch Ausnahmen. Und das waren Soldaten mit einem gewissen Bildungsstand oder sie hatten selbst das Los der Gefangenschaft in Deutschland ertragen müssen. Diese Leute ließen auch mit sich reden, genauso wie der ziemlich korpulente Hauptmann, bei dem sich Karl-Otto melden mußte, seinen Entlassungsschein vorlegte und auf die Fahrkarte wartete.

"Wohin wollen Sie?" fragte der freundliche Offizier in einwandfreiem Deutsch und überprüfte Karl-Ottos Entlassungsschein.

"Weiß ich nicht!" murmelte Karl-Otto achselzuckend.

"Aber Sie müssen doch einen Zielort haben! Wo leben Ihre Angehörigen, Freunde und Bekannten? Fahren Sie doch dorthin!" Plötzlich stutzte der Offizier. "Hier lese ich gerade den Vermerk, daß Sie auf Korsika 'Ouvrier libre' waren... Warum blieben Sie nicht dort? Korsika ist doch eine schöne Insel!"

"Wollte ich ursprünglich auch", gestand Karl-Otto, "aber die zwei Monate, die ich ein sogenannter 'freier Arbeiter' war, haben mir gereicht... Trotz der Freiheit, die ich nach jahrelangem Lagerleben genießen durfte, änderte sich sonst nichts. Im Gegenteil: Anstatt in einer massiven Baracke hausten wir als Holzfäller in den Bergen in einer primitiven Holzhütte. Und das Essen ließ auch zu wünschen übrig. Außerdem war der Verdienst gering. Alles ging für Unterkunft und Verpflegung drauf. Nur ein paar Franc blieben für den persönlichen Bedarf übrig... für Zigaretten, Seife, Rotwein und..."

"Dann hätten Sie doch die Arbeitsstelle wechseln können! Das stand Ihnen jederzeit frei!" meinte der Offizier.

"Das konnte ich nicht mehr, mon Capitaine, weil ich meinen Vorarbeiter beleidigt und mich mit ihm geprügelt hatte. Er war ein Deutschenhasser... Na ja, das eine ergab das andere und so fand ich mich eines Tages im Lager wieder."

"Und in die Fremdenlegion wollten Sie auch nicht? Für Sie wäre es doch das günstigste gewesen, da Sie doch nicht wissen, wohin Sie in Deutschland gehören."

"Nie und nimmer hätte ich die Uniform der Fremdenlegion angezogen", sagte Karl-Otto mit fester Stimme.

Der Offizier grinste nur breit und fuhr dann fort: "Als Heimatland haben Sie 'Prusse oriental' angegeben. Wohnen dort Angehörige von Ihnen?"

"Ja, meine Mutter! Stellen Sie mir doch einfach eine..."

"Non, non... c'est impossible", wehrte der Hauptmann ab. "In Ostpreußen ist der Russe. Und auch für das polnischbesetzte Gebiet darf ich Ihnen keine Fahrkarte ausstellen. Sie müssen mir eine andere Adresse angeben..."

Ratlos schaute Karl-Otto durchs Fenster. Reisende hasteten vorbei, stiegen in den abfahrbereiten Zug; aus einem anderen strömten Leute heraus. Wahrscheinlich wußten sie alle, wohin sie wollten. Nur Karl-Otto nicht!

"Entscheiden Sie sich endlich!" drängte der Offizier und trommelte nervös mit den Fingerkuppen auf die Schreibtischplatte, aber sein freundliches Lächeln verlor er nicht.

"Ich weiß wirklich nicht, wohin ich am besten fahren könnte", sagte Karl-Otto und rang verzweifelt die Hände. "Schreiben Sie einfach einen Städtenamen auf die Fahrkarte... Ich werde schon irgendwo unterkommen!"

"Mon dieu", stöhnte der Offizier. "Sie machen es aber kompliziert... Frage ich einmal so: Wünschen Sie in die französische, amerikanische, englische oder sogar in die sowjetische Besatzungszone zu reisen? Hinter Ihnen, an der Wand, hängt eine Karte des aufgeteilten Deutschlands. Suchen Sie sich irgendeinen Ort heraus!"

Wie ein bunter Reigen tanzten die unzähligen Ortsnamen vor Karl-Ottos Augen. Er hatte die Wahl! Er hatte die freie Auswahl! Jeder Ort konnte sein Glück bedeuten, aber auch... Wie im Traum fuhr Karl-Otto mit dem Zeigefinger über die Landkarte, verhielt mal hier, mal da, bis er schließlich auf Helmstedt an der sowjetischen Zonengrenze tippte. Warum ausgerechnet Helmstedt, das wußte er selber nicht, aber er hatte nun mal auf diese Stadt getippt und gab sie als Entlassungsort an.

Ja, und nun war Karl-Otto in Helmstedt. Natürlich hatte er sich seine Heimkehr anders vorgestellt. Er hatte sich auf den Tag gefreut, auf Deutschland, auf die deutsche Umgebung, auf die deutschen Menschen, die in seiner Sprache redeten, aber er hatte das Gefühl, in einem fremden Land zu sein. Es war nicht seine Heimat, es war nicht Ostpreußen, das er im Dezember 1943 verlassen mußte. Hier war er ein Fremder, einer von vielen aus den ehemaligen deutschen Ostgebieten, die hier, in Helmstedt an der Zonengrenze, Wurzeln zu schlagen versuchten, auf Arbeit, ausreichenden Wohnraum und Glück hofften. Fünf Jahre hatte Karl-Otto nur Uniform getragen. Jetzt war er endlich frei, aber wenn er sich von oben bis unten betrachtete, dann überfiel ihn jedesmal eine tiefe Traurigkeit. Längst war der schreckliche Krieg vorbei und Karl-Otto trug noch immer Soldatenkleidung: Mantel, Jacke, Hose und Hemd waren lediglich schwarz umgefärbt; die klobigen Schaftstiefel zwei Nummern zu groß. Was er am Leib trug und ein selbstgebastelter Holzkoffer mit Unterwäsche, einem Handtuch, zwei Flaschen Cognac, einer Seite Speck, drei Flaschen Speiseöl und drei Stangen Zigaretten, das war eigentlich alles, was er besaß. Ach ja - nicht zu vergessen: seinen Entlassungsschein, das wichtige Dokument mit dem Tagesstempel vom 9.12.1948. Damit durfte er sich wieder frei bewegen, ohne Gewehrläufe auf sich gerichtet, ohne Beschimpfungen, ohne Fußtritte und Demütigungen. Er durfte sich wieder frei bewegen, sagen, tun und lassen, was er für richtig hielt.

Unschlüssig, welche Richtung er am besten einschlagen sollte, lehnte Karl-Otto sich an einen Laternenpfahl, zündete sich eine Zigarette an und schaute gedankenverloren nach den Häusern auf der gegenüberliegenden Straßenseite. Er malte sich aus, wie die Familien beieinandersaßen, wie sie miteinander lachten, scherzten und an einem gedeckten Tisch saßen, wenngleich das Mahl auch noch so karg sein mochte, aber sie waren vereint. Lässig schnippte Karl-Otto die Zigarettenkippe auf die Fahrbahn und schlenderte in Richtung Innenstadt. Er begegnete einigen Leuten. Niemand beachtete ihn. Seine Befürchtung, man würde ihn seiner merkwürdigen Kleidung wegen verwundert anstarren, kopfschüttelnd stehenbleiben, traf nicht zu, denn immer wieder kamen ihm Männer entgegen, die ähnlich gekleidet wie er mit gesenktem Kopf durch den Schnee stapften. Ausdruckslose Gesichter. Ob sie auch heimat- und herrenlos waren? Flüchtlinge? Vertriebene? Vielleicht war der eine oder der andere ein ehemaliger Nazi, jemand, der es noch immer nicht wahrhaben wollte, daß das "Großdeutsche Reich" nicht mehr existierte; vielleicht waren es auch Männer, die ihre Angehörigen im Bombenhagel verloren hatten, keinen Lebensmut mehr besaßen. Es war auch durchaus möglich, daß mancher über die Ironie des Schicksals nachsann, selbst jahrelang irgendwo Besatzungssoldat gewesen war und jetzt mit ansehen mußte, wie einstmalige "Feinde" die Straßen bevölkerten. Diese, meistens junge Soldaten, schienen den Deutschen nicht zu argwöhnen, befürchteten nicht, von Partisanen überfallen zu werden. Die Deutschen hatten genug vom Krieg, erhoben sich nicht gegen ihre Besatzer, obwohl viele ihre Anwesenheit keineswegs begrüßten. Man fand sich mit der Situation ab und hoffte auf eine bessere Zukunft, auf ein unbeschwerliches Leben in der Demokratie und in Freiheit, glaubte an eine neue Zeit. Natürlich gab es noch Unbelehrbare, die dem "Tausendjährigen" Reich nachtrauerten, aber sie fanden kaum Gehör, blieben in der Minderheit.

Eine Gruppe englischer Soldaten kam Karl-Otto entgegen. Er trat zur Seite und schaute ihnen mit gemischten Gefühlen nach. Sie sahen gutgenährt aus. Vielleicht hatten sie als Kinder die deutschen Bombardements auf ihre Heimatstädte miterlebt, hatten Angehörige verloren. Wer wußte es? Jetzt versahen sie ihren Dienst am Zonen-Grenzkontrollpunkt Helmstedt. Ob sie die Deutschen haßten? Wer kannte schon die Instruktion, wie sie sich der deutschen Bevölkerung gegenüber zu benehmen hatten? Jedenfalls waren sie die Sieger- und Besatzungsmacht. Sie litten keinen Hunger und kamen wahrscheinlich auch finanziell zurecht.

Plötzlich tippte sich Karl-Otto an die Stirn: Wo wollte er überhaupt hin? Was wollte er in der Stadt? Seine Taschen waren doch leer! Er konnte doch nicht einmal eine Gastwirtschaft aufsuchen, weder einen Kaffee noch ein Bier trinken. Kurz entschlossen machte er kehrt und holte aus seinem Holzkoffer eine Flasche Cognac. Dieser edle Weinbrand war teuer. Es gab ihn nur auf dem Schwarzmarkt. Und wer konnte sich schon einen echten französischen Cognac leisten im Dezember des Jahres 1948? Eigentlich niemand, denn jeder Bürger hatte ja nur 40 Mark als "Erstausstattung" am Tage der Währungsreform - am 21.6.1948 -, und zwei Monate später nochmals 20 Mark, einen sogenannten "Kopfbetrag", umgetauscht bekommen. Die Altgeldguthaben wurden im Verhältnis 100 Reichsmark gegen 6,50 Deutsche Mark umgetauscht. Normalerweise hätten nun alle gleich reich oder arm sein müssen, aber das war natürlich nicht der Fall, denn einige wußten, wie man auch das kleinste Anfangskapital vervielfältigen konnte. Nicht nur durch Händearbeit. O nein! Diese Leute handelten mit allem, was als Mangelware galt, wofür sie unerhörte Preise verlangten. Mußten andere Bürger ihre Mark einige Male umdrehen, bevor sie die neue "harte" Währung ausgaben, schwammen diese Leute förmlich im Geld, konnten sich alles erlauben, jeden Luxus leisten und in den renommiertesten Lokalen den "großen Mann" spielen.

Das hatte Karl-Otto von seinen Stubenmitbewohnern erfahren. Und so zögerte er auch nicht lange, irgendeine Gastwirtschaft anzusteuern, um seinen Cognac in bare Münze umzusetzen. Das Restaurant "Zu den drei Eichen" schien ihm, ausgehend von der ansprechenden Fassade, auf den ersten Blick geeignet zu sein. Karl-Otto war nicht menschenscheu, aber jetzt, wo er vor der Tür der Gaststätte stand, das laute Stimmengewirr von drinnen vernahm, fühlte er sich doch ein wenig verunsichert, denn lange war es her, daß er unter Menschen gewesen war, in einem Lokal, unter Deutschen, unter Leuten, die fröhlich beisammensaßen. Wie würden die Frauen auf ihn reagieren, auf ihn, der in alten Soldatenklamotten herumlief, abgemagert und mittellos war, sich nicht unter eine frohe Runde mischen konnte? Schließlich trat er ein, setzte sich an einen freien Tisch in der äußersten Ecke des gemütlichen Restaurants und wartete auf den Kellner. Scheu blickte Karl-Otto um sich, aber scheinbar nahm niemand Notiz von ihm. Nachdem er eine Weile in Gedanken versunken dagesessen hatte und immer noch keine Bedienung erschien, schickte er sich an, das Lokal wieder zu verlassen. Doch in dem Moment nahte die Bedienung, eine freundliche junge Frau, die lächelnd nach seinen Wünschen fragte. "Ein kleines Glas Bier, bitte!" sagte Karl-Otto mit belegter Stimme, denn er konnte sich ja ausmalen, was dann auf ihn zukam, wenn ihm niemand die Flasche Cognac abkaufte, er sein Getränk nicht bezahlen konnte und somit zum Zechpreller wurde.

Vorsichtig öffnete Karl-Otto seinen Mantel, holte die Flasche aus der Innentasche und stellte sie unauffällig unter den Tisch. Offensichtlich doch nicht vorsichtig genug, denn sofort näherte sich vom Nebentisch ein gutgekleideter und wohlgenährter Herr mittleren Alters, nahm, nur einen flüchtigen Gruß nickend, neben Karl-Otto Platz und fragte hinter vorgehaltener Hand: "Das ist doch eine Originalflasche... nicht wahr?"

"Ja, direkt aus Frankreich", entgegnete Karl-Otto schüchtern.

"Wieviel willst du dafür haben?"

"Weiß ich auch nicht! Jedenfalls soviel, daß ich..."

"Verstehe, verstehe", sagte der elegant wirkende Mann im Nadelstreifen-Anzug, zückte seine Brieftasche und zog zwei Geldscheine heraus. Geringschätzig musterte er Karl-Otto und fügte noch hinzu: "Wenn man aus Gefangenschaft kommt, dann ist man natürlich arm dran. Ich wurde gleich nach Kriegsschluß entlassen. Hier, nimm die 30 Mark! Ist ein fairer Preis!"

Glücklich und erleichtert zugleich steckte Karl-Otto die Scheine ein und glaubte, ein gutes Geschäft gemacht zu haben. Daß die Flasche jedoch auf dem Schwarzmarkt einen bedeutend höheren Wert hatte, konnte er allerdings nicht wissen. Im Moment hätte ihn das auch nicht berührt, denn viel wichtiger war, daß er jetzt beruhigt sein Bier trinken konnte. Ein paarmal bewunderte Karl-Otto die Scheine, die so ganz anders aussahen als die Reichsmark. Er wollte mit ihnen sparsam umgehen. Es war alles neu in Deutschland. Die Besatzungsmächte hatten das Sagen, die sogenannten "Hohen Kommissare". Und so erfolgte auch die Währungsreform nach Anordnung der westlichen Besatzungsmächte. Sie war notwendig geworden vor allem durch die mit der nationalsozialistischen Kriegswirtschaft entstandene zurückgestaute Inflation. Darüber hatte Karl-Otto in der Lagerzeitung gelesen. Vorerst wollte er sich sowieso nicht mit der Politik befassen. Wichtigere Dinge standen demnächst an. Zunächst mußte er - und das gleich morgen! - unumgängliche Behördenwege erledigen. Mit seinem neuen Personalausweis würde er dann auch den 40 Mark-"Kopfbetrag" ausgehändigt bekommen.

Ursprünglich wollte Karl-Otto ja nur ein Bier trinken. Mittlerweile servierte ihm die hübsche Kellnerin das dritte Glas, machte Striche auf dem Bierdeckel und blinzelte ihm freundlich zu. Aber nicht nur der sympathischen Kellnerin und des vorzüglichen Bieres wegen verweilte Karl-Otto länger als vorgesehen in der gemütlichen Gastwirtschaft, sondern auch, weil auf einem kleinen Podium eine Zwei-Mann-Kapelle Stimmungsmusik machte, dem sonntäglichen Frühschoppen erst den richtigen Rahmen verlieh.

Nach dem vierten Bier, es sollte auch das letzte sein, wechselte Karl-Otto seinen Platz und setzte sich auf einen Barhocker am Tresen, von wo aus er die Musiker besser beobachten konnte. Ihre Musik war nicht gerade schön, aber laut, paßte sich der immer lustiger werdenden Gesellschaft an. Der Mann am Schlagzeug, ein rundlicher Mittvierziger mit Vollglatze, wirkte irgendwie lustlos, verzog keine Miene. Hingegen der Rothaarige am Klavier versprühte Temperament, sang aus voller Kehle die Schlagertexte in ein Mikrofon, das an ein altes Radio angeschlossen war, welches als Verstärker diente. In den Pausen gab der Pianist stets einige Witze zum besten, animierte die Gäste zum Trinken und bedankte sich jedesmal mit einer tiefen Verbeugung, wenn jemand ein Getränk ausgab oder einen Geldschein in die auf dem Klavier eigens dafür hingestellte Blechdose steckte.

Natürlich juckte es Karl-Otto in den Fingern. Wie gern hätte er mitgespielt. Doch leider besaß er kein Akkordeon. Und aus der Übung war er schließlich auch. Nach längerem Überlegen nahm er all seinen Mut zusammen und sprach den rothaarigen Pianisten mit der Goldrandbrille an.

"So, so, du bist also auch Musiker?" fragte der Pianist interessiert, der sich als “Helmut Cornelius” vorgestellt hatte. "Doktor der Philosophie bin ich, nur ein bißchen abgerutscht", bemerkte er mit leichtem Kopfnicken.

"Aber nein... Ich bin kein richtiger Musiker", wehrte Karl-Otto bescheiden ab. "Als Junge, in Ostpreußen, nahm ich Musikunterricht. In einer Tanzkapelle habe ich noch nie mitgespielt. In Gefangenschaft, da hatten wir wohl eine Kapelle, aber..."

"Na, siehst du, dann bist du ja auf dem richtigen Weg! Komm, schlag' mal ein paar Akkorde an! Sei nur nicht so schüchtern!"

Zögernd drückte Karl-Otto die Tasten nieder, intonierte sogar eine bekannte Melodie und schaute dann Cornelius fragend in die Augen. Seine Hände zitterten vor Aufregung und Erwartung.

"Dein Anschlag ist gefühlvoll, leicht und ziemlich sicher", lobte Cornelius und klopfte Karl-Otto auf die Schulter. "Aus dir mache ich noch einen brauchbaren Tanzmusiker... Ein Instrument werden wir wohl auch noch für dich beschaffen können. Zum Üben bekommst du vorerst mein ausgedientes Akkordeon."

Es wurde ein beinahe endloser Frühschoppen. Bis in den späten Nachmittag hinein diskutierten Karl-Otto und Helmut Cornelius, tranken Brüderschaft und schmiedeten Pläne. Der Schlagzeuger brachte gegen Karl-Otto Bedenken vor und meinte: "Das wird doch nichts, Helmut... Bis wir den Jungen soweit haben, sind wir beide alt und grau. Laß uns lieber weiterhin zu zweit bleiben. Oder willst du unbedingt die Gage durch drei..."

"Mein Entschluß steht fest, Albert", schnitt Cornelius seinem Kollegen das Wort ab. "Der Junge wird bald unser dritter Mann sein. Mir schwebt schon lange eine Vier-Mann-Kapelle vor. Einen Saxophonisten finde ich auch noch. Wenn du keine Lust mehr haben solltest, dann sag' es mir..."

***

Schräg gegenüber der Bahnhofsmission befand sich das Arbeitsamt, vor dem sich auch an jenem Tag, als Karl-Otto den unvermeidlichen Weg dorthin antrat, eine fast unübersehbare Menschenschlange bildete. Als Karl-Otto endlich den für ihn zuständigen Sachbearbeiter erreicht hatte und sich höflich erkundigte, ob man für ihn eine Arbeit hätte, da er doch "Spätheimkehrer" und "Flüchtling" sei, sich eine eigene Wohnung herrichten möchte und auch persönliche Anschaffungen machen müßte, grinste der Bedienstete nur und sagte: "Etwa sechstausend Leute suchen Arbeit! Noch eine Auskunft gefällig?"

"Nein, danke", entgegnete Karl-Otto zutiefst betroffen, nahm seine "Stempelkarte" in Empfang und trottete wie ein begossener Pudel davon. Im Rathaus waren die Bediensteten höflicher gewesen. Zwar hatte man ihm keine Wohnung vermittelt, aber er war zumindest in die Liste der Wohnungssuchenden eingetragen worden, und er hatte seinen Personalausweis bekommen. Vor allem freute er sich über die 40 DM "Kopfbetrag", die er unter allen Umständen als "eiserne Reserve" behalten wollte.

Schon ein wenig bedrückt, aber nicht verzweifelt, schlenderte Karl-Otto wieder stadteinwärts, erklomm die Stufen des Rathauses und beobachtete das bunte Treiben auf dem Marktplatz. Er fühlte sich mit einemmal verlassen. Da unten pulsierte das Leben; für ihn schien es stehengeblieben zu sein. Frauen, Männer und Kinder hasteten links und rechts an ihm vorbei. Einige nahmen die Stufen spielend, andere, darunter Kriegsversehrte und gebrechliche Leute, quälten sich die Treppe hoch, legten sogar eine Verschnaufpause ein. Beim Anblick dieser behinderten Menschen dankte Karl-Otto insgeheim seinem Schöpfer, daß er noch alle Gliedmaßen besaß, von der "Feindeskugel" nicht getroffen worden war.

Karl-Otto schlug den Mantelkragen hoch, rauchte eine Zigarette und starrte ins Leere. Niemand beachtete ihn; niemand kannte ihn. Auch er kannte niemand. Er wurde auch von niemandem zu Hause erwartet. Er hatte ja auch kein Zuhause! Eigentlich war es seine eigene Schuld, denn er hätte doch nur seiner Mutter Rat anzunehmen brauchen und zu ihr zu fahren. Sie lebte in einem Dorf bei Allenstein, im polnischbesetzten Ostpreußen, aber dorthin zog es ihn nicht, unter keinen Umständen. Die innere Bindung zu seiner Mutter fehlte nach wie vor. Sie hatte wohl in ihren Briefen versucht, ihm ihre Mutterliebe zu offenbaren, ihm erklären wollen, warum er seine Jugend, besonders die Kindheit, nicht bei ihr verleben durfte, aber das stimmte ihn nicht um. Sein Stiefvater war in Rußland geblieben; irgendwo ruhte er unter verbrannter Erde. Auch Oma und Opa waren verstorben. Das machte ihn traurig. Am meisten bedrückte ihn, daß Inge, seine Verlobte, mit der er Zukunftspläne geschmiedet hatte, nach ihrer Evakuierung aus Schloßberg in der Nähe von Hannover bei einem Bombenangriff ums Leben kam. So hatte es jedenfalls Inges Vorarbeiterin des Rüstungsbetriebes, in dem sie dienstverpflichtet gewesen war, in einem kurzen Brief Karl-Otto mitgeteilt. Und wo sich sein leiblicher Vater eventuell aufhalten könnte, ob er überhaupt noch lebte, darüber wagte Karl-Otto gar nicht nachzudenken. Nach allem, was er in den letzten Jahren über die Greueltaten der NS-Herrschaft erfahren hatte, über die grausamen Morde in den Massenvernichtungslagern an Millionen Juden, Zigeunern, Regimegegnern und zahllosen anderen unschuldigen Opfern, bestand auch nicht die geringste Hoffnung, daß man seinen Vater, einen halbjüdischen Arzt, verschont haben könnte. Die Möglichkeit, daß Stefan Behr noch rechtzeitig ins Ausland entkommen war, räumte Karl-Otto bisweilen vage ein. Allerdings spielte er nicht mit dem Gedanken, nachforschen zu lassen, wo sein Vater verblieben war. Die Vergangenheit sollte ruhen. Nichts zog ihn nach Ostpreußen zurück. Seine Heimatstadt war ohnehin total zerstört, der Norden Ostpreußens von den Sowjets einverleibt und Sperrgebiet. Warum sollte Karl-Otto sich an etwas klammern und falschen Hoffnungen hingeben, was nicht mehr rückgängig zu machen war? Er mußte in die Zukunft schauen. Hier, im Restdeutschland, in der britischen Besatzungszone, wollte er Fuß fassen, Arbeit, Wohnung und eine Frau finden, eine Familie gründen und vor allem versuchen, das nachzuholen, was ihm in den verflossenen fünf Jahren verwehrt wurde. Seine schönsten Jugendjahre hatte er sinnlos opfern müssen. Für wen hatte er dieses Opfer gebracht?

Karl-Otto war so tief in Gedanken versunken, daß er völlig verstört zusammenfuhr, als er eine Frauenstimme neben sich vernahm: "Verzeihung, junger Mann... Können Sie mir vielleicht sagen, wie spät es ist?"

"Die Uhrzeit? Selbstverständlich! Eine Sekunde, ich..." Mitten im Satz brach er ab, hob die Schultern und sagte beschämt: "Das ist mir ja peinlich, junge Frau... Nun hab' ich doch tatsächlich vergessen, meine Armbanduhr umzubinden... Da drüben, seh'n Sie, über dem Uhrmacherladen, da hängt..."

"Ach ja, richtig! Wie dumm, daß ich die Uhr übersehen habe. Entschuldigen Sie bitte vielmals die Störung!"

Die hübsche Frau entfernte sich langsam, beinahe zu gemächlich, verhielt sogar einmal ihre Schritte, aber sie wandte sich nicht um. Karl-Otto wehrte sich dagegen, wollte es unterdrücken, aber plötzlich packte ihn die Wut, maßloser Zorn machte sich breit gegen den unbekannten amerikanischen Soldaten, der ihm damals bei Witten während der Gefangennahme seinen Siegelring, die silberne Taschenuhr, die Karl-Otto von seinem leiblichen Vater heimlich geschenkt bekommen hatte, die in Bordeaux gekaufte Armbanduhr und auch sonst noch alles, was dem "GI" wertvoll erschien, grinsend abgenommen hatte mit der Bemerkung: "Amerika gibt alles wieder neu..."

Vielleicht hätte Karl-Otto noch länger seine Gedanken an eine unglückselige Zeit verschwendet, wenn da nicht die junge Frau aufgetaucht wäre. In ihrer Stimme lag etwas, das er sich nicht erklären konnte. Sie klang weich, vertrauenerweckend und anziehend zugleich. Es war eine Stimme, die erste, seitdem er wieder in Deutschland war, die in ihm nachklang, über die er unwillkürlich nachdachte, die er noch einmal zu hören wünschte, die er unbedingt wiederhören mußte.

Sehnsüchtig schickte Karl-Otto der schlanken Frau im Persianermantel seine Blicke hinterher, die sich, als sie den Marktplatz überquert hatte, nur einmal kurz umschaute. Obwohl Karl-Otto ihr sofort zuwinkte, setzte sie ihren Weg fort. Und dennoch glaubte der Zweiundzwanzigjährige, ein schwaches Lächeln in ihrem feinen Gesicht entdeckt zu haben. Die fremde Frau war schon längst um die nächste Häuserecke verschwunden, aber Karl-Otto sah sie noch immer im Geist vor sich. Ob sie ein Zuhause hatte? Ihrer Garderobe nach zu urteilen, schien sie nicht zu den Armen zu gehören, nicht zu den 6000 Arbeitsuchenden der Stadt. Vielleicht war sie eine Geschäftsfrau? Schließlich gab es Karl-Otto auf, weiter über die Frau nachzudenken. Es gab ja noch andere, die ihm demnächst über den Weg laufen würden! Langsam schritt er heimwärts. Vor dem Kino verhielt er kurz, betrachtete interessiert die Bilder im Schaukasten und überlegte, ob er sich den "Western" in der Nachmittagsvorstellung ansehen sollte. Doch dann sah er davon ab und stiefelte weiter.

In seiner Unterkunft angekommen, studierte Karl-Otto erst einmal seine Arbeitslosen-Meldekarte. Ganze 14,80 Deutsche Mark betrug sein wöchentlicher Unterstützungssatz. Dienstag und Donnerstag hatte er sich auf dem Arbeitsamt zu melden, daß man ihm einen Stempel auf die Karte geben konnte. Soweit war nun alles klar, aber wie und wo sollte er ein Zimmer und Arbeit finden? Keinesfalls durfte er sich gehenlassen, auf die schiefe Bahn geraten und dem Trunk verfallen wie seine Mitbewohner in der Bahnhofsmission. Er mußte seine Fühler ausstrecken; er mußte unter Menschen. Vor allem umgehend heraus aus der Baracke. Im stillen bereute er schon, nach Helmstedt gekommen zu sein, denn wie es allgemein aussah, konnte ihm diese Stadt, die zum Notstandsgebiet erklärt worden war, keine gute Zukunft bieten. Die Nachkriegswehen machten sich vielfach bemerkbar. Es fehlte noch an allem. Besonders die Arbeitslosen führten ein karges Dasein. Durch die vielen Flüchtlinge aus den ehemaligen Ostgebieten war eine völlig neue Situation eingetreten. Obwohl Helmstedt von Bombenangriffen verschont geblieben war, herrschte dennoch große Wohnungsnot. Um jeden Quadratmeter Wohnraum mußte gekämpft werden. Die Mieten waren wohl verhältnismäßig niedrig, belasteten jedoch den Haushalt eines Arbeitslosen enorm. Beinahe hätte Karl-Otto ein möbliertes Zimmer mieten können. Aufgrund einer Annonce. Ein gemütliches Zimmer. Und er war sich auch schon mit der Vermieterin fast einig geworden, mußte jedoch wieder entmutigt von dannen ziehen, als die alte Dame ihm kundtat, daß er wöchentlich 15 Mark zu bezahlen hätte. Sein "Stempelgeld" belief sich jedoch nur auf 14,80 Mark, und essen wollte er letztlich auch noch.

Aber Karl-Otto gab nicht auf. Unbeirrt sprach er bei verschiedenen Firmen und Betrieben vor und bot sich für jede nur denkbare Arbeit an. Überall die gleichen Antworten: "Leider sind wir schon voll besetzt" oder "Wir bedauern zutiefst, Ihnen nicht helfen zu können." Am meisten war er deprimiert, wenn er die Bemerkung hinnehmen mußte: "Ach, Sie haben keinen Beruf erlernt? Da können wir Ihnen auch nicht helfen. Wir stellen grundsätzlich nur Fachkräfte ein..."

Für den jungen "Spätheimkehrer" wurde die Situation von Tag zu Tag prekärer. Die Arbeitslosenunterstützung reichte weder hin noch her. Zu hungern brauchte er dennoch nicht. Ein Stückchen Speck und eine Flasche Speiseöl hatte er noch in seinem Holzkoffer, aber bald würde auch diese eiserne Reserve versiegt sein. Irgend etwas mußte demnächst geschehen.

Manchmal dachte Karl-Otto an seine Mutter. Ihr hätte er doch nur seine Lage zu schildern brauchen. Sie hätte ihm sofort ein Eßpaket geschickt. Sie lebte auf dem Lande und hatte genug zu essen. Ein Brief hätte genügt, aber diese Blöße, von seiner Mutter abhängig zu sein, wollte sich Karl-Otto nicht geben. Er wollte unabhängig sein. Seine Mutter sollte nicht erfahren, wie es ihm erging und wo er sich aufhielt.

***

Es gab wieder einmal "Stempelgeld". Mißmutig hatte sich auch Karl-Otto in die lange Reihe der geduldig Wartenden gestellt. Nach etwa einer Stunde war auch er dran, legte seine Meldekarte vor und nahm sein "Almosen" in Empfang. Karl-Otto zögerte, schaute dem mürrischen, beinahe überheblich wirkenden Angestellten, der sich scheinbar wie ein Herrgott vorkam, in die Augen und fragte fast unterwürfig: "Verzeihung, aber besteht in absehbarer Zeit eine vage Hoffnung, irgendeinen Arbeitsplatz vermittelt zu bekommen? Vielleicht haben Sie..."

"Ich will Ihnen mal etwas sagen: Sie scheinen sich noch gar nicht mit den Gegebenheiten in dieser Stadt, im Nachkriegsdeutschland, vertraut gemacht zu haben... Seien Sie froh, Arbeitslosenunterstützung zu bekommen!"

"Davon kann man doch kaum leben!" sagte Karl-Otto empört.

"Teilen Sie Ihr Geld ein, dann kommen Sie auch zurecht!"

"Da muß ich aber lachen", entfuhr es Karl-Otto. "Wenn ich vom 'Stempelgeld' leben müßte, dann würde es mir schlechter ergehen als in der Gefangenschaft."

"Sagen Sie bloß, Sie gehen einer Schwarzarbeit nach? Ich kann Sie nur davor warnen, Herr Franke! Die Unterstützung wird Ihnen sofort gestrichen, wenn wir Sie dabei schnappen."

Karl-Otto schüttelte verständnislos den Kopf und murmelte: "So hab' ich's mir in Deutschland auch nicht vorgestellt!"

"Ach, sieh' mal einer an", schnarrte der Angestellte. "Dem Herrn gefällt es wohl nicht in der Freiheit! Warum sind Sie denn nicht in der Gefangenschaft geblieben?"

Angewidert von den Worten des feisten Angestellten trat Karl-Otto auf die Straße. "Schwarzarbeit" hatte der Kerl erwähnt. Bei dem Unterstützungssatz wurde man doch notgedrungen zur Schwarzarbeit animiert, dachte Karl-Otto. Demnächst würde auch er von der Schwarzarbeit leben; von der Musik. Es stimmte ihn traurig, momentan in einem derartigen finanziellen Engpaß zu schweben, daß er nicht einmal seinem Freund, dem Pianisten, der ihm jeden zweiten Tag Akkordeon- und Klavierunterricht erteilte, ein paar Mark zukommen lassen konnte. Wie traurig es um ihn bestellt war, wie unbarmherzig er im Abseits stehen mußte, empfand Karl-Otto erneut, als er auf dem Nachhauseweg immer wieder fröhlichen Menschen mit in Weihnachtspapier gewickelten Päckchen unter dem Arm begegnete. Wer wußte schon, ob sie glücklich waren, aber sie hatten Geschenke bei sich, die sie auf den Gabentisch legen würden, jemandem eine Freude bereiteten. Karl-Otto hatte niemand, dem er etwas schenken konnte. Auch er würde nichts auf einen Gabentisch gelegt bekommen. Unwillkürlich wanderten seine Gedanken zurück in seine Kindheit. Viele schöne Erlebnisse wurden wieder gegenwärtig. Vor Weihnachten lief er aufgeregt von Schaufenster zu Schaufenster, notierte auf einem Zettel seine Wünsche und war am Heiligen Abend glücklich, wenn wenigstens einige in Erfüllung gingen. Und jetzt? Warum ging jetzt keiner in Erfüllung?

Niedergeschlagen tippelte Karl-Otto durch Helmstedts Straßen. Ziellos. Vor einem Schaufenster, das seine besondere Aufmerksamkeit erregte, verhielt er längere Zeit. Behutsam tastete sein Blick über die schneeweißen Oberhemden mit den modernen Krawatten, über die Unterwäsche und den Stapel farbiger Herrensocken. Gern wäre er durch die Ladentür gegangen und hätte seine Wünsche vorgetragen, endlich neue und moderne Wäsche erstanden, denn was er unter seiner eingefärbten Uniform trug, war schon x-mal gewaschen und gestopft. Karl-Otto zündete sich eine Zigarette an, schloß die Augen und stellte sich vor, im weißen Oberhemd mit Krawatte, dazu einen eleganten Zweireiher, sonntags durch die Stadt spazieren zu gehen. Irgend jemand schien hinter Karl-Otto stehengeblieben zu sein. Er spürte den warmen Hauch in seinem Nacken. Wie ein wärmender Schal legte er sich um seinen Hals. Langsam öffnete Karl-Otto die Augen und wandte sich vorsichtig um. Überrascht und sprachlos zugleich, trat er einen Schritt zurück und starrte in das Gesicht der hübschen Frau, derselben Frau, die ihn neulich auf der Rathaustreppe nach der Uhrzeit gefragt hatte. Während Karl-Otto verlegen nach Worten suchte, kam die Frau noch näher und sagte mit gedämpfter Stimme: "Also, ganz ehrlich, ich bin auch erstaunt, Sie hier zufällig anzutreffen... Haben Sie sich schon etwas Schönes ausgesucht? Hübsche Hemden und Krawatten... nicht wahr? Welches Oberhemd würde Ihnen denn gefallen? Das beige oder das weiße ganz rechts im Fenster?"

"Gefallen würden sie mir alle", seufzte Karl-Otto, schaute traurig zu Boden, griff nervös in die Manteltasche und wollte sich eine neue Zigarette anzünden.

"Rauchen Sie nicht hier auf der Straße! Lassen Sie uns eine Gastwirtschaft aufsuchen... Ich möchte mich gern mit Ihnen unterhalten", schlug die Frau mit den langen schwarzen Haaren und den braunen Augen vor. "Eine Tasse Kaffee wird uns bei der Kälte gut bekommen", fügte sie noch lächelnd hinzu, und ehe Karl-Otto recht begriff, in welcher peinlichen Lage er sich befand, bot ihm die Frau auch schon ihren Arm an und flüsterte: "Gehen wir! Ich hab' schon kalte Füße..."

In Anbetracht seiner leeren Taschen versuchte Karl-Otto die tollsten Ausreden vorzubringen, erwähnte eine dringende Verabredung und daß er auch noch einen

Behördengang zu erledigen habe, aber die Frau ließ sich darauf gar nicht ein und meinte nur: "Die Verabredung läuft Ihnen schon nicht weg. Und den Behördengang, den erledigen Sie eben morgen. Kommen Sie!"

Die junge Frau wählte ein exklusives Restaurant. Karl-Otto verschlug es die Sprache. Seine Hände wurden feucht bei dem Gedanken, daß in Kürze eine wahrscheinlich ungemein hohe Rechnung auf ihn zukommen würde, die zu begleichen er niemals imstande war. Völlig durcheinander drehte er die Speisekarte hin und her, sah in seiner Ratlosigkeit die Preise nur verschwommen vor seinen Augen tanzen und wagte erst gar nicht, die Frau zu fragen, was sie für Wünsche hätte. Am liebsten wäre er sofort davongelaufen. Und dann nahte der Ober! "Was darf ich den Herrschaften servieren?" fragte er mit einer leichten Verbeugung. Karl-Ottos Lippen bebten. Er blickte hilflos in die schönen Augen der Frau. Sie aber lächelte nur geheimnisvoll. Es war kein überhebliches Lächeln, nicht jenes, das man oft wahrnehmen kann, wenn ein Gutsituierter einem Minderbemittelten von oben herab irgend etwas schenkt, das wie ein Almosen anmutet, dem Beschenkten seine Notlage dadurch besonders verdeutlicht. Nein, diese Frau beabsichtigte nicht, Almosen zu verteilen, sagte sich Karl-Otto. Aufgrund seiner einfachen Bekleidung dürfte sie gleich erkannt haben, daß er ein "Spätheimkehrer" war und wahrscheinlich mittellos dastand.

Karl-Otto fiel ein Stein vom Herzen, als er die sanfte Stimme der Frau vernahm: "Bringen Sie uns bitte zwei Kännchen Kaffee und je zwei Stückchen Marzipantorte, Herr Ober!"

Zuerst saßen sie sich schweigend gegenüber. Dann seufzte Karl-Otto hörbar und meinte: "Eigentlich hätte ich Sie einladen müssen... Vielleicht kann ich mich einmal revanchieren."

"Lassen Sie es sich nur gut munden! Heute sind Sie mein Gast", winkte die Frau ab. "Sie kennen mich nicht", hub sie nach einer kurzen Pause wieder an, "aber ich weiß, wer Sie sind: Sie wohnen doch in der Bahnhofsmission... Stimmt's?"

"Ja, das ist richtig! Warum interessiert Sie das?" fragte Karl-Otto beinahe unhöflich zurück. "Sind Sie vom Geheimdienst? Bin ich einer Straftat verdächtig oder liegt sonst etwas gegen mich vor?" forschte er scherzhaft weiter und mußte sogar selbst über seine Fragen schmunzeln.

"Nichts von alledem", sagte die junge Frau und beugte sich vor. "Wissen Sie, ich beobachte Sie schon seit Tagen, wenn Sie aus dieser widerwärtigen Baracke herauskommen, scheinbar mutlos und bedrückt stadteinwärts gehen... Jedesmal bin ich Ihnen gefolgt. Ich gehe doch recht in der Annahme, daß Sie heimat- und herrenlos sind? Möchten Sie unbedingt in der tristen Umgebung, in der Sie momentan dahinvegetieren, Weihnachten verleben? Unter Pennern und Trunkenbolden? Wollen Sie auch absacken, dem Alkohol verfallen und straffällig werden? Das haben Sie gar nicht nötig! Sie nicht! Es wäre schade um Sie, wenn auch Sie eines Tages auf der untersten Stufe unserer Gesellschaft stehen würden... Das möchte ich gern verhindern, junger Mann! Sie dürfen jetzt ruhig lächeln, aber ich sag's trotzdem: Ich mag Sie!"

Die Frau hatte so sachlich, selbstverständlich und eindringlich auf Karl-Otto eingeredet, und dennoch war es fast ein Flehen, ein Bitten und ein Warnen, das ihn unwillkürlich aufhorchen ließ. Er wußte im Moment nicht so recht, wie er darauf reagieren sollte. Natürlich konnte das Angebot der Frau nicht verlockender sein. Jetzt bot sich die einmalige Chance, aus der Baracke herauszukommen und womöglich Fuß zu fassen.

Der Ober brachte zwei Weinbrand. "Prost, auf unsere gemeinsame Zukunft!" sagte die Frau und zeigte ihre gleichmäßigen Zähne. "Wir werden es schon schaffen... Mein Name ist Elsa!"

Sie reichten sich die Hand. Elsa erzählte, daß sie eine 8jährige Tochter habe, Kriegerwitwe sei und mit ihrem verheirateten Bruder in einem Zwei-Familien-Haus wohne, das ihr zur Hälfte gehöre. Für ihn, Karl-Otto, sei genügend Platz vorhanden. Um die finanzielle Seite brauche er sich keine Sorgen zu machen, da sie eine feste Anstellung habe.

***

Bereits am nächsten Tag quartierte sich Karl-Otto bei Elsa ein, obwohl er anfangs ein bißchen gezögert hatte, da der Altersunterschied zwischen ihnen sechs Jahre betrug. Entscheidend war vor allem, daß Karl-Otto wieder wie ein normaler Mensch leben konnte und eine Frau um sich hatte, die ihm fast jeden Wunsch von den Augen ablas. Auch mit ihrer Tochter freundete er sich rasch an. Karl-Otto fühlte sich pudelwohl, versorgte den Haushalt, tätigte Einkäufe und kümmerte sich auch um Elsas zahlreiche Kaninchen. Jeden Abend nahm Elsa Karl-Otto dankbar in die Arme und konnte es kaum erwarten, daß ihre Tochter in ihrem Zimmer verschwunden war. Dann versank für beide die Welt für Stunden; dann versuchten sie alles nachzuholen, was beiden jahrelang verwehrt worden war.

Manchmal erzählte Elsa von ihrem Mann, der 1943 als U-Boot-Kommandant irgendwo im Atlantik verschollen war. Er hatte Karl-Ottos Statur gehabt. So trug Karl-Otto mittlerweile seine sämtlichen Anzüge und Hemden. sogar die Schuhe paßten. Außerdem hatte Elsa Karl-Otto eine Armbanduhr geschenkt. Er war glücklich und zufrieden. Ihm mangelte es an nichts. Und Karl-Otto war auch nicht abgeneigt, auf Elsas einmal geäußerten Wunsch, sie in absehbarer Zeit zu heiraten, eventuell einzugehen. Sie war eine liebe Frau, bewunderte ihn, wenn er auf dem Akkordeon spielte und war stolz, mit ihm durch die Stadt zu gehen. Allerdings hatte Elsa einen Fehler: Sie war sehr eifersüchtig! Karl-Otto durfte keine andere Frau anschauen.

Mittlerweile hatte sich Karl-Otto in seiner neuen Umgebung gut eingelebt, war freundlich zu den Nachbarn und es kam auch schon gelegentlich vor, daß er sich mit einer jungen Frau oder einem Mädchen unterhielt, wenn er beim Bäcker, Schlachter oder in einem anderen Geschäft seine Einkäufe tätigte. Man mochte ihn, den jungen schlanken Mann, der von Elsa in Beschlag genommen worden war. Vielleicht träumte die eine oder andere Frau heimlich davon, Karl-Otto für sich zu gewinnen, denn junge Männer waren selten geworden. Der furchtbare Krieg hatte unzählige dahingerafft. So bekam auch Karl-Otto zu spüren, was Frauenüberschuß zu bedeuten hatte, daß jeder junge, gutaussehende Mann entweder direkt oder diskret von der holden Weiblichkeit umworben wurde, solange er nicht eine feste Bindung eingegangen war. Karl-Otto liebte Elsa, aber er war sich trotzdem nicht ganz sicher, ob es nicht nur eine Dankbarkeitsliebe war, denn je öfter er von anderen Frauen in ein Gespräch verwickelt wurde, desto mehr begann er zu schwanken, besonders dann, wenn es sich um jüngere Frauen handelte, die ihm schöne Augen machten und mit ihren Reizen nicht geizten, manchmal nicht einmal davor zurückschreckten, Elsa in Mißkredit zu ziehen. Eine davon war die blonde Tochter des Lebensmittelhändlers. Die Einundzwanzigjährige führte das Geschäft ihres kranken Vaters, das nur ein paar Häuser weiter von Elsa's lag. Elsa selbst hatte Karl-Otto empfohlen, dort einzukaufen. Aber die hatte ihn auch vor Anita Pantel gewarnt, denn, wie sie sich ausdrückte, der blonden "Hexe" sei jeder Mann recht. Vorwiegend auf dunkelhaarige Männer habe sie es abgesehen, jedoch hätte bislang noch keiner "angebissen".

***

Es war Mitte Februar 1949. Acht Wochen lebte Karl-Otto nun schon mit Elsa zusammen, mit der liebenswerten Frau, die ihn vor dem sozialen Abstieg gerettet hatte, die ihn liebte und bereit war, mit ihm eine Ehe einzugehen. Er aber wehrte sich gegen den Gedanken, schon jetzt, nach kaum wiedererlangter Freiheit, "festgebunden" zu werden. Zum anderen störte er sich nach wie vor an dem Altersunterschied. Deswegen hatten ihn auch schon des öfteren die Nachbarn gehänselt, ihn gefragt, wie er denn mit der "Oma" zurechtkäme, ob er denn überhaupt keinen Appetit auf etwas Knuspriges hätte? Jedesmal verteidigte Karl-Otto Elsa und gab vor, mit ihr glücklich zu sein, aber insgeheim entflammte sein Herz schon längst für eine andere Frau, für die Frau, die er fast täglich sah, die immer wieder den Versuch unternahm, sich mit ihm näher zu unterhalten. Karl-Otto traute sich nur nicht. Zu sehr fühlte er sich Elsa verbunden. Sie würde ihn doch auf der Stelle hinauswerfen, wenn sie dahinterkam, daß er mit einer anderen Frau anbändelte. Konnte er das Risiko eingehen?

Es war an einem Spätnachmittag, als Karl-Otto wieder einmal den Einkaufskorb über den Arm hängte und sich auf den Weg machte, um einzuholen. Nachdem er seine Einkäufe beim Schlachter und beim Bäcker getätigt hatte, betrat er das Lebensmittelgeschäft. Ausnahmsweise war der Laden leer. Anita Pantel bediente Karl-Otto in gewohnter freundlicher Weise; stets mit einem verschmitzten Lächeln. Karl-Otto beobachtete sie aus den Augenwinkeln. Verlegen zupfte er an seinem Ohrläppchen und suchte nach passenden Worten. Die blonde Frau mit dem kleinen Mund und den schwach aufgeworfenen Lippen schob die Ware über den Ladentisch und lächelte Karl-Otto an. Ihre Blicke trafen sich, tauchten ineinander, drückten mehr aus als tausend Worte. Lange schauten sie sich in die Augen. Plötzlich sagte Anita: "Mein Vater ist in Braunschweig. Er wird erst spät nach Hause kommen. Ich schließ' den Laden ab...

Laß uns ins Wohnzimmer gehen! Ich möchte mich mal mit dir unterhalten."

Sie hatte ihn geduzt! Sie faßte ihn sogar bei der Hand und zog ihn ins Hinterzimmer, nachdem sie die Ladentür verriegelt hatte. Karl-Otto war sprachlos! Fragend hob er die Schultern, als sie sich beide gegenübersaßen.

"Ich kann es nicht mehr mit ansehen, wie du bei der Elsa verkümmerst", begann die temperamentvolle Anita und reichte Karl-Otto eine Zigarette. Dann erhob sie sich, holte eine Flasche "Danziger Goldwasser" und schenkte zwei Gläser ein. "Zum Wohl und auf eine bessere Zukunft für dich!" sagte Anita. "Du paßt nicht zu Elsa... Aus euch beiden wird nichts! Sie ist doch viel zu alt für dich, und außerdem wird sie es mit dir genauso machen wie mit deinen Vorgängern. Und dann..."

"Elsa ist eine herzensgute Frau... Wir wollen heiraten", warf Karl-Otto sichtlich verärgert ein. Er stellte sich jetzt ganz auf Elsas Seite. Allein schon aus Trotz.

"Eine Nymphomanin willst du heiraten? Eine krankhaft eifersüchtige Frau, die beinahe deine Mutter sein könnte?" lästerte Anita und lachte aus vollem Halse. "Wir kennen sie doch alle. Wenn sie dich über hat, schmeißt sie dich raus. Mach' dich schon heute auf einen Hinauswurf gefaßt! Wir sind doch nicht blind! Wir sehen es doch, daß du dich kaum auf die Straße wagst. Schau' dich doch einmal an, wie abgemagert du bist! Elsa braucht dich in erster Linie nur fürs Bett. Oder willst du mir widersprechen?"

Jetzt wurde Karl-Otto nachdenklich. "Schenk' noch einmal ein!" bat er Anita. Er seufzte ein paarmal tief. In seinem Kopf schwirrte alles wild durcheinander. Seine Elsa sollte eine Nymphomanin sein? Seine liebe Elsa? Dennoch dämmerte es irgendwie in seinem Hirn. Kürzlich war auch ihm schon der Gedanke gekommen, denn normal war es nicht, was Elsa meistens von ihm verlangte. Die Wochenenden spielten sich nur im Bett ab. Montags durfte er sich dann etwas ausruhen...

"Nun, du findest wohl keine Antwort, Karlchen? Ich darf dich doch 'Karlchen' nennen?" säuselte Anita, warf Karl-Otto einen verliebten Blick zu, aber rückte nicht näher.

"Willst du mir weismachen, Anita, ich hätte mich in Elsa geirrt? Bist du davon restlos überzeugt?"

"Ja, restlos, denn du brauchst eine junge Frau! Ein Kind kann dir jede andere Frau schenken. Warum willst du Elsas Tochter mit in die Ehe nehmen? Das bringt nichts Gutes!"

"Aber ich mag die kleine Ursula; auch Elsa mag ich", sagte Karl-Otto mehr zögernd als überzeugt.

"Na, siehst du, da haben wir's ja: Du magst beide, aber du liebst sie nicht! Mach' dir doch nichts vor, Karlchen!"

Karl-Otto senkte den Kopf und schaute auf seine Uhr.

"Du hast noch Zeit... Wir haben noch viel Zeit", sagte Anita leise. "Den Laden mache ich heute sowieso nicht mehr auf. Vielleicht noch mal kurz vor sechs. Ich mach' dir jetzt mal einen Vorschlag, Karlchen: Daß ich dich gern mag, brauch' ich dir wohl nicht mehr zu erklären. Mir geht es hauptsächlich darum, dich von Elsa wegzuholen. Wir finden schon einen..."

"Aber das kann ich doch Elsa nicht antun", rief Karl-Otto.

"Und ob du das kannst! Du brauchst nicht auf ihre Almosen angewiesen zu sein. Du kannst dir zu deinem Stempelgeld etwas dazu verdienen... Hier, bei mir! Der Laden gehört eigentlich schon mir. Mein kranker Vater kümmert sich nicht mehr um das Geschäft. Ich benötige dringend eine Hilfe. Ein Mann muß ins Haus. Dich brauche ich! Alles weitere könnte sich ergeben..."

***

Natürlich war Elsa nicht davon begeistert, ihren Karl-Otto täglich bei der blonden "Schlange" - wie sie sich ausdrückte - zu wissen. Sie schloß von vornherein nicht aus, daß Anita sich in Karl-Otto verlieben könnte und ihn an sich zog, ihn ihr wegnahm. Das durfte niemals geschehen, schwor Elsa. Mehr als zuvor überwachte sie ihren Geliebten auf Schritt und Tritt. Ständig fragte sie ihn aus, ob ihm Anita gefiele, ob er sie schon geküßt habe und worüber sie miteinander sprechen würden. Immer häufiger drängte Elsa auch darauf, bald zu heiraten. Aber die Würfel schienen bereits gefallen zu sein: Karl-Otto hatte sich in Anita verliebt!

"Was soll nun werden? Ich halte es so nicht mehr aus! Ich kann so nicht mehr mit Elsa zusammenleben", stöhnte Karl-Otto eines Abends, als er nach Feierabend mit Anita seine unerträgliche Lage diskutierte. "Elsa hat mir gedroht, meinen Holzkoffer vor die Tür zu stellen, wenn ich nicht sofort meine Arbeit bei dir aufgebe. Was soll ich bloß tun?"

"Daraus machst du ein Problem?" lachte Anita auf. "Da gibt es doch nur eine Lösung: Du trennst dich von Elsa! Ich will es so! Vor allem will ich, daß du mit Elsa nicht mehr schläfst. Laß es doch darauf ankommen! Soll sie dich doch vor die Tür setzen... Was ist denn dabei? Ich nehme dich mit offenen Armen auf... wir beide passen besser zusammen. Können sich zwei Menschen noch mehr lieben? Ich liebe dich, Karl-Otto! Komm zu mir!"

"Also, Anita, bist du dafür, daß wir aufs Ganze gehen?"

"Absolut! Unverzüglich! Noch heute!" entschied Anita.

Mitternacht war längst vorbei, als Karl-Otto schuldbewußt vor Elsa stand. Statt des erwarteten Donnerwetters empfing sie ihn in einem superkurzen, durchsichtigen Nachthemd, drückte ihn an sich und fragte mit tränenerstickter Stimme: "Was hat Anita Pantel, das ich nicht habe? Ist es ihr jüngerer Körper? Oder möchtest du, daß ich mir die Haare blondieren lasse?"

Während Karl-Otto beschämt herumdruckste, Elsa klarzumachen versuchte, aus ihnen könne nie ein Ehepaar werden, er sich bereits für Anita entschieden habe, streifte Elsa ihr Nachthemd ab, warf sich auf die Couch und sagte: "Du gehörst zu mir! Du beschreitest momentan unbewußt einen Irrweg, Karlchen! Du läßt dich von einer Frau einwickeln, die nie und nimmer dein Glück bedeuten wird... Bleib' bei mir! Nur ich liebe dich; nur mit mir ist deine Zukunft gesichert..."

Wieviele Tränen Elsa vergoß, wenn er nachts bei Anita weilte, konnte Karl-Otto nicht ahnen. Er wollte es auch gar nicht wissen. Für ihn gab es nur noch Anita! Sie hatte ihn blind gemacht für jegliche Realität. Er sah nur noch ihren mädchenhaften Körper, ließ ihre schmeichelhaften Liebesworte in seinen Ohren nachklingen und glaubte ihr, daß er eines Tages der Chef des Lebensmittelgeschäftes sein würde, wovon er allerdings nicht so fest überzeugt war, denn Anitas Vater, obwohl er Karl-Otto mochte, hegte Bedenken, einem Laien die Führung eines Fachgeschäftes anzuvertrauen. Natürlich zerstreute Anita Karl-Ottos Zweifel. Sie wollte ihn unbedingt für sich beanspruchen; sie wollte ihn ganz haben.

Das gleiche wollte auch Elsa. Sie gab den Kampf nicht auf, wußte jedoch selber nicht, wie lange sie noch nervlich Karl-Ottos Eskapaden durchhalten würde. Immer wieder flehte sie ihn an, endlich von Anita zu lassen, aber sie sprach ins Leere. Und dann kam die Nacht, in der ihre Nerven versagten.

Wie in den vergangenen Wochen üblich, kehrte Karl-Otto gegen Mitternacht heim. Er stutzte, denn das Wohnzimmerfenster war nicht erleuchtet. Sollte Elsa ausgegangen sein? Sonst erwartete sie ihn doch immer! Langsam schlich er die Treppe hoch, in der Befürchtung, seinen Koffer vor der Tür zu finden. Aber er stand nicht da. Dafür stand die Tür einen Spalt offen. Plötzlich bekam Karl-Otto einen großen Schreck: Starker Gasgeruch strömte ihm entgegen! Völlig kopflos stieß er die Tür weiter auf und hatte schon die Hand am Lichtschalter. Im letzten Moment fiel ihm ein, was passieren könnte, wenn... Mit einem Taschentusch vor Mund und Nase tastete sich Karl-Otto durch die Küche, stellte den Gasherd ab, schaute auf Elsa, die besinnungslos auf einem Stuhl hockte, den Kopf vornübergebeugt. Die Arme hingen schlaff herab. Elsas Puls schlug noch schwach. Das hatte sie wahrscheinlich nur dem Umstand zu verdanken, daß die Fensterflügel etwas geöffnet waren. Karl-Otto stieß sie ganz auf und rief laut um Hilfe.

Nachdem Elsas Bruder veranlaßt hatte, daß der Krankenwagen sie sofort abholte, dämmerte es bei Karl-Otto allmählich, was eigentlich geschehen war. Das schlechte Gewissen meldete sich. Mit einemmal empfand er für Elsa tiefes Mitleid. Ratlos schaute er Elsas Bruder an, dessen versteinertes Gesicht ihm zu denken gab. "Ob sie durchkommen wird?" wagte Karl-Otto zu fragen und senkte beklommen seinen Blick.

"Das hättest du dich früher fragen müssen", zischte Hans Lohse. "Ich habe es kommen sehen... Es konnte ja gar nicht anders kommen! Elsa hat mir alles erzählt... Schämst du dich überhaupt nicht? Hast du keinen Charakter? Wir nehmen dich in unserem Haus auf, du bekommst von Elsa alles nur Erdenkliche und dann dankst du uns damit, daß du dich Nacht für Nacht bei der blonden Anita herumtreibst... So haben wir nicht gewettet, mein Junge! Meine Schwester ist für dich kein Abtreter!"

"Mir ist das alles sehr peinlich, Hans", winselte Karl-Otto. "Ich bedauere es sehr, und ich verspreche dir, von Anita zu lassen. Ich weiß selbst nicht, wie es überhaupt zu der..."

"Erspar' dir jedes weitere Wort", fauchte Hans Lohse, packte Karl-Otto am Ärmel, schubste ihn in die Abstellkammer und sagte unmißverständlich: "Schnapp' dir deinen Holzkoffer und laß dich hier nie wieder sehen! Alles, was du von meiner Schwester geschenkt bekommen hast, packst du sorgfältig in einen Karton und stellst ihn mir umgehend vor die Tür... Und jetzt verschwinde, sonst vergesse ich mich noch!"

***

So leicht, wie es sich Karl-Otto vorgestellt hatte, kam er nicht über Elsas Selbstmordversuch hinweg. Erst jetzt wurde ihm bewußt, was sie ihm bedeutet hatte, was sie für ihn getan und wie sie um ihn gelitten hatte.

"Du nimmst die Angelegenheit viel zu tragisch", meinte Anita. "Elsas Selbstmordversuch sollte nur Druck auf dich ausüben. Hast du noch gar nicht darüber nachgedacht, warum sie bei geöffnetem Fenster den Gashahn aufdrehte? Sie hatte alles genau berechnet, wußte, wann du ungefähr nach Hause kommst und daß du sie garantiert finden mußtest."

"Nein, darüber dachte ich noch nicht nach", sagte Karl-Otto. "Demnach wollte sie mich erpressen?"

"Genau, und nichts anderes", bestätigte Anita. "Und jetzt laß mal die Episode der Vergangenheit angehören. Wir beide müssen nun an uns denken, uns eine Zukunft aufbauen und heiraten werden wir auch bald."

Da war es schon wieder, das Wort "heiraten". Anita wollte also auch heiraten! Sie wollte auch bald heiraten. Möglichst in ein paar Monaten. War sie schwanger? Sie hatte noch nichts darüber verlauten lassen. Als Karl-Otto danach fragte, lächelte sie nur und meinte: "Zuerst treten wir vor den Traualtar! Ich hab' mit meinem Vater schon darüber gesprochen, wann die Hochzeit sein soll. Voraussichtlich im Sommer."

Er wußte selbst nicht warum, aber Karl-Otto wurde immer allergischer gegen die Vokabel "Heirat". So schön auch alles mit Anita war, wie sie ihn verwöhnte, neu einkleidete und ihn in ihren Bekanntenkreis einführte, so ankerte in ihm der unabdingbare Wunsch, frei zu sein, vorerst ledig zu bleiben.

Drei Monate verlebte Karl-Otto mit Anita eine glückliche Zeit. Es war beinahe der "Himmel auf Erden". In der Nachbarschaft galten sie als das ideale Liebespaar. Alle warteten auf den Tag der Hochzeit. Karl-Otto wurde immer ratloser. Was sollte er tun? Wiederholt hatte er versucht, mit seiner "Zukünftigen" eine offene Aussprache herbeizuführen, aber Anita lächelte dann nur, bedeckte seinen Mund mit Küssen und sagte: "Wohin willst du? Willst du wieder in der Baracke hausen? Gebe ich dir nicht alles? Wir werden heiraten und eine Familie gründen, Karlchen."

Vielleicht hätte Karl-Otto sich auch seinem Schicksal ergeben und Anita geheiratet, wenn da nicht in der Nachbarschaft eine ältere Dame gewesen wäre, mit der er schon des öfteren über seine Probleme gesprochen hatte. Sie wohnte nur vier Häuser weiter, war schon viele Jahre Witwe und dafür bekannt, für jedermann stets ein offenes Ohr zu haben. Mit Karl-Otto war sie einmal ins Gespräch gekommen, als sie an der Gartenpforte stand, mit der Ölkanne in der Hand, und krampfhaft versuchte, die schmiedeeiserne Tür auszuhängen. Sofort bot Karl-Otto ihr seine Hilfe an, die sie dankbar begrüßte. Seitdem bat sie ihn jedesmal zu einem kurzen Plausch herein, wenn er an ihrem schmucken Haus vorbeiging.

Eines Nachmittags, Ende Mai, kehrte Karl-Otto wieder einmal vom Musikunterricht bei Helmut Cornelius heim. Schon von weitem erspähte er Martha Ladiges, die Witwe, an der Gartenpforte. "Kommen Sie nur herein, Herr Franke!" rief sie über die Straße. "Der Kaffee steht schon auf dem Tisch. Heidrun ist auch schon von der Arbeit da. Sie hat Kuchen mitgebracht."

Man redete wie üblich über belanglose Dinge, aber auch über die noch immer herrschende Arbeitslosigkeit. Plötzlich fragte Frau Ladiges: "Wann gedenken Sie einen Arbeitsplatz zu finden, Herr Franke? Besteht irgendwie Aussicht?"

"Einen Arbeitsplatz?" wiederholte Karl-Otto. "Ich

habe doch meinen Arbeitsplatz, Frau Ladiges."

"Aber, Herr Franke... ich bitte Sie! Sind Sie noch immer nicht aufgewacht? Man nutzt Sie doch nur aus! Der alte Pantel ist ein ganz gerissenes Schlitzohr... Der lacht sich doch heimlich ins Fäustchen, eine billige Arbeitskraft wie Sie gefunden zu haben. Warum bekommt er keine Verkaufskraft? Wissen Sie nicht warum? Weil er so miserabel bezahlt! Und..."

"Das kann nicht wahr sein!" empörte sich Karl-Otto. "Der Alte ist ganz in Ordnung... Ich habe eigentlich gar nichts mit ihm zu tun. Für mich ist Anita zuständig. Anita und ich lieben uns. Wir wollen..." Er stockte plötzlich, senkte den Blick und atmete schwer. Frau Ladiges Tochter Heidrun schenkte Kaffee nach und verteilte den restlichen Streuselkuchen.

"Ich weiß, daß Sie in Anita verliebt sind, Herr Franke", nahm Martha Ladiges das Gespräch wieder auf. "Haben Sie jedoch schon einmal darüber nachgedacht, welchen Fehler Sie begehen würden, wenn Sie Anita heiraten? Nein? Dann will ich's Ihnen sagen: Sie heiraten in eine nicht abzusehende Abhängigkeit hinein! Sie werden nach Anitas Pfeife tanzen müssen! Überlegen Sie doch mal! Alles gehört Anita... Und was gehört Ihnen? Was Sie am Leib tragen ist doch nicht mal Ihr Eigentum. Geschenkt! Nein, nein, junger Mann, Sie sind auf dem Irrweg! Aus Ihnen und Anita kann genauso wenig werden, wie es aus Elsa und Ihnen geworden wäre. Es geht ganz selten gut, wenn ein Mann in ein fertiges Nest einheiratet. Umgekehrt ist es die Regel."

"Was würden Sie mir denn raten, Frau Ladiges?" fragte Karl-Otto wohl betroffen, aber dennoch interessiert.

"Bauen Sie sich selbst eine Zukunft auf. Suchen sie sich eine Arbeit und lernen Sie, auf eigenen Füßen zu stehen..."

"Ein guter Rat. Danke! Denken Sie auch daran, daß mich meine Verlobte vor die Tür setzen wird, wenn..."

"Ach, sagen Sie bloß, Sie haben sich verlobt", staunte die 65jährige sehr lebhafte Dame und kicherte kopfschüttelnd.

"Ja, wir haben uns verlobt!" nickte Karl-Otto. "Vor 14 Tagen... Heimlich! Herr Pantel ist sich noch immer nicht schlüssig, ob er mich als Schwiegersohn nimmt oder..."

"Na, seh'n Sie", mischte sich jetzt Frau Ladiges Tochter Heidrun ein. "Das ist doch keine gesunde Basis! Auch wenn Ihre Verlobte die Hochzeit durchsetzen sollte, so werden sie ständig von einem Spannungsfeld umgeben sein. Der Alte kann noch viele Jahre leben. Und wenn erst einmal die große Liebe abgeklungen ist, der Alltag eingekehrt ist, dann... Na ja, ich möchte nicht orakeln, aber dann könnte der Tag durchaus nahe sein, an dem Sie beide gegen sich haben. Denken Sie mal darüber nach!"

Karl-Otto wurde nachdenklich. Nach einer Weile gestand er zögernd: "Ganz von der Hand zu weisen sind Ihre Thesen nicht, Frau Ladiges, aber ich habe das Gefühl, daß mich Anita mit allen Fasern ihres Herzens liebt... Ich spüre es doch! Mag sein, daß ihr Vater uns Schwierigkeiten bereitet, aber unsere Liebe wird er nie zerstören. Dafür lieben wir uns zu sehr!"

"Wissen Sie, junger Mann", sagte Martha Ladiges in einem gütigen Ton, "ich beabsichtige keinesfalls, Sie von Anita Pantel wegzulocken... Ich möchte Ihnen nur die Augen öffnen! Schau'n Sie mal: In Elsa Menge waren Sie auch restlos verliebt. Elsa gab doch wiederholt zu verstehen, ohne Sie nicht mehr leben zu können. Sie unternahm sogar einen Selbstmordversuch - angeblich wollte sie sich das Leben nehmen! -, um Sie an sich zu ketten. Scheinbar war die Liebe doch nicht so groß, denn sonst hätte sich Elsa nicht schon nach vier Wochen einen neuen Mann ins Haus geholt. Werden Sie denn noch immer nicht wach? Auch Anita wird sie alsbald vergessen..."

Endlich schien es bei Karl-Otto zu dämmern. Ihm

gegenüber lehnte Heidrun in ihrem Sessel und lächelte geheimnisvoll. Wollte sie ihn an sich ziehen? Bekniete man ihn deswegen so intensiv? Aber das durfte Karl-Otto von vornherein ausschließen, denn Heidrun war verlobt. Im übrigen war sie 27 Jahre alt und hatte auch eine 7jährige Tochter. Ihr Mann war in Rußland gefallen. Nein, Heidrun könnte nicht gefährlich werden, sie würde ihn nicht umgarnen, programmierte sich Karl-Otto ein. Die beiden Frauen hatten nicht unrecht mit ihren Behauptungen, nur war ihm immer noch nicht klargeworden, warum sie sich um ihn so viele Sorgen machten. Irgend etwas mußten sie doch bezwecken? Während Karl-Otto noch am Philosophieren war, ließ Martha Ladiges die "Katze aus dem Sack".

"Ich kann mir vorstellen, Herr Franke, daß Sie innerlich aufgewühlt sind, schwanken und erst einmal alles verarbeiten müssen, was wir Ihnen ziemlich direkt gesagt haben, aber seien Sie sich dessen bewußt, daß wir nur Ihr Gutes wollen! Wir möchten es Ihnen ermöglichen, selbständig, unabhängig und erst einmal wirklich frei zu sein... Versuchen Sie vorerst die wiedererlangte Freiheit auszukosten. Suchen Sie sich eine Freundin, prüfen sie sich erst, bevor Sie eine feste Bindung eingehen, die Sie unweigerlich verpflichtet, die Sie finanziell und moralisch in Abhängigkeit bringt... Herr Franke, es liegt in Ihrem ureigensten Interesse, es kann nur Ihrer Zukunft dienlich sein, wenn Sie meinen Vorschlag annehmen. Ziehen Sie zu uns! Ich stelle Ihnen eine geräumige Dachkammer zur Verfügung, in der Sie schalten und walten dürfen, wie es Ihnen beliebt. Der Raum ist möbliert und beheizbar."

Karl-Otto horchte auf. Das war ein Angebot! Endlich wurden ihm vier eigene Wände geboten, endlich sollte er selbst den Schlüssel im Schloß umdrehen dürfen! Er durfte das Angebot nicht ausschlagen. Bis ihm das Wohnungsamt eine Wohnung zuwies, konnten noch viele Monate vergehen.

"Vielen Dank, Frau Ladiges... Ich bin einverstanden! Ich freue mich sehr, daß Sie so liebenswürdig sind, aber kann ich auch die Miete aufbringen! Mein Stempelgeld beträgt nur 14,80 DM. Und essen will ich ja auch noch..."

"Machen Sie sich diesbezüglich keine Kopfschmerzen, Herr Franke! Sie brauchen für das Zimmer nichts zu bezahlen. Ich möchte nur, daß sie mir im Garten helfen, kleine Reparaturen im und am Haus vornehmen und auch mal für mich Behördengänge erledigen. Mein Rheuma macht mir immer mehr zu schaffen. Na ja, und verhungern werden Sie auch nicht... Dafür wird bestimmt Heidrun sorgen, daß Ihr Brotkorb nicht zu hoch hängt."

***

Die Trennung von Anita verlief unproblematischer, als Karl-Otto es zu glauben gewagt hätte. Natürlich warf sie ihm Undankbarkeit vor, unterstellte ihm sogar, er hätte sich bei ihr eingeschlichen. Sie scheute nicht einmal davor zurück, ihm bei ihrem letzten Zusammensein vorzuhalten, er sei eigentlich nie der Liebhaber gewesen, wie sie ihn sich vorstellte. Darüber konnte Karl-Otto nur lachen, denn Elsa hatte das Gegenteil behauptet. Aber so schienen nun einmal Frauen zu sein, wenn sie enttäuscht wurden, ihr Ziel nicht erreichten. Trotz alledem waren Anita und Karl-Otto im Guten auseinandergegangen.

Martha Ladiges lud sich des öfteren Gäste ein. Überwiegend Damen. Seitdem Karl-Otto im Hause war, wurden sie nicht nur mit Kaffee und Kuchen verwöhnt, sondern auch noch mit fröhlichen Weisen auf dem Akkordeon. Jedesmal steckten die trotz der immer noch kritischen Wirtschaftslage gutsituierten Damen Karl-Otto einige Geldscheine zu; einige bedachten ihn auch mit neuwertigen Kleidungsstücken und Hausrat. Von der einen Dame, einer Lehrerswitwe, bei der er kürzlich das Schlafzimmer tapeziert hatte, bekam er sogar ein gut-erhaltenes Fahrrad geschenkt. Doch nicht nur die netten Damen waren Karl-Otto freundlich gesonnen, sondern auch Heidrun. Sie hatte seine Dachkammer gemütlich eingerichtet, kam täglich zum Staubwischen und nutzte die Gelegenheit zu einem Plauderstündchen. Sie war eine charmante Gesprächspartnerin, die blonde langbeinige Heidrun mit den faszinierenden grünen Augen. Man brauchte nicht Psychologie studiert zu haben, um zu erkennen, daß es Heidrun nicht nur um das Staubwischen ging, denn sonst hätte sie sich eine Kittelschürze angezogen oder wäre einfach gekleidet erschienen, aber wie sie sich jedesmal Karl-Ottos Blicken darbot, das ließ nun doch Bedenken aufkommen.

Eines Nachmittags, als Heidrun zur gewohnten Zeit Karl-Ottos Dachkammer betrat, brachte sie außer dem Staublappen auch noch einen alten Plattenspieler mit. "Den schenke ich Ihnen, damit Sie sich nicht immer so einsam fühlen, Herr Franke", sagte sie verstohlen lächelnd. "Bei uns steht er doch nur herum. Mein Verlobter hatte ihn mal von irgendwo mitgebracht. Horst macht sich überhaupt nichts aus Musik. Sie werden den Apparat gut verwenden können, da Sie ja selbst so schöne Musik machen."

Karl-Otto verschlug es die Sprache. Bevor er ein Wort des Dankes hervorbringen konnte, hatte Heidrun auch schon das Koffergerät auf den Tisch gestellt und eine Platte aufgelegt. Tangomusik erfüllte den kleinen Raum. Karl-Otto streckte Heidrun die Hand entgegen und wollte sich für das Geschenk bedanken. Sie ergriff sie auch. Zuerst zögernd. Ein paar Sekunden ruhten ihre schlanken Finger in seiner Hand. Dann spürte Karl-Otto einen leichten Druck, der sich langsam verstärkte, bis Heidruns Hand Karl-Ottos fest umschloß und ihn behutsam an sich zog, ihre Arme um seine Hüften legte und raunte: "Ich möchte mit Ihnen diesen Tango tanzen...

Nur diesen einen! Mein Verlobter kann überhaupt nicht tanzen. Denken Sie sich nichts dabei, aber mich überkam es mit einemmal... Ich kann es mir selbst nicht erklären... Ich muß einfach einmal tanzen..."

Sie beendete den Satz nicht, schloß die Augen und drückte Karl-Otto fest an sich. Obwohl Karl-Otto ihre Körperwärme durch ihre hauchdünne Bluse auf seiner Brust spürte, daß sie in ihn eindrang, hinunterlief wie ein heißer Strom bis in die Zehenspitzen, versuchte er sich gegen die Umarmung zu wehren. Jedoch Heidrun hielt ihn umklammert wie eine stählerne Fessel. Sie schien weit weg zu sein, irgendwo im siebenten Himmel, auf einer Wolke der Liebe.

Für Karl-Otto war es das erste Mal, daß er zum Tanz aufgefordert wurde. Er hatte nie Tanzen gelernt. Mit seiner Inge, damals in Ostpreußen, hatte er wohl zaghaft einige Schritte gewagt, aber es war nicht dem Tanzen gleichzusetzen gewesen. Heidrun konnte tanzen. Offensichtlich nahm sie es in Kauf, wiederholt von Karl-Otto auf die Fußspitzen getreten zu werden, denn sie verzog keine Miene, auch nicht einmal dann, als er sie beinahe zu Fall gebracht hätte. Karl-Otto schwitzte. Ihm kam der Tanz wie eine Ewigkeit vor. Erschöpft setzte er sich. Heidrun lächelte. "Möchten Sie tanzen lernen? Jetzt, wo Sie den schönen Plattenspieler haben, ist es doch kein Problem. Ich bringe Ihnen noch mehr Platten herauf. Mir macht es bestimmt nichts aus, Ihnen die verschiedenartigsten Tanzschritte beizubringen. Wir haben alle einmal angefangen. Und wenn Sie mir auch ab und zu einmal auf die Füße treten... Das macht doch nichts! Woll'n wir's noch einmal probieren?"

Allzugern, begeistert und dankbar wäre er Heidrun sofort um den Hals gefallen, hätte sie zärtlich geküßt und ihren Vorschlag freudestrahlend angenommen, wenn sie nicht verlobt gewesen wäre. Karl-Otto legte nämlich keinen Wert darauf, sich mit Horst Kubitzki, dem bulligen Bergarbeiter, unbedingt anzulegen. Die beiden

Männer mochten sich sowieso nicht besonders und gingen sich möglichst aus dem Weg.

Da Karl-Otto Heidruns Frage nicht beantwortete, legte sie einfach erneut eine Platte auf und reichte ihm mit bittendem Augenaufschlag die Hände. "Kommen Sie nur", sagte sie selbstbewußt. "Legen Sie ihre Hemmungen ab! Horst hat Spätdienst. Uns überrascht niemand..."

Mit gemischten Gefühlen erhob sich Karl-Otto. Der Wunsch, mit Heidrun zu tanzen, ihre Körperwärme zu spüren, ihre Haut zu berühren, war doch größer als die Angst, Horst könnte überraschend auftauchen oder Heidruns Mutter würde in der Tür stehen.

"Na, ist das nicht himmlisch? Macht es nicht Spaß?" fragte Heidrun und legte ihren Kopf mit dem vollen Haar an Karl-Ottos Wange. Nachdem sie glaubte, Karl-Otto habe endlich Feuer gefangen, raunte sie ihm ins Ohr: "Sag' doch 'Du' zu mir... Sag' Heidi! Ich darf dich doch auch Karlchen nennen, ja?"

Nun bekam es Karl-Otto mit der Angst zu tun. Bis zum ersten Kuß schien es nicht mehr weit zu sein. Obwohl er Horst Kubitzki nicht mochte, wollte er ihm das doch nicht antun, seine Verlobte verführen, während er auf der Arbeit war. Mit einem Ruck riß er sich von Heidrun los und rannte aus der Kammer, direkt in Martha Ladiges Arme. "Halt, halt, junger Mann!" rief sie über den Dachboden. "Warum plötzlich so eilig? Sie können doch nicht fortlaufen, wenn ich Sie besuchen möchte!"

Völlig verdattert machte Karl-Otto kehrt und führte Frau Ladiges in seine Kammer. Die Platte drehte sich noch immer auf dem Teller des Koffergerätes. Heidrun saß, die Beine keck übereinandergeschlagen, in Karl-Ottos einzigem Sessel und lächelte unschuldsvoll, als die beiden eintraten. Martha Ladiges nahm auf einem der drei Gartenstühle Platz, stellte eine Flasche Wein auf den wackeligen Klapptisch und sagte zu ihrer Tochter: "Ach, du meine Güte... Jetzt hab' ich doch die Gläser vergessen! Holst du sie mal schnell hoch, Heidrun?"

Verschmitzt lächelnd erhob sich Heidrun. Beim Hinausgehen streifte ihre Hand unauffällig Karl-Ottos Lende. Erschrocken blickte er zu Martha Ladiges, aber die schien nichts gemerkt zu haben. Sie zündete sich gerade eine Zigarette an und wandte sich dann Karl-Otto zu. "Na, Herr Franke, wie gefällt Ihnen denn meine Tochter?"

Jede andere Frage hätte er erwartet, aber nicht die. Um Zeit zu gewinnen, stand er auf und holte eine Zigarettenpackung aus dem wurmstichigen Wandschrank, setzte sich wieder an den Tisch und meinte: "Sie ist ein nettes, liebenswertes Mädchen! Horst kann sich glücklich preisen, sie heiraten zu dürfen."

"Hören Sie mir bloß mit dem Horst auf, junger Mann... Der Horst paßt überhaupt nicht zu Heidrun! Ich sagte damals gleich, als sie den Bergarbeiter ins Haus brachte, daß dieser ungebildete Mann unserer Familie nicht entspricht. Aber unter uns gesagt: Wir waren und sind noch in gewisser Weise froh, daß er hier ist, denn er erhält als Bergmann der Braunschweigischen Kohlebergwerke Deputat-Kohle, die uns sehr zugute kommt. Heidrun hat sowieso nicht viel von ihm. Wenn er zu Hause ist, dann schläft er meistens oder betrinkt sich. Das werden Sie doch auch schon mitbekommen haben..., nicht wahr? Was uns im Haus fehlt, das darf ich mal so formulieren, ist ein richtiger Mann... versteh'n Sie? Ich würde mich im Grab umdrehen, wenn Heidrun und Horst nach meinem Tode heiraten sollten. Solange ich lebe, darf Heidrun diesen Analphabeten nicht heiraten."

"Ja, aber warum erzählen Sie mir das alles, Frau Ladiges?" fragte Karl-Otto nachdenklich, obwohl er langsam merkte, worauf seine Vermieterin hinauswollte.

"Na, wenn Sie so begriffsstutzig sind, Herr Franke, dann will ich's Ihnen mal im Klartext sagen: Sie wären für Heidrun der richtige Mann! Sie sind intelligent, machen Musik und sind vor allem handwerklich geschickt. Ich möchte mein Anwesen in guten Händen wissen. Mögen Sie meine Tochter?"

Das war eine Gewissensfrage! Sicher mochte er Heidrun. Sie war schließlich auch eine blendende Partie. Müheloser konnte er gar nicht Haus- und Grundstücksbesitzer werden. Und Heidrun, war sie nicht eine hübsche, attraktive Frau? Aber da war es schon wieder, was in Karl-Ottos Hinterkopf aktiviert wurde:. "Heirate niemals eine vermögende Frau!" Es war so fest einprogrammiert, so mahnend, daß es ihm keine Wahl ließ, sich anders zu entscheiden. Sein Stiefvater hatte es ihm eingehämmert. Und dann kam noch hinzu, daß Heidrun älter war als er. Das sollte ja angeblich auch nie gutgehen. Elsa war ein solches Beispiel. Eine Frau müßte stets einige Jahre jünger als der Mann sein. So war es doch schon von alters her! Vielleicht sollte man es auf einen Versuch ankommen lassen, denn Heidrun hatte etwas an sich, das anders war. Ganz anders. In ihrem Wesen erinnerte sie ihn an Inge. Heidrun war nicht mit Elsa und schon gar nicht mit Anita zu vergleichen. Sie war eben anders. Aber was nützte das alles - Heidrun war verlobt!

Martha Ladiges räusperte sich. "Fällt Ihnen die Antwort so schwer, Herr Franke? Ich habe doch Augen im Kopf..."

"Was erwarten Sie von mir, Frau Ladiges?" entfuhr es Karl-Otto. "Natürlich mag ich Ihre Tochter, aber ich denke nicht einmal im Traum daran, mich zwischen Ihre Tochter und..."

Heidrun kehrte mit den Weingläsern zurück. "Sprechen Sie ruhig weiter, Karlchen!" sagte sie. Karl-Otto horchte auf: "Karlchen" hatte sie gesagt! Warum sagte sie in Gegenwart ihrer Mutter "Karlchen"? Was bezweckte sie damit?

Nun, dachte Karl-Otto, wenn schon neue Spielregeln aufgestellt werden, dann sollte es nicht an mir liegen, sie nicht wieder umzustoßen. So sagte er dann auch gleich unbekümmert: "Aber selbstverständlich, Heidi... Ihre

Mutter und ich unterhielten uns gerade über unsere gemeinsame Zukunft. Also, über Ihre und meine! Nur, was machen wir mit Horst?"

Die beiden Frauen schauten sich lächelnd an. Sie kicherten verhalten, schienen über Karl-Ottos Frage belustigt zu sein, die ihm mehr oder weniger nur so herausgerutscht war. Er fand die Angelegenheit gar nicht lustig. Im Grunde genommen tat ihm Horst leid, von dem sie doch soviel Gutes hatten, der mit Heidrun verlobt war und der sie heiraten wollte. Niemals würde der das Feld freiwillig räumen.

Während Karl-Otto die Weinflasche öffnete und einschenkte, tuschelten die Frauen miteinander. Plötzlich meinte Martha Ladiges: "Wissen Sie, Herr Franke... Den Horst werfen wir einfach hinaus! Das lassen Sie unser Problem sein! Wir haben ihn in etwa schon darauf vorbereitet. Ich will, daß meine Tochter einen Mann bekommt und nicht so einen..."

"Das kommt gar nicht in Frage", schnitt Karl-Otto seiner Vermieterin das Wort ab. "Ich habe nur einen Scherz gemacht. Ich will nicht, daß Sie Horst hinauswerfen! Horst gehört zu Heidi... Ich könnte keine Nacht mehr ruhig schlafen mit dem Gedanken, die beiden auseinandergebracht zu haben. Ich mag Ihre Tochter, Frau Ladiges, und es ehrt mich sehr, daß Sie in mir den sogenannten idealen Schwiegersohn vermuten, aber ich will und kann nicht in Ihre Familie einbrechen. Ich will ganz von vorn anfangen mit einer Frau, die genau so mittellos dasteht wie ich. Nur so, glaube ich, könnte ich mich frei und zwanglos bewegen, nicht ständig das Gefühl im Nacken..."

"Wer hat Ihnen diese absurde Meinung eingeredet, Karlchen?" fuhr Heidrun dazwischen. "Was sollen wir Ihnen noch mehr bieten? Ein wärmeres Nest wird Ihnen woanders wohl kaum geboten. Hier werden Sie mit offenen Armen aufgenommen. Und wir werden auch dafür Sorge tragen, daß Sie schnell Arbeit finden, Karlchen."

Karl-Otto war gerührt. Wie sie das so liebevoll betont dahersagte, das "Karlchen"! Es klang wie eine Liebeserklärung. Jedoch auch das stimmte Karl-Otto nicht um. Er blieb hart!

Nachdem die Flasche Wein geleert war, holte Heidrun noch eine neue herauf. Das Thema "Horst" stand wohl noch im Raum, aber man kam auf keinen gemeinsamen Nenner. Schließlich wechselte man den Gesprächsstoff und legte eine Schallplatte auf. Zum Tanzen war keinem zumute. Mit der Bemerkung: "Ich würd's mir an Ihrer Stelle noch einmal gründlich überlegen. Sie machen einen großen Fehler... glaube ich, Herr Franke", verließ Martha Ladiges die Dachkammer. Kaum war sie draußen, näherte sich Heidrun Karl-Otto, setzte sich ihm auf den Schoß und streichelte sein Gesicht. Behutsam und zärtlich glitten ihre feingliedrigen Finger über seine Wangen. Sie küßte ihn auf die Stirn, suchte seinen Mund, schloß die Augen und versank für einige Minuten in eine andere Welt, in eine Wunschwelt. So stellte sie sich ein Leben mit Karl-Otto vor, nur ihm wollte sie fortan gehören, nur er sollte ihr Glück sein. Aber sie ahnte nicht, was in Karl-Ottos Kopf vor sich ging: Anfangs empfand er Heidruns Küsse wohltuend und genoß sie. Auch er, hervorgerufen durch den Weingenuß, hatte das Gefühl, weit entschwebt zu sein. Doch plötzlich kam die Ernüchterung. Er durfte sich nicht in Heidrun verlieben. Die Affäre mußte beendet sein, bevor sie erst bedenkliche Formen annahm. Sanft löste er sich aus Heidruns Umarmung und sagte, als sie überrascht die Augen aufschlug: "Bitte, Heidi, laß uns nur gute Freunde bleiben! Ich kann nicht anders... und ich will auch nicht anders... verstehst du das nicht? Du hast deinen Horst! Auf die Dauer wäre ich dir eine Belastung, denn, wie du weißt, ich habe keinen richtigen Beruf, könnte dir finanziell nichts bieten. Ich will unabhängig sein. Ich will ganz von unten anfangen und mir selbst eine Existenz aufbauen, auch wenn es noch lange dauern sollte. Übrigens bist du..."

"Ja, natürlich, darauf habe ich noch gewartet... Zu alt bin ich dir, wolltest du sagen! Aber du mußt es ja wissen, was du machst! Ich kann dich nicht an mich binden, dich nicht zwingen, Vernunft anzunehmen. Jedoch eines, Karlchen Franke, das kann ich dir prophezeien: Du wirst in dein Unglück hineinlaufen! Es wird der Tag nahen, an dem du sehnsüchtig an mich zurückdenken wirst und bitter bereuen, meinen, unseren Vorschlag nicht angenommen zu haben. Der Weg, den du beschreiten willst, wird ein Irrweg, ein Weg mit Dornen und Belastungen..."

"Nein, du mißverstehst mich, Heidi", versuchte Karl-Otto die aufgebrachte junge Frau zu beruhigen. "Ich wollte doch nur erwähnen, daß du für mich viel zu schade bist. Dir steht die Welt offen... Ich werde es schon allein schaffen, Heidi! Ich bin mit Entbehrungen aufgewachsen. Krieg und Gefangenschaft haben mich geprägt. Meine Ansprüche an das Leben sind minimal. Im nächsten Jahr sieht es für mich vielleicht schon..."

"Aber nur vielleicht", sagte Heidrun über die Schulter hinweg, nahm die Weingläser und entfernte sich.

***

Obwohl sich das Verhältnis im Haus merklich abgekühlt hatte, ließ es sich Martha Ladiges dennoch nicht nehmen, Karl-Ottos 23sten Geburtstag auszurichten. Sie hatte sogar ihr Kaffeekränzchen geladen. Man beschenkte ihn reichlich. Von Heidrun bekam er eine lederne Aktentasche. Sie saß ihm während der Feier gegenüber und scheute sich nicht, wiederholt mit einem Auge zu zwinkern oder ab und zu mit der Schuhspitze gegen Karl-Ottos Wade zu stoßen. Sie tat es gefühlvoll und so sachte, daß es Karl-Otto jedesmal heiß durchlief. Horst, Heidruns Verlobter, döste vor sich hin, saß da wie ein Ölgötze und beteiligte sich kaum an einem Gespräch. In seiner Naivität schien er wohl gar nicht mitbekommen zu haben, was sich noch vor kurzem zwischen seinem "Heidilein" - so nannte er Heidrun" - und Karl-Otto anzubahnen begann.

Bis in die späte Nacht hinein hatte sich Karl-Ottos Geburtstagsfeier hingezogen. Erst gegen Mittag erwachte er mit einem "Brummschädel", kleidete sich rasch an und begab sich in die Stadt. Er brauchte unbedingt frische Luft. Morgen gab es wieder "Stempelgeld". Dann stellte sich erneut die obligatorische Frage: Wann gibt es endlich Arbeit? Karl-Otto mußte unbedingt arbeiten, Geld verdienen, regulär Geld verdienen. Zwar verdiente er sich bereits seit mehreren Wochen durch gelegentliches Musizieren einige Mark zu seinem "Stempelgeld" hinzu, litt keine große finanzielle Not, aber ständig saß ihm die Angst im Nacken, denn was er tat - wie viele andere auch-, das war "Schwarzarbeit" und wurde geahndet, zog sogar den zeitweiligen Verlust der Arbeitslosenunterstützung nach sich.

***

Im großen und ganzen fühlte sich Karl-Otto in seiner neuen Heimat recht wohl. Die kleine Stadt, zwischen den grünen Höhenzügen des Elm und des Lappwalds gelegen, mit ihren historischen Bauten und den zahlreichen Fachwerkhäusern, bot fast alles, was ein junges Männerherz begehrte. Auch hübsche Frauen und Mädchen! Natürlich hatte Karl-Otto schon dann und wann mit der einen oder anderen Stadtschönheit kurz angebändelt, aber die, die seinen Vorstellungen entsprach, war ihm noch nicht über den Weg gelaufen. Manchmal wurde er schwermütig. Dann saß er in irgendeinem Lokal vor seinem Glas Bier und ließ die Vergangenheit aufleben, erinnerte sich an die Kindheit, an die vielen schönen Stunden mit Inge, die im Bombenhagel ihr junges Leben verlor und an die schrecklichen Erlebnisse in der Gefangenschaft. An seine Mutter dachte er weniger. Sie schrieb zwar fleißig und versuchte in jedem Brief ihren Sohn davon zu überzeugen, daß es für ihn am besten wäre, wenn er zu ihr käme. Sie hätte große Sehnsucht nach ihm. Ziemlich späte, dachte dann Karl-Otto. Als er einmal anfragte, wie sie sich denn heute dazu stelle, daß er bis zum elften Lebensjahr zuerst mit dem Säuglingsheim und dann drei verschiedenen Pflegeeltern vorliebnehmen mußte, reagierte sie auch nicht mit einer Silbe. Der Zustand blieb so, wie er immer gewesen war: Sie war seine Mutter, blieb ihm jedoch fernerhin fremd!

Mittlerweile begann es zu dämmern. Karl-Otto wandte sich von den Auslagen im Schaufenster des Buchladens ab, obgleich er gern das eine oder das andere literarische Werk erstanden hätte, und schlenderte zum Lichtspielhaus. Die nächste Vorstellung sollte in einer halben Stunde beginnen. Einige Leute standen schon herum und warteten auf Einlaß. Karl-Otto stellte sich abseits und rauchte eine Zigarette. Plötzlich tippte ihm jemand auf die Schulter. Erschrocken fuhr er zusammen und drehte sich um. Vor ihm stand Axel, ein Gitarrist, mit dem er neulich auf einer Hochzeit musiziert hatte. "Na sowas... Das ist aber ein Zufall!" staunte Karl-Otto. "Ich denke, du wohnst in einem Dorf? Oder bist du neuerdings auch ein Stadtmensch geworden?"

"Ich wohne noch immer in Mittlingen", entgegnete Axel, schmunzelte und machte eine Kopfbewegung zu den beiden Mädchen hin, die händchenhaltend wie zwei Unschuldsengel dastanden. "Hier hab' ich uns gleich für heute abend Begleiterinnen mitgebracht! Hübsche Mädchen... nicht wahr?"

Axel stellte Karl-Otto die beiden Frauen vor: "Diese hier, die kleine schnuckelige Maus mit den braunen Haaren, die ist leider vergeben! Wir werden uns demnächst verloben. Für dich bleibt nur noch Beate übrig. Sieht sie nicht toll aus?"

Die Frauen kicherten verlegen. Vera, die 22jährige, Axels Freundin, reichte Karl-Otto die Hand und sagte: "Ach, Sie sind der Akkordeonspieler... Axel hat mir schon einiges über Sie erzählt. Ich mache auch Musik. Blockflöte und Radio..."

Alle lachten über ihren Scherz. Nun wandte sich Karl-Otto ihrer Schwester zu. 24 Jahre war sie alt, hatte blonde Haare und etwas tiefliegende blaue Augen. Sie sah weder hübsch noch häßlich aus; ein ganz gewöhnlicher Durchschnitt. Axels Freundin hätte Karl-Otto mehr zugesagt. Jedenfalls hielt Beate keinem Vergleich stand mit Elsa, Anita und Heidrun. Vielleicht schraubte Karl-Otto seine Ansprüche auch zu hoch, beurteilte eine Frau nur nach ihrem Äußeren und ließ sich von jugendlicher Schönheit blenden. Die inneren Werte schienen ihm zweitrangig zu sein. Ohne zu überlegen, brach er auch jetzt den Stab über eine Frau, die er doch noch gar nicht kannte.

Beate schien nicht auf den Mund gefallen zu sein. Wie einen vertrauten Bekannten begrüßte sie Karl-Otto, schüttelte kräftig seine Hand - beinahe schon zu lange - und bemerkte ungezwungen: "Na, jetzt bin ich ja erleichtert! Endlich brauche ich nicht nur das 'fünfte Rad am Wagen' zu sein. Sie kommen wie gerufen, Herr Karl-Otto... Sie sind mein Typ!"

Ein nachdenkliches Schmunzeln glitt über Karl-Ottos glattrasiertes Gesicht. Die geht aber ran, dachte er. Scheinbar hatte sie Erfahrung im Umgang mit Männern. Aber wo waren ihre besonderen Reize? Besaß sie gewisse andere Qualitäten, die sie so selbstsicher auftreten ließen, daß ihr ungehemmt Bemerkungen über die Lippen sprudelten, die eine Frau gewöhnlich nicht von sich gab, schon gar nicht, wenn man sich zum erstenmal begegnete? Oder war sie so ungebildet, daß sie einfach etwas daherredete, unüberlegt, taktlos, wie ihr der Schnabel gewachsen war? Wie sollte sie Karl-Otto einordnen?

"Ehrlich? Bin ich Ihr Typ?" tat Karl-Otto erstaunt. "Sie gefallen mir auch! Eine entzückende Frisur tragen Sie", rutschte es ihm ungewollt heraus. Er war sich im Moment nicht schlüssig, ob er sie mochte oder nicht. Hübsche Beine hatte sie ja, aber ansonsten ließ ihre Figur zu wünschen übrig.

"Nun kommt schon, wir müssen uns an der Kasse anstellen!" mahnte Axel und zwinkerte Karl-Otto zu. "Der Film läuft zwei Stunden... Da bleibt euch Zeit genug, um euch zu beschnuppern."

Sie hatten Sperrsitz genommen. Die hinterste Reihe. Ideal, um sich näher "kennenzulernen". Beate nutzte die Gelegenheit weidlich aus. Auch Karl-Otto legte seine anfangs beinahe schon übertriebene Reserviertheit Beate gegenüber mehr und mehr ab, betastete ihre Knie, ihre Oberschenkel und schließlich den Busen. Bis zum ersten Kuß war es dann nicht mehr weit. Aber bei Karl-Otto sprang der entscheidende Funke dennoch nicht über. Das natürliche Verlangen, mit Beate zu schlafen, regte sich nicht. Nach dem Film verblieb man dahingehend, es dem Zufall zu überlassen, wann ein erneutes Treffen stattfinden sollte. "Ich werde dich schon irgendwo in der Stadt treffen", sagte Beate, als sie Karl-Otto zum Abschied die Hand reichte. "Bei Rechtsanwalt Koschnick bin ich Hausmädchen... In der Bahnhofstraße. Vielleicht kannst du auch mal vorbeikommen..."

***

"Na, das kann ja heiter werden... Da hab' ich mir aber was eingebrockt", brummte Karl-Otto vor sich hin, als er am nächsten Morgen zum Arbeitsamt stiefelte, sich in die Schlange der Wartenden einreihte und mürrisch seine Meldekarte vorlegte, als er nach gut einer Stunde vor seinem "Sachbearbeiter" stand, der ihm jedoch nicht, wie gewohnt, den Stempel hineindrückte, sondern eine weiße postkartengroße Zuweisung über den zerkratzten Bürotresen schob mit der Bemerkung: "Unbedingt noch heute vorstellen, sonst wird die Unterstützung gestrichen!"

Wie ein Kleinod streichelte Karl-Otto die von allen Arbeitslosen so heißbegehrte Zuweisung, auch wenn es sich nur um eine Notstandsarbeit handelte. Zumindest bestand vorerst die Möglichkeit, Geld zu verdienen. Bei Eignung und Zuverlässigkeit winkte sogar die Übernahme in ein festes Arbeitsverhältnis. Vor allem konnte man auch wieder daran denken, die nötigsten Anschaffungen ins Auge zu fassen. Und auch die Wohnraumfrage rückte in andere Dimensionen.

Es war eine schwere, ungewohnte Arbeit, die Karl-Otto verrichten mußte: Tiefbau! Straßentiefbau. In den ersten Tagen wollte Karl-Otto schon das Handtuch werfen, aber sein Schachtmeister redete ihm gut zu. "Bilde dir ja nichts darauf ein", sagte er, "aber du bist einer von den wenigen mit Grips im Kopf, die hier umherkrauchen. Ab nächster Woche werde ich dich als Rohrlegerhelfer einsetzen. Dann brauchst du nicht mehr zu schachten. Das ist keine Arbeit für dich."

Und so geschah es dann auch. Karl-Otto verlegte mit einem aufgeschlossenen und geistig beweglichen jungen Mann Kanalisationsrohre in etwa vier Metern Tiefe. Obwohl sie im Akkord arbeiteten, nahmen sie sich dennoch die Zeit, privat zu plaudern. Karl-Ottos sogenannter Vorgesetzter hieß Otto, spielte Gitarre und blies außerdem Saxophon. Was lag also näher, als daß sie sofort den richtigen Draht zueinander fanden und Pläne schmiedeten, künftig gemeinsam Musik machen wollten. Gemeinsam verbrachten sie auch in den kommenden Wochen ihre Freizeit, übten die neuesten Schlager ein und besuchten des öfteren jene Gaststätte, in der Helmut Cornelius zum Tanz aufspielte. Auch Axel ließ sich dort bisweilen sehen mit seiner Freundin - und Beate! Karl-Otto hatte nur Augen und Ohren für die Musik. Um Beate kümmerte er sich wenig; sie sich um ihn um so mehr. Sie schien sich in letzter Zeit verändert zu haben, war nicht mehr so vorlaut, pflegte Anstandsformen und kleidete sich auch geschmackvoller als in den ersten Tagen ihrer Bekanntschaft, die nach wie vor locker und auf Distanz beruhte. Beate versuchte, sich stets von der besten Seite zu zeigen, wollte Karl-Otto unter allen Umständen imponieren. Vielleicht lag es an Karl-Ottos "kalter Schulter", die er ihr offensichtlich zeigte oder vielmehr daran, daß er Beate einmal zu verstehen gegeben hatte, er würde niemals ein Mädchen vom Lande heiraten. Karl-Otto konnte sich verhalten wie er wollte - Beate ließ nicht locker! Man konnte nicht sagen, daß sie ihn auf Schritt und Tritt verfolgte, aber es war dennoch ein ständiges Nähern, Vortasten und Aushorchen, wie er sich seine Zukunft vorstellen würde.

"Willst du überhaupt nicht heiraten?" fragte Beate eines Abends, als sie mit Karl-Otto in dessen Dachkammer auf dem Metallbett lag und in einem Groschen-Romanheft blätterte.

"Beate", entgegnete Karl-Otto genervt, "ich hab' dir schon so oft versucht klarzumachen, daß wir nicht heiraten können. Womit sollen wir heiraten? Sollten wir gleich mit Schulden anfangen? Ich weiß doch gar nicht, ob ich meine Arbeit behalte."

"Ich arbeite doch! Für das Allernotwendigste werde ich anfangen zu sparen. Du findest bestimmt auch mal feste Arbeit."

"Und eine Wohnung?" warf Karl-Otto ein. "Woher eine Wohnung?"

"Im Laufe der Zeit findet sich schon etwas."

"Das glaubst doch nur du. Bei der Wohnungsnot können wir..."

"Wenn alle Stränge reißen sollten, ziehen wir in Mittlingen in eine Deputatwohnung... Die sind zu bekommen! Allerdings müßten wir dann beide beim Bauern arbeiten."

"Beim Bauern arbeiten? Im Kuhstall? Auf dem Feld? Bei Wind und Wetter? Nein, Beate, nicht mit mir! Lange genug mußte ich während meiner Kindheit im Schweine- und Kuhmist herumtreten. Ich möchte etwas aus meinem Leben machen."

"Nun gib bloß nicht so an, Karlchen! In der heutigen Zeit mußt du jede Arbeit annehmen... Wir, vom Lande, wir scheuen keine Arbeit. Meine Eltern sind auch Landarbeiter... Und sie haben uns alle großgezogen. Guck dir mal meine 13 Geschwister an! Alle sind sie wohlgenährt. Mein Vater ist Gespannführer."

Mein Gott, dachte Karl-Otto, wie könnte ich nur der Frau plausibel machen, daß ich nicht ans Heiraten denke, schon gar nicht im entferntesten, sie zu heiraten... Sicher, sie hatte ein gutes Herz, sie versorgte ihn laufend mit hochwertigen Lebensmitteln, mit Zigaretten und auch mal eine Flasche erstklassiger Cognac war dabei, wenn sie ihm ihre prallgefüllte Einkaufstasche überreichte. Natürlich kam ihm alles wie gerufen, und trotzdem wehrte er sich dagegen, mit Beate eine engere Bindung einzugehen. Sie waren gewissermaßen gut befreundet. Wochenlang waren sie bereits befreundet, und es hätte ihnen niemand abgenommen, daß sie noch nicht einmal miteinander geschlafen hatten. Karl-Otto wollte es nicht! Machte Beate diesbezüglich Anspielungen, so erfand er stets fadenscheinige Ausreden. Entweder war er müde, hatte Kopfschmerzen oder er gab zu verstehen, daß man vor der Verlobung so etwas nicht tun sollte. Und Beate ließ sich vertrösten!

"Wissen deine Leute schon, daß du mich kennst? Hast du ihnen berichtet, wer ich bin?" forschte Karl-Otto lauernd.

"Natürlich! Ein paarmal haben wir schon über dich gesprochen! Mein Vater möchte dich gern kennenlernen, nur meine Mutter, die hat etwas gegen Flüchtlinge, gegen alle Leute, die aus der 'kalten Heimat' kommen. Aber das darfst du..."

"Daran hab' ich mich inzwischen gewöhnt", winkte Karl-Otto ab. "Gegen Vorurteile läßt es sich schwer ankämpfen. Man lernt, damit zu leben."

"Na ja", räumte Beate ein, "vielleicht meint meine Mutter das gar nicht so... Bald werdet ihr euch auch kennenlernen."

***

Seitdem Karl-Otto gelegentlich Beate auf seine Dachkammer mitbrachte, kühlte das Verhältnis zu seiner Vermieterin bedenklich ab. Es lag was in der Luft! Karl-Otto befürchtete, in absehbarer Zeit von Martha Ladiges die Wohnraumkündigung vorgelegt zu bekommen. Dann konnte es heikel werden; dann würde er doch Beates Vorschlag annehmen, ihre Eltern kennenlernen und notgedrungen zu ihr ziehen müssen. Aber noch war es nicht soweit! Sollte es tatsächlich einmal soweit kommen, würde sich eventuell auch eine andere Möglichkeit ergeben. Schließlich stand Karl-Otto in Arbeit, war einigermaßen finanziell beweglich und hatte somit größere Chancen, eine andere Wohnung zu finden als ein Arbeitsloser.

Mit Heidrun pflegte Karl-Otto lockeren Kontakt. Immer wieder nahm sie die Gelegenheit wahr - wenn Beate das Haus verlassen hatte - ihn unter irgendeinem fadenscheinigen Grund aufzusuchen. Sie machte keine Annäherungsversuche, redete jedoch pausenlos auf Karl-Otto ein, das "Dorflottchen", wie sie mißbilligend betonte, endlich laufen zu lassen. Nur ein einziges Mal verlor Heidrun die Beherrschung, nahm Karl-Otto zärtlich in die Arme und hauchte: "Warum erwiderst du meine Liebe nicht? Du brauchst dich nur für mich zu entscheiden, Karlchen, alles andere, das Problem mit Horst, regele ich..."

Aber Karl-Otto ließ sich nicht erweichen. Er wußte selbst nicht, was er überhaupt wollte. Einerseits hegte er den unbeugsamen Wunsch, eine Familie zu gründen, andererseits klammerte er sich an die wiedergewonnene

Freiheit, die er möglichst lange zu genießen gedachte. So wandelte er ständig auf einem schmalen Grat. Von beiden Seiten reckten sich ihm Hände entgegen. Hilfreiche, lockende und verlockende Hände, jedoch welche meinten es ehrlich? Welche durfte er festhalten, ein Leben lang? Welche würden ihm Zärtlichkeit geben? Gab es überhaupt Hände, die in der Lage waren, einen Karl-Otto Franke, dem das Schicksal in seiner Kinder- und Jugendzeit hart mitgespielt hatte, festzuhalten? Ihm fehlte die Lebenserfahrung, um zu sondieren, wer es mit ihm ehrlich meinte, welcher Weg der richtige war, den er beschreiten sollte. Seine Urteilskraft reichte nicht aus, Fehler zu erkennen, die er bislang gemacht hatte. Wahrscheinlich hatte er stets das ihm greifbar nahe Glück mit Füßen getreten.

***

"So, Franke, das ist nun leider die letzte Lohntüte, die ich dir jetzt überreiche", sagte der Schachtmeister mit einem ehrlichen Bedauern in der Stimme. "Du warst sehr fleißig und ich hätte dich gern behalten, aber... Jedenfalls habe ich dich in meinem Notizbuch stehen. Sollte unsere Firma Stammarbeiter einstellen, dann melde ich mich. Hoffentlich werden die Notstandsarbeiten bald abgeschafft... Du hast gut gearbeitet, Franke!"

Obwohl Karl-Otto sich darüber im klaren gewesen war, daß eine Notstandsarbeit nie von Dauer sein könnte, schlug es ihm dennoch auf den Magen, Hals über Kopf entlassen zu werden. Bis zu einer neuen Zuweisung konnten Monate vergehen, denn jeder sollte einmal kurzfristig in den Arbeitsprozeß einsteigen, damit er das Arbeiten nicht ganz verlernte. Allerdings begegnete man auch schon damals sogenannten "Berufsarbeitslosen", die das Faulenzen als sehr angenehm empfanden. Sie machten grundsätzlich um jede Arbeit einen großen Bogen, gingen eher betteln oder stehlen, als daß sie einen

Finger krumm machten. Zu diesen Leuten zählte Karl-Otto nicht. Er suchte und fand stets eine Beschäftigung, wenn es sich meistens auch nur um stundenweise Arbeit handelte, die immerhin ein paar Mark einbrachte. Irgendwie wollte er über die Runden kommen. Nur nicht die Hoffnung aufgeben, redete er sich ständig ein. Er vertraute darauf, daß sich sein Vaterland, das geschlagene Deutschland, eines Tages von den Folgen des schrecklichen Krieges erholen würde und sein Schicksal selbst in die Hand nahm. Der erste Schritt war bereits getan: Am 23. Mai 1949 hatte man das "Grundgesetz" verkündet, das als provisorische Verfassung gedacht war! Die Bundesrepublik Deutschland war geboren! Die Siegermächte hatten sich nicht zu einem einheitlichen deutschlandpolitischen Konzept durchringen können. So entstand aus den französischen, britischen und amerikanischen Besatzungszonen der deutsche Teilstaat Bundesrepublik Deutschland, mit dem als provisorische Verfassung gedachten "Grundgesetz". Prompt reagierte die Sowjetunion auf die Gründung der Bundesrepublik am 7. Oktober 1949 mit der Gründung der "Deutschen Demokratischen Republik". Trotz dieser eingetretenen bitteren Tatsache, glaubten dennoch viele an eine baldige Vereinigung beider Staaten.

Wahrscheinlich hielten die mit dem "Hitlerregime" überwiegend negativen Erfahrungen viele Menschen davon ab, sich wieder politisch zu betätigen, obwohl die demokratischen Parteien den Wiederaufbau der Bundesrepublik fest in der Hand hatten, nicht zuletzt durch die großzügige amerikanische "Marshallplanhilfe", die einigen westeuropäischen Ländern seit dem 3. April 1948 zuteil wurde. Auch die zahlreichen Spendenpakete der amerikanischen Bevölkerung, die sogenannten "Care-Pakete", hatten dazu beigetragen, wieder neuen Lebensmut zu fassen; hatten unzählige alte und kranke Menschen vor dem sicheren Hungertod bewahrt. Diese humane Geste der Amerikaner trug natürlich auch dazu bei, das durch den sinnlosen Bombenterror gegen die deutsche Zivilbevölkerung entstandene Feindbild abzubauen. Aus ehemaligen Feinden wurden hilfreiche Freunde. Aber die großzügige Hilfe der Siegermächte hatte auch einen politischen Hintergrund: Man brauchte Westeuropa als Bollwerk gegen den Bolschewismus! Der "kalte Kriege" nahm ernste Formen an. Die beiden Supermächte Amerika und die UdSSR standen sich an der deutsch/deutschen Grenze feindlich gegenüber. Hier waren aus ehemaligen Waffenbrüdern Feinde geworden. Niemand ahnte damals, daß sich die Lage noch drastischer zuspitzen könnte, es zur unvorstellbaren militärischen Aufrüstung auf beiden Seiten kommen würde.

***

Karl-Otto kümmerte sich kaum um die Weltpolitik. Was im eigenen Land geschah, nahm er wohl zur Kenntnis, aber daß er auf den Gedanken gekommen wäre, sich politisch zu engagieren, was ihm wiederholt angeboten wurde, das fiel ihm nicht einmal im Traum ein. Er fühlte sich im Stich gelassen, betrogen und gedemütigt von Deutschland, von seinem Vaterland, für das er in den Krieg gezogen war, jahrelange Gefangenschaft hatte hinnehmen müssen, und das ihm dafür dankte, daß er ohne Arbeit sein mußte. Er war - wie viele andere ebenfalls - zu spät heimgekehrt. Viel zu spät. Er hatte gewissermaßen den Anschluß verpaßt. Alle Stellen, alle guten Arbeitsplätze waren längst besetzt. 1945, gleich nach Kriegsschluß, da boten sich ungeahnte Möglichkeiten, einen guten Job zu erwischen. Ganz gleich, ob der einzelne qualifiziert war oder nicht. Ausschlaggebend war, um eingestellt zu werden - das betraf insbesondere den öffentlichen Dienst -, daß der "Bewerber" den Nachweis erbrachte, kein Nazi gewesen zu sein. Und so konnte es nicht ausbleiben, daß Leute Positionen innehaben durften, denen sie nicht gewachsen waren, sie dennoch bekleideten, weil ihre teils dunkle Vergangenheit nicht nachprüfbar war. Zum Glück wurden einige im Laufe der Zeit entlarvt. Man entfernte diese Leute wieder, nachdem ihnen nachgewiesen werden konnte, daß sie anstatt einer Widerstandsbewegung angehört zu haben oder in Konzentrationslager verschleppt worden waren, den Kriminellen zugeordnet werden mußten. Trotzdem saßen noch immer einige fest im Sattel.

***

Im Restaurant "Zu den drei Eichen" floß das Bier wieder einmal in Strömen. Adrian Briegel, genannt "Der Schwarzmarkt-König", feierte seinen 50ten Geburtstag. Eine Runde nach der anderen gab er aus. Jeder durfte essen, was er wollte. Auf der kleinen Tanzfläche drängten sich die beschwipsten Paare und feuerten Helmut Cornelius an, noch kräftiger in die Tasten zu hauen. Es herrschte eine Hochstimmung, wie schon lange nicht mehr. Alle Plätze waren besetzt. Martin, der Wirt, mußte sogar noch die Gartenstühle herbeischaffen, um alle Gäste unterzubringen, die dichtgedrängt an den Tischen saßen. Es war eine kunterbunte, zechende Gesellschaft, die an jenem Samstagabend im November des Jahres 1949 das geräumige Restaurant füllte.

Vor einer halben Stunde hatte sich auch Karl-Otto eingefunden. Er saß an einem runden Tisch inmitten junger Leute, die er von seinen früheren Besuchen her kannte. Aber er kam nicht so recht in Stimmung. Gedankenverloren starrte er zum Podium und lauschte der Musik. Plötzlich stieß ihm sein Tischnachbar, ein dreißig Jahre alter Bäckergeselle, mit dem er schon des öfteren diskutiert hatte, unsanft in die Rippen und sagte: "Jetzt hör' mal endlich auf, Trübsal zu blasen, Karlchen! Komm, wir setzen uns an den Tresen und dann erzählst du mir, was dich so bedrückt. Vielleicht kann ich dir helfen, zumindest werde ich versuchen, dir einen Rat zu geben."

Karl-Otto nahm auf einem Barhocker Platz, schlenkerte unruhig mit den Beinen und prustete dann ziemlich ungehalten heraus: "Ihr könnt alle gut reden... Ihr steht in Arbeit, habt eine Wohnung und das Geld stimmt auch! Ich will ja nicht jammern und auch nicht bedauert werden, Alfred, aber versetze dich mal in meine momentane Lage: Keine Arbeit, nur ein paar Mark in der Tasche und - nichts Schlimmeres konnte mir im Augenblick passieren! - die Wohnung, meine kleine Dachkammer, wurde mir heute gekündigt! Weißt du überhaupt, was das für mich bedeutet? Ich werde ein Sozialfall! Mich weisen sie in eine Obdachlosensiedlung ein... Unter asozialen Typen werde ich hausen müssen! Jeder wird fortan einen großen Bogen um mich machen..."

"Sieh nicht gleich alles so schwarz, Karlchen! Trink erst mal mit mir einen Schnaps! Auch für dich wird bald wieder die Sonne scheinen! Es geht doch wieder aufwärts in Deutschland", beruhigte der Bäckergeselle Karl-Otto.

Der stämmige dunkelhaarige Wirt schenkte ein. Er war 40 Jahre alt und hatte zehn davon der französischen Fremdenlegion geopfert. Seine Herkunft hielt er geheim, aus welchen Gründen auch immer. Die einen meinten, er sei Elsässer, andere wollten wissen, daß seine Wiege in Griechenland gestanden habe. Jedenfalls war er ein netter und hilfsbereiter Mensch, der stets für die Leute, die sich in seinem Lokal anständig benahmen und die ihm sympathisch waren, ein offenes Ohr hatte. Karl-Otto mochte er besonders gern. Schließlich kannte er ihn schon länger, hatte ihn mehrmals auf dem Akkordeon spielen hören und erwog sogar, ihn eventuell zu engagieren.

Trotz des lauten Stimmengewirrs im Lokal und obwohl Martin hinter dem Tresen mit dem Einschenken voll beschäftigt war, schien ihm dennoch das Gespräch zwischen Alfred und Karl-Otto nicht entgangen zu sein. Ohne mit dem Polieren der Biergläser innezuhalten, beugte er sich vor, schaute Karl-Otto sorgenvoll in die Augen und sagte mit seiner sonoren Stimme: "Nun reiß dich mal ein bißchen zusammen, Junge! Was meinst du wohl, wenn ich in meinem Leben wegen jeden kleinen Rückschlags den Kopf hätte hängen lassen, wo ich dann geblieben wäre? Glaubst du, ich stünde jetzt hier?"

"Redet nur... redet mir nur Mut zu", konterte Karl-Otto. "Ich werde alles sauber registrieren, jeden Morgen nach dem Aufstehen eure Ratschläge laut..."

"Beruhige dich doch, Karlchen!" nahm jetzt Alfred das Wort. "So, wie ich Martin kenne, findet er für dich bestimmt eine Lösung. Er kennt so viele Leute, und da wäre es doch gelacht, wenn nicht jemand für dich einen Job hätte."

"Stimmt!" nickte Martin. "Aber da woll'n wir erst gar nicht lange experimentieren, sondern sofort zur Tat schreiten." Er schlug Karl-Otto leicht auf die Schulter, blinzelte ihm aufmunternd zu, wandte sich zum Musikerpodium und rief: "Komm mal kurz her, Helmut!"

Ahnungslos nahte Cornelius, der Doktor der Philosophie, begrüßte freundlich Karl-Otto und fragte: "Na, Martin, hast du schon wieder einen Sonderwunsch oder sollen wir noch lauter spielen? Das kostet aber ein Bier extra, mich vom Podium..."

"Alles in Ordnung, Helmut", wehrte der Wirt ab. "Mir fällt nämlich gerade ein, daß du deine Kapelle vergrößern möchtest. Ich bin damit einverstanden! Schmeiß endlich den lahmen Schlagzeuger raus und nimm Karl-Otto. Den Gitarristen, der neulich mal mitspielte, den könntest du ja noch dazunehmen. Ich laß dir freie Hand. Meinst du, Helmut, daß Karlchen schon seinen Mann steht? Hast ihn genug ausgebildet? Kann er mithalten?"

"Jederzeit, Martin", sagte Cornelius und legte seinen Arm um Karl-Ottos Schulter. "Wenn ich nur immer solche fleißigen Schüler wie Karlchen gehabt hätte, dann wäre ich froh gewesen. Ich kann Karlchen ohne Bedenken einsetzen! Und den Gitarristen, der auch Saxophon bläst, den nehme ich hinzu... Was glaubst du, Martin, was wir für eine Musik machen werden!"

***

Karl-Ottos prekäre Situation war gerettet. Bereits zwei Tage später zog er um. Natürlich verabschiedete er sich von Martha Ladiges und Heidrun und war erstaunt, daß man ihn freundlich zum Kaffee einlud. Martha erließ ihm sogar noch die restliche Miete. Zum letzten Mal bedauerten beide, daß Karl-Otto nicht auf ihre gutgemeinten Vorschläge eingegangen war.

Vorerst glücklich und zufrieden streckte sich Karl-Otto auf seinem neuen Lager aus, auf einem angerosteten Metallbett, das bei der geringsten Bewegung quietschte und schaukelte wie ein alter Dampfer auf hoher See. Von den schrägen Wänden hingen die Tapeten in Fetzen. Mitten in dem schmalen Raum stand ein runder Tisch mit einem Stuhl davor. Als Waschgelegenheit diente eine zerbeulte Blechschlüssel, die auf einer uralten Kommode ihren Platz hatte. In einer Ecke stand der Ölofen, der wohl einzige, wertvolle Gegenstand in der ungemütlichen Dachkammer, die, nur mit einem winzigen Klappfenster versehen, auch bei Tageslicht ständig im Halbdunkel lag. Den Fußboden bedeckte ein zerfledderter Teppich, auf dem noch gerade eben das Muster zu erkennen war. Aber das alles spielte im Moment überhaupt keine Rolle. In den nächsten Tagen wollte sich Karl-Otto einigermaßen häuslich einrichten. Demnächst konnte er mit der ihm zugesagten sogenannten "Soforthilfe" rechnen, die immerhin 100 Mark betragen sollte. Ihm erschien es am allerwichtigsten, erst einmal eine unabhängige Unterkunft zu haben, ohne Verpflichtungen Frauen gegenüber. Und auch finanziell brauchte er nicht zu klagen. Er durfte frei wohnen, bekam kostenlos sein Essen, mußte allerdings sechs Tage in der Woche Musik machen und erhielt dafür fünf Mark pro Abend. Er konnte sich gar nicht besser stehen. Hinzu kam auch noch die Arbeitslosenunterstützung. Genaugenommen übte Karl-Otto eine "Schwarzarbeit" aus, aber wer verdiente sich damals nicht gern etwas nebenbei?

Seitdem Helmut Cornelius in neuer Besetzung zum Tanz aufspielte, verzeichnete das Restaurant "Zu den drei Eichen" steigende Besucherzahlen. Nie zuvor war der Umsatz so hoch gewesen. Es hatte sich schnell herumgesprochen, wo die aktuellen Schlager intoniert wurden und stets Hochstimmung herrschte. Von weit und breit strömten die Tanzlustigen heran - vornehmlich an den Wochenenden - und suchten Entspannung, Abwechslung und Vergessen vom immer noch nicht rosigen Alltagsleben der Nachkriegszeit. Alleinstehende junge Frauen und Mädchen suchten ihre Chance wahrzunehmen, einen der relativ "dünngesäten" Männer zumindest für einen Abend an sich zu ziehen. Manche hatten Glück und fanden sogar den Partner fürs Leben. In der Tat: Bei dem Frauenüberschuß hatte es kein Mann nötig, allein zu sein! Aber welche Frau war die richtige?

Das fragte sich auch Karl-Otto. Er hatte die freie Auswahl. Die Frauen himmelten ihn an, nicht nur seiner Musik wegen, sondern auch, weil er ein stattlicher junger Mann war, inzwischen sein normales Körpergewicht wiedererlangt hatte und stets zu einem Flirt mit hübschen Frauen neigte. Schließlich war er ledig und niemand konnte ihn daran hindern, die gebotenen Gelegenheiten weidlich auszukosten. Jedoch eine Frau glaubte es zu dürfen: Beate! Fast jeden Abend erschien auch sie in dem Tanzlokal, wählte jedesmal einen Platz, von wo aus sie Karl-Otto ungehindert beobachten konnte. Manchmal brachte sie auch ihre Schwester und deren Freund Axel mit. Dann erhielt die Drei-Mann-Kapelle Verstärkung. Axel war nicht nur ein ausgezeichneter Gitarrist, sondern auch ein brillanter Sänger. Zu gern hätte Cornelius Axel als vierten Mann eingesetzt, aber der Wirt war aus finanziellen Gründen dagegen, obwohl er es sich hätte leisten können, denn sein Lokal war eine wahre "Goldgrube". Seine Stammgäste waren nach wie vor "Schwarzhändler, Schieber" und neuerdings verkehrten hier sogar "Grenzführer", die Leute von hüben nach drüben und umgekehrt gegen entsprechendes Entgelt durch den Lappwald schleusten, welche größtenteils Mangelwaren über die Grenze schmuggelten. So brachte man von drüben, aus der Deutschen Demokratischen Republik, beispielsweise Liköre, Kornbrand, Leder und Damen-Strümpfe herüber und tauschte die Waren gegen Salzheringe, Seidenunterwäsche und amerikanische Zigaretten ein. Gelegentlich beteiligte sich auch Karl-Otto an diesen verbotenen Geschäften, wenn auch nur im kleinen, und dennoch erbrachten sie hohe Gewinne.

***

Wieder einmal hatte die Stimmung in Martins Tanzlokal den Höhepunkt erreicht. Es war kurz vor Mitternacht, als plötzlich die Tür aufgestoßen wurde und herein stürmten mehrere Kriminalbeamte mit gezückten Pistolen. Einer brüllte in das Stimmengewirr hinein: "Niemand verläßt das Lokal! Bleiben Sie bitte auf Ihren Plätzen... Ausweiskontrolle! Ich warne Sie... Versuchen Sie nicht zu fliehen!"

Offensichtlich galt die unmißverständliche Anordnung nicht für alle, nicht für jene, die wahrscheinlich schon vorsorglich ihre Plätze nahe des Hinterausgangs gewählt hatten und - bevor die Beamten eingreifen konnten - wie der Blitz in den Toiletten verschwanden. Sofort hastete ein Polizist hinterher und pochte gegen die verschlossenen Türen. Er hätte es sich ersparen können, denn längst hatten sich die "Schwarzhändler-Könige" durch die engen Fenster gezwängt und das Weite gesucht.

Es war nicht das erste Mal, daß im Restaurant "Zu den drei Eichen" eine Razzia vorgenommen wurde. Jedesmal entkamen die Gesuchten, die "Großen". Folglich nahmen sich die Beamten die "Kleinen" vor; schließlich sollte sich ihr Einsatz wenigstens etwas lohnen. Und so begannen sie auch in jener Nacht Akten-, Hand- und Einkaufstaschen der Gäste durchzuwühlen und schienen noch stolz darauf zu sein, dem einen oder anderen geringe Mengen Schwarzmarktware zu entreißen.

Eine gute halbe Stunde hatten die Beamten kontrolliert und requiriert und schickten sich an, das Lokal zu verlassen. Karl-Otto atmete erleichtert auf. Aber er freute sich zu früh! Ihm stockte das Blut in den Adern, als er plötzlich die schnarrende Stimme des einen Beamten vernahm: "Laßt uns doch auch mal die Musiker näher unter die Lupe nehmen... Nur reine Routine", bemerkte er, als er aufs Podium stieg. "Vor dem Gesetz sind doch alle gleich..., nicht wahr?" fügte er noch grinsend hinzu, ließ Hugo den Gitarrenkoffer öffnen, untersuchte das Klavier, bis er schließlich vor Karl-Otto stand und zynisch bemerkte: "Na, denn mach' mal deinen Akkordeonkoffer auf! Vielleicht lohnt es sich doch noch für uns... Was hast du darin versteckt?"

"Nichts! Rein gar nichts!" log Karl-Otto und schickte sich an, den Koffer zu öffnen.

"Laß nur", sagte der Beamte. "Wir vergeuden nur unsere kostbare Zeit. Ihr seid ehrliche Leute und wäret ja dumm, euch mit 'Schwarzhändlern' einzulassen."

Karl-Otto setzte sich wieder. Erleichtert. Aber seine Hände und Knie zitterten, Schweißperlen standen auf seiner Stirn. Und das fiel einem anderen Beamten auf. Langsam wie eine Schlange näherte er sich Karl-Otto, sah ihm scharf in die Augen und fragte: "Sollte in dem Koffer doch etwas drin sein?"

"Nein!! Ich sagte doch schon, daß da nichts..."

"Und warum bist du so nervös?"

"Ach, das ist nur Ihre Anwesenheit!"

"So, so... unsere Anwesenheit! Wenn man eine reine Weste hat, dann bleibt man doch ruhig, ganz egal, wer auch auftaucht."

"Ich habe eine reine Weste und nichts zu verbergen", ging jetzt Karl-Otto aufs Ganze. "Von meiner Gage könnte ich..."

Der Beamte hob die Hand und grinste breit. Dann sagte er, jedes einzelne Wort durch die Zähne pressend: "Mach den Koffer auf! Ich rieche so etwas! An der Nasenspitze seh' ich's dir an, daß du den Koffer voll hast!"

Eine maßlose Wut packte Karl-Otto, als er mitansehen mußte, wie sein Akkordeonkoffer ausgeplündert wurde. Erst vor zwei Stunden hatte er diverse Kugelschreiber, Feuerzeuge und Rasierklingen von einem "Schwarzhändler" aufgekauft und alles in den Koffer verstaut. Er hatte auch schon einen Abnehmer, den er am nächsten Tag treffen wollte. Mindestens 300% wären bei dem Geschäft herausgesprungen. Und nun dieses Pech! Seine 100 Mark "Soforthilfe", die er noch vormittags freudestrahlend in Empfang genommen hatte, die er bis zum letzten Pfennig in die Ware gesteckt hatte, waren nun verloren. Karl-Otto durfte froh sein, daß ihn die Kriminalbeamten nicht zur Anzeige brachten. An Ort und Stelle wurde die Angelegenheit geklärt. Wieder einmal hatte es die Falschen getroffen, die sich nur ein paar Mark zusätzlich verdienen wollten. Die "Großen", die Tausende verdienten, lachten sich währenddessen irgendwo ins Fäustchen.

***

Es war kalt geworden. Eines Morgens lag eine dichte Schneedecke über der Stadt. Die Temperatur sank ständig. Trotz der klaren, gesunden Luft fühlte sich Karl-Otto mit einemmal nicht wohl. Fröstelnd und leicht fiebernd schlenderte er durch die Neumärkerstraße, verweilte einige Minuten vor den Schaufenstern des Möbelhauses, das zumindest einen seiner Wünsche hätte erfüllen können, wenn nicht... Ja, wenn er nicht seine 100 Mark "Soforthilfe", die als Hausratshilfe gedacht war und nur zur Anschaffung von Bekleidung aller Art, Möbeln, Bettgestellen, Bettzeug und Haushaltsartikeln verwendet werden durfte, in "Schwarzmarktware" hineingesteckt hätte. Aus dem erhofften Geschäft war nun leider nichts geworden. Darüber kam Karl-Otto nicht so leicht hinweg. Vielleicht belastete die Angelegenheit derart sein Gemüt, daß er in den letzten Tagen immer lustloser wurde, nicht einmal genau sagen konnte, wo er Schmerzen empfand. Irgend etwas stimmte nicht mit ihm. Helmut Cornelius hatte noch am Abend zuvor gemeint, es könnte sich um eine leichte Grippe handeln, die bald vorüber sein würde. Aber verursachte eine Grippe auch heftige Schmerzen in der linken Brustseite? Rief sie Übelkeit und Brechreiz hervor? Nein, Grippe konnte es nicht sein! Es mußte eine andere, möglicherweise schwerere Krankheit sein. Sie konnte auch mit der Malaria zusammenhängen, die sich Karl-Otto auf Korsika zugezogen hatte.

Wenn Karl-Otto etwas verabscheute, so war es der Gang zum Arzt. Aus jeder Arztpraxis, an der er vorbei mußte, glaubte er Medizingeruch in der Nase zu verspüren. Ihn ekelte es vor diesem Geruch. Und so kostete es ihn einige Überwindung, als die Schmerzen in der Brust verstärkt auftraten, endlich einen Arzt aufzusuchen.

Nachdem die Sprechstundenhilfe Karl-Ottos Personalien aufgenommen und Fiebertemperatur gemessen hatte, stellte sie ihn dem relativ jungen Arzt vor. Freundlich lächelnd hieß er Karl-Otto den Oberkörper freizumachen. Jedoch sein Lächeln verflog, als er mit dem Stethoskop den Brustkorb seines Patienten abhorchte. "Das hört sich gar nicht gut an, Herr Franke! Wie lange verspüren Sie schon die Schmerzen?" fragte er mit sorgenvoller Miene.

"Seit ein paar Tagen! Mal stärker, mal weniger. Am

meisten, wenn ich den linken Arm hebe, dann zieht es. Dann ist es ein Gefühl, als schneide jemand mit dem Messer."

"Sie haben eine Rippenfellentzündung, Herr Franke... Eine leichte! Das kriegen wir schon hin... Machen Sie mal das Gesäß frei!"

Der Art und Weise nach zu urteilen, wie der Arzt die Kanüle in Karl-Ottos Pobacke stieß, mußte der Mediziner ein Militärarzt gewesen sein, in einem Kriegslazarett seine praktische Ausbildung erlangt haben. Der Einstich schmerzte wahnsinnig. Ob er nur eine Kanüle besaß, die nach jedem Gebrauch wieder geradegebogen und spitzgefeilt werden mußte, fragte sich Karl-Otto insgeheim.

“So, Herr Franke, das Fieber wird zurückgehen! Ich verschreibe Ihnen noch Tropfen und Salbe, und dann kommen Sie in drei Tagen wieder! Natürlich - darauf muß ich wohl nicht besonders hinweisen! - verordne ich Ihnen strenge Bettruhe."

Karl-Otto nickte, nicht begeistert von den Worten des Arztes. Mit der einen Hand rieb er sich die Einstichstelle der Spritze, die mittlerweile wie Feuer brannte, mit der anderen nahm er das Rezept entgegen und verließ nachdenklich die Praxis. Mit gebeugtem Rücken schlich er durch die Straßen. Das Atmen fiel ihm schwer. Jedesmal, wenn er sich aufrichtete, traten sofort starke Schmerzen in der Brust auf. Trotz einiger Grade unter Null, lief Karl-Otto der Schweiß am ganzen Körper herunter. Wie sollte er dem Wirt, seinem "Brötchengeber", seinen gesundheitlichen Zustand beibringen? Wie würde er reagieren?

"Na, so schlimm wird es wohl nicht um dich stehen", meinte Martin und fügte noch unmißverständlich hinzu: "Du darfst unter keinen Umständen ausfallen! Das können wir uns nicht erlauben! Ein, zwei Tage ginge es schon, aber länger..."

Mit zeitweise unerträglichen Schmerzen stand Karl-Otto wie gewöhnlich auf dem Podium, versuchte sie mit

Alkohol zu betäuben, aber das Stechen in der linken Brustseite hielt unvermindert an, nahm von Stunde zu Stunde an Heftigkeit zu. Nachts wälzte er sich im Bett schlaflos von der einen auf die andere Seite, nahm die verschriebenen Tropfen ein und benutzte zum Einreiben die Salbe. Eine Linderung war kaum zu verspüren. Am dritten Tag, wie angeordnet, stellte sich Karl-Otto wieder seinem Hausarzt vor, der ihn gründlich und mit ernster Miene untersuchte. Ängstlich starrte Karl-Otto nach der schon bereitliegenden Spritze, aber sie wurde ihm nicht in den Po gejagt, auch verschrieb der Arzt ihm keine Medikamente, sondern sagte mit einfühlsamer Stimme: "Es sieht schlimmer aus, als ich angenommen habe, Herr Franke! Wahrscheinlich haben Sie auch noch eine Lungenentzündung..."

Zusammengesunken und kurzatmig saß Karl-Otto vor dem Arzt und konnte keinen klaren Gedanken mehr fassen. Das ist das Ende, jetzt stehe ich wieder auf der Straße, dachte er. Vielleicht hatte der Arzt irgendein Radikalmedikament, das unverzüglich Linderung verschaffte? Karl-Otto wäre gern bereit gewesen, sich noch einmal die stumpfe Kanüle in den Hintern stoßen zu lassen, wenn nur die Schmerzen erträglicher wurden.

Während Karl-Ottos Gedanken wirr durcheinander tanzten, räusperte sich der Arzt und meinte: "Sie hätten meinen Rat, die von mir angeordnete Bettruhe, unbedingt befolgen müssen, Herr Franke! Sie sind doch arbeitslos! Wer hat Sie daran gehindert, nicht das Bett zu hüten?"

Nun mußte Karl-Otto Farbe bekennen. Der Arzt hörte ihm schweigend zu. Nach einer Weile trat er neben Karl-Otto und sagte: "Ich verstehe Ihre Situation vollkommen und auch Ihre Befürchtung, aus der Dachkammer geworfen zu werden, aber im Moment hat Ihre Gesundheit den Vorrang. Ich kann es nicht mehr länger verantworten, Sie auch nur noch einen Tag mit Ihrer Krankheit umherzulaufen zu lassen... Ich muß Sie..."

"Sie wollen mich doch nicht ins Krankenhaus einweisen, Herr Doktor?" fragte Karl-Otto mit verängstigtem Blick.

"Ja, das muß ich leider, Herr Franke..."

Als Karl-Otto seinem Wirt die Nachricht überbrachte, fiel dieser aus allen Wolken. Sein Gesicht verfinsterte sich. Plötzlich schien er nicht mehr der vielgelobte, hilfsbereite Mensch zu sein. Aus ihm war mit einemmal der berechnende, kalte und nur auf Gewinn bedachte Geschäftsmann geworden. Ohne Gemütsregung gab er Karl-Otto zu verstehen: "Bevor du dich ins Krankenhaus begibst, räumst du erst die Dachkammer! Wer weiß, wie lange du dort bleiben mußt? Wenn der Arzt schon meinte, drei bis vier Wochen, dann rechne man ruhig noch zwei dazu... Und so lange kann ich dir die Bude nicht freihalten. Helmut muß sich noch heute um einen neuen Akkordeonisten bemühen. Tut mir leid, Karlchen, aber so ist es eben im Geschäftsleben. Ich wünsch' dir gute Besserung und laß dich ruhig mal wieder bei mir sehen, wenn du gesund bist! Vielleicht nehm' ich dich dann sogar erneut auf..."

Zutiefst enttäuscht von dem Menschen, den er bislang als hilfreich und edel gepriesen hatte, begab sich Karl-Otto in seine Kammer, packte seine Habseligkeiten zusammen und trat den Weg zum Krankenhaus an. Etwa einen Kilometer Fußmarsch mußte er bewältigen. Keine große Entfernung, jedoch für einen vom Fieber geschwächten Körper konnte diese kurze Strecke zur Qual werden. Immer heftiger wurden die Schmerzen in der Brust, jeder Schritt erforderte größte Anstrengung. Wie ein Karpfen an Land schnappte Karl-Otto verzweifelt nach Luft. Sein Puls raste bedenklich. Er hatte mit einemmal das Gefühl, als würde ihm der Hals zugeschnürt. Halb wahnsinnig vor Schmerzen und von aufkommender Todesangst gepeinigt, lehnte er sich wiederholt an die Häuserwand, schöpfte neue Kraft für die nächsten zehn Schritte und stammelte vor sich hin:

"Nur nicht aufgeben! Keine Schwäche zeigen! Was sollen die Leute von mir denken, wenn ich als junger Mann, nur weil ich Fieber habe, jemanden bitten würde, mich zu stützen? Nein, diese Blöße will ich nicht zeigen! Ich halte durch! Ich schaffe es! Schlimmstenfalls können es nur noch 400 Meter bis zum Krankenhaus sein. Ich will durchhalten!"

Aber Karl-Otto hielt nicht durch! Es war ein stechender, brennender und blitzartig auftretender Schmerz, der Karl-Ottos Glieder durchfuhr, als würde man elektrischen Strom durch seinen Körper jagen, der sein Herz sich zusammenkrampfen ließ, ihm die Sinne nahm, bis er schließlich vornüber auf den Gehweg stürzte.

***

"Guten Morgen, die Herren! Haben Sie gut geschlafen? Die ersten können schon zum Waschen gehen... Hat jemand besondere Beschwerden? Nein? Na, ich komm' ja gleich wieder..."

Wie aus unendlich weiter Ferne drangen diese Worte an Karl-Ottos Ohr. Langsam schlug er die Augen auf und hob vorsichtig den Kopf, der in einen dicken Verband gehüllt war, aber seine Sinne registrierten noch nicht, wo er sich befand. Behutsam versuchte er es noch einmal. Nach und nach verschwand der Schleier vor seinen Augen und gab den Blick frei für den großen, weißgetünchten Saal mit den 20 Krankenbetten ringsum an den Wänden aneinandergereiht mit engem Zwischenraum. Benommen wandte Karl-Otto seinen schmerzenden Kopf nach links, dann nach rechts und erspähte überall in den Betten abgemagerte, bleiche Gesichter, die größtenteils apathisch zur Decke starrten. Einige Patienten wimmerten und stöhnten, andere husteten wie Schwindsüchtige. Ungefähr fünf Minuten verstrichen noch, bis Karl-Otto endlich begriff, daß er sich in einem Krankenhaus befand. Nun war er hellwach, versuchte sich aufzurichten, um seine Umgebung bewußt wahrzunehmen. In dem Moment drückte ihn eine zarte Hand wieder behutsam auf das Kissen. Interessiert drehte Karl-Otto den Kopf ein wenig nach hinten und schaute in das Gesicht einer jungen hübschen Krankenschwester, die ihm wohl zulächelte, dennoch aber drohend den Zeigefinger hob. Sie hatte die ganze Nacht hinter dem Kopfende seines Bettes gewacht, setzte sich jetzt auf die Kante seines Krankenlagers und sagte mit sanfter Stimme: "Sie müssen unbedingt ruhig liegenbleiben! Jegliche Anstrengung kann für Sie lebensgefährlich sein! Versuchen Sie möglichst weiterzuschlafen! Nach der Visite gebe ich Ihnen eine Beruhigungsspritze... Wir werden Sie schon durchbringen, Herr Franke!"

Erstaunt, mit halbgeöffnetem Mund, hatte Karl-Otto der Krankenschwester zugehört. Er räusperte sich, tastete zaghaft nach ihrer Hand, drückte sie trostsuchend und fragte: "Wie komme ich hierher? Seit wann liege ich hier? Ich wollte doch von selbst kommen! Wer hat mich hierher gebracht?"

"Bleiben Sie bitte ganz ruhig, Herr Franke! Sie sind schon drei Tage hier! Man hat Sie uns mit dem Notarztwagen gebracht. Zwei Tage lagen Sie auf der Intensivstation. Seien Sie dem Herrgott dankbar, noch am Leben zu sein..."

Karl-Otto wollte noch etwas sagen, aber die sympathische Krankenschwester verschloß seinen Mund mit ihrer zarten, weichen Hand. Beinahe raunend bemerkte sie: "Wir haben noch soviel Zeit, um miteinander zu reden. Erst müssen Sie wieder auf dem Damm sein. Ihre Krankheit erfordert vorerst Ruhe, Ruhe und nochmals Ruhe! Sie möchten doch auch wieder gesund werden?"

Dankbar blickte Karl-Otto der freundlichen Krankenschwester in die Augen. Die Worte taten gut. Sie waren Trost und Hoffnung zugleich, obwohl er immer noch nicht wußte, wie es um ihn stand. Bleischwer fielen ihm die Lider zu. In der Brust verspürte er noch kaum

Schmerzen, dafür im Kopf um so mehr. Warum hatte man ihm den dicken Kopfverband angelegt? War er gestürzt? Er konnte sich an nichts mehr erinnern. Nur eines wußte Karl-Otto: Den Aufenthalt im Krankenhaus hätte er sich ersparen können, wenn er auf Elsa, Anita und Heidrun gehört hätte! Ja, wenn... Nun war nichts mehr rückgängig zu machen. Jetzt lag er inmitten Schwerkranker und Sterbender und wußte selbst nicht, ob er den Krankensaal lebend verlassen würde, denn den Äußerungen der Krankenschwester nach mußte es ihn schwer erwischt haben. Aber so schlimm konnte es gar nicht um ihn stehen, denn eine leichte Rippenfellentzündung oder - wenn es zutraf - eine Lungenentzündung, wie der Hausarzt meinte, durften eigentlich nicht lebensbedrohend sein. Doch was nützte es, wenn Karl-Otto sich unnötig den Kopf zerbrach. Bald würde er während der Visite offiziell vom Arzt erfahren, warum er hier, in diesem ungemütlichen Krankensaal, darniederliegen mußte.

Ein paarmal schlief Karl-Otto kurz ein, aber immer wieder ließ ihn irgendein Geräusch hochschrecken. Entweder hustete jemand langanhaltend, ein anderer schimpfte laut oder die Tür fiel krachend ins Schloß. Plötzlich trat Stille ein. Aller Augen richteten sich auf die Gruppe Weißgekleideter, die, angeführt von der Oberschwester, den Krankensaal betrat. Die Morgenvisite begann. Bei Bett eins, gleich vorne an der Tür links, begann sie. In Bett eins lag Karl-Otto. Sein Herz schlug schneller, als die Ärzte und Krankenschwestern sein Bett umringten. Jetzt schlug die Stunde der Wahrheit; gleich würde er erfahren, wie es um ihn stand!

Doktor Weber, der Stationsarzt, ließ sich Karl-Ottos Krankenblatt reichen. Seine Stirn legte sich in Falten. Er überlegte. Viel zu lange überlegte er. Karl-Otto wurde schon nervös. Endlich trat der Arzt näher, begrüßte seinen Patienten freundlich per Handschlag und sagte mit leicht wiegendem Kopf: "Herr Franke, Herr Franke... Sie machen mir großen Kummer!"

"Was ist denn überhaupt los mit mir?" fragte Karl-Otto ungeduldig. "Was soll der dicke Verband um meinen Kopf? Bin ich schwer verletzt?"

"Bleiben Sie ganz ruhig, Herr Franke! Sie vertragen keine Aufregung! Ich erzähle Ihnen mal alles der Reihe nach..."

"Nun sagen Sie doch endlich, Herr Doktor, warum ich..."

Besänftigend ergriff der Arzt Karl-Ottos Hände, setzte sich auf die Bettkante und schaute ihm eine Weile in die Augen. Noch einmal überflog er das Krankenblatt und sagte dann mit bedächtiger Stimme, die Trost und Hoffnung gleichermaßen in sich barg: "Von Schwester Bärbel werden Sie es bereits erfahren haben, daß Sie vor drei Tagen hier eingeliefert wurden. Wir mußten Sie auf die Intensivstation legen... Sie haben durch den Sturz auf die Gehwegplatten mehrere Schürf- und Platzwunden im Gesicht, außer den Prellungen an der Schulter und der Hüfte. Aber das wäre eigentlich nicht bedeutungsvoll! Auch nicht die Gehirnerschütterung! Das bekommen wir..."

"Warum machen Sie es so spannend, Herr Doktor?" stöhnte Karl-Otto. "Was fehlt mir nun wirklich? Ist meine Lungenentzündung lebensgefährlich? Ist mein Rippenfell schon vereitert? Sind meine Lungenflügel nicht mehr brauchbar? Zerfallen sie? Sagen Sie mir bitte die reine Wahrheit, Herr Doktor... Sie müssen mir die Wahrheit sagen!"

"Leider muß ich es", gestand Doktor Weber mit gesenktem Blick. "Sie haben weder eine Rippenfell- noch eine Lungenentzündung, Herr Franke. Was Sie haben, was wir sofort feststellen konnten, das ist eine Herzmuskelschwäche und eine Herzbeutelentzündung! Beides muß äußerst ernstgenommen werden! Wie leicht hätte Ihr Herz aussetzen können. Sie haben ungewöhnliches Glück gehabt! Wenn Ihr Herz nicht so kräftig wäre, dann hätten Sie den Kollaps nicht überlebt, Herr Franke..."

Erschüttert und dennoch an den Worten des Stationsarztes zweifelnd, blickte Karl-Otto in die Runde, in jedes einzelne Gesicht der Umstehenden, aber sie nickten alle nur mit ernster Miene. Sie wußten, was Herzmuskelschwäche und Herzbeutelentzündung bedeuteten - Karl-Otto gottlob nicht!

"Sie werden sich leider darauf einstellen müssen, Herr Franke, längere Zeit mit uns vorliebzunehmen", hub Doktor Weber wieder an. "Wenn Sie fleißig mitarbeiten, unseren Anordnungen Folge leisten und stets zu Schwester Bärbel nett sind, dann wäre es doch gelacht, wenn wir Sie nicht wieder auf die Beine bringen", fügte der dunkelblonde, etwa 40jährige Arzt mit den buschigen Augenbrauen noch schmunzelnd hinzu, drückte noch einmal fest Karl-Ottos Hand und widmete sich dann dem nächsten Patienten, einem schon fast bis zum Skelett abgemagerten jungen Mann, der erst kürzlich aus sowjetischer Kriegsgefangenschaft heimgekehrt war.

Kaum hatte das Visite-Team den Krankensaal verlassen, erschien auch schon Schwester Bärbel mit der Spritze. Karl-Otto biß die Zähne zusammen. Der Einstich in den Oberschenkel war einigermaßen erträglich, jedoch die Flüssigkeit, die Schwester Bärbel injizierte, verursachte ein Gefühl, als würden sich Tausende von Ameisen ausbreiten.

"So, Herr Franke", bemerkte die Krankenschwester, "jetzt schlafen Sie schön durch, und heute abend gibt es was zu essen. Ich hebe Ihnen auch Ihr Mittagessen auf. Heute nachmittag wird mir Doktor Weber wohl auch schon die Anweisung geben, welche medikamentöse Behandlung Ihnen zuteil werden soll. Wahrscheinlich müssen Sie viele Tabletten schlucken."

Als Karl-Otto abends aufwachte, war das Bett neben ihm leer. Erschüttert faltete er die Hände und schaute immer wieder nach dem leeren Bett. So rasch kommt der

Tod, dachte er. Der ältere Mann in Bett drei - er hatte die Gelbsucht - nickte Karl-Otto nachdenklich zu und meinte: "Ja, ja, so geht das hier fast jeden Tag. Die einen gehen, die anderen kommen. Nicht alle kehren wieder nach Hause zurück. Für manche ist der Leichenkeller Endstation... Na, du wirst es ja noch selbst sehen, was für Leute hier angeschleppt werden. Manche sind schon halbtot. Der Krieg, der Krieg und Hitlers Größenwahn, haben uns alle kaputtgemacht! Aber mach' dir nichts daraus! Gib die Hoffnung nicht auf und glaub' fest an deine Genesung! Ich tue es auch!" Nach vier Tagen verstarb der Mann...

Im großen und ganzen hatte Karl-Otto keinen Grund zum Klagen. Natürlich hätte das Essen manchmal besser und die Portionen größer sein können. So entstand auch jedesmal Streit, wenn "Nachschlag" verteilt wurde. Und nicht selten hörte man Bemerkungen wie: "Du bist heute gar nicht dran!" und "Dich rettet die Kelle Suppe sowieso nicht mehr!" oder "Du bist doch schon fett genug!"

Tatsächlich waren einige im Saal wohlgenährt. Allerdings nicht von der Krankenhausverpflegung, sondern von den zusätzlichen Lebensmitteln und Leckereien, die ihnen ihre Angehörigen zusteckten. Auch Karl-Otto erhielt jede Woche seine Zusatzverpflegung - von Beate! Sie besuchte ihn regelmäßig. Sie war die einzige, die ihn am Krankenbett besuchte, was wiederum Schwester Bärbel überhaupt nicht gern sah, denn sie pflegte Karl-Otto aufopferungsvoll, legte ihm fast jeden Abend irgend etwas zum Naschen in seine Nachttischschublade und saß des öfteren - viel länger als nötig - an seinem Bett. Mittlerweile wußte sie beinahe alles über Karl-Ottos Leben. Sie wohnte auch in einem Dorf. Ihre Eltern betrieben eine Gärtnerei. Bärbel hatte die Mittelschule besucht, in Abendkursen ihre Englisch- und Französischkenntnisse vervollständigt und - sie war eine hübsche Frau! Mit Beate in keiner Weise zu vergleichen.

Und das versuchte Bärbel zu ihrem Vorteil auszunutzen. Schließlich hatte sie zu Karl-Otto ständigen, unmittelbaren Kontakt, konnte mit ihm über alle möglichen und unmöglichen Dinge reden, was er mit Beate nicht vermochte, die nur von ihrer Arbeitsstelle und vom Heiraten sprach. Bärbel war in Karl-Otto verliebt. Das sah jeder. Auch Karl-Otto empfand zu der Krankenschwester eine tiefe Zuneigung. Wahrscheinlich schritt seine Genesung auch deshalb so rasch voran, weil sie ihm seelischen Auftrieb verlieh, ihn möglichst nicht den übrigen Patienten gegenüber vorzog, aber dennoch galt ihre Fürsorge hauptsächlich ihm.

Abends, wenn das Licht gelöscht war, lag Karl-Otto manchmal noch lange wach und dachte über seine Zukunft nach, an den Tag, wenn man ihm den Entlassungsschein aushändigte und er auf der Straße stand, nicht wissend, wo er ein Dach über dem Kopf finden sollte. Die Soldatenzeit, die Kriegsgefangenschaft mit den willkürlichen Schikanen und der Hungersnot und auch den Herzkollaps hatte er überstanden, aber wie es weitergehen würde, das stand noch in den Sternen. Wie lange er noch im Krankenhaus verweilen mußte, konnte ihm nicht einmal der Arzt sagen. Abgesehen von den 20 Tabletten, die Karl-Otto täglich schlucken mußte und den unangenehmen Spritzen, fühlte er sich im allgemeinen recht wohl, zeitweise sogar sehr wohl.

***

Weihnachten war vorbei und auch das neue Jahr längst eingeläutet. Karl-Otto durfte schon stundenweise das Bett verlassen, da seine Genesung enorme Fortschritte machte. Natürlich erkundete er sofort die nähere Umgebung der Männerstation: die Teeküche und den Schwesternraum zuerst! Dabei fiel mancher gute Bissen ab. Obwohl alle Schwestern Karl-Otto gern mochten und ihm bei jeder Gelegenheit einen leckeren Happen servierten, nahmen sie andererseits seine Hilfe in Anspruch, ließen ihn aufgerollte, gebrachte Binden sortieren, Geschirr abwaschen und auf einem schieferartigen Stein Kanülen schärfen. Jetzt, als Karl-Otto die Kanülen in der Hand hatte, die teils leicht verbogenen, mit kleinen Widerhaken an der Spitze versehen, begriff er, warum das Setzen der Spritzen immer so weh tat; auch beim Herausziehen. Am liebsten hätte er sämtliche Kanülen in den Mülleimer geworfen, aber sie schienen Wertstücke zu sein. Insgesamt nur zehn existierten auf der Station.

Zwei Monate Krankenhausaufenthalt lagen bereits hinter Karl-Otto. Beate besuchte ihn nach wie vor treu und brav, beschenkte ihn und sprach ständig von einer gemeinsamen Zukunft, versicherte ihm sogar, eine Deputatwohnung zu beschaffen, wenn er gewillt wäre, sich demnächst mit ihr zu verloben.

Seitdem Karl-Otto aufstehen durfte, nutzte Bärbel jede Gelegenheit, um mit ihm irgendwo ungestört zu sein. Dann plauderten sie vergnügt miteinander, lachten und scherzten und fanden auch stets einen geheimen Winkel, wo sie sich küßten.

"Sag' mal, Karlchen", fragte Bärbel, als sie wieder einmal im Keller in einer Nische verweilten, "liebst du mich nicht?"

"Warum fragst du mit einemmal danach?"

"Nun, ich habe manchmal das Gefühl, du liebst die Beate."

"Soll das ein Test sein?"

"Nein, kein Test, aber ich möchte Klarheit haben!"

"Ich habe Beate noch nie geliebt!"

"Und warum kommt sie laufend?"

"Das frage ich mich auch."

"Dann stelle sie doch vor vollendete Tatsachen!"

"Ich versuche es doch ständig, aber sie geht nicht darauf ein!"

"Soll ich's ihr sagen, daß ich dich liebe?"

"Gar keine schlechte Idee, Bärbel!"

"Jetzt mal Spaß beiseite, Karlchen: Könntest du dir's überhaupt vorstellen, mit der 'Dorfpflanze' intim zu werden?"

"Daran denke ich sowieso nicht!"

"Na, siehst du! Warum hängst du denn noch an ihr?"

"Sie hängt doch an mir! Vielleicht reizt sie meine Ablehnung."

"Hast du schon einmal über uns nachgedacht, Karlchen?"

"Schon mehr, als du denkst!"

"Und warum sprichst du nicht mit mir darüber?"

"Ach, weißt du, Bärbel... ich befinde mich schon wieder in einem Gewissenskonflikt! Wirklich! Zum einen bin ich in dich verliebt und wäre nicht im geringsten abgeneigt, mit dir ein Leben aufzubauen; zum anderen wehrt sich mein Inneres dagegen, schon wieder in ein fertiges Nest einzusteigen. Sei mir nicht bös', Bärbel, aber ich habe leider eine komische Einstellung!"

"Du bist wie ein kleiner, dummer Junge, Karlchen! Du kannst doch nicht alle über einen Kamm scheren! Ich würde dir niemals vorhalten, daß du mittellos bist. Ich bewohne bei meinen Eltern eine Zwei-Zimmer-Wohnung mit neuen Möbeln, verdiene gut und auch etwas Bargeld stünde uns zur Verfügung. Oder meinst du, ich hätte mich sonst so aufopferungsvoll um dich bemüht? Ich hatte Angst um dich! Viele Nächte habe ich um dich gebetet. Der liebe Gott hat mich erhört, Karlchen, und nun erhöre du mich! Was soll ich dir noch beteuern, als daß ich dich liebe? Dich richtig zu entscheiden, dürfte dir doch nicht schwerfallen! Bitte, vergiß diese Beate!"

"Gib mir bitte Bedenkzeit, Bärbel", seufzte Karl-Otto.

"Warum Bedenkzeit? Du hast mir doch deinen Lebensweg geschildert, deine Probleme, die du in der letzten Zeit gehabt hast, deine angeblich ausweglose Lage, die dich täglich belastet... Irre doch nicht weiterhin durchs Leben! Du mußt einen zielstrebigen Weg beschreiten, Karlchen! Was du unbedingt brauchst, das ist Anlehnung, Halt, Zuversicht und eine Frau, die dich liebt - die du auch liebst! Sicher, wir kennen uns noch nicht lange, und auch noch nicht so..."

Bärbel lächelte verschmitzt und senkte den Kopf. Bei der matten Kellergangbeleuchtung schimmerte ihr volles Haar wie ein feines, seidenes Gespinst, das beinahe ihre Schultern bedeckte und bei jeder Bewegung glitzernde Effekte hervorrief. Karl-Otto drückte Bärbel zärtlich an seine Brust und suchte ihre bebenden Lippen. Lange hielten sie sich umschlungen. Wortlos, sich nur gegenseitig liebevoll abtastend. Plötzlich erschraken sie und blickten zur Kellertür am anderen Ende des Ganges, die sich knarrend öffnete. Herein kamen eine Schwester und ein Pfleger, die einen vierrädrigen Karren vor sich herschoben, auf den eine mit einem weißen Leintuch bedeckte Bahre gestellt war. Schweigend rollten sie das Gefährt in die Leichenkammer, legten ihre makabre Fracht zu den übrigen Toten und verschwanden wieder.

"Da hätte ich eventuell auch schon sein können", bemerkte Karl-Otto nachdenklich, "wenn du dich nicht für mich so..."

"Sag' das bitte nicht, Karlchen", wehrte Bärbel entschieden ab. "Ich tue nur meine Pflicht! Jeder Patient braucht meine Hilfe und Fürsorge. Allerdings", räumte sie lächelnd ein, "warst du in den ersten Wochen deiner Hilflosigkeit mein besonderer Patient, weil ich mich in dich verliebte... Wie es dazu kam, danach mußt du mein Herz fragen, Karlchen! Ich weiß nur eines: Dich und keinen anderen möchte ich lieben!"

***

Die Zeit verrann wie im Fluge. Für Karl-Otto raste sie. Mit Unbehagen sah er dem Tag seiner Entlassung entgegen. Der Tag stand bereits fest. Nach einem eingehenden und offenen Gespräch mit Doktor Weber, erreichte er eine Hinausschiebung seines Entlassungstermins um zwei Wochen. "Bis dahin müssen Sie, Herr Franke, eine Unterkunft gefunden haben. Länger kann ich Sie beim besten Willen nicht hierbehalten..."

Je näher Karl-Ottos Entlassungstag rückte, desto härter entbrannte der Kampf zwischen Bärbel und Beate. Ja, es kam sogar in seiner Gegenwart zu einer peinlichen Auseinandersetzung. An einem Sonntagnachmittag war es, als Karl-Otto mit Beate im Krankenhausgarten auf einer Bank saß und die ersten wärmenden Sonnenstrahlen genoß. Wie üblich berichtete Beate von ihrer Arbeit, ihren Eltern und Geschwistern und vergaß natürlich nicht, die obligatorische Frage zu stellen: "Wann verloben wir uns?"

Entweder ist die Frau so begriffsstutzig oder sie besitzt eine raffinierte Bauernschläue, indem sie meine prekäre Notlage auszunutzen versucht, sich nicht im geringsten daran schert, daß ich sie unmißverständlich abweise, dachte Karl-Otto.

"Wie oft soll ich dir noch sagen, Beate, daß wir keine Basis haben, eine gemeinsame Zukunft aufzubauen! Wir können doch nicht auf gut Glück eine Ehe eingehen und dann..."

Mitten im Satz stockte Karl-Otto. Bärbel nahte mit den Tabletten und einem Glas Wasser. "So, Karlchen", sagte sie in ihrer ungezwungenen Art, "es ist höchste Zeit, daß du deine Medikamente einnimmst! In vier Tagen bist du davon erlöst. Die Spritze holst du dir nachher bei mir ab... Ich darf mich doch zu dir setzen, Karlchen?"

Fassungslos starrte Beate zunächst die Krankenschwester und dann Karl-Otto an. Ihre Augen verengten sich zu einem Spalt, bevor sie zornesrot hervorstieß: "Waaas, du bist mit der per 'Du'? Na, das woll'n wir doch gleich mal klarstellen! Weiß die gar nicht, daß wir zusammengehören? So geht das aber nicht! Ich kümmere mich um dich und du machst wohl mit der rum! Was findest du an der schön? Hat sie dir den Kopf verdreht?

Die ist doch bloß eine einfache Krankenschwester..."

Völlig gefaßt hatte Bärbel Beates Wutausbruch über sich ergehen lassen. Sie hatte dafür nur ein mitleidiges Lächeln übrig. Doch mit einem Mal erwachte in ihr das kämpferische Gebaren einer Rivalin. Herausfordernd, mit verschränkten Armen vor der Brust, stellte sie sich vor Beate und zischte: "Ist Ihnen noch gar nicht aufgefallen, daß Sie auf der falschen Bank sitzen? Sie stören uns, verehrtes Fräulein!"

"Na, ist denn so was möglich! Muß ich mich von so einer abkanzeln lassen? Nun sag' doch was, Karlchen! Jag' die weg!"

"Ich würde an Ihrer Stelle schleunigst verschwinden!"

"Ich denke nicht daran!" keifte Beate und erhob sich.

Bärbel trat einen Schritt zurück, lächelte erhaben und meinte: "Glauben Sie wirklich, Karlchen hat auch nur einen Funken Liebe für Sie übrig? Karlchen liebt mich! Sie sind überhaupt nicht der Typ, Karlchen an sich zu fesseln!"

"Nun hör doch bloß einer diese Schlampe!" verlor Beate die Fassung. "Du hast Karlchen eingewickelt; du hast seine Hilflosigkeit ausgenutzt, du Flittchen!"

"Nehmen Sie das sofort zurück!" rief Bärbel zornig.

"Ich denke gar nicht daran!" schrie Beate und verpaßte ihrer Rivalin eine schallende Ohrfeige. "Mir nimmst du Karl-Otto nicht weg, sag' ich dir. Unsere Verlobung haben wir bereits abgesprochen. Karl-Otto kommt zu mir, wenn er entlassen worden ist. Karl-Otto braucht eine Frau und keine Halbnutte!"

Einen Augenblick zögerte Bärbel, aber dann schien auch sie alle Hemmungen abgelegt zu haben. Blitzschnell ergriff sie Beate bei den Haaren, schüttelte sie kräftig hin und her und fauchte: "So etwas Primitives wie Sie ist mir noch nie zuvor begegnet! Wollen Sie Karl-Otto ins Unglück stürzen? An Ihrer Seite würde Karl-Otto verkommen - geistig und seelisch! Ihnen schaut doch die Dummheit aus den Augen, Sie Dorf-

pflanze!"
Beate ballte die Faust und wollte zuschlagen, aber Karl-Otto trat dazwischen und sagte beschwichtigend: "Seid doch vernünftig! So kann das Problem nicht gelöst werden! Ich..."
Erregt schaute Bärbel Karl-Otto in die Augen und fragte: "Für wen entscheidest du dich, Karlchen?"
Anstatt sein Herz sprechen zu lassen, druckste Karl-Otto herum, hob unschlüssig die Schultern und meinte schließlich: "Im Moment bin ich überfordert... Ich bin ganz durcheinander! Gebt mir etwas Bedenkzeit! Ich überleg's mir noch einmal."
"Aber ich nicht! Ich überleg's mir nicht mehr", sagte Bärbel spontan, nahm das Wasserglas von der Bank, schaute Karl-Otto mit traurigen Augen kurz an und entfernte sich.

***

Man hätte ein vielköpfiges Komitee einberufen müssen, das wahrscheinlich auch nicht zu entscheiden in der Lage gewesen wäre, wer von beiden glücklicher war, ob es Doktor Weber betraf, der Karl-Otto als hoffnungslosen Fall wieder auf die Beine gebrachte hatte oder Karl-Otto selbst, der dem Tod in letzter Sekunde von der Schippe gesprungen war. Dankbar drückte Karl-Otto Doktor Weber zum Abschied die Hand, nahm seine beiden Koffer auf - sein einziges Hab' und Gut' -, verließ das Sprechzimmer des Arztes und trat auf den Flur. Bärbel erwartete ihn bereits am Treppengeländer, ergriff einen seiner Koffer und begleitete ihn bis vor die Tür. Zögernd tastete sie nach seiner Hand. Tränen standen ihr in den Augen, als sie mit ihrer sanften Stimme sagte: "Und nun, Karlchen? Wohin willst du? Wo willst du unterkommen?"
"Das ist mir ganz gleich", entgegnete Karl-Otto schnippisch.

"Nimm doch Vernunft an, Karlchen! Laß die Beate laufen! Ich bin dir nicht böse... Sag' ja, komm zu mir! Du wirst es nicht verkraften, ziellos wie in einem großen Meer umherzuschwimmen, unter dir endlose Tiefe und nirgends ein Rettungsring. Das hältst du nicht lange durch, Karlchen! Du brichst bald wieder zusammen und wirst hierher zurückgebracht... Sei doch lieb und..."

Abwehrend hob Karl-Otto die Hände, seufzte schwer und gab Bärbel zu verstehen: "Du weißt doch, liebe Bärbel, wie ich eingestellt bin, wie tief es in mir sitzt, keine Partnerschaft mit einer Frau einzugehen, die - ich möchte nicht sagen, vermögend ist! - eine gewisse finanzielle und materielle Grundlage aufzuweisen hat und nicht von der Hand in den Mund zu leben braucht. Ich will nicht abhängig sein! Ich will mir selbst etwas schaffen und erst dann an eine feste Bindung denken. Ich möchte einer Frau etwas bieten, ihr ein Heim schaffen, sie über die Schwelle tragen und ihr ins Ohr flüstern: Das ist nun unser Zuhause, dein Reich! Hier sollst du dich wohl fühlen! - Verstehst du das nicht, Bärbel?"

"Nein, das verstehe ich nicht! Ich verstehe dich nicht! Wenn du weiterhin von deiner unlogischen Einstellung nicht abweichst und jeden gutgemeinten Rat einer dich liebenden Frau ausschlägst, dann ist dir nicht mehr zu helfen, denn..."

"Quäl' mich doch bitte nicht, Bärbel", stöhnte Karl-Otto. "Ich habe mich damit abgefunden, heimat-, mittel- und herrenlos zu sein. Ich schätze es sehr, daß auch du dich um mich bemühst, aber ich will meinen Weg allein gehen!"

"Den Weg in dein Verderben, Karlchen", sagte Bärbel leise.

Dann trennten sie sich. Bärbel weinte. Wie durch einen Schleier sah sie Karl-Otto um die nächste Straßenecke biegen. Ihr Herz war so schwer, daß sie einen leichten Schwindelanfall verspürte und sich an der Hauswand stützen mußte. Zu tief saß die Liebe zu Karl-Otto, die er, sei es aus Unerfahrenheit oder Trotz, nicht erwiderte. Vielleicht hatte er sich auch schon aufgrund seiner Misere selbst aufgegeben, ließ sich treiben und dachte verbittert daran, daß er jetzt nur noch für leichte Arbeit brauchbar war, jede Möglichkeit, eine lukrative Anstellung zu finden, von vornherein aufgeben mußte.

***

"Das ist alles gut und schön, junger Mann, was Sie mir da vorbringen", sagte die Leiterin der Bahnhofsmission, "aber Sie müssen sich vor Augen halten, daß wir kein Asyl für Obdachlose sind. Eine Nacht können Sie hier verbleiben... länger auf keinen Fall! Wenden Sie sich bitte an das Sozialamt! Es wird Sie in eine..."

"Nein, dort will ich nicht hin!" protestierte Karl-Otto. "Eher werde ich ein Wegelagerer oder gehe in die Gefangenschaft zurück. Können Sie keine Ausnahme machen? Nur ein paar Tage..."

"Höchstens drei Tage kann ich sie hier unterbringen, aber danach müssen Sie eine Bleibe gefunden haben, junger Mann", räumte die resolute Dame energisch ein.

Nachdenklich saß Karl-Otto auf der Bank vor der Baracke und blinzelte in die untergehende Sonne. Dort, wo sie gerade am Horizont einzutauchen im Begriff war, wünschte er sich zu sein. Weit weg. Welches Land mochte dort wohl liegen? Waren die Menschen glücklicher als hier? Sicher litten sie nicht unter den Folgen verheerender Luftangriffe und anderer Kriegshandlungen, kannten kein Flüchtlings- und Ausgebombtenelend, keine Hungersnot, wie in Deutschland. In dem Zusammenhang wanderten Karl-Ottos Gedanken weiter zu den Nationen, die von Hitlers Armeen unterjocht gewesen waren. Vieles war auch dort zerstört, menschliches Leid hatte seine Spuren hinterlassen. Eine gute Meinung über Deutschland würden diese Länder wohl nicht vertreten, dachte Karl-Otto. Aber nun war der Krieg ja beendet und in absehbarer Zeit würde man sich wohl versöhnen!

"Na, nun komm' man rein! Du kriegst ja kalte Ohren!" rief der glatzköpfige Mann aus dem Fenster, mit dem Karl-Otto vorübergehend auf einem Zimmer wohnte. "Ich geb' noch eine Buddel Bier aus! Beeil' dich, sonst schluck' ich sie weg!"

"Darfst du ruhig! Ich trinke sowieso keinen Alkohol mehr", sagte Karl-Otto und begab sich in die Baracke.

"Worüber hast du vorhin nachgedacht? Du saßest die ganze Zeit so traurig... so in dich zusammengesunken da. Hast du Kummer mit den Deinen? Ist dir die Frau weggelaufen oder bist du vor ihr geflüchtet?"

Mein Gott, dachte Karl-Otto, muß sich denn alles nur um die Frauen drehen? Muß jeder Kummer unbedingt Liebeskummer sein? Was wußte der etwa 50jährige Mann schon von Karl-Ottos Problemen und Sorgen? Vielleicht befand sich der Mann in einer günstigeren Lage. Seiner Kleidung und seinem Aussehen nach schien er bereits Fuß gefaßt zu haben. Aber was suchte er dann hier in der Bahnhofsmission?

"Ich habe auch nur drei Nächte genehmigt bekommen", entgegnete der freundliche, lebhafte Mann auf Karl-Ottos Frage. Mit gesenktem Kopf fuhr er stockend fort: "Mein scheinbarer Humor, weißt du, den kannst du mit Galgenhumor vergleichen... Der soll mir darüber hinweghelfen, schnellstens zu vergessen, was ich alles Hals über Kopf aufgegeben hab'... Du muß wissen: Ich bin aus der sowjetisch besetzten Zone geflüchtet!"

"Aaach.. geflüchtet?" staunte Karl-Otto.

"Ja, ich bin geflüchtet! Ist das denn etwas Besonderes?"

"Na ja, für mich schon! In letzter Zeit bin ich politisch ins Hintertreffen geraten. Ich war krank und da habe ich..."

"Na hör' mal", bemerkte der Mann schon fast beleidigt, "ihr nehmt wohl gar keinen Anteil an der Entwicklung in der Sowjet-Zone... Hier, bei euch, da geht es langsam aber sicher aufwärts, aber unter den Russen deutlich spürbar nur abwärts. Die demontieren doch alles, was sich bewegen läßt!"

"Bei uns auch!" warf Karl-Otto ein. "Die Franzosen und Briten sind auf dem Gebiet auch nicht kleinlich."

"Aber ihr bekommt doch von den Westmächten tatkräftige Hilfe! Nimm doch nur mal die 'Marshallplan-Hilfe' oder die im Moment bestehende 'Luftbrücke' der Alliierten nach West-Berlin! Die Landblockade wird auf diese Weise durchbrochen; die Westberliner werden mit Lebensmitteln und Gebrauchsgütern ausreichend versorgt... Davon dürfen die Menschen in der russischen Zone nur träumen. Wer kennt schon drüben Westartikel?"

"Eines Tages wird es auch in der Ostzone vorangehen", meinte Karl-Otto. "Die Leute drüben sind doch genauso fleißig wie die bei uns. Der Wiederaufbau ist unser aller Aufgabe... in Ost wie in West! Und wenn die Siegermächte sich demnächst einig werden, dann ist Deutschland wieder ein Ganzes und..."

"Also, entschuldige, aber du scheinst von der gegenwärtigen Politik überhaupt keine Ahnung zu haben", sagte der Mann, der mit Vornamen Rüdiger hieß. "Ehrlich, Karl-Otto, da bin ich sehr enttäuscht von dir! Ihr habt eine freigewählte Regierung, eine Demokratie. Drüben, in der Deutschen Demokratischen Republik, wird der Begriff Demokratie auf übelste Weise mißbraucht. Glaubst du vielleicht, die Menschen flüchten aus dem hochgelobten 'Arbeiter- und Bauernstaat' ohne Grund - aus Abenteuerlust? Du müßtest einmal die Massenverhaftungen miterleben! Zuchthäuser und Konzentrationsläger, die 1945 geräumt wurden, sind überfüllt mit angeblich politischen Häftlingen. Die Menschen sind von einer Diktatur in die andere geschliddert!"

Interessiert und betroffen gleichermaßen, hatte Karl-

Otto zugehört. Die ersten Nachkriegsjahre waren ihm erspart geblieben. Vielleicht war es gut gewesen, daß er sie in der Kriegsgefangenschaft verbracht hatte. Nachdenklich schaute er Rüdiger an und fragte: "Woher weißt du das alles, Rüdiger?"

"Erstens habe ich es erlebt, und zweitens hörte ich laufend den Westrundfunk. Ich bin gut informiert, Karl-Otto..."

"Gibt es drüben auch eine Wohnungsnot?" forschte Karl-Otto.

"Selbstverständlich! Die sogenannte 'DDR' ist doch auch Deutschland. Dort wurde genauso bombardiert wie hier - wenn auch nicht in dem Ausmaße! Hast du dich noch nicht einmal damit befaßt, was uns der Hitlerkrieg eingebracht hat? Abgesehen von den zahlreichen in Schutt und Asche gelegten Städten, forderte das sinnlose Massenmorden mehr als vier Millionen deutsche Soldaten. Hinzurechnen mußt du noch fast drei Millionen Tote aus der Zivilbevölkerung. Darunter sind die Opfer des wahnsinnigen Luftkrieges, Vertriebene aus den Ostgebieten und auch jene bedauernswerten Menschen, die aufgrund ihrer politischen Einstellung und natürlich aus rassistischen und religiösen Motiven rücksichtslos umgebracht wurden. Erwähnen möchte ich noch - auch eine Folge des barbarischen Krieges -, die vier Millionen verwundeter Soldaten, die 1,4 Millionen Kriegerwaisen und etwa einer Million Kriegerwitwen... Ist dir das alles nicht bekannt, Karl-Otto? Womit hast du dich bislang befaßt? Entschuldige, wenn ich dir einen so langen Vortrag gehalten habe, aber das ist wohl das mindeste, was man über Zeitgeschichte wissen sollte! Ach ja, zu deiner Information darf ich noch hinzufügen - das wissen leider auch nicht viele Leute! -, daß am Ende des Zweiten Weltkrieges sich 52 Staaten der Welt mit Deutschland und den beiden sogenannten Achsenmächten Italien und Japan im Kriegszustand befanden. Unglaublich, nicht wahr? Na ja, lassen wir das Thema! Schau'n wir lieber hoffnungsvoll in die Zukunft..."

Ein paarmal schüttelte Karl-Otto heftig den Kopf, als wollte er das soeben Gehörte erst sortieren. Ein Interzonen-Zug lief ein. Rüdiger schaute ihm gedankenverloren nach und bemerkte leise: "Wieviele würden nicht mehr rüberfahren, hier aussteigen, wenn sie nicht drüben ihre Angehörigen hätten!"

Karl-Otto nickte, obwohl er sich das "Drüben" überhaupt nicht vorstellen konnte, nur schemenhaft, nachdem Rüdiger ihn in etwa aufgeklärt hatte. Wie war er jetzt froh, damals, in Gefangenschaft, nicht auf das verlokkende Angebot eines Kameraden eingegangen zu sein, mit ihm nach Greifswald zu kommen, auf dem Bauernhof seines Vaters ein Zuhause zu finden.

"Und du wirst von deinem Bruder abgeholt, wie du mir erzählt hast?" fragte Karl-Otto nach einer Weile.

"Ja, das ist so! Morgen wird er aus Dortmund eintreffen. Ich wär' ja selbst hingefahren, aber ich besitze keinen einzigen Pfennig... verstehst du? Noch eine Nacht muß ich hier verbringen. Und wo wirst du demnächst unterkommen?"

"Schenk' mir doch ein kleines Glas Bier ein, Rüdiger!" bat Karl-Otto. "Mir ist im Moment danach! Ich will nicht nachdenken... Ich lasse alles auf mich zukommen!"

"Du, Karl-Otto", platzte es plötzlich aus Rüdiger heraus, "ich mache dir einen Vorschlag: Komm doch mit mir nach Dortmund! Da findest du in irgendeiner Zeche sofort Arbeit. Ich fange auch vorerst unter Tage an. Mein Bruder bringt dich schon irgendwo im Bergwerk an. Hast du Lust?"

"Lust hätte ich schon", sagte Karl-Otto gequält, "aber ich bin leider nur für leichte Arbeit tauglich. Zumindest für die nächsten Monate! Vielen Dank für dein gutgemeintes Angebot, Rüdiger! Ich muß sehen, wie ich hier durchkomme..."

***

Am anderen Tag, nachdem Rüdiger abgeholt worden war, überfiel Karl-Otto eine leichte Depression. Niedergeschlagen wanderte er vor der Baracke hin und her, setzte sich zwischendurch kurz auf die rohgezimmerte Bank, schloß die Augen und ließ die wärmenden Strahlen der Frühlingssonne sein Gesicht umspielen, schlich zur Abwechslung einmal um die Baracke und nahm dann wieder auf der unbequemen Bank Platz. Den Kopf an die Bretterwand seiner Unterkunft gelehnt, träumte er von längst vergangenen Zeiten, von den unvergeßlichen Erlebnissen mit seiner Clique in der Kinderzeit, von seiner einstigen Verlobten Inge und seinem leiblichen Vater, den er niemals vergessen würde. Aber auch an seine Mutter dachte er.

Mit einem Male horchte er auf. Jemand schien sich ihm mit schnellen Schritten zu nähern. Unmittelbar vor ihm verhielten die Schritte. Karl-Otto vernahm das stoßweise Atmen der Person, die vor ihm stand. Nichtsahnend öffnete er langsam die Augen und glaubte, einer Fata Morgana zum Opfer gefallen zu sein. Rasch preßte er wieder die Lider zusammen, wartete einige Sekunden und schaute erneut auf die überraschende Erscheinung vor seinen Füßen, aber es war keine Sinnestäuschung - es war Beate, wie sie leibte und lebte!

"Da staunst du wohl, Karlchen, nicht wahr? Ich finde dich überall! Kein schöner Zug von dir, mir nicht zu sagen, wann du aus dem Krankenhaus entlassen wirst. Ich mußte mich erst lange durchfragen... Na ja, jetzt hab' ich dich gefunden!"

Händeringend versuchte Karl-Otto Beate zu erklären, daß er seine Ruhe haben möchte, sich selbst eine Wohnung, zumindest ein Zimmer, suchen würde und außerdem im Augenblick auch nichts von Frauen wissen wollte. Beate lächelte und schüttelte den Kopf, bevor sie eindringlich sagte: "Du redest doch Unsinn! Wo willst du ein Zimmer finden? Wie lange willst du darauf warten? Man wird dich zu den Asozialen stecken, verstehst du! Oder willst du mit den verkommenen Subjekten..."

"Hör' bitte auf, Beate! Laß mich endlich in Ruhe! Was willst du überhaupt noch von mir? Ich habe noch immer die häßliche Szene im Krankenhausgarten vor Augen, als du dich mit Bärbel angelegt hast. Das war nun wahrhaftig keine Meisterleistung. Wie konntest du dich nur so benehmen?"

"Das ist meine Angelegenheit... Jetzt müssen wir erst einmal sehen, wie wir dich unterbringen."

"Was heißt, wir?"

"Meine Familie und ich!"

"Bemühe dich nicht, Beate, ich ziehe nicht zu dir!"

"Zu mir sollst du auch nicht ziehen, Karlchen! Ich habe hier, in Helmstedt, mein Zimmer. Für dich steht bei meinen Eltern ein Zimmer zur Verfügung. Sie sind mit deinem Kommen einverstanden. Du kannst dich dort in aller Ruhe erholen. Ein paar Mark nebenbei verdienst du dir beim Bauern. Irgendeine leichte Arbeit findet sich schon."

Eine Weile überlegte Karl-Otto. Er kam nicht umhin: Beate hatte ein gutes Herz! Scheinbar war sie um seine Unterbringung besorgt. Nur um seine Unterbringung? Es schien tatsächlich so. Kein Wort verlor sie - wie in den Monaten zuvor - über eine baldiger Verlobung, und sie sprach auch nicht mehr von Liebe. Warum sollte Karl-Otto das Angebot nicht annehmen, bevor er auf der Straße stand? Im Dorf lebten schließlich viele Leute mit denen er Kontakt aufnehmen konnte. Irgend jemand würde ihm schon eine Wohnmöglichkeit bieten, redete er sich ein. Natürlich würde er Beate notgedrungen zu Gesicht bekommen, mit ihr sprechen müssen, aber näheren Kontakt wollte er unter allen Umständen vermeiden. Übrigens brauchte er daraus kein Problem zu machen, denn Beate wohnte ja in Helmstedt, einige Kilometer vom Dorf entfernt. Womöglich hatte sie auch schon einen neuen Freund. Das konnte Karl-Otto nur recht sein! Ihn interessierten im Moment keine Frauen.

Nur manchmal trauerte er Bärbel nach...

***

Zunächst erkundete Karl-Otto in aller Ruhe seinen neuen Wohnort, lernte mühelos Freunde kennen, darunter auch einen Hawaiigitarristen - einen Flüchtling aus dem Sudetenland. Kurzerhand gründeten sie eine Zwei-Mann-Kapelle, zu der dann auch noch ein Saxophonist und ein Schlagzeuger aus dem Nachbardorf stießen. Helmut Cornelius hatte Karl-Otto sein altes Akkordeon geschenkt, als er ihn einmal nach seinem Krankenhausaufenthalt besuchte. "Schade, daß du nicht mehr mit mir spielen willst, aber ich kann es verstehen", hatte er mit Bedauern gesagt.

Über Engagements brauchte sich die von Karl-Otto geleitete Tanzkapelle nicht zu beklagen. Als Übungsraum stellte ihnen Beates Vater seinen ehemaligen Ziegenstall zur Verfügung. Obwohl der Gespannführer nur harte Bauernarbeit verrichten mußte, seine Hände schwielig und ziemlich unbeweglich waren, spielte er ein wenig auf der Violine und war stolz, wenn er gelegentlich beim Einüben neuer Schlager dabeisein durfte und sich selbst lobte, ab und zu den richtigen Ton getroffen zu haben. Er mochte Karl-Otto vom ersten Tage an. Jakob hieß der kleinwüchsige Mann. Karl-Otto bedauerte ihn, ja, er bewunderte ihn sogar andererseits, daß er vor einer Familie mit 12 Kindern stand und dennoch stets gut gelaunt war und einen gesunden Humor besaß. Hingegen seine Frau Minna, die ständig herumnörgelte, an allem etwas auszusetzen hatte, begegnete Karl-Otto mit kühler Zurückhaltung und scheute sich nicht, ihn vor allen Leuten einen "Dahergelaufenen", einen "brotlosen Künstler" zu nennen. Jeder Flüchtling, jeder aus den deutschen Ostgebieten stammende, war für sie ein "Taugenichts". Am liebsten hätte sie Karl-Otto wieder aus dem Zimmer geworfen, aber Jakob, mit dem Karl-Otto längst per "Du" war, hatte schließlich auch noch etwas zu sagen. In Karl-Otto hatte er einen wahren Freund gefunden, mit dem er sich über Dinge unterhalten konnte, die ihm schon immer am Herzen gelegen hatten. Er war keineswegs so naiv, wie er aussah, verfolgte intensiv das politische Tagesgeschehen und kannte sich auch einigermaßen in der Literatur aus. Seine Wiege hatte in einer gutbürgerlichen Familie gestanden.

"Wie ich an Minna gekommen bin, Karl-Otto, weiß ich heut' selber nicht", gestand er eines Abends, als sie in der Gastwirtschaft bei einem Bier saßen. "In den ersten Jahren bin ich bald wahnsinnig geworden: Kinder, Kinder und immer wieder noch eins! Später fand ich mich damit ab. Als das zwölfte kam, wäre ich beinahe fortgelaufen. Hast du dafür Verständnis?"

"Ja und nein", entgegnete Karl-Otto. "Bist du nicht selbst schuld, daß deine Familie so groß ist?"

"Schuld hin, Schuld her, Karl-Otto... Man kann nicht nur dem Mann die Schuld geben! Sicher, ich gebe es zu, wir hätten uns mit Empfängnisverhütung und so befassen müssen, aber wenn du eine Frau wie meine Minna hast, die unaufgeklärt in die Ehe ging und aufgrund ihrer religiösen Erziehung stets ablehnte, wenigstens einmal ihre Nase in ein Sexbuch zu stecken, dann kommt schließlich das dabei heraus, was ich um mich herumzulaufen habe. Und ich muß ja für alle sorgen. Minna ist eine fürsorgliche gute Mutter, aber als Frau, als Partnerin kannst du sie vergessen. Kein vernünftiges Gespräch, keine Diskussionen und in der Liebe... Na ja, das gehört nicht hierher! Ich hatte mir mein Leben, ein Leben mit einer Frau, auch ganz anders vorgestellt. Glaub' mir das! Ich war 1920 so dumm, das Angebot einer wirklich netten und gutsituierten Frau auszuschlagen, und nur deswegen, weil sie dem katholischen Glauben angehörte. Ich bin evangelisch, wollte unbedingt eine "Glaubensschwester" heiraten. Jetzt habe ich sie. Minna ist schon mehr als vernarrt in ihren Glauben. Ach ja, Karl-Otto, man hat es nicht leicht!"

"Bald sind deine Kinder aus dem Haus, Jakob, dann kannst du doch mit deiner Frau etwas unternehmen, verreisen, ins Theater gehen und auch stundenlange Gespräche führen", meinte Karl-Otto und bestellte noch zwei Bier.

Jakob Scherweit lächelte bitter. "Bis dahin hab' ich mein Leben vertan. Dann bin ich ein alter Mann. Am liebsten möchte ich mich eher heut' als morgen scheiden lassen, aber..."

"Ja, ja", seufzte Karl-Otto, "wenn man dem anderen an der Nasenspitze ansehen könnte, wie er sich entwickelt, ginge man vielem aus dem Wege... Was hältst du von deiner Tochter Beate? Sie hat doch ein gutes Herz! Ihr - natürlich in erster Linie dir! - hab' ich's doch zu verdanken, daß ich hier sein darf."

"Solange wir das Zimmer nicht selbst benötigen, Karl-Otto, darfst du darin wohnen. Das ist doch wohl selbstverständlich, wenngleich meine Frau Minna ständig rumnörgelt und dich raushaben will, aber noch bestimme ich, was unter meinem Dach geschieht. Nur eines möchte ich dir ans Herz legen: Laß die Finger von meiner Tochter Beate! Mit der erlebst du Schiffbruch! Du bist ein prima Kerl, Karl-Otto, und findest jederzeit ein anderes Mädchen, obwohl ich dich gern zum Schwiegersohn hätte. Laß dich bloß nicht von Beate einwickeln, schließlich habe ich auch Augen im Kopf und beobachte, wie sie um dich herumscharwenzelt. Wenn sie auch zu verstehen gibt, du seiest ihr gleichgültig, so kann ich nur wiederholen: sei vorsichtig!"

***

Auf dem jährlich stattfindenden traditionellen Dorfball spielte Karl-Otto mit seiner vierköpfigen Tanzkapelle. Viele Besucher kamen aus den Nachbarorten; überwiegend junge Mädchen. Die Auswahl war groß. Von der

Bühne aus konnte Karl-Otto fast den gesamten Saal überblicken und mühelos Augenkontakt mit der Frau aufnehmen, die ihm am ehesten zusagte. Sie war schnell gefunden: eine zierliche, etwa Fünfundzwanzigjährige mit langen schwarzen Haaren, die wohl ständig mit ein- und demselben Mann tanzte, jedoch ununterbrochen zu Karl-Otto auf die Bühne starrte, ihm zulächelte und sogar heimlich "Handküßchen" zuwarf. Die Frau verdrehte ihm den Kopf. Sie lenkte ihn derart ab, daß er sogar einige Male die falsche Taste auf seinem Akkordeon erwischte und erleichtert aufatmete, als er endlich sein Instrument abstellen konnte, die Tanzveranstaltung beendet war und der Saal sich langsam leerte. Die schwarzhaarige Frau blieb noch an einem Tisch sitzen. Mit ihrem Tänzer. Offensichtlich war der Mann volltrunken. Er nickte ein. Karl-Otto winkte der Frau zaghaft zu. Sie winkte zurück. Nein, sie winkte ihn zu sich! Mit graziösen Schritten kam sie ihm entgegen. Ihr charmantes, umwerfendes Lächeln ließ ihn leicht erröten, als er dicht vor ihr stand und im ersten Moment nicht wußte, wie er sich verhalten sollte. Aber die hübsche, junge Frau rettete die Situation, indem sie Karl-Otto unbekümmert die Hand reichte und sagte: "Ich heiße Erika... Woll'n wir noch an der Bar etwas trinken?"

"Ja, aber Ihr Mann... oder ist es Ihr Freund?"

"Ach, was, mit dem Mann habe ich nur die ganze Nacht getanzt. Er ist übrigens ein guter Tänzer. Ich tanze für mein Leben gern. Der Mann interessiert mich nicht im geringsten."

"Warten Sie bitte an der Bar auf mich", sagte Karl-Otto. Die selbstbewußte, schöne Frau brachte ihn völlig durcheinander. "Ich packe nur noch die Instrumente ein und rechne mit dem Wirt ab. Nachher sehen wir uns", fügte er noch mit unsicherer Stimme hinzu und begab sich auf die Bühne. Die Frau, die sich Erika nannte, lächelte ihm vielsagend hinterher, ordnete ihr hübsches, volles Haar und nahm an der Bar Platz.

"So, und jetzt trinken wir Brüderschaft!" raunte Erika, als Karl-Otto neben ihr saß. Ihre Lippen fühlten sich an wie ein heißes Samtkissen. Bereitwillig bot sie Karl-Otto ihren Mund zum Weiterküssen dar, legte ihre Arme um ihn und flüsterte: "Ich glaube, du bist der Mann, den ich schon seit Jahren suche..."

Bei diesen hingehauchten Worten begann es sich in Karl-Otto zu regen. Auch seine Hände streckten sich zaghaft nach Erika aus, berührten ihre schlanke Taille zunächst sanft, dann streichelnd, bis er sie besitzergreifend umschloß, Erika an sich zog und ihre Küsse leidenschaftlich erwiderte.

"Macht das gefälligst draußen!" lallte ein Betrunkener auf dem Barhocker nebenan. "Die Nacht ist lau... Ihr findet schon irgendwo ein Plätzchen... Irgendwo im Wald... oder so", bemerkte er noch grinsend und kippte seinen Schnaps herunter.

"Du, Karlchen", flüsterte Erika, "der Mann hat gar nicht so unrecht! Komm, laß uns den heraufdämmernden Morgen auskosten! Ich möchte mit dir allein sein, Karlchen! Bitte, komm! Wer weiß, ob uns eine solch schöne Nacht noch einmal beschert wird. Du liebst mich doch, Karlchen?"

In seiner grenzenlosen Erregung nickte Karl-Otto zustimmend, umarmte und küßte Erika wie von Sinnen, bezahlte die Getränke und verließ, seine neue "Eroberung" festumschlingend, den Saal.

"Dort drüben, schau mal, Karlchen, da ist eine Feldscheune!" sagte Erika, schmiegte sich wie eine Katze an Karl-Otto und lenkte ihre Schritte zu der hinter einer Baumgruppe stehenden Scheune hin. Kaum lagen sie im Heu, rissen sie sich gegenseitig die Bekleidung vom Leibe, als gelte es einen neuen Rekord aufzustellen. Um Karl-Otto schien die Welt zu versinken. Noch nie zuvor war ihm eine Frau mit soviel Zärtlichkeit, Einfühlungsvermögen und Erfahrung in puncto Liebe begegnet - wie Erika! Sie verkörperte das weibliche Wesen - jedenfalls empfand es Karl-Otto so! -, von dem jeder Mann träumte. Am liebsten hätte Karl-Otto sofort alles stehen- und liegenlassen und wäre Erika blindlings gefolgt. Er schlug ihr das sogar vor, aber sie streichelte ihm beschwichtigend die Wange und meinte: "Sei lieb, Karlchen... heute nicht! Ich hab' dich sehr lieb! Du bist wirklich der Mann, mit dem ich durchs Leben gehen möchte! Mein Entschluß steht fest: Du kommst zu mir! Hier, in diesem 'Kuhdorf', versauerst du in kürzester Zeit. Natürlich bist du der Beate zu Dank verpflichtet, aber, wie du sie mir geschildert hast, paßt sie niemals zu dir."

Erika räkelte sich. Mit der einen Hand spielte sie mit den durch die Ritzen der Bretterscheune hereinbrechenden feinen Sonnenstrahlen, die andere ruhte auf Karl-Ottos Oberschenkel. Sachte begann sie ihn zu kraulen. Unentwegt starrte Karl-Otto zum Dachgebälk und versuchte einen klaren Gedanken zu fassen. Sich für Erika zu entscheiden, dürfte ihm nicht schwerfallen. Nur - wer war Erika? Warum entschloß sie sich spontan für ihn? Also gab es doch die vielgepriesene "Liebe auf den ersten Blick"!

Zärtliche Worte Karl-Otto ins Ohr flüsternd, rückte Erika immer näher an ihn heran, bedeckte seinen nackten Körper mit unzähligen Küssen und hauchte schließlich: "Lieb' mich noch einmal, Karlchen! Du bist mein! Ich weiß gar nicht, wie ich die Zeit überstehen soll, bis du bei mir bist... bis du für immer bei mir bist! Der Gedanke, die nächsten Nächte ohne dich verbringen zu müssen, macht mich bald wahnsinnig. Geht's dir auch so, mein Geliebter?"

Vor lauter Glückseligkeit brachte Karl-Otto nur ein kaum vernehmbares "Jaaa..." hervor, schloß die Augen und streichelte Erikas Rückenpartie, ihre wallenden Haare und ihren auf seinem Unterleib ruhenden Po. Wenn er sich langsam zu ihrem Busen vortastete, beugte sie sich jedesmal leicht zurück und stöhnte deutlich hörbar. Als sie wieder eng aneinandergekuschelt lagen, sagte Erika mit verklärter Stimme: "Ich war noch nie so glücklich wie mit dir, mein Geliebter... Du darfst keiner anderen Frau mehr gehören... nur mir! Bis du bei mir bist, werde ich dein Bild ständig vor Augen haben. Hoffentlich kann ich nachts schlafen! Immer wirst du im Traum bei mir sein, liebes Karlchen."

Hand in Hand schlenderten sie dann zum Bahnhof. Verängstigt schaute sich Karl-Otto einige Male um, als sie durch das Dorf gingen, aber Beate war nirgends zu erblicken. Wahrscheinlich verbrachte sie das Wochenende in Helmstedt bei ihrem Freund.

"So, Karlchen, hier hast du meine Adresse, und dann seh'n wir uns am kommenden Samstag bei mir! Mach's gut und behalt' mich lieb!" sagte Erika auf dem Bahnsteig, stieg in den Zug und rief noch aus dem Abteilfenster mit erhobenem Zeigefinger: "Bleib' mir aber bestimmt treu..., hörst du? Ich bin nämlich sehr eifersüchtig!"

***

Nach dem Zusammensein mit Erika war Karl-Otto wie umgewandelt. Er hätte es laut herausschreien mögen, allen, die er im Dorf kannte, persönlich mitteilen, daß ihm das Glück über Nacht erschienen sei, daß er die Frau, die absolut seinen Vorstellungen entsprach, endlich gefunden habe. Von morgens bis abends alle seine Gedanken bei seiner Erika. Niemand ahnte seine Freude auf das Wiedersehen mit der Frau, die ihm in der Feldscheune restlos den Kopf verdreht hatte. Nur Jakob Scherweit vertraute er sich an. "Na, das ist ja großartig, Karl-Otto! Soviel Glück hatte ich nie auf Anhieb bei Frauen... Du mußt wohl in jeder Beziehung ihr Typ sein", meinte der Gespannführer schmunzelnd und holte die Schnapsflasche aus dem Stubenbuffet, goß ein und bemerkte noch nachdenklich: "Behalte trotzdem einen klaren Kopf, fahr' erst mal hin und schau dir das 'Püppchen' genau an. Vielleicht wohnt sie auch nur in einem kleinen Zimmer wie du... Frauen erzählen oft viel und..."

"Nein, nein", winkte Karl-Otto ab, "das trifft auf sie nicht zu! Sie hat einen Friseursalon... einen eigenen, sagte sie mir. Und ich hab' ja auch ihre Anschrift! Samstag bin ich bei ihr, Jakob! Daß sie Friseuse ist, erkannte ich schon daran, wie gepflegt sie auftrat. Ihre feine Art, wie sie mit mir umging, läßt..."

Jakob lachte laut auf. "Fragt sich nur, welchen Umgang du meinst... Ich bemerkte doch schon, im Umgang mit Frauen stand ich immer etwas abseits, aber auch du solltest vorsichtig sein und nicht sofort in jeder Frau, die dir eine Nacht voller Seligkeit schenkt, eine Traumfrau vermuten! Warte erst ab, bis du bei ihr gewesen bist! Dann sprechen wir uns wieder..."

***

Karl-Otto trug seinen besten Anzug mit einer messerscharfen Bügelfalte, als er in Königslutter aus dem Zug stieg. Fast feierlich entnahm er seiner Brieftasche den Zettel, auf dem Erikas Anschrift stand. Wie sie es ihm beschrieben hatte, befand sich ihr Geschäft unweit des Bahnhofs, in der Turteltaubenstraße 13. Ein gelbgetünchtes Zwei-Familien-Haus sollte es sein; ihr eigenes, wie sie ausdrücklich betont hatte. Er könnte das Gebäude gar nicht verfehlen, so auffallend sei es mit den großen Schaufenstern.

Sämtliche in der näheren Umgebung des Bahnhofs gelegenen Straßen hatte Karl-Otto bereits durchstreift, jedes einzelne Haus aufmerksam unter die Lupe genommen, jedoch stieß er weder auf die Turteltaubenstraße noch auf den Friseursalon Wimmer. Sollte er sich so verlaufen haben? Gingen seine Verliebtheit, seine Sehnsucht und sein mittlerweile unerträgliches Verlangen nach Erika schon soweit, daß er nicht mehr klar denken, nicht mehr klar sehen konnte? Nun wollte er es genau wissen. Kurzerhand sprach er den nächstbesten Passanten an: "Verzeihung, aber ich bin hier fremd... Könnten Sie mir vielleicht sagen, wo die Turteltaubenstraße ist? Den Salon Wimmer suche..."

Der Angesprochene hob die Schultern und sagte: "Weiß ich auch nich, Mannche... Ich bin Flichtling un wohn' in de Barackens!"

Niedergeschlagen trottete Karl-Otto weiter. Stadteinwärts. Endlich kam ihm ein Polizist entgegen. Der müßte es wissen, durchfuhr es ihn. Ein Polizist kennt jede Straße der Stadt!

"Welche Straße suchen Sie?" fragte der Beamte erstaunt.

"Die Turteltaubenstraße", wiederholte Karl-Otto.

"Noch nie gehört... Wo soll die liegen? Ist die neu?"

"In Bahnhofsnähe soll sie sein!"

"Niemals!" sagte der Polizist kopfschüttelnd.

"Ist Ihnen denn der Friseursalon Wimmer ein Begriff?"

"Auch noch nie gehört!"

"Oder vielleicht so ähnlich... Wummer, Wammer oder so?"

"Tut mir leid, mein Herr", bedauerte der Beamte, "aber ich kann Ihnen wirklich nicht helfen!" Nachdenklich nahm er seine Mütze vom Kopf, wischte sich den Schweiß von der Stirn und bemerkte schmunzelnd: "Sie haben sich doch wohl nicht in der Stadt geirrt? Vergleichen Sie ruhig noch mal die Anschrift!"

Ein paar Worte des Dankes murmelnd, wandte sich Karl-Otto enttäuscht von dem Ordnungshüter ab, löste ein wenig seine Krawatte - auch ihm machte mit einem Mal die sengende Hitze zu schaffen! - und stiefelte wieder zum Bahnhof zurück. Die Zeit bis zur Abfahrt des Zuges nutzte er, um in der Gaststätte einen Teller Bohnensuppe zu verspeisen. Bei Erika hätte er wohl nicht mit einem kargen Süppchen vorliebnehmen müssen. Sie hätte ihn wahrscheinlich fürstlich umsorgt und verwöhnt.

Anschließend wären sie dann...

Obwohl nun jeglicher Zweifel auszuschließen war, daß Erika - wenn sie überhaupt so hieß? - Karl-Otto auf den Leim geführt hatte, hoffte er dennoch, sie könnte jeden Moment überraschend auftauchen. Vielleicht saß sie auch in derselben Gaststätte, beobachtete ihn heimlich und machte sich einen Spaß daraus, wie er verzweifelt nach ihr suchte. Vielleicht liebte sie das Überraschungsmoment und spannte jemanden gern auf die Folter. Unauffällig blickte Karl-Otto in die Runde, aber nirgends entdeckte er Erika! Schließlich schob er seinen noch halbvollen Teller beiseite, zahlte und fuhr wieder nach Hause.

***

Zunächst schwieg Karl-Otto, erzählte Jakob von seinem vorgesehenen Treffen mit Erika keine Silbe, denn er konnte es sich ja ausrechnen, wie die Reaktion sein würde. Eines Tages fing Jakob selber damit an, nahm Karl-Otto ins Wohnzimmer mit, stellte die Kornflasche auf den Tisch und fragte mit einem Augenzwinkern: "Na, Karl-Otto, ist alles klargegangen mit deiner neuen 'Flamme'? Oder ist schon wieder Schluß, weil du mir gar nichts von eurem Treffen berichtet hast? Warum machst du daraus ein Geheimnis? Erzähl' mal... wie ist der Samstag verlaufen?"

Zögernd gestand Karl-Otto seinen erlebten Reinfall. Als er am Schluß seines Geständnisses achselzuckend langsam den Blick hob, schaute er nicht, wie vermutet, in Jakobs schadenfrohes Gesicht. Nein, Jakob grinste nicht spöttisch! Eher schien es, als würde er mitfühlen. Nach einer geraumen Weile sagte er, sich nachdenklich am Hinterkopf kratzend: "Mach' dir nichts daraus, Karl-Otto! Behalt' das Liebesabenteuer in Erinnerung, aber vergiß die Frau! Wer weiß schon, woher die kommt? Vielleicht ist sie so eine, die ständig einen anderen Mann haben muß... Es muß so eine sein, sag' ich dir! Solche Frauen kannst du vergessen! Na ja, gelohnt hat es sich wohl doch, nicht wahr, Karl-Otto?"

Beschämt schaute Karl-Otto zur Seite und bemerkte nur: "Wer den Schaden hat, braucht für den Spott nicht zu sorgen!"

"Niemand spottet über dich, Karl-Otto! Außer mir weiß doch keiner von der Geschichte... Es gibt noch so viele Frauen auf der Welt. Auch du wirst bald die richtige finden... Morgen feiere ich meinen 55sten Geburtstag - du bist natürlich herzlich eingeladen! -, zu dem diesmal viele Gäste kommen werden. Ob für dich die passende Frau darunter sein wird, muß sich erst herausstellen. Auch Beate wird erscheinen; ohne Freund. Na, ihr habt ja nichts mehr miteinander abzumachen..."

"Das ist schon richtig", meinte Karl-Otto, "aber schließlich hab' ich's ihr zu verdanken, daß ich hier sein kann. Ein bißchen kümmern werd' ich mich schon um sie!"

***

Gegen Mittag trafen die letzten Geburtstagsgäste ein. Minna hatte Mühe, sie alle unterzubringen, obwohl ihr insgesamt vier große Räume zur Verfügung standen. Sogar ihr Schlafzimmer hatte sie ausgeräumt und als provisorischen Tanzsaal hergerichtet. Auf dem Plattenteller drehten sich teils schon verkratzte Tonträger, die überwiegend nicht mehr aktuell waren. Und so mußte Karl-Otto immer wieder mit seinem Akkordeon einspringen und die aus verschiedenen Altersgruppen bestehende Gesellschaft in Stimmung bringen. Sogar Minna schwang das Tanzbein, stürzte sich anscheinend unbeschwert in den Geburtstagstrubel, und dennoch warf sie Karl-Otto zwischendurch mißbilligende Blicke zu, als wollte sie damit zum Ausdruck bringen: "Du gehörst gar nicht hierher! Sieh nur zu, daß du bald verschwindest!

Ich mag keine Flüchtlinge aus der 'kalten Heimat'!"

Dessen war sich Karl-Otto schon längst bewußt, daß er nicht in diese Familie gehörte. Er mußte einen Ausweg finden, es mußte sich doch irgendwann, irgendwo eine Frau finden lassen, mit der er seine Zukunft in Angriff nehmen konnte. Unwillkürlich dachte er über seine vergebenen Chancen nach, über die einmaligen Chancen, die ihm vielleicht nie mehr geboten würden. Aber auch das Erlebnis mit der schönen Frau, die sich Erika nannte, stand noch immer vor seinen Augen. Wer war diese Frau? Woher kam sie?

Unter den Frauen auf der Geburtstagsfeier war auch nicht eine einzige, die Karl-Otto voll und ganz zugesagt hätte. Entweder waren sie ihm zu dick oder sie benahmen sich unmöglich, beinahe ordinär, nachdem der Alkohol - der reichlich Zuspruch fand - seine negative Wirkung zeigte. Wiederholt mußte Jakob schlichtend eingreifen. Er war es auch, der sich um Karl-Otto kümmerte, mit ihm anstieß und scherzhaft fragte: "Na, Karl-Otto, ist keine für dich dabei?"

Nein, es war wirklich keine dabei! Beate amüsierte sich mit einem älteren Mann, einem Kriegsversehrten, dem das linke Bein amputiert worden war. Jakob hatte einmal erwähnt, daß Beate den Mann schon länger kenne und er sie eventuell heiraten würde. Obwohl Beate während der Feier ausgiebig mit ihrem Bekannten flirtete, warf sie dennoch laufend Karl-Otto verliebte Blicke und heimlich Handküßchen zu, die er natürlich nicht erwiderte. Trotzdem lächelte Beate ihm immer wieder freundlich zu. Bisweilen glaubte Karl-Otto ein Siegerlächeln auf ihrem Gesicht zu erkennen. Sie schien sich mit ihm zu befassen. Offensichtlich liebte sie Karl-Otto noch immer - aber er nicht sie! Oder glühte noch in der äußersten Ecke seines Herzens ein kleiner Funke Sympathie für Beate? War es fair, da Beate schließlich soviel für ihn getan hatte, sie endgültig zu löschen? Er blieb ihr zu Dank verpflichtet! Sie besaß ein großzügiges Herz!

Weit nach Mitternacht torkelten die Geburtstagsgäste nach und nach aus Jakob Scherweits Deputathaus. Noch einmal kreiste die Schnapsflasche auf dem Hof, Karl-Otto spielte eine Abschiedsmelodie - so gut es noch ging! -, und dann verstreuten sich die Leute in alle Winde. Auch Beates "Tischherr" hatte sich nach Hause begeben. Ziemlich angeheitert näherte sich Beate Karl-Otto und sagte: "So, Karlchen, jetzt woll'n wir noch einmal kräftig anstoßen! Papa ist auch noch aufgeblieben. Er erwartet uns. Er mag dich gut leiden, aber du magst mich nicht, stimmt's, Karlchen? Warum magst du mich nicht?"

"Nun fang' doch nicht damit an, Beate! Du weißt ganz genau, daß ich in einer miserablen Lage stecke, keine Arbeit..."

"Das ist es nicht, liebes Karlchen... Du strebst nach Höherem! Ich bin dir anscheinend nicht fein genug! Wie heißt denn deine neue Geliebte? Heißt sie vielleicht Erika?"

Karl-Otto zuckte zusammen. "Wie kommst du auf Erika?"

"Weil die Erika heißt, mit der du neulich an der Bar geflirtet hast! Hübsche schwarze Haare hat sie, nicht wahr?"

"Woher weißt du das, Beate?"

"Ich hab' euch beobachtet und belauscht, Karlchen!"

"So etwas ist gemein, Beate!"

"Wieso? Ich saß rein zufällig in der Nähe, hinter einem Pfeiler, und da drang euer verliebtes Gespräch zu mir herüber. War's schön in der Feldscheune?"

"Beate, nun gehst du aber zu weit, glaube ich!"

"Glaube ich nicht! Wenn man einen Mann liebt, dann interessiert man sich auch für ihn! Das hat nichts mit Belauschen und Bespitzeln zu tun, wie du es auslegen möchtest, Karlchen."

Karl-Otto schwieg. Den Blick dem dämmernden Morgen entgegengerichtet, atmete er noch ein paarmal kräftig durch und folgte dann Beate ins Haus. Im Wohnzimmer erwartete sie Jakob. "Ehrlich", nuschelte er, "das war doch ein bißchen anstrengend... ein ziemlicher Krach! Ich mag den Radau nicht... Na ja, man hat schließlich nur einmal im Jahr Geburtstag! Gott sei Dank, daß alle Gäste weg sind! Ja, und jetzt woll'n wir noch etwas feiern... Beate, mach' eine Flasche Wein auf!"

Der Wein war nicht besonders gut, aber er hatte seine Prozente! Obwohl Karl-Otto vom Arzt anheimgestellt worden war, möglichst wenig Alkohol zu sich zu nehmen, hatte er im Verlauf der Feier einiges durcheinander getrunken. Und jetzt auch noch der Wein! Immer häufiger fielen ihm die Augen zu, sein Kinn rutschte auf die Brust. Auch Jakob schien seinen Alkoholpegel überschritten zu haben, murmelte nur noch unverständliche Worte. Beate hingegen: sie war offensichtlich nur beschwipst! Zunächst schaffte sie ihren Vater ins Bett und widmete sich dann noch Karl-Otto, indem sie sich ihm auf den Schoß setzte und zu schmusen begann, was er widerstandslos über sich ergehen ließ, denn er war mittlerweile so erschöpft und müde, daß ihn im Moment Beates Liebkosungen sogar etwas aufmunterten. Immer wieder schaute er sie mit schweren Augenlidern an, wagte jedoch nicht, sie zu berühren. Plötzlich fragte Beate: "Soll ich dich ins Bett bringen, Karlchen? Du fällst mir ja gleich vom Stuhl!"

Mit einem offensichtlich dankbaren Kopfnicken nahm Karl-Otto Beates Vorschlag an und ließ sich von ihr gestützt in seine Kammer bringen. Beate schaltete die kleine Tischlampe an, hängte ein Handtuch darüber und begann Karl-Otto zu entkleiden.

"Das ist... ehrlich, Beate... das ist lieb von dir", lallte Karl-Otto. "Ich hätte mich... angekleidet hätte ich mich... verstehst du? Ich hätte mich nicht aus... ausgezogen..."

Beate lächelte nur, schloß die Tür ab, warf einen verlangenden Blick auf Karl-Ottos ausgestreckten Körper und stand schließlich splitternackt vor ihm. Wie weggeblasen war mit einem Mal seine Müdigkeit. Geschockt, eher maßlos überrascht, starrte er Beates nackten Leib unschlüssig an. Verführerisch räkelte sie sich im fahlen Schein der abgedunkelten Lampe, wanderte im Raum ein paarmal hin und her, so daß er auch ihre reizende Kehrseite bewundern konnte und hüpfte dann zu ihm ins Bett.

"Was soll denn das, Beate?" fragte Karl-Otto und rückte unwillkürlich näher an die weißgetünchte Wand. "Wir sind doch betrunken! Ich glaube kaum, daß..."

"Und ich glaube, gerade dann, wenn man beschwipst ist, macht es am meisten Spaß! Hast du es noch nie ausprobiert?"

Karl-Otto fühlte sich regelrecht überrumpelt. Zweifelsohne hatte Beate ihr Vorhaben bis ins kleinste geplant. Jetzt sah sie ihre Chance gekommen, Karl-Otto für sich zu gewinnen, ihn zumindest eine Stunde zu beanspruchen. Sie liebte ihn! Aber sie war sich auch darüber im klaren, ihn nicht ganz für sich zu gewinnen, denn dafür vermißte sie seine Gegenliebe. Aber das war im Augenblick unbedeutend. Sie wollte die Gelegenheit wahrnehmen und voll auskosten.

"Mach' das Licht aus, Beate! Ich will schlafen. Mir brummt der Schädel. Du hast wohl einen... einen aufreizenden Körper, aber... Na ja, du bist doch auch bestimmt müde", meinte Karl-Otto und drehte sich auf die Seite. Sofort begann Beate seinen Rücken zu massieren, küßte seine Lenden und griff behutsam nach seiner Hand, führte sie zu ihrem Busen und flüsterte: "Spürst du gar nicht, Karlchen, daß ich dich liebe? Ich möchte dir viele schöne Stunden schenken... Immer möchte ich bei dir sein, mein Karlchen! Sei doch auch lieb zu mir... hörst du?"

Inzwischen hatte sich Beate eng an Karl-Otto gekuschelt, ihn von oben bis unten betastet und fortwährend geküßt, damit er ja nicht einschlief. Er hörte ihre Worte, ihre eindeutige Liebeserklärung größtenteils nur bruchstückhaft, denn wiederholt fielen ihm die Augen zu, aber ihre warme Haut vermochte es schließlich doch, daß er sich langsam zu ihr umdrehte, sie in die Arme nahm und hemmungslos Beates Wunsch erfüllte.

Obwohl die beiden Liebenden kaum ein Wort verloren, niemanden im Haus auf sich aufmerksammachen wollten, spielte ihnen die altersschwache Stahlfedermatratze dennoch einen Streich. Sie quietschte und ächzte in einem fort. Einmal gab es sogar einen lauten Knacks, ein metallisches Geräusch, als wäre eine Feder geborsten. Das störte die beiden nicht, denn so laut war das Bersten nun wiederum auch nicht, aber es war laut genug, Minna Scherweit in ihrem Bett hochfahren zu lassen und nach dem Rechten zu sehen. Instinktiv lenkte sie ihre Schritte zu Karl-Ottos Kammer, lauschte erst einmal an der Tür, drückte sacht die Klinke hernieder und begann zu schimpfen und zu zetern, als sie feststellen mußte, daß die Tür von innen verriegelt war. Blitzartig verkroch sich Beate unter das Bett; Karl-Otto öffnete die Tür, nachdem er seine Hose übergezogen hatte und fragte mit unschuldigem Gesicht: "Was ist denn los, Frau Scherweit? Brennt's irgendwo? Sind Einbrecher im Haus?"

Wutschnaubend stieß Minna Karl-Otto beiseite, stürmte ins Zimmer, sah zuerst im Kleiderschrank nach und anschließend warf sie einen Blick unter das Bett. Völlig außer sich fauchte sie los: "Raus! Sofort verlaßt ihr mein Haus! Alle beide! Auf der Stelle verschwindet ihr! Das ist doch wohl der Gipfel, unter meinem Dach solche Schweinereien zu treiben... Wenn ihr wenigstens verlobt wäret, dann würde ich ein Auge zudrücken, aber so... Hier ist kein Hurenhaus, sage ich! So etwas, was ihr hier vorführt, geht auf keine Kuhhaut! Raus, aber schnell, mit euch... und laßt euch ja nicht mehr hier blicken!"

Jakob hatte von der "Nachtvorstellung" seiner Minna auch nicht ein einziges Wort mitbekommen. Er war volltrunken und schlief fest. Wahrscheinlich wäre er in der Lage gewesen, schlichtend einzugreifen, wenigstens für Karl-Otto noch einige Tage Aufschub zu erreichen. Aber er schlief den Schlaf des Gerechten! Längst hatte Beate das schmale Zimmer verlassen. Jedoch Minna lehnte am Türrahmen und trieb Karl-Otto zur Eile an, schimpfte und zeterte wie ein Rohrspatz, sogar noch durch das Fenster hinterher, als Karl-Otto bereits auf der Straße war. Schnellen Schrittes nahm er einen Seitenweg, der ihn zur Hauptstraße führte, zur Bushaltestelle, aber zu so früher Stunde fuhr noch kein Bus. Sollte er warten, bis zufällig ein Auto vorbeikam, per "Anhalter" fahren? Oder sollte er die Feldscheune aufsuchen, in der er mit Erika...? Nach kurzem Überlegen verwarf er beides, nahm seinen Koffer auf und schlug zu Fuß den Weg nach Helmstedt ein. Wiederholt stellte er seinen schweren Koffer ab und blickte hoffnungsvoll die Straße entlang, aber es nahte kein Auto. Als Karl-Otto fast die Hälfte der Strecke zurückgelegt hatte, hörte er hinter sich ein Pferdefuhrwerk näherkommen. "Selbstverständlich nehme ich dich mit", sagte der ältere Mann auf dem Kutschbock und hieß Karl-Otto aufzusteigen. "Ich will aus Helmstedt Zement und Kalk holen, weißt du? Ist ja noch ein bißchen früh, aber um so früher bin ich wieder zu Hause... Wir wollen nämlich unseren Schweinestall ausbessern... verstehst du?" redete der Mann munter drauf los.

"Ach, Sie haben einen Bauernhof?" fragte Karl-Otto.

"Ja, einen schönen Hof... Ungefähr 120 Morgen! Dreiviertel davon unterm Pflug. Viel Arbeit hat man, kann ich dir sagen, und ganz schlecht Leute zu kriegen. Das begreife ich einfach nicht! Erst kürzlich stand's in der Zeitung, daß wir noch immer ungefähr anderthalb Millionen Arbeitslose am Herumgammeln haben. Sind das alles Arbeitsscheue? Was meinst du?"

"Ich hab' mir darüber noch keine Gedanken gemacht. Vielleicht finden manche auch nicht die passende Arbeit, denn..."

"Das ist dummes Zeug, was du daherredest", fiel der Bauer Karl-Otto ins Wort. "Wenn ich existieren will, dann muß ich jede Arbeit annehmen... auch in der Landwirtschaft! Aber ich glaube, viele Arbeitslose leben gern auf Staatskosten, von unseren Steuergeldern und arbeiten nebenbei. Der 'Arbeitsdienst' müßte für diese Leute wieder eingeführt werden... nicht wahr?"

Unruhig rutschte Karl-Otto auf dem harten Kutschbock hin und her, zündete sich eine Zigarette an und meinte: "Den 'Arbeitsdienst' wiedererstehen zu lassen hieße doch, erneut in eine Diktatur zu verfallen."

"Blödsinn, redest du da! Für die 'Arbeitsscheuen' sollte jedes Zwangsmittel recht sein! Dann würden wir Bauern endlich auch genügend Arbeitskräfte zur Verfügung gestellt bekommen", wetterte der korpulente Mann mit ernster Miene. Plötzlich fuhr der Bauer scharf rechts ran, brachte die beiden Pferde zum Stehen, holte Tabakspfeife und ein Päckchen "Schwarzer Krauser" hervor, stopfte ihn in den unförmigen "Bruyère-Kloben", musterte Karl-Otto von oben bis unten und fragte mißtrauisch: "Sag' mal, junger Mann, wer bist du überhaupt und wohin willst du? Du kommst mir verdächtig vor! Mit dir stimmt da etwas nicht! Bist du irgendwo ausgerissen? Was suchst du im guten Anzug und mit einem Koffer um diese Zeit auf der Straße? Sucht die Polizei dich? Oder bist du gerade aus der Ostzone gekommen?"

"Ich bin arbeitslos!" platzte es aus Karl-Otto heraus.

"Arbeitslos? Das ist ja prima!"

"Und ich hab' auch keine Wohnung!"

"Das ist ja noch besser!"

"Wieso?"

"Dann kannst du ja gleich bei mir anfangen!"

"Nein, das geht nicht!"

"Nanu, bist du etwa auch arbeitsscheu?"

"Keineswegs, aber ich bin nur für leichte Arbeit tauglich!"

"Was verstehst du darunter?"
"Na ja, wie man's nimmt!"
"Kannst du melken?"
"Nein", log Karl-Otto, obwohl er etwas davon verstand.
"Ich werd's dir beibringen!"
"Ich will aber nicht beim Bauern arbeiten!" protestierte Karl-Otto. "Ich hab' lange genug auf dem Lande gelebt... Jetzt möchte ich in der Stadt eine Bleibe finden. In den öffentlichen Dienst oder in einem Büro möchte ich unterkommen!"
Zunächst brummte der Bauer sich etwas in den Bart, dann holte er tief Luft und brüllte los: "Runter vom Wagen mit dir! Du bist genauso ein Tagedieb wie alle anderen Arbeitslosen auch, die mir vermittelt werden sollten! Keiner ist gewillt, einen Finger krummzumachen, aber Steuergelder einstreichen..."
"Das ist nicht wahr! Ich will gern arbeiten! Sofort, aber nicht als Knecht bei einem Bauern!" wehrte sich Karl-Otto, hüpfte vom Kutschbock, schnappte seinen Koffer und rannte ziellos querfeldein, der sich am Horizont abzeichnenden Morgenröte entgegen, hinter sich die immer schwächer werdenden Schimpfworte und Flüche des Bauern vernehmend, bis sie ganz verstummten und ein lauter Peitschenknall ankündigte, daß das Fuhrwerk sich wieder in Bewegung setzte. Immer weiter hastete Karl-Otto durch Wiesen, über einen schmalen Bach, bis er schließlich hinter einem kleinen Gehölz einen Ackergeräteschuppen entdeckte. Ermattet ließ er sich auf einem Ballen Stroh nieder, stützte den Kopf in die Hände und begann über die letzten Stunden nachzudenken. Seine Hosenbeine waren durchnäßt vom Morgentau, sein Schädel brummte vom vielen Alkoholgenuß und sein Magen meldete sich auch schon. Obwohl es Hochsommer war, fröstelte Karl-Otto. Die Sonne stieg rasch höher, sandte ihre ersten wärmenden Strahlen durch die breiten Ritzen des baufälligen Bretterschuppens und

gaben Karl-Otto wieder neuen Lebensmut. Zunächst wollte er ein wenig ausruhen, ein Nickerchen machen, bevor er seinen ungewissen Weg fortsetzte, aber er war zu aufgeregt, um auch nur ein Auge zuzumachen. Seit langem hatte er sich nicht mehr so einsam, so verlassen gefühlt, wie zu dieser Stunde. Er wollte nicht aufgeben; es mußte irgendwie weitergehen - aber wie?

Sein Akkordeon hatte Karl-Otto in der Eile bei Beates Eltern zurückgelassen. Eine Gelegenheit würde sich schon finden, es von dort wegzuholen, denn nur mit der Musik konnte er sich über Wasser halten. Wohin sollte er jetzt seine Schritte lenken? Wo würde man ihm demnächst Unterkunft gewähren? Sollte er in seiner Notlage bei Martin, dem Wirt "Zu den drei Eichen", zu Kreuze kriechen? Das ließ sein Stolz nicht zu! Dann würde er lieber die Bahnhofsmission vorziehen und von dort aus erneut seine Fühler ausstrecken.

Karl-Otto begab sich nach draußen, setzte sich in die Sonne und ließ seine Hosenbeine trocknen. Die Wärme tat gut. Er schloß die Augen und schickte seine Gedanken zurück in jene Zeit, als er noch in Kriegsgefangenschaft war, in Südfrankreich und auf Korsika, wo er den Tag herbeigesehnt hatte, endlich wieder in Deutschland zu sein. Es war eine schlimme Zeit gewesen mit Hungersnot, Schikanen, Beschimpfungen und ständig den Tod vor Augen, als er anderthalb Jahre dem Minensuch-Kommando angehörte, gezwungen worden war, Minen zu heben, wenngleich diese Todeskommandos nach außen hin auf freiwilliger Basis bestanden. Auf schäbigste Art und Weise hatten die Franzosen die deutschen Kriegsgefangenen zu Minensuchern gemacht: Die Verpflegungsrationen - ohnehin schon karg genug - wurden plötzlich drastisch verringert, dann stellte man die abgemagerten Männer vor die Wahl, entweder zur Fremdenlegion oder zum Minensuchkommando zu gehen, wenn sie daran interessiert waren, wieder bessere Verpflegung zu bekommen! Viele, mit denen Karl-Otto Minen suchte, mußten ihr Leben lassen. Den Krieg hatten sie teils unversehrt überstanden und starben nun im Minenfeld für Frankreich, traten auf Minen, die nicht nur von den Deutschen verlegt worden waren, sondern überwiegend von den alliierten Streitkräften. Karl-Otto war wieder einmal glücklich davongekommen, trug sich sogar mit der Absicht herum, auf Korsika zu bleiben. Das Mädchen, das er während seiner Zeit als sogenannter "freier Arbeiter" in Ajaccio kennengelernt hatte, versuchte ihn beinahe händeringend zu überreden, bei ihr zu bleiben. Ja, sie flehte ihn wiederholt an: "Vergiß doch Deutschland, Charles! Bleib' hier! Du kannst nicht verlangen, daß wir die Deutschen lieben, aber dich mögen wir... Mein Vater ist Hafenmeister, und er sagte mir erst neulich, daß er sich für dich einsetzen würde, du mühelos einen Arbeitsplatz bekommen würdest. Und wohnen, Charles, könntest du bei uns!"

Wie konnte ich damals nur so verbohrt gewesen sein, dieses gutgemeinte Angebot auszuschlagen, und zwar nur deshalb, weil ich glaubte, ein Deutscher gehört unbedingt nach Deutschland, er wird dort gebraucht, dort ist seine Heimat, was auch immer auf ihn zukommen sollte. Warum habe ich bloß nicht auf die hübsche Korsin gehört? Wir waren uns doch auf Anhieb sympathisch. Aus uns beiden wäre ein Paar geworden. Vielleicht wäre ich stets ein Fremder im Lande geblieben, aber dennoch hätte ich mein Glück gefunden, bräuchte jetzt nicht vor einer Bretterbude zu sitzen und perspektivlos in die deutsche Morgensonne zu blinzeln, die mir auch keinen Rat geben kann, wie es mit mir weitergehen soll, murmelte Karl-Otto vor sich hin.

Mittlerweile waren seine Hosenbeine getrocknet. Er reckte und streckte sich, warf einen prüfenden Blick über die vor ihm ausgebreitete Landschaft und überlegte, welche Richtung er einschlagen sollte. Irgend jemand würde ihm schon Unterkunft gewähren, vielleicht sogar

Arbeit anbieten, und wenn er von Haus zu Haus gehen sollte. Nur als Knecht auf einem Bauernhof wollte er sich auf keinen Fall verdingen.

Nachdem Karl-Otto den Geräteschuppen eingehend durchstöbert, jedoch nichts Brauchbares zum Essen gefunden hatte, nahm er seinen Koffer auf und wanderte gemächlich auf dem zum nächsten Dorf führenden Feldweg entlang. Je näher er dem ersten Haus kam, desto angespannter wurden seine Nerven, denn er konnte sich gut ausmalen, wie man darauf reagieren würde, wenn er bei den Leuten an die Tür pochte: "Bei uns wohnen schon Flüchtlinge", oder "Sieh zu, daß du weiterkommst!" vielleicht auch: "Landstreicher unterstützen wir nicht! Ihr seid sowieso zu faul zum Arbeiten!" Auf solche Redensarten mußte sich Karl-Otto gefaßt machen. Aber was nützte es alles - er mußte den Versuch wagen. Irgendwer würde ihn schon erhören, mit ihm Mitleid haben. Schließlich war der Tag ja noch lang. Plötzlich verhielt Karl-Otto seine Schritte, schlug sich mit der flachen Hand vor die Stirn und stöhnte: "Mein Gott, was zerbreche ich mir nur unnötig den Kopf? Hermann Mangolf...! Der Hermann muß doch hier in der Nähe wohnen... Aber natürlich wohnt der Hermann in dieser Gegend!" rief er laut in den Morgen hinein und hüpfte vor Freude von einem Bein auf das andere. Wie eine verlorene Botschaft war ihm der Name seines Kameraden aus der Kriegsgefangenschaft wieder eingefallen. Es war schon lange her, damals, im Januar 1946, war es gewesen, als Hermann zu Karl-Otto während einer Mittagspause beiläufig gesagt hatte: "Wenn du nach der Entlassung nicht wissen solltest, wo du in Deutschland unterkommen kannst, dann klopfe ruhig bei mir an. Ich wohne in Frellstedt, bei Helmstedt... Ist leicht zu merken!" hatte er noch betont. Aber was hätte sich Karl-Otto sonst noch alles merken müssen, wenn die vielen wohlgemeinten Angebote seiner Kameraden ernstzunehmen gewesen wären, denn manche muteten lediglich wie ein

Trost an, bekundeten Mitleid und Bedauern dem gegenüber, der seine Heimat verloren hatte. Sicher - und das wollte Karl-Otto nicht in Abrede stellen - meinten es einige ehrlich und hätten Karl-Otto bestimmt aufgenommen, ihm vielleicht sogar Starthilfe geleistet, aber er hatte es sich schon damals in den Kopf gesetzt, wenn er Deutschland gesund wiedersehen sollte, auf eigenen Füßen zu stehen, von niemandem abhängig zu sein. Folglich waren ihm alle Anschriften entfallen - bis auf die eine, die plötzlich wie in riesigen Lettern vor seinen Augen stand. Wie würde Hermann ihn nach so vielen Jahren empfangen? Würde er sich noch an sein Versprechen erinnern? Hermann Mangolf war im Augenblick der einzige Trumpf, den Karl-Otto seiner gegenwärtigen Situation entgegenhalten konnte. Vorausgesetzt, Hermann wohnte auch oder noch in Frellstedt und hatte für Karl-Otto eine Unterbringungsmöglichkeit.

Hoffnungsvoll und frohgelaunt machte Karl-Otto auf der Stelle kehrt und stolperte wieder zur Straße zurück. Mit seinen verschmutzten Schuhen und den zerknitterten Hosenbeinen, sah er nicht besonders vertrauenerweckend aus. Auf den ersten Blick hätte man ihn für einen Landstreicher halten können. Außerdem war er nicht rasiert. Ob Hermann ihn in dem Aufzug überhaupt erkennen würde? Was mochte wohl aus ihm geworden sein?

Der Fußmarsch durch die Feldmark hatte doch mehr an Karl-Ottos Kräften gezehrt, als er vermutet hatte. Sein Herz war derartigen Belastungen noch nicht gewachsen. Eine leichte Müdigkeit überfiel ihn. So setzte er sich am Straßenrand auf seinen Koffer, um ein bißchen auszuruhen. Einige Autos waren schon an ihm vorbeigebraust - aus der falschen Richtung. Karl-Otto genoß die prikkelnde Wärme der auf seine Gesichtshaut fallenden Sonnenstrahlen und schloß genüßlich die Augen. Plötzlich vernahm er Motorengeräusch aus der anderen Richtung, hob sachte die Lider und wollte schon aufspringen, um dem Fahrzeug zuzuwinken, daß es ihn mitnehme, aber wie groß war die Enttäuschung, als er gewahr wurde, daß es sich um ein Polizeiauto handelte. Rasch kam es näher, verringerte seine Geschwindigkeit und hielt schließlich vor seinen Füßen. Heraus sprang ein Beamter mit gezückter Pistole und fuhr Karl-Otto grob an: "Zeigen Sie Ihren Ausweis!"

Obwohl die Situation nicht zum Spaßen war, mußte Karl-Otto unwillkürlich schmunzeln, denn die auf ihn gerichtete Waffe imponierte ihm nicht im geringsten. Schließlich war es nicht das erste Mal, daß er in eine Pistolenmündung blickte. Völlig gelassen holte er seinen Ausweis hervor und reichte ihn dem seiner Meinung nach übereifrigen Polizisten, der sich sofort seinem Kollegen zuwandte und sagte: "Schau' mal im Fahndungsbuch nach, ob der Bursche - Karl-Otto Franke heißt er! - vermerkt ist! Irgendwie bekannt kommt mir der Name vor..."

"Nicht eingetragen!" rief der Beamte im Auto nach einer Weile. "Laß uns weiterfahren, Alfons!"

"Bist du dir auch ganz sicher? Geh' ruhig noch einmal die Liste in aller Ruhe durch", schnarrte der Beamte vor Karl-Otto.

Einige Minuten vergingen. Dann rief der Beamte im Wagen erneut: "Nein, der Mann ist nicht eingetragen!"

Scheinbar gab sich der Beamte, der noch immer Karl-Otto mit seiner Pistole in Schach hielt, mit dem Resultat nicht zufrieden. Argwöhnisch musterten seine Augen Karl-Otto von oben bis unten. Sein Gesicht verzog sich zu einem breiten Grinsen. Noch immer hielt er die Pistole in der Hand, allerdings nicht mehr auf sein Gegenüber gerichtet. Eine Weile schien er zu überlegen, kratzte sich am Kinn, schob seine Mütze ein wenig aus der Stirn und prustete dann mit einemmal los: "Was suchen Sie hier auf der Landstraße? Wo kommen Sie her und wohin wollen Sie?"

"Ich will nach Frellstedt."

"Ach, nach Frellstedt? Aber woher kommen Sie?"

"Aus Süpplingen."

"Aus Süpplingen? Na, das ist ja interessant! Und dann laufen Sie von Süpplingen bis hierher, machen Pause und laufen wieder in dieselbe Richtung zurück? Mein lieber Mann, mit Ihnen stimmt etwas nicht! Öffnen Sie einmal Ihren Koffer!"

Mit überheblicher Amtsmiene durchwühlte der Polizist Karl-Ottos Koffer, suchte vergeblich nach einem doppelten Boden und meinte dann fast gnädig: "Ihr Glück, daß Sie kein Schwarzhändler sind! Dennoch möchte ich wissen, woher Sie kommen..."

"Das habe ich Ihnen doch schon erklärt", sagte Karl-Otto.

"Junger Mann", zischte der Polizist, "wir kennen unsere 'Pappenheimer', wir lassen uns nicht so schnell täuschen! Wie seh'n Sie denn aus? Wo haben Sie übernachtet? In einem Schweinestall? Haben Sie jemanden überfallen? Ausgeraubt? Kommen Sie, ich überprüfe einmal Ihre Jackentaschen! Nehmen Sie die Arme..."

"Jetzt langt's aber, Alfons!" meinte der zweite Polizeibeamte, der inzwischen aus dem "Volkswagen" ausgestiegen war und sich langsam seinem Kollegen näherte. "Guck dir doch mal den jungen Mann richtig an... Der ist übernächtigt und wahrscheinlich auch hungrig. Seine Papiere sind sauber; laß ihn laufen! Vielleicht war er mit seiner Freundin irgendwo im Heu oder so. Wir waren doch auch mal jung... oder nicht?"

Murrend setzte sich der Beamte, der in Karl-Otto einen "dicken Fisch" vermutet hatte, wieder ins Auto und knallte die Tür zu. "Na gut, denn laß uns weiterfahren", knurrte er durch das Seitenfenster und zündete seinen Zigarrenstummel an. Jedoch Alfons, sein Kollege, unterhielt sich noch mit Karl-Otto, nickte verständnisvoll und meinte schließlich: "Ja, wenn das so ist, dann steigen Sie bitte ein, Herr Franke! Wir kommen sowieso über Frellstedt. Ich lade Sie direkt bei Mangolf ab. Die Gaststätte 'Elmhof' gehört dem Mangolf. Ist eine gutbürgerliche Gaststätte..."

***

Natürlich fiel Hermann Mangolf aus allen Wolken, als Karl-Otto plötzlich vor ihm stand. Er erkannte ihn sofort. Minutenlang lagen sie sich in den Armen und schämten sich nicht der Tränen ihrer Wiedersehensfreude. Dafür hatten sie in den harten Jahren der Kriegsgefangenschaft zuviel Freud' und Leid geteilt, manche Krume Brot miteinander verzehrt und 30 Tage "Knast" hinter sich gebracht, nachdem ihre gemeinsame Flucht mißlungen war. Sie hatten wie Pech und Schwefel zusammengehalten, sich nie unterkriegen lassen und auch nicht die Hoffnung aufgegeben, eines Tages nach Deutschland zurückzukehren.

"Wann bist du heimgekehrt und wo warst du bislang, Karlchen", war natürlich Hermanns erste Frage, als sie sich wieder gefangen hatten und bei einem Begrüßungsbier am Stammtisch Platz nahmen. Und Karl-Otto erzählte und erzählte, berichtete von seinem letzten Jahr auf Korsika - Hermann war schon 1947 entlassen worden -, seinen Erlebnissen in der Bundesrepublik und zum Schluß ausführlich über Beate.

Hermann Mangolf beugte sich vor, lachte laut auf und meinte kopfschüttelnd: "Das ist ja ein Witz, Karlchen... Da hast du also praktisch vor meiner Haustür gewohnt, beinahe auf Rufweite, und wir wußten nichts voneinander! Unglaublich! Wo hast du nur deine Gedanken gehabt? Schwirrten nur Frauen in deinem Kopf herum? Ich hatte dir doch meine Adresse gegeben, Karlchen..."

"Wahrscheinlich hat die Beate ihm den Kopf verdreht", sagte Gisela, Hermanns Frau, die inzwischen hereingekommen war und das Frühstück servierte. Karl-Otto stutzte. "Ihr kennt die Beate?" fragte er und schaute in Hermanns schmunzelndes Gesicht.

"Und ob", antwortete Hermann vielsagend.

"Die kennt doch hier jeder", bestätigte Gisela.

"Verstehe ich nicht..."

"Na ja, wie du es vielleicht meinst, so eine ist sie wiederum auch nicht", beruhigte Hermann Karl-Otto, der mit halbgeöffnetem Mund ins Leere starrte.

"Sie kommt fast jeden Samstag hierher... zum Tanzen", warf Gisela lächelnd ein.

"Mit einem kriegsversehrten Flüchtling aus Schlesien oder Masuren", ergänzte Hermann. "Er soll eine gute Rente haben und man munkelt, daß er sogar schon einen Lastenausgleich erhalten hat. Der Mann hält sie immer frei. Fritz, heißt er! Alle nennen ihn hier den 'Alten Fritz'.

"Am kommenden Samstag werden Sie die beiden hier beobachten können, wie verliebt sie miteinander turteln", mischte sich wieder Gisela ein, schenkte Kaffee nach und lächelte Karl-Otto verstohlen an. Sie sah gut aus, die junge Frau mit den hellblonden Haaren.

"Nun greif doch zu, Karlchen, du hast bestimmt großen Hunger!" ermahnte Hermann seinen ehemaligen Kameraden. "Iß soviel du willst! Wir haben genügend Vorrat. Stärke dich nur richtig und dann gehst du erst einmal schlafen! Wegen Arbeit brauchst du dir keine Sorgen zu machen, die besorge ich dir. In der Zuckerfabrik kenne ich jemanden aus der Geschäftsleitung. Der ist mein Stammgast. Irgendeinen Posten verschafft er dir garantiert. Und dann sehen wir weiter. Vorläufig bleibst du bei uns, Karlchen. Übrigens gibt es hier in Frellstedt genug hübsche Mädchen... Auch für dich wird eine dabeisein!"

"Ja, ja, das glaube ich dir, Hermann", sagte Karl-Otto wie geistesabwesend. "Vor allem bin ich euch dankbar, daß ihr mir ein Dach über dem Kopf gewährt... Und wenn es auch noch mit der Arbeit klappen sollte... Du hast dich überhaupt nicht verändert, Hermann! Deine Hilfsbereitschaft habe ich ja damals, als ich..."

"Ist schon gut, Karlchen, du hast dich ja auch für mich eingesetzt, als du Kommandoführer und Dolmetscher an der Riviera warst. Das habe ich auch nicht vergessen."

"Nun langt doch endlich zu!" drängte Gisela. "Muß denn der Kaffee erst kalt werden? Nachher könnt ihr euch noch genug unterhalten. Ich geh' schon mal nach oben und richte deinem Freund das Gästezimmer her."

Schweigend frühstückten die beiden Männer weiter. Karl-Otto war mit seinen Gedanken bei Beate. Wenn das stimmte, was er über sie soeben erfahren hatte, dann brauchte er ihr keine Träne nachzuweinen. Sollte der "Alte Fritz" mit ihr selig werden!

"Ach, da fällt's mir gerade ein, Karlchen", sagte Hermann unvermittelt. "Um dein Akkordeon kümmere ich mich. Ich hole es noch heute von Beates Eltern. Willst du weiterhin mit deiner Kapelle Musik machen? Ich glaub's kaum, daß du es noch schaffst, dich überwiegend mit der Musik zu befassen, denn deine künftige Arbeit wird dich voll beanspruchen."

"Das muß ich erst mal seh'n, Hermann. Vielleicht mach' ich demnächst auch nur noch auf Alleinunterhalter... verstehst du? Lediglich auf Familienfeiern und ähnlichen Festen werde ich dann nur noch musizieren. Das ist nicht so anstrengend."

"Ich habe manchmal auch kleine Gesellschaften", ereiferte sich Hermann. "Für die kannst du ja denn spielen... Dafür sorge ich schon. Verlaß dich darauf, Karlchen, du kommst schon zurecht! Es wäre doch gelacht, wenn du nicht..."

Mitten im Satz brach er ab. Die Tür ging ruckartig auf und hereinstürmte ein junges, rotblondes Mädchen, mit soviel Temperament, daß Karl-Otto überrascht von seinem Teller aufschaute. Bevor er überhaupt die etwa 20jährige Vollbusige näher betrachten konnte, stand sie auch schon vor ihm, reichte ihm die Hand und stieß mit ihrer hellen Stimme hervor: "Sie sind also Hermanns Freund? Gisela hat mir eben erzählt, daß Sie bei uns bleiben werden... Ich bin die Ilona, Hermanns Schwester. Wenn Sie mich suchen sollten, ich habe die Küche unter mir!"

"So, so", murmelte Karl-Otto, "Sie sind also die Küchenchefin! Dann muß ich mich ja mit Ihnen gut stellen. Vielleicht fällt ab und zu ein leckerer Bissen für mich ab."

Ilona quittierte Karl-Ottos Bemerkung mit einem verführerischen Augenaufschlag, nahm am Tisch Platz und schenkte sich eine Tasse Kaffee ein. Man plauderte noch eine Weile miteinander, bis Hermann auf die Uhr schaute und scherzhaft bemerkte: "Jetzt woll'n wir aber die Frühstückstafel aufheben. Die Arbeit ruft! Wenn ihr beide euch näher kennenlernen wollt, dann setzt euch heute abend zusammen und trinkt ein Glas Wein..."

***

Mit einem Mal schien Karl-Ottos Irrweg ein Ende gefunden zu haben. Alles verlief schon fast zu problemlos. In der 'Norddeutschen Zucker-Raffinerie" bediente er eine Zentrifuge, bei Hermann gehörte er zur Familie, mit Ilona verband ihn mittlerweile ein inniges Verhältnis, obwohl die junge Frau einen festen Freund hatte, und auch finanziell stand er sich nicht schlecht, konnte sich sogar etwas Geld beiseite legen, hauptsächlich seine Gagen, die ihm vom gelegentlichen Musizieren zuflossen. Und dennoch war sich Karl-Otto bewußt, nicht auf Dauer seinem Freund Hermann zur Last liegen zu können, wenngleich dieser wiederholt beteuerte, Karl-Otto dürfte solange wohnen bleiben, wie er es für angebracht hielt. Schon mehrmals hatte Ilona anklingen lassen, sich von ihrem Freund zu trennen und mit Karl-Otto eine Partnerschaft aufzubauen, aber er, Karl-Otto, lehnte ihr wahrscheinlich ehrliches Anliegen strikt ab. Er mochte Ilona, jedoch Marga, die er auf einer Hochzeitsfeier kennengelernt hatte, noch viel mehr. Für Marga schlug sein Herz. Sie war zierlich mit langen blonden Haaren, 26 Jahre alt, geschieden und hatte eine dreijährige Tochter, für die der Vater, ein Bauingenieur, freiwillig einen hohen Unterhaltsbeitrag zahlte. Auch das kleine Einfamilienhaus am Stadtrand Königslutters hatte er Marga großzügig überlassen, da er mit einer wohlhabenden Fabrikantenwitwe eine neue Ehe eingegangen war. Einen besseren Start hätte sich Karl-Otto nicht wünschen können.

Seitdem Karl-Otto mit Marga ein enges freundschaftliches Verhältnis unterhielt, ihr jede freie Minute opferte, zog sich Ilona immer mehr zurück. Eher verständnisvoll als aus Eifersucht. Anscheinend legte auch sie größeren Wert auf einen Mann, der schon etwas im Leben erreicht hatte, wie ihr Freund, der mit 28 Jahren bereits zum Postoberinspektor aufgestiegen war. Auch Karl-Otto hielt nach wie vor daran fest, irgendwie in den öffentlichen Dienst zu gelangen. Am meisten reizten ihn Polizei, Bundesgrenzschutz und Zoll. Er schrieb auch Bewerbungen, aber wenn er sich vorstellen mußte und schon glaubte, die erste Hürde genommen zu haben, so verließ er jedesmal enttäuscht die jeweilige Annahmestelle und fuhr betrübt nach Hause, weil sein Gesundheitszustand nicht den Richtlinien für die Einstellung in den öffentlichen Dienst entsprach. Man vertröstete ihn und riet ihm sogar wohlwollend, sich zu einem späteren Zeitpunkt erneut zu bewerben. Ein schwacher Trost, jedoch blieb der Hoffnungsschimmer, in absehbarer Zeit in den Staatsdienst einzutreten.

"Selbstverständlich stelle ich dir das Klubzimmer zur Verfügung, Karlchen... Deinen 26sten Geburtstag sollst du gebührend feiern. Die Getränke hast du sogar frei", sagte Hermann, als Karl-Otto diesbezüglich bei seinem Freund behutsam vorfühlte.

"Danke, Hermann!" rief Karl-Otto begeistert aus. "Dann bin ich ja die Sorge los. Weißt du, es werden wahrscheinlich mehr Leute kommen, als ich gedacht habe... Mit Marga und mir werden es ungefähr 12 Personen sein. Wenn nichts dazwischen kommt, wird es meine letzte Vorstellung unter deinem Dach sein, Hermann."

"Wieso? Gefällt es dir nicht mehr bei uns?"

"Doch, doch... sogar sehr, Hermann, aber Marga hat mir erst gestern abend unterbreitet, mich endgültig zu sich zu holen. Wir beide sind so gut wie verlobt... und werden bald heiraten."

"Da kann ich nur sagen: Du hast eine goldene Nase gehabt, als du der Frau begegnet bist und sofort zupacktest! Mir würde sie auch gefallen", gestand Hermann schmunzelnd.

"Ehrlich", nickte Karl-Otto mit berechtigtem Stolz, "mit Marga habe ich mir eine Perle ins Herz geholt..."

"Und du bist vor allem finanziell abgesichert", ergänzte Hermann augenzwinkernd.

"Das wohl, aber ihre Natürlichkeit, ihre nette Art, wie sie mit mir umgeht, ihr Charme und die Liebe, die sie mir schenkt, sind einmalig, Hermann", lobte Karl-Otto seine zukünftige Frau. "Ich könnte mir keine bessere wünschen; viele Männer beneiden mich um sie", fügte er noch lächelnd hinzu.

***

Karl-Ottos Geburtstagsfeier hatte ihren Höhepunkt erreicht. Alle Gäste waren in fröhlicher Stimmung, scherzten, lachten und tanzten nach der Musik vom Plattenteller, tranken einander vergnügt zu und keiner nahm übel, wenn auch einmal versehentlich die verkehrte Frau geküßt wurde. Insgesamt 13 Personen zählte die Gesellschaft.

"Die 13 ist doch eine Unglückszahl", bemerkte gegen Mitternacht die Frau eines von Karl-Ottos Arbeitskollegen.

"Bist du abergläubisch, Hanni?" warf eine andere ein.

"Da ist schon etwas Wahres dran", meinte Gisela, Hermanns Ehefrau. "Kannst du dich noch daran erinnern,

Hermann, als wir in Goslar in dem Hotel Zimmer Nummer 13 nehmen mußten? Ich ahnte damals gleich nichts Gutes! Und dann geschah es..."

Gisela stockte und blickte zur Tür. Alle übrigen Gäste auch. Ziemlich unsanft war die Tür aufgestoßen worden. Karl-Otto traute seinen Augen nicht: Beate schwankte herein! Schnurstracks ging sie auf ihn zu, streckte ihm die Hand entgegen und sagte mit schwerer Stimme: "Glückwunsch, Karlchen! Wie ich sehe, hast du ja viele Geschenke bekommen... Das freut mich! Hoffentlich hast du auch ein Geschenk von bleibendem Wert erhalten?"

Geschockt starrte Karl-Otto Beate an. Ratlos. Seine Stimme schien ihm zu versagen. Hilflos und schutzsuchend nahm er Marga in den Arm, aber auch sie brachte keinen Ton über ihre Lippen. Absolute Stille im Klubzimmer. Endlich fand Karl-Otto seine Sprache wieder. "Wie kommst du hierher und was willst du, Beate?"

Langsam öffnete sie ihren Mantel, legte die Hände auf ihren Bauch, verzog ihren Mund zu einem höhnischen Grienen und sagte schleppend. "Hier... schau mal, Karlchen... Das ist mein Geburtstagsgeschenk für dich! Du möchtest wohl gern wissen, wie es aussieht? Ein bißchen mußt du noch warten... In ungefähr sieben Monaten darfst du dann dein Geschenk auf den Arm nehmen... Freust du dich gar nicht, Karlchen?"

"Die Frau muß verrückt sein... Schafft sie sofort hinaus! Die ist ja angetrunken! Schaut euch doch mal die Dame richtig an! Die hat sich ein Kissen vor den Bauch gebunden!" sagte Marga mit bebender Stimme und drückte Karl-Otto fest an sich. Beate verweilte noch immer auf demselben Fleck, streckte ihren Bauch provozierend hervor und meinte, Marga von oben bis unten musternd: "Hoffentlich hat Karlchen dir auch schon ein Kind angedreht! Aber das macht mir nichts aus... Karlchen gehört mir!"

"Jetzt aber raus! Dort ist die Tür!" mischte sich Hermann ein. "Wir möchten ungestört feiern... Wenn Sie mit Karl-Otto ein Problem haben sollten, dann machen Sie das untereinander ab."

"Nun regen Sie sich bloß nicht auf", konterte Beate und knöpfte ihren Mantel wieder zu. "Ist es denn so schlimm, wenn man seinem Geliebten eine frohe Kunde überbringt? Karlchen gehört nur mir... und keiner anderen! Nächsten Monat werden wir heiraten! Das Kind wird nicht ohne Vater groß, versteh'n Sie? Ich will..."

Jetzt reichte es Hermann. Mit einem Satz war er bei Beate, packte sie am Arm und bugsierte sie nach draußen.

Natürlich war die Stimmung auf den Nullpunkt gesunken. Niemand sprach ein Wort; aller Augen richteten sich auf Karl-Otto. Zunächst wich er den fragenden Blicken ratlos aus und schmiegte sich schutzsuchend an Marga, die ihn jedoch sanft von sich schob. Die Situation wurde von Minute zu Minute angespannter. Einige Geburtstagsgäste kannten Beate und wußten, was sie von ihrem Auftritt zu halten hatten. Aber sie hatte es nun einmal gesagt - vor allen Leuten. Wie sollte Karl-Otto es denen beibringen, die Beates Unterstellung für bare Münze nahmen, daß sie nur aus Eifersucht gehandelt haben könnte? Konnte er überhaupt ihre Anschuldigung widerlegen? Karl-Otto lief es heiß und kalt über den Rücken bei dem Gedanken, Beate könnte eventuell doch von ihm schwanger sein.

Ein Geburtstagsgast nach dem anderen verließ unter fadenscheinigem Vorwand die Feier. Sogar Hermann erhob sich und bemerkte zweideutig: "Na ja, noch ist dein Geburtstagsgeschenk gut verpackt... Hoffentlich entspricht es deinen Vorstellungen?" Dann verabschiedete auch er sich von Marga und Karl-Otto.

Völlig durcheinander warf Karl-Otto sich auf sein Bett. Marga nahm auf einem Stuhl Platz und kniff die Augen zu, was soviel bedeutete, daß sie den Tatsachen nicht ins Auge schauen wollte. Eine Weile saß sie so da. Mit einem Mal platzte es aus ihr heraus: "Was ist daran wahr, Karlchen? Spinnt die Beate oder...?"

"Ich weiß es nicht!"

"Aber sie kann doch nicht einfach so etwas behaupten!"

"Ich weiß es bestimmt nicht!" murmelte Karl-Otto.

"Hast du mit ihr zusammen geschlafen?"

"Ja... einmal!"

"Also doch... Und mir erzähltest du das Gegenteil."

"Ich war betrunken, Marga!"

"Das ist eine plumpe Entschuldigung."

"Es kann gar nichts passiert sein, denn..."

"Erzähl mir keine Opern, Karlchen... Du hast mit ihr doch..."

"Sag mal, Marga, worauf willst du hinaus?"

"Ich möchte nur Klarheit, denn ich bin nicht gewillt, einen Mann zu heiraten, der für ein uneheliches Kind Alimente zahlen muß, von dem ich nicht weiß, ob er mich wirklich liebt."

"Ich liebe nur dich, liebste Marga!" beteuerte Karl-Otto.

"Daran beginne ich zu zweifeln, Karlchen, denn du hast Beates Kunde offensichtlich zweifelnd aufgenommen. Du bist dir nicht sicher."

Achselzuckend schaute Karl-Otto in Margas hübsches Gesicht, in das Gesicht der Frau, die er mit sämtlichen Fasern seines Herzens zu lieben glaubte, bei der er sich geborgen und verstanden fühlte, die seine Frau werden sollte. Plötzlich kam sie ihm fremd vor. Ihr Verhalten war mit einem Mal frostig, abweisend und lieblos, als sie monoton fortfuhr: "Weißt du, Karlchen, ich gehöre zu den Frauen, die ungern einen Mann mit einer anderen teilen. Wer garantiert mir schon, daß du nicht spätestens dann wieder von mir gehst, wenn dein Kind zur Welt gekommen ist? Es wird dein Kind sein! Und du bist der Vater, fühlst dich verpflichtet, bei deinem Kind zu sein, was heißt, daß du Beate aus moralischen Gründen heiratest... Oder sehe ich das falsch?"

"Noch ist das Kind nicht da, und wer weiß, ob es überhaupt..."

"Wir müssen aber davon ausgehen, daß es von dir ist."

"Laß uns doch das Thema wechseln, Marga... Komm, setz dich zu mir! Wir reden über ungelegte Eier..."

"Die Eier sind bereits gelegt, Karlchen, und mein Entschluß steht auch schon fest: Wir müssen uns trennen!"

"Aber Marga? Das darfst du nicht machen! Vielleicht klärt..."

"Es gibt nichts mehr zu klären", sagte Marga entschlossen. "Im Augenblick weiß ich selbst nicht, ob ich traurig oder froh sein soll. Aber ich glaube, es ist die beste Lösung, wenn wir unsere eigenen Wege gehen... Deine Sachen, die du noch bei mir hast, lasse ich dir vorbeibringen... Leb' wohl, Karlchen!"

***

So schnell konnte Karl-Otto Marga nicht vergessen. Einige Male versuchte er mit ihr Kontakt aufzunehmen, aber sie lenkte nicht ein. Nur einmal, zu Weihnachten, schrieb sie ihm einen kurzen Brief und bat ihn, sich doch reiflich zu überlegen, ob es nicht günstiger für ihn wäre, Alimente zu zahlen, als mit Beate in eine voraussehbare Katastrophe zu stürzen.

Anfang Januar 1951 - es war nach einem Sonntagsfrühschoppen in Hermanns Gastwirtschaft - nahm Hermann Karl-Otto kurz beiseite und sagte mit ernster Miene: "Also, Karlchen, bei aller Freundschaft, aber du mußt jetzt sehen, wo du unterkommst! Wir benötigen das Zimmer demnächst für uns... Dafür wirst du doch Verständnis haben? Vielleicht sprichst du mal im Personalbüro der Zuckerfabrik vor und bittest, daß man dir eine Werkswohnung zur Verfügung stellt, zumindest ein Zimmer. Hinter der Fabrik, weißt du, da steht doch dieser Backsteinbau... Das ist ein sogenanntes Männerwohnheim. Hauptsache, du hast erst einmal deine eigenen vier Wände, Karlchen."

"Ja, natürlich, das ist ein guter Vorschlag", meinte Karl-Otto und schaute etwas enttäuscht zu Boden, weil ihm Hermanns Empfehlung absolut nicht zusagte. Und dennoch hatte er schon längst damit gerechnet, Hermanns Gästezimmer eines Tages räumen zu müssen.

Übrigens, Karlchen, wie bist du mit Beate übereingekommen? Willst du Alimente zahlen oder heiratet ihr?" fragte Hermann, da Karl-Otto ins Grübeln verfiel.

"Was hast du gesagt, Hermann?"

"Ich fragte, wie es um euch beide steht, Karlchen! Bist du nun der Vater... Ist Beate von dir schwanger oder..."

"Ach, Hermann, laß doch endlich dieses Thema ruhen! In letzter Zeit kann ich nachts kaum noch schlafen. Ich weiß selbst nicht, was ich machen soll. Ständig belästigt mich Beate; fast jeden Abend steht sie vor dem Fabriktor. Sie hat sogar schon die Verlobungsringe gekauft. Nächste Woche will mich unbedingt ihr Vater sprechen. Mir ist schon ganz mulmig, Hermann. Was würdest du an meiner Stelle machen?"

"Schwer zu sagen, Karlchen. Jedenfalls befindest du dich in einer heiklen Situation. Entweder heiratest du die Beate oder du zahlst 18 Jahre lang Alimente."

"Wenn ich bloß meine Mutter hier zu wohnen hätte oder sonstige Verwandte, bei denen ich unterkommen könnte", stöhnte Karl-Otto und trank sein Glas Bier in einem Zug aus.

"Du solltest langsam das Trinken nachlassen, Karlchen! Es löst dein Problem auch nicht", mahnte Hermann mit erhobenem Zeigefinger. "Wenn du künftig keinen klaren Kopf bewahrst, dann verlierst du die Übersicht und landest eines Tages in der Gosse. Zunächst mußt du jedenfalls mit den zuständigen Leuten in deiner Firma reden, daß sie dir mit Wohnraum helfen... Wir können dich beim besten Willen nicht mehr beherbergen, Karlchen."

Nervös knabberte Karl-Otto an seinen Fingernägeln, hob ein paarmal wie hilfesuchend die Schultern, stand auf, schlurfte durch die Gaststube und blieb schließlich vor einem Fenster stehen. Gedankenverloren starrte er auf die Straße. Aus dem Haus auf der gegenüberliegenden Straßenseite schaute eine junge Frau heraus. Sie lächelte herüber. Karl-Otto kannte sie vom Sehen. Sie hatten sich auch schon einmal miteinander unterhalten. Vielleicht ist sie noch frei, dachte Karl-Otto. Aber sie würde ihn ja doch nicht nehmen, wenn er ihr seine Lage offenbarte, die inzwischen wieder einen Tiefpunkt erreicht hatte.

"Was ist denn los mit dir, Karlchen?" fragte Hermann besorgt und stellte sich neben seinen Freund. "Du schlurfst über die Dielen, als wärest du ein alter Mann... Du brauchst doch nicht alles so tragisch zu nehmen, Karlchen! Ich werde für dich bei dem zuständigen Sachbearbeiter in der Zuckerfabrik ein gutes Wort einlegen. Du bekommst garantiert ein Zimmer, denn..."

Karl-Otto winkte müde ab. "Du kannst dir die Mühe sparen."

"Wieso?"

"Weil mir gekündigt worden ist!"

"Das ist nicht wahr!"

"Doch!"

"Und warum?"

"Weil ich... Na ja, weil ich... Ach, weißt du Hermann, das ist alles so blöd! Ich wollte doch gar nicht, aber..."

"Hast du etwa am Arbeitsplatz getrunken, Karlchen?"

"Ja! Leider..."

"Das ist allerdings dumm... Hat man dir schon die Kündigung ausgehändigt? Sprich doch noch einmal mit deinem Vorgesetzten."

"Ist schon alles zu spät", sagte Karl-Otto kleinlaut und reichte seinem Freund den "blauen Brief". "Alkohol am Arbeitsplatz ist grundsätzlich verboten... verstehst du,

Hermann?"

"Komm, Karlchen, setzen wir uns wieder an den Tisch", sagte Hermann und legte seinen Arm um Karl-Ottos Schulter. "Einen Ausweg werden wir schon finden, aber, wie schon erwähnt, bei uns kannst du unter keinen Umständen mehr bleiben. Wart' mal: Ich kenne da eine Kriegerwitwe in der Nachbarschaft! Heut' abend geh'n wir beide mal zu ihr. Sie hat bestimmt ein Zimmer..."

Abwehrend hob Karl-Otto die Hände. "Um Gottes willen... Bloß keine Kriegerwitwe mehr! Dann werde ich gleich wieder - zumindest in absehbarer Zeit - mit einem Heiratsantrag belästigt."

"Na und? Du mußt endlich Fuß fassen, Karlchen! Wie lange willst du noch umherirren? Das Ideale, um aus deiner Misere herauszukommen, kann nur eine Kriegerwitwe sein. Die junge Frau, die ich dir heute abend zeigen werde, ist übrigens sehr hübsch und hat eine große Wohnung. Keine Kinder und ist finanziell..."

"Sehr freundlich von dir, Hermann, aber ich will nicht! Ich möchte mich wieder selbst hochrappeln - selbst einen Weg suchen. Ich finde schon wieder eine Arbeit. Allerdings muß ich sehen, wo ich unterkommen kann. Ich bin dir zu großem Dank verpflichtet, daß du mich solange beherbergt hast, Hermann."

"Ist schon gut", wehrte Hermann ab. "Aber bei wem willst du eine Bleibe finden? Etwa bei der Beate? Du hast doch wohl nicht die ernste Absicht, sie zu heiraten, nur des Kindes wegen? Du liebst sie doch gar nicht! Laß gefälligst die Finger von der Frau, Karlchen! Versuch's doch noch einmal, beim Bundesgrenzschutz, der Polizei oder beim Zoll angenommen zu werden, dann bist du alle Sorgen los."

***

Eine Woche durfte Karl-Otto noch bei Hermann wohnen. Rasch rückte der Tag des endgültigen Auszugs näher. Tief bedrückt saß er eines Abends auf seinem Zimmer und ließ sich alles noch einmal durch den Kopf gehen, zog Bilanz, was er eigentlich verkehrt gemacht hatte. Leichtfertig hatte er seinen gesicherten Arbeitsplatz in der Zuckerfabrik aufs Spiel gesetzt. Auch mit dem Musizieren klappte es nicht mehr so recht, da ihn die Angelegenheit mit Beate nervlich belastete. Hier mußte unbedingt Klarheit geschaffen werden. So blieb ihm nichts anderes übrig, als sich mit Jakob Scherweit zu treffen. Ein Samstagnachmittag war es, als Karl-Otto mit rotgefrorener Nase und klammen Fingern vor Jakob Scherweits Tür stand. Am liebsten wäre er umgekehrt, aber er mußte sich dem Schicksal stellen. Schließlich trug Beate sein Kind unter ihrem Herzen. Das Kind mußte von ihm sein! Zeitlich gesehen bestand daran kein Zweifel. Hätte ich nur nicht an Jakobs Geburtstagsfeier teilgenommen, dachte Karl-Otto. Nun war es jedoch zu spät, das Geschehene rückgängig zu machen. Beate war bereits im sechsten Monat und hatte ihre Arbeitsstelle aufgegeben.

Mit gemischten Gefühlen ließ sich Karl-Otto von Jakob hereinbitten, nahm auf dem alten Sofa im Wohnzimmer Platz und wartete der Dinge, die gleich auf ihn zukommen sollten. Jakob verhielt sich sehr ernst. Während er sich eine Zigarre anzündete, erschien Minna. Mit funkelnden Augen musterte sie Karl-Otto. Trotzdem reichte sie ihm die Hand. Zunächst tiefes Schweigen. Jakob stellte zwei Flaschen Bier auf den Tisch und setzte sich. Er schien nachzudenken. Das laute Ticken der großen Standuhr in der Ecke war das einzige, was die schon beinahe unheimliche Stille durchbrach. Irgend etwas Unangenehmes lag in der Luft. Allein schon Minnas mürrischer Gesichtsausdruck ließ darauf schließen, daß man Karl-Otto in die Mangel nehmen würde. Er zweifelte nicht daran, mit Vorwürfen überhäuft zu werden. Einen Schuft, einen verantwortungslosen Dahergelaufenen würde man ihn schelten. Während

Karl-Otto sich immer nervöser werdend den Kopf zerbrach, was man eigentlich von ihm wollte, wurde plötzlich die Tür aufgestoßen und herein kam Beate. Vergnügt ging sie auf Karl-Otto zu, reichte ihm die Hand, umarmte ihn sogar und sagte in ihrer unbeschwerten Art: "Hast du dich also doch entschlossen, mit uns das Problem zu lösen."

"Welches Problem?" fragte Karl-Otto überrascht, obwohl er genau wußte, was Beate meinte.

"Nun stell' dich bloß nicht so dumm an, Karlchen. Schau mich doch an! Willst du mal fühlen, wie das Kleine schon strampelt?"

"Prost, Karl-Otto!" sagte Jakob und öffnete seine Bierflasche. "Trinken wir erst einmal auf mein Enkelkind... Was wird es werden? Ein Junge... ein Mädchen? Worauf tippst du?"

"Mir ist im Moment gar nicht danach, darüber nachzudenken, Jakob. Ich weiß nicht, verstehst du, ob das Kind überhaupt..."

"Na, das ist wohl der Gipfel der Frechheit", fuhr Minna dazwischen. "Macht der Kerl meiner Tochter ein Kind und versucht es nun in Frage zu stellen... Nein, nein, Herr Franke, so geht das nicht! Meine Tochter ist keine Hure! Sie wird kein uneheliches Kind zur Welt bringen... Das schreiben Sie sich gleich hinter die Ohren! Wir sind eine ehrbare Familie und möchten nicht, daß die Leute mit den Fingern auf uns zeigen. Beate hat mit keinem anderen geschlafen als mit Ihnen. Dafür lege ich meine Hand ins Feuer. Sie müssen sich jetzt entschließen oder..."

"Minna... brems' dich ein bißchen ab! So schaffen wir keine vernünftige Basis. Beate und Karl-Otto müssen eine Entscheidung treffen. Genaugenommen haben sie sich bereits entschieden, denn sie zeugten schließlich nicht ein Kind, um es unehelich aufwachsen zu lassen. Ein Kind muß bei den Eltern aufwachsen."

In Karl-Ottos Hirn summte und brummte es wie in

einem Bienenkorb. Er war sich darüber im klaren gewesen, als er Jakobs Aufforderung nachkam, daß man ihn vor vollendete Tatsachen stellen würde, aber daß man so massiv vorging, damit hatte er nicht gerechnet. Man versuchte ihn ja regelrecht zu erpressen. Aber wie sollte er sich aus der Affäre ziehen?

"Freust du dich gar nicht auf unser Kind?" vernahm Karl-Otto Beates Stimme. "Ich schätze, es wird ein Junge, denn ich mag in letzter Zeit so gern saure Gurken. Du möchtest doch auch einen Jungen, Karlchen? Ich hätte auch schon einen Namen für..."

"Das besprecht später", mischte sich Minna ein. "Im Augenblick geht es nur darum, wann die Hochzeit ist. Verloben müßt ihr euch gleich... auf der Stelle! Gefeiert wird nicht, denn die Zeit rennt. Heute, jetzt, in dieser Stunde, muß reiner Tisch gemacht werden. Ich mag Sie nicht besonders gern, Herr Franke; ich mag keine Flüchtlinge. Jetzt bleibt mir allerdings nichts anderes übrig, als Sie zu akzeptieren, Sie in unserer Familie aufzunehmen... Sagen Sie 'Du' zu mir! Sagen Sie von mir aus 'Schwiegermutter'. Wir werden einen Weg finden, der uns näher bringt."

Karl-Otto war sprachlos. Was bedeutete die plötzliche Wandlung? War Minna doch ganz anders, als er sie eingeschätzt hatte? War es plumpe Taktik, ihn möglichst schnell weichzuklopfen? War Minna momentan jedes Mittel recht, wenn es darum ging, ihre schwangere Tochter an den Mann zu bringen, damit die Dorfbewohner endlich zu tuscheln aufhörten und nicht ständig die Frage stellten, von wem sich Beate wohl das Kind aufgegabelt habe? Völlig ratlos schaute Karl-Otto in Jakobs versteinertes Gesicht. Anscheinend fehlten auch ihm die passenden Worte oder er wagte es nicht, seiner Frau zu widersprechen. Gerade jetzt, in diesem Augenblick, hätten Jakobs Worte gutgetan, hätten Karl-Otto aufgemuntert. Er kam sich vor wie auf einem Präsentierteller; alle sahen ihn an. Beate rückte immer näher an

Karl-Otto heran. Sie lächelte. Wie ein Siegerlächeln mutete es an. Ihre Fingerspitzen berührten Karl-Ottos Handrücken, aber sie sagte auch nichts.

Wortlos stellte Minna vier Likörgläser auf den Tisch, füllte sie und sagte dann etwas zögernd: "Auf euch beide... Beate und Karl-Otto! Hoffentlich vertragt ihr euch... So, und nun steckt euch die Ringe an! Die Hochzeit feiern wir in vier Wochen..."

Zuerst stutzte Karl-Otto, schaute Minna mit halbgeöffnetem Mund entgeistert an. Er spürte, wie sein Puls zu rasen begann. Ein Gefühl der Ohnmacht überfiel ihn. Warum starrten ihn alle mit einem Mal so an? Was erwarteten sie von ihm? Sollte er Minna, seine künftige Schwiegermutter, hocherfreut umarmen, ihr dankbar sein, daß sie ihm ihre Tochter Beate zur Frau gab?

Eine geraume Weile verstrich, bevor Karl-Otto einen klaren Gedanken fassen konnte. Aber dann brach es plötzlich aus ihm heraus wie ein letzter, verzweifelter Aufschrei: "Nein, nein und noch mal nein! Ich will nicht heiraten! Beate und ich können überhaupt nicht heiraten... Wir haben doch beide nichts. Wovon sollen wir uns einrichten? Nicht mal eine Wohnung haben wir. Außerdem sind wir arbeitslos. Nein, nein, daraus wird...."

"Und du wirst meine Tochter heiraten, Karl-Otto Franke!" keifte Minna. "Die Schande, daß meine Beate ein uneheliches Kind gebärt, laß ich nicht über unsere Familie kommen. Erst schwängerst du Beate, und jetzt versuchst du dich zu drücken. So geht es nicht, mein junger Herr. Oder willst du einen Bluttest machen lassen? Könntest du das bezahlen?"

Nun war es heraus; Minna hatte sich Luft gemacht. Um die Wirkung ihrer Worte zu beobachten, setzte sie ihre Brille auf und beugte sich weit vor, aber Karl-Otto zeigte keine Regung. Langsam senkte er den Blick, faltete unwillkürlich die Hände und überlegte, wie er am besten aus der ausweglosen Situation herauskommen könnte. Wie ein Schreckgespenst stand das Wort Ehe vor seinem geistigen Auge. Noch wollte er seine Freiheit nicht aufgeben. Und schon gar nicht für Beate opfern. Sie war gutmütig, konnte kochen und war auch sauber, aber heiraten...? Wie sollte sich Karl-Otto aus der Affäre ziehen? Es gab doch kein Zurück mehr! In zwei Monaten würde das Kind zur Welt kommen. Sein Kind. Insgeheim war er irgendwie stolz, Vater zu werden, nur nicht unter den gegebenen Umständen. Warum mußte es ausgerechnet Beate sein, die ihm ein Kind schenken wollte? Karl-Otto schwankte zwischen Moral und Pflicht. Niemand brauchte ihn aufzuklären, zu warnen, worauf er sich einließ, wenn er Beate zur Frau nahm. Das konnte er sich selbst ausmalen, jedoch die Verpflichtung, zu dem von ihm gezeugten Kind zu stehen, die nahm ihm keiner ab. Jeder Vater hatte die Pflicht und Schuldigkeit, zu seinem Kind zu stehen. Und gab es für einen Vater etwas Schöneres als mitzuerleben, wie ein Kind heranwuchs? Ein Kind brauchte Mutter und Vater. Karl-Otto hatte es selber zu spüren bekommen, was es heißt, ohne Eltern großzuwerden. Sein Kind sollte nicht auch eines Tages bei Pflegeeltern hin- und hergestoßen werden, denn wer konnte schon dafür garantieren, daß Beate, wenn er, Karl-Otto, sie nicht heiratete, ihr Kind nicht vernachlässigte, eventuell zur Adoption freigab. Nur, und das war und blieb die unbeantwortete Frage: Wie sollte Karl-Otto aus dem Nichts mit Beate eine Familie aufbauen?

Während Karl-Otto sein Hirn zermarterte, sich selbstgestellte Fragen zu beantworten suchte, räusperte sich plötzlich Jakob und meinte im sachlichen Tonfall: "Versuch' meine Frau zu verstehen, Karl-Otto! Sie möchte doch nur das Beste für euch. Du machst dir eigentlich zu viele unnötige Gedanken. Wir haben schon alles gründlich durchdacht. Natürlich wird euer Start in die Ehe mit Schwierigkeiten verbunden sein, aber wir sind..."

"Wo sollen wir denn wohnen? Womit den kleinen Erdenbürger satt kriegen?" fragte Karl-Otto ungeduldig. "Von der Arbeitslosenunterstützung können wir doch kaum leben, geschweige eine Wohnung bezahlen, auch wenn die Mieten relativ niedrig sind, denn hinzu käme ja noch Lichtgeld, Wasser und was sonst noch alles. Möbel bräuchten wir, einen Kinderwagen und so weiter."

"Für alles ist vorgesorgt, Karlchen", sagte Beate und streichelte Karl-Ottos Wange. "Eine kleine Deputatwohnung stellt uns vorerst Bauer Lamprecht zur Verfügung. Na ja, und die Möbelfrage ist auch schon gelöst. In drei Tagen werden sie angeliefert. Ich habe etwas angezahlt. Den Rest stottern wir ab."

"Wovon?" fragte Karl-Otto überrascht.

"Kein Problem... Du wirst beim Bauern im Kuhstall arbeiten."

"Was? Ich soll im Kuhstall arbeiten?"

"Wird dir wohl nichts anderes übrigbleiben, wenn du deine künftige Familie ernähren willst", warf Minna grienend ein.

"Aber ihr könnt doch nicht so einfach alles festlegen, mich überhaupt nicht anhören, mich nicht fragen, ob mir..."

"Dafür haben wir keine Zeit mehr, Karl-Otto Franke", rief Minna Scherweit mit erregter Stimme. "Jetzt werdet ihr euch verloben und den Hochzeitstag legen wir noch genau fest. Wo kämen wir wohl hin, wenn jeder Mann ein Kind in die Welt setzt, wie er gerade Lust hat und dann das Weite sucht? So haben wir nicht gewettet, Karl-Otto... Ihr beide heiratet! Damit basta!"

Bevor Karl-Otto etwas entgegnen konnte, fügte Jakob noch schmunzelnd hinzu: "Ihr seid ein hübsches Paar, Karl-Otto. Im Dorf werden euch alle beneiden. Habt nur keine Angst! In einem Jahr sieht die Welt für euch ganz anders aus. Dann hat sich auch die wirtschaftliche Lage in Deutschland verbessert. Wir werden euch vorerst unterstützen, so gut es geht... Und jetzt steckt die Ringe an und gebt euch den Verlobungskuß..."

Völlig hilflos, mit den Händen gestikulierend, immer wieder kopfschüttelnd und schwer atmend, lehnte sich

Karl-Otto zurück, schaute fragend von einem zum anderen, versuchte wenigstens in einem der Gesichter ein schwaches, beruhigendes Lächeln zu entdecken, aber er blickte nur in versteinerte, entschlossene Masken, die ihn wie ihre Beute anstarrten, ihm nicht die geringste Chance einräumten... Mein Gott, dachte er, wie konnte ich mich nur mit Beate einlassen? Warum mußte ich mich nach Helmstedt entlassen lassen? Warum bestrafte mich das Schicksal nur so hart? Nun hieß es, sich mit dem Schicksal abzufinden. Karl-Otto seufzte ein paarmal und schielte zu Beate, die er doch gar nicht liebte, die er zu lieben gezwungen werden sollte. Er sollte mit ihr eine Familie gründen, er mußte es sogar, des Kindes wegen. Dem Kind zuliebe mußte er sich opfern. Die Moral verlangte es so. Wie sich die Ehe mit Beate entwickeln würde, darüber stellte Karl-Otto wohlweislich keine Überlegungen an. Schließlich gab er sich geschlagen, streckte seine linke Hand vor und ließ sich den Verlobungsring anstecken.

***

Die Wohnung, die Beate besorgt hatte, war eher ein Wohnloch. Sie befand sich in einem alten Vier-Familien-Haus an der Hauptstraße zu ebener Erde, bestehend aus einem kleinen Wohnzimmer, das gleichzeitig als Küche diente, einer winzigen Abstellkammer und einem Schlafzimmer, in das gerade ein Bett, ein Kleiderschrank und das Kinderbettchen hineinpaßten. Außerdem war die Wohnung feucht. Beate hatte den Mietvertrag abgeschlossen. Zum Glück gab es nur die eine Klausel darin, daß Karl-Otto nur bei Bedarf im Kuhstall aushelfen mußte, Beate hingegen hatte sich verpflichtet - sonst wäre ihr die Wohnung überhaupt nicht zugesprochen worden -, einige Morgen Zuckerrüben zu bestellen, was soviel hieß, daß Karl-Otto ihr dabei helfen müßte, denn sie allein würde die schwere Arbeit nie bewältigen können. Schöne Aussichten, dachte Karl-Otto, dem Landarbeit nun ganz und gar nicht lag. Noch nie in seinem Leben hatte er sich so unglücklich gefühlt als einige Tage vor seiner angeordneten Hochzeit. Sogar die kirchliche Trauung war vorgesehen. Wiederholt spielte Karl-Otto mit dem Gedanken, einfach abzuhauen, irgendwohin, weit weg, vielleicht zurück nach Korsika, zu jener netten Frau, die ihn vor einer Rückkehr nach Deutschland gewarnt hatte, bei der er möglicherweise sein Glück gefunden hätte. Sie war ganz anders als Beate. Sie hatte ihm Liebe geschenkt, die er bei Beate in der Form vermißte. Alle, die er vor Beate kennengelernt hatte, schenkten ihm Liebe. Innige Liebe. Aber nun nahm das Schicksal seinen unbarmherzigen Lauf. Im Geist hörte Karl-Otto schon das sonst von allen Paaren herbeigesehnte Läuten der Hochzeitsglocken, das jedoch ihm wie das unheimliche Einläuten einer ungewissen und verhängnisvollen Zukunft vorkamen. Was ihn noch von einer unüberlegten Kurzschlußhandlung abhielt, war die von Tag zu Tag näherrückende Geburt seines Kindes. Beate gegenüber verhielt er sich ziemlich reserviert. Auch sie zeigte sich nicht gerade liebebedürftig, was allerdings ihrem momentanen Zustand anzulasten war. Mit der Frage, wie sich wohl Beate nach der Geburt des Kindes ihm gegenüber verhalten würde, beschäftigte sich Karl-Otto überhaupt nicht. Vorerst wollte er alles auf sich zukommen lassen - und dann weitersehen. Vielleicht hatte sein jetzt beschrittener Irrweg auch noch einen Nebenweg! Irgendwo müßte doch eine Kreuzung auftauchen mit einem neuen Wegweiser, ihm eine Richtung zeigend, die er noch nie in Betracht gezogen hatte, die eventuell seinem Leben doch noch eine entscheidende Wende geben konnte, ihn dem wahren Glück zuführte. Zunächst mußte er sich jedoch mit der unumgänglichen Wirklichkeit abfinden, mit der Tatsache, in Kürze Vaterfreuden entgegenzusehen und eine Familie zu gründen. Nur ein paar Tage verblieben ihm noch. Einen davon wollte er auskosten. Die Gelegenheit bot sich geradezu an, da Beate weiterhin bei ihren Eltern wohnte, Karl-Otto hingegen bereits in der sogenannten neuen Wohnung Quartier bezogen hatte. Fast bis auf den letzten Winkel war das Wohnzimmer mit Möbeln vollgepfropft. Unmittelbar neben der Kochnische stand die Kohlenkiste, auf der Karl-Otto vor sich hinbrütete und kopfschüttelnd die neuen Einrichtungsgegenstände betrachtete, die allesamt auf Abzahlung gekauft worden waren sowie die Schlafzimmermöbel. Karl-Otto mochte gar nicht weiterdenken, nicht einen Augenblick daran, was es hieß, arbeitslos zu sein, mit einem Schuldenberg und einem Kind eine Familie zu gründen, dazu mit einer Frau, die er nicht liebte. Das konnte doch nicht gutgehen! Oder würde er es mit Beate trotzdem schaffen, wenn beide an einem Strang zogen?

***

Vier Tage vor der Hochzeit entschloß sich Karl-Otto noch einmal seine Freiheit zu genießen. Schon frühmorgens nahm er den Zug nach Braunschweig. Das Abteil war vollbesetzt. Beißender Tabaksqualm erfüllte den schmalen Raum. Jemand wollte das Fenster öffnen. "Laß das Fenster zu! Ich will doch nicht erfrieren," rief ein anderer und schmauchte genüßlich seine Pfeife. Zwei Männer in Arbeitskleidung schnarchten laut vor sich hin. Die Stimmung war gereizt. Wahrscheinlich hatten die meisten noch nicht ausgeschlafen. Nur die einzige Frau auf dem Fensterplatz lächelte Karl-Otto freundlich zu. Sie war hübsch, ungefähr 30 Jahre alt. Karl-Otto lächelte zurück, aber nur einen Augenblick. Ihm war nicht zumute, mit einer Frau anzubändeln. Trotzdem schaute er noch einmal verstohlen zu ihr hin, als der Zug in Braunschweig einlief. Die junge Frau schien es nicht eilig zu haben. Lächelnd ließ sie sich von Karl-Otto in den Mantel helfen. Anscheinend wollte sie angesprochen werden, aber Karl-Otto nahm sich zusammen. Er durfte sich auf kein Abenteuer einlassen, obwohl die Frau ihm offen ihre Sympathie zeigte. Freundlich nickend verließ sie das Abteil und mischte sich unter die dem Ausgang zustrebende Menschenmenge. Karl-Otto stellte sich auf die Zehenspitzen, um der hübschen Frau noch recht lange nachzuschauen. Und dann geschah es: Kurz bevor die Frau im Bahnhofsgebäude verschwand, drehte sie sich noch einmal um und winkte Karl-Otto zu, begleitet von einem Handküßchen.

Kopfschüttelnd verharrte Karl-Otto noch eine Weile auf dem Bahnsteig. Er hätte sich am liebsten selbst geohrfeigt; einen Trottel nannte er sich. Wie konnte er sich solche Gelegenheit entgehen lassen? Aber wer steckte schon in einer Frau drin, konnte ihre Gedanken lesen. Vielleicht hatte sie auch nur mit ihm geflirtet, um sich selbst zu bestätigen, ihren Charme zu Markte zu tragen. Wer wurde schon aus einer hübschen Frau schlau? Jedenfalls war sie sympathisch und anziehend, auf den ersten Blick Karl-Ottos Typ. Aber es hatte keinen Zweck mehr, daß Karl-Otto sich Träumereien hingab, denn für ihn waren die Würfel endgültig gefallen; er trug bereits einen Verlobungsring, der momentan in der Westentasche ruhte.

Kreuz und quer lief Karl-Otto durch Braunschweig, bewunderte die verträumten, engen Straßen mit ihren schmucken Fachwerkhäusern und die vielen modernen Geschäfte in der Innenstadt. Auf Mode schien man hier großen Wert zu legen. Immer wieder drückte sich Karl-Otto an den Schaufensterscheiben die Nase platt; jedoch um etwas zu kaufen, dafür fehlte ihm das Geld. Trotzdem wollte er den Tag nutzen, soviel als nur möglich sehen und auch erleben.

Die Märzsonne kletterte immer höher. Von einer Imbißstube wehte ein appetitanregender Duft herüber. Karl-Otto bestellte sich eine Bratwurst mit Kartoffelsalat. Der Wirt grinste und fragte: "Bist wohl zum ersten

Mal hier?"

"Ja", sagte Karl-Otto. "Warum?"

"Na, du siehst so ländlich aus... Suchst du Arbeit?"

"Eigentlich nicht, aber wenn du was für mich haben solltest, dann wäre ich nicht abgeneigt, deinen Tip anzunehmen."

"Was bist du denn von Beruf?"

"Ach, ich bin vielseitig... Hauptsächlich habe ich bislang von der Musik gelebt. Damit verdient man gutes..."

"Musik machst du?" staunte der korpulente Wirt. "Junge, da könntest du Glück haben! In der Bruchstraße, gleich um die Ecke, da werden ständig Musiker gesucht. Hauptsächlich Alleinunterhalter... Verstehst du? Und dort verdienst du gut. Bist du ledig? Hast du keine feste Bindung?"

"Na ja, wie man's nimmt", druckste Karl-Otto herum.

"Dann ist die Bruchstraße genau das Richtige für dich, mein Junge. Dort bekommst du Unterkunft, Verpflegung und wirst gut bezahlt fürs Musizieren. Vor allem ist da stets was los! Melde dich man in Haus 1, bestellst von mir einen schönen Gruß und alles Weitere findet sich automatisch."

Als Karl-Otto wieder auf der Straße stand, geriet er mit einem Mal in einen Gewissenskonflikt. Jetzt bot sich die einmalige Gelegenheit, klammheimlich unterzutauchen. Niemand würde ihn in Braunschweig vermuten. Natürlich würde man ihn eines Tages ausfindig machen, ihn zur Unterhaltspflicht heranziehen, aber was machte das denn schon aus, wenn er gut verdiente. Vor allem ging er der Heirat mit Beate aus dem Weg! Sicher, das Aufgebot hing aus, die kirchliche Trauung war vereinbart, aber was hatte das schon zu bedeuten. Jetzt bot sich die Möglichkeit, einen festen Arbeitsplatz zu bekommen und Geld zu verdienen. Und eine Frau, so wie er sie sich wünschte, würde er - vornehmlich beim Musizieren - bald mühelos finden.

Es war kurz vor Mittag, als Karl-Otto in die Bruchstraße einbog. Eine enge Gasse. Eine eigenartige Straße, dachte er. Ihm fiel sofort auf, daß sich in dieser Straße nur Männer aufhielten und zu den mit rosaroten, türkisfarbenen und himmelblauen Gardinen versehenen Fenstern hochstarrten, aus denen überwiegend junge Frauen, teils gutaussehende, herausschauten. Manche beugten sich so weit vor, daß ihr nackter Busen ansichtig wurde. Es war ein ständiges Kommen und Gehen in der ansonsten malerischen Gasse.

Vor dem Haus Nummer 1 blieb Karl-Otto stehen und zögerte, bevor er eintrat. Parfümduft, Tabak- und Alkoholgeruch umfingen ihn. Gleich vorne, links neben der Tür, saß hinter einem kleinen Tischchen eine grellgeschminkte rothaarige Frau, die Karl-Otto mit den Worten empfing: "Na, denn setz' dich erst mal... Die Damen sind im Moment besetzt. Willst du was trinken? Eine Flasche Sekt? Eine kleine Flasche Cognac oder so? Ich kann auch guten Wein empfehlen... Was willst du, mein Junge?"

"Nein, danke, ich möchte nichts! Mich schickt der Imbißinhaber von nebenan. Er meint, Sie würden einen Musiker suchen. Ja, und nun möchte ich mal fragen, ob Sie..."

"Ach, der Lothar schickt dich? Das ist ja interessant. Musik machst du? Fein ist das, aber ich hab' leider gestern abend schon einen Musiker engagiert. Eigentlich schade, denn du würdest besser in meinen Puff passen. Du siehst gut aus! Meine Nutten werden sprachlos sein, wenn sie dich sehen. Nimm doch Platz. Ich sprech' gleich mit meinen Damen. Vielleicht nehmen wir doch dich. Der andere ist mir auch viel zu alt. Komm, trinken wir erst einmal ein Glas!"

Interessiert schaute sich Karl-Otto in der geräumigen Bar um. Vieles erinnerte ihn an seine Soldatenzeit, als er damals in Rochefort und La Rochelle mit seinen Kameraden die Freudenhäuser besucht hatte, um die Künstler auf ihren Knopfakkordeons zu bewundern. Und jetzt sollte er hier das Gleiche tun, die geilen Freier und die Bordelldamen musikalisch unterhalten, für den Umsatz der Puffmutter sorgen? Nein, so tief wollte er nicht absteigen, wenngleich ein relativ hoher Verdienst lockte. Natürlich machte die Bordellbesitzerin einen sympathischen Eindruck, aber als Puffangestellter wollte Karl-Otto seinen Lebensunterhalt nun auch nicht verdienen. Kurz entschlossen legte er der sogenannten Chefin seinen Standpunkt klar und verabschiedete sich schleunigst.

***

"Wo warst du solange? Wo kommst du jetzt erst her? Wo hast du dich nur herumgetrieben? Ich suche dich schon den ganzen Tag überall im Dorf. Warst du bei deiner Freundin?" empfing Beate Karl-Otto, als er gegen Abend nach Hause kam.

"Ach, du spinnst ja schon wieder, Beate", antwortete er mißgestimmt. "Mit deiner Eifersucht wird es immer schlimmer."

"Dir traue ich sowieso nicht über den Weg, mein Lieber! Meine Mutter meint, mit dir würde ich noch das blaue Wunder erleben. Alle Flüchtlinge taugen nichts, hat sie gesagt."

"Dann heirate doch deine Mutter", schrie Karl-Otto seine zukünftige Frau an. "Ständig hat sie etwas an mir auszusetzen. Was will sie überhaupt von mir? Zum einen zwingt sie mich förmlich, dich zu heiraten und zum anderen hetzt und stänkert sie andauernd herum. Auf dieser Basis werde ich mich doch nie zur Familie gehörend fühlen. Wir beide dürften eigentlich gar nicht heiraten. Wie stellst du dir unsere Ehe vor, Beate?"

"Wieso? Du möchtest wohl am liebsten abspringen? Das könnte dir so passen... An unser Kind denkst du überhaupt nicht. Auch unser Kind braucht Vater und Mutter. Wir müssen es gemeinsam großziehen oder bist du anderer Ansicht, Karlchen?"

"Keineswegs, aber du mußt dafür sorgen, daß sich deine Mutter künftig um ihre eigenen Angelegenheiten kümmert und mich in Ruhe läßt. Dein Vater, der ist in Ordnung."

"Meine Mutter ist auch in Ordnung", sagte Beate. "Wenn sie dich einen Faulenzer und Lackaffen nennt, dann dürfte das wohl begründet sein. Ich stimme ihr zu, wenn sie meint, du könntest schon längst einen festen Arbeitsplatz bei einem Bauern haben, aber du bist dir anscheinend zu schade für die Arbeit auf dem Lande. Stimmt's?"

"Wenn du es genau wissen willst... ja! Nach unserer Hochzeit werde ich mir eine Arbeit suchen, die mir zusagt. Vielleicht ziehen wir bald aus diesem Wohnloch aus, Beate. Ich möchte wieder in der Stadt leben."

"Hör' endlich mit deinen Hirngespinsten auf, Karlchen! Sei froh, daß meine Eltern sich für diese Wohnung eingesetzt haben. Und beim Bauern verdienst du auch nicht schlecht. Wenn unser Kind da ist, arbeite ich ja auch mit. Wir werden schon unser Auskommen haben."

"Aber wie", warf Karl-Otto mutlos ein. "Von der Hand in den Mund werden wir leben, uns nichts leisten können, keinen Urlaub planen, keine vernünftige Kleidung und..."

"Dafür werden wir einen kräftigen Stammhalter haben, mein Karlchen. Es wird ein Junge! Wollen wir wetten?"

Karl-Otto war weder zum Wetten noch zum Scherzen zumute. Seine Gedanken beschäftigten sich mit allem Möglichen, nur nicht mit seiner zukünftigen Frau und den Problemen, die unweigerlich auf ihn zukommen würden. Er schloß die Augen und stellte sich vor, wie sorgenfrei, glücklich und hoffnungsvoll er jetzt hätte sein können, wenn...

Aus der Wohnung nebenan dröhnte laute Radiomusik. Stacho, ein ehemaliger polnischer Kriegsgefangener, feierte wieder einmal mit seinen Freunden. Er feierte häufig. Auch Karl-Otto hatte er schon eingeladen. Er war ein freundlicher Mensch.

"Das gefällt mir überhaupt nicht, daß die Pollaken so laut sind", bemerkte Beate und klopfte ein paarmal mit dem Feuerhaken gegen die Wand. "Wie soll unser Kind bei dem Krach schlafen können? Kannst du den Kerl nicht mal zur Ordnung rufen? Wie schön war es doch früher in unserem Dorf. Und jetzt... Lauter Pollaken und Flüchtlinge!"

"Was hat du nur gegen diese Menschen?" fragte Karl-Otto entrüstet. "Hat dich deine Mutter auch schon angesteckt? Was bildet ihr euch bloß ein? Seid ihr etwa etwas Besseres? Warum heiratest du denn mich? Ich bin doch auch ein Flüchtling! Schämst du dich denn gar nicht, mit einem Flüchtling..."

"Eigentlich nicht. Schließlich bist du der Vater meines Kindes. Vielleicht ändere auch ich eines Tages meine Meinung", warf Beate nachdenklich ein, knöpfte ihren Mantel zu, nahm Karl-Otto flüchtig in den Arm und verließ die künftige, gemeinsame Wohnung, aus der Karl-Otto am liebsten sofort geflohen wäre. Aber wohin sollte er fliehen? Wieder einmal fühlte er sich hilflos, verlassen und ohnmächtig. Einen Augenblick verharrte er am Fenster und schaute Beate nach, die, ohne sich auch nur einmal umzudrehen, über den aufgeweichten Vorhof stampfte und dann im Dunkel der Nacht verschwand. Mutlos setzte sich Karl-Otto auf einen der vier Küchenstühle, langte nach einer Flasche Bier und versuchte über einen Ausweg nachzudenken. Seine Taschen waren leer. Sein letztes Geld hatte er Jakob gegeben, der die Hochzeitsfeier ausrichten wollte. Für Speisen und Getränke würde gesorgt sein, hatte er betont. Minna hatte sich bereit erklärt, für das leibliche Wohl der Gäste zu sorgen, allerdings wußte sie noch nicht, wieviele Leute geladen werden sollten. Alles lag in den Händen der zukünftigen Schwiegereltern. Karl-Otto wurde weder gefragt, ob er jemanden einladen wolle noch durfte er den Ablauf der Feier beeinflussen. Ihm oblag es lediglich, Beate zur Frau zu nehmen und zu warten, bis sie ein Kind gebar, wofür er künftig aufzukommen hatte.

Obwohl die Müdigkeit Karl-Otto zu übermannen drohte, griff er dennoch erneut zu einer Flasche Bier, setzte sie an den Mund und wollte sie gerade in einem Zug leeren, als plötzlich jemand an seine Tür pochte. Es war Stacho, sein Nachbar, der ihn zu einem Umtrunk einlud. Angeblich würde er seinen Namenstag feiern. Ohne Zögern nahm Karl-Otto die Einladung an. Es wurde seine letzte Feier in Freiheit. Er betrank sich sinnlos, nahm Abschied vom Junggesellenleben und vergaß einige Stunden seine Misere, in die er sich selbst hereinmanövriert hatte. Von alledem ahnte Elisabeth, Karl-Ottos Mutter, auch nicht das Geringste. Einige Male hatte er einen Brief an sie angefangen und dann jedesmal wieder zerrissen. Er wollte sie nicht unnötig mit seinem Schicksal belasten. Andererseits lag ihm kaum etwas daran, mit ihr einen Briefwechsel zu führen, denn die innere Bindung zu ihr fehlte nach wie vor.

***

Das halbe Dorf war auf den Beinen, als Beate und Karl-Otto bei strahlendem Sonnenschein den Weg zum Traualtar antraten. Einige Leute tuschelten und belächelten die hochschwangere Braut, andere bewunderten Karl-Ottos Mut, Beate zu heiraten, denn sie konnten es sich gut ausmalen, daß die Ehe auf Sand gebaut sein würde, zumal sie Minna und ihre Einstellung zu den Flüchtlingen kannten. Und übrigens, unkten wiederum andere, wären Beate und Karl-Otto ein völlig ungleiches Paar. Nie und nimmer würde Karl-Otto Beate treu bleiben.

Der Pastor gab seinen Segen. Beim Ja-Wort hatte Karl-Otto ein wenig gezögert. Er nahm das gegenseitige Versprechen vor dem Altar, sich zu lieben und in Freud' und Leid beizustehen, sowieso nicht zu ernst. Ihm kam die Zeremonie wie eine Pflichtübung vor. Die Ringe waren gewechselt, aber in Karl-Ottos Herz hatte sich nichts gewandelt. Absolut nichts! Anstatt daß er froh gewesen wäre, vor Glück gestrahlt hätte, den Bund der Ehe geschlossen zu haben, die Frau seines Lebens neben sich zu wissen - wie jeder andere frischgebackene Ehemann gleichermaßen -, durchfuhr Karl-Otto plötzlich ein unglaublicher Gedanke: Wie komme ich am schnellsten von Beate weg... Und das vor dem Altar! Vor Gott! Karl-Otto erschrak selbst, daß sich dieser Gedanke in ihm breitgemacht hatte. Er wurde ihn nicht mehr los. Wie aus weiter Ferne vernahm er die Worte des Pastors: "Und somit seid ihr nun Mann und Frau!" Karl-Otto faltete unwillkürlich die Hände und senkte den Blick. Einige Sekunden verharrte er so, dann hob er langsam den Kopf und schaute zum "Gekreuzigten" auf dem Altar und murmelte kaum vernehmbar, während der Pastor einige Worte mit Beate wechselte: "Verzeih, lieber Herr Jesus... Verzeih' mir meine bösen Gedanken, aber ich flehe dich an: Führe mich auf den rechten Weg! Und sollte ich mich bereits auf einem Irrweg befinden, so nimm's mir nicht übel, wenn ich ihn verlassen werde, den Irrweg."

Behutsam tastete Beates Hand nach Karl-Otto. "Komm, wir können jetzt gehen, mein Liebster", raunte sie. Karl-Otto nickte nur stumm und folgte ihr.

Die grünenden Bäume, blühenden Krokusse und der strahlende Sonnenschein in den letzten Märztagen des Jahres 1951 vermittelten ein Gefühl des erwachenden Lebens, waren dazu angetan, hoffnungsvoll in das laufende Jahr zu schauen. Man würde noch viel Sonnenschein genießen, sich des Lebens erfreuen können. Man mußte den Sonnenschein nur in sein Herz hereinlassen. Verliebte hört man oft sagen: "Du bist mein Sonnenschein!" Oder auch: "Mit dir kam die Sonne in mein Herz!" Diese und ähnliche Aussprüche hatte Karl-Otto schon des öfteren vernommen. Wie gern hätte auch er diese Worte Beate ins Ohr geflüstert, aber er war kein Heuchler. Übrigens war Beate nicht romantisch veranlagt, manchmal schon zu sachlich und nüchtern. Sie mochte es überhaupt nicht, wenn Karl-Otto einen Scherz machte oder satirisch wurde. Jedesmal fühlte sie sich angesprochen und auf den Arm genommen. So auch, als die Hochzeitsgesellschaft an der Tafel saß und Karl-Otto eine kurze Rede hielt, eine übliche, belanglose Rede, die nicht ernstgenommen werden wollte. Allerdings Beate nahm sie sehr ernst, besonders Karl-Ottos Schlußbemerkung: "Und so laßt uns anstoßen auf ein Paar, das sich gesucht und gefunden hat! Wer weiß, wo ich gelandet wäre, wenn sich Beate nicht meiner angenommen hätte. Vielleicht würde ich heute einen Kuhstall ausmisten müssen. Aber davor hat mich meine Beate bewahrt. Wir haben eine schöne Wohnung und erwarten ein Kind, dem wir genügend Platz und eine gesicherte Zukunft bieten können. Was wollen wir noch mehr? Also, liebe Gäste, erhebt das Glas und stoßt mit uns auf eine sorgenfreie Zukunft an, auf mein Glück, daß ich Beate heiraten durfte, sie sich gottlob für mich entschied..."

Ein Schmunzeln lag auf den Gesichtern der meisten Hochzeitsgäste. Sie hatten Karl-Ottos Ironie verstanden. Die restlichen der 20 Gäste - dreiviertel davon waren Beates Geschwister und Verwandte -, darunter auch Beate, warfen Karl-Otto verächtliche Blicke zu. Vornehmlich Minna, die wie eine Wachsfigur vor sich hinstarrte, kaum am Tischgespräch teilnahm, zuckte bei Karl-Ottos Worten mit einem Mal zusammen und preßte abfällig zwischen den Zähnen hervor: "Bilde dir bloß nichts ein, du hergelaufener 'feiner Herr'... Sei froh und dankbar, daß wir dich in unsere Familie aufnehmen! Du würdest doch sonst auf der Straße stehen... Du wärst schon lange verkommen!"

Betretenes Schweigen an der Festtafel. Jakob hob nur ein paarmal ratlos die Schultern und blinzelte Karl-Otto schmunzelnd zu, was soviel bedeuten konnte wie: "Nimm das Minna nicht übel! Sie kann selbst nichts dafür, daß sie so primitiv ist. Sie mag dich eben nicht!"

Karl-Otto hatte schon auf mehreren Hochzeiten musiziert und gesehen, wie vergnügt und fröhlich es dabei zuging. Aber was er auf seiner eigenen erleben mußte, glich eher einer Trauerfeier. Die gespannte Atmosphäre wollte und wollte nicht weichen, auch noch nicht einmal dann, als Jakob einige Witze zum besten gab, eine Schallplatte auflegte und mit seiner Frau den ersten Tanz eröffnete. Nichts lief. Jeder döste vor sich hin, die meisten tranken übermäßig Alkohol und lallten ab und zu nach den Melodien vom Plattenteller. Scheinbar warteten alle auf das Zeichen, daß die "Hochzeitsfeier" beendet sei. Und das geschah dann auch, bevor es Abend wurde. Innerhalb weniger Minuten leerte sich die einigermaßen festlich hergerichtete Wohnstube bis auf das Brautpaar, das verlegen winkend am Fenster stand und den davoneilenden Gästen nachschaute. Minna kam herein und begann die Tafel abzuräumen; Beate half ihr dabei. Dann nahte Jakob und bat Karl-Otto, ins Nebenzimmer zu kommen. Er war auch angetrunken - wie Karl-Otto.

"So, und jetzt rauchen wir mal eine gute Zigarre", sagte Jakob und machte eine wegwerfende Handbewegung zur Tür hin. "Mach dir nichts daraus... Das war vorauszusehen! Ich kann meine Minna auch nicht umerziehen. Sie mag dich nicht leiden, aber daß sie auch meine anderen großen Kinder gegen dich aufgehetzt hat, das verstehe ich nicht. Na ja, du hast mit denen auch nichts abzumachen. Beate und du, ihr beide müßt sehen, wie ihr klarkommt. Macht die Tür hinter euch zu und kümmert euch um keinen. Wer nicht kommen will, der soll halt bleiben. Soweit es in meinen Kräften steht, werde ich euch unter die Arme greifen."

"Ach, weißt du, Jakob", stöhnte Karl-Otto, "ich schätze dich sehr. Du bist ein netter Mensch, aber wenn ich daran denke, daß in wenigen Wochen unser Kind geboren wird, dann möchte ich eher heute als morgen weglaufen. Und wie soll das mit Beate klappen? Sie hat ihren Kopf für sich! Wenn sie so weitermacht, unüberlegt kauft, auf Abzahlung und dann auch noch..."

"Das macht sie ihrer Mutter nach", warf Jakob grinsend ein. "Minna kauft auch alles, was sie sieht, und ich muß hinterher bezahlen. Manches ist ja auch nötig, aber einige Dinge... Reden wir lieber nicht darüber!"

"Was meinst du, Jakob", fragte Karl-Otto kleinlaut, "Wie wird sich die Ehe mit Beate entwickeln? Glaubst du, sie ändert sich? Eigentlich ist Beate doch gutherzig und auch sauber, aber ihr Benehmen... Vor allem ist sie mir geistig unterlegen. Diesbezüglich sehe ich Probleme auf uns zukommen."

"Ja, das kann zum Problem werden", meinte Jakob, schenkte die Schnapsgläser voll, überlegte eine Weile und sagte dann: "Beate hat es nicht leicht gehabt. Sie ist meine älteste Tochter. Sie hat sich immer um ihre jüngeren Geschwister kümmern müssen, während Minna und ich auf dem Feld arbeiteten. Die Schule war stets zweitrangig. Zweimal blieb Beate sitzen. Sie ist nicht dumm, das kannst du wohl auch nicht bestreiten, aber sie ist auch nicht schlau. Jedenfalls nehme ich an, daß sie eine gute Hausfrau und Mutter wird."

"Wollen wir hoffen", sagte Karl-Otto nachdenklich.

"Das liegt an dir!"

"Wieso an mir?"

"Du brauchst sie nur kurzzuhalten!"

"Verstehe ich nicht!"

"Indem du sie überwachst, daß sie nichts Unnötiges kauft. Im Geldausgeben war sie schon immer großzügig. Eure Mittel werden vorerst sowieso beschränkt sein. Paß bloß auf!"

"Solange ich keine Arbeit habe, werden wir wohl äußerst kurztreten müssen. Ich weiß selber nicht, wie wir über die Runden kommen sollen. Morgen will Beate einen Kinderwagen kaufen; auch auf Abzahlung. Mir brummt jetzt schon der Schädel, wenn..."

"Ich gebe die Hälfte dazu, Karl-Otto."

"Danke, das ist nett, Jakob."

"Liebst du überhaupt Beate?" fragte Jakob plötzlich.

"Warum fragst du mit einem Mal danach?"

"Weil ich spüre, daß du Beate nicht liebst."

"Und wie könnte ich das ändern?"

"Gar nicht ändern kannst du das... Versuche mit ihr einigermaßen auszukommen. Denk an euer gemeinsames Kind; seid ihm gute Eltern. Vielleicht verbindet euch das Kind. Doch eines, Karl-Otto, möchte ich dir als Schwiegervater oder deutlicher gesagt - von Mann zu Mann - nicht vorenthalten: Ich hätte Beate niemals geheiratet! Du hättest auch eine andere gefunden."

"Du machst mir ja Spaß", entrüstete sich Karl-Otto. "Habt ihr mich nicht verlobt, verheiratet, mir keine andere Wahl gelassen? Wäre das Kind nicht unterwegs gewesen, dann hätte ich mich garantiert abgesetzt. Du hast schon recht, daß.."

"An deiner Stelle wäre ich auch bereit gewesen, das Weite zu suchen, aber das Kind ist nun einmal unterwegs und da darfst du dich deinen Vaterpflichten nicht mehr entziehen. Ich bin ja auch noch da, Karl-Otto! Wenn du mit Beate Kummer haben solltest, dann kannst du jederzeit zu mir kommen. Warten wir erst einmal die Geburt des Kindes ab."

***

Ursprünglich sollte Beate zu Hause entbinden; alles war schon vorbereitet gewesen. Plötzlich traten jedoch Komplikationen auf, die eine sofortige Einlieferung in das Krankenhaus erforderten...

Am nächsten Tag wurde Karl-Otto von einer Nachbarin ans Telefon gerufen. Mit pochendem Herzen nahm er den Hörer in die Hand und lauschte gespannt. Eine freundliche Stimme meldete sich mit den Worten: "Es ist ein Junge, Herr Franke! Mutter und Kind wohlauf... Gratulation!" Dann brach die Verbindung ab.

Im Moment drehte sich alles in Karl-Ottos Kopf. Er wußte selbst nicht, ob er jubilieren oder traurig sein sollte. Rasch zog er seinen guten Anzug an und eilte zum Bahnhof. Es regnete heftig. Trotz des Regenschirms waren Karl-Ottos Schuhe und Hosenbeine alsbald durchnäßt. Da der Zug erst in einer halben Stunde abfuhr, begab er sich in den Wartesaal und bestellte eine Fleischbrühe. Seine Gedanken weilten fortwährend bei seinem Jungen. In allen nur denkbaren Variationen stellte er sich sein Kind vor. Hoffentlich hatte sein Sohn auch schwarze Haare. Einen Namen hatte er für ihn auch schon: Martin sollte er heißen, der kleine Stammhalter! Beate hatte ursprünglich für Hans-Heinrich plädiert. So hieß ihr Onkel. Aber dann gab sie doch nach und fand den Namen Martin auch zeitgemäßer.

"Einen Augenblick müssen Sie noch warten. Der Kleine wird gerade gewickelt", sagte die freundliche Säuglingsschwester auf der Entbindungsstation. "Ich rufe Sie dann."

Einen Blumenstrauß in der Hand, den er bereits gestern besorgt hatte, wartete Karl-Otto auf dem langen Korridor, wo es nach starkem Desinfektionsmittel roch. Diesen Geruch verabscheute er schon immer. Und so war er froh, als endlich die Schwester auftauchte und ihn an Beates Krankenbett führte.

Martin ruhte an Beates Brust. Er hatte pechschwarze Haare, wie es sich Karl-Otto gewünscht hatte. Beate sah noch etwas mitgenommen aus. Sie lächelte schwach. Karl-Otto streichelte zunächst sein Kind und drückte anschließend seiner Frau einen flüchtigen Kuß auf die Stirn. Die Schwester stellte die Blumen in die Vase. Nachdenklich nahm Karl-Otto auf einem Stuhl Platz und sagte mit belegter Stimme: "Na, jetzt sind wir ja vollzählig... endlich eine richtige Familie."

"Bist wohl nicht sehr begeistert?" fragte Beate.

"Doch, doch... Selbstverständlich... Warum nicht?"

"Nun, weil du, als du hereinkamst, den Jungen so komisch angeschaut hast. Gefällt er dir nicht oder denkst du, ich hätte ihn mir aufgegabelt?"

"Aber nein, Beate, wie kommst du denn darauf?"

"Dein kühles Benehmen mir gegenüber läßt darauf schließen."

"Das bildest du dir nur ein, Beate. Du bist noch geschwächt und sicher ein bißchen durcheinander."

"Überhaupt nicht, Karlchen, aber ich glaube, deine Gedanken lesen zu können. Ich bin nicht so dumm, wie du annimmst!"

Karl-Otto zuckte zusammen. Mit einer fahrigen Handbewegung ordnete er seine Krawatte und blickte ins Leere. Ein leichter Schweißausbruch folgte. Es durfte doch nicht wahr sein, daß Beate Gedanken lesen konnte! Nein, sie durfte es niemals erfahren, welche teuflischen Gedanken ihn plötzlich übermannt hatten. Er war selber darüber erschrocken. Mit einem Mal waren sie aufgetaucht. Er glaubte im Geist sogar den Satan persönlich im Hintergrund gesehen zu haben, wie er grinsend auf seinen Sohn, auf Karl-Ottos Neugeborenes, zeigte. Die Satansfratze schien sich zu nähern; immer deutlicher wurde sie. Jetzt beugte sie sich über Beate und den Säugling. Karl-Otto schloß die Augen, vergrub sein Gesicht in beide Hände und schrie plötzlich auf: "Nein, tue es nicht, verschwinde, hebe dich hinweg... Du darfst es mir nicht antun! Ich habe doch nur... Nein, ich wollte diesen Gedanken überhaupt nicht fassen! Verschwinde endlich... Du sollst aus meinem Gedächtnis..."

"Ist Ihnen nicht gut, Herr Franke?" vernahm Karl-Otto die weiche Stimme der Krankenschwester, die ihm unter die Arme griff und ihn hinausführte. Sie fühlte seinen Puls. "Sie sind ja ganz schön aufgeregt", bemerkte sie lächelnd. "Beim ersten Kind geht es den meisten Vätern so; beim zweiten wird man schon ruhiger... Warten Sie einen Moment, ich hol' Ihnen eine Beruhigungstablette!"

Karl-Otto nickte nur. Völlig apathisch saß er in sich zusammengesunken auf der Bank vor dem Ordinationszimmer der Entbindungsstation und versuchte einen klaren Gedanken zu fassen, aber immer wieder tauchte vor seinem geistigen Auge die Satansfigur auf. Aber nicht genug dieses Schreckensbildes: Ein neues erschien schemenhaft - ein Skelett, der Tod! Erneut schrie Karl-Otto auf, streckte abwehrend seine Hände nach vorn und verspürte plötzlich ein Gefühl, als würde man ihm den Hals zuschnüren. Schweratmend rang er nach Luft, aber da nahte auch schon die Schwester, begleitet von einem Arzt. Gemeinsam schafften sie ihn in das Behandlungszimmer. Während der Arzt die Spritze aufzog, redete die Krankenschwester beruhigend auf Karl-Otto ein. "Das ist nichts Neues", meinte der Arzt und setzte die Beruhigungsspritze. "Der junge Mann ist restlos mit den Nerven fertig... Wahrscheinlich hat ihn das Glück, Vater geworden zu sein, zu sehr mitgenommen. Manche Väter fallen sogar in Ohnmacht vor lauter Freude..."

***

Viele Leute im Dorf schüttelten verständnislos den Kopf über das frischgebackene Ehepaar. Die einen, weil Beate einen Flüchtling geheiratet hatte, die anderen begriffen nicht, warum Karl-Otto so kurzsichtig sein konnte, ausgerechnet Beate zur Frau zu nehmen. Ihm hätte man jederzeit eine andere zugetraut, eine zu ihm besser passende - im Aussehen sowie geistig! Aber was nützte es, sich damit auseinanderzusetzen: Die Würfel waren gefallen! Karl-Otto war ein Ehemann und verpflichtet, für seine Frau und das Kind zu sorgen. Dieser Verpflichtung versuchte er auch so gut wie möglich nachzukommen. Jede sich bietende Arbeit nahm er an; schleppte Kohlen, beschnitt Obstbäume, arbeitete im Hoch-, Tief- und Straßenbau und versuchte sich auch als Handelsvertreter. Sogar für eine Versicherung wurde er tätig, verdiente eigentlich gut, aber das "Klinkenputzen" lag ihm nicht besonders. So wechselte er ständig seine Arbeit, machte nebenbei Musik und bezog zwischendurch auch immer wieder Arbeitslosenunterstützung. Das Geld reichte weder hin noch her. Zu hoch waren die Abzahlungsraten für die Möbel und was sonst noch angeschafft worden war oder angeschafft wurde. Der kleine Martin, inzwischen auf den Namen getauft, entwickelte sich prächtig. Auch Beate entwickelte sich - leider im negativen Sinne! Bei den ständig auftretenden, die Ehe schwer belastenden finanziellen Problemen, gab Beate Karl-Otto zu verstehen, daß er für sie und das Kind zu sorgen habe - ganz egal, wie!

"Such' dir mal eine richtige Arbeit", sagte sie eines Abends, als sie bei einem kargen Mahl am Tisch saßen. "Andere haben schon lange eine feste Anstellung, nur du gammelst noch immer herum. Warum arbeitest du nicht beim Bauern? Dann hätten wir die Milch für den Kleinen frei und manches mehr. Wir kommen doch auf keinen grünen Zweig, wenn du nur Gelegenheitsbeschäftigungen hast. Meine Mutter sagte neulich..."

"Erwähne bloß nicht deine Mutter", brauste Karl-Otto wütend auf. "Die ist doch nur am Hetzen. Was will sie nur von mir?"

"Sie will, daß du einer ehrlichen Arbeit nachgehst."

"Geh' ich denn unehrlichen Arbeiten nach?"

"Na, was du tust, das ist doch alles Kinderkram. Ich möchte, daß du endlich viel verdienst!"

"Damit du noch mehr ausgeben kannst, noch mehr auf Abzahlung kaufst", konterte Karl-Otto.

"Der Junge braucht andauernd etwas."

"Und du unnötigen Krimskrams, wie neulich die teure Armbanduhr und die hohen Hackenschuhe", sagte Karl-Otto erbost.

"Ich will auch mit der Mode gehen!"

Dagegen habe ich nichts, Beate, aber erst muß ich gut verdienen. Mir fehlt auch so manches, was ich kaufen möchte. In ein, zwei Jahren, wenn der Kleine aus dem Gröbsten ist, dann werden wir uns mehr leisten können."

"Ach, das ist doch dummes Gerede von dir", wehrte Beate ab. Meine Mutter sagte gestern: Mit dem Kerl verkommst du!"

"Und ich mit dir, Beate", entgegnete Karl-Otto grinsend.

***

Nächtelang lag Karl-Otto wach und überlegte, wie er aus seiner verfahrenen Situation herauskommen könnte. Die Ehe mit Beate war alles andere als eine Lebensgemeinschaft. Allein das Zusammenleben in der engen Wohnung warf Probleme auf. Hinzu kam, daß Beate ständig Gäste einlud, mit denen sie feuchtfröhliche Nachmittage verbrachte, die Karl-Otto des öfteren, wenn er abends von der Arbeit kam, hinauskomplimentieren mußte, um seine Ruhe zu haben. Meistens war Beate angetrunken und suchte mit Karl-Otto Streit, was natürlich dazu führte, daß sich das junge Ehepaar mehr und mehr auseinanderlebte, bald jeder seine eigenen Wege ging. Obwohl Karl-Otto sehr an seinem Kind hing, wenngleich er noch immer im Zweifel war, ob es auch tatsächlich von ihm gezeugt wurde, kam ihm Beates Verhalten nicht ungelegen, denn so konnte er, ohne gleich den größten Krach heraufzubeschwören, getrost einmal über die Stränge schlagen und abends länger fortbleiben. Das tat er dann auch bedenkenlos.

An einem Freitag im August war es, als Karl-Otto vom Vorarbeiter der Straßenbaufirma, bei der er bereits zwei Wochen beschäftigt wurde, seine Lohntüte in Empfang nahm und anschließend, anstatt nach Hause zu fahren, in eine Gastwirtschaft einkehrte, unweit des Bahnhofs, denn er konnte ja nicht voraussagen, mit wem er zusammentraf. Schon einmal hatte er sich in einem anderen Lokal einen erheblichen Schwips angetrunken und war dann lange durch Helmstedt geirrt, bis er endlich den Bahnhof entdeckte. Heute wollte er auf "Nummer sicher" gehen, vor allem nicht soviel trinken, obwohl ihm danach war, wenigstens für einige Stunden im Rausch seine Sorgen zu vergessen.

Die kleine gemütliche Kneipe war gut besucht. An den klobigen Tischen wurde Skat gespielt, gewürfelt und laut diskutiert. Vor dem langen Tresen lümmelten sich teils schon angetrunkene Leute. Die meisten in Arbeitskleidung, aber auch solche, die gute Anzüge trugen, scheinbar irgendwo in einem Büro beschäftigt waren. Vielleicht waren es auch Arbeitslose. Jedenfalls versprach allein ihr Äußeres, möglicherweise bessere Gesprächspartner zu sein als die Leute an den Tischen.

"Ein Bier und einen Korn!" bestellte Karl-Otto bei dem glatzköpfigen Wirt, der seinen neuen Gast nicht gerade freundlich anschaute. "Gib acht auf den Barhokker, auf dem du sitzt, der ist ziemlich wackelig! Morgen werde ich ihn auswechseln."

"Mit dem bin ich schon mal zusammengekracht", bestätigte der junge Mann, der links neben Karl-Otto saß, ohne dabei aufzuschauen. "Dieser Laden ist sowieso die letzte Bruchbude", fügte er noch grinsend hinzu, erhob sein Glas, kippte es herunter und spielte dann gelangweilt mit einem Bierdeckel. Nach einer Weile drehte er sich langsam zu Karl-Otto um, rülpste kurz und fragte: "Du bist zum ersten Mal hier, nicht wahr?"

"Ja, ich kam zufällig hier vorbei", entgegnete Karl-Otto

"Wo arbeitest du?"

"Ach, momentan beim Straßenbau, aber ich hoffe, bald..."

"Du", stutzte der Mann plötzlich, "deine Stimme kommt mir irgendwie bekannt vor! Ich täusche mich selten; ich habe ein sehr gutes Gedächtnis... Schau mich mal richtig an!"

"Mich kannst du doch gar nicht kennen. Ich bin zum

ersten..."

"Doch, doch... Deine Stimme ist unverwechselbar."

"Ausgeschlossen", sagte Karl-Otto. "Ich hab' dich noch nie gesehen. Du hast wohl ein bißchen zu tief ins Glas gekuckt?"

"Red doch nicht herum", meinte der Gast neben Karl-Otto. "Dreh dich mal ganz zu mir, daß ich dein Gesicht erkennen kann."

Von den vielen Fragen schon genervt, wandte sich Karl-Otto schließlich doch seinem Tresennachbarn zu und fragte in einem unmutigen Tonfall: "Na, bist du nun zufrieden? Und jetzt laß mich endlich in..."

Mitten im Satz stockte Karl-Otto. Unwillkürlich fuhr seine Hand zum Mund. Fast wie ein Jubelschrei platzte es aus ihm heraus: "Mensch, ich werd' verrückt... Du bist es! Helmut! Das darf nicht wahr sein! Irgendwie kam mir deine Stimme auch bekannt vor, aber ich war nicht aufgelegt, länger darüber nachzudenken, wem sie wohl gehören könnte... Unglaublich, dich nach so vielen Jahren wiederzusehen..."

"Siehst du, Karlchen... so klein ist die Welt! Ich freue mich wahnsinnig, daß wir uns hier wiedergetroffen haben", sagte Helmut Schober, drückte Karl-Otto an sich, klopfte ihm ein paarmal freundschaftlich auf die Schulter und bestellte beim Wirt zwei doppelte Cognac.

"Auf unser gesundes Wiedersehen, Karlchen!" hub der ehemalige Kriegskamerad erneut an, musterte Karl-Otto von oben bis unten und meinte dann naserümpfend: "Na ja, ich will nicht unbedingt hetzen, aber besonders glücklich siehst du keinesfalls aus. Bist du verheiratet?"

"Ja, ein Kind habe ich auch."

"Mein Gott, wie konntest du so blöd sein?"

"Ach, das ist eine lange Geschichte, Helmut."

Und Karl-Otto erzählte, schilderte sein Schicksal in allen Einzelheiten und gab freimütig zu, einen wohl nie wieder gutzumachenden Fehler begangen zu haben, aber - das meinte er ehrlich! - auf seinen Sohn sei er stolz und würde für ihn jederzeit aufkommen, wenn seine Ehe einmal in die Brüche gehen sollte.

"Ich bin nur zwei Jahre älter als du, Karlchen, und habe auch nicht viel mehr Lebenserfahrung, aber mein Instinkt sagt mir, wenn ich so deine Lebensgeschichte höre, daß du eigentlich gar keine richtige Ehe führst. Alles scheint bei euch Krampf zu sein."

"Stimmt schon, Helmut... Jedenfalls versuche ich zunächst das Beste daraus zu machen. Schließlich heiratet man nicht heute, um sich morgen scheiden zu lassen."

"Da bin ich anderer Meinung, Karlchen! Willst du dein ganzes Leben lang unglücklich sein? Aus moralischen und ethischen Gründen? Wir sprechen morgen noch einmal über deine Zukunft, Karlchen."

***

Das schmucke Einfamilienhaus außerhalb der Stadt, hatte der 28jährige Helmut Schober von seinen erst kürzlich durch einen Unfall ums Leben gekommenen Eltern geerbt. Er war nicht der Typ, auf den alle Frauen flogen. Vielleicht trugen sein vorstehendes Kinn und die tiefliegenden Schlitzaugen wesentlich dazu bei. Dafür war er jedoch auf einem anderen Gebiet sehr erfolgreich, auf dem geschäftlichen! Als gelernter Kaufmann hatte Helmut Schober gleich nach seiner Rückkehr aus der Kriegsgefangenschaft im Jahre 1946 sofort die Marktlage im zerstörten Deutschland erkannt und angefangen, mit allem nur Möglichen zu handeln. Es gab eigentlich nichts, das er nicht aufkaufte und weiter veräußerte. Nach und nach verlegte er sich auf Textilien und Damenoberbekleidung, beschäftigte zahlreiche Vertreter und fuhr einen guterhaltenen Mercedes.

Damals, 1943, als Karl-Otto mit Helmut Schober in Rochefort bei La Rochelle in derselben Kompanie diente, später sogar mit ihm in der Normandie zum Einsatz kam, hätte niemand in dem stillen und wortkargen jungen Soldaten vermutet, daß aus ihm eines Tages ein gewiefter Geschäftsmann werden könnte. Es war weder eine enge Kameradschaft noch tiefe Freundschaft gewesen, die seinerzeit Karl-Otto und Helmut verbanden. Man war eben Soldat und Kamerad, aufeinander angewiesen und lernte sich gewöhnlich in der Kantine oder während des Ausgangs näher kennen, tauschte Adressen aus und gelobte, sich nach dem Krieg gegenseitig zu besuchen. Jedoch in den Wirren der Kampfhandlungen und in der Gefangenschaft gingen diese Anschriften größtenteils verloren. Und so war es natürlich eine freudige Überraschung, nach Jahren einen der ehemaligen Kameraden wiederzusehen. Zuerst war es Hermann gewesen und jetzt Helmut. Und dieser Helmut schien Karl-Otto ernsthaft unter die Arme greifen zu wollen, ihm zumindest eine gute Arbeit zu verschaffen. So, wie bisher, dachte Karl-Otto, so durfte es unter keinen Umständen weitergehen. Er besaß soviel Selbstbewußtsein und Selbstwertgefühl, um zu erkennen, daß in ihm bedeutend mehr Fähigkeiten schlummerten, als sich nur als Hilfsarbeiter zu verdingen. Vor allem fürchtete er, in absehbarer Zeit auch dem geistigen Niveau der Leute zu verfallen, mit denen er täglich überwiegend stupide Tätigkeiten verrichten mußte und mit mehr oder weniger naiven Gesprächen vorliebnehmen. Damit sollte Schluß sein. Die Zeichen standen gut. Alles hing jedoch davon ab, was Karl-Ottos ehemaliger Kriegskamerad zu bieten hatte, ob das Tresengespräch nicht nur aus einer Bierlaune heraus entstanden war, ob Helmut auch die Wahrheit gesagt hatte. Vielleicht hatte er auch nur seinem ehemaligen "Waffenbruder" imponieren wollen, aber irgend etwas mußte schon an der Geschichte wahr sein, denn allein schon Helmuts Garderobe und der Mercedes, den Karl-Otto vor der Kneipe bewundert hatte, ließen darauf schließen, daß Helmut Schober nicht zu den Minderbemittelten zählte. Und das sollte Karl-Otto auch bald bestätigt bekommen!

Pünktlich um zehn Uhr, wie vereinbart, drückte Karl-Otto die Klingel und ließ sich von Helmut ins Wohnzimmer führen.

"Mach's dir bequem, Karlchen, ich hab' im Büro noch ein Telefongespräch. Schau dich ruhig ein bißchen um. Getränke findest du in der Hausbar, gleich links neben dem Kamin. Ich bin in ein paar Minuten bei dir."

Im ersten Moment wußte Karl-Otto nicht, wohin er zuerst schauen sollte, was am meisten bestaunen. Fasziniert von der offensichtlich teuren und geschmackvollen Wohnungseinrichtung ließ er sich in einen der schweren Klubsessel fallen, langte nach einer Zigarette und schüttelte den Kopf: Wie konnte es nur angehen, daß die einen schon ganz oben schwebten und die anderen noch immer "draußen vor der Tür" standen?

"Entschuldige, Karlchen... hat etwas länger gedauert, aber so ist es nun mal im Geschäftsleben! Man ist des öfteren nicht mehr sein eigener Herr... Möchtest du einen Weinbrand? Oder woll'n wir mit einem Sekt anstoßen? Sag ruhig, was du..."

"Nein, danke", wehrte Karl-Otto ab, "laß nur, ich mag morgens keinen Alkohol... Einen Obstsaft, den nehm' ich gern."

"Nun hab' dich man nicht so, Karlchen... Ein Glas Sekt wirst du doch wohl vertragen! Ich freue mich sehr, daß du gekommen bist. Gefällt dir mein Wohnzimmer? Nachher zeige ich dir die übrigen Räume des Hauses... So, und nun auf unser Wohl!"

Der Sekt mundete vorzüglich. Es blieb nicht bei einem Glas. Helmut erzählte von seinen verstorbenen Eltern, die sich nach dem Krieg durch regen Schmuck- und Devisenhandel ein Vermögen geschaffen hatten. "Manchmal soll es nicht ganz legal zugegangen sein", bemerkte Helmut, "aber, wie du siehst, haben sie mir eine gute Existenzgrundlage hinterlassen; einschließlich Bargeld, womit ich jede Menge Waren einkaufen konnte."

Karl-Otto schmunzelte. Er war nicht neidisch, stellte sich dennoch die Frage, warum nicht auch er soviel Glück hätte haben können; warum ihm wohlhabende Eltern nicht vergönnt worden waren. Natürlich war es tragisch und schmerzlich, die Eltern durch einen Unfall zu verlieren, aber wer konnte schon den ihm bestimmten Lebensweg wesentlich beeinflussen, einen grundsätzlich anderen Weg einschlagen, ihn gewaltmäßig verändern. Vielleicht sollte man bisweilen auf die sogenannte innere Stimme hören; vielleicht mehr, als man es gewöhnlich tat. Aber ob einem dann mancher Irrweg erspart bliebe? Ein jeder muß seinen Weg beschreiten, und niemand kann voraussagen, ob er mit Rosen oder Dornen ausgestattet ist. Seit eh und je träumte Karl-Otto davon, einen Weg einschlagen zu dürfen, der nicht so dornig und beschwerlich war wie sein bisheriger. Wer konnte ihm schon sagen, was er bislang richtig oder falsch gemacht hatte. Hinterher, wenn alles schiefgelaufen ist, dann nützt es nichts mehr, zu jammern, zu klagen, sich vor den Kopf zu schlagen und mit Selbstvorwürfen zu überhäufen, womöglich bei anderen die Schuld an seinem Mißgeschick zu suchen. Man sollte aus den begangenen Fehlern lernen, Ursache und Wirkung ergründen - aber wer macht das schon?

"Na, Karlchen, da staunst du wohl... nicht wahr? Gehört alles mir. Komm, wir geh'n mal durch die anderen Räume. Ich habe viel Platz im Haus. Wärest du ledig, könntest du von mir aus sofort ein Zimmer bekommen", sagte Helmut mit einem gewissen Stolz in der Stimme, aber es klang keineswegs überheblich.

Nachdem Karl-Otto die Räumlichkeiten des modern ausgestatteten Hauses besichtigt hatte, fragte er: "Warum lebst du in diesem beinahe schloßähnlichen Haus allein, Helmut? Legst du keinen Wert auf eine Frau?"

Helmut lachte laut auf und tippte sich an die Stirn. "Ich und heiraten? Eine Frau ins Haus holen? Nein, Karlchen, davon halte ich rein gar nichts. Ab und zu, wenn ich gerade Lust habe, dann nehme ich mal die eine oder die andere für eine Nacht herein, aber sonst spielt sich da nichts ab. Ich weiß doch überhaupt nicht, wen ich mir da einfange. Du erlebst es doch selbst, wie es einem ergehen kann. In der Ehe entpuppen sich doch die meisten Frauen im negativen Sinne. Nein, nein, Karlchen, ich bleib' allein und nehme mir die Frauen, die auch nur ein Abenteuer suchen... Geld habe ich genug, und mit Geld kann man sich auch die schönsten Frauen heranholen, ohne sie gleich zu heiraten. Du hättest man auch ledig bleiben sollen!"

"Ein weiser Rat, Helmut, aber er kommt ein bißchen zu spät. Ich muß jetzt erst einmal eine vernünftige Arbeit finden und ausreichend Geld verdienen. So langsam wird es Zeit, daß ich Fuß fasse und auch mal paar Mark in der Brieftasche habe, mir etwas leisten kann und nicht nur von der Hand in den..."

"Beruhige dich, Karlchen, wir gehen gleich alles Punkt für Punkt durch. Schließlich hab' ich dich nicht nur zum Sektfrühstück hergebeten. Ich will dir helfen und glaube, daß du mit deiner neuen Tätigkeit vollauf zufrieden sein wirst. Wann willst du anfangen?"

"Von mir aus sofort. Morgen. Übermorgen. Nur mit meiner Baufirma und dem Arbeitsamt muß ich noch alles regeln, denn..."

"Das mache ich für dich klar. Mich kennt hier jeder - auch die Behörden sind mir nicht fremd. Den Punkt können wir schon mal abhaken, Karlchen. Zunächst unterbreite ich dir, was ich mit dir vorhabe."

Ungeduldig und erwartungsvoll zugleich rutschte Karl-Otto in seinem Sessel hin und her, zündete sich nervös eine neue Zigarette an und heftete seinen Blick auf Helmuts schmunzelndes Gesicht, das sich ihm geheimnisvoll näherte. Bis auf einen Meter rückte Helmut seinen Sessel an Karl-Otto heran, als befürchtete er, von seinem künftigen Mitarbeiter nicht richtig verstanden zu werden, was er ihm jetzt zu unterbreiten hatte.

"Also, Karlchen, ich habe Folgendes mit dir vor: Zunächst wirst du von mir neu eingekleidet, dann machst du den Führerschein der Klasse Vier - mein altes Motorrad schenke ich dir ebenfalls! -, zwischendurch wirst du von meinem besten Vertreter auf Kundschaft mitgenommen und gründlich im Verkauf geschult. Natürlich brauchst du auch einen Wandergewerbeschein. Mach dir nur keine unnötigen Kopfschmerzen, Karlchen, wenn jetzt soviel auf dich einstürzt. Du mußt nur die Anträge ausfüllen und unterschreiben; den Rest besorge ich für dich auf den Behörden."

Wie versteinert schaute Karl-Otto seinen Arbeitgeber in spe' an. Er war so überrascht von dem einmaligen Angebot, daß es ihm die Sprache verschlug. Helmut Schober lächelte nur und fuhr im sachlichen Ton fort: "Aber das ist noch nicht alles, was ich mit dir vorhabe, mein Freund: Wenn wir uns einiggeworden sind, du bei mir festangestellt bist, dann übernehme ich auch noch deine Zahlungsverpflichtungen, damit du endlich schuldenfrei bist. Nur so kannst du mit Lust und Liebe für mich tätig werden und unbelastet deinen Job ausüben. Das leuchtet dir doch ein?"

"Ich weiß nicht, was ich sagen soll", stammelte Karl-Otto. "Warum willst du das alles für mich tun, Helmut? Du weißt doch gar nicht, ob ich der richtige Mann für dich bin, ob ich..."

"Laß das nur meine Sorge sein, Karlchen. Ich habe ein gewisses Gespür und auch Menschenkenntnis, obwohl ich noch verhältnismäßig jung bin. Tagelang durchstreifte ich die Kneipen, wo sich meistens Arbeitslose tummeln und suchte nach einem geeigneten Mann für meine Firma, für den Außendienst. Sicher, es hat wohl etwas damit zu tun, daß du mein Kriegskamerad warst, aber für mich ist entscheidend, daß ich einen ganzen Mann gefunden habe, dem ich vertrauen kann und der sich in seine neue Tätigkeit voll hineinkniet. Und daß du das, was es zu lernen gibt, ohne weiteres begreifen wirst, bezweifele ich nicht. Du wirst es schon schaffen; du wirst bald zu meinen Spitzenkräften zählen. Vergiß alles, was du bisher getan hast. Vor dir steht eine neue lukrative Aufgabe, die nur darauf wartet, angepackt zu werden. Du bist der richtige Mann für mich! Nun liegt es an dir, ob du mein Angebot annimmst."

Die Karl-Otto bislang düster und hoffnungslos erscheinende Welt erstrahlte plötzlich in hellem Glanz. Endlich ein Lichtblick; endlich fort vom Hilfsarbeiter-Dasein. Künftig würde er sich nur noch gutgekleidet bewegen - und in anderen Kreisen.

"Wie soll ich dir nur danken, Helmut, daß du so..."

"Laß es gut sein, Karlchen", winkte Helmut lässig ab. "Für einen alten Kriegskameraden und Freund tut man doch alles. Ich bin glücklich, dir helfen zu können. Mit jedem würde ich es nicht machen. Du sollst deinen Weg gehen, einen Weg in eine bessere und gesicherte Zukunft... So, und jetzt unterschreibe den Angestelltenvertrag! In den nächsten Tagen wird einiges auf dich zukommen, aber du meisterst es schon."

Mittlerweile war es Mittag geworden. Helmut schlug paar Eier in die Pfanne und servierte sie auf Toastbrot. Anschließend saßen die beiden Männer noch bei einer Flasche Bier beisammen und diskutierten über vergangene Zeiten.

"Ach, das wollte ich dich schon vorhin fragen, Karlchen: Wo bist du damals abgeblieben, als wir in Richtung Lunéville vorstießen und von Jagdbombern angegriffen wurden? Das war doch kurz vor Eintritt der Dunkelheit, wenn ich mich recht entsinne."

"Genau, um die Zeit war es", bestätigte Karl-Otto und begann das Geschehen an jenem Abend zu rekonstruieren: "Wir befanden uns doch mit unseren Panzern in voller Fahrt, als die "Jabos" wie aus heiterem Himmel auf uns herabstießen. Dein Panzer, glaube ich, fuhr direkt am Waldrand entlang und war der feindlichen Sicht entzogen. Zwei weitere donnerten durch einen

Hohlweg, konnten auch nicht eingesehen werden. Aber wir, die restlichen, rasselten über freies Feld und wurden für die "Jabos" eine lohnende Zielscheibe. Unser Panzer erhielt den ersten Volltreffer und blieb liegen. Wir rannten um unser Leben. Immer wieder stürzten sich die Flugzeuge auf uns, auf jeden einzelnen Mann. Rings um uns sausten die Bordwaffengeschosse in die grüne Wiese. Eins traf mich zwischen Oberarm und Schulter. Es schmerzte furchtbar, aber ich erreichte trotzdem ein Waldstück."

"Davon hab' ich nichts mitbekommen, Karlchen. Wir preschten nämlich gleich mit Vollgas los, als die 'Jabos' angriffen. Ein Waldweg nahm uns schützend auf. Na ja, und dann stießen wir weiter vor. Ich war der Meinung, man hätte sich um euch, um die Verwundeten, gekümmert..."

"Denkste... Kein Schwein ließ sich sehen... Das Sanitätsfahrzeug stand in Flammen, außer unserem Panzer, dem die rechte Kette zerfetzt war, wurden noch vier weitere zerstört. Zwei explodierten - soweit ich das in dem Inferno mitbekam. Wer nicht von den umherfliegenden Metallteilen, den Bombensplittern oder von den Bordwaffen getötet wurde, lief blindlings irgendwohin, ohne sich umzusehen. Wieviele sich retten konnten und wohin sie rannten und was aus ihnen geworden ist, das kann ich dir auch nicht sagen."

"Und was wurde aus dir, Karlchen?" forschte Helmut.

Karl-Otto seufzte schwer, richtete seinen Blick eine Weile ins Leere, als wollte er die Vergangenheit in allen Einzelheiten zurückholen, schenkte sich noch einmal Bier nach und berichtete dann mit belegter Stimme: "Mir muß wohl damals ein Schutzengel zugeflogen sein. Nachdem ich wiederholt laut um Hilfe gerufen hatte, mich jedoch niemand gehört zu haben schien, machte ich es mir im Unterholz bequem, versorgte meine Wunde mit dem Verbandspäckchen so gut es ging und schlief schließlich erschöpft ein. Die Sonne stand schon hoch am Firmament, als ich plötzlich französische Laute über mir vernahm. Erschrocken fuhr ich hoch und starrte in mehrere Pistolenmündungen. Auch eine junge Frau befand sich unter den Partisanen. Sie beugte sich über meine blutbesudelte Panzerfahrerkombination, untersuchte die Wunde, hob die Schultern und fragte den etwas abseits stehenden kleinwüchsigen, dunkelhaarigen Mann mit der großen Baskenmütze, der anscheinend das Kommando über die Gruppe hatte, irgend etwas, das ich natürlich nicht verstehen konnte. Nur einen winzigen Augenblick überlegte der schnauzbärtige Mann, schüttelte heftig den Kopf und machte dann eine Geste, die eindeutiger nicht hätte sein können. Mir gerann das Blut in den Adern..."

Karl-Otto legte eine kleine Pause ein, senkte den Blick und murmelte etwas Unverständliches vor sich hin.

"Nun erzähl' doch weiter, Karlchen!" drängte Helmut. "Was passierte dann? Haben sie auf dich geschossen? Hast du dich als Amerikaner oder Engländer ausgegeben?"

"Du bist ja ein Witzbold, Helmut... In deutscher Uniform und kein Wort Englisch... Das war wohl nix, mein Lieber! Nein, nein, erschossen haben sie mich nicht, sonst säße ich ja nicht hier, aber verprügelt, getreten und beschimpft haben sie mich, bis die junge Frau offensichtlich ein Machtwort sprach und die haßerfüllten Männer zurückdrängte. Sie beugte sich erneut über mich, durchsuchte meine Taschen, fand natürlich auch mein Soldbuch, das sie aufmerksam studierte. Meine Pistole hatte sie einem der Männer gereicht."

"Demnach, Karlchen, hatte sich die Französin in dich schmucken Kerl auf der Stelle verliebt, sonst hätte sie sich doch nicht so für dich eingesetzt", lästerte Helmut.

"Laß deine makaberen Scherze, Helmut. Mir war damals nicht danach, darüber nachzudenken, ob die Frau mir Sympathie entgegenbrachte oder nicht. Sie war für mich eine Partisanin und ich war ihr Feind. Allerdings verdanke ich ihr mein Leben..."

"Mach's doch nicht so spannend, Karlchen... Erzähl' weiter!"

"Na ja, und dann wurden mir die Augen verbunden, ich verspürte einen leichten Stich in den Oberschenkel und schlief danach langsam ein. Als ich die Augen wieder aufschlug, kam ich aus dem Staunen nicht heraus: Ich befand mich in einem etwa vier mal sechs Meter großen, weißgetünchten Raum! Und womit ich nun gar nicht gerechnet hatte - in einem weichen Bett! Ich schloß und öffnete ein paarmal die Augen und glaubte zunächst, einer Sinnestäuschung zu unterliegen..."

"Und neben dir lag die Französin", lästerte Helmut schon wieder. Bevor Karl-Otto etwas entgegnen konnte, schlug Helmut vor, sich noch eine Stunde in den Garten zu setzen. "Ich brüh' uns noch schnell einen Kaffee auf und dann gehen wir an die frische Luft. Unter der Rosenhecke finden wir ein schattiges Plätzchen. Dort kannst du dann weiter berichten."

"Einen wunderschönen Garten hast du, Helmut", staunte Karl-Otto und nahm an dem runden Tisch Platz. Helmut schmunzelte nur, schenkte Kaffee ein, setzte sich auch und forderte Karl-Otto auf, möglichst viel von seinen Erlebnissen zu schildern.

"Wenn ich dir alles erzählen sollte, was ich in den Jahren von 1944 bis 1948 erlebt habe, dann würden wir noch eine Woche hier zusammensitzen. Ich will versuchen, mich kurz zu fassen: Also, die Französin lag nicht neben mir im Bett, sondern sie stand neben meinem Bett und lächelte schwach. Außer meinem befanden sich noch drei weitere Betten im Raum; auch mit Verwundeten belegt: Die Männer, teils mit dicken Verbänden versehen, schliefen. Es roch nach Desinfektionsmitteln und Morphium oder was es sonst war. Nachdem ich mich so einigermaßen gefangen hatte, fragte ich die sympathische Frau, wo ich mich denn befände.

'In einer Krankenstation der Résistance', war die

knappe Antwort, aber in einem einwandfreien Deutsch. Ich stutzte.

'Aber... ich meine... warum liege ich hier? Die Résistance erschießt doch sonst... Wir haben mehrfach erschossene...' stotterte ich. Wiederum lächelte die Frau, beugte sich über mich und flüsterte: 'Aber wir erschießen keine Kinder.' Kurzum: Ich war noch am Leben. Meine Lebensretterin war Ärztin, eine Elsässerin, wie sie mir ein paar Tage später gestand. Sie war so lieb und nett zu mir, daß ich nicht umhin kam, mich in sie zu verlieben, vergaß meine Einheit und gänzlich, in wessen Hand ich mich befand."

"Und dann hat sie dich geheiratet", stichelte Helmut erneut.

"Nun laß doch mal endlich deine ironischen Bemerkungen, Helmut! Es spielte sich - außer ein paar Küßchen! - gar nichts ab. Jedenfalls sorgte sie dafür, daß ich nach Nancy gebracht wurde. Es war eine abenteuerliche Fahrt, bis ich mich auf einem alten Bauernhof am Rande der elsaß/lothringischen Stadt wiederfand. Mir war nicht wohl zumute bei dem Gedanken, jederzeit von unseren Truppen entdeckt zu werden und als Fahnenflüchtiger erschossen zu werden."

"Warst du jetzt auch Partisan geworden?" fragte Helmut mit ernster Miene.

"Wie man's nimmt! Ich hauste bei einer Widerstandsgruppe in einem unterirdischen Bunker unter der Scheune, gurtete Munition, besserte Bekleidung und Schuhwerk aus und entwickelte mich nach und nach zum 'Meisterkoch'. An eine Flucht war überhaupt nicht zu denken. Die Partisanen mochten mich alle gern, behandelten mich gut, aber ich mochte sie nicht, denn sie waren ständig im 'Einsatz' und ich wußte ja nicht, wieviele deutsche Soldaten sie mittlerweile hinterrücks ermordet hatten. Und ich fühlte mich als indirekter Handlanger."

"Wielange bliebst du bei den Partisanen?" fragte

Helmut.

"Bis die Amerikaner vorgerückt waren... Dann wurde ich der erstbesten Einheit übergeben und war nun Kriegsgefangener."

"Brachten sie dich nach Amerika?"

"Aber nein, Helmut! In ein Sammellager kam ich. Von dort aus nach Deutschland in eines der riesigen Gefangenenlager - nach Koblenz. Anschließend nach Andernach, Gummersbach und schließlich nach Siershahn/Unterwesterwald, wo wir den Franzosen übergeben wurden. Alles waren sogenannte Freilager. Unter freiem Himmel haben wir gehaust... wie das Vieh. Unzählige starben. Die meisten an Entkräftung, Unterernährung und Darminfektionen. Manche wurden auch von betrunkenen Wachposten erschossen. Der Haß auf alles, was deutsch war, war unvorstellbar. In den Augen der 'Siegermächte' war jeder Deutsche ein Nazi. Auf die 'Waffen-SS' hatten sie es besonders abgesehen. Ich kam während des Verhörs vor einem amerikanischen Offizier gerade so eben mit einem blauen Auge davon, da aus seinen Unterlagen hervorging, daß ich nicht zu den Freiwilligen gehörte, sondern gezwungenermaßen die 'Eliteuniform' getragen hatte. So fand ich mich unter den 'normalen' Kriegsgefangenen wieder."

Helmut schüttelte ergriffen den Kopf. "Unglaublich! Da hab' ich's, wenn man so will, besser getroffen: Ich kam nach Kanada! Gleich mit dem ersten Rücktransport kehrte ich heim. Aber mit einem Trick: Ich hatte nämlich angegeben, Verwaltungsbeamter zu sein! Na ja, und die Verwaltung sollte schnell wieder aufgebaut werden in Deutschland. So kam ich eben schnell zurück."

"Preise dich glücklich", seufzte Karl-Otto, bedankte sich für die von Helmut gereichte englische Zigarette - Helmut rauchte nur englische und amerikanische Zigaretten - und beschrieb so kurz wie nur möglich seinen Schicksalsweg in französischer Kriegsgefangenschaft: "Natürlich hatten auch wir gehofft, bald wieder entlassen zu werden, aber scheinbar brauchte Frankreich billige Arbeitskräfte. Der Haß auf uns war manchmal nicht mehr zu begreifen. Ich höre noch immer, wie ein Offizier vor der Front mit verbissenem Gesichtsausdruck sagte: 'Wir wissen, daß ihr uns eines Tages wieder überfallen werdet, ihr unser Erbfeind bleibt, aber im Moment haben wir euch und wir werden euch knechten, damit ihr lange daran denkt!' Nun kannst du dir ja vorstellen, Helmut, wie die mit uns umgingen. Im September 1945 verfrachteten sie uns nach Nizza. Straßenbau, Holz fällen, Anlagen pflegen und Steine klopfen. Bald gab es kaum noch einen Ort zwischen Cannes und Menton an der französischen Riviera, den wir nicht wie unsere Westentasche kannten. Andauernd wechselte unser Kommando den Standort. Meistens waren wir in alten Villen untergebracht. Man konnte einigermaßen zufrieden sein, bis auf den Tag, als man uns überraschend nach Nizza schleppte und vor die Wahl stellte: Entweder Fremdenlegion oder Minensuchkommando! Dabei hatten wir gehofft, entlassen zu werden. Ich entschied mich zum Minen suchen!"

"Mein Gott", schlug Helmut beide Hände über den Kopf zusammen, "Minen suchen kommt doch einem Todeskommando gleich! Hast du damals einen geistigen Kurzschluß gehabt?"

"Nicht im geringsten, Helmut... Beim Minensuchkommando bestand noch immer die Hoffnung zu überleben, aber Fremdenlegion, nach Indochina, das bedeutete den sicheren Tod, denn die Legion wurde doch regelrecht 'verheizt' - so erzählte es uns ein Mitgefangener, der in der Legion gewesen war. Na ja, nachdem wir in Nizza den Flughafen abgesucht hatten und erneut der Hoffnung verfielen, nach Hause zu kommen, verschiffte man uns und wir durften in Ajaccio an Land gehen. Korsika ist eine bezaubernde Insel für jeden Touristen, jedoch nicht für einen Kriegsgefangenen mit einem Minensuchgerät. Natürlich mußten wir uns gleich den

Flugplatz vornehmen. Dort fanden wir nur einige Minen. Ja, und dann ging's ab in die Berge, wo wir wieder zu Holzfällern wurden und in behelfsmäßigen Baracken wohnten. Ein Kommando war jeweils 30 Mann stark."

"Dann hast du ja auch die Berge kennengelernt", meinte Helmut. "Korsika soll besonders im Sommer schön sein, hörte ich."

"Das mag wohl ein Zivilist so empfinden", sagte Karl-Otto, "aber wir verfluchten die Hitze. Übrigens vergaß ich, dir zu erzählen, daß wir an der Riviera auch schon mit den Bergen näher in Berührung gekommen waren, zwei Monate an der französisch/italienischen Grenze das Gelände entminten. Daran möchte ich nicht zurückdenken. Mehrere von unserem Kommando mußten dort ihr glücklich über den Krieg gerettetes Leben lassen, wurden irgendwo wie die Hunde verscharrt. Furchtbar war das..."

"Und dann habt ihr auf Korsika eine bessere Zeit verlebt, schwebtet nicht mehr in Lebensgefahr", bemerkte Helmut leise.

"Teils, teils", sagte Karl-Otto nachdenklich. "Das Holzschlagen an den steilen Hängen, und später die Arbeit im Steinbruch waren keineswegs ungefährlich. Die letzten Monate im Hafen von Ajaccio, wo wir bei einer Stauerei arbeiteten, die waren sogar angenehm. Da haben wir geklaut wie die Raben, hatten stets genug zu essen, jede Menge zu rauchen und immer einen Weinvorrat. Na ja, und dann war ich noch kurze Zeit ein sogenannter Zivilarbeiter, bis es endlich soweit war, daß ich im Dezember 1948 die Heimreise nach Deutschland antreten konnte und hier in Helmstedt landete - und jetzt vor dir sitze, lieber Helmut!"

"Erschütternd", brummte Helmut. "Entschuldige, Karl-Otto, wenn ich vorhin ein paarmal lästerte, aber ich hab's nicht so gemeint. Ich kann doch gar nicht mitreden, denn was habe ich schon während meiner kurzen Gefangenschaft ausstehen müssen? Gar nichts! Fast wie ein Kurzurlaub nach Übersee war es. Eine erlebnisreiche

Seereise... Ja, ja, Karlchen, so verschieden sind die Wege, die wir im Leben beschreiten müssen! Aber jetzt sind wir hier. Vergiß alles und richte deinen Blick nach vorn. Ab heute ebne ich dir einen aussichtsreichen Weg, den du dir ausbauen kannst. Ich bin überzeugt, daß du es schaffen wirst..."

***

Mit einem 20-Mark-Schein, den Helmut Schober seinem neuen Mitarbeiter beim Abschied in die Tasche gesteckt hatte, betrat Karl-Otto eine Gastwirtschaft und ließ sich ein 'Bauernfrühstück' servieren, das er mit einem wahren Heißhunger genüßlich verzehrte. Leichte Kopfschmerzen machten sich bemerkbar. Anscheinend hervorgerufen durch die Rückblende in die unselige Vergangenheit. Vielleicht war es auch die Kombination Sekt mit Bier. Trotzdem genehmigte sich Karl-Otto einen halben Liter Bier - und einen Weinbrand. Gedankenverloren starrte er auf sein Glas. Die vergilbte Uhr über dem Tresen zeigte die achte Stunde an. Draußen war es noch hell. Karl-Otto verspürte nicht die geringste Lust, jetzt schon nach Hause zu fahren. Am liebsten wäre er überhaupt nicht nach Hause gefahren. Vor allem wußte er nicht, was ihn erwartete, wie ihn Beate empfing, mit welchen Vorwürfen und Anschuldigungen sie ihn wieder eindeckte. Außerdem durfte er davon ausgehen, sie angetrunken vorzufinden.

"Na, du junger Kerl... willst du eine Runde mit uns knobeln?" fragte ein ziemlich verkommen aussehender Mann vom Nebentisch. "Wenn du willst, von mir aus auch 17 und 4", fügte er noch grinsend hinzu.

"Ach was, laß man... Ich muß sowieso gleich nach Hause", winkte Karl-Otto müde ab.

"Hast wohl nichts auf der Naht, mein Junge", meinte der andere Mann, der auch nicht besonders vertrauenerweckend aussah. "Wenn dein Geldbeutel leer ist, macht das gar nichts... Wir borgen dir gern was. Brauchst nur deine Adresse anzugeben. Wir helfen jedem, der momentan in Geldschwierigkeiten ist und..."

"Knobelt man allein... Ich möchte meinen Zug nicht verpassen", sagte Karl-Otto energisch, zahlte und verließ fluchtartig die Gaststätte, denn er hatte schon davon gehört, mit welchen faulen Tricks solche Typen arbeiteten, sich ihr Geld auf erpresserische Art und Weise doppelt und dreifach wiederholten.

Wie vorausgeahnt, empfing Beate ihren Karl-Otto mit allen möglichen Worten, nur nicht mit lieben. Und das enge Wohnzimmer war - wie fast jeden Abend. - mit Nachbarn und Beates Geschwistern überfüllt. Das Radio auf voller Lautstärke, aus dem Kinderwagen ertönte Martins Geplärre und dazu auch noch das Stimmengewirr der teils bezechten Leute. Geduldig ließ Karl-Otto alles über sich ergehen, jedoch innerlich kochte er vor Wut. Eine Weile beobachtete er die feuchtfröhliche Gesellschaft, bis ihm der Kragen platzte: "Zum Teufel mit euch allen", fluchte er los. "Seid ihr alle nicht normal? Hier ist doch keine Kneipe! Nehmt ihr gar keine Rücksicht auf Martin? Der Junge braucht seine Ruhe! Geht nach draußen... Sauft auf dem Hof oder auf der Straße weiter... Ich möchte auch meine Ruhe haben!"

"Die Wohnung habe ich besorgt und hier kann kommen, wer will, mein lieber Gatte", keifte plötzlich Beate, erhob ihr Glas und prostete den fünf Zechern am Tisch zu. "Wenn es dir hier nicht gefällt, dann kannst du ja auszieh'n! Meine Geschwister und Nachbarn kommen so oft, wie ich das für nötig halte", keifte Beate weiter, kippte ihr Glas Fruchtwein herunter und meinte dann in einem etwas gedämpfteren Ton: "Ich mach' dir jetzt etwas zu essen... Hast wohl Hunger... was?"

Obwohl alle sahen, daß Beate Butterbrote schmierte und gehört hatten, daß Karl-Otto essen sollte, dachte jedoch niemand daran, ihm am Tisch Platz zu machen. Nun reichte es ihm! Mit voller Wucht sauste seine Faust auf den Tisch, so daß Flaschen und Gläser vibrierten - zwei Gläser fielen sogar um. "Raus mit euch verdammte Blase... Ich will keinen mehr von euch hier sehen! Jetzt reicht's mir endgültig! Noch habe ich hier auch etwas zu sagen! Verschwindet sofort, aber ein bißchen dalli!" schrie Karl-Otto, packte den erstbesten sogenannten Gast beim Kragen und bugsierte ihn zur Tür. Beate fiel die Kinnlade herunter. So energisch hatte sie ihren Ehemann noch nicht erlebt. Sie war so perplex, daß sie diesmal keine Widerworte fand. Karl-Ottos ungewohntes Auftreten schien sie irgendwie geschockt zu haben. Nachdem der letzte Zecher gegangen war, versorgte Beate den Säugling, Karl-Otto verwischte die Spuren des Saufgelages und setzte sich dann mit Beate zusammen, erzählte ihr, wo er den ganzen Tag gewesen und was dabei herausgekommen war, daß es in absehbarer Zeit mit ihnen aufwärtsgehen würde, er nicht mehr als Hilfsarbeiter tätig sein müßte.

"Und das nennst du Arbeit?" bemerkte Beate kichernd. "Du willst also von Tür zu Tür laufen und Schlüpfer verkaufen, sie den Frauen auch noch anpassen, beobachten, wie junge Mädchen den Büstenhalter anlegen und die Nylonstrümpfe überziehen... Das wird dir wohl Spaß machen, aber verdienen wirst du kaum etwas. Ich kannte mal kurz einen Vertreter. Der verdiente nicht einmal das Salz in der Suppe... Bleib lieber auf dem Bau oder versuch' in einer Fabrik anständige Arbeit zu finden, dann haben wir auch unser Auskommen."

Fast zwei Stunden mußte Karl-Otto auf Beate einreden bis sie endlich begriff, daß auch geistige Arbeit, wobei man einen guten Anzug trage und sich nicht die Finger schmutzig zu machen brauche, unter den Begriff Arbeit falle. Dennoch war sie gegen Karl-Ottos neue Tätigkeit, da ihre beinahe krankhafte Eifersucht in ihrem Leben eine große Rolle spielte, sie ihrem Mann nicht über den Weg traute und auf jede Frau eifersüchtig war. Doch das änderte nichts an Karl-Ottos bereits gefaßtem Entschluß.

Am nächsten Morgen, pünktlich acht Uhr, trat er bei Helmut Schober seinen Dienst als Handelsvertreter an.

***

Mit unermüdlichem Elan und selbstlosem Engagement kniete Karl-Otto sich in seine neue Tätigkeit. Innerhalb von zwei Monaten baute er einen beachtlichen Kundenstamm auf, machte nebenbei seinen Führerschein und avancierte bald zum Bezirksleiter. Auch sein Einkommen konnte sich mittlerweile sehen lassen. Aber je mehr Karl-Otto verdiente, desto mehr gab Beate aus, was zum einen verständlich war, denn es fehlte ja an allen Ecken und Kanten, Martin verlangte sein Recht und Beate kaufte sich diverse Sachen, worauf sie hatte bislang verzichten müssen. Karl-Otto schmiedete andere Pläne: Er wollte für eine neue Wohnung ansparen, so schnell wie nur möglich in die Stadt ziehen, heraus aus der engen Deputatwohnung! Und so gab es laufend Streit. Das führte natürlich dazu, daß Karl-Otto des öfteren abends sehr spät nach Hause kam, was die angespannte Situation keineswegs linderte, sondern zu unliebsamen Szenen führte, die immer heftiger wurden, so daß Karl-Otto mit dem Gedanken zu spielen begann, sich eventuell scheiden zu lassen. Zu gegensätzlich waren seine und Beates Lebensauffassungen und Zukunftsvisionen; jeder verfolgte eine andere Richtung. Vor allem wirkte es auf Karl-Otto frustrierend, daß seine Ehefrau, obwohl er sie wiederholt anflehte, auch nicht im entferntesten ein Interesse daran zeigte, sich wenigstens etwas weiterzubilden. Sie sei schlau genug und er, Karl-Otto, solle endlich damit aufhören, den "vornehmen Herrn" zu mimen. Den Standpunkt vertrat auch Minna, zu der Karl-Otto keinen Kontakt pflegte. Jakob hob jedesmal ratlos die Schultern, wenn er sich mit seinem Schwiegersohn in der Gastwirtschaft traf und dessen berechtigte Klagen anhörte. "Ja, ja", sagte er dann offensichtlich mitfühlend, "ich habe dich gewarnt, aber warum sollst du es besser haben als ich? Vielleicht ändert sich meine Tochter im Laufe der Zeit... Versuch sie doch einmal härter anzufassen! Schlag mal mit der Faust auf den Tisch! Im Grunde genommen ist sie kein schlechter Mensch! Mag sein, daß sie dir gegenüber Komplexe hat. Die hat meine Minna auch."

Weder gutes Zureden noch Karl-Ottos unmißverständliche Drohung, er werde Beate verlassen, änderten etwas an ihrem Verhalten, brachten sie vom teils schon übermäßigen Alkoholgenuß ab. Im Gegenteil: Sie wurde störrisch, aggressiv und begann sich einer Ausdrucksweise zu bedienen, die eigentlich nur im tiefsten Milieu angesiedelt war. Und dennoch gab Karl-Otto nicht so schnell auf. Irgendwie mußte es doch ein Rezept geben, Beate auf den geraden Weg zu bringen, sie "salonfähig" zu machen, bevor auch er in ihre Fußstapfen hineinschlidderte, sein Leben lang der Unterschicht zugeordnet blieb. Einmal müßte doch Beate vernünftig werden, damit er sich mit ihr überall sehen lassen konnte, redete er sich ein, denn, wie sein Chef ihm erst kürzlich zu verstehen gegeben hatte, sollte er demnächst eine interessante Aufgabe übertragen bekommen.

***

Alljährlich feierte Helmstedts Prominenz ihren traditionellen Hausball im ersten Haus der Stadt. Im großen Saal des "Vier Jahreszeiten" spielte eine Fünf-Mann-Kapelle. Wer von den Herren das Bedürfnis verspürte, seine Dame nach einem Tänzchen an die Bar zu führen, mußte sich zum geräumigen Klubzimmer jenseits des langen Korridors begeben. Der Raum bot etwa 20 Paaren Gelegenheit, intim zu flirten, eine Flasche Sekt zu trinken und auch auf Tuchfühlung zu tanzen. Hier erklang nur dezente, einschmeichelnde Musik, dargeboten von einem Duo - Karl-Otto und Axel! Es bedurfte schon einer gewissen Fürsprache, um überhaupt auf dem Jahresball Musik machen zu dürfen. Daß Karl-Otto dieses Engagement zugesprochen bekam, hatte er Anke Rohleder, einer seiner guten Stammkundinnen, zu verdanken, die den Hotelier persönlich kannte. Auch sie besuchte häufig die Bar, hielt sich auffallend lange auf, jedoch mit ihrem ständigen Begleiter, einem älteren Herrn. Heimlich warf sie Karl-Otto eine Kußhand zu, die er mit einem unauffälligen Augenzwinkern erwiderte. So ging das jedesmal, wenn sie sich in der Bar aufhielt.

"Na, na, Karlchen, wenn ich dich so beobachte, scheint sich zwischen der hübschen Brünetten und dir etwas anzubahnen", bemerkte Axel verschmitzt lächelnd. "Stell' dir mal vor, Beate säße hier und bekäme euren verliebten Augenflirt mit... Ich glaube, sie würde dir die Ohren langziehen!"

Karl-Otto ignorierte Axels wohl nicht ganz unberechtigte Bemerkung, griff sich eines der belegten Brote, die der Kellner soeben hingestellt hatte und blätterte scheinbar gelangweilt ein Notenheft durch, behielt jedoch ständig die 25jährige Anke im Auge. Es bestand kein Zweifel, daß sie ihn mochte. Sie war seine Kundin; eine sehr gute Kundin. Fast jede Woche besuchte er sie. Und sie kaufte ihm auch jedesmal etwas ab. Manchmal plauderten sie bei einer Tasse Kaffee über private Dinge. So erfuhr er, daß Anke geschieden war, einen Bauernhof besaß, den sie verpachtet hatte, und daß sie über ein ansehnliches Bankkonto verfügte. Demnächst wollte sie eine Modeboutique eröffnen. Auch Karl-Otto hatte ihr seine nicht gerade erfreulichen Verhältnisse geschildert. Jedoch Annäherungsversuche hatten sie beide nicht gewagt. Anke schien auch in festen Händen zu sein. Und dennoch lag etwas in der Luft!

"Was wollen wir als Nächstes spielen, Karlchen?" fragte Axel, als die Pause sich ihrem Ende näherte.

Verstört fuhr Karl-Otto aus seiner Träumerei heraus, langte noch einmal nach den belegten Broten und sagte:

"Laß uns als Erstes die 'Anneliese' spielen, damit etwas Schwung in die nur schmusende Gesellschaft kommt. Gleich hinterher nehmen wir 'Die Fischerin vom Bodensee'. Einverstanden?"

Axel nickte zustimmend. Ungefähr drei Meter vom Podium entfernt schüttelte jemand den Kopf - Anke! Offensichtlich hatte sie alles mitgehört. Mit graziösen Schritten näherte sie sich dem Podium, streckte Karl-Otto die Hand entgegen und ließ sich von ihm sachte heraufziehen, legte ihren Arm um seine Schulter und flüsterte: "Spielen Sie doch bitte noch einmal 'Leise rauscht es am Missouri'... Ich mag die Melodie so gern."

"Und Ihr Freund natürlich auch", rutschte es Karl-Otto ungewollt heraus. "Für Sie spiele ich die Melodie gern, aber..."

Ein Kuß auf Karl-Ottos Mund verhinderte, seinen angefangenen Satz zu beenden. Es war kein gewöhnlicher, flüchtiger Kuß, es war ein inniger, zärtlicher Kuß wie eine spontane Liebeserklärung, den Karl-Otto mit geschlossenen Augen über sich ergehen ließ, ihn einen Moment in das Land der Träume versetzte. Doch dann befreite er sich aus Ankes Umarmung, warf einen Blick nach dem Tanzpartner der brünetten Frau und sagte: "Ich möchte mich nicht unbedingt mit dem Herrn anlegen. Nachher, wenn wir..."

Und wieder küßte sie Karl-Otto. "Mach' dir keine Sorgen, der Mann interessiert mich nicht", raunte Anke. "Schau mal, er räumt bereits das Feld... Ich hatte ihm von vornherein klargemacht, daß außer Tanzen nichts drinliegt... verstehst du?"

Axel, der jedes Wort mitbekommen hatte, griente verstohlen, schlug auf seiner Gitarre ein paar Akkorde an und mahnte, endlich wieder Musik zu machen, denn die Bargäste wurden bereits unruhig, wenngleich sie Ankes Auftritt keineswegs verurteilten, ihn sogar als gelungene Abwechslung akzeptierten, die eine oder die andere Dame insgeheim nichts dagegen gehabt hätte, an Ankes

Stelle zu stehen, denn nicht alle Pärchen, die miteinander flirteten und schmusten, gehörten zusammen.

Natürlich erfüllte Karl-Otto Ankes Musikwunsch. Während er gefühlvoll in die Tasten griff, verweilte Anke neben ihm, streichelte sein Haar und sang verträumt - wie die übrigen Bargäste ebenfalls - den Text des langsamen Walzers mit. Im Geist versuchte Karl-Otto sich schon auszumalen, wie er gegen Morgen, wenn das Fest vorbei war, mit Anke irgendwo in einer Ecke schmusen würde, denn die Gefahr, von Beate überrascht zu werden, bestand nicht im geringsten, da zu dem Hausball nur geladene Gäste Zutritt hatten. Außerdem war Beate weit weg. Aber das vermutete nur Karl-Otto, denn Beate war näher als er glaubte!

Über Karl-Ottos bescheidene Verstärkeranlage erklang gerade "Im Hafen von Adano" - Anke verweilte noch immer neben ihm! - als plötzlich Beate in den Raum schwankte und direkt auf Karl-Otto zuging. Alle Gäste schauten sie verwundert an. Ihr einfaches Winterkleid und die langen Schaftstiefel paßten nicht zum feierlichen Rahmen des Festes. Anke schüttelte den Kopf und fragte Karl-Otto: "Wer ist denn die Dame? Warum starrt sie dich nur so an? Kennst du sie?"

"Sie... Sie, junge Frau, Sie werden mich gleich kennenlernen, wenn Sie nicht sofort Ihren Arm von meinem Mann nehmen", fauchte Beate und erklomm das Podium. Anke blieb unbeeindruckt, lächelte nur und bemerkte: "Ach was... Sie sind Karl-Ottos Frau? So hätte ich Sie mir nicht vorgestellt! Ehrlich... Bezaubernd sehen Sie aus, nur Sie passen nicht zu Karl-Otto..."

"Wer ist diese Person, Karlchen?" schrie Beate außer sich, packte Anke beim Abendkleid und versuchte sie von Karl-Otto wegzuzerren, was ihr nicht gelang, denn jetzt wollte Anke es der eifersüchtigen Beate zeigen, sie zur Weißglut bringen, indem sie Karl-Otto fest in die Arme schloß und sich an ihn schmiegte. Sie hätte es vielleicht nicht getan, wenn sie nicht einen kleinen

Schwips gehabt hätte. Anscheinend machte es ihr Spaß, der angetrunkenen Beate zu demonstrieren, wer die Schönere im Land war, bedachte allerdings nicht, wie peinlich Karl-Otto die Vorstellung sein mußte. Vielleicht hätten die beiden Frauen sich früher oder später sogar noch zu Handgreiflichkeiten hinreißen lassen, wenn nicht zwei beherzte Kellner dazwischengegangen wären, dem "Mitternachtsspuk" ein Ende zu setzen. Höflich, aber unmißverständlich nahmen sie Beate in die Mitte und führten sie aus der Bar. Natürlich verabschiedete sich Beate von ihrem Ehemann auf ihre besondere Art: "Komm du man nach Hause, mein Freundchen, dann treibe ich dir schon die langhaarige Ziege aus! Mit der stelle ich mich sowieso nicht auf eine Stufe", rief sie über die Schulter hinweg, bevor sie endgültig aus dem Raum gedrängt wurde. Bald war der Vorfall vergessen. Karl-Otto und Axel begannen zu musizieren, und schon kam Stimmung auf. Ihm selbst war nicht sehr wohl zumute, wenn er sich vorstellte, wie ihn Beate empfangen würde, welche Szenen er über sich ergehen lassen müßte und mit welchen Schimpfworten, mit wahrscheinlich völlig neuen, sie ihn eindecken könnte. Da blieb es sich doch gleich, ob er frühmorgens oder erst am Abend heimfuhr.

Diese Ansicht vertrat auch Anke. "Du kannst bei mir auf der Couch schlafen. Von mir aus den ganzen Sonntag", schlug sie vor, als der Hausball beendet war und sie noch ein wenig beisammensaßen. Beates Auftritt hatte Karl-Otto bedeutend mehr mitgenommen, als er zugeben wollte. Er mußte ja wieder zu ihr und seinem Kind zurück. Wohin sollte er sonst?

Anke ließ ein Taxi vorfahren. Zuerst zögerte Karl-Otto, bekam plötzlich Gewissensbisse, aber Anke redete so lieb und so überzeugend auf ihn ein, daß er schließlich ihrem Bitten nachgab und neben ihr im Wagen Platz nahm.

"Du bist ein netter und sympathischer junger Mann,

Karlchen", sagte Anke, als sie bei ihr auf der Couch saßen, "aber eines möchte ich gleich klarstellen: Ich bin keine Ehebrecherin!"

"Davon bin ich überzeugt", nickte Karl-Otto. "Aber ich darf dich doch wenigstens noch einmal streicheln, umarmen und küssen?"

"Das darfst du, mein Karlchen!"

"Auch deinen Busen berühren?"

Verlegen und ein wenig errötend wie ein Mädchen, das beim unerlaubten Naschen erwischt wird, schaute Anke zur Seite - nur einige Augenblicke. Dann lehnte sie sich weit zurück, breitete ihre Arme auf der Couchlehne aus, so daß ihr wohlgeformter Busen voll zur Geltung kam. Bei jeder anderen Frau wäre Karl-Otto wahrscheinlich sofort "zum Angriff übergegangen", aber bei Anke zögerte er, da sie ihm doch klar und deutlich zu verstehen gegeben hatte, daß sie keine...

"Hattest du eine Jugendfreundin? Eine Jugendliebe, Karlchen?" fragte Anke plötzlich und rutschte ein Stückchen näher.

"Natürlich... Warum fragst du danach? Jeder hat doch eine Jugendliebe gehabt..."

"Ach, nur so... Weißt du, Karlchen, wenn ich jetzt so neben dir sitze, dann komme ich mir vor, als wäre ich deine Jugendliebe. Der erste Junge, den ich hatte, sah fast so aus wie du."

Karl-Otto erschrak bei ihren Worten. Das war es doch, was ihn bisher so an Anke fasziniert hatte: Eine verblüffende Ähnlichkeit mit seiner ehemaligen Verlobten Anni!

"Wie sah denn deine Jugendliebe aus?" fragte da auch schon Anke, als habe sie Karl-Ottos Gedanken lesen können.

"Na ja, ich möchte dir nicht nachplappern, Anke, aber sie ähnelte dir sehr. Ist das nicht ein seltener Zufall?"

"Ja und nein... Es ist nicht außergewöhnlich, wenn sich das eingeprägte Bild der Jugendliebe zeitlebens nicht wegwischen läßt, immer wieder erscheint, besonders dann hervorgerufen wird wie augenblicklich in unserem Fall... Und nun soll man sich dagegen wehren... Wo ist jetzt deine Jugendliebe? Hast du jemals wieder etwas von ihr gehört? Habt ihr euch irgendwann einmal wiedergesehen?"

"Nein, leider", seufzte Karl-Otto. "Sie kam 1944 im Bombenhagel um... Ich glaube, sie war sogar von mir schwanger..."

"Das tut mir ja leid, Karlchen... Aber jetzt hast du ja einen Sohn... und eine Frau."

"Bitte, Anke, erspar dir solche Bemerkungen! Du weißt ganz genau, in welcher Situation ich mich befinde und du weißt auch, daß ich allein mit meinem Schicksal fertig werden muß. Du hast gut lachen... du bist frei!"

"Bis vor wenigen Minuten war ich frei, Karlchen!"

"Anke!"

"Mein Karlchen!"

"Was machst du mit mir, Anke?"

"Ich liebe dich, Karlchen!"

"Ich möchte dich lieben, Anke!"

"Du liebst mich! Du bist schon lange in mich verliebt, nur du hast dich dagegen gewehrt, Karlchen... Eine Frau spürt das! Eine Frau empfindet nicht so oberflächlich wie ein Mann. Sie denkt sich tiefer in den Mann hinein. Natürlich kann auch sie nicht dagegen ankämpfen, sexuelle Hintergedanken zu haben, aber ihre Zuneigung ist stets mit tiefen seelischen Empfindungen verbunden. Allerdings gibt es auch Ausnahmen! Generell gesehen möchte jede Frau Liebe und Sexualität; beides gehört zusammen. Bei euch Männern ist das leider etwas anders. Viele von euch machen sich selber etwas vor. Sie glauben, wenn sie die sexuellen Wünsche der Frau befriedigen, ihr auch Liebe geschenkt zu haben... Oder wie denkst du darüber, Karlchen?"

"Nun, deine Theorie ist nicht zu widerlegen. Vielleicht liegt es hauptsächlich daran, daß wir Männer uns euch

Frauen gegenüber so eigenartig aufführen, weil wir zu bequem und teils sogar überheblich sind, die Psyche der Frau zu studieren. Aber habt ihr nicht auch eine gewisse Schuld? Die meisten Frauen sind doch noch immer prüde. Warum sprecht ihr nicht offen über eure Wünsche, Gefühle und heimlichen erotischen Phantasien? Warum gebt ihr euch oftmals anders als ihr in Wirklichkeit seid? Ihr habt es doch in der Hand, einen Mann zu führen, ihn sozusagen umzukrempeln, ihm das Gefühl zu vermitteln: Du gehörst zu mir; ich passe zu dir; wir beide sind ein Herz und eine Seele! Dann nimmt auch die Sexualität zwischen zwei Menschen den ihr gebührenden und erfüllenden Platz ein und dient nicht nur allein der körperlichen Befriedigung. Woran liegt es, daß euch viele Männer in erster Linie nur als Lustobjekte ansehen?"

Nachdenklich blickte Anke Karl-Otto in die Augen, tastete nach seiner Hand und flüsterte: "Warum bist du mir nicht früher über den Weg gelaufen, Karlchen? Wir hätten uns auf Anhieb verstanden... Woher stammt denn deine Philosophie über die Frauen?"

"Von den Frauen, Anke... Kein Lehrbuch darüber kann die Praxis ersetzen", bemerkte Karl-Otto vielsagend.

"Warum liebst du mich nicht, Karlchen?"

"Ich liebe dich, aber ich darf dich nicht lieben!"

"Dann widersprichst du dir ja!"

"Du machst es mir aber schwer, Anke... Ich möchte dich gern lieben, nur... Na ja, du weißt es doch, daß ich..."

"Hast du überhaupt keine erotische Phantasie, wenn du mich anschaust, meine Körperwärme spürst? Läßt dich das kalt?"

Unschlüssig richtete Karl-Otto seinen Blick auf Ankes schlanken Körper, auf ihr brünettes Haar, auf ihr hübsches Gesicht und stellte sich vor, wie schön ein Leben neben dieser Frau verlaufen könnte, wenn...

"Woran denkst du, Karlchen?" fragte Anke lächelnd. "Denkst du an mich? Sag's mir. Bitte, sei ehrlich!"

"Ja, ich denke an dich, Anke! Willst du mich?"
"Ich will dich! Ich will dich ganz! Sofort! Für immer!"
"Und meine Familie? Mein Kind? Mein Zuhause?"
"Das ist kein Zuhause, was du hast, Karlchen! Du mußt jetzt endlich an dich denken, bevor es zu spät ist. Denke an uns!"
"Meine Frau wird mir Schwierigkeiten machen", gab Karl-Otto zu bedenken. "Du kennst sie nicht, Anke."
"Ich hab' sie kennengelernt... Das genügt mir. Jeder Tag, den du länger bei ihr bleibst, ist ein verlorener Tag. Begreifst du das denn nicht? Du mußt die Scheidung einreichen!"
"Wie soll ich das nur anstellen, Anke? Wie kann ich es Beate plausibel machen, plötzlich von ihr zu gehen? Sie wird..."
"Gar nichts wird sie dagegen unternehmen, Karlchen. Sie hat längst eingesehen, daß ihr beide nicht zusammenpaßt. Du fungierst doch nur noch als Ernährer der Familie. Oder habt ihr noch sexuelle Beziehungen? Sie gibt dir doch weder seelische noch körperliche Liebe... Kannst du das abstreiten?"
Karl-Otto schwieg. Er holte zwei Zigaretten aus der Packung und wollte sie anzünden: Anke schüttelte den Kopf, lächelte, küßte Karl-Otto und hauchte: "Nachher! Zieh' mir jetzt bitte den Reißverschluß herunter..."

***

In Süpplingen pfiffen es sämtliche Spatzen von den Dächern, daß Karl-Ottos Ehe gescheitert war, daß er eine andere Frau hatte. Einige Dorfbewohner verachteten ihn als Ehebrecher, aber die meisten hatten es so kommensehen und fragten ihn wiederholt, wo er seinerzeit seine Augen gehabt hätte. Natürlich machte Beate Karl-Otto das Leben zur Hölle, gab sich immer mehr dem Alkohol hin, vernachlässigte Martin und den Haushalt, aber scheidenlassen wollte sie sich unter keinen Umständen.

Dennoch reichte Karl-Otto die Klage ein. Neuerdings wohnte er sowieso mehr bei Anke als bei Beate. Bei Anke hatte er die Liebe und die Harmonie gefunden, wie sie nur in einem Roman beschrieben werden konnte. In vier Wochen sollte Karl-Otto für immer zu Anke ziehen und solange von Beate getrennt leben, bis die Scheidung durch war. Dann wollten sie heiraten.

"Ich bewundere deine Energie und deinen Unternehmungsgeist, Anke", lobte Karl-Otto seine Freundin, als er wieder einmal ihre Modeboutique besuchte.

"Ja, Karlchen", sagte sie stolz, "ich habe eine gute Nase gehabt. Das Geschäft läuft blendend. Übermorgen fliege ich nach England, um die neuesten Modelle einzukaufen. Ich würde dich gern mitnehmen, aber du hast ja Angst vorm Fliegen. Wenn ich zurück bin, feiern wir eine große Party mit meinen Geschäftsfreunden. Freust du dich schon darauf?"

"Ich freue mich auf jede Sekunde, die ich bei dir sein darf, Anke! Hoffentlich dürfen wir bald unsere Hochzeit feiern..."

Ein scharfer Wind fegte über den Bahnsteig, als Anke und Karl-Otto in den Zug nach Hannover stiegen. "Wie das Wetter nur so plötzlich umschlagen kann", meinte Karl-Otto. "Gestern strahlender Sonnenschein, Temperaturen um 15 Grad und heute morgen dieses Schmuddelwetter. Der Wind scheint noch zuzunehmen. Hoffentlich wird es nicht stürmisch!"

"Das glaube ich nicht", winkte Anke ab, "aber möglich ist alles, denn der April macht was er will! Gegen 11 Uhr lande ich in London. Wenn dann dein linkes Ohr klingelt, so weißt du gleich, wer an dich denkt, mein Liebster! Sei am Samstag pünktlich am Flugplatz. Ich bringe dir auch eine Stange englischer Zigaretten mit... Wenn du schön brav bleibst..."

Sie lachten beide herzhaft und küßten sich ungeniert, obwohl eine ältere Dame leicht zu hüsteln begann und verständnislos den Kopf schüttelte, daß man sich in der Öffentlichkeit abküßte. "So etwas gab's in meiner Jugend nicht", murmelte sie.

Auf dem Flugplatz von Hannover wehte der Wind erheblich stärker als erwartet. "Mach' dir keine Sorgen, Karlchen", beruhigte Anke Karl-Otto, der Bedenken äußerte, das Flugzeug könnte in unvorhersehbare Turbulenzen geraten. "Ich habe meinen Schutzengel im Gepäck", scherzte Anke, umarmte noch einmal ihren Karl-Otto und stieg in das zweimotorige Flugzeug.

Langsam rollte die Maschine an den Start. Ein kurzes Aufheulen der Motoren und schon setzte sich das silbergraue Luftfahrzeug in Bewegung, wurde schneller und schneller, hob ab, legte sich in die Rechtskurve und begann an Höhe zu gewinnen. Plötzlich erstarrte Karl-Otto und schrie entsetzt auf. Er wollte es nicht wahrhaben. Nein, es durfte nicht wahr sein, aber es war grausame Wirklichkeit, was sich vor seinen Augen ereignete: Anstatt an Höhe zu gewinnen, sackte die Maschine über die Tragfläche ab und fiel schließlich wie ein Stein auf das Flugfeld. Eine gewaltige Detonation folgte und dann standen die Trümmer des sich vor wenigen Sekunden stolz abhebenden Flugzeugs in hellen Flammen...

Niemand hatte das grauenhafte Unglück überlebt.

Es wäre von Karl-Otto töricht gewesen, anzunehmen, Beate würde über Ankes Tod Tränen der Trauer vergießen, aber daß sie sich dazu herabließ, die Bemerkung fallen zu lassen: "Das ist die gerechte Strafe Gottes! Ein anderes Schicksal hat dieses Weib nicht verdient!" traf ihn nun doch zutiefst, zumal Beate ansonsten vom lieben Gott sehr wenig hielt. So spitzte sich die Lage immer mehr zu. Beate machte, was sie wollte; feierte, traf sich mit ihrem ehemaligen Liebhaber und gab Karl-Otto zu verstehen, daß sie auf ihn nicht angewiesen sei. Und Karl-Otto? Er überlegte Tag und Nacht, wie er am schnellsten das Weite suchen könnte. Manchmal spielte er mit dem Gedanken, auszuwandern. Nach Kanada bestand die Möglichkeit. Einer seiner Freunde war in Kanada - als Holzfäller! Das war wohl auch nicht der richtige Job, sagte sich Karl-Otto. Vielleicht bot sich irgendwann doch eine Gelegenheit, aus Süpplingen zu verschwinden. Aufmerksam las er die Stellenangebote in den Zeitungen, aber was ihm zugesagt hätte, fand er nicht. Man suchte überwiegend Fachkräfte und Vertreter für fast alle Branchen. Vertreter war er ja selbst, und es ging ihm dabei ganz gut, obwohl er tagaus, tagein, bei Wind und Wetter, mit dem Motorrad unterwegs war, vollbepackt mit zwei Koffern Textilien und Kurzwaren auf dem Gepäckträger. Seine abwechslungsreiche Tätigkeit ließ ihm sein manchmal unerträglich anmutendes Los leichter erscheinen, aber jeden Abend stand er erneut vor den Trümmern seiner Ehe. Wielange Karl-Otto dieser seelischen Belastung noch gewachsen sein würde, konnte nur noch eine Frage der Zeit sein. Ständig tobte in ihm ein Gewissenskonflikt, ein Hin und Her zwischen Moral, Pflicht und Egoismus, denn je mehr Beate ihm das Leben schwer machte, ihn zu demütigen versuchte, seine Persönlichkeit abwertete, desto stärker wuchs in ihm das Verlangen, sich zu entfalten, zu bestätigen und seinen eigenen Weg zu gehen, einen Weg zu beschreiten, der ihn nicht nur in die Irre führte, sondern in ein glücklicheres Leben - an der Seite einer lieben Frau.

Jeweils am Montagmorgen rechnete Karl-Otto in seiner Firma ab, empfing neue Ware und plauderte meistens noch eine halbe Stunde mit Helmut Schober, der mit seinem Freund und besten Vertreter sehr zufrieden war. Einmal hatte Helmut nebenbei geäußert, Karl-Otto könne sich eine aussichtsreiche Position ausbauen. Was er damit gemeint hatte, erfuhr Karl-Otto eines Tages, als Helmut ihn überraschend von zu Hause abholte und ihm unterbreitete, daß er in Issum, am Niederrhein, ein

Textilgeschäft gekauft habe. Seine Schwester würde den Laden führen und er, Karl-Otto, werde damit beauftragt, einen Kundenstamm aufzubauen. Sollte das Geschäft, wie anzunehmen, gut laufen, dann dürfte Karl-Otto auch den Führerschein der Klasse III auf Firmenkosten machen und bekäme in absehbarer Zeit einen Wagen zur Verfügung gestellt. Selbstverständlich würde Karl-Ottos Grundgehalt auch steigen, ebenso die Spesen, versicherte Helmut. Allerdings müßte Karl-Otto sich sofort entscheiden.

"Du bist wieder mein Retter in der Not", rief Karl-Otto begeistert und nahm bedenkenlos Helmuts Vorschlag an.

"Das ist nett von dir, Karlchen. Ich hab' auch nichts anderes von dir erwartet. Sollte sich alles so entwickeln, wie ich's mir vorstelle, dann wirst du in ein, zwei Jahren den Laden am Niederrhein übernehmen und einen Vertreterstab aufbauen. Das Gebiet um Geldern, Issum und Xanten ist vielversprechend. Wenn du dich dort - wie bisher hier - ordentlich hineinkniest, dann kann überhaupt nichts schieflaufen..."

"Und wie komme ich nach Issum?" fragte Karl-Otto.

"Mit deinem Motorrad!"

"Waaas... Mit der alten Karre?"

"Natürlich! Womit denn sonst? Wie robust die 98er 'NSU QUICK' ist, wirst du wohl am besten beurteilen können."

"Sicher, auf den kurzen Strecken, die ich hier fahre, aber..."

"Die Maschine wird schon durchhalten, Karlchen, und wenn nicht, dann fährst du per Anhalter weiter", meinte Helmut und legte Karl-Otto den neuen Vertrag zur Unterschrift vor.

***

Es war Anfang Juni 1952, als Karl-Otto eines Morgens einen großen Koffer mit dem Allernotwendigsten auf sein Motorrad schnallte und von seiner Familie Abschied nahm. Für immer? Die Scheidungsklage lief ja. Am liebsten hätte er den kleinen Martin mitgenommen. Die Trennung von Beate berührte ihn nicht im geringsten, zumal sie vor seiner Abfahrt zeterte und tobte, ihm unterstellte, alles wäre ein abgekartetes Spiel, um sie und das Kind auf diese Art und Weise zu verlassen und Karl-Otto sollte sich schon jetzt darauf vorbereiten, daß sie demnächst nachkommen würde.

Dunkle Wolken zogen auf, als Karl-Otto mit durchschnittlich 70 Stundenkilometern die Autobahn in Richtung Braunschweig befuhr. Immer wieder warf er einen sorgenvollen Blick zum Himmel, aber Petrus schien mit Karl-Otto kein Mitleid zu haben. Schlagartig öffnete er die Schleusen und ließ alles, was er an Wasser gespeichert hatte, auf ihn niederprasseln. Unbeirrt fuhr Karl-Otto weiter und kämpfte gegen den peitschenden Regen an. Einige Male legte er eine kurze Pause ein, stärkte sich, um dann gleich wieder seinem Ziel entgegen zu tuckern, ständig das ungute Gefühl im Nacken, seine alte, laut klappernde Maschine, könnte jeden Augenblick ihren Geist aufgeben. Aber die erprobte "NSU QUICK" hielt durch. Gegen Mitternacht traf Karl-Otto in Issum ein.

"Na endlich sind Sie da! Ich hab' mir schon große Sorgen gemacht", empfing Jutta, Helmuts Schwester, Karl-Otto und nahm ihn wie einen alten Bekannten in die Arme. "Zuerst nehmen Sie ein heißes Bad, Herr Franke... Sie sind ja völlig durchnäßt! Wären Sie doch bloß gestern gefahren, da schien den ganzen Tag die Sonne... Nun geh'n Sie schon ins Bad!" drängelte Jutta. "Ich bereite Ihnen inzwischen ein warmes Nachtmahl..."

Nach dem Essen diskutierte Karl-Otto noch eine Weile mit seiner "Chefin", ließ sich über die örtlichen Verhältnisse informieren, über die Mentalität der Einwohner dieser kleinen Stadt und versäumte auch nicht, Jutta zu fragen, welche Chancen sie für ein völlig neues Textilgeschäft sehe, für ein Geschäft, das nicht von einem Einheimischen geführt werde.

"Ach, das sehe ich nicht so verbissen", meinte sie. "Wenn Sie erst einmal mit den Leuten warmgeworden sind, genügend Aufträge hereinbringen, dann werden wir's schon schaffen. Vor allem müssen wir den alten Warenbestand des übernommenen Ladens verkaufen, allerdings weit unter Preis."

"Soll das etwa unser Startkapital sein?" fragte Karl-Otto.

"Ja, so hat es mein Bruder vorgesehen."

"Dann lassen wir uns ja auf ein Lotteriespiel ein!"

"Ach was... Sehen Sie nicht gleich schwarz, Herr Franke. Wir beide schaffen es schon. Wenn die teils unmodernen Artikel verkauft sind, beschaffe ich nur das Allermodernste. Damit können Sie dann bei jedem Kunden vorsprechen und gute Verkaufserfolge erzielen... So, und jetzt legen Sie sich schlafen! Gegen neun Uhr wecke ich Sie."

"Danke, Fräulein Schober", sagte Karl-Otto, "aber wo soll ich mich hinlegen? Ist das Schlafzimmer in der ersten Etage?"

"Entschuldigung, Herr Franke... Entschuldigen Sie vielmals! Hat Ihnen mein Bruder nicht gesagt, daß wir vorläufig beengt wohnen müssen?"

"Nein", entgegnete Karl-Otto erstaunt, "Mit keinem Wort erwähnte er etwas davon. Wo schlafen Sie denn?"

"Ich schlafe hier... im Büro auf der Liege", sagte die schlanke, blauäugige Jutta mit den hellblonden Haaren und zuckte mit den Achseln. "Und Sie müssen mit dem Warenlager vorliebnehmen! Ich habe Ihnen eine dicke Matratze besorgt. Bettwäsche befindet sich hinter dem Vorhang in der Ecke. Dort können Sie auch Ihre persönlichen Sachen verbergen. Vorerst geht es nicht anders."

Sie öffnete die Tür zu dem engen Warenlager. Der Raum maß höchstens drei mal vier Meter im Quadrat. Es roch muffig. Die Matratze lag gleich vorn neben der Tür auf dem Fußboden. "Und wo ist eine Waschgelegenheit?" wollte Karl-Otto wissen.

"Leider müssen wir jedesmal über den Flur laufen. dorthin, wo Sie gebadet haben. Das Bad dürfen wir freundlicherweise mitbenutzen. Es gehört zu den Räumlichkeiten, die vom Eigentümer des Hauses, unserem Verpächter, noch bewohnt werden. Vielleicht bewohnen wir das Haus bald allein. Mein Bruder hat nämlich vor, wenn sich alles nach seinen Wünschen entwickelt, dieses Haus zu kaufen. Dann würden ja die Leute über uns sofort ausziehen müssen. Glauben Sie nicht, daß wir uns bis dahin behelfen können? Essen mache ich uns auf der Kochplatte. Später, wenn das Geschäft gut läuft, suchen wir uns eine gute Speisegastwirtschaft und essen dort mittags."

Nachdenklich nickte Karl-Otto, schaute der 30jährigen Jutta in die Augen und fragte: "Meinen Sie, daß wir beide aus diesem heruntergewirtschafteten Geschäft etwas machen können? Mir stellt sich unwillkürlich die Frage, warum die Vorgänger den Laden so plötzlich verpachten? Liegt er nicht sehr ungünstig in dieser Straße am Rande der Stadt? Der Gedanke kam mir gleich, als ich hier vorfuhr..."

"Na ja", gab Jutta klein bei, "darüber grübelte ich auch schon einmal, aber mit Fleiß und Ausdauer dürfte es uns in absehbarer Zeit gelingen, ein führendes Textilgeschäft daraus zu machen."

***

In den nächsten Tagen meldete sich Karl-Otto bei der Stadtverwaltung an, ließ sich auch vorsichtshalber in die Liste der Wohnungssuchenden eintragen, schrieb Beate einen Brief und begann damit, einen "Einsatzplan" auszuarbeiten. Und dann startete er! Zunächst zu Fuß, Straße für Straße, von Tür zu Tür, aber nur ganz selten bot man ihm die Gelegenheit, seinen Musterkoffer zu öffnen, und wenn, dann winkten die Leute mit der Bemerkung ab: "Ach, wissen Sie, wenn wir etwas benötigen, holen wir uns das aus einem Geschäft!" Kaum anders fertigte ihn die Landbevölkerung ab. Immerhin konnte er nach und nach einige Kunden gewinnen, die ihm mehr aus Mitleid als aus Bedarfsgründen etwas abkauften. Und dann handelte es sich meistens nur um Zwirn, Gummiband, Damenstrümpfe und auch mal um Küchenhandtücher. Die Geschäfte, die Karl-Otto machen sollte, Bettwäsche, Stoffe, Gardinen und Damenoberbekleidung an die Kunden zu bringen, tätigten jene Handelsvertreter, die bei den Leuten mit dem Auto vorfuhren, eine große Warenauswahl präsentieren konnten und auch auf Abzahlung verkaufen durften, was Karl-Otto untersagt war. Immer wieder mußte Karl-Otto erhebliche Preisnachlässe einräumen, um wenigstens etwas Geld nach Hause zu bringen.

Jutta kämpfte mit den gleichen Schwierigkeiten. Obwohl sie sämtliche Waren bis zu 50% herabgesetzt hatte, blieb die erhoffte Kundschaft aus. Ab und an verirrte sich mal jemand, aber nicht, um die teils schon abgelagerten, vergilbten Textilien zu erstehen, sondern aus Neugierde, in Erfahrung zu bringen, wer die neuen Pächter waren und wie sie es sich vorstellten, in einer konservativen Region Fuß zu fassen. Schon bei den Vorgängern sei das Geschäft miserabel gelaufen.

Müde, enttäuscht und nur mit 20 Mark in der Tasche, kehrte Karl-Otto gegen Abend heim. Jutta stellte Pellkartoffeln und eine kleine Schale mit Quark auf den Tisch. Dazu gab es noch eine Tasse Buttermilch. Der Hunger trieb es herein! Fast jeden Abend das gleiche Essen. So ging es bereits vier Wochen.

"Wielange soll das noch so weitergehen?" fragte Karl-Otto ziemlich ungehalten. "Uns geht es mittlerweile schlechter als den Sozialhilfeempfängern... Machen Sie sich gar keine Gedanken über unsere Zukunft? Die Pacht ist nicht entrichtet, wir haben kein Gehalt bekommen, meine Frau wartet auf Geld und ich kann nicht einmal meine Provision abrechnen. Was ist denn bloß los mit der Firma? Warum meldet sich Ihr Bruder nicht? Hat er uns schon abgeschrieben? Rufen Sie ihn doch noch einmal an, daß er Geld überweist! So kann es nicht mehr weitergehen..."

Aus der noch vor einigen Monaten optimistischen und energiegeladenen Jutta Schober war inzwischen eine nachdenkliche Frau geworden, der es selbst peinlich zu sein schien, worauf sie sich eingelassen hatte und die allem hilflos gegenüberstand. Karl-Otto mochte sie. Ein paarmal waren sie zusammen ausgegangen. Beinahe wäre es einmal zu einem Tête-à-tête gekommen, aber dann besannen sich beide darauf, daß eine Liebelei ihre momentane Situation nur noch verschlimmern würde. Ihr Denken, Handeln und ihre gesamte Energie mußten sie in das Geschäft einbringen. Aber soviel sie auch grübelten, neue Konzepte entwarfen und bis spät in die Nacht hinein über ihre ausweglose Lage diskutierten, fiel ihnen keine Lösung ein.

Eine Weile hatte Jutta vor sich hingebrütet. Dann erhob sie sich und holte aus ihrem Schreibtisch eine Flasche Wein, stellte sie auf den Fußboden und sagte mit einer nach Galgenhumor klingenden Stimme: "Das ist alles, was wir uns noch leisten können! Lassen Sie uns einen Reigen um den letzten guten Tropfen tanzen... Wer weiß, ob wir noch einmal dazu Gelegenheit haben!"

"Nehmen Sie's nicht allzu schwer, Fräulein Jutta. Vielleicht finden wir doch noch einen Ausweg", sagte Karl-Otto, nahm die Flasche an sich, öffnete sie und schenkte ein. "Prost, Fräulein Jutta! Möge uns der Himmel einen Gedankenblitz senden, auf daß wir hoffnungsvoll ans Werk gehen können, aus unserem Laden ein Textilgeschäft machen, das..."

"Ich habe eine Anzeige in die Zeitung setzen lassen, daß wir morgen einen Totalausverkauf durchführen", platzte es plötzlich aus Jutta heraus. "Wir werden alles restlos verschleudern, um wenigstens ein paar Mark zusammenzubekommen, damit wir uns absetzen können. Ich rechne, daß für jeden 200 Mark dabei herausspringen; vielleicht auch bedeutend mehr."

"Was sagen Sie da? Sagen Sie es noch einmal! Es soll wohl ein Scherz sein, Fräulein Jutta. Wie kommen Sie mit einem Mal zu diesem Entschluß?"

"Mein Entschluß stand schon länger fest!"

"Und was wird Ihr Bruder dazu sagen?"

"Der kann nichts mehr dazu sagen!"

Karl-Otto erschrak. "Ist ihm etwas zugestoßen?"

"Ja!"

"Mein Gott... Ist er tot?"

"So könnte man's auch formulieren... Er ist pleite und sitzt wegen Betrugs und Steuerhinterziehung im Gefängnis."

"Das kann ich nicht glauben, Fräulein Jutta... Helmut und im Gefängnis?" entfuhr es Karl-Otto. "Das ist nicht wahr! Sie wollen mich wohl nur testen, wie ich darauf reagiere..."

"Es ist die bittere Wahrheit, Herr Karl-Otto. Ich wikkele hier nur noch die Auflösung unseres Geschäfts ab und dann verschwinden wir. Wo wollen Sie bleiben? Kehren Sie nach Niedersachsen zurück oder bleiben Sie hier?"

"Im Moment bin ich derart durcheinander, daß ich darauf gar nicht antworten könnte. Jedenfalls weiß ich eines: Ich bin schon wieder um eine negative Erfahrung reicher geworden, habe mich in die Irre führen lassen!"

Mittlerweile war die Flasche geleert. Jutta wurde gesprächiger. Sie bot Karl-Otto das DU an und bat ihn, irgendwo eine Flasche Wein aufzutreiben. "Die fünf oder zehn Mark retten uns auch nicht mehr!" meinte sie lächelnd.

"Das stimmt", bestätigte Karl-Otto, gab Jutta einen Kuß und verließ nachdenklich das Haus. Einen Augenblick verweilte er vor dem Schaufenster ihres Geschäftes und schüttelte traurig den Kopf. Was so vielversprechend begonnen hatte, stand nun vor dem endgültigen Aus! Jutta würde nach Helmstedt zurückkehren, aber ihn zog es nicht nach Hause.

Als die zweite Flasche Wein geleert war, schlug Jutta vor, das Bett aufzusuchen. "Soll ich zuerst ins Bad oder willst du?" fragte sie verführerisch lächelnd. "Wir können ja auch beide, denn ab jetzt will ich nicht mehr deine 'Chefin' sein", fügte sie noch flüsternd hinzu und umarmte Karl-Otto zärtlich.

***

Wie Jutta mit dem Verpächter verblieben war, wieviele Schulden sie hinterlassen hatte und welchen tatsächlichen Erlös der Totalausverkauf abgeworfen haben könnte, entzog sich Karl-Ottos Kenntnis. Ihm hatte Jutta noch 300 Mark in die Hand gedrückt und war dann abgefahren. Sie schrieb ihm nicht. Dafür Beate um so mehr! Sie war gezwungen - wie sie ihm zu verstehen gab - beim Bauern Rüben und Kartoffeln zu ernten, sogar im Stall mitzuhelfen, damit sie für Martin und sich zu essen hatte. Auch die Wohnung sei ihr gekündigt worden, wenn sie nicht sofort die ausstehende Miete bezahlte. Sollte Karl-Otto nicht innerhalb von vier Wochen genügend Geld überwiesen haben oder wieder bei der Familie sein, dann würde sie nach Issum kommen, fügte sie am Schluß ihres Briefes mit Nachdruck hinzu.

***

Nun stand Karl-Otto Franke wieder einmal auf der Straße und ließ sich den Oktoberwind des Jahres 1952 um die Nase wehen. Eine neue Arbeitsstelle zu finden war nicht so einfach. Noch immer gab es Arbeitslose, obwohl allerorten die sichtbaren Zeichen des Wiederaufbaus zu erkennen waren. Das geschlagene, zerstörte und anfangs entrechtete Deutschland begann langsam zu erblühen, jedoch nur Westdeutschland, das Deutschland unter den alliierten Besatzungsmächten. Dazu hatte wesentlich der großzügige Marshall-Plan beigetragen, aber nicht zuletzt auch die weitsichtige Politik der Regierung unter Konrad Adenauer und seinem Wirtschaftsminister Ludwig Erhard, der die soziale Marktwirtschaft einführte und dafür sorgte, daß das sogenannte "Wirtschaftswunder" entstand. Immer mehr entfernte sich die Bundesrepublik vom Besatzungsstatut zur Souveränität, obwohl es manchmal so anmutete, als beabsichtigten die Amerikaner, Engländer und Franzosen ihr Besatzungsstatut auf ewig zu erhalten. Teils auch verständlich, denn von deutschem Boden durfte nie wieder ein Krieg ausgehen und kein deutscher Soldatenstiefel sollte künftig die Straße betreten. Verständlich, daß man den Deutschen nicht traute nach dem, was sie mit zwei Weltkriegen angerichtet hatten. So wollte man auf Nummer Sicher gehen, trotz Hilfe, Verständigungswillen und ehrlicher Freundschaft.

Auch nach dem Inkrafttreten des Grundgesetzes vom 23.5.1949 und der Gründung der Bundesrepublik Deutschland hatten sich die drei Besatzungsmächte durch das Besatzungsstatut vom 21.9.1949 Kontrollbefugnisse vorbehalten, die die wirtschaftliche sowie die innen- und außenpolitische Handlungsfreiheit der Bundesregierung noch einschränkten. Dennoch gelang es der Bundesregierung allmählich die Fesseln abzustreifen. Bereits durch das Petersberger Abkommen, das am 22.11.1949 zwischen Bundeskanzler Adenauer und den drei alliierten Hochkommissaren abgeschlossen worden war, wurden viele Werke von der Demontageliste gestrichen und der Bundesrepublik die Aufnahme konsularischer Beziehungen sowie der Beitritt zu internationalen Organisationen zugestanden. Durch das revidierte Besatzungsstatut vom 6.3.1951 erhielt die

Bundesrepublik das Recht zu selbständiger Außenpolitik. Noch im gleichen Jahr trat sie der Montanunion und als Vollmitglied dem Europarat bei und wurde Mitglied in den beiden Sonderorganisationen der Vereinten Nationen, der ILO und der UNESCO. Mitglied der Vereinten Nationen war die Bundesrepublik aber noch nicht. Die Integration der noch vor kurzem auf der ganzen Welt verhaßten Deutschen nahm erfreuliche Fortschritte an. Und so wurde dann auch nach monatelangen Verhandlungen am 26.5.1952 der sogenannte Deutschlandvertrag in Bonn unterzeichnet, der das Besatzungsstatut ablösen und der Bundesrepublik die Souveränität, wenn auch mit gewissen, aus der Verantwortung der Westmächte sich ergebenden Einschränkungen, geben sollte. Das war alles gut und schön, eine vernünftige und durchdachte Politik, die es zu begrüßen galt. Jedermann, der sich mit Politik befaßte, die Entwicklung der Bundesrepublik verfolgte, konnte beruhigt sein. Wahrscheinlich wären jedoch viele nicht mit der Adenauer-Politik einverstanden und sehr beunruhigt gewesen, wenn sie gewußt hätten, was bereits 1950 von einigen Leuten im Schilde geführt wurde: Im Oktober war es, als der damalige Leiter der Zentrale für Heimatdienst, General a.D. Graf Schwerin, ein gutes Dutzend Offiziere der ehemaligen Wehrmacht im Kloster Himmerod zusammenrief. Man beriet über Umfang, Organisationsstrukturen und Führungsformen eventueller westdeutscher Streitkräfte. Nach vier Tagen lag ein sogenanntes Fachgutachten vor, das für den Bundeskanzler Adenauer bestimmt war. Und das alles schon zu einem Zeitpunkt, als noch immer zahlreiche deutsche Kriegsgefangene in der Sowjetunion darbten, dafür büßen mußten, daß sie Soldat gewesen waren. Hier stimmte doch etwas nicht! Hatte man nicht den preußischen Militarismus endgültig ausgelöscht? War nicht die "historische" Bemerkung gefallen: "Jedem Deutschen solle die Hand abfallen, wenn er noch einmal ein Gewehr anfaßt!" - Was hatte man bei den "Nürnberger Prozessen" feierlich verkündet, als u n s e r e Kriegsverbrecher abgeurteilt wurden? Waren das nur Phrasen gewesen? Vielleicht ging es auch lediglich darum, unseren unbelehrbaren, arbeitslosen Offizieren einen neuen Job zu verschaffen. Der "Kalte Krieg" kam da wie gerufen! Natürlich standen sich der westliche und der östliche Militärblock waffenstarrend gegenüber - und dazwischen Ost- und Westdeutschland! Sollten also beide provisorischen Teilstaaten in absehbarer Zeit eine ideologisch unterschiedliche Armee aufbauen und im Falle eines Falles gegeneinander anrennen? Doch undenkbar! Glaubten die Militärs selbst daran? Wer wußte es! Allerdings stand hinter der Idee einer Wiederbewaffnung Amerika, und Bundeskanzler Adenauer erhoffte sich von einer deutschen Beteiligung erhöhte Sicherheit, Souveränität und Mitspracherecht. Politisch gesehen war diese Idee nicht zu verurteilen, aber im Ernstfall wären die Deutschen nur "Kanonenfutter" für die Machtblöcke gewesen. Ganz ausgeschlossen werden konnte auch nicht, daß Rüstungskonzerne die Wiederbewaffnungspolitik indirekt zu beeinflussen versuchten - oder in der Tat beeinflußten? Wer kannte sich schon aus in der großen Weltpolitik? Wer wußte oder konnte es ahnen, was sich in den Hirnen mancher Nachkriegspolitiker wirklich abspielte, wohin das junge demokratische Restdeutschland gesteuert wurde, wem es zum Fraß vorgeworfen werden sollte? Offensichtlich sollte man sich mit der Teilung abfinden, denn, und das wußte ein jeder: Was die Sowjetunion unter ihren Fittichen hatte, gab sie nie wieder frei! An der Elbe stand sie "Gewehr bei Fuß"! In der Deutschen Demokratischen Republik wurde unter Grotewohl regiert - nach stalinistischem Prinzip -, die Menschen wurden unterdrückt, enteignet, inhaftiert und flohen in Massen. Hingegen in der Bundesrepublik ging es mit Hilfe der westlichen, demokratischen Völker wirtschaftlich und politisch ständig aufwärts. Bald waren die entbehrungsreichen

Nachkriegsjahre vergessen. Es gab wieder Arbeit und Brot!

Aber nicht für alle! Viele standen noch immer im Abseits und vermochten nicht den rechten Anschluß zu finden, durften nicht am "Wirtschaftswunder" teilhaben. Dazu zählte auch Karl-Otto! Anscheinend beschritt er stets den falschen Weg, um ans Ziel zu gelangen. Obwohl seine Situation total verfahren war, er wieder einmal völlig in der Luft hing, kam ihm sein unbeugsamer Optimismus zugute. Er gab nicht auf.

***

Nachdem das Textilgeschäft aufgelöst und Jutta weggefahren war, mußte Karl-Otto auch seine Schlafstelle verlassen. Mit dem Koffer in der Hand irrte er durch Issum. Wahllos drückte er an mehreren Häusern die Klingel und fragte nach einem möblierten Zimmer, jedoch ohne Erfolg. Nun blieb ihm nur noch die Möglichkeit, in einem Hotel oder einer Pension zu übernachten. Zunächst wollte er in einer Gastwirtschaft seinen Hunger stillen.

"Aber sicher können Sie bei mir übernachten", sagte der freundliche Wirt, als Karl-Otto sein Problem vorgetragen hatte. "Ich habe zwei Gästezimmer... beide momentan frei. Wenn Sie mehrere Tage, eine Woche bleiben wollen, dann mache ich Ihnen einen Sonderpreis... Auch Stammtischessen biete ich Ihnen."

"Abgemacht!" sagte Karl-Otto erfreut. "Vielleicht bleibe ich auch länger. Erst einmal muß ich Arbeit finden."

"Ach, Sie sind auf Arbeitsuche? Gerade erst angekommen, was?" forschte der Wirt interessiert und setzte sich zu Karl-Otto.

"Nein, nein, ich bin schon einige Zeit in Issum", entgegnete Karl-Otto und erzählte seine Geschichte.

"Na, da hätten Sie damals mich man fragen sollen,

dann wäre Ihnen vieles erspart geblieben", grinste der Wirt. "Der Laden liegt zu ungünstig, ist noch nie gegangen... Aber lassen Sie mich mal überlegen, wo man Sie unterbringen könnte. Hier gibt es auch noch immer Arbeitslose, obwohl die Zeche Kamp-Lintfort in der Nähe ist. Dort werden des öfteren Leute gesucht, weil in letzter Zeit zunehmend mehr Kumpel aufhören, sei es wegen ihrer Staublunge oder sie haben keine Lust, bis zum Lebensende unter Tage zu schuften... Ich würde an Ihrer Stelle mal hinfahren und nachfragen, junger Mann", empfahl der freundliche Wirt.

"Vielen Dank für den Tip", sagte Karl-Otto, "aber unter Tage möchte ich nun doch nicht mein Brot verdienen. Übrigens bin ich körperlich gar nicht dazu geeignet."

"Die Muskeln bekommt man schnell bei der Arbeit. Außerdem verdient man anderswo kaum soviel wie in der Zeche", meinte der Wirt und schenkte zwei Schnäpse ein.

"Mir sagt eine Arbeit, bei der ich weniger Muskelkraft benötige, eher zu", bemerkte Karl-Otto. "Denken Sie mal ein bißchen nach, ob Sie mir nichts Anderes empfehlen könnten... Ich mache auch Tanz- und Unterhaltungsmusik."

"Ist das wahr?" rief der Wirt. "Dann kommen Sie mir ja wie gerufen... Jede Woche habe ich hier zwei bis drei Gesellschaften und weiß meistens nicht, woher ich einen Musiker kriegen soll. Das trifft sich ja prima! Was spielst du denn für ein Instrument? Wann willst du anfangen?"

Karl-Otto hatte nichts dagegen, daß der Wirt ihn duzte. Er fand ihn sogar recht sympathisch. 40 Jahre mochte er alt sein. "Anfangen könnte ich schon heute, aber mein Akkordeon habe ich nicht hier. Ich muß es erst herschicken lassen", sagte Karl-Otto. "In den vergangenen Monaten hätte ich sowieso keine Zeit zum Musizieren gehabt. Morgen schreibe ich meiner Frau, daß sie mir das Instrument..."

"Das dauert viel zu lange, bis der Brief dort ankommt", winkte Hannes ab. "Kannst du anrufen? Habt ihr Telefon?"

"Nein, wir nicht, aber ich kann meine Frau von einem Nachbarn sofort heranholen lassen."

"In Ordnung, dann wähl' die Nummer!"

Nach wenigen Minuten meldete sich Beate am anderen Ende der Leitung: "Was willst du?" fragte sie in einem ungehaltenen Ton. "Dein Akkordeon willst du? Schick erst einmal Geld! Vor allem sieh zu, daß du schnellstens hier eintrudelst... Ich mach' das nicht mehr mit! Das ist die letzte Warnung, sonst komme ich mit dem Jungen zu dir... Wo du uns unterbringst, ist deine Sache. In den nächsten Tagen verkaufe ich alles und reise..."

"Jetzt hör' mir doch mal endlich zu, Beate", unterbrach Karl-Otto Beates nicht enden wollenden Redeschwall. "Die Punkte klären wir brieflich. Schick mir bitte sofort mein Akkordeon! Ich brauche es dringend! Gib es 'unfrei' auf, ich bezahl' ..."

"Und ich brauche dringend Geld!" kreischte es aus dem Hörer.

"Nun mach' doch jetzt kein Theater am Telefon, Beate! Pack' das Instrument ein und bring' es morgen zur Post..."

"Das ist nicht möglich!" sagte Beate kichernd.

"Verdammt noch mal... Warum denn nicht?"

"Weil ich Geld brauchte und das Akkordeon..."

Wütend knallte Karl-Otto den Hörer auf die Gabel und ließ sich ratlos auf dem nächstbesten Stuhl nieder. Auch Hannes, der Wirt, schüttelte verständnislos den Kopf. "Na, das ist ja wohl ein starkes Stück", bemerkte er, zapfte Bier ein und bediente die Gäste, bevor er sich wieder Karl-Otto zuwandte. "Weißt du, Karl-Otto", sagte Hannes und tippte sich an die Stirn, "ich hab' eine Idee: Du fährst morgen nach Geldern und holst aus dem Musikgeschäft am Markt ein Leihinstrument! Oder auch eins auf Abzahlung... Na, du wirst ja seh'n, was am günstigsten ist. Und dann kannst du ja auch gleich beim Arbeitsamt vorsprechen."

Als Karl-Otto am nächsten Morgen gegen zehn Uhr mit einem fürchterlichen Brummschädel erwachte und an sich heruntersah, traut er seinen vom übermäßigen Alkoholgenuß stark geröteten Augen nicht: Er lag völlig bekleidet auf dem Bett! Er konnte sich nur noch schwach daran erinnern, von drei jungen Männern zum Zechen eingeladen worden zu sein, die angeblich an seinem Schicksal Anteil nahmen, jedes Wort mitgehört hatten, das Karl-Otto mit dem Wirt gewechselt hatte. Eine Runde nach der anderen gaben sie aus. Auch Karl-Otto zeigte sich spendabel und erzählte stolz, daß man ihn bei der Geschäftsaufgabe mit 300 Mark bedacht hätte. Die jungen Männer hatten nur abwertend gegrinst. Einer bemerkte sogar: "Damit kannst du keinen großen Staat machen, mein Lieber... Soviel verdiene ich unter Tage in einer Woche."

Der zweite, ein breitschultriger Bursche mit ausländischem Akzent, fügte noch hinzu: "Unsere Prämie ist ja schon bald höher, wenn wir richtig einen Schlag ranhauen."

"Redet unserem Freund doch keine Komplexe ein", meinte der dritte. "Wir waren doch auch einmal arbeitslos und froh, wenn die Brieftasche nicht leer war."

"Brieftasche", schoß es Karl-Otto durch den Kopf! Blitzartig fuhr seine Hand in die Jackeninnentasche - sie war leer! So schnell war Karl-Otto noch nie nüchtern geworden. Zunächst schloß er die Möglichkeit, seine Brieftasche verloren zu haben, nicht aus, rannte nach unten in die Gaststube und erzählte völlig außer Atem dem Wirt sein Mißgeschick. Dieser jedoch zuckte nur mit den Schultern und mutmaßte: "Vielleicht kamst du gestern schon ohne Brieftasche hier herein... Oder du hast..."

"Ausgeschlossen", protestierte Karl-Otto, "ich hab'

doch heut' nacht meine Brieftasche noch da... Annähernd 280 Mark müssen noch dringewesen sein."

"Tut mir leid, Karl-Otto... Jedenfalls ist deine Brieftasche hier nicht gefunden worden."

"Wer waren denn die drei jungen Männer, mit denen ich am Tisch saß, die mich regelrecht betrunken machten?"

"Die waren zum erstenmal hier... Kenne ich auch nicht!"

"Ob die wohl..."

"Jetzt zieh' aber mal langsam die Bremse an, mein Freund! In meinem Lokal kam noch nie etwas weg! Willst du etwa andeuten, meine Gäste hätten dich beklaut? Das möchte ich überhört haben!"

"Aber irgend jemand muß mir doch die Brieftasche entwendet haben. Ich hatte sie immer in der Innentasche meiner..."

"Bei dir piept es wohl! Du willst also behaupten, man habe dir deine Brieftasche hier, in meiner Gastwirtschaft, gestohlen?"

"Ich behaupte es nicht, aber ich muß es annehmen."

"Das kommt auf dasselbe heraus, mein lieber Freund! Du bist der erste, der mir so etwas unterstellt", grollte Hannes.

"Kennst du die drei jungen Burschen bestimmt nicht?" ließ Karl-Otto nicht locker.

"Für mich ist die Angelegenheit kein Thema mehr! Hier ist deine Übernachtungsrechnung, die du später, wenn du Geld hast, begleichen kannst... Und jetzt nimm deinen Koffer und hau' ab!"

"Nun beruhige dich doch, Hannes, ich hab's gar nicht so gemeint. Du würdest wahrscheinlich auch keinen Freudentanz aufführen, wenn man dir die Brieftasche stiehlt", versuchte Karl-Otto den Wirt zu beschwichtigen, jedoch der blieb hartnäckig.

"Ich will, daß du unverzüglich mein Lokal verläßt!" schrie er Karl-Otto an und nahm eine drohende Haltung ein.

Karl-Otto versuchte es noch einmal: "Und was wird aus unserer Abmachung, daß ich bei dir musizieren soll, aus Geldern ein Instrument holen? Hast du das vergessen?"

"Du sollst verschwinden und die Tür von draußen zumachen, sag' ich dir zum allerletzten Mal... Oder bist du schwerhörig?"

***

Deutlicher ging es wohl nicht mehr! Niedergeschlagen schlenderte Karl-Otto mit seinem Koffer durch Issum, zurück zum ehemaligen Geschäft, wo auf dem Hinterhof sein Motorrad stand, schnallte den Koffer hintendrauf, verweilte noch kurz vor den ausgeräumten Schaufenstern und fuhr dann nach Geldern. "Zum Teufel mit der alten Klapperkiste!" fluchte er, als seine bislang treue "NSU-QUICK" zweimal streikte. Kurz vor Geldern sprang die Maschine überhaupt nicht mehr an. Wütend trat er ein paarmal gegen den erheblich angerosteten Rahmen des Motorrads, aber davon ließ es sich auch nicht beeindrucken. So mußte er seinen fahrbaren Untersatz die letzten paar hundert Meter schieben.

Auf dem langen Flur des Arbeitsamtes warteten etwa 20 Leute. Überwiegend junge Männer. Einige schimpften, weil die Abfertigung so schleppend voranging. Karl-Otto vertiefte sich in einen Prospekt. Ab und zu schaute er in die enttäuschten Gesichter der Leute, die gerade aus dem Büro der Arbeitsvermittlung kamen. So begrub auch Karl-Otto seine vage Hoffnung, eine Anstellung vermittelt zu bekommen. Da er kein Einheimischer war, sanken seine Chancen sowieso auf Null. Aber versuchen mußte er es, sagte er sich. Zumindest Arbeitslosenunterstützung wollte er beantragen.

Seit ungefähr einer halben Stunde schritt ein gutgekleideter Herr mittleren Alters gemächlich den Flur auf und ab und beobachtete unauffällig die Wartenden, blieb mal vor diesem stehen, setzte sich kurz neben jenem auf die Bank, wechselte ein paar Worte und setzte dann wieder seinen Weg fort.

Plötzlich verhielt er auch vor Karl-Otto und bat ihn, doch einmal kurz mit ihm zu kommen. Karl-Otto stutzte: Sollte der Mann von der Kriminalpolizei sein? Er war sich keiner Schuld bewußt! Oder war es ein Gerichtsvollzieher, den Beate ihm auf den Hals hetzte? Eigentlich unmöglich, denn...

Mit gemischten Gefühlen folgte Karl-Otto dem dunkelhaarigen Mann mit der sportlichen Figur nach draußen und hörte schon im Geist die Handschellen klicken, aber nichts davon geschah.

"Kommen Sie nur, ich lade Sie zu einem Glas Bier ein", sagte der freundliche Fremde und schritt munter voran, einer Gastwirtschaft entgegen, die in einer schmucken Nebengasse lag. Nichtsahnend trottete Karl-Otto neben dem Mann her, der immer noch nichts sagte, nur ab und zu freundlich lächelte, jedoch dann, als sie in der vornehmen Gastwirtschaft Platz genommen hatten, wie ein Wasserfall zu reden begann.

"Mein Name ist Rudolf Stahmer", stellte er sich vor. Karl-Otto nannte auch seinen Namen und schaute dem Herrn gespannt in die Augen, die Wärme und Vertrauen zugleich ausstrahlten.

"Sie sind wohl erstaunt, daß ich Sie vom Arbeitsamt entführt habe... nicht wahr? Ich erkläre Ihnen gleich den Grund, Herr Franke: Seit Wochen suche ich für meine Abteilung, für die Chemigraphie, eine zuverlässige und lernbereite Kraft! Alle Bemühungen, über die Stellenvermittlung jemanden zu finden, der mir zugesagt hätte, schlugen fehl. So ergriff ich eben selbst die Initiative und schaute mir die Wartenden vor dem Vermittlungsbüro an. Ja, und heute scheine ich wohl Glück gehabt zu haben... Sie machten gleich einen vertrauenerweckenden Eindruck auf mich! Etwas Menschenkenntnis besitze ich schon; das dürfen Sie mir glauben! So, und jetzt die Frage: Sind Sie interessiert, in einem Zeitungsverlag zu arbeiten?"

Im Moment kam sich Karl-Otto vor wie jemand, der unverhofft in der Lotterie gewonnen hatte, obwohl er mit dem Begriff Chemigraphie überhaupt nichts anfangen konnte. Entscheidend war lediglich die Tatsache, daß man ihm eine Arbeitsstelle bot. Gab es da noch lange etwas zu überlegen? Spontan sagte Karl-Otto zu. Rudolf Stahmer streckte ihm die Hand entgegen und sagte: "Schön, das freut mich, daß Sie mein neuer Mitarbeiter werden wollen! Ich spreche noch heute mit unserem Personalchef. Übermorgen früh, um acht Uhr, melden Sie sich dann im Verlag. Ist etwas noch nicht klar? Sie schauen so skeptisch drein..."

"Nein, nein, Herr Stahmer, ich bin glücklich, daß Sie mir zu einer Anstellung verhelfen, aber da ist noch ein Problem, mit dem ich nicht..."

"Nanu, welches Problem ist es denn?"

"Ich bin nämlich im wahrsten Sinne des Wortes obdachlos."

"Das gibt's doch nicht!"

"Ja, es ist leider wahr!"

"Sie müssen doch irgendwo schlafen, ein Bett haben!"

"Eben nicht! Ich müßte in einem Hotel übernachten, aber..."

"Nun erzählen Sie mir mal alles schön der Reihe nach!"

Zuerst schien es, als wüßte Stahmer auch keinen Rat, nachdem Karl-Otto seine Pechsträhne geschildert hatte. Er überlegte eine Weile. Langsam hellte sich seine Miene auf. "Wissen Sie, das Problem lösen wir innerhalb der nächsten Stunde. Ich weiß da eine alte Familie in Aengenesch, bei der im vorigen Jahr einer unserer Mitarbeiter für kurze Zeit wohnte. Vielleicht ist das kleine Zimmer noch frei. Die alten Leute sind froh, wenn sie jemanden um sich haben und ein paar Mark einnehmen.

Ich gebe Ihnen erst einmal 50 Mark Vorschuß - privat -, damit Sie sich bewegen können. Später zahlen Sie's mir zurück!"

***

Karl-Otto konnte sein Glück kaum fassen. Alles hatte er Rudolf Stahmer zu verdanken, der sich mit ihm die größte Mühe gab, ihn im Fräsen der Strichätzungen und im Mehrfarbenandruck ausbildete. Nach acht Wochen durfte Karl-Otto sogar schon Zeitungsklischees selbständig ätzen. Es war eine interessante und vielseitige Arbeit, die ihn befriedigte, die er mit vollem Engagement verrichtete - und die sehr gut bezahlt wurde. Was wollte Karl-Otto noch mehr? Sein Arbeitsplatz konnte eine Dauerstellung werden. Nichts stand dem im Wege. Ein besseres kollegiales Verhältnis wie es zu Rudolf Stahmer, zu Clemens Thon, dem Reproduktionsfotografen, und zu Jan van Heijen, dem Kopierer, bestand, konnte er sich nicht wünschen. Man war ein Team, das mustergültiger nicht hätte sein können. Jeden Tag wurde Karl-Otto losgeschickt, eine Flasche Cognac, Steinhäger oder eine andere gute Sorte Alkohol heranzuschaffen, die dann nach Feierabend bis auf den letzten Tropfen geleert wurde. "Wer mit Chemikalien arbeitet, muß sie vor dem Nachhausegehen herunterspülen!" lautete Rudolfs These. Meistens schloß sich auch noch ein Kneipenbummel an, was Karl-Otto nicht besonders behagte, da er sein Geld zusammenhalten mußte für Miete, für Beate und neuerdings für die Abzahlung der 125-er "DKW", die er günstig von einem Kollegen aus der Setzerei erworben hatte. Außerdem standen noch die beiden restlichen Raten für sein Akkordeon offen. Natürlich verdiente er sich durch Musizieren eine beachtliche Summe zu seinem Gehalt hinzu, aber seine Ausgaben wuchsen ständig, zumal Beate immer mehr forderte und damit drohte, wenn Karl-Otto nicht bald einen höheren Betrag überweise, über Nacht in Aengenesch aufzutauchen, obwohl Karl-Otto ihr wiederholt in allen Einzelheiten geschildert hatte, daß sein Zimmer nur sechs Quadratmeter groß sei und keine Kochgelegenheit habe. Darauf reagierte Beate mit keinem Wort, sondern unterstellte ihrem Mann, er würde ihr etwas vormachen, wolle sie nicht haben, hätte eine andere und würde das Geld sinnlos vertrinken.

Mittlerweile gewöhnte sich Karl-Otto an den Tenor seiner Frau und nahm ihn bald nicht mehr für bare Münze. Seinen Sohn hätte er gern einmal wiedergesehen und auch bei sich gehabt. So bemühte er sich ständig um neuen Wohnraum, jedoch umsonst, denn die Schlange der Wohnungssuchenden war endlos, und wenn einmal eine Wohnung angeboten wurde, dann war sie fast unbezahlbar. Das alles teilte Karl-Otto Beate in eindringlicher Form mit und bat sie flehentlich, sich noch etwas zu gedulden. Er hätte seine Worte auch in den Wind schreiben können, denn eines Abends, als er von der Arbeit kam, stand Beate mit Martin an der Hand vor ihm - und mit zwei kleinen Koffern.

"Na, da staunst du", waren ihre Begrüßungsworte.

Zunächst nahm Karl-Otto seinen Sohn auf den Arm. Ihm wurde plötzlich schwindlig; er mußte sich setzen. Er schloß die Augen, öffnete sie einen winzigen Spalt, aber es war keine Sinnestäuschung, was sich ihm darbot, es war Wirklichkeit. Bevor er seiner Entrüstung Ausdruck verleihen konnte, trat Beate einen Schritt näher, streckte ihren Bauch demonstrativ vor und sagte in einem beinahe spöttischen Ton: "Ja, mein liebes Karlchen, das ist dein Werk! Hoffentlich wird es ein Mädchen... Ich tippe auf ein Mädchen, denn du hast dir doch schon immer eins gewünscht... nicht wahr, mein Lieber?"

"Sag' mal, Beate... treibst du mit mir makabre Späßchen?"

"Wieso? Meinst du, ich hätte mir ein Kissen vor den Bauch gebunden? Das ist echt... Fühl mal!"

"Im wievielten Monat willst du denn sein?"
"Ich bin im fünften Monat!"
"Im siebenten müßtest du sein, wenn das Kind..."
"Also zweifelst du schon wieder", kicherte Beate. "Das sieht dir ähnlich... Deine Berechnung stimmt überhaupt nicht!"
"Aber deine", konterte Karl-Otto und setzte Martin auf das Bett. "Wahrscheinlich bist du durch einen meiner Briefe schwanger geworden oder bist du ein medizinisches Wunder, besitzt ein gewisses Reservoir und kannst selbst bestimmen, wann du empfangen willst? Mach mir doch nichts vor, Beate!"
"Dir kann man auch gar keine Freude machen. Du warst doch ganz verrückt nach einem Mädchen..."
"Aber nicht von einem anderen Mann", sagte Karl-Otto fast wütend. Vor seinen Augen drehte sich alles wie auf einem Karussell. Bunt durcheinander, lauter kleine Mädchen, schwarzhaarige, blonde, brünette, in sämtlichen Schattierungen. Im Geist hörte er sie schreien und nach ihrer Mutter rufen wie Martin auf dem Bett, der offensichtlich Hunger verspürte. Das ist mein endgültiges Aus, hämmerte es in Karl-Ottos Hirn. Ein zweites Kind bedeutet meinen restlosen finanziellen Ruin! Wie schaffe ich es, diesen verhängnisvollen Irrweg zu verlassen? Mit Beate hatte er einen Weg in das Chaos beschritten!
"Nun komm, Karlchen", flüsterte Beate, "fühl doch wenigstens einmal, wie das kleine Mädchen strampelt!" Und sie trat noch näher, legte Karl-Ottos Hand auf ihren gewölbten Bauch. Nur eine Sekunde ließ er sie gewähren und zog dann seine Hand ruckartig zurück. Verblüfft starrte er Beate an. Das durfte doch nicht wahr sein! Jetzt wollte er es ganz genau wissen! Behutsam wie im Zeitlupentempo, als könnte er etwas beschädigen, zerdrücken oder zerstören, bewegte sich Karl-Ottos Hand nach vorn, legte sich auf Beates Leib und tastete ihn aufmerksam ab. Im Moment wußte er selbst nicht, ob er einen Jubel-

schrei ausstoßen oder Beate wegen ihres üblen Täuschungsmanövers gehörig ausschimpfen sollte. Unglaublich, was sie sich da mit ihm erlaubt hatte. "Bist du nicht mehr ganz bei Sinnen?" fragte er schroff. "Warum jagst du mir einen solchen Schreck ein?"

"Es sollte doch nur ein kleiner Scherz sein um dich zu testen, ob du dich auf eine Tochter freuen würdest, Karlchen."

"Und der Scherz ist dir gelungen", bemerkte Karl-Otto verkrampft lächelnd. "Jetzt nimm das Kissen endlich heraus; Martin kann es gut gebrauchen. Wie du siehst, hause ich hier spartanisch. Ihr könnt in meinem Bett schlafen, ich werde... Na ja, irgendwo finde ich schon ein Ruheplätzchen."

"Nun gib mir wenigstens einen Kuß zur Begrüßung", sagte Beate.

"Wieso ich? Wie hast du mich empfangen, Beate? Erzähl mir erst einmal, was dich veranlaßte, Hals über Kopf hierherzukommen? Hab ich dir nicht ausführlich meine Lage geschildert? Wie sollen wir hier zusammenleben? Sollen wir uns gegenseitig tottreten? Kein Herd, keine ordentliche Waschgelegenheit, kein Kleiderschrank... Wie soll der Kleine hier aufwachsen?"

"Das interessiert mich nicht! Das ist dein Problem! Ich bin deine Frau und habe das Recht, bei dir zu sein... Sieh zu, daß du schnellstens eine geräumige Wohnung besorgst!"

"Mein Gott, Beate", sagte Karl-Otto händeringend, "bei dir scheint irgend etwas ausgehakt zu sein... Du kannst hier nicht bleiben. Es ist zu beengt. Fahr zurück nach Süpplingen!"

"Das könnte dir so passen, mein Lieber, damit du hier freie Hand hast, mit anderen Frauen herummachen kannst. Nein, nein, mein Karlchen, Martin und ich gehören zu dir. Du mußt für uns sorgen und auch eine Wohnung beschaffen, in der wir uns bewegen können. Wir fahren nicht mehr nach Süpplingen!"

"Und die Wohnung in Süpplingen?" forschte Karl-Otto.

"Die hab' ich aufgegeben."

"Die hast du aufgegeben? Und die Möbel, die zum größten Teil noch gar nicht bezahlt sind? Du hattest doch noch einiges hinzugekauft."

"Alles verkauft", entgegnete Beate schnippisch. "Vom Erlös habe ich mich neu eingekleidet, für Martin einiges gekauft und die Bahnfahrt war ja auch nicht umsonst."

"Sag mal, Beate, spinnst du? Besitzt du noch Bargeld?"

"Nein!"

"Ich habe auch nichts, muß noch einiges abzahlen und die Schulden, die du gemacht hast, außerdem", stöhnte Karl-Otto.

"Wie du das bewältigst, ist deine Sache. Du mußt für uns und alles andere aufkommen... Ist dir das nicht klar?"

***

Was Musik für die Seele des Menschen bedeutet, wie sie ihn in eine andere Welt entführt, ihm Stunden des Frohsinns mit fröhlichen und freundlichen Leuten schenkt, das empfand Karl-Otto am intensivsten, als ihm das Wasser bis zum Hals stand, er manchmal nicht mehr aus noch ein wußte, sich kaum noch nach Hause wagte, um Beates Nörgeleien und ständig zunehmenden Szenen zu entgehen. Wenn er irgendwo musizierte, und das kam glücklicherweise in letzter Zeit häufiger vor, schwebte er mittendrin in der beschwingten und ausgelassenen Feier, lachte und scherzte, blickte nur in glückliche, lebensfrohe Gesichter. Und das steckte ihn an. Aber jedesmal, wenn das Fest zu Ende war, überkam ihn eine tiefe Traurigkeit. Dann stand Beates Bild im Geist vor ihm. Mehrmals wäre er schon beinahe schwach geworden und mit einer anderen Frau nach Hause gegangen, jedoch das

Risiko, mit Beate noch größere Auseinandersetzungen heraufzubeschwören, wollte er nicht eingehen. Sein Plan, sich von Beate scheiden zu lassen, stand nach wie vor unumstößlich fest. Allerdings mußte er ihn notgedrungen immer wieder hinausschieben, denn die damit verbundenen Kosten hätten ihn zwangsläufig an den Rand des Existenzminimums gedrängt, ihn nervlich zerstört. Er war sich dessen bewußt, daß man ihn bis auf den letzten Pfennig auspfänden würde. Und das im Jahre 1952, sieben Jahre nach Kriegsende, zu einem Zeitpunkt, als die meisten Flüchtlinge, Spätheimkehrer und Vertriebenen aus den deutschen Ostgebieten bereits eine Existenz gegründet hatten, am aufblühenden Wirtschaftswunder teilnahmen, ging es mit Karl-Otto nur rückwärts. Ständig beschäftigte ihn die Frage, wie lange er die zermürbende Situation noch durchhalten würde. Er konnte hin- und her überlegen wie er wollte, aber es fiel ihm kein Rezept ein, sich aus seiner widersprüchlichen Lage zu befreien. Auf der einen Seite hatte er einen krisensicheren Arbeitsplatz, verdiente überdurchschnittlich und war bei seinen Kollegen beliebt und geachtet, auf der anderen stand dem seine Ehe gegenüber, die von vornherein keine war, die er eigentlich nur seines Kindes wegen eingegangen war, gewissermaßen hatte eingehen müssen. Beate trank; Karl-Otto trank. Vielleicht tranken sie beide aus Verzweiflung. Seit kurzem trank Karl-Otto auch heimlich während der Arbeitszeit, worüber sein Vorgesetzter, Rudolf Stahmer, nicht gerade erbaut war, aber solange Karl-Otto die ihm gestellten Aufgaben erfüllte, sah er großzügig darüber hinweg. Schließlich war auch er kein Kind von Traurigkeit... Wiederholt riet er Karl-Otto zur Scheidung. Seine Ehe hatte nur zwei Jahre gedauert; heiraten wollte er nie wieder.

***

Im exklusiven Hotel "Rheinischer Hof" war im Klubzimmer ein Tisch festlich hergerichtet worden. Es duftete nach "Königsberger Klopsen". Karl-Otto hatte sich dieses schmackhafte ostpreußische Gericht zur Feier seiner sechsmonatigen Betriebszugehörigkeit gewünscht. Ursprünglich wollte er diesen Tag wie jeden anderen begehen, aber Rudolf Stahmer und der Reproduktionsfotograf Clemens Thon hatten darauf gedrungen, wenigstens eine interne Feier zu veranstalten. Sie übernahmen auch sämtliche Unkosten. Das war ihnen ihr treuer und gewissenhafter Mitarbeiter wert. Natürlich waren auch noch der Kopierer, Jan van Heijen, und ein Sportredakteur zugegen. Nachdem die Tafel aufgehoben war, nur noch alkoholische Getränke die weißgedeckte Tischplatte füllten, erhob sich plötzlich Rudolf und hielt eine Tischrede: "Lieber Karl-Otto", begann er schon etwas beschwipst, "du bist heute auf den Tag genau ein halbes Jahr bei uns. Ich brauche wohl nicht extra zu betonen, wie froh wir sind, dich unter uns zu wissen. So schnell und so gut wie du hatte sich noch keiner deiner Vorgänger eingearbeitet. Deshalb mußten wir uns auch immer bald von ihnen trennen. Ja, Karlchen, und mit dir machte ich nun diesen erfreulichen Fang! Du hast einen Arbeitsplatz inne, den dir normalerweise niemand mehr streitig machen kann. Alle sind mit dir zufrieden. Vor allem der Personalchef. Und das 'will schon was heißen. Eigentlich wollte er kurz vorbeikommen und dir etwas Erfreuliches mitteilen. Leider ist er verhindert. Und so hat er mich beauftragt, dir zu eröffnen, daß du in zwei Wochen, also, am 1. Mai, eine Zweieinhalb-Zimmer-Wohnung beziehen kannst - eine Werkswohnung! Damit siehst du, daß wir dich behalten wollen... So, und jetzt erheben wir die Gläser und stoßen mit Karlchen an auf weiterhin gute und erfolgreiche Zusammenarbeit... Prost!"

Gerührt und glücklich über die Wohnung, bedankte sich Karl-Otto. Sofort flammte in ihm ein Hoffnungsschimmer auf. Durch die relativ geräumige Wohnung versprach er sich, daß Beate vielleicht ihre Lebenseinstellung ändern könnte, aber noch war es nicht soweit, noch hausten sie in einem Raum, nicht größer als eine Gefängniszelle. Wenn er jetzt vage an eine Rettung seiner verkorksten Ehe dachte, dann nur seines Sohnes Martin wegen.

"Nun sei mal ganz ehrlich, Karlchen", sagte Rudolf, als die kleine Gesellschaft vom Klubraum an die Bar im Restaurant umgesiedelt war, "freust du dich wirklich über die Wohnung?"

"Natürlich, Rudi... Schließlich möchte ich auch wieder einmal mein eigenes Bett haben und in einen Raum flüchten können, wenn meine holde Frau zu zetern anfängt. Momentan komme ich keine Nacht zum Schlafen. Entweder grölt meine Frau im angetrunkenen Zustand herum oder der Junge schreit."

"Ja, ja, ich kann es dir nachfühlen, Karlchen, aber du hast nun mal den Bund fürs Leben geschlossen... Trotzdem: versuch' herauszukommen! Schau, da drüben, an dem kleinen Tischchen, die Hellblonde! Wär' das nichts für dich? Die beobachtet dich schon eine Weile... Soll ich sie herholen?"

"Das kann ich auch selber... Dazu brauch' ich dich nicht!" meinte Karl-Otto und bestellte noch eine Runde Steinhäger...

"Dann muß ich wohl die Initiative ergreifen", sagte Clemens Thon, erhob sich schwerfällig vom Barhocker, steuerte auf die Blondine zu und kehrte nach kurzem Wortwechsel mit ihr zurück, holte einen Hocker, den er zwischen Karl-Otto und Rudolf plazierte und die junge Frau kurzerhand draufsetzte, was diese sich kichernd gefallen ließ. Sie schien auch etwas angeheitert zu sein. Innerhalb weniger Minuten entpuppte sie sich als eine charmante Gesprächspartnerin. "Ich heiße Gabi", flüsterte sie Karl-Otto ins Ohr. "Ich hab' dich schon des öfteren in der Stadt geseh'n... Bist du verheiratet?"

"Und ich heiße Karl-Otto!"

"Ein hübscher Name... Aber ich hab' dich etwas gefragt!"

"Wer bist du überhaupt?" wollte Karl-Otto wissen und wandte sich erst jetzt der jungen, etwa 20jährigen Frau mit der niedlichen Stupsnase und den verführerisch aufgeworfenen Lippen zu.

"Hast du nicht hingehört? Die Gabi bin ich!"

"Ach ja, stimmt, du sagtest es vorhin", entgegnete Karl-Otto zerstreut. Seine Gedanken beschäftigten sich noch zu sehr mit der neuen Wohnung. Er konnte es einfach nicht fassen, künftig in menschenwürdigen Räumen leben zu dürfen, wenn da nur nicht das Problem mit Beate gewesen wäre.

"Wie mir Clemens, mein Onkel, erzählte, willst du dich scheiden lassen", hub Gabi erneut an und blinzelte verstohlen mit ihren graugrünen Augen.

"Clemens ist dein Onkel?" fragte Karl-Otto erstaunt.

"Ja, so ist es", gab Gabi lächelnd zurück, "Und er hat mir auch erzählt, wie fleißig und ordentlich du bist."

"Jetzt übertreibst du aber, Gabi!"

"Doch, doch, das hat er gesagt! Und er meinte auch, ich sollte mich ein bißchen um dich kümmern. Du wärest seelisch ziemlich tief unten."

"Ich benötige keinen seelischen Beistand", wehrte Karl-Otto ab. "Mit meinen Problemen muß ich selbst fertig werden."

"Das schaffst du niemals! Deine Frau paßt nicht zu dir. Neulich, als ich euch beide beim Einkaufsbummel beobachtete, verschlug's mir fast die Sprache, als ich mit ansehen konnte, wie deine Frau mit dir in aller Öffentlichkeit herumschimpfte. Nein, Karlchen, du mußt eine andere Frau haben!"

Karl-Otto schüttelte sich. Waren das nicht altbekannte Klänge? Wie oft hatte man ihn schon darauf hingewiesen! "Und du meinst, die richtige Frau für mich zu sein?" fragte er zweideutig.

"Wer weiß?" sagte Gabi und hob schelmisch lächelnd

die Schultern. Behutsam tastete sie nach Karl-Ottos Hand, drückte sie leicht und flüsterte: "Darüber zu entscheiden, überlasse ich dir. Nimm dir Zeit! Jetzt woll'n wir erst ein wenig feiern. Schau mal, die Gläser sind schon wieder nachgefüllt worden!"

Kurz nach Mitternacht herrschte in der Hotelbar Hochstimmung. Immer neue gutgelaunte Nachtbummler strömten herein und mischten sich unter die Anwesenden. Ein Mann setzte sich ans Klavier und eine Dame mittleren Alters versuchte sich als Schlagersängerin. Rudolf, Clemens und der Kopierer hatten sich längst an den Tischen in den Nischen verteilt, zechten dort mit Bekannten und Freunden weiter. Auch der Sportredakteur unterhielt sich angeregt mit einer jungen Frau. Nur Gabi und Karl-Otto saßen noch an der Bar. Sie schmiegten sich eng aneinander, tuschelten, lachten und vergaßen natürlich nicht, ihre Weingläser nachfüllen zu lassen. Karl-Ottos Sinne trübten sich. Nach langer Zeit begann er Hoffnung zu schöpfen. Gabis Nähe, ihre Stimme, ihre unauffälligen zärtlichen Berührungen, ließen ihn immer wieder für Augenblicke in eine andere Welt versinken, in die Welt, wie er sie sich wünschte, wo er mit einer Frau ein glückliches Leben führen konnte. Verliebt schauten sie sich in die Augen. Alles um sie herum schien versunken zu sein; sie hörten weder die klangvollen Töne des Klaviers noch die schrille Stimme der Sängerin, sondern nur noch ihre eigenen Stimmen, die verliebte des anderen.

Vor ihnen, auf dem Bartresen, stand ein Schokoladenriegel-Automat. "Ziehst du mir mal eine Schokolade, Karlchen", bettelte Gabi. "Ich mag die gefüllte Schokolade so gern."

"Natürlich, mein blondes Mäuschen", sagte Karl-Otto bereitwillig und griff in seine Jackentasche, aber er fand keine 50-Pfennig-Münze. "Zu dumm", meinte er, "aber paß auf, Gabi: Ich schenke dir den Automaten samt Inhalt... Einverstanden?"

"Du Dummerchen", kicherte Gabi. "Du wärest dazu imstande, aber ich möchte doch nur einen Riegel! Nur einen, Karlchen."

"Was willst du mit einem Riegel? Den hast du doch in Windeseile verzehrt! Ich sagte, daß ich dir alle Riegel, die der Automat enthält, schenken werde." Karl-Otto flüsterte Gabi ins Ohr: "Bleib du schön hier sitzen. Ich hole inzwischen meine Aktentasche aus der Garderobe und dann passen wir einen günstigen Moment ab, um den Automaten verschwinden zu lassen."

"Tolle Idee", stimmte Gabi Karl-Ottos Vorschlag zu. Vielleicht hätte sie - in nicht weinseliger Laune - dagegengestimmt; vielleicht wäre auch Karl-Otto gar nicht auf die ausgefallene Idee gekommen, wenn er noch einen klaren Kopf gehabt hätte. Aber es war auch nicht auszuschließen, daß er Gabi auf diese Weise besonders imponieren wollte. Unüberlegt!

***

Eine Woche nach Karl-Ottos "Jubiläumsfeier" flatterte ihm eine Aufforderung ins Haus, den entwendeten Automaten unverzüglich an seinen ursprünglichen Platz wieder hinzustellen. Obwohl Karl-Otto durch Rudolf und Clemens mittlerweile zu den Stammgästen der Hotelrestauration zählte, war das Schreiben äußerst kühl abgefaßt, beinahe drohend. Vornehmlich der eine Absatz ließ Karl-Otto nachdenklich werden. Dort hieß es unmißverständlich: "Nur durch aufmerksame Gäste unseres Hauses konnte der Diebstahl bemerkt werden. Sollten Sie das Gerät nicht bis zum 26.4.1953 hereingereicht haben, sehen wir uns gezwungen, gerichtliche Maßnahmen einzuleiten..."

Zuerst vertraute sich Karl-Otto seinen Kollegen Rudolf und Clemens an. Beide hoben nur die Schulter und meinten: "Wenn du solchen Blödsinn machst, dann mußt du auch dafür geradestehen."

Recht hatten sie! Im nüchternen Zustand wäre ihm der Streich auch niemals eingefallen. Ein böser Streich. Diebstahl war es! Die Situation war nicht zum Lachen. "Kannst du mir einen Rat geben, Gabi?" fragte er seine Freundin, als er sich abends mit ihr in einem kleinen Café traf und ihr das Schreiben zeigte.

"Auweia", sagte sie erschrocken, "das ist ja ein schweres Geschütz, das die gleich gegen dich auffahren! Ja, was nun? Die wollen den Automaten wiederhaben..."

"Ich weiß überhaupt nicht, wohin ich ihn geworfen habe", bemerkte Karl-Otto ratlos.

"Das interessiert sowieso nicht mehr. Du hattest ihn doch total zertrümmert."

Karl-Otto senkte den Blick wie ein bereits Verurteilter und murmelte vor sich hin: "Wo habe ich nur meinen Verstand gehabt... War ich denn so betrunken? Ich kann mich nur noch daran erinnern, daß ich den Automaten in die Aktentasche steckte, und daß wir beide in Richtung Stadtpark stolperten. Was danach geschah, das ist mir entfallen."

"Geh doch hin, Karlchen, entschuldige dich bei dem Hotelier und schlag' ihm vor, daß du den Apparat bezahlst", schlug Gabi vor. Allerdings wußte sie nicht, konnte nicht ahnen, daß ihr gutgemeinter Vorschlag nur teils durchführbar war, da sie Karl-Ottos finanzielle Situation nicht kannte.

"Nein, das kommt überhaupt nicht in Frage", wehrte Karl-Otto entschieden ab. "Den Laden betrete ich nie mehr! Ich werde die Angelegenheit schriftlich regeln."

"Es tut mir wirklich leid, Karlchen, daß du diese Schwierigkeiten bekommen hast", seufzte Gabi und nahm Karl-Otto zärtlich in den Arm. "Ich fühle mich mitschuldig, aber vielleicht..."

"Ist schon gut, Gabi. Ich bereinige die Angelegenheit so rasch es geht. Mir fällt schon etwas ein..."

***

Aber es blieb beim guten Vorsatz - Karl-Otto fiel nichts ein. Er schrieb nicht einmal, ließ gar nichts von sich hören und sprach auch nicht mit Beate über seine "Heldentat". Mit ihr hatte noch nie ein Vertrauensverhältnis bestanden; nie jene Offenheit, die eine Partnerschaft verlangt, um die auftretenden Probleme zu bewältigen. Beate vertrat grundsätzlich den Standpunkt, daß Karl-Otto der Familienvater sei und für alles aufzukommen habe. Wie er mit den Problemen fertig werde, sei ausschließlich seine Sache. Anstatt sich zu freuen, daß sie demnächst in eine geräumige Wohnung umziehen durfte, bemerkte sie nur: "Na ja, es wird auch höchste Zeit, daß wir aus diesem Loch herauskommen. Nun sieh zu, woher du neue Möbel und alles was dazugehört, besorgst."

Da der Verlag aufgrund von Karl-Ottos finanzieller Lage kulanterweise die Renovierung der zugesagten Wohnung übernahm, verzögerte sich der Einzugstermin um etwa vier Wochen. Rudolf setzte sich sogar dafür ein, daß man Karl-Otto einen Kredit zum Kauf von Möbeln und Hausrat bewilligte. Und wieder keimte in ihm ein kleiner Hoffnungsstrahl, seine Ehe zu retten - des Kindes wegen. Wenn er jedoch abends heimkehrte und Beate angetrunken vorfand, aus Verzweiflung selber zur Flasche griff, mit seiner Frau um die Wette trank und dann auf seine Matratze fiel, brach alles wieder wie ein Kartenhaus zusammen. Dann tauchte jedesmal Gabi vor seinem geistigen Auge auf. An sie klammerte er sich. Mit ihren 21 Jahren wußte sie sehr wohl, was sie wollte. Mehrmals hatte sie Karl-Otto zu verstehen gegeben, daß sie um ihn kämpfen werde und riet ihm ständig zur Scheidung. Als Apothekerhelferin hatte sie ein gutes Gehalt und auch einige Ersparnisse, aber Karl-Otto war zu wankelmütig, um sofort eine Entscheidung zu treffen.

***

Anfang Mai, an einem Sonntagmorgen, unterhielt sich Karl-Otto mit seinem Vermieter über Beate und ihre Eskapaden.

"Wir hören jedes Wort, jeden Streit, den Sie miteinander haben", hub der alte Mann kopfschüttelnd an. "Was ist denn bloß bei euch los? Hinzu kommt noch das Geschrei eures Kindes! Ist der Junge krank?"

"Was soll ich dazu sagen", seufzte Karl-Otto. "Ich bin dagegen machtlos! Wir ziehen ja in Kürze aus, Herr Wiechert."

"Das freut mich für Sie, Herr Franke, aber zuvor möchte ich Sie bitten, die noch offenstehende Miete zu begleichen. Ihre Frau hat mich von einem Monat zum anderen vertröstet."

"Ja, verdammt noch mal", fluchte Karl-Otto, "nimmt der Ärger mit meiner Frau überhaupt kein Ende? Sie hat doch von mir das Mietgeld bekommen! Wieviel ist denn noch offen?"

"Regen Sie sich nur nicht unnötig auf, Herr Franke..."

"Das sagen Sie! Ich weiß nicht mehr, wo mir der Kopf steht, und jetzt auch noch dieses... Könnten Sie eventuell bis..."

"Selbstverständlich, Herr Franke. Es handelt sich ja nur um drei Mieten. Also insgesamt 45 Mark! Bezahlen Sie nächste Woche oder wie es Ihnen paßt", meinte Wiechert kompromißbereit. "Ich hol' uns jetzt eine Flasche Bier und dann genießen wir ein wenig den herrlichen Sonnenschein, erfreuen uns am Gezwitscher der Vögel und..."

"Nein danke", lehnte Karl-Otto ab, "mir ist der Appetit gründlich vergangen... Ein andermal."

Nach außen gefaßt, jedoch innerlich wutentbrannt, erhob sich Karl-Otto von der Gartenbank und begab sich ins Haus. Kaum hatte er Beate zur Rede gestellt, kam es auch schon zu einem heftigen Streit, der in Handgreiflichkeiten auszuarten drohte, denn Beate verschanzte sich dahinter, daß Martin ständig neue Sachen benötigen würde und sie sich schließlich auch einmal etwas leisten möchte.

"Natürlich sollst du dir etwas leisten, aber es ist doch unverantwortlich von dir, täglich eine Flasche Wermutwein und was sonst noch zu verkonsumieren. Du bist schon so alkoholabhängig, daß man dich..."

"Und du bist ja auch ständig besoffen", keifte Beate.

"Wenn das an dem wäre, hätte man mich schon längst entlassen. Ich muß zur Arbeit, ich muß für euch geradestehen und Geld heranbringen, das du nicht einteilen kannst. Meine Geduld ist jetzt zu Ende, meine liebe Beate. Ich werde dir künftig das Geld zuteilen, damit du nicht..."

"Das sieht dir ähnlich", schrie Beate so laut, daß Frau Wiechert gegen die Wand pochte. "Du willst mich und den Jungen kurzhalten, damit du dir mit deiner Geliebten ein schönes Leben machen kannst. Ich weiß schon längst, was du vorhast! Aber das eine merke dir: Mich wirst du nicht los! Und wenn, dann mache ich dich kaputt! Übrigens: Du kannst von mir aus noch so geheimnisvoll tun... Eines Tages läuft mir dein Flittchen unter die Finger! Weißt du, was ich mit dieser Hure machen werde? Zertrampeln, zerquetschen und bespukken werde ich sie, ihr Gesicht zerkratzen, ihr die Haare einzeln ausreißen!"

Während Beate unentwegt ihrer aufgestauten Wut freien Lauf ließ, kleidete sich Karl-Otto sonntäglich an, streifte seine Motorradhose über, zog die Lederjacke an und setzte die Kopfhaube auf, drückte Martin kurz an sich und verließ dann das gefängnisartige Zimmer, setzte sich auf sein Motorrad und brauste davon. In vollen Zügen genoß er den Anblick der vorbeirauschenden Frühlingslandschaft, vergaß schnell die Auseinandersetzung mit Beate und stellte sich vor, anstatt auf seinem Motorrad in einem Auto zu sitzen - Gabi neben sich.

Karl-Otto befuhr die fast kerzengerade Straße nach Wesel. Er wußte selbst nicht, was er dort wollte. Er wollte nur die Freiheit genießen, den Geschwindigkeitsrausch voll auskosten. Bis zum Anschlag drehte er das Gas auf. Eine schwere Maschine überholte ihn - eine "BMW". Von einer solchen Maschine hatte er schon oft geträumt, aber daran hätte er jahrelang abzahlen müssen. Im Augenblick hatte die neue Wohnung Vorrang mit allem, was damit in Verbindung stand.

Eine halbe Stunde kreuzte Karl-Otto durch Wesel, stoppte mal hier, mal dort, verspeiste an einem Kiosk ein Würstchen und setzte dann wieder seine Fahrt fort. Zunächst führte sie ihn nach Xanten, aber er hielt sich dort nicht lange auf, sondern raste - ständig mit über einhundert Stundenkilometern - über Kapellen nach Geldern, direkt bis vor Gabis Wohnung.

Freudestrahlend, mit einer zärtlichen Umarmung, empfing sie ihn an der Tür - anders als Beate! "Ich habe es irgendwie geahnt, Karlchen", sagte sie mit ihrer weichen Stimme, "daß du noch heute kommst. Leg bitte ab, das Essen wartet schon! Wir gehen nachher, am späten Nachmittag, zu meiner Freundin. Ihr Mann ist beim Zoll. Mit ihm wirst du dich bestimmt gut unterhalten. Ich glaube, im Krieg war er Jagdflieger. Jedenfalls sind es nette Leute. Dir wird's da schon gefallen... So, und nun woll'n wir erst einmal ordentlich speisen, Karlchen!"

"Laß dir aber zuvor noch einmal tief in die Augen schau'n", bat Karl-Otto, nahm Gabis Kopf in beide Hände, streichelte ihr volles Haar und flüsterte: "Du bist die schönste Frau der Welt!"

"Ja, ja, ist schon gut", sagte sie leicht errötend. "Euch Männer müßte man nach diesem Kompliment jedesmal fragen, wievielen Frauen ihr schon diesen Satz zugeflüstert habt."

"Gabi... Nun beleidigst du mich aber! Ich wüßte nicht, wer noch schöner sein könnte als du! Ich hab' dich sehr lieb!"

Ein langer inniger Kuß folgte. Dann machten sie sich über Gabis schmackhaften Schweinebraten her. "Vorzüglich", lobte Karl-Otto. "Du scheinst auf allen Gebieten perfekt zu sein."

Gabi lächelte verlegen. "Und das nur für dich", sagte sie.

Nach dem Essen huschten beide ins Schlafzimmer, tollten eine Weile auf Gabis Bett herum, bis Karl-Otto versuchte, aktiv zu werden. Behutsam schob Gabi Karl-Ottos Hand von ihrem Busen und meinte: "Mit vollem Magen soll es nicht gesund sein." Trotzdem entkleideten sie sich gegenseitig und schlüpften unter die Bettdecke. Die ihnen verbleibenden drei Stunden füllten sie aus mit Zärtlichkeit, Verlangen und Glückseligkeit.

Bei Gabis Freundin fand eine feuchtfröhliche Hausparty statt, die zum Leidwesen aller gegen Mitternacht abgebrochen werden mußte, da die Nachbarn mit der Polizei drohten, wenn nicht sofort Ruhe herrschen würde. So saß man denn noch einige Zeit sich gedämpft unterhaltend beisammen und leerte die verbliebenen Weinflaschen. Keiner war mehr nüchtern, obwohl alle am nächsten Morgen zur Arbeit mußten. Auch Karl-Otto! Besonders er konnte es sich nicht erlauben, angetrunken im Verlag zu erscheinen. Es brauchte nur zufällig jemand von der Geschäftsleitung in der Chemigraphie aufzutauchen und ihn in seinem Zustand anzutreffen, dann konnte es um ihn geschehen sein.

Nachdem Karl-Otto mit Gabi vor deren Haustür angekommen war, schob er wankend sein Motorrad auf die Straße. "Bleib doch bei mir, Karlchen", flehte Gabi. "Du kannst doch gar nicht mehr fahren... Du fährst bestimmt irgendwo gegen einen Baum oder ein entgegenkommendes Auto zermalmt dich... Komm herauf zu mir, ich wecke dich rechtzeitig. Vor allem entgehst du dem Krach, der dich zu Hause erwartet."

"Lieb... ist lieb von... von dir, Gabi, aber... oder will... willst du sagen, ich... ich bin be... betrunken?" lallte Karl-Otto, gab Gabi noch einen Kuß, startete sein Motorrad und fuhr in Schlangenlinie davon. Nach einigen hundert Metern begann der Motor zu stottern, spuckte und knallte, bis er endgültig stehenblieb - genau vor der Einfahrt des Verlages! Stockdunkle Nacht. Nur der matte Schein einer Straßenlaterne gegenüber der Toreinfahrt ermöglichte es Karl-Otto sich einigermaßen zu orientieren. Sein erster Versuch, das Motorrad über die Bordsteinkante auf den Bürgersteig zu schieben, mißglückte. Polternd stürzte die Maschine auf die Pflastersteine - Karl-Otto daneben. Offensichtlich machte sich der übermäßige Alkoholgenuß durch die frische kühle Luft verstärkt bemerkbar. Es verging eine geraume Weile, bis Karl-Otto wieder auf den Beinen stand. Mit letzter Kraftanstrengung zerrte er seine 125-er "DKW" hoch, schob sie an die Mauer und setzte sich ratlos auf ein Blumenbeet. Plötzlich wurde ihm übel; er mußte sich übergeben. Ihn fröstelte. Eine Kirchturmuhr schlug zweimal. Ein paarmal torkelte er vor dem Eingangstor hin und her. Aus einem Fenster des Verlagsgebäudes fiel schwaches Licht. Wahrscheinlich machte ein Redakteur Überstunden. Karl-Otto brauchte erst gegen neun Uhr am Arbeitsplatz zu erscheinen. Natürlich konnte er nicht bis zum Arbeitsbeginn vor dem Tor verweilen. Schon überlegte er, ob er es wagen sollte, zu Gabi zurückzukehren, aber da schoß ihm plötzlich eine Idee durch den Kopf: Neben der Chemigraphie befand sich doch ein Abstellraum! Und dort stand auch eine alte Couch, die des öfteren zu einem kleinen Nickerchen benutzt wurde, wenn jemand sich nicht wohl fühlte oder zu viel gefeiert hatte. Warum sollte Karl-Otto die Couch nicht auch einmal ausnahmsweise benutzen? Nur, und hier tauchte das Problem auf, wie konnte er in den Raum gelangen? Das Tor war nicht verriegelt, aber er mußte damit rechnen, vom Nachtwächter entdeckt zu werden. Aber es ging alles gut. Ungesehen erreichte er die Rückfront des Gebäudes, in dem die Klischeeabteilung untergebracht war. Enttäuscht schaute er von Fenster zu Fenster, aber alle waren verschlossen. Doch dann entdeckte er ein ungeschlossenes: das Toilettenfenster! Auf gut Glück tastete Karl-Otto die nähere Umgebung ab, bis er schließlich auf eine leere Kiste stieß, sie unter das Fenster stellte und nach mehreren vergeblichen Versuchen in die Toilette einstieg. Niemand schien ihn bemerkt zu haben.

Zunächst benutzte er die Toilette - und schlief dabei kurz ein. Ein Geräusch ließ ihn hochschrecken, aber es war nur das Knacken in irgendeinem Leitungsrohr. Obwohl er seinen Mund gründlich spülte, blieb dennoch ein fader, abscheulicher Geschmack zurück. Immer wieder fielen ihm seine übermüdeten Augen zu. Er zündete sich eine Zigarette an und tappte durch den dunklen Korridor zum Abstellraum. Es roch nach Druckerschwärze und Chemikalien. Karl-Otto öffnete einen Fensterflügel und atmete tief durch. Dann ließ er sich völlig verausgabt auf die Couch fallen, legte seine Zigarette in den Aschenbecher, auf dem neben der Couch stehenden Hocker und konzentrierte sich darauf, spätestens gegen acht Uhr aufzuwachen, um bei Dienstbeginn schon im Arbeitskittel an seinem Platz zu stehen. Keiner würde auf den Gedanken kommen können, daß er in der Abstellkammer übernachtet hatte.

Rein instinktiv ließ Karl-Otto sein Feuerzeug aufflammen und überzeugte sich, ob auch tatsächlich niemand anderer im Raum war. Bevor er einzuschlafen beabsichtigte, wollte er noch unbedingt seine Zigarette aufrauchen. Nach jedem Zug, legte er sie auf dem Aschenbecher ab - in der Dunkelheit -, aber mit einem Mal übermannte ihn die Müdigkeit und er schlief ein. Die Zigarette im Aschenbecher - auf dem Aschenbecherrand! - glimmte weiter. Immer kürzer wurde der Stummel, bis er schließlich das Übergewicht verlor und in den unmittelbar neben dem Schemel stehenden Papierkorb fiel.

Karl-Otto träumte, er liege am Strand einer Südseeinsel. Die Sonne brannte unbarmherzig; sie hatte bereits seine linke Körperhälfte gerötet, verbrannt, verschmort. Er wollte sich auf die andere Seite wälzen, aber seine Glieder waren schwer wie Blei. Laut rief er um Hilfe und erwachte durch seinen eigenen Schrei. Hellaufzüngelnde Flammen und beißender Qualm ließen ihn hochfahren. Nichts war in der Nähe, um die Flammen zu ersticken. Die frische Luftzufuhr nährte das Feuer geradezu, fachte es von Sekunde zu Sekunde stärker an. Karl-Otto geriet in Panik und rannte aus dem Raum. Die offengelassene Tür sorgte für Durchzug, gab dem Feuer noch mehr Nahrung. Eine Katastrophe schien sich anzubahnen, aber da stürmte auch schon der Wachmann heran, einen großen Feuerlöscher unter dem Arm und brachte die Flammen unter Kontrolle. Karl-Otto holte einen zweiten und löschte mit, bis auch der letzte Funke erstickt war. Erschöpft setzte er sich dann im Korridor auf einen Stuhl und stöhnte fassungslos leise vor sich hin: "Mein Gott, wie konnte das nur passieren!" Schwerfällig erhob er sich und wollte dem Ausgang zustreben, einfach abhauen, heimlich verschwinden, so tun, als hätte er mit der ganzen Angelegenheit nichts zu tun.

Nachdem das Feuer gelöscht war, hatte sich der Wachmann sofort entfernt. Jetzt kehrte er wieder zurück, gemächlichen Schrittes, warf noch einen kontrollierenden Blick in die mit Löschschaum eingedeckte Abstellkammer, setzte sich neben Karl-Otto und sagte: "So, das hätten wir geschafft! Die Polizei muß jeden Moment eintreffen... Wie kommen Sie hierher? Haben Sie das Feuer von draußen bemerkt?"

"Ja... Nein, ich bin... Ich war zufällig..."

"Sie sind ja stark angetrunken! Hatten Sie sich verirrt?"

"So kann man... das kann man so sa... sagen", stotterte Karl-Otto und fügte noch leise hinzu: "Verfluchter Alkohol!"

Der Wachmann beugte sich vor. "Was meinten Sie da noch? Jedenfalls bleiben Sie solange hier, bis die Polizei eintrifft. Ihre Zeugenaussagen könnten eventuell äußerst wichtig sein."

"Schon gut", knurrte Karl-Otto, stützte sein Gesicht in beide Hände und versuchte, das Geschehen der vergangenen dreiviertel Stunde zu rekonstruieren, aber so sehr er auch sein Hirn anstrengte, es kam nur ein verworrenes Bild zustande. Es war zuviel gewesen, was er alles durcheinandergetrunken hatte. Erst jetzt schien der Alkohol seine volle Wirkung zu zeigen. Alles auf der Welt hätte Karl-Otto in seiner momentanen Lage hergegeben, wenn es möglich gewesen wäre, die letzten Stunden rückgängig zu machen, aber den Wunsch konnte ihm niemand erfüllen, sein Schicksal war bereits besiegelt...

***

Es kam weder zur Gerichtsverhandlung noch stellte man Karl-Otto den von ihm angerichteten Schaden in Rechnung. Allerdings war ihm sofort fristlos gekündigt worden. Der Personalchef, in dessen Gunst Karl-Otto stets gestanden hatte, blieb trotz des Vorfalls sachlich und bedauerte sogar, daß ihm auf diese Art und Weise ein guter Mitarbeiter verlorenging. Ihm lag es fern, einem jungen Mann den späteren Lebensweg zu verbauen, und so formulierte er in Karl-Ottos Zeugnis unter anderem: "... wird wegen Arbeitsmangels entlassen. Wir wünschen Herrn Franke für die Zukunft alles Gute..."

Gute Wünsche für die Zukunft hatte Karl-Otto bitternötig. Das Glück schien ihn endgültig verlassen zu haben. Natürlich brachte Beate - wie konnte es auch anders sein! - für Karl-Ottos Versagen nicht das geringste Verständnis auf. Im Gegenteil! Sie beschimpfte, demütigte und erniedrigte ihn, nannte ihn einen "Arbeitsscheuen" und drohte, Gabi aufzulauern, um sie krankenhausreif zu prügeln. Das konnte sie sich ersparen, denn Gabi hatte sich von Karl-Otto abgewendet.

Warum, das blieb ihr Geheimnis. Von einem Tag zum anderen brach sie das Verhältnis ab. Offensichtlich wollte wohl niemand mehr mit ihm etwas zu tun haben.

Jedoch einer nahm alsbald zu Karl-Otto Kontakt auf. Und das war der Gerichtsvollzieher! Er erschien nicht nur wegen der Forderung aus dem Automatendiebstahl, sondern auch mit Zahlungsbefehlen über unbezahlte Rechnungen aus Süpplingen. Erst jetzt wurde offenkundig, was Beate alles ohne Karl-Ottos Wissen gekauft hatte. Laut Gesetz war allerdings er für die von seiner Frau verursachten Schulden verantwortlich. Geld war bei Karl-Otto nicht zu holen. Folglich mußte er fruchtlose Pfändungsprotokolle unterschreiben und damit rechnen, eines Tages den Offenbarungseid zu leisten. Schlimmeres konnte einem Menschen wohl nicht widerfahren.

Nun war Karl-Otto wieder einmal arbeitslos und schwer zu vermitteln, da ihm jegliche Qualifikation für die offenen Stellen fehlte. Fachkräfte waren gefragt. Er mußte sich damit vertrösten lassen, irgendwann, irgendwo als Hilfsarbeiter tätig werden zu können. Vielleicht auf dem Bau, in der Landwirtschaft oder als Holzfäller. Ihm wäre im Moment auch alles egal gewesen, er hätte jede nur denkbare Arbeit angenommen, um wenigstens einigermaßen über die Runden zu kommen, denn mit der Arbeitslosenunterstützung konnte er seinen Lebensunterhalt und den der Familie nicht bestreiten. Hätte er nicht nebenbei Musik gemacht und sich dadurch Nebeneinnahmen verschafft, dann wäre oftmals Schmalhans Küchenmeister gewesen. Hinzu kam noch Beates ständiges Nörgeln und Zetern, das einfach nicht mehr zu ertragen war, Karl-Otto den letzten Nerv raubte, bis ihm der Geduldsfaden endgültig riß, er Beate vor die Alternative stellte: "Entweder gehst du oder ich!"

"Du brauchst nicht zu gehen", sagte sie spöttisch. "Du kannst von mir aus hier versumpfen, verhungern, dich einsperren lassen, was demnächst sowieso geschehen wird. Ich reise in den nächsten Tagen nach Düsseldorf, zu meiner Freundin. Aber wehe, du drückst dich vor dem Unterhalt... Sonst mache ich dich restlos kaputt!"

"Das ist wohl das Einzige, was du in deinem Kopf behältst!" rief Karl-Otto zornig. "Scheinbar hat der Alkohol deine grauen Hirnzellen schon dermaßen angegriffen, daß du gar nicht mehr weißt, was du daherredest... Geh nur! Geh sofort! Fahr noch..."

"Natürlich gehe ich, aber zuvor will ich noch Geld haben!"

"Woher soll ich Geld nehmen?"

"Ist mir doch egal... Borg' dir was! Verkauf dein Akkordeon!"

"Du bist wohl nicht mehr normal, Beate!"

"Ich bin völlig normal, mein Lieber!" keifte Beate. "Ich will Fahrgeld und mindestens hundert Mark Unterhalt im voraus."

"Du kriegst gar nichts!"

"Das woll'n wir ja mal seh'n... Wenn du mir nichts gibst, hole ich mir Geld von der Fürsorge. Zurückzahlen mußt du es."

"Jetzt hör' aber endlich auf, sonst..."

"Was... sonst? Du drohst mir?" sagte Beate mit funkelnden Augen, schnappte sich die auf dem Tisch stehende Wermutflasche und ging auf Karl-Otto zu. Martin hing an ihrem Rockzipfel und begann zu schreien.

"Hast du noch alle Tassen im Schrank?" brüllte Karl-Otto sie unbeherrscht an, aber da zerbarst auch schon die Flasche an der gegenüberliegenden Zimmerwand. Splitter bedeckten den unebenen Holzfußboden. Karl-Otto hob Martin auf den Arm, stieß Beate in die Ecke und knirschte: "Dich werde ich abholen lassen... In die Trinkerheilanstalt gehörst du..."

"Dahin müssen sie dich bringen", keifte Beate und rappelte sich auf. "Weswegen hast du deine schöne Arbeitsstelle verloren? Hast du's schon vergessen, du Trunkenbold?"

"Halt' jetzt den Mund... Feg die Scherben auf und bereite das Abendessen vor!" schrie Karl-Otto seine Frau an, drehte sich um und setzte seinen Jungen auf das Bett. Indessen öffnete Beate den Eckschrank und warf wie von Sinnen ein Stück Geschirr nach dem anderen auf den Fußboden. "Rühr mich nicht an", schrie sie, "sonst passiert was, sage ich dir!"

Während Martin lauthals weinte, Beate wie eine Wildkatze tobte und Karl-Otto dem hilflos gegenüberstand, erschien plötzlich der Vermieter mit einem Knüppel in der Hand, fuchtelte damit herum und sagte energisch: "Wenn ihr nicht sofort aufhört, dann haue ich dazwischen... Verstanden?"

Beate stutzte. So hatte sie den alten Mann noch nie erlebt. Aber sein Auftritt bewirkte, daß umgehend Ruhe einkehrte. Er nahm Karl-Otto mit, sprach ihm Mut zu und meinte: "Wir haben alles mitbekommen, Herr Franke. Lassen Sie Ihre Frau ruhig wegfahren. Sie dürfen vorerst wohnenbleiben; die rückständige Mietforderung regulieren wir schon. Jedenfalls geht es so, wie in letzter Zeit, mit euch beiden nicht weiter. Eines Tages schlagt ihr euch noch gegenseitig tot. Das darf nicht passieren, Herr Franke..."

Und das konnte auch gar nicht mehr passieren, denn Beate reiste tatsächlich nach Düsseldorf!

***

Eines Tages - Beate und sein Sohn waren bereits vier Wochen weg - erhielt Karl-Otto einen Brief, abgestempelt in Geldern, jedoch ohne Absender. Ein Brief von Gabi? Oder war Jutta wieder zurückgekommen? Mit leichtem Herzklopfen öffnete er den weißen Umschlag und machte ein enttäuschtes Gesicht, denn statt der erhofften liebevollen Anrede sprang ihm die allgemeine Formulierung "Sehr geehrter Herr Franke!" entgegen, in Maschinenschrift. Voller Spannung und mit einem unguten Gefühl gleichermaßen, es könnte sich um einen neuen Gläubiger handeln, überflog Karl-Otto die Zeilen. Jedoch plötzlich hellte sich seine Miene auf: Ein gewisser Moritz Belger bat ihn höflich, sich mit ihm umgehend in Geldern in der "Bierquelle" zu treffen nach telefonischer Terminabsprache.

Noch am selben Tag rief Karl-Otto den Herrn Moritz Belger an und vereinbarte, sich mit ihm gegen 20 Uhr in dem vorgesehenen Lokal zusammenzusetzen.

Die "Bierquelle" lag in einer nicht gerade einladenden Nebenstraße der annähernd 25 000 Einwohner zählenden Stadt Geldern. Karl-Otto hatte diese Kneipe noch nie zuvor betreten. So verharrte er auch zunächst auf der gegenüberliegenden Straßenseite und beobachtete eine Weile die ein- und ausgehenden Gäste. Durchweg trugen sie Arbeitskleidung, waren angetrunken und lamentierten. Einer urinierte gegen die Hauswand, ein anderer erbrach sich auf dem Bürgersteig. Und in dieser Kaschemme sollte sich Karl-Otto mit dem Herrn Belger treffen! Wer mochte nur dieser geheimnisvolle Herr sein? Ein Schwarzhändler? Oder lockte man Karl-Otto in eine Falle? Ganz gleich, wer auch immer Moritz Belger sein sollte, die Neugier und die Hoffnung trieben ihn an, das Lokal zu betreten.

Er brauchte weder nach Belger zu fragen noch nach ihm zu suchen, denn kaum hatte er die verräucherte, ungemütliche Kneipe betreten, erhob sich auch schon ein breitschultriger, glatzköpfiger Mann mittleren Alters von seinem Stuhl an einem Tisch in der äußersten Ecke und winkte Karl-Otto zu sich heran, stellte sich vor und hieß ihn freundlich, Platz zu nehmen.

"Nun, Sie starren mich ja so verwundert an", sagte er mit einer sonoren Stimme und reichte Karl-Otto eine amerikanische Zigarette. "Haben Sie erwartet, an meiner Stelle einen Baron oder Grafen vorzufinden?"

"Nein, nein, das nicht, aber ich bin überrascht, woher Sie meine Anschrift haben..."

"Von Ihrer Tankstelle! Ich kam mit dem Tankwart ins Gespräch und bat ihn, einmal rumzuhören, wer von seinen Kunden arbeitslos ist und gewillt, viel Geld zu verdienen. Ja, und da nannte er mir sofort Sie. Übrigens weiß ich bereits einiges über Sie. Er erzählte mir fast alles, womit Sie sich ihm anvertraut haben. Ich kenne Ihre finanzielle Misere!"

Karl-Otto grinste und murmelte: "Alter Quasselkopf..."

"Seien Sie froh, daß er gequasselt hat, sonst säße ein anderer an Ihrer Stelle hier."

"Um welche Arbeit handelt es sich überhaupt, Herr Belger?"

"Also, mit ein paar Worten gesagt: Ich bin der Chef einer Kriegsgeräte-Räum-Firma. Konkurrenzlos - weit und breit."

"Verstehe ich nicht", sagte Karl-Otto achselzuckend. "Der Krieg ist doch schon lange vorbei."

"Haben Sie eine Ahnung, wieviele Panzer, Geschütze und wieviel Munition noch dort herumstehen beziehungsweise vergraben sind, wo heftige Kämpfe tobten! Bis das alles geräumt ist, wird noch einige Zeit vergehen... Haben Sie Lust mitzumachen?"

"Ja, warum nicht? Ich hab' in der Kriegsgefangenschaft anderthalb Jahre Minen gesucht und da..."

"Das ist ja phantastisch! Sie sind der Mann, den ich suche! Nur Sie können die Lücke wieder schließen, die der Tod vor fünf Tagen gerissen hat... Einer meiner besten Mitarbeiter, auch ein ehemaliger Minensucher, wurde beim Entschärfen einer Flakgranate zerrissen. Wie ihm das passieren konnte, ist mir ein Rätsel! Täglich entschärfen wir Granaten... Der arme Kerl!"

Karl-Otto horchte auf. "Granaten entschärfen Sie? Warum das denn? Das ist doch Sache der Feuerwerker oder der..."

"Stimmt, aber mir liegt es nicht daran, die Granaten unschädlich zu machen, sondern ich verdiene - und meine Mitarbeiter ebenfalls - sehr gut am Verkauf des

Buntmetalls. Das heißt, an den Messingkartuschen der Flakgranaten, an den Kupferführungsringen der Artilleriegranaten und schließlich am Stahl der Panzer und der Geschütze, die wir mit Schneidbrennern zerlegen und dann tonnenweise absetzen. Für die Tonne Stahl gibt es beispielsweise 60 bis 80 Mark. Es lohnt sich!"

"Donnerwetter", staunte Karl-Otto. "Wenn man davon ausgeht, wieviel ein Panzer wiegt, dann verdienen Sie ja eine Menge..."

"Aber auch Sie werden eine Menge Geld verdienen, Herr Franke, wenn Sie fleißig sind und nicht auf den Acht-Stunden-Tag pochen... Ich zahle vierzig Mark bar auf die Hand... täglich!"

"Jetzt machen Sie aber Witze, Herr Belger!"

"Nein, Herr Franke... vierzig Mark täglich! Allerdings, wie ich schon erwähnte, müssen Sie ranklotzen!"

"Unglaublich", rief Karl-Otto, "dann werde ich ja meine Schulden los, kann mir ein neues Motorrad kaufen und meinen Unterhaltsverpflichtungen nachkommen... Auch ein modernes Musik-Instrument läge dann drin! Wann darf ich anfangen?"

"Übermorgen! Morgen melden Sie sich erst einmal beim Arbeitsamt ab und wir treffen unsere Vereinbarungen."

"Ich danke Ihnen, Herr Belger! Endlich wieder Arbeit!"

Moritz Belger grinste nur, machte die Bedienung auf sich aufmerksam und bestellte eine Flasche Sekt. "So", sagte er in sympathischem Tonfall, "jetzt lassen wir mal das 'Herr' weg und stoßen auf gute Zusammenarbeit an. Ich freue mich ehrlich, daß du bei mir anfängst. Viele möchten bei mir arbeiten, aber bei dem Lohn, den ich zahle, suche ich mir meine Leute auch mit Überlegung aus... Und jetzt: Prost!"

"Ich kann es immer noch nicht fassen, Moritz... Du willst mir täglich vierzig Mark zahlen: Unglaublich! Vierzig Mark beträgt mein wöchentliches Stempelgeld!

Anscheinend hat das Glück mich doch noch nicht verlassen."

"Wo willst du hin, Karl-Otto?" fragte Moritz, als Karl-Otto sich plötzlich erhob.

"Ich will nur mal nach draußen und nachsehen, ob ich noch Benzin im Tank habe, damit ich nicht wieder wie neulich mit leerem Tank genau vor dem Zeitungsverlag stehenbleibe."

"Richtig", meinte Moritz, "Vorsicht ist besser als Nachsicht!"

"Warum hast du ausgerechnet diese verräucherte Kaschemme für unsere Besprechung gewählt?" wollte Karl-Otto wissen, als er wieder an den Tisch zurückkehrte.

"Alles Taktik, mein Lieber", grinste Moritz und schenkte Sekt nach. Dann öffnete er seine Aktentasche, reichte Karl-Otto eine Stange "Chesterfield" und sagte: "Hier hast du erst einmal etwas Ordentliches zu rauchen... Demnächst kannst du sie dir selbst leisten!"

"Bist du hier bekannt? Kennst du den Wirt persönlich oder was zog dich hierher?" bohrte Karl-Otto weiter.

"Nichts trifft zu... Ich habe diese Kneipe nur deshalb gewählt, weil wir hier ungestört und offen reden können! Uns hört doch niemand zu; alle sind sie besoffen! So, und nun woll'n wir den restlichen Flascheninhalt vernichten, Karl-Otto... Auf gute und langfristige Zusammenarbeit!"

***

Es war ein harter Job, den Karl-Otto angenommen hatte. Von morgens früh bis zum Dunkelwerden schaufelte er vergrabene Granaten frei, fischte sie aus Teichen und Tümpeln, drehte die Zünder heraus und trennte die Geschosse von den wertvollen Messinghülsen. Seine drei Arbeitskollegen befaßten sich mit dem Zerlegen der Panzer und Geschütze. Auch der Chef, Moritz Belger, schuftete mit. Gegen Abend fuhr dann der Schrotthändler vor - meistens mit drei, vier großen Lastwagen - und verlud das Tagespensum. Anschließend wurden die fuhren vom Vortage abgerechnet. Kurz darauf rief Moritz seine Leute zusammen, drückte jedem 40 Mark in die Hand und verabschiedete sie mit seinem obligatorischen Satz: "Heute seid ihr wieder besonders fleißig gewesen, was nicht heißen soll, daß ihr morgen faulenzt!"

Seitdem Karl-Otto bei Moritz Belger Arbeit gefunden hatte, verbesserte sich rasch seine finanzielle Misere. Bereits nach fünf Wochen war er schuldenfrei, brauchte den Gerichtsvollzieher nicht mehr zu empfangen und überwies Beate regelmäßig einen ausreichenden Geldbetrag, ließ sie jedoch in dem Glauben, noch immer arbeitslos zu sein, sonst hätte er befürchten müssen - wie er sie mittlerweile kannte -, daß sie umgehend zu ihm zurückgekehrt wäre. Im Augenblick sah er die Gelegenheit gekommen, sich endgültig von ihr zu trennen. Sein Plan, sich eines Tages doch scheiden zu lassen, stand fest. Dann wollte er sich eine andere Frau suchen, die auch bereit sein müßte, Martin zu sich zu nehmen. Sein Junge sollte in ordentlichen Verhältnissen aufwachsen. In einem Jahr, so schwebte es Karl-Otto vor, würde er reichlich Geld gespart haben, um eine geräumige Wohnung zu mieten. Bis dahin dürfte es auch kein Kunststück sein, endlich die richtige Frau zu finden. Sollte alles nach seinen Vorstellungen verlaufen, dann würde er sich erneut bemühen, irgendwo im öffentlichen Dienst unterzukommen. Daran hielt er nach wie vor fest. Zunächst hieß es jedoch, möglichst viel Geld zu verdienen und auf die "hohe Kante" zu legen. Und die Möglichkeit wurde Karl-Otto momentan geboten. Natürlich war er sich darüber im klaren, daß der Job nicht von Dauer sein könnte, denn der Tag mußte ja näherrücken, an dem der letzte Panzer, das letzte Geschütz und die letzte Granate geborgen sein würden. Zur Zeit bearbeiteten sie den Raum Goch. Alle paar Tage ging es weiter; die Entfernung von Zuhause wurde ständig größer. Und so kam es immer häufiger vor, daß die Arbeitsgruppe irgendwo in einem Hotel übernachtete, was zur Folge hatte, daß man abends meistens noch zusammensaß und gemütlich einige Biere trank, über die Arbeit diskutierte. Moritz war nie dabei. So konnte er auch nicht hören, was über ihn gesprochen wurde.

Wieder einmal saßen Belgers vier Mitarbeiter zu vorgerückter Stunde in einem Hotelrestaurant in froher Runde. Plötzlich sagte Egon, der den Schneidbrenner bediente: "Eigentlich sind wir doch ganz große Trottel... Wir schuften wie die Pferde, allerdings bei guter Entlöhnung, aber im Grunde genommen ist es doch nur ein Bruchteil von dem, was der Alte verdient."

"Sei froh, daß du den Job hast!" meinte der blonde Lutz.

"Der Meinung bin ich auch!" stimmte Paul zu, der für das Orten des Kriegsgeräts zuständig war. "Oder sollten wir lieber wieder auf dem Arbeitsamt herumhängen?"

Karl-Otto überlegte eine Weile, bevor auch er zu Egons Meinung seinen Kommentar abgab: "Ob wir uns darüber aufregen, Moritz einen Gauner oder Halsabschneider nennen, ändern werden wir daran nichts. Er ist eben Unternehmer und bestimmt selbst seine Verdienstspanne. Wir müssen grundsätzlich immer davon ausgehen: Wenn der Arbeitgeber gut verdient, kann er auch seine Mitarbeiter gut entlohnen! Nennt mir mal eine Firma, die einen solchen hohen Lohn zahlt, wie unser Chef..."

"Natürlich, du hast schon recht, Karlchen", winkte Egon ab, "aber für die lebensgefährliche Arbeit, die wir leisten, könnte Moritz ruhig noch etwas drauflegen. Am besten, wir helfen nach!"

"Das ist doch Unsinn!" lehnte Lutz sofort ab. "Wenn wir zu meutern anfangen, holt er sich einfach andere Arbeiter."

"Die müßte er erst anlernen", warf Egon mit erhobenem Zeigefinger ein. "Wir sind mittlerweile spezialisiert und können demnach ohne weiteres Forderungen stellen."

"Es wäre unvernünftig, Moritz zu erpressen", sagte Karl-Otto. "Er würde gar nicht daran denken, mehr zu zahlen."

Zustimmendes Gemurmel. Lutz bestellte noch eine Runde. Das Thema schien erledigt zu sein. Zumindest vorerst! Die jungen Männer unterhielten sich eine Zeitlang über Frauen. Plötzlich griff Egon erneut das Thema Lohnerhöhung auf: "Wißt ihr was, wir sorgen selbst dafür, daß uns täglich ein Schein mehr zufließt! Wir wenden eine ganz einfache Methode an..."

"Und die wäre?" fragte Karl-Otto neugierig.

"Indem Karl-Otto, der ja das Buntmetall unter sich hat, jeden Abend heimlich einige von den großen Messinghülsen verschwinden läßt, die wir dann dem Schrotthändler weit unter dem Tagespreis verkaufen. Dabei kommt immerhin eine nette Summe für uns zusammen... Na, ist das kein vernünftiger Vorschlag?"

"Niemals werde ich das tun!" entrüstete sich Karl-Otto. Die anderen wiegten nachdenklich den Kopf. Schließlich meinte Paul zögernd: "Eigentlich sollten wir den Vorschlag durchdenken... Bei der täglich anfallenden Menge würde das überhaupt nicht auffallen... Außerdem besitzt Karlchen bei Moritz Vertrauen."

"Und das möchte ich bewahren", warf Karl-Otto energisch ein.

"Vertrauen hin, Vertrauen her... Nun hab dich nur nicht so, Karlchen", sagte Egon mit wegwerfender Handbewegung. "Wir machen gemeinsame Sache und damit basta! Du brauchst nur die Hülsen beiseite zu legen; den Verkauf übernehme ich. Mit dem Schrotthändler verstehe ich mich gut; der hält dicht."

Noch eine halbe Stunde diskutierten die vier jungen Männer über den künftigen lukrativen Nebenverdienst, bis auch Karl-Otto davon überzeugt war, daß ein zusätzlicher Geldschein nicht schaden könnte, mancher heimliche Wunsch sich damit erfüllen ließe.

In den ersten Tagen verlief alles reibungslos, wie geplant. Moritz hielt sich fast den ganzen Tag bei Karl-Ottos Kollegen auf. Manchmal fuhr er auch über die Dörfer, verhandelte mit den Bauern, auf deren Feldern und Wiesen das zu räumende Kriegsgerät lagerte, fand sich jedoch stets kurz vor Feierabend wieder ein und kontrollierte dann zuerst Karl-Ottos Tagesleistung, bevor der Schrotthändler vorfuhr.

Karl-Otto lebte in ständiger Angst, daß der illegale Verkauf entdeckt werden könnte. Sein Gewissen plagte ihn, andererseits lockte das zusätzliche Geld. Aber der Schrotthändler wickelte das heimliche Geschäft derart geschickt ab, daß Moritz auch nicht den leisesten Verdacht schöpfen konnte. Nur, und hier hatte man schon wieder einmal die Rechnung ohne den Wirt gemacht - Moritz schöpfte Verdacht!

"Also, ich will dir ja nichts unterstellen", nahm er sich eines Abends Karl-Otto vor, "aber deine Leistung läßt mehr und mehr nach... Woran liegt das? Bist du krank?"

"Nein, Moritz, aber manche Zünder sind schon stark oxydiert, und da muß ich sehr vorsichtig sein, sonst fliege ich in die Luft. Und das wünschst du mir doch nicht... nicht wahr?"

"Keineswegs, Karlchen, aber ich möchte auch nicht, dich an die frische Luft setzen zu müssen... Verkaufst du ohne mein Wissen Buntmetall?"

Die Frage kam so überraschend, daß Karl-Otto unwillkürlich mit halbgeöffnetem Mund einen Schritt zurückwich. Er suchte nach Worten, brachte jedoch nicht ein einziges heraus.

"Nun, dann will ich nachhelfen, Karl-Otto Franke: Du und deine Arbeitskollegen halten mich scheinbar für ziemlich blöd! Ich bin in dem Geschäft schon einige Jahre und kenne alle Tricks. Ihr seid nicht die ersten, die mich übers Ohr gehauen haben, und ihr seid auch nicht die letzten, die ich kurzerhand rausschmeißen werde, ohne Pardon! Ich habe dir vertraut, lieber Franke, und du... was machst du? Mit mir, der ich Traumlöhne zahle, mit mir darf man solche Späßchen nicht machen... Dann kenne ich keine Gnade... verstehst du? Morgen früh holt ihr euch aus meinem Büro in Geldern eure Papiere ab... Hast du das verstanden?"

***

Der Sachbearbeiter auf dem Arbeitsamt schüttelte nur den Kopf, als er schon wieder Karl-Otto ansichtig wurde. "Den Job hätten Sie nun doch wirklich vorerst behalten sollen, Herr Franke! Momentan sieht es schlecht aus mit neuer Arbeit... höchstens beim Bauern!"

"Dann lassen Sie mich man lieber paar Wochen 'stempeln', bis sich etwas Ordentliches findet", meinte Karl-Otto und legte seine Meldekarte auf den Tisch des Angestellten.

Der Sachbearbeiter legte die Stirn in Falten, schaute Karl-Otto nachdenklich an und schlug ihm schließlich vor: "Da ist soeben eine sogenannte deutsch-holländische Arbeitsplatz-Austausch-Aktion angelaufen. Dient wahrscheinlich der Völkerverständigung. Wenn Sie wollen, kann ich Sie nach Venlo in eine Ziegelei vermitteln. Allerdings müßten Sie morgens mit dem Bus hinfahren und abends zurück. Ich glaube, das könnte für Sie eine Übergangslösung sein. Demnächst findet sich bestimmt etwas anderes; vielleicht sogar ein Dauerarbeitsplatz."

Obwohl die Arbeit Karl-Otto keineswegs zusagte, nahm er sie dennoch an, pendelte täglich von Geldern nach Venlo, schmuggelte Tabak und Zigaretten - zuerst in kleinen, dann in größeren Mengen - und sicherte sich dadurch einen ständigen Nebenverdienst, den er dringend benötigte, denn die schwere Arbeit in der Venloer "Steenfabrik" wurde verhältnismäßig niedrig vergütet.

Häufig dachte er wehmütig an den hochbezahlten Job bei Moritz Belger zurück.

Eine Zeitlang verlief alles reibungslos. Weder die holländischen noch die deutschen Zöllner kontrollierten den Arbeiterbus. Und wenn, dann nur oberflächlich. Karl-Otto und alle anderen, die ebenfalls schmuggelten, fühlten sich sicher und begannen zu übertreiben, begnügten sich nicht mit einer Stange amerikanischer oder englischer Zigaretten, sondern verstauten vier bis fünf in ihrer Aktentasche. Insgeheim rechnete jeder damit, eines Tages einer scharfen Zollkontrolle unterzogen zu werden, aber solange noch alles gut ging, wollte man die Gelegenheit ausnutzen, obwohl jedem bekanntgegeben worden war, welche Konsequenzen Zollvergehen nach sich ziehen könnten. Die Gier, zusätzlich auf leichte Art und Weise Geld zu machen, war stärker als die Vernunft. Eigentlich hätten die Schmuggler mindestens nach einer gewissen Zeit Verdacht schöpfen müssen, denn es verlief alles viel zu glatt.

Eines Abends war es dann soweit: Die Zöllner schlugen zu! Völlig überrascht fuhren die von der schweren Arbeit übermüdeten Männer von ihren Sitzen hoch, als die beiden holländischen Zöllner den Bus betraten und mit energischer Stimme anordneten: "Alle Mann die Taschen öffnen und den Inhalt auf den Sitz schütten!" befahl der eine. Der andere fügte grinsend hinzu: "Wer verzollen will, meldet sich bei mir!" Zynischer gings wohl nicht mehr, denn wer hatte schon 100 Mark oder mehr bei sich?

Es entsprach beinahe einem kleinen Warenlager, was die 22 Arbeiter alles bei sich hatten: Tabak, Zigaretten, Alkohol und Kosmetika! Artikel, die in der Bundesrepublik auch zu haben waren, jedoch teurer. Natürlich beschlagnahmten die Zöllner die gesamte Schmugglerware, stellten die Personalien aller Leute fest und gaben bekannt, daß dieser der letzte Grenzübertritt gewesen sei, eine künftige Einreise nach Holland vorläufig nicht in

Frage käme. Die Zollbeamten taten nur ihre Pflicht, ohne Emotion, ohne den leisesten Funken Haß.

***

Tagelang kapselte sich Karl-Otto ab und ließ die Jahre seit seiner Entlassung aus der Kriegsgefangenschaft Revue passieren. Was hatte er bisher erreicht? Gar nichts! Anstatt vorwärts, ging es mit ihm doch nur rückwärts. Welchen Weg er auch einschlug, es war stets der verkehrte. Wielange sollte dieses ruhelose Herumirren noch andauern? Karl-Otto war gegen sich selbst ehrlich genug, einzugestehen, daß er nicht ganz davon freigesprochen werden konnte, seine Lage mitverschuldet, manchmal sogar heraufbeschworen zu haben. Wie sollte es nun weitergehen? Es mußte weitergehen!

Dann und wann ließ Karl-Otto sich auf dem Arbeitsamt sehen, jedoch ohne Erfolg. Sein Sachbearbeiter konnte ihn nicht vermitteln - oder wollte nicht! So beschloß Karl-Otto, Eigeninitiative zu ergreifen, setzte sich auf sein Motorrad und fuhr wahllos von Ort zu Ort, fragte hier und dort nach Arbeit, aber überall nur ein Achselzucken; niemand konnte ihn gebrauchen, denn was man suchte, waren Fachkräfte. Aber Karl-Otto gab nicht auf!

Während seiner Vertretertätigkeit in Issum hatte Karl-Otto viele Leute kennengelernt. Unter anderem auch eine Familie in Bönninghardt bei Alpen auf der Strecke nach Wesel gelegen, die damals zu seinen besten Kunden zählte, auch wenn sie ihm nur Kleinigkeiten abkaufte. Die Leute waren stets freundlich, servierten ihm Kaffee und plauderten gern mit ihm. An diese Familie erinnerte er sich oft, und so beschloß er eines Tages, sie kurzerhand aufzusuchen. Natürlich empfing man Karl-Otto mit großem Hallo, wollte vor allem wissen, was inzwischen aus ihm geworden war und machte enttäuschte Mienen, als er seinen mit Pechsträhnen gepflasterten Irrweg schilderte, allerdings auch nicht verheimlichte, teils selbst dazu beigetragen zu haben. Trotzdem gebe er die Hoffnung nicht auf, bald wieder eine gute Arbeit zu finden. Nur wo?

"Wenn du arbeiten willst, Karl-Otto", sagte Wilhelm Drewes, "dann findest du auch was. Würdest du jede Arbeit annehmen?"

"Es käme darauf an", entgegnete Karl-Otto. "Eigentlich jede Arbeit, nur nicht beim Bauern und in der Ziegelei."

"Wieso nicht in der Ziegelei?"

"Also, Wilhelm... mir reichten die Wochen in Venlo!"

"Nun übertreib's bloß nicht! So schlimm war's wohl..."

"Ich mag keine Ziegel karren und stapeln", protestierte Karl-Otto energisch und langte nach einem Stück Kuchen, den Wilhelm Drewes' Tochter, eine schlanke, braunhaarige Frau von 30 Jahren, auf den Tisch gestellt hatte. Sie hieß Ilse und war vor kurzem geschieden worden.

"Vergiß mal die holländische Ziegelei, Karl-Otto, und hör' mir zu", hub Wilhelm erneut an. "Ich kann dir keinen Direktorenposten anbieten, jedoch einen festen Arbeitsplatz vermitteln, wenn du bereit bist..."

"In der Ziegelei zu arbeiten!"

"Laß doch die unangebrachte Bemerkung, Karl-Otto. Die Angelegenheit ist ernst und ich möchte dir doch helfen."

"Gib dir keine Mühe, Wilhelm... Mich kriegst du in keine Ziegelei, und wenn ich bis in alle Ewigkeit stempeln müßte."

"Jetzt muß ich aber ein Machtwort sprechen, Herr Karl-Otto", mischte sich Ilse ein. "Wenn Papa Ihnen helfen will, für Sie ein gutes Wort einlegen möchte, dann dürfen Sie das nicht von vornherein gleich ausschlagen. Papa könnte Ihnen bestimmt bei der Arbeitsuche behilflich sein!"

Karl-Otto stutzte: So hübsch und so resolut, dachte er. Ein zaghaftes Lächeln huschte über sein Gesicht. Ilse lächelte auch. Sie lächelte ihm aufmunternd zu, drehte ihren Kopf langsam zur Seite, so daß er ihr feingeschnittenes Profil bewundern konnte und fügte noch hinzu: "Denken Sie doch an Ihre Zukunft!"

"Na gut, denn schieß mal los, Wilhelm... Um welchen Posten handelt es sich?" fragte Karl-Otto interessiert. Dabei ließ er Ilse nicht aus den Augen, zwinkerte ihr ein paarmal unauffällig zu.

"Also, paß mal auf, Karl-Otto: Auf dem Herweg kamst du doch an einer Baustelle vorbei... links von der Straße."

"Ja, die hab' ich geseh'n. Zwei weiße Häuser im Rohbau."

"Siehst du, und dort entsteht ein Kalksandstein-Werk. Die Gebäude sind nicht weiß angestrichen, sondern aus solchen Kalksandsteinen, wie sie in dem Werk hergestellt werden sollen. Ich habe bereits mit der Firma einen Arbeitsvertrag als Betriebselektriker und komme mit dem Chef gut zurecht. Wenn ich für dich bei ihm ein gutes Wort einlege, bist du schon so gut wie eingestellt..."

"Als Ziegeleiarbeiter", warf Karl-Otto ein.

"Zunächst wahrscheinlich ja, aber wie ich mitbekommen habe, sucht Doktor Milzig, so heißt der Firmenchef, noch einen entwicklungsfähigen jungen Mann für die Produktion, der in absehbarer Zeit Vorarbeiter und später Schichtführer werden könnte. Ja, und nun bin ich der Meinung, daß du der richtige Mann sein würdest, diese Laufbahn einzuschlagen. Bis zum Meister und noch weiter könntest du es bringen. So hörte ich's vom Chef!"

"Hört sich verlockend an."

"Überleg' nicht lange, Karl-Otto, es kann für dich eine Lebensstellung werden, ein krisenfester Arbeitsplatz. Kalksandsteine sind gefragter denn je. Die Bauwirtschaft reißt sie den Werken förmlich aus den Händen. Doktor Milzig hat die Zeichen der Zeit verstanden, sonst würde er die Fabrik nicht errichten lassen... verstehst du das jetzt?"

"Na gut", sagte Karl-Otto, "du hast mich überzeugt. Wann könnte ich mich vorstellen?"

"Wart' mal... Heut' haben wir Freitag, morgen trag' ich's dem Chef vor und dann nehme ich an, daß... Ach was, komm einfach Sonntag abend mal kurz vorbei! Vielleicht kann ich dir dann schon einen verbindlichen Termin nennen."

Draußen fuhr ein "Messerschmitt-Kabinenroller" vor: Frau Drewes kehrte vom Einkaufen zurück. "Nanu, wo kommen Sie denn mit einem Mal her, Herr Franke?" staunte die zierliche Frau mit den hochgesteckten schwarzen Haaren. "Ich dachte, Sie sind schon längst wieder in Niedersachsen.. Wie geht's? Haben Sie neue Arbeit gefunden? Sie sehen mir ein bißchen abgemagert aus, Herr Franke! Ich mache gleich Abendbrot und Sie bleiben natürlich hier und essen mit. Wilhelm macht anschließend eine Flasche Wein auf, damit wir unser Wiedersehen feiern können."

Dankbar nahm Karl-Otto die Einladung an. Er freute sich. Jedoch noch viel mehr schien sich Ilse zu freuen. Sie schien schon längst ein Auge auf Karl-Otto geworfen zu haben, schon damals, als er mit seinem Musterkoffer das erste Mal Wilhelm Drewes schmuckes Behelfsheim betrat. Ilse war es denn auch gewesen, die Karl-Otto jedesmal etwas abkaufte und ihn wiederbestellte, aber es bot sich nie die Gelegenheit, sich mit ihm ungestört zu unterhalten. Das wollte Ilse heute abend nachholen und mit ihm ein Rendezvous vereinbaren.

Nachdem der Abendbrottisch abgeräumt war, holte Wilhelm Drewes eine Flasche Wein, stellte sie auf die mit einem Wachstuch bedeckte Platte und sagte: "So, und jetzt brauchen wir noch jemand, der die Flasche öffnet... Soll'n wir knobeln?"

Alle lachten über seinen Scherz; Ilse nur ganz kurz. "Von mir aus", meinte sie, "könnte die Flasche geschlossen bleiben."

"Sie meint das gar nicht so, Herr Franke", warf Klara Drewes ein. "Wissen Sie, manchmal ist sie gegen Alkohol allergisch... Ihr geschiedener Mann ist nämlich Alkoholiker und da kann man's ja versteh'n. Sie trinkt natürlich auch ein Glas mit. So ist das nun wiederum auch nicht, daß sie ein 'Kind von Traurigkeit' wäre... Aber ganz ehrlich gesagt: Ich mag auch keine betrunkenen Männer!"

Je später es wurde, desto angeregter unterhielt man sich, kam vom Hundertsten ins Tausendste, und so blieb es auch nicht bei nur einer Flasche Wein. Schließlich hatte sogar Ilse einen kleinen Schwips, rückte immer näher an Karl-Otto heran und trank mit ihm gegen Mitternacht Brüderschaft, wogegen ihre Eltern scheinbar nichts einzuwenden hatten, was schon aus Klaras Bemerkung hervorging: "Warum sind Sie nicht schon früher Ilse über den Weg gelaufen?" Und dann bot sie Karl-Otto das DU an.

Bald verabschiedeten sich Ilses Eltern und begaben sich zur Ruhe. Ilse atmete auf. "Das kenne ich gar nicht von ihnen", sagte sie leise, denn das elterliche Schlafzimmer befand sich gleich nebenan. "Wenn sonst jemand hier ist, also ein Mann, dann weichen sie nicht von meiner Seite, aber dich haben sie offensichtlich in ihr Herz geschlossen... wie auch ich!"

Karl-Otto drückte Ilse zärtlich an sich. Langsam erwachten in ihm Gefühle, jene Gefühle, die er seit Monaten unterdrückte. Als erfahrene Frau versuchte Ilse die Gunst der Stunde sofort wahrzunehmen. Wie eine Diva lehnte sie sich leicht zurück, strich mit den Fingern durch ihr volles Haar und schaute Karl-Otto mit halbgeschlossenen Lidern verführerisch an. Fasziniert starrte er auf ihren Busen, den sie fast im Schneckentempo entblößte. Wie nach einem Metronom hob und senkte er sich rhythmisch, zum Greifen nah, aber Karl-Otto wagte nicht, ihn zu berühren. Erst, als Ilse Karl-Ottos Hand auf eine ihrer wohlgeformten Wölbungen gelegt hatte, begann er zärtlich den Busen zu streicheln. Nur mit den Gedanken war er nicht bei der Sache. Er mochte Ilse. Er hatte sie schon vom ersten Augenblick an, als sie sich gegenüberstanden, gern gemocht, nur nicht weiter über sie nachgedacht. Sie war hübsch, klug und ohne weiteres die Frau, mit der ein Mann glücklich werden könnte, aber...

"Liebst du mich ein bißchen, Karlchen?" hauchte Ilse.

"Würde ich sonst noch bei dir verweilen?"

"Könntest du dir vorstellen, wenn du geschieden bist, mit mir zusammenzuleben? Natürlich müssen wir uns noch beschnuppern, aber beiderseitige Sympathie ist doch bereits vorhanden!"

"Allerdings, und ich möchte auch gern in deiner Nähe sein, dich streicheln, küssen, verwöhnen und deinen reizenden Körper bewundern, wenn du nackt aus dem Bad kommst, dich ins Bett legst und..."

"Alles werde ich dir schenken, alles wird dir gehören, mein Karlchen, nur dir wird mein Körper gehören; mit sämtlichen Fasern meines Herzens werde ich dich lieben... Entschuldige, wenn ich jetzt so vor dir sitze, aber es überkam mich plötzlich. Ich bin in dich verliebt! Komm, laß uns das Licht löschen!"

"Ich muß nach Hause", sagte Karl-Otto mit einem Stoßseufzer.

"Warum?"

"Ja, weil ich nicht aufgelegt bin!"

"Bin ich dir zuwider?"

"Nein, im Gegenteil, aber ich möchte nicht, daß deine Eltern uns überraschen."

"Deswegen brauchst du dir nicht den Kopf zu zerbrechen. Die können sich doch ausmalen, daß ich mit dir in mein Schlafzimmer gehe und nicht hier in der Küche 'Schwarzer Peter' spiele."

Ilses Rock glitt zu Boden; dann der Slip. Immer tiefer rutschte ihre Hand an Karl-Otto, immer intensiver wurden ihre streichelnden Bewegungen, bis Karl-Otto plötzlich hochschnellte und mit sanfter Stimme sagte: "Laß mich bitte nach Hause fahren, Ilse, ich kann mich einfach nicht auf dich konzentrieren... Am Sonntag, bis dahin werde ich mich gefangen haben, dann bin ich bereit, mit dir über unsere Zukunft zu sprechen, dir meine Gefühle ungezwungen entgegenzubringen, jedoch heute, liebe Ilse, da bin ich einfach überfordert... Versteh' es bitte!"

Verständnisvoll und dennoch ein wenig schmollend, gab sich Ilse schließlich zufrieden, geleitete Karl-Otto nach draußen, drückte ihn ganz fest an sich und flüsterte verträumt: "Schau mal Karlchen, der Mond ist unser Zeuge, wie verliebt wir sind! Ob er auch in unsere Herzen hineinzuschauen vermag?"

Wortlos erwiderte Karl-Otto ihre Küsse, streichelte noch einmal ihr glänzendes Haar und warf dann seine Maschine an.

***

Seinen 27sten Geburtstag, der auf einen Wochentag fiel, hatte Karl-Otto bei Ilse gefeiert, ohne viel Aufsehen, denn am nächsten Tag mußte er ja wieder pünktlich zur Arbeit. Dank Wilhelms Fürsprache und dem Umstand, daß Karl-Otto dem Personalchef auf Anhieb sympathisch war, bekam er mühelos seinen Arbeitsvertrag und die mündliche Zusage, in absehbarer Zeit für besondere technische Aufgaben geschult zu werden. Bis dahin mußte er sich mit den Produktionsabläufen in dem Kalksandsteinwerk vertraut machen, selbst die schweren, körperlichen Arbeiten am Sandberg, an der Steinpresse und an der Verladerampe verrichten. Mit zusammengebissenen Zähnen, oftmals an der Erschöpfungsgrenze angelangt, stand er die vorgegebene Zeit tapfer durch.

Danach folgte eine vierwöchige Schulung in einem anderen Werk. Ende November 1953 wurde Karl-Otto schließlich von Doktor Milzig persönlich zum Vorarbeiter und stellvertretenden Schichtführer ernannt, was nicht nur eine erhebliche finanzielle Verbesserung zur Folge hatte, sondern auch Karl-Ottos Selbstbewußtsein stärkte. Er entwickelte sich zum pflichtbewußten und zuverlässigen Vorgesetzten, schlichtete belanglose Unstimmigkeiten unter den teils ziemlich ungebildeten Arbeitern, die meistens statt des Geistes ihre Fäuste sprechen lassen wollten und erhielt auch ein Mitspracherecht bei Neueinstellungen. Karl-Ottos Existenz war gesichert...

***

Kurz vor Weihnachten, an einem Dienstagnachmittag, erhielt Karl-Otto von der Geschäftsleitung die Anweisung, den Aufenthaltsraum einigermaßen festlich herrichten zu lassen, da man einen "relevanten Gast" erwarte. Kurz vor Feierabend fuhr dann auch noch ein Lieferwagen vor. Karl-Otto konnte sich den plötzlichen Aufwand nicht erklären, half fleißig beim Abladen der Bierkästen, Schnapsflaschen und belegten Brötchen mit. Auch an mehrere Stangen Zigaretten und eine Kiste Zigarren hatte man gedacht. Es sah beinahe so aus, als sollte ein Jubiläum gefeiert werden - aber welches?

Kaum hatte sich die Belegschaft im Aufenthaltsraum versammelt, erschien auch schon der Chef mit einem kleinwüchsigen, elegant gekleideten Herrn, der alle sofort durch sein forsches Auftreten verblüffte. Nachdem er vom Chef als Generalvertreter der "Portland Zementwerke" vorgestellt worden war, ergriff er selbst das Wort: "Meine Herren, ich freue mich, heute endlich auch bei Ihnen sein zu dürfen! Die Mengen Kalk, die Sie täglich verarbeiten, kommen aus unserem Werk, das sich guten Abnehmern gegenüber auch einmal erkenntlich zeigen möchte. Also erheben wir das Glas auf weitere erfolgreiche Zusammenarbeit... Vor allem darf ich Sie bitten, ungeniert zuzugreifen. Sollten Speis' und Trank nicht ausreichen, so melden Sie sich, denn so schnell komme ich nicht wieder..."

Das brauchte der Generalvertreter nicht zweimal zu sagen. Im Nu waren die belegten Brötchen verzehrt und auch die Getränke gingen innerhalb der nächsten Stunde langsam zur Neige, so daß Nachschub bestellt wurde. Man nahm hemmungslos die Gelegenheit wahr, sich auf Kosten anderer richtig vollaufen zu lassen. Die Firma war unerwartet eine große Familie geworden. Die sonst so Distanz wahrende Geschäftsleitung mischte sich unter die einfachen Arbeiter, ließ sich auf Diskussionen ein und auch der Generalvertreter unterhielt sich angeregt mit den Werksangehörigen.

Plötzlich erhob er sich, bat um einen Augenblick Gehör und fragte: "Wer von euch war Fallschirmjäger?"

Vier Arme schossen blitzartig nach oben.

"Sofort zu mir!" befahl der Generalvertreter und setzte sich dann mit den Leuten an einen gesonderten Tisch. Karl-Otto rückte in Hörweite und vernahm zu seinem Erstaunen, daß der Generalvertreter ein ehemaliger Oberstleutnant der Elitetruppe war, den "Grünen Teufeln" angehört hatte und scheinbar noch immer ein überzeugter Militarist war. Interessiert spitzte Karl-Otto die Ohren. "Wir alten Kameraden müssen zusammenhalten. Wenn demnächst eine neue Armee aufgestellt werden sollte, dann sind wir natürlich sofort wieder dabei, dann seid ihr wieder in Uniform, Vorgesetzte, und habt es nicht mehr nötig, schwere Arbeit zu verrichten. Bereitet euch schon langsam darauf vor. Höchstwahrscheinlich stellt man die ersten Kader schon in ein, zwei Jahren auf..."

Karl-Otto stutzte. Derartiges war ihm neu. Bisher war ihm nur bekannt, daß kein deutscher Soldatenstiefel mehr die Straße betreten sollte. Woher nahm dieser ehemalige Offizier seine Information? Oder war es nur sein heimlicher Wunsch, wieder Soldat zu werden? Oder war er es noch immer? Scheinbar ja, denn er redete und redete mit den vier alten Kameraden nur über den Krieg, über Ruhm und Ehre und versäumte es auch nicht, seine Heldentaten in den Vordergrund zu stellen, von den mutigen Einsätzen seiner Einheit zu schwärmen. Als er dann auch noch ein Soldatenlied anstimmte und alle nach und nach einfielen - die einen offensichtlich begeistert, die anderen zögernd -, erwachte in Karl-Otto jene unselige Zeit, die ihm die besten Jahre seines Lebens geraubt hatte, jene Zeit, an die er sich nicht mehr erinnern wollte. Und jetzt erklangen die alten Soldatenlieder, nach deren Marschtempo er viele Kilometer laut grölend über die Kasernenhöfe und auf den Straßen dahingezogen war. Am liebsten hätte er sich die Ohren zugehalten, wäre hinausgelaufen in die sternklare Nacht und hätte, den Blick gen Himmel gerichtet, laut geschrien, nein, eher den Herrgott angefleht: "Nie wieder Soldaten; nie wieder Krieg!" Was bewog eigentlich diese Leute, die aus vollem Halse aufpeitschende Soldatenlieder grölten, begeistert die schreckliche Vergangenheit aufleben zu lassen? War es der übermäßige Alkoholgenuß, der ihre Sinne trübte, daß sie schon fast fanatisch das Morden an der Front, das heldenhafte Sterben auf dem Schlachtfeld verherrlichten, wie es in den Liedern zum Ausdruck kam? Sie waren doch alle heil davongekommen! War das schon vergessen? Würden sie vielleicht schon morgen eine neue Uniform anziehen, für die Amerikaner, Engländer oder sonst wen in den Krieg ziehen?

Karl-Otto begriff die Leute nicht. Um seine Enttäuschung herunterzuspülen, griff er zur Bierflasche und trank sie in einem Zug aus - einen doppelten Korn hinterher.

Gegen elf Uhr war fast die gesamte Belegschaft volltrunken. Auch Karl-Otto hatte mehr als genug in sich hineingeschüttet. Das war alles halb so schlimm, denn der Firmenchef hatte genehmigt, daß sein Chauffeur die Arbeiter mit dem Kleinbus nach Hause fuhr; immer gruppenweise, wie sie gerade Lust hatten. Weit nach Mitternacht fuhr der Bus zum letztenmal. Karl-Otto räumte noch auf, unterhielt sich etwa zehn Minuten mit dem Chef, der ebenfalls angetrunken war, und diskutierte auch noch kurz mit dem Generalvertreter, der, als Karl-Ottos antimilitaristische Einstellung erkannte, ihn einfach ignorierte.

Nachdem die "hohen Herren" gegangen waren, ließ sich Karl-Otto auf einen Stuhl fallen und überlegte, ob er im Nebenraum auf der harten Holzbank übernachten sollte oder den Chauffeur bitten, ihn nach Hause zu fahren. Jeden Augenblick müßte er ja zurück sein von der letzten Tour. In Karl-Ottos Kopf drehte sich alles; die Gegenstände im Raum sah er bereits doppelt. Verbissen kämpfte er gegen die Müdigkeit an, aber seine Augenlider fielen immer wieder bleischwer nach unten, hinzu kam die unheimliche Stille, die ihn umgab. Schwankend trat er an das Fenster, öffnete beide Flügel und atmete die frostige Luft ein. Vor ihm erstreckte sich die nur mit einem hauchdünnen Schneeschleier bedeckte flache Landschaft. Wie drohende Zeigefinger hob sich eine Pappelreihe gegen den mondhellen Horizont ab. Irgendwo auf einem Bauernhof schlug ein Hund an. Vielleicht war es Wilhelm Drewes' Jagdhund. Vielleicht war Ilse noch wach und wartete auf Karl-Otto. Aber das glaubte er selber nicht, denn Ilse wußte bestimmt durch ihren Vater, daß in der Firma kräftig gefeiert worden war und daß Karl-Otto getrunken hatte. Sie verabscheute betrunkene Männer. Trotz aller Liebe würde sie auch Karl-Otto abweisen. Sie hatte ihn in letzter Zeit schon des öfteren eindringlich gebeten, endgültig vom Alkohol zu lassen, sonst müßten sie sich trennen, denn noch einmal wollte sie nicht mit einem Trinker verheiratet sein.

Karl-Otto zündete sich eine Zigarette an und murmelte

vor sich hin: "Was die Weiber bloß immer haben, wenn Männer mal einen über den Durst trinken? Zur Männerrunde gehört eine Pulle auf den Tisch... Das muß eine Frau doch verstehen!"

Aus der Ferne vernahm Karl-Otto Motorengeräusch, das rasch näher kam. Es war der Cheffahrer mit dem Kleinbus. "So, Karl-Otto", sagte er, nachdem er im Aufenthaltsraum Platz genommen hatte und sich von Karl-Otto eine Flasche Selters geben ließ, "gleich fahre ich dich nach Hause. Trink bitte nichts mehr, du kannst ja kaum noch stehen... Pack dir lieber ein paar Flaschen Bier in die Aktentasche, für morgen!"

"Ich bin... also, du... du willst doch nicht... willst du sagen, ich... ich bin be... betrunken?"

"Red nicht soviel herum und zieh' dich an! Ich möchte auch ins Bett. Gib mir vorsichtshalber deinen Motorradschlüssel!"

"Warum das?"

"Weil du doch gestern abend geäußert hattest, eventuell hier zu übernachten, deinen Rausch auszuschlafen, bevor du zu deiner Ilse fährst... Bleibst du noch bei dem Vorsatz?"

Karl-Otto legte den Schlüssel auf den Tisch und lallte: "Ja, ich blei... bleibe hier... Auf der Ba... Bank werde ich mich la... langmachen... Geh nur schla... schlafen, Hugo!"

"Mir soll's nur recht sein", meinte der Cheffahrer. "Vor allem kann ich mich beruhigt ins Bett legen, da du mit dem Motorrad nicht mehr wegfahren kannst. Ich dreh' dir noch ein bißchen den Ölofen auf und dann haust du dich hin. Gegen Mittag bring ich dir den Zündschlüssel. Bis dahin wirst du wohl schon wieder nüchtern sein..."

Kaum hatte sich der Cheffahrer entfernt, öffnete Karl-Otto eine Flasche Bier, trank sie hastig leer und durchsuchte den kleinen Werkzeugschrank an der Wand solange, bis er einen passenden Nagel gefunden hatte. Er wußte wohl, was er tat, konnte sich auf sein Vorhaben konzentrieren und war auch davon überzeugt, die richtige Nagelstärke gewählt zu haben, aber die eventuelle Tragweite seines Gedankenblitzes vermochte er aufgrund des übermäßigen Alkoholgenusses nicht abzuwägen. Er war nur von dem Gedanken beseelt, zu beweisen, daß er nicht so betrunken war, wie ihm der Cheffahrer unterstellte. Er wollte unbedingt nach Hause fahren! Es konnte ja gar nichts passieren, da die Straßen nachts kaum befahren waren. Schließlich war er schon so oft unter Alkoholeinfluß gefahren; immer war es gutgegangen. Noch nie hatte ihn die Polizei angehalten. Es mußte schon mit dem Teufel zugehen, wenn mir um diese Zeit eine Streife begegnen sollte, redete er sich ein. Vorsichtig nach allen Seiten spähend, verließ Karl-Otto den Aufenthaltsraum, schob seine 125-er "DKW" auf dem ziemlich vereisten Zufahrtsweg bis zur Landstraße. Mehrere Male mußte er sich damit abquälen, die ihm aus den Händen geglittene Maschine wieder aufzurichten, aber er gab nicht auf, obwohl ihn seine Beine kaum noch trugen, alles vor seinen Augen tanzte, sich wie im Kreis drehte. Nach einigen Versuchen schaffte er es endlich, auf der Maschine zu sitzen und den Nagel in das Zündschloß zu stecken. Dann heulte der Motor auf. Kupplung ziehen, Gang einlegen und Gas geben, geschah völlig automatisch - im Unterbewußtsein. Dazu brauchte er seine Sinne nicht zusammenzuhalten, eher mußte er auf das Gleichgewicht achten, um nicht gleich auf die Straße zu stürzen. Zunächst schien es auch so, als ob Karl-Otto sein Fahrzeug in der Gewalt hatte, aber bereits nach etwa 100 Metern - er wollte gerade den dritten Gang einlegen - erfolgte der erste leichte Sturz. Fluchend rappelte sich Karl-Otto hoch und startete erneut. Mit äußerster Konzentration, unsicher am Straßenrand dahinschlingernd, erreichte er schließlich die asphaltierte eisfreie Bundesstraße, verhielt einen Augenblick mit laufendem Motor - mitten auf der Fahrbahn. Weit und breit keine Menschenseele. Es kann überhaupt nichts schiefgehen, die

Piste gehört mir, dachte Karl-Otto, legte den Gang ein und brauste los. Ein Glücksgefühl überkam ihn: Er konnte noch fahren! Was wohl der Cheffahrer sagen würde, wenn er mich jetzt sehen könnte, jubilierte Karl-Otto innerlich. Die Tachometernadel stieg auf 70, 80, 90. Verschwommen rauschten die links und rechts der Straße stehenden Bäume vorbei, immer bedenklicher wurde Karl-Ottos Fahrweise, die Schlangenlinie beanspruchte beinahe die gesamte Fahrbahnbreite, aber er dachte nicht im entferntesten daran, seine Geschwindigkeit zu drosseln. Wie ein mahnender Finger tastete der Scheinwerfer den Asphalt ab und gaukelte Karl-Otto vor: Du kannst fahren! Dir gehört jetzt die Straße! Dreh nur das Gas auf und beweise, daß du nicht so betrunken bist, wie man's dir unterstellen wollte! Und Karl-Otto drehte das Gas noch mehr auf, lächelte in sich hinein, stolz darauf, seine Maschine zu beherrschen.

Plötzlich bekam er einen Schreck: Vor ihm tauchten zwei Scheinwerfer auf, kamen näher. Rasend schnell kamen sie näher. Karl-Otto nahm das Gas zurück, beugte sich weit vor und versuchte, so weit wie nur möglich rechts auszuweichen, aber die Maschine gehorchte nicht, legte sich nach links und steuerte auf die beiden Scheinwerfer zu, die plötzlich höhnisch zu grinsen schienen, ihre Lichtkegel gierig nach Karl-Otto ausstreckten, ihn umarmten, ihn an sich zogen, immer drohender und greller wurden. "Nein, nein, nein!" schrie Karl-Otto, aber da war es schon geschehen: Ein kurzer, heftiger Schmerz in der linken Schulter, die Maschine schleuderte nach rechts, gegen den nächsten Baum und dann umgab Karl-Otto tiefe Finsternis.

***

Als Karl-Otto die Augen wieder aufschlug, waren drei Tage vergangen. Ganz langsam kam er zu sich, schaute verwundert in die Runde und begriff allmählich, wo er sich befand. Sein eingemummter Kopf schmerzte wahnsinnig, nicht minder die linke Schulter und die verbundenen Hände. Sonst schien noch alles in Ordnung zu sein. "Ich bin doch in einem Krankenhaus... nicht wahr?" fragte er leise die neben seinem Bett sitzende Krankenschwester. "Welches Krankenhaus ist es? Bin ich schon..."

"Sie sollten nicht soviel sprechen, Herr Franke", sagte die rothaarige Schwester und streichelte Karl-Ottos Wange, von der lediglich ein kleiner Fleck aus dem dikken Verband hervorlugte. "Versuchen Sie weiterzuschlafen. Morgen erzähle ich Ihnen den ganzen Unfallvorgang. Jetzt sind Sie noch zu schwach. Je mehr Sie schlafen, desto größer sind die Heilungschancen. Hier, trinken Sie ein bißchen Tee!"

Während Karl-Otto im Issumer Krankenhaus ans Bett gefesselt war, seine schweren Unfallverletzungen auskurieren mußte, noch einmal haarscharf dem Tod entronnen war, amüsierte sich Beate in Düsseldorf mit ihrem neuen Freund, einem Straßenbahnfahrer, der sie mittlerweile dazu überredet hatte, die Scheidung einzureichen. Karl-Otto hatte so etwas geahnt, es sich sogar insgeheim gewünscht, daß ein anderer Mann bei Beate anbeißen würde, was jedoch andererseits hieß, daß er Martin nicht mehr zu sehen bekam, aber es gab keine andere Lösung, um die Lebensgemeinschaft mit Beate zu beenden. Vielleicht paßte der Straßenbahnfahrer zu ihr; vielleicht fand sie bei ihm ihr Glück. Jedenfalls trug es Karl-Otto gelassen, als ihm Schwester Maria den Einschreibebrief ans Bett brachte.

"Ist es etwas Schlimmes? Von der Polizei?" fragte sie besorgt, als Karl-Otto die Scheidungsklage durchlas.

"Nein, nein", sagte Karl-Otto mit ruhiger, etwas gepreßter Stimme, "nur der Bescheid, daß meine Frau die Scheidung eingereicht hat."

"Und das sagen Sie so daher, als wäre es das Normalste von der Welt... Eine Scheidung ist doch immer..."

"Aber nicht in unserem Fall, Schwester Maria."
"Haben Sie sich auseinandergelebt?"
"Ja, schon lange."
"Das ist ja tragisch... Sie haben doch auch ein Kind?"
"Was soll ich machen? Soll ich den Jungen herholen, ihn zu mir ins Bett legen? Oder möchten Sie ihn versorgen?"
Jetzt lächelte Schwester Maria. Einen Augenblick schien sie nachzudenken. Plötzlich sagte sie etwas leiser als bisher, daß es die anderen drei Patienten im Zimmer nicht hören konnten: "Daß da irgend etwas nicht stimmt, vermutete ich schon allein daraus, weil Sie noch nie von Ihrer Frau Post bekommen haben."
"Ich schreib' doch auch nicht!"
"Demnach weiß Ihre Frau gar nicht, daß Sie hier liegen?"
"Nein... Was würde sie das auch interessieren!"
"Hmmm... Legen Sie überhaupt keinen Wert auf ihren Besuch?"
"Nicht den geringsten", sagte Karl-Otto und schaute in Schwester Marias dunkelblaue Augen. Ihr hübscher Mund verzog sich zu einem feinen Lächeln, blieb jedoch stumm. Ein paarmal öffneten sich ihre Lippen - nur einen winzigen Spalt -, aber sie brachten kein einziges Wort hervor. Hatte Maria Mitleid mit ihrem ramponierten Patienten? Konnte sie als Krankenschwester überhaupt für die einzelnen Patienten Mitleid aufbringen? Als katholische, wenn auch freie Schwester, diente sie doch nur im Sinne des Herrn, der Mutter Maria und in aufopferungsvoller Hingabe dem Patienten, den sie gerade zu betreuen hatte, ganz gleich, wer er war, woher er kam. Mitleid und Zuneigung standen außen vor, als Krankenschwester mußte sie die Patienten lediglich betreuen und umsorgen. Allerdings gab es kein geschriebenes Gesetz, gegen seine Gefühle zu handeln.
Gedankenverloren steckte Karl-Otto die Scheidungsklage wieder in den Briefumschlag und legte den ihn

kaum berührenden Vorgang in die Schublade. Schwester Maria zog Karl-Ottos Bettdecke gerade, stellte ihm die Kopfstütze etwas höher und überprüfte seine Verbände. Was sie augenblicklich tat, geschah eher aus Verlegenheit als aus Notwendigkeit. Sie wartete offenbar darauf, daß Karl-Otto das Gespräch wieder aufnahm. Er erfüllte ihr den Wunsch.

"Wielange werde ich noch das Bett hüten müssen, Schwester Maria?" fragte Karl-Otto etwas ungehalten, daß Maria beschwichtigend die Hand hob und einen Blick zu den drei anderen Patienten warf, aber die saßen in der Zimmerecke am Tisch und spielten Skat, waren scheinbar so vertieft, daß sie Maria und Karl-Ottos Gespräch nicht beachteten. Sie waren schon alle über den Berg, sollten in den nächsten Tagen entlassen werden.

"Ja", sagte Maria mit einem hörbaren Seufzer, "Sie müssen noch etwas Geduld aufbringen, Herr Franke."

"Ist es schlimm um mich bestellt? Der Arzt rückt ja auch nicht so recht mit der Sprache heraus. In ein paar Tagen will er mir reinen Wein einschenken, wie er andeutete. Bis heute weiß ich noch immer nicht, wie der Unfall überhaupt ablief."

"Damit wollte der Arzt Sie vorerst nicht belasten. Sie dürfen noch keine Aufregung haben. Ihr Hirn braucht Ruhe."

"Ach, so ist das!"

"Leider ist es so... Sie müssen ganz ruhig bleiben!"

"Aber Sie können mir doch wenigstens andeuten, was in jener Nacht tatsächlich passierte, Schwester Maria", bettelte Karl-Otto und tastete nach Marias Hand.

"Na ja, eigentlich möchte ich dem Arzt nicht vorgreifen, Herr Franke, aber das eine dürfen Sie wissen: Ihr Zustand, als Sie hier eingeliefert wurden, war sehr kritisch! Einerseits waren es die schweren Verletzungen, andererseits Ihr bedenklich hoher Alkoholpegel. Ihnen dürfte wohl bekannt sein, daß Medikamente gegenteilig wirken, wenn sich im Blut zuviel Alkohol befindet...

Und das war bei Ihnen der Fall!"

Allmählich begann es bei Karl-Otto zu dämmern, aber nur ganz schwach. Bis zu dem Zeitpunkt, als der Chef-fahrer zum erstenmal mit dem Kleinbus aufbrach, vermochte er sich noch zu erinnern, jedoch die nachfolgenden Stunden waren aus seinem Gedächtnis wie weggeblasen. Was sich danach abgespielt hatte, mußte im Unterbewußtsein abgelaufen sein.

"War ich denn so betrunken?" fragte Karl-Otto verlegen.

"Und ob! Wir mußten Sie zwei Tage verstecken..."

"Warum? Habe ich so widerlich geduftet?"

"Das auch, aber das war nicht der Grund, sondern weil die Polizei hinter Ihnen her war wie der Teufel hinter der Seele. Sie wollten unbedingt feststellen, ob Sie unter Alkoholeinfluß ein Kraftfahrzeug geführt hatten."

Nun wurde Karl-Otto doch ein bißchen blaß. "Und weiter?"

"Daß es nicht dazu kam, Herr Franke, haben Sie Doktor Karstens zu verdanken. Wie er die Polizisten immer wieder abwimmeln konnte, ist mir heute noch ein Rätsel."

"Wer hat mich denn gefunden und hierher gebracht?"

"Der Fahrer des Wagens, den Sie gestreift hatten! Der Herr fand Sie nach langem Suchen blutüberströmt und bewußtlos hinter einem Knick, etwa 30 Meter abseits der Straße. So, wie er schilderte, streiften Sie sein Auto, rasten frontal gegen einen Baum und wurden im hohen Bogen von Ihrem Motorrad geschleudert. Danken Sie Gott, daß Sie auf der Wiese landeten! Wahrscheinlich hat das Gestrüpp des Knicks den Sturz auf die gefrorene Wiese erheblich abgeschwächt, sonst hätten Sie sich einige Knochen mehr brechen können, vielleicht sogar tot sein."

Ungläubig schüttelte Karl-Otto den Kopf und fragte: "War es wirklich so? Ich kann mich an nichts erinnern..."

"Jedes Wort ist die reine Wahrheit", sagte Maria. "So,

und jetzt schlafen Sie noch ein wenig, Herr Franke... In einer halben Stunde ist Visite."

"Danke, Schwester Maria", sagte Karl-Otto leise und blickte der 25jährigen schlanken Frau nach, deren schulterlanges Haar bei jedem Schritt hin und her wogte wie Wellen auf dem Meer. Maria war gebildet, hübsch und fürsorglich. Karl-Otto mochte sie. Und Maria?

Um zu schlafen, dazu war Karl-Otto zu aufgerührt. So sehr er seinen Geist auch anstrengte, vermochte er nicht, ein zusammenhängendes Bild von den Geschehnissen in der Unfallnacht zu rekonstruieren. Zu viele Lücken hatten sich eingeschlichen. Daß er mit dem Motorrad gefahren war, dämmerte ihm noch ganz schwach, aber wohin und wie - das war weg. Langsam schob er seine Hände unter die Bettdecke, faltete sie und schickte seinem Schöpfer ein Dankgebet. Das Schicksal hatte es gewollt, daß Karl-Otto noch lebte. Nur, und diese Frage stellte sich erneut: Wohin würde ihn sein künftiger Weg führen? Wie lange mußte er noch umherirren? Wäre es mit Beate, mit seiner Ehe, so verlaufen, wie er es sich ursprünglich vorgestellt hatte, dann wäre vieles anders gekommen. Wenn er ehrlich sein sollte, dann war es doch bislang überwiegend der Alkohol gewesen, der ihm stets einen Strich durch die Rechnung gemacht hatte. Dabei war er eigentlich gar kein Trinker! Jedesmal hatten es gewisse Umstände mit sich gebracht, daß er sich zum denkbar ungünstigsten Zeitpunkt vollaufen ließ, was verheerende Folgen nach sich zog, ihn vom langsam aufsteigenden Ast unbarmherzig immer wieder in die Tiefe stürzte. Es war wie verhext! Wo sollte er anfangen die Schuld zu suchen an seinem Irrweg? Bei sich? Bei Beate? Waren nicht auch seine Kindheitsjahre, seine Mutter und das "Großdeutsche Reich", in gewisser Beziehung schuld, daß seine Entwicklung in falschen Bahnen verlief? sein Leben wurde zu einem ständigen Auf und Ab. Ständig Rückschläge, ob selbst verschuldet oder nicht. Im Moment war es der Unfall, die Scheidungsklage und der voraussichtliche Verlust des Arbeitsplatzes. All das versuchte er zu verkraften. Aber es war ja nicht nur dieses, sondern auch noch ein anderer Schicksalsschlag: Ilse, mit der Karl-Otto vielversprechende Pläne geschmiedet hatte, wollte von ihm, nachdem sie von seiner Unvernunft und Verantwortungslosigkeit erfahren hatte, nichts mehr wissen. Den Brief, in dem sie Karl-Otto ihren unwiderruflichen Entschluß mitteilte, hatte er sofort in kleine Fetzen zerrissen, Ilse aus seinem Herzen gerissen.

Schwester Maria steckte ihren Kopf zur Tür herein. "Husch, husch... Alle Mann in die Betten! Gleich kommt die Visite!"

Es dauerte noch eine Weile, und dann kam sie - die weißgekleidete Schar. Vorneweg Doktor Karstens, der große, schlanke Mann mit den schwarzen Haaren und den buschigen Brauen über dem freundlichen Augenpaar. So stellte man sich einen Arzt vor, ungefähr so hatte auch Karl-Ottos Vater ausgesehen.

"Na, wie geht es heute unserem 'Rennfahrer'?" fragte der Arzt und fühlte Karl-Ottos Puls.

"Danke, gut, nur mein Kopf schmerzt noch ab und zu."

"Das wird sich auch in den nächsten Tagen bessern, Herr Franke. Immerhin haben Sie einen Schädelbruch davongetragen, der ernstgenommen werden muß. Aber nur Geduld... Sonst ist soweit alles in Ordnung. Die Schürf- und Platzwunden verheilen gut und auch die gebrochenen Rippen haben wir im Griff. Was mir allerdings nicht gefällt, Herr Franke, das ist Ihr gesplitterter Knöchel. Eventuell muß ich noch einmal operieren."

"Bloß nicht, Herr Doktor", wehrte Karl-Otto mit beiden Händen ab. "Ich möchte doch bald entlassen werden."

"Sie haben vielleicht einen gesunden Humor, Herr Franke!" sagte Doktor Karstens und streichelte beruhigend Karl-Ottos Haare. "Haben Sie das gehört?" wandte er sich an Schwester Maria. "Ihrem Patienten gefällt es anscheinend nicht mehr bei Ihnen... Nein, nein, Herr Franke, so schnell lasse ich Sie nicht fort; das könnte ich nicht verantworten. Sie sind gerade 14 Tage hier und schon denken Sie mit Ihren schweren Verletzungen an die Entlassung... Vergessen Sie das bitte ganz schnell! Gefällt es Ihnen nicht bei uns? Haben sie über Schwester Maria zu klagen? Werden sie nicht gut von ihr betreut?"

Ein verlegenes Lächeln huschte über Karl-Ottos eingemummtes Gesicht. "Doch, doch, Schwester Maria bemüht sich sehr."

"Na, seh'n Sie, Herr Franke! In Schwester Marias Obhut wird sich Ihre Genesung sowieso beschleunigen. So, wie ich sie kenne und schätze, liest sie Ihnen doch jeden Wunsch von den Augen ab, nur in den Arm nehmen, das wird sie nicht zulassen... Also, Herr Franke, Kopf hoch, dann wird's schon!"

Schwester Maria war bei Doktor Karstens' wohlwollender Bemerkung leicht errötet. Unauffällig zwinkerte sie mit einem Auge Karl-Otto zu. Das machte ihn stutzig. Sollte die Frau mit dem tizianroten Haar ihm gegenüber doch mehr empfinden als nur Fürsorge?

***

Auf dem Rasen im Krankenhauspark lugten die ersten Schneeglöckchen hervor, nur noch hier und da ein Fleckchen vereister Grünfläche, die durch die wärmenden Strahlen der Märzsonne von Tag zu Tag immer mehr schrumpften. Zur Mittagszeit befand sich kaum ein gehfähiger Patient im Haus, alle saßen sie auf den Gartenbänken und genossen den anbrechenden Frühling. Auch Karl-Otto nahm die Gelegenheit wahr, so oft die Witterung es zuließ. Bisweilen setzte sich Schwester Maria einen Augenblick zu ihm, gab ihm heimlich einen Kuß, um dann gleich wieder zur Station zurückzukehren. Ihre Freizeit opferte sie jedoch ausschließlich Karl-Otto, ging mit ihm spazieren, ins Kino oder in ein Café.

Zwei Tage vor seiner Entlassung, Mitte März 1954, pochte Karl-Otto wieder einmal an Marias Wohnungstür. "Oh, du bist heute aber früh da", empfing sie ihn im Bademantel. "Setz dich ins Wohnzimmer, Karlchen, ich fön' mir nur noch die Haare. Du kannst uns ja schon einen Likör einschenken."

Marias Wohnzimmer glich einer Puppenstube: klein, aber geschmackvoll eingerichtet! Alles harmonierte miteinander. Vor kurzem hatte sie eine Erbschaft angetreten und sich gleich neu eingerichtet. Ihr Steckenpferd war die Literatur. Immer wieder stöberte Karl-Otto ihren Bücherschrank durch, machte sich mit den Klassikern der Weltliteratur vertraut und war ganz Ohr, wenn Maria ihm aus diesem oder jenem Buch vorlas und dazu ihre Kommentare abgab. So hatten sie schon manchen Abend gemeinsam verbracht, bis schließlich die Liebe ihr Recht verlangte. Karl-Otto achtete und verehrte Maria - und liebte sie! Insbesondere ihre Ausgeglichenheit imponierte ihm.

"Entschuldige, Karlchen, daß ich dich so lange hab' warten lassen", sagte Maria mit ihrer sanftklingenden Stimme. Sie trug ein hellblaues Seidennachthemd. Fast bis zu den Knöcheln. Es war nicht durchsichtig. Trotzdem ließ es Marias aufreizende Körperrundungen in allen Einzelheiten erkennen. Straff spannte sich der Seidenstoff über ihre Brüste, als sie vor Karl-Otto niederkniete, ihre Hände um seinen Nacken legte und ihn behutsam an sich zog... "Bleib bei mir, Karlchen!" hauchte sie. "Vorerst genügt uns meine kleine Wohnung. Ich habe noch genügend Geld, um eine größere zu nehmen. Vielleicht könnten wir uns auch ein Haus kaufen, irgendwo am Rand der Stadt. Manchmal werden preiswerte angeboten... Es muß ja kein modernes sein, nur so eins, in dem wir Platz haben und glücklich sein können. Warum zögerst du nur? Hast du Bedenken?"

Zärtlich massierte Karl-Otto Marias schlanken Rükken, raffte Stück für Stück ihr Nachthemd höher, bis seine Fingerspitzen ihre nackte Haut berührten, zärtlich auf und ab fuhren, die Lenden streichelten und schließlich ihre Pobacken erreichten. Leise stöhnend umklammerte Maria Karl-Ottos Hüfte und zog ihn zu sich auf den Teppich. Während sie Karl-Otto entkleidete und sich dann von ihm das Nachthemd abstreifen ließ, redete sie pausenlos auf ihn ein: "Verlaß mich bitte nicht, Karlchen! Nur wir beide können glücklich werden. Du wirst bald frei sein... für mich wirst du frei sein, Karlchen! Ich werde es dir ermöglichen, Abendschulen, Fernkurse und Seminare zu belegen. Du wirst in absehbarer Zeit den Bildungsstand erreichen, um in den öffentlichen Dienst einzutreten. Alles will ich für dich tun, wenn du bei mir bleibst... Du bist so lieb zu mir und du fühlst es doch auch, wie sehr ich dich liebe, mein Karlchen! Laß uns einen gemeinsamen Weg gehen..."

Karl-Otto sagte nichts. Sanft umkreisten seine Fingerspitzen Marias Brustwarzenhöfe, die sich von dem wohlgeformten Busen wie zwei rosarote Blüten abhoben, ihn aufforderten, sie pausenlos zu küssen und zu streicheln. Maria schmolz dahin, erwiderte seine Küsse, krallte sich an seinem Po fest und bat immer wieder aufs Neue: "Bleib bei mir, mein Geliebter... Ich will nicht mehr ohne dich sein! Flüstere mir zu, daß du bei mir bleibst, daß du mich liebst... Ich werde dir alles geben, was dein Herz begehrt... Du darfst nicht von mir gehen, Karlchen! Versprich mir, daß du bei mir bleibst!"

Was hinderte Karl-Otto, spontan ja zu sagen? Warum zögerte er? Sollte Maria noch mehr bitten und betteln, vor ihm auf Knieen rutschen, ihm die Füße küssen, ihm gleich einige Tausender in die Hand drücken? Eine verliebte, eine mit den letzten Fasern ihres Herzens verliebte Frau konnte sich doch nicht noch mehr bemerkbar machen, ihre Liebe zu einem Mann kundzutun und um seine Liebe betteln. Warum zögerte Karl-Otto nur?

"Hauch mir doch wenigstens ins Ohr, daß du mich magst, mein Süßer", hob Maria erneut an. "Ich sage dir soviel Liebes und du reagierst überhaupt nicht... Schenke ich dir zu wenig Liebe?"

"Aber nein, meine geliebte Mia! Du bist unvergleichlich! Du bist zu gut zu mir. Ich möchte gern bei dir bleiben; du hast mich überzeugt, daß du mich grenzenlos liebst, aber..."

"Warum aber?"

"Ach, das verstehst du nicht, Maria. Ich möchte nicht..."

"Aber ich möchte jetzt, mein Karlchen", hauchte Maria tiefatmend, legte sich auf die Seite und winkelte ihre hübschen Beine an...

Inzwischen war es Abend geworden. Um neun Uhr mußte Karl-Otto wieder im Krankenhaus sein. "Ich mach' uns noch etwas zu essen", sagte Maria. "Du hast noch eine Stunde Zeit. Ich möchte dich am liebsten in meinen Kleiderschrank sperren, damit ich dich jederzeit griffbereit habe, mein Geliebter."

Karl-Otto lächelte, faßte Maria von hinten um die Taille und meinte: "Und wenn ich da drin ersticken würde?"

"Keine Bange, schließlich bin ich Krankenschwester und würde dich wiederbeleben... durch Mund-zu-Mund-Beatmung!"

Beide lachten hell auf, umarmten und küßten sich lange, versanken erneut in das Land der Träume, und sie wären wahrscheinlich nach wenigen Augenblicken wieder auf dem Teppich umgesunken, wenn nicht der Wasserkessel ein schrilles Pfeifkonzert angestimmt hätte.

Nachdem sie gegessen hatten, rutschte Maria noch einmal auf Karl-Ottos Schoß, nahm sein Gesicht in beide Hände, küßte ihn innig, küßte ihn mit soviel Leidenschaft und Zärtlichkeit, als würde es das letzte Mal sein. "Ich gebe dir meinen zweiten Wohnungsschlüssel mit, Karlchen", sagte sie sich an ihn lehnend. "Wenn du übermorgen entlassen worden bist, dann gehst du gleich hierher und wartest auf mich... Ja?"

"Ja, liebste Mia", entgegnete Karl-Otto. "Ich werde auf dich warten. Höchstwahrscheinlich fahre ich noch zuvor zu meiner Wohnung und schaue wegen Post nach. Vor allem muß ich meinen Mietrückstand begleichen. Das ist auch ein Problem!"

"Mach dir keins daraus, Karlchen! Bring die Rechnung mit und dann sehen wir weiter... Übrigens brauchst du auch ein neues Motorrad..., nicht wahr?"

"Vorläufig darf ich an so etwas überhaupt nicht denken."

"Aber ich denke daran", sagte Maria. "Du möchtest doch wieder eine Maschine haben? Eine fabrikneue mußt du haben!"

"Herzlich gern, Maria, aber wie gesagt, ich muß erst..."

Blitzschnell verschloß Maria Karl-Ottos Mund mit einem langen Kuß und ermahnte ihn dann, sich endlich auf den Weg zu machen, denn so nett und freundlich auch Doktor Karstens war, konnte er andererseits ungemütlich werden, wenn ein Patient, dem er Ausgang gewährte, nicht pünktlich heimkehrte. Der Abschied vor der Haustür verlief kurz und ohne Worte. Schleppenden Schrittes begab sich Maria in ihre Wohnung. Ihr Herz war schwer. Entmutigt, von Karl-Otto keine klare Antwort auf ihre Fragen erhalten zu haben, legte sie sich auf die Couch und dachte über die vergangenen Stunden nach. Plötzlich stieg in ihr eine furchtbare Ahnung auf. Sie wehrte sich dagegen, aber eine innere Stimme hämmerte unablässig: "Maria, du hast dich geirrt!"

"Nein, nein, nein, das ist und kann nicht wahr sein", schrie Maria ungehemmt und trommelte wie besessen mit den Fäusten gegen die Zimmerwand. "Es darf nicht wahr sein, denn ich liebe Karl-Otto und er liebt mich auch! Ich fühle es, ich spüre es bei jedem Zusammensein mit ihm... Ich habe mich nicht geirrt!"

Verzweifelt lief Maria im Zimmer auf und ab, versuchte, sich mit allem Möglichen abzulenken, jedoch die innere Stimme hämmerte unbarmherzig weiter: "Du hast dich geirrt, du hast dich geirrt..."

Völlig erschöpft griff Maria schließlich zur Schlaftablette. Alpträume begleiteten sie bis zum nächsten Morgen, aber sie ließ sich Karl-Otto gegenüber nichts anmerken, als sie ihn in der Mittagspause wie gewohnt zärtlich umarmte. "Morgen", sagte sie, "beginnt für uns beide ein neues Leben! Wir werden glücklich sein!"

"Ja, ich wünschte, es würde endlich wahr", murmelte Karl-Otto. Er schaute Maria nur kurz in die Augen und fügte dann hinzu: "Den Wohnungsschlüssel geb' ich dir wieder, Maria."

Maria erblaßte. "Was soll das heißen?"

"Gar nichts heißt das, Maria! Bis ich meine Angelegenheiten in Aengenesch geklärt habe, ist es sowieso Abend. Wenn ich dann zurückkomme, bist du ja schon zu Hause..., nicht wahr, Maria?"

Ein wehleidiges Lächeln, voller Zweifel und Argwohn, war die Antwort auf Karl-Ottos Bemerkung. "Komm aber nicht zu spät", rief sie ihm noch beim Weggehen über die Schulter zu.

***

Mit den besten Wünschen für die Zukunft und der verschmitzten Anmerkung: "Schwester Maria wird Sie schon auf den richtigen Weg führen und begleiten", verabschiedete Doktor Karstens Karl-Otto. Maria hatte ein Taxi bestellt. Als das Auto sich in Bewegung setzte, winkte sie noch einmal hinterher. Bleiern fiel ihre Hand herab, eine kleine Träne stahl sich aus ihrem Auge. Ihr war plötzlich zumute, als fahre Karl-Otto weit weg, dabei waren es nur einige Kilometer bis Aengenesch. Außerdem würde sie ihren Liebsten in ein paar Stunden wiedersehen. Aber sie sah Karl-Otto nie wieder...

Schon während der kurzen Taxifahrt nach Hause stand Karl-Ottos Entschluß fest: Ich darf Maria nicht wiedersehen! Mit benetzten Augen kämpfte er gegen seine

Gefühle an und versuchte die vielen schönen Stunden mit Maria zu verdrängen, konzentrierte sich ganz auf sein bescheidenes Zimmer und auf das, was ihn unweigerlich erwartete, auf unangenehme Post und die unumgängliche Auseinandersetzung mit seinem Vermieter. Er liebte Maria, sie entsprach seinen Idealvorstellungen, war verhältnismäßig vermögend und hatte ihm zu verstehen gegeben, seine Weiterbildung zu finanzieren, ihm sogar ein neues Motorrad zu kaufen. Edler konnte sich eine verliebte Frau nicht offenbaren; mehr konnte sie einem finanziell ramponierten Mann nicht bieten. Wieder war es das fertiggemachte Nest, in das er nur hineinzuhüpfen brauchte. Und das war es ja, was ihn davon abhielt, ja zu sagen! Er wollte keine Abhängigkeit! Unwillkürlich klangen ihm wieder die mahnenden Worte seines Stiefvaters in den Ohren: Heirate niemals eine vermögende Frau, wenn du selbst nichts hast! Und dennoch kämpfte er mit sich, verachtete sich selbst, Maria so zu enttäuschen, zu kränken, ihr schlaflose Nächte und Tränen zu bereiten, denn darüber war er sich im klaren, daß eine Frau, wie Maria, die ihn beinahe abgöttisch liebte, sein Verhalten weder verstehen noch leicht darüber hinwegkommen würde.

Das Einschreiben mit der Scheidungsklage war der einzige Brief gewesen, der Karl-Otto im Krankenhaus zugestellt worden war. Die übrige Post - so hatte er es mit dem Postboten vereinbaren lassen - wurde ihm in den Briefkasten geworfen, der mittlerweile überquoll. Er brauchte nicht lange zu rätseln, welchen Inhalts die Briefe waren, die er mit gemischten Gefühlen der Reihe nach durchging: Mahnungen aus Süpplingen, Unterhaltsforderungen von Beate und neue Rechnungen, da sie erneut auf Karl-Ottos Namen gekauft hatte, die er - laut Gesetz - begleichen mußte, aber auch ein kurzer Brief von Ilse befand sich darunter, in dem sie ihm noch einmal alles Gute wünschte, jedoch darum bat, er möge keinen Kontakt zu ihr aufnehmen. Auch der Fahrer des

Wagens, den Karl-Otto in jener Nacht gerammt und leicht beschädigt hatte, war mit einer Karte dabei und betonte noch einmal, keine Regreßansprüche zu stellen.

Erleichtert, trotz einiger unangenehmer Mitteilungen, legte Karl-Otto den Stapel Post beiseite. Dennoch war er beunruhigt, daß ein Brief fehlte, und zwar: die erwartete Kündigung! Sollte seine Firma doch Gnade vor Recht walten lassen, sein unverantwortliches Verhalten verzeihen? Damit durfte er eigentlich nicht rechnen. Zwar hatte ihn Wilhelm Drewes im Auftrage der Firma besucht, ihm Blumen und ein Geschenkpäckchen ans Krankenbett gebracht, aber das sollte noch nichts heißen, war mehr oder weniger eine Pflichtübung. Obwohl Karl-Otto bei der Geschäftsleitung als zuverlässiger und strebsamer Mitarbeiter galt, blieb es dennoch unumstritten, daß er sich in jener Nacht grobfahrlässig verhalten hatte. Eigenartig, daß sich die Firma so lange nicht mehr gemeldet hat, dachte Karl-Otto. Irgend etwas konnte da nicht stimmen! Noch war er 14 Tage krankgeschrieben und da konnte noch viel passieren.

Als nächstes besuchte Karl-Otto seinen Vermieter, um mit ihm über die noch offenen Forderungen zu sprechen. Er war angenehm überrascht, daß der alte Mann mit sich reden ließ, den Mietrückstand erst einmal ganz hintenanstellte; viel mehr interessierte sich Wiechert für Karl-Ottos Unfall, ließ sich den Hergang genau schildern und war dann doch sehr enttäuscht, als er vernehmen mußte, daß das Unglück unter Alkoholeinfluß geschehen war. "Wie konnten Sie nur so leichtsinnig handeln, Herr Franke! Sie hätten doch tot sein können!"

"Nun", meinte Karl-Otto achselzuckend, "es ist eben so gekommen und ich werde die Konsequenzen zu tragen haben."

"Welche Konsequenzen?"

"Daß ich eventuell meinen Arbeitsplatz verliere."

"Ach was, das glaube ich nicht. Dann hätten Sie schon Bescheid."

"Wissen Sie, Herr Wiechert, ich würde gern selbst hinfahren und nachfragen... am liebsten schon morgen, aber ich traue mich nicht. Ich habe Angst, ich schäme mich meines Verhaltens in jener Nacht. Wenn das Besäufnis doch nur nie stattgefunden hätte!"

"Nehmen Sie das nicht zu tragisch. Die anderen haben schließlich auch getrunken."

"Aber die bauten keinen Unfall, Herr Wiechert!"

"Regen Sie sich nur nicht auf, Herr Franke! Sie haben alles überstanden und was die Arbeitsstelle..."

Plötzlich stürmte Frau Wiechert völlig verstört ins Zimmer und rief mit ihrer Fistelstimme: "Kommen Sie, Herr Franke, kommen Sie schnell! Ein Herr will Sie sprechen! Er wartet in Ihrem Zimmer! Auf der Straße steht sein schwerer Wagen... Wahrscheinlich ist der feine Herr von der Behörde oder so! Kommen Sie, kommen Sie schon, Herr Franke!"

Zuerst dachte Karl-Otto, es könnte der Gerichtsvollzieher sein, aber gleich schoß ihm eine schlimmere Ahnung durch den Kopf, die sich auch bestätigte, als er dem Personalchef der Firma gegenüberstand. Freundlich, eher übertrieben freundlich, begrüßte er Karl-Otto, reckte sich zu voller Größe wie ein Pinguin nach dem Sonnenbad, entnahm seiner Aktentasche einen großen Umschlag und sagte jetzt mit versteinerter Miene: "Ich habe durch Ihren behandelnden Arzt des Krankenhauses Issum erfahren, daß Sie heute entlassen worden sind. Im Auftrage der Geschäftsleitung muß ich Ihnen mitteilen, Sie nicht mehr in unserem Werk beschäftigen zu können. Die Gründe brauche ich Ihnen wohl nicht im einzelnen zu erläutern. Ich suche Sie deshalb am Tage Ihrer Entlassung auf, damit Sie sich nicht unnötig falschen Hoffnungen hingeben... Hier sind Ihre Arbeitspapiere, Ihr Zeugnis, die Gehaltsendabrechnung und eine angemessene Abfindung, die Doktor Milzik persönlich bewilligt hat. Ich wünsche Ihnen alles Gute für die Zukunft... Guten Tag, Herr Franke!"

Bevor Karl-Otto überhaupt etwas entgegnen konnte, eine Frage stellen oder sich für die Abfindung zu bedanken, war der Personalchef verschwunden. Karl-Otto lief nach draußen, um ihm wenigstens eine oder zwei Fragen zu stellen, aber da sah er nur noch, wie der Mercedes davonbrauste.

Niedergeschlagen warf sich Karl-Otto auf sein Bett und starrte auf das schwarzgerahmte, schon ein wenig vergilbte Bild, von dem ihm die heilige Mutter Maria mit dem Jesuskind auf dem Arm entgegenlächelte. Es schien alt zu sein, dieses Bild. Wievielen mochte es im Laufe der Jahre Trost und Hoffnung gespendet haben, wieviele waren schon vor der Mutter Gottes auf die Knie gefallen und hatten sie um Hilfe gebeten? Wessen Gebete hatte sie erhört?

An der gegenüberliegenden Wand hing ein anderes Bild: Die Schlacht von Leuthen! Welch ein Gegensatz, dachte Karl-Otto. Auf der einen Seite Liebe, Glaube, Hoffnung; und auf der anderen Macht, Leid und Tod! Gegensätzlicher konnte das Leben wohl nicht sein, aber es mußte weitergehen. Auch Karl-Otto mußte sich damit abfinden, aus seinem Tief einen neuen Anfang zu suchen, einen anderen Weg einzuschlagen als den, den er in letzter Zeit beschritten hatte. Alle Türen hatten ihm offengestanden, von allen Seiten wurde ihm Hilfe zuteil, aber jedesmal schlug er die Türen zu.

Sein Blick wanderte müde zum schmalen Kleiderschrank, auf dem sein Akkordeon stand. Im Augenblick waren das Instrument und seine Fähigkeit, es zu beherrschen, sein einziges Kapital. Irgendwo würde er schon ein Engagement finden, um sich bis zur nächsten festen Arbeit durchzuschlagen. Nur von niemandem abhängig sein, keinem zur Last fallen und nicht auf Almosen angewiesen zu sein, hämmerte er sich ein. Natürlich war es ein schwerer Schlag gewesen, die gutbezahlte und sichere Arbeitsstelle zu verlieren, aber damit hatte er ja rechnen müssen. Nun hieß es, irgendwo neu Fuß zu fassen! Aber wo?

Langsam erhob sich Karl-Otto von seinem Lager. Auf dem Tisch lag noch immer der braune Umschlag. Völlig desinteressiert öffnete er ihn. Aber dann versetzte ihn doch die Abfindungssumme in Erstaunen: 500 Mark! Sofort zählte er die rückständige Mietforderungssumme ab und brachte sie zu Herrn Wiechert rüber.

"Das hätte doch noch Zeit gehabt, Herr Franke", empfing ihn der alte Mann, strich jedoch sofort das Geld ein, stellte die Cognacflasche auf den Tisch und bemerkte wohlwollend: "Na ja, was erledigt ist, bereitet keine Sorgen mehr! Trinken wir auf Ihre Zukunft... Übrigens, Herr Franke, dürfen Sie bei uns wohnen bleiben, so lange es Ihnen beliebt. Meine Frau wird Ihnen das Essen machen und auch die Wäsche. Fühlen Sie sich weiterhin wohl bei uns!"

"Danke, das ist nett von Ihnen, aber..."

"Kein aber, Herr Franke! Wir werden schon klarkommen. Meine Frau ist ohnehin nicht ausgelastet. Im Herbst werden wir Ihr Zimmer renovieren, damit Sie sich noch wohler fühlen."

"Schon richtig, Herr Wiechert, neue Tapeten täten dem Raum nicht schaden", bemerkte Karl-Otto dankbar, "nur ich..."

"Machen Sie sich nur nicht über die Kostenfrage Sorgen! Wir übernehmen die Renovierung!" fiel Wiechert Karl-Otto ins Wort.

"Ja, ja, Herr Wiechert, das ist alles schön und sehr nett von Ihnen, aber ich muß Ihnen sagen, daß ich..."

"Schluß jetzt mit dem Thema", wetterte der alte Mann und schlug mit seiner knochigen Faust auf den Tisch. "Darüber können wir uns morgen oder sonstwann unterhalten. Lassen Sie uns heute Ihre Entlassung feiern... Prost! Und viel Glück!"

"Danke, das kann ich gebrauchen", murmelte Karl-Otto. "Und was die Entlassung anbetrifft, da müßten Sie mir erst einmal sagen, welche Sie meinen, Herr Wiechert."

"Auf beide trinken wir einen, Herr Franke!" sagte der alte Mann schlagfertig. "Beide Ereignisse sind bedauerlich, aber Sie sind noch so jung; das Leben steht noch vor Ihnen."

Wenn Karl-Otto die mittlerweile zu einem Trinkgelage ausartende drohende Zweierrunde nicht spontan verlassen hätte, dann wären seine guten Vorsätze, nicht mehr soviel Alkohol zu trinken, beinahe null und nichtig gewesen. "Schlafen Sie sich man erst einmal richtig aus, Herr Franke", sagte Wiechert, als Karl-Otto sich von ihm verabschiedete.

Aber Karl-Otto legte sich nicht schlafen. Zunächst verweilte er einige Minuten inmitten seines Zimmers und dachte daran zurück, als Beate und Martin noch hier waren. Ein Höllenleben war es gewesen, mit drei Personen in einem solchen engen Raum zu kampieren. Wie die beiden wohl jetzt hausen mochten? Martin würde bestimmt sein eigenes Zimmer haben in der Wohnung des neuen Freundes, in der Wohnung des Mannes, den Beate wahrscheinlich heiraten wollte, wenn die Scheidung durch war. Das konnte Karl-Otto nur recht sein. Allerdings für Martin mußte er Unterhalt zahlen. Aber warum sich schon heute mit dem Problem belasten, dachte Karl-Otto. Bald würde die Scheidung durch sein und dann müßte er sich mit dem abfinden, was das Gericht entschied.

Karl-Otto schaute auf die Uhr. Halb fünf! Nur einen kleinen Moment zögerte er noch, dann ergriff ihn der Tatendrang. Nichts konnte ihn mehr von seinem Vorhaben abbringen. In wenigen Minuten hatte er seine Habseligkeiten in den abgewetzten Kunstlederkoffer verstaut, stellte sein Akkordeon dazu, setzte sich vor das Fenster und wartete die hereinbrechende Dunkelheit ab. Aus Wiecherts Wohnzimmer ertönte Radiomusik. Ziemlich laut, da die alten Leute etwas schwerhörig waren. Vorsichtig schlich Karl-Otto über den schmalen

Flur, tastete sich durch den Vorgarten und erreichte schließlich die unbelebte Straße. Trotz seines nicht gerade leichten Handgepäcks schritt er munter drauf los in Richtung Geldern. Wiederholt mußte er eine kleine Rast einlegen, denn der monatelange Krankenhausaufenthalt hatte seine Arm- und Beinmuskeln erheblich geschwächt. Als er endlich ziemlich erschöpft vor dem Bahnhof stand und schon drauf und dran war, eine Fahrkarte zu lösen, fiel ihm plötzlich ein, daß man auch auf andere Art und Weise sein Ziel erreichen könnte, das Fahrgeld sparen. So nahm er sein Gepäck wieder auf, tippelte noch ein Stückchen des Weges, bis ihn die Straße nach Krefeld aufnahm. Dort stellte er sich an den Rand, rauchte in aller Ruhe eine Zigarette und versuchte dann sein Glück. Immer wieder trat er auf die Fahrbahn und fuchtelte mit den Armen, wenn sich aus der Ferne ein Scheinwerferpaar näherte, aber es wollte einfach niemand halten. Enttäuscht trat er jedesmal an den Straßenrand zurück und erwog schon, doch lieber die Eisenbahn zu nehmen, als unverhofft ein Fahrzeug anhielt. Ein Lastzug.

"Los... Komm... Beeil dich! Ich muß weiter!" rief eine rauhe Männerstimme aus dem Führerhaus. Erleichtert, nun doch noch eine Mitfahrgelegenheit erwischt zu haben, kletterte Karl-Otto auf den Beifahrersitz, verstaute seine Habe auf der rückwärtigen Schlafkoje und zog die Tür ins Schloß. Nur einmal heulte der schwere Dieselmotor kurz auf und dann setzte sich der Lastzug in Bewegung. Dröhnend. Vibrierend. Ächzend unter der Ladung, die er fortbewegen mußte.

"Du kommst mir wie gerufen", sagte der Mann in freundlichem Ton, dessen scharfgeschnittenes Profil sich schwach gegen den durch die Seitenscheibe hereinbrechenden Nachthimmel abhob. Karl-Otto schätzte den Fahrer auf etwa 50 Jahre. Er sprach rheinischen Dialekt. "Mein Beifahrer ist nämlich plötzlich krank geworden. Wenn du Lust hast, kannst du mir ja beim Abladen helfen... Wo willst du überhaupt hin?"

"Nach Köln!" sagte Karl-Otto prompt.

"Dann bist du auf dem richtigen Dampfer, junger Mann. Ich fahre wohl nur bis Düsseldorf, aber eine Gelegenheit, per Anhalter weiterzukommen, findest du bestimmt an einer Ausfallstraße... In Düsseldorf laden wir erst mal den Hänger ab. Die Ladung auf dem Motorwagen bringe ich nach Hilden. Dort kannst du auch mit mir übernachten. Schönes Quartier... und kostenloses Essen gibt's da auch! Morgen früh fahre ich dann nach Düsseldorf zurück. Genauer gesagt: nach Gerresheim!"

"Nach Gerresheim?" wiederholte Karl-Otto erstaunt.

"Ja, nach Gerresheim! Hast du etwas dagegen?"

"Nein, nein, keineswegs, aber mir fiel gerade ein, daß Hubbelrath nicht weit von Gerresheim entfernt liegt."

"Was interessiert uns Hubbelrath; damit haben wir nichts zu tun. Mein Brötchengeber ist in Gerresheim und dorthin fahre ich. Hast du Arbeit? Was willst du in Köln?"

"Eigentlich gar nichts... Nur mal so hinfahren."

"Also denn bist du doch auf Arbeitssuche?"

"Im gewissen Sinne, ja!"

"Wunderbar, mein Junge...! Günstiger kann mir gar nicht der Zufall zu Hilfe kommen. Du könntest sofort mein Beifahrer werden. Den ich bislang hatte, der ist andauernd krank und hat außerdem wenig Lust zum Arbeiten... Hättest du Lust?"

Karl-Otto überlegte kurz und meinte dann: "Selbstverständlich hätte ich Lust, aber Gerresheim wäre mir eigentlich ein zu unsicheres Pflaster, weil..."

"Nun hör' aber mal auf, junger Kerl! Gerresheim ist ein schöner Stadtteil! Du wirst dich dort zweifelsohne wohlfühlen!"

"Das will ich nicht anzweifeln, nur daß Hubbelrath gleich in der Nähe ist, paßt mir nicht." Und dann erzählte Karl-Otto, warum er gewissermaßen auf der Flucht war, daß Beate in Hubbelrath wohnte und er sich zunächst als Musiker durchschlagen wollte.

"Na, jetzt verstehe ich alles", sagte der Mann, der sich Ludwig nannte. "Vergiß dein Vorhaben, fahr' mit mir nach Gerresheim und dann sehen wir weiter. Ich könnte mit dir wetten, daß man dich einstellen wird, vorausgesetzt, du stehst nicht im Fahndungsbuch! Ich bin schon sechs Jahre bei der britischen Rheinarmee als Nachschubfahrer. Mir gefällt es ausgezeichnet. Dir wird's auch gefallen. Vor allem fällt so manches für uns ab. Mein Lastzug ist meistens mit Verpflegung, Tabakwaren und Getränken beladen... Häufig auch mit edlen Getränken."

***

Und Karl-Otto wurde eingestellt! Wunschgemäß teilte man ihn Ludwig zu. Nur mit der Wohnungsfrage haperte es vorerst. In den ersten Tagen logierte Karl-Otto in einem kleinen Hotel, eher einer Absteige. Die N.A.A.F.I., so lautete die offizielle Abkürzung der Rheinarmee-Organisation - unter den Mitarbeitern interpretierte man die Buchstabenfolge: Nur Affen arbeiten für Idioten! -, zahlte befristet einen Unterbringungszuschuß. Danach mußte jeder sehen, daß er ein Zimmer fand. Natürlich war das in Düsseldorf einem Lotteriespiel gleichzusetzen.

Karl-Otto faßte in seiner neuen Umgebung schnell Fuß. In einer Bar lernte er Edgar Knoche, einen arbeitslosen Gitarristen, kennen, mit dem er sich zusammentat und auch bald ein Engagement in einer kleinen Tanzbar fand. Und dieser Edgar war es denn auch, der ihn bei sich aufnahm und ihm einen Schlafplatz in seiner beengten Wohnung zur Verfügung stellte.

Finanziell stand sich Karl-Otto wieder gut. Regelmäßig überwies er Beate einen angemessenen Unterhaltsbeitrag und legte auch etwas für sich auf die "hohe Kante". Obwohl Beate aus Karl-Ottos Überweisungsbelegen ersehen konnte, wo er sich aufhielt, belästigte sie ihn gottlob nicht. Die Scheidung lief. Normalerweise mußte sie, da das Trennungsjahr demnächst abgelaufen war, in Kürze ausgesprochen werden.

Edgar Knoche war ein guter Musiker und verträglicher Mensch. Nur über Politik durfte man sich nicht mit ihm unterhalten, da seine Einstellung zur Bundesrepublik alles andere als positiv war. Mit seinen 35 Jahren vertrat er Ansichten, die Karl-Otto einfach nicht akzeptieren wollte oder konnte.

"Du nimmst doch auch am Wirtschaftswunder teil", hielt ihm Karl-Otto vor, als sie wieder einmal das Thema Nachkriegsdeutschland heftig diskutierten.

"Ich nehme am Wirtschaftswunder teil?" entrüstete sich Edgar. "Niemals werde ich auf einen grünen Zweig kommen... Als ehemaliger Nazi bin ich abgestempelt. Als kleiner Nazi! Wäre ich einer von den Nazibonzen gewesen, dann säße ich vielleicht auch auf einem hohen Posten, irgendwo in der Verwaltung oder so, wie viele von denen, die es verstanden, gleich nach 1945 ihr braunes Hemd gegen ein weißes auszutauschen. Uns Kleine hat man gebrandmarkt; die einstigen Großen sind wieder obenauf."

"Aber dir geht es doch einigermaßen gut, Edgar."

"Was heißt gutgehen?" fragte der schlanke blonde Mann, nahm kurz seinen breitkrempigen schwarzen Hut ab, den er übrigens wegen seiner Vollglatze ständig trug - auch beim Musizieren - und fügte dann noch hinzu: "Wir stehen doch nur am Tellerrand des Wirtschaftswunders und dürfen hineinschauen, mit ansehen, wie gewisse Leute im Fett schwimmen... Sag bloß, Karlchen, du hättest schon etwas von dem sich immer mehr ausbreitenden Reichtum am eigenen Leibe gespürt? Du trottest doch auch ständig hinterher und lebst von der Hand in den Mund."

"Für uns bietet sich eines Tages auch eine unverhoffte

Chance."

"Das glaubst doch nur du, Karlchen! Wir leben in einem kapitalistischen System und da gilt nur, rücksichtslos mit den Ellenbogen zu arbeiten - und die haben wir beide nicht!"

"Du darfst nicht zu schwarz sehen, Edgar! Wenn wir erst einmal Vollbeschäftigung haben, dann finden auch wir..."

"Vollbeschäftigung!" lachte Edgar laut auf. "Niemals wird es Vollbeschäftigung geben! Eine gewisse Anzahl Leute wird immer arbeitslos bleiben. Bewußt! Wovon will man demnächst die Kasernen füllen? Hast du dich noch nie mit der NATO befaßt?"

"Sicher, aber was haben wir mit der NATO zu tun?"

"Viel sogar! Zu lange wird es wohl nicht mehr dauern, bis wir wieder das 'Ehrenkleid der Nation' anziehen dürfen, Karlchen!"

"Ohne mich!"

"Auch ohne mich!"

"Glaubst du wirklich, Edgar, der Nordatlantische-Verteidungs-Pakt könnte uns Deutsche auch berühren?" fragte Karl-Otto nachdenklich. "Wir sind doch durch die beiden Weltkriege verpönt! Dann wär' doch der Satz, kein deutscher Soldatenstiefel darf nie wieder..."

"Wenn der Zweck die Mittel heiligt, Karlchen, dann verbündet man sich auch mit dem Teufel... verstehst du? Der 'Kalte Krieg' ist im vollen Gange; an der Elbe stehen sich die beiden Machtblöcke waffenstarrend gegenüber, und da meinst du, man läßt uns neutral bleiben? Kanonenfutter braucht man, Karlchen!"

"So ähnlich, wie du es sagst, Edgar, hab' ich's schon mal gehört... Und du glaubst, es würden sich genügend Freiwillige finden, wieder die Uniform anzuziehen? Jedenfalls glaube ich, daß kaum jemand, der den schrecklichen Krieg erlebt hat, ihn mitmachen mußte und jahrelang in Gefangenschaft war, wieder zu den 'Fahnen' eilen wird. Alle haben sie doch die ‘Schnauze’ voll... so wie du und ich!!"

"Wart's nur ab, Karlchen, bis es soweit sein sollte! Massenhaft werden sie in die Kasernen strömen, die ehemaligen Berufssoldaten, die meistens weiter nichts gelernt hatten als nur Kadavergehorsam und Befehlen. Denen fehlt das doch jetzt! Aber es werden sich auch viele Arbeitslose und solche melden, die bis heute noch nicht Fuß fassen konnten."

"Also, du meinst, solche Typen wie ich!"

Edgar grinste, nahm seine Gitarre und schlug ein paar Akkorde an und sagte dann zu Karl-Otto: "Schlag uns mal paar Eier in die Pfanne... Mir dreht sich schon der Magen!"

"Gleich, nur noch eine Frage, Edgar: Woher willst du wissen, daß man eine Remilitarisierung der Bundesrepublik anstrebt?"

Erneut grinste Edgar, zupfte ein paar Takte des "Badenweiler-Marsches" und meinte, beinahe schon vorwurfsvoll: "Es würde auch dir nichts schaden, Karlchen, dich ein bißchen mehr mit der Politik zu befassen, führende Tageszeitungen zu lesen, vor allem zwischen den Zeilen zu lesen!"

***

Im großen und ganzen gesehen, fühlte sich Karl-Otto in Düsseldorf sehr wohl. Natürlich war er glücklich, einen festen Arbeitsplatz gefunden zu haben, aber sein Job als Beifahrer befriedigte ihn keineswegs. Darüber half ihm jedoch sein Musikengagement hinweg. Noch nie zuvor hatte er so ein aufgeschlossenes und fröhliches Publikum vor sich gehabt wie die Rheinländer. Sie feierten unbeschwerter und waren kommunikationsfreudiger als die Leute in Beates Heimat. Hier wurde man nicht aufgrund seines Dialektes mit "Flüchtling aus der kalten Heimat" oder sonstwie tituliert, hier war man schnell integriert und spürte, daß die Menschen ein ausgeprägtes Zusammengehörigkeitsgefühl besaßen, dem Frohsinn freien Lauf ließen, obwohl sie während des Krieges Schweres durchmachen mußten.

Schon des öfteren hatte Karl-Otto über den Begriff Heimat nachgedacht. Was bedeutete überhaupt das Wort Heimat? Wo war seine Heimat? Ostpreußen? Düsseldorf? Konnte man jeweils das Heimat nennen, wo man sich gerade befand, wo es einem gutging? Eigentlich verweilte Karl-Otto im Moment auf dem Boden seiner Urheimat. Von hier aus, aus diesem Raum, waren seine Vorfahren im 13. Jahrhundert mit dem Deutschen Ritterorden gen Osten gezogen, hatten Ostpreußen urbar gemacht, das Land im Laufe der Jahrhunderte erblühen lassen, bis Hitler kam und durch seinen wahnsinnigen Krieg auch dieses deutsche Kleinod dem Untergang preisgab; Tränen, Blut und Tod über die verwurzelten, fleißigen Menschen hereinbrechen ließ, ihnen die Heimat nahm.

Karl-Otto hatte schon längst die Hoffnung aufgegeben, wieder heimatlichen Boden zu betreten. Was die "Siegermächte" beschlossen und entschieden hatten, blieb unanfechtbar und besagte, daß Karl-Ottos Heimat wahrscheinlich für alle Zeiten verlorengegangen war, wenngleich sie angeblich unter "Verwaltung" stand. Natürlich war diese Tatsache für alle Flüchtlinge und Vertriebene aus den deutschen Ostgebieten bitter schmerzlich und ihre unüberhörbare Forderung. "Recht auf Heimat" und "Ostpreußen bleibt deutsch" allzu verständlich. Wer wollte sich schon damit abfinden, nie wieder dorthin zurückkehren zu dürfen, wo seine Wiege stand? Zu den wenigen, die noch in der alten Heimat verblieben waren, zählte auch Karl-Ottos Mutter. In ihren Briefen bat sie ihn -, sie flehte ihn an - sie doch endlich aus dem "polnisch besetzten Gebiet" herauszuholen, da die Polen gegenüber den Deutschen voller Haß wären, in jedem einzelnen einen Nazi und Kriegsverbrecher sehen würden. Wen konnte das verwundern?

Wieder traf es diejenigen, die mit Hitlers Überfall auf Polen nichts zu tun gehabt hatten.

Hätte Karl-Otto in geregelten Verhältnissen gelebt, eine geräumige Wohnung gehabt, dann wäre seine Mutter mit ihrem zweiten Ehemann schon längst bei ihm gewesen, aber so, in seiner Situation, konnte er ihr auch nicht helfen, sie nicht einmal finanziell unterstützen. Und in einem Aufnahmelager zu leben, unter Umständen monatelang, wollte er ihr auch nicht zumuten.

Es gab eine gewisse Anzahl Flüchtlinge und Vertriebene, die nicht davon abzubringen waren, daß die deutschen Ostgebiete in absehbarer Zeit von den Russen und Polen wieder freigegeben würden. Ihr Glaube daran wurde gestärkt durch diverse Flüchtlingsverbände und die "Deutsche-Reichs-Partei", die pausenlos den leidgeprüften Menschen einhämmerten, daß sie ein "Recht auf Heimat" hätten und auch die "Wiedervereinigung" herbeigeführt werden müßte. Niemand konnte es den Leuten verdenken, wenn sie die Hoffnung nicht aufgaben, in ihre angestammte Heimat zurück zu kommen, aber man konnte wenig Verständnis dafür aufbringen, daß sie sich nicht mit den politischen Gegebenheiten abfanden - zumindest für unabsehbare Zeit! - nicht den Tatsachen ins Auge schauten, die kommunistische Ostpolitik ignorierten und offensichtlich nicht daran glauben wollten, daß ein von den roten Machthabern in Moskau besetztes Gebiet nie wieder freigegeben würde. Und wie der Kreml über die deutsche Wiedervereinigung dachte, wie er darauf reagierte, hatte doch der 17. Juni 1953, der Aufstand in der "DDR", eindeutig bewiesen. Das bolschewistische System war nicht gewillt, auch nur einen einzigen Millimeter des von ihm besetzten Territoriums freiwillig abzutreten. Nur auf weltpolitischer Ebene konnte hier ein vager Vorstoß unternommen werden. Alles andere waren Panikmache, Beruhigungspillen und Mitgliederwerbung. Manche Parteien nutzten die seelische Verfassung der Vertriebenen und Flüchtlinge sogar zum Stimmenfang aus. Besonders die "Reichspartei" verstand es, die richtige Trommel zu rühren. Ihre Versammlungen waren stets überfüllt. Und wenn man ihren Rednern genau “aufs Maul” schaute, dann gewann man fast den Eindruck, daß der "Ritt gen Osten" nicht mehr in weiter Ferne stand. Zum Glück wurde dieser rechtsextremistischen Partei, deren Mitglieder und Anhänger zweifelsohne unbelehrbare Nazis, Revanchisten und eingefleischte Militaristen gewesen sein dürften, alsbald der Garaus gemacht. So schmerzlich der Verlust der deutschen Ostgebiete und die Teilung Deutschlands auch sein mochten, so hieß es dennoch, Ruhe und einen klaren Kopf zu bewahren und nicht der Welt schon wieder einen Schock zu versetzen, indem den Völkern kundgetan wurde: "Deutschland erwache... brich deine Ketten entzwei!" Wir hatten den Krieg angezettelt; wir hatten ihn verloren und mußten dafür geradestehen! Dank westlicher Hilfe und Verständnis war es der Bundesrepublik vergönnt, das zarte Bäumchen der Demokratie zu pflanzen, aus dem ein starker, kräftiger, früchtetragender Baum entstehen sollte. Sein Wachstum durfte nicht durch extremistische Tendenzen behindert werden. Nur dann, und erst dann, wenn er so groß geworden war, daß seine Äste weit in die Nachbarländer hineinragten, in die Länder, die wir überfallen und ihnen Leid zugefügt hatten, und daß man daraus erkennen konnte, wie ernst wir uns bemühten, ein friedliches Verhältnis mit unseren Nachbarn aufzubauen, erst dann war daran zu denken, die Wiedervereinigung und das Vertriebenenproblem auf den Tisch zu bringen. Revanchisten und Extremisten durften der demokratischen Entwicklung nicht im Wege stehen; zwei Weltkriege waren genug!

***

"Na, jetzt haben Sie's ja geschafft, Herr Franke", sagte Rechtsanwalt Künzel und nickte Karl-Otto aufmunternd zu. "Täglich werden viele Ehen geschlossen - und auch geschieden. Sie sind wieder frei und können einen neuen Anfang wagen. Suchen Sie sich eine zu Ihnen passende Frau, die Sie lieben und die vor allem geistig Ihrem Niveau entspricht."

"Sie haben schon recht, Herr Künzel, aber irgendwie ist es doch komisch, geschieden zu werden. Wenn ich daran denke, daß man zuerst hoffnungsvoll, wenn auch mit gemischten Gefühlen, wie es bei mir der Fall war, vor den Traualtar tritt, dann geht man doch davon aus, die Ehe hält bis zum Lebensende. Und mit einem Mal beginnt alles schief zu laufen und endet vor dem Scheidungsrichter. Man heiratet doch nicht, um sich nach einer bestimmten Zeit wieder scheiden zu lassen. Warum heiratet man denn überhaupt? Muß jeder die Scheidung von vornherein einplanen? Andere Ehen wiederum sind glücklich und von Dauer."

Der Rechtsanwalt gab Sahne in seinen Kaffee, schmunzelte und meinte: "Die Ehe ist und bleibt das Geheimnis zweier Menschen. Niemand kann voraussagen, wie sie verläuft, ob sich die Partner aufeinander abstimmen, ob sie die Fehler und Schwächen des anderen tolerieren, sich weiterhin so verhalten wie vor der Ehe, denn eines dürfen wir nicht vergessen: Jeder Mensch ist ein Individuum für sich!"

Nachdenklich rieb Karl-Otto sein Kinn und schielte zum Nebentisch, an dem eine attraktive Blondine in ihrem Tortenstück herumstocherte. Wahrscheinlich bekam sie jedes Wort mit, das der Rechtsanwalt mit Karl-Otto wechselte, denn sie lächelte ab und zu in sich hinein. Einmal schien es sogar, als lächelte sie Karl-Otto an.

"Haben Sie schon eine neue Bekanntschaft, Herr Franke?" hub Künzel erneut an, winkte den Kellner des gemütlichen Cafés heran und bestellte zwei Kräuterliköre. "Wie Sie mir erzählten, musizieren Sie häufig in Nachtbars... War noch keine dabei, die Ihnen zugesagt hätte? Oder wollen Sie sich lieber einer Heiratsvermittlerin anvertrauen?"

Und wieder lächelte die Frau vom Nebentisch herüber. Ihre graugrünen Augen schienen sich wie zwei zarte Fangarme vorzutasten. Karl-Otto glaubte im Moment zu spüren, wie sie sein Herz umschlossen, es höherschlagen ließen. Einige Sekunden erwiderte er den sanften Blick der adrett gekleideten Frau und wandte sich dann wieder dem Rechtsanwalt zu. "Ach, wissen Sie, Herr Künzel, momentan habe ich mit Frauen wenig im Sinn. Zunächst muß ich erst einmal sehen, wie ich den Unterhalt für meine geschiedene Frau und den Jungen aufbringe, die Schulden bezahle und auch Ihre Forderung begleiche. Das ist alles nicht so einfach!"

"Meine Honorarrechnung stelle ich Ihnen erst in den nächsten Wochen zu, Herr Franke", beruhigte der Rechtsanwalt Karl-Otto, der nur mit halbem Ohr zuhörte. Immer wieder suchte er Blickkontakt mit der interessanten Frau am Nebentisch.

Der Rechtsanwalt spendierte noch einen Kräuterlikör, gab Karl-Otto ein paar persönliche Tips, worauf man bei der Partnerwahl grundsätzlich achten sollte und verabschiedete sich schließlich mit den besten Wünschen. Er meinte es sicher im Scherz, aber es klang dennoch makaber, als er sich noch einmal zu Karl-Otto herunterbeugte und leise sagte: "Wenn Sie mich wieder brauchen sollten, Herr Franke, meine Adresse haben Sie ja..."

Die Frau am Nebentisch schien ein sehr feines Gehör zu haben. Nachdem der Rechtsanwalt das Café verlassen hatte, lächelte sie kopfschüttelnd und meinte: "Sie sind sich doch alle gleich... Mein Rechtsanwalt gebrauchte damals, als ich mit ihm nach der Scheidung zusammensaß und einen Cognac nach dem anderen herunterkippte, fast die gleichen Worte wie Ihrer. Natürlich ist eine solche Bemerkung scherzhaft gemeint, aber uns, die wir einen Strich unter einen Lebensabschnitt ziehen mußten, trifft es irgendwie ins Herz..., nicht wahr?"

"Ach, denn sind Sie also auch geschieden?" tat Karl-Otto erstaunt. "Darf ich mich zu Ihnen setzen?"

"Selbstverständlich, mein Herr... Ich habe noch ungefähr eine Stunde Zeit. Setzen Sie sich ruhig zu mir! Ich möchte mich gern mit Ihnen unterhalten."

Ohne lange zu zögern, nahm Karl-Otto am Tisch der jungen Frau Platz. Offenbar von der Anmut der sympathischen Frau fasziniert, vergaß er sogar, sich vorzustellen. Nachdem er sich vielmals entschuldigend, sein unhöfliches Versehen nachgeholt und die Frau auch ihren Namen genannt hatte, schien bei Karl-Otto das Eis gebrochen zu sein. Trotzdem nahm er sich vor, zurückhaltend zu bleiben, denn die inzwischen mit Frauen gemachten Erfahrungen rechtfertigten seine Skepsis.

"Möchten Sie auch ein Stück Torte, Kuchen oder sollen wir gemeinsam frühstücken?" fragte Marion Lebach mit selbstbewußter Stimme, beugte sich über den Tisch und fügte noch flüsternd hinzu: "Sie sehen ganz schön mitgenommen aus, Herr Franke! Eine Scheidung ist eben kein Kinderspiel. Ich kann es Ihnen nachfühlen... Ich war in ähnlicher Verfassung, als alles vorbei war. Aber das Leben muß weitergehen, sagte ich mir. Und so müssen auch Sie denken!"

"Das versuche ich auch!" murmelte Karl-Otto und schaute zu Boden. "Aber wie ich finanziell klarkommen soll, erscheint mir wie ein Rätsel. Da vergeht einem ja die Lust zum Arbeiten."

"Ach, Sie sind berufstätig?"

"Ja, als Beifahrer bei den Tommys!"

"Als Beifahrer? Körperliche Arbeit leisten Sie? Na, hören Sie mal, Herr Franke, das haben Sie doch gar nicht nötig!"

"Und wovon soll ich leben?"

"Eine andere Beschäftigung suchen, in der Sie Ihre geistigen Fähigkeiten ausbauen können! Als Beifahrer bleiben Sie doch ewig ein einfacher Arbeiter. Haben Sie überhaupt Spaß und Lust an dieser stupiden Arbeit?"

"Was möchten Sie von mir hören, Frau Lebach? Soll ich ja, soll ich nein sagen? Ich bin froh, diese Arbeit gefunden zu haben", sagte Karl-Otto nachdenklich.

"Sie müssen sich viel teurer verkaufen, Herr Franke! Ich hörte vorhin, daß Sie musizieren... in Nachtbars und so. In Ihrer Situation ist das verständlich, einen lukrativen Nebenverdienst zu haben, aber wie lange wollen Sie die Doppelbelastung durchhalten? Tagsüber als Beifahrer und nachts musizieren? Eines Tages kommt der Zusammenbruch. Meinen Sie nicht auch?"

"Was bleibt mir anderes übrig, wenn ich nicht noch tiefer in die roten Zahlen rutschen will? Übrigens liebe ich Musik! Musik ist eigentlich mein ganzer Lebensinhalt. Schade, daß ich nicht Musik studieren durfte... Jetzt ist es zu spät!"

Eine Weile schauten Marions Augen Karl-Otto nachdenklich an, diese schönen Augen, die so sanft und vertrauensvoll wie zwei Smaragde strahlten, gar nicht zu dem verregneten Septembervormittag paßten. Marion war nicht mit einer Schönheitskönigin zu vergleichen, aber sie strahlte etwas Besonderes aus, etwas Apartes und verstand es, ihre Reize ins rechte Licht zu setzen. Alles harmonierte: Geist und Schönheit!

"Wir frühstücken erst einmal, Herr Franke", sagte sie, gab die Bestellung beim Kellner auf und fuhr dann fort: "Nun, für ein Studium wäre es bestimmt nicht zu spät. Allerdings spielt Ihre finanzielle Situation dabei auch eine wesentliche Rolle. Aber ich glaube, wenn Sie sogar in Bars musizieren, dürften Sie Ihr Instrument beherrschen... Hätten Sie nicht Lust, bei mir zu spielen?"

Karl-Otto lächelte und errötete leicht. Marion begriff sofort Karl-Ottos Verlegenheit. "Aber Herr Franke, ich bitte Sie... Ich meinte doch, ob Sie bereit wären, bei mir Musik zu machen! Ich würde Sie gern engagieren!"

"Besitzen Sie auch eine Nachtbar?"

"Nein, keine Bar, aber ich bin die Chefin eines Reisevarietés!"

Überrascht schaute Karl-Otto von seiner Kaffeetasse auf. "Dann sind Sie ja eine Artistin?"

"Ja, ich bin Akrobatin, Jongleurin... und Chefin des Unternehmens! Unsere Truppe besteht aus fünf Künstlern. Sie wären der sechste."

"Hatten Sie bislang keinen Musiker?"

"Doch, aber der alte Herr erlag vor zwei Tagen einem Herzinfarkt... während der Vorstellung. Und nun bin ich auf der Suche, einen neuen Musiker zu finden. Das Arbeitsamt konnte mir keinen brauchbaren vermitteln. Na ja, und so wollte es der Zufall, daß ich Sie hier kennenlernte. Möchten Sie bei uns einsteigen?"

Obwohl Marion Lebachs Angebot Karl-Ottos Herz höher schlagen ließ, allein die Vorstellung, in einem Varieté engagiert zu sein, nur Musik machen zu dürfen, einem Ensemble anzugehören, gab er dennoch zu bedenken, daß seine musikalischen Fähigkeiten sich hauptsächlich auf den Tanz- und Unterhaltungssektor beschränkten.

"Diesbezüglich, Herr Franke, brauchen Sie sich keine Sorgen zu machen. Wir haben ein festes Programm und Sie ein ebenfalls gleichbleibendes Repertoire. Da haben Sie sich schnell 'reingefunden... Übrigens blase ich Saxophon. Wir üben dann die Stücke gemeinsam ein. Wir schaffen es schon, Herr Franke!"

Nachdem Marion und Karl-Otto gefrühstückt hatten, fuhren sie in ihrem Wagen nach Grafenberg, wo Marions Truppe gerade gastierte.

"So, jetzt schauen Sie sich erst einmal ein bißchen um, Herr Franke", sagte Marion, als sie auf einem Grundstück vor drei blaugetünchten Wohnwagen hielten. "Der lange Wagen da hinten, das ist meiner! Kommen Sie, ich zeige Ihnen, wie er von innen aussieht. Auch für Sie wäre da drinnen genügend Platz."

"Das ist ja eine komplette Wohnung", staunte Karl-Otto. "Sogar mit Küche und Bad! Toll! Richtig gemütlich!"

"Nicht wahr? Ausreichend Platz für zwei Personen! Und dort, hinter der Tür, das wäre v o r e r s t Ihr Wohnraum!" Langsam schritt Marion aus und öffnete die schmale Durchgangstür. Karl-Otto war sprachlos: Ein kleiner, gemütlich eingerichteter Raum bot sich seinen Blicken! Unwillkürlich mußte er an seine armselige Unterkunft denken, die ihm nicht die geringste Bewegungsfreiheit erlaubte. Und hier...

"Ist doch hübsch dieser Raum", sagte Marion. Sie werden von mir versorgt und über die Gage, Herr Franke, da machen Sie sich keine Gedanken... Bei mir kommt jeder zurecht, wenn er sich voll einsetzt. Wir sind eine große Familie. Unsere Vorstellungen sind meistens ausverkauft. Sie werden sich bei uns bestimmt wohl fühlen, Herr Franke."

"Das glaub' ich gern, und ich bin auch begeistert von Ihrem Vorschlag, Frau Lebach, aber gewähren Sie mir bitte wenigstens einen Tag Bedenkzeit. Sie versteh'n, daß mich alles ein wenig überwältigt, und ich werde ernsthaft darüber nachdenken. Trotzdem habe ich schon jetzt das Gefühl, bei Ihnen meinen endgültigen Arbeitsplatz zu finden. Aber, wie gesagt, geben Sie mir..."

"Verstehe, Herr Franke... Das verstehe ich vollkommen!"

***

Nachdem Karl-Otto damals im September 1954 den Wohnwagen der Varieté-Chefin verlassen hatte und kaum 100 Meter gegangen war, stand sein Entschluß bereits endgültig fest, daß seine Zukunft dem Varieté gehören sollte. Noch am selben Tag kündigte er sein Arbeitsverhältnis bei der N.A.A.F.I., löste seinen Engagementsvertrag in der Nachtbar - wofür man Verständnis aufbrachte -, packte seine Siebensachen zusammen und stand dann spätabends wieder vor Marion Lebachs Wohnwagentür. Er hätte damals die Frage nicht beantworten können, was ihn zu seinem mehr oder weniger überstürzten Handeln veranlaßte. Wer hatte ihn unbewußt mehr angezogen: das Varieté oder Marion?

Viel schneller, als er befürchtet, hatte sich Karl-Otto in den Alltagstrott der Artistentruppe hineingefunden. Vom ersten Tag an, zählte man ihn. Außer bei jeder Vorstellung die musikalische Untermalung des Programms sicherzustellen, oblag Karl-Otto die Wartung und Pflege der Requisiten. Manchmal fuhr er auch mit Marion im Auto mit, wenn sie die von ihr im Tourneeplan festgelegten Dörfer und Städte aufsuchte und die entsprechenden Säle oder Plätze anmietete. Dann verteilte Karl-Otto jeweils Werbematerial, klebte großformatige Plakate und machte auch mal gelegentlich Mundpropaganda. Noch nie zuvor hatte sich Karl-Otto so ausgelastet gefühlt und fand soviel Spaß an seiner Arbeit, als seitdem er dem Reisevarieté "Metropol" angehörte. Ein von Marion hervorragend konzipiertes Programm garantierte für stets gutbesuchte Vorstellungen. Dazu trugen natürlich in erster Linie die vielfältigen Darbietungen der einzelnen Künstler wesentlich bei: Rio Panzer und Tutti Flohr als Parodisten, Zauber- und Verwandlungskünstler; Lino Chianti mit seiner einmaligen Schimpansen-Nummer und als Feuerschlucker; Marion als Jongleurin, Akrobatin und Musikclown; und schließlich Karl-Otto, der das zweistündige Programm musikalisch umrahmte. Eine bessere Teamarbeit konnte man sich nicht wünschen. Und dennoch braute sich etwas zusammen. Immer dunkler schien die Wolke zu werden, die aus der Ferne aufzog, um das harmonische Miteinander der Truppe zu beeinträchtigen. Karl-Otto spürte es, aber er sagte vorerst nichts. Vielleicht war sein Verdacht auch unbegründet; vielleicht blendete ihn nur blinde Eifersucht.

***

Im Juni 1955 gastierte "Metropol" im Raum Braunschweig. Wieder einmal hatten zwei vollbesetzte Vorstellungen stattgefunden. Wie üblich, saßen sich Marion und Karl-Otto im Wohnwagen am Tisch gegenüber und stießen mit einem Glas Wein auf den gelungenen Tag an. Danach machten sie gemeinsam die Kasse und erledigten den anfallenden Schriftverkehr. "Ich möchte es dir jeden Tag immer wieder aufs Neue ins Ohr flüstern wie glücklich ich bin, dich bei mir zu haben", sagte Marion und drückte Karl-Otto zärtlich an sich. "Früher, da mußte ich alles allein bewältigen. Ab und zu half mir Lino, aber der hat nun eben mal Schwierigkeiten mit der deutschen Sprache."

"Aber im Bett scheint er weniger Schwierigkeiten zu haben", bemerkte Karl-Otto mit leicht erregter Stimme.

"Ist mein Karlchen eifersüchtig?" fragte Marion verschmitzt lächelnd und setzte sich auf Karl-Ottos Schoß. "Du brauchst doch nicht auf Lino eifersüchtig zu sein", fuhr sie säuselnd fort. "Lino ist über Fünfzig und ich bin Neunundzwanzig! Ich dächte doch nicht im Traum daran, mit Lino..."

"Und wie kommen die schwarzen Haare in unser Bett?"

"Hast du keine schwarzen Haare?"

"Aber keine gelockten!"

"Da hast du dich getäuscht, Karlchen... Ich habe mit Lino nicht geschlafen!"

"Jedenfalls hast du mit ihm schon geschlafen!"

"Mein Gott, bist du spießig!"

"Ich will nicht, daß du mit ihm schläfst!" zischte Karl-Otto.

"Sag mal, Karlchen, suchst du Streit?"

"Nein, keinen Streit, aber ich beobachte euch beide schon längere Zeit, und ich habe auch gesehen, wie du mit ihm in unserem Wohnwagen verschwunden bist. Einmal warst du sogar über eine Stunde mit ihm zusammen, als ich bei Rio und Tutti Skat spielte."

"Mach dich doch nicht lächerlich, Karlchen! Wir haben geschäftliche Dinge besprochen... Das war alles! Lino ist ein netter Kollege. Übrigens kenne ich ihn länger als dich!"

"Warum betonst du das so, Marion?"

"Weil mich deine unbegründete Eifersucht befremdet!"

"Ich bin nicht eifersüchtig, aber ich möchte dich für mich allein haben...! Verstehst du das nicht, Marion?"

Marions Antwort war ein langer Kuß. Sie mußte noch lange reden, bis Karl-Otto davon überzeugt war, daß sie nur ihn liebte. Aber die Wut auf den Italiener saß in Karl-Otto zu tief. Bevor sie zu Bett gingen, fing er erneut mit dem Thema an: "Hast du nun mit dem 'Makkaroni-Heini' geschlafen oder nicht, Marion?" fragte Karl-Otto in einem so barschen Tonfall, daß Marion entsetzt zurückwich. "Du bist wahnsinnig geworden, Karlchen!" schrie sie ihn mit hochrotem Kopf an. "Übrigens darf Lino zu mir kommen, wann er will! Lino ist ein zuverlässiger und wertvoller Kollege! Dieser Wohnwagen gehört mir... Wer ihn betreten darf, das entscheide noch immer ich... verstehst du?"

"Und wie ich das verstehe, mein Liebling! Deutlicher brauchst du's gar nicht zu sagen!" schrie nun auch Karl-Otto und begann vor Wut am ganzen Leib zu zittern. "Hol dir doch diesen Zwerg, diesen 'Polentafresser' für immer in den Wohnwagen... Nimm ihn jeden Abend ins Bett... diesen kraushaarigen 'Tomatenzüchter' aus Palermo! Scheinbar hat der 'Eseltreiber' dir den..."

Plötzlich wurde die Wohnwagentür aufgerissen und herein stürmte Lino - ein Messer in der Hand. Wortlos, mit wutverzerrtem Gesicht und Schaum vor dem Mund, stürzte er sich auf Karl-Otto.

"Lino... bist du verrückt geworden? Steck sofort das Messer weg! Mach dich nicht unglücklich! Gib mir das Messer! Komm, gib es mir!" schrie Marion entsetzt auf und wollte ihm das Springmesser entreißen, aber Karl-Otto war schneller. Kaltblütig wandte er einen als Soldat gelernten Nahkampfgriff an und beförderte Lino in Bruchteilen von Sekunden auf den Fußboden. Das Messer flog zur Seite. Jammernd und mit schmerzverzerrter Miene krümmte sich Lino vor Karl-Ottos Füßen. Jedoch gab er noch nicht auf, sondern trat nach Karl-Otto und versuchte, ihn von den Beinen zu reißen. Wie stahlharte Fesseln umspannten seine Hände Karl-Ottos Fußgelenke und rüttelten wie wild daran. Karl-Ottos Absicht, das zu Boden gefallene Messer gleich an sich zu nehmen, wurde ihm zum Verhängnis, denn Lino griff blitzschnell danach und stach blindlings auf Karl-Ottos Waden ein. Marion, die vergeblich zu schlichten versuchte, tobte und schrie wie eine Besessene. Als nun auch noch Karl-Otto vor Schmerz aufschrie, verlor sie die Nerven, holte vom Herd die Bratpfanne und schlug sie Lino mehrmals auf den Hinterkopf, bis er ohnmächtig zusammenbrach.

"Seid ihr denn beide von Gott verlassen? Ist euer Hirn mittlerweile ausgelaufen? Ihr bringt euch doch gegenseitig um!" keifte Marion mit heiserer Stimme, und ehe es sich Karl-Otto versah, sauste die Pfanne auch auf seinen Kopf hernieder. Nur einmal und nicht so hart. Dann kümmerte sich Marion um Karl-Ottos blutende Wunden. "Man müßte euch Streithähnen den blanken Hintern versohlen", bemerkte sie und tupfte das heraussickernde Blut mit einem jodgetränkten Wattebausch ab. "Was ihr euch geleistet habt, grenzt ja schon beinahe an Schwachsinn. Daß Männer so eifersüchtig sein können, hätte ich nie geglaubt!"

"Dann hättest du keinen Anlaß geben sollen", sagte Karl-Otto.

"Und du... Du hättest dir die Schimpfworte ersparen sollen! Du weißt doch, wie empfindlich Südländer sind!"

"Der Lino hätte auch nicht an der Tür zu lauschen brauchen!"

"Das ist seine Angelegenheit", warf Marion ein.

"Also hältst du doch zu dem 'Spagetti-Heini'?"

"Weißt du, jetzt reicht's mir aber!" brauste Marion auf.

"Ich hab's doch gar nicht nötig, mich euretwegen aufzuregen! Ich werd's mir reiflich überlegen, ob ich euch beide nicht umgehend feuere, denn nach der gegenwärtigen Situation zu urteilen, werdet ihr niemals Ruhe geben! Du weißt doch ganz genau, Karlchen, daß ich nur dich liebe, wie kannst du denn auf Lino..."

"Weil er dir andauernd nachstellt! Ich bin mir nicht sicher, ob er irgendwelche Rechte bei dir anmeldet. Schließlich habe ich auch Augen im Kopf! Warum gibst du dich mit ihm ab?"

"Ich habe mit ihm kein Verhältnis, zum Donnerwetter!"

"Aber du magst ihn?"

"Natürlich mag ich ihn! Schließlich kenne ich ihn schon länger als dich! Darf ich ihn nicht einmal in den Arm nehmen?"

"Nein... Ich will es nicht! Du darfst nur mir gehören!"

"Du bist albern, Karlchen! Und jetzt leg' mal dein Bein etwas höher, damit die Blutungen nachlassen! Du hättest lieber deine beleidigenden Äußerungen für dich behalten sollen, Karlchen!"

"Nun nimm den Kerl auch noch in Schutz."

"Hör jetzt endlich auf, Karlchen... Vertragt euch wieder!"

"Ich nix mehr vertragen mit böse Mann", meldete sich der Italiener, der inzwischen wieder zu sich gekommen war und Karl-Otto haßerfüllt anfunkelte. Während Marion Karl-Otto weiter verarztete, Linos Bemerkung bewußt überhörte, rappelte dieser sich langsam hoch, schlich zum Herd und stand plötzlich mit dem Feuerhaken in der Hand vor Karl-Otto, den seine schmerzenden Beine daran hinderten, sofort in Abwehrstellung zu gehen. Dafür reagierte Marion geistesgegenwärtig: Blitzschnell stieß sie Lino ihr Knie in den Unterleib! Wie ein gefällter Baum stürzte er erneut zu Boden und wand sich vor Schmerzen. "Gibst du jetzt endlich auf, Lino?" kreischte Marion. "Auf der Stelle verläßt du meinen

Wohnwagen... verstanden? Morgen vormittag reden wir alle drei mal in Ruhe über euer angebliches Problem. Ihr benehmt euch ja wie Kleinkinder, denen man die Mutterbrust verweigert... So, wie ihr, so benehmen sich nicht erwachsene Männer!"

In den folgenden Tagen bemühte sich Marion, mit viel Güte und Einfühlungsvermögen, die zwischen den beiden Streithähnen entstandene Kluft wieder zu überbrücken, aber keiner von beiden gab auch nur einen Millimeter nach, was zur Folge hatte, daß die Vorstellungen darunter litten, bis Marion der Geduldsfaden riß und sie Karl-Otto kurzerhand auf die Straße setzte. Auf Lino, der schließlich der Hauptakteur der Truppe war, konnte sie beim besten Willen nicht verzichten. Einen neuen Musiker zu engagieren war ein weitaus kleineres Problem.

***

Und schon wieder stand Karl-Otto mit einer Lebenserfahrung reicher vor dem Nichts. Nächtelang sann er darüber nach, was das Wort Liebe eigentlich noch zu bedeuten hatte. Marion hatte ihn zu sich gelockt, aber doch nicht nur aus geschäftlichen Gründen... Oder war sie doch nur eine eiskalte Rechnerin? Nein, und noch einmal nein; dafür hatten sie sich zu sehr geliebt. Oder war es doch nur das sexuelle Verlangen gewesen, was sie so eng aneinandergeschmiedet hatte? Waren Lust, Befriedigung und der reine Spaß am Sex wichtiger gewesen als die Liebe, die innere Herzensbindung und die wahre Zuneigung? Karl-Otto war von Marion zutiefst enttäuscht! Sie hatte ihm wohl einen schönen und gutbezahlten Arbeitsplatz geboten, aber das andere, was sie ihm geboten hatte und dann einfach wie einen faulen Apfel wegwarf, konnte nicht mit Liebe gleichgestellt werden. Ein dreiviertel Jahr hatten sie wie ein Ehepaar zusammengelebt, sich gegenseitig mit Liebesschwüren überhäuft, jedoch nie von Heirat gesprochen. Vielleicht dachte sich Karl-Otto auch zu sehr in jede Frau hinein und glaubte, wenn sie mit ihm schlief, käme das einem Eheversprechen gleich. Entmutigt, tieftraurig und wie vor den Kopf gestoßen, hatte er sich von Marion verabschiedet und war schnurstracks nach Helmstedt gefahren. Was ihn nach dort zog, konnte er sich selbst nicht erklären. Vielleicht war es die altvertraute Umgebung, der Wunsch, mit dem einen oder anderen ehemaligen Freund oder Bekannten wieder Kontakt aufzunehmen. Jedenfalls war er wieder in Helmstedt, in der Stadt, die ihm mehrere Schicksalsschläge erteilt hatte, die ihm 1949 zum Sprungbrett für eine neue Zukunft in Deutschland werden sollte, von der aus sein Irrweg begann, den er noch immer beschritt. Wie lange würde er noch umherirren? Bot sich für ihn überhaupt noch die Möglichkeit, irgendwann, irgendwo endgültig Fuß zu fassen? Karl-Otto wollte nicht aufgeben! Zum zweitenmal wollte er versuchen, von Helmstedt aus einen neuen Weg mit beruflicher Zukunft zu beschreiten und eine neue Familie zu gründen. Er wollte nicht länger dem "Wirtschaftswunder" nur hinterherlaufen!

***

Wenn irgendwo so richtig, zwanglos und ausgiebig gefeiert wird, dann ist es auf dem Dorf - auf einer Bauernhochzeit. Da ist man lustig, da ist man fröhlich, da bricht der Tisch bald zusammen unter der Last auserlesener Speisen, da fließen Bier und Schnaps in Strömen und da wird mit dem Feiern nicht früher aufgehört, bis der helle Tag anbricht. Nicht selten wird nach einem kurzen Nickerchen weitergefeiert. Für die Musiker ist das kein leichtes Brot, aber es bringt riesigen Spaß, fröhliche Menschen zu erleben, ihnen Freude zu bereiten - und die Gage stimmt.

"So, Dagobert, wir machen erst mal 'ne halbe Stunde

Pause", sagte Karl-Otto zu seinem Kollegen, einem etwa 50 Jahre alten hervorragenden Schlagzeuger, mit dem er durch das Arbeitsamt das Bauernhochzeits-Engagement zugewiesen bekommen hatte. "Während wir essen, will der Bauer Militärmärsche auf den Plattenteller legen. Er war Hauptmann bei der Infanterie, wie er mir gestern auf dem Polterabend verriet. Vielleicht können wir noch anschließend mit einer Dorfschönen anbändeln..."

"Na, weißt du, Karl-Otto, die kann man doch alle vergessen, die hier herumlaufen."

"Sag das nicht so laut, Dagobert... Die eine, da hinten an dem Tisch, gleich neben dem Scheunentor, die sieht doch gut aus... Oder würde sie dir nicht gefallen?"

"Sicher, ein hübsches Mädchen, aber für mich zu jung. Zum andern hat sie einen Mann bei sich."

"Das ist bestimmt nicht ihr Mann. Ihr Vater könnte das sein. Übrigens habe ich beobachtet, als sie hier an uns vorbeitanzte, daß sie keinen Ehering trägt. Ich werd' sie mir mal nachher etwas näher anschauen."

Seine "Angehimmelte" ständig im Auge behaltend, würgte Karl-Otto hastig zwei Schinkenbrote herunter, spülte mit einem Bier nach und schlenderte dann über die Tenne, entlang der links und rechts vollbesetzten Tische, bis kurz vor den Eingang, wo mehrere Einzeltische standen. An einem saß Karl-Ottos brünetter Schwarm mit einem älteren Mann in ein Gespräch vertieft. Aber so sehr tiefsinnig schien das Gespräch nicht zu sein, denn in dem Moment, als Karl-Otto am Tisch vorbeigehen wollte, schaute die Frau plötzlich lächelnd auf und deutete mit einer nickenden Geste an, er dürfte ruhig bei ihr Platz nehmen, worum sich Karl-Otto nicht zweimal bitten ließ.

Die Frau schien schon leicht beschwipst zu sein. Den neben ihr sitzenden Mann stellte sie als ihren Onkel aus Amerika vor. Er sprach deutsch. Gleich nach dem Krieg war er ausgewandert. Er habe früher auch Tanzmusik gemacht, erzählte er stolz. Posaune! "Na ja, das war alles einmal", seufzte er. "Jetzt habe ich nicht mehr die Luft dazu. Sie haben damit auf Ihrem Instrument kein Problem. Sie machen gute Musik!"

"Danke", sagte Karl-Otto. "Man versucht eben sein Bestes zu geben! Entscheidend, wie man musiziert, ist natürlich auch das Publikum. Diese Hochzeitsgesellschaft gibt sich besonders fröhlich und locker. Das überträgt sich ganz von selbst auf die Musiker... spornt an!"

"Ich werde Sie gleich mit Nora allein lassen", hub der freundliche Mann wieder an. "Mir reicht es! In zwei Stunden wird der erste Hahnenschrei ertönen und bis dahin will ich im Bett sein. Nora ist eine amüsante Gesprächspartnerin, kann ich Ihnen nur versichern. Und tanzen kann sie... Also, Sie werden begeistert sein... Versuchen Sie's ruhig einmal mit ihr!" fügte der Mann noch schmunzelnd hinzu und verabschiedete sich dann.

Nora hatte die ganze Zeit nur verlegen in sich hineingelächelt, aber Karl-Otto war es nicht entgangen, wie sie ihn heimlich aus den Augenwinkeln beobachtet hatte. Im Schein der schwachen Beleuchtung mutete sie mit ihrer Pagenkopffrisur wie ein Teenager an. Besonders reizvoll fand Karl-Otto das Grübchen auf ihrer Wange, wenn sie ihn anlächelte. Sie schien eine Frohnatur zu sein, unkompliziert und aufgeschlossen, denn kaum hatte sich ihr Onkel entfernt, beugte sie sich über den Tisch und sagte: "Rutschen Sie doch ein bißchen heran! Der Plattenspieler ist viel zu laut eingestellt. Wir wollen uns doch unterhalten und nicht anschreien. Ich mag sowieso keine Marschmusik. Sie auch nicht?"

"Ach, das kommt drauf an... Es gibt schöne Märsche, aber Militärmärsche liebe ich auch nicht."

"Dafür lieben Sie wohl Frauen um so mehr... Hab' ich recht?"

Karl-Otto spürte, wie er leicht errötete. "Wie kommen Sie denn darauf?" fragte er und schaute fasziniert in das mädchenhafte Gesicht der jungen Frau. "Sie kennen mich doch gar nicht!"

"Nun, ich gehe davon aus, daß Sie mich schon die ganze Nacht nicht nur aus Langeweile anstarren, mir sogar verliebte Blicke zuwarfen... oder habe ich mich getäuscht?"

Die geht aber ran, dachte Karl-Otto. Ob sie noch minderjährig ist? Kein Fältchen im Gesicht, die helle, sympathische Stimme, der hübschgeformte Mund, die kleinen schlanken Hände und die kastanienbraunen Augen, alles harmonierte miteinander, war so abgestimmt, daß jedem Mann das Herz höher schlagen mußte. Und so war es nicht verwunderlich, daß Karl-Otto unwillkürlich in Träumereien verfiel, als er beinahe hauteng neben Nora saß, sie von oben bis unten "begutachtete" und sich vorstellte...

"Sie scheinen wohl doch den Marschklängen zu lauschen", fuhr Nora fort, weil Karl-Otto etwas verlegen zu Boden schaute.

"Keineswegs, junge Frau! Ich war nur mit meinen Gedanken..."

"Bei mir waren Sie mit Ihren Gedanken... Stimmt's?"

Karl-Otto gab sich geschlagen. "Ja, ich bewundere Sie!"

Als habe Nora nur auf diesen Satz gewartet, setzte sie sich in Positur, damit ihr ohnehin schon wohlgeformter Busen noch deutlicher unter der Seidenbluse zur Geltung kam. "Wie Sie mitbekommen haben werden, heiße ich Nora", fuhr die junge Frau mit verführerischem Augenaufschlag fort. "Und Sie sind der Karl-Otto... nicht wahr?"

Karl-Otto stutzte. "Woher wissen Sie das denn?"

"Ach, das habe ich über den Lautsprecher gehört, den Sie da drüben am Pfeiler installiert haben. Wenn Sie die Verstärkeranlage nicht abschalten... wenn Sie Pause machen, dann kann man Ihrer Unterhaltung mit dem Kollegen einwandfrei folgen. So vernahm ich es auch, als Sie vorhin bemerkten, daß Sie sich 'die da hinten neben dem Scheunentor' etwas näher anschauen wollten... Nun, hier bin ich! Schau'n Sie mich an! Gefalle ich Ihnen?"

Verlegen warf Karl-Otto einen flüchtigen Blick auf seine Armbanduhr. "Oh", tat er erschrocken, "ich müßte ja schon längst wieder auf dem Podium sein! Hätten Sie vielleicht nachher noch etwas Zeit für mich?"

"Gern! Wir können uns in der Gartenlaube treffen... Ich besorge schon eine Flasche Wein", schlug Nora lächelnd vor und reichte Karl-Otto die Hand, ließ sie verdächtig lange in seiner ruhen.

Wer war Nora? Was wollte sie von ihm? War sie verheiratet? Ihrem Aussehen und mädchenhaftem Benehmen nach, schätzte sie Karl-Otto auf höchstens 18 Jahre. Andererseits besaß sie eine bemerkenswerte und verblüffende logische Schlagfertigkeit, die normalerweise nur eine erfahrene Frau aufbringen konnte. Sie schien liebeserfahren zu sein!

Wie verabredet, fand sich Karl-Otto in der Gartenlaube ein, wo ihn Nora schon erwartete. "Schön, daß Sie Wort gehalten haben und mir etwas Gesellschaft leisten wollen! Hier, ich habe eine Flasche Wein mitgebracht für uns beide! Ist eine von der guten Sorte... Ich glaube, sie wird reichen! Heute brauchen wir ja nicht zur Arbeit. Zum Frühschoppen müssen Sie wahrscheinlich wieder Musik machen. Der Bauer - er ist übrigens auch mein Onkel! - ließ vorhin so etwas anklingen."

Ein tiefer Seufzer entrang sich Karl-Ottos Brust.

"Was ist? Was haben Sie? Bedrückt Sie etwas?" fragte Nora besorgt und rückte näher an Karl-Otto heran.

"Ach was, eigentlich nichts, aber als Sie erwähnten, daß wir heute nicht zur Arbeit bräuchten, da überkam es mich wieder einmal. Ich wünschte, ich könnte auch zur Arbeit gehen."

"Sie sind arbeitslos?"

"Leider! Leider schon wieder!"

"Das darf es doch nicht geben! Warum sind Sie

arbeitslos? Sie sind doch ein flotter junger Mann, der überall Arbeit finden müßte! Können Sie nicht von der Musik leben?"

Tröstend streichelte Nora Karl-Ottos Arm und wartete auf eine Antwort, aber er schwieg und schaute gedankenverloren in den heraufziehenden Morgen. Bedächtig öffnete er die Weinflasche, schenkte ein und stieß wortlos mit Nora an.

"Nun reden Sie schon, Herr Karl-Otto!" drängelte Nora. "Haben Sie Liebeskummer? Ist Ihnen die Frau fortgelaufen oder so?"

Es war noch niemals Karl-Ottos Art gewesen zu jammern, sich zu beklagen, Mitleid zu erwecken und schon gar nicht, sich jedem zu offenbaren, aber Noras liebreizende Stimme und ihre zärtlichen Berührungen auf seinen Wangen, in seinem Haar und seinem Nacken bewogen ihn schließlich, ihr seine momentan aussichtslos erscheinende Situation zu schildern.

Es war ein schwacher Trost, als Nora Karl-Ottos Gesicht in beide Hände nahm und ihn zärtlich küßte, nachdem er ihr seine Notlage unterbreitet hatte, und dennoch empfand er ihre Geste wie ein seelisches Unter-die-Arme-greifen. Er spürte, wie sie ehrlich, ernsthaft und nachdenklich mitfühlte, daß er ihr nicht einerlei zu sein schien, sie sich in ihn verliebt hatte. Auch in Karl-Otto erwachte die Liebe, und flammte leidenschaftlich auf, je länger er Nora festumschlungen hielt, ihre Körperwärme spürte. Alles ringsum schien zu versinken, verschmolz zu einem unendlichen Meer der Träume, des Verlangens.

Und dann erzählte Nora einiges aus ihrem Leben: Sie war 24 Jahre alt, Zahnarzthelferin und wohnte auch in Helmstedt in einer Mansardenwohnung. Ihre Eltern waren 1944 bei dem verheerenden Terrorangriff der US Air Force auf Berlin ums Leben gekommen. Im Juni war es gewesen, als 2 500 Bomber und Jäger das Regierungsviertel bombardierten sowie Eisenbahnanlagen und

Rüstungsbetriebe mit ihrer todbringenden Last belegten. Die Hauptleidtragenden waren wie gewöhnlich die Zivilisten. Noras Eltern - ihr Vater hatte gerade Fronturlaub - wurden unter den Trümmern ihrer Villa begraben. Sie selbst wurde umgehend zu ihrem Onkel gebracht - bei dem jetzt die Hochzeit stattfand - und wuchs auch auf dem Bauernhof auf. Nach der Mittleren Reife ließ sie sich als Krankenschwester ausbilden und sattelte dann zur Zahnarzthelferin um. Erst kürzlich hatte sie ihre langjährige Verlobung mit einem Bundesbahninspektor gelöst. Allerdings im guten Einvernehmen.

"Warum schmunzelst du, Karlchen?" fragte Nora, als sie ihre Lebensgeschichte erzählt hatte.

"Entschuldige, Nora! Nicht, daß du glaubst, ich hätte über dein Schicksal geschmunzelt... O nein! Dafür ist es viel zu erschütternd. Der Krieg hat unzähliges Familienglück zerstört, das nie wieder gutzumachen ist! Ich mußte nur darüber schmunzeln, schon wieder an eine Krankenschwester geraten zu sein!"

"Krankenschwestern sind gut in der Liebe", hauchte Nora.

"Alle?"

"Ja, das glaube ich!"

"Und warum ist es so?"

"Na ja, weil Krankenschwestern täglich mit Menschen umgehen, ständig nackte Körper zu Gesicht bekommen und vielleicht dadurch ein ganz anderes Verhältnis entwickeln. Sie denken sich viel tiefer in den einzelnen hinein, da sie ja manchen Patienten wochenlang zu betreuen haben, als wenn man nur jemanden flüchtig kennenlernt. Ich war lange auf einer Männerstation. Natürlich muß man sich dagegen wehren, aber immer wieder sieht man entblößte junge Burschen... Wer hält das wohl auf die Dauer aus?"

"Schade", murmelte Karl-Otto, "daß ich nicht Krankenschwester auf einer Frauenstation werden durfte."

Nora lächelte verschmitzt, küßte Karl-Otto mit soviel

Leidenschaft und Gefühl, daß ihm beinahe die Sinne schwanden und flüsterte dann: "Wie wär's, wenn du mal meine Krankenschwester sein würdest? Ich bin eine geduldige Patientin..."

Jetzt küßte und liebkoste Karl-Otto Nora hemmungslos und es hätte nicht viel gefehlt, dann wäre der letzte am Morgenhimmel verlöschende Stern Zeuge davon geworden, was die beiden Verliebten nur noch einige Millimeter voneinander trennte.

"Schenk uns den restlichen Wein ein, Karlchen!" sagte Nora plötzlich mit ernster Miene. "Heute nachmittag, wenn der ganze Trubel vorbei ist, fahren wir zu mir nach Hause. Jetzt möchte ich noch etwas mit dir besprechen und dann schlafen wir uns erst ein bißchen aus. Du bei deinem Kollegen in der Bodenkammer, und ich im Wohnzimmer... Alles klar?"

"Laß uns doch noch ein wenig schmusen, Nora", bettelte Karl-Otto, aber Nora blieb hart, setzte sich Karl-Otto gegenüber und überraschte ihn mit folgender Idee: "Wie ich dir erzählte, ist mein Ex-Verlobter bei der Bundesbahn. Für dich muß unbedingt ein Weg gefunden werden, aus deinem Dilemma herauszukommen. Du mußt in den öffentlichen Dienst! Du hast das Zeug dazu! Hättest du Lust, bei der Bahn eingestellt zu werden, Karlchen?"

"Aber selbstverständlich! Sofort! Beamter zu werden, schwebt mir schon seit eh und je vor, nur es bot sich bislang..."

"Wird umgehend angeleiert, Karlchen! Soviel ich von meinem Ex-Verlobten weiß, stellt die Bundesbahn bis auf weiteres Nachwuchskräfte für den mittleren Dienst ein. Das wäre doch was für dich!"

"Aber ob sie mich nehmen, das ist die Frage, denn es..."

"Sicher, ich weiß was du meinst, Karlchen, aber laß mich das machen! Du wirst dich wundern, was eine ehemalige Krankenschwester noch alles kann! Ich bin optimistisch! Sei du es auch! Bald erhältst du einen Brief, der es dir ermöglicht, einen neuen, geraden Weg zu gehen, der dich deine bisherigen Irrwege vergessen läßt. Du mußt unbedingt einen festen Weg beschreiten!"

Hoffnungsvoll, einen winzigen Silberstreif am Horizont leuchten sehend, schöpfte Karl-Otto wieder einmal Mut für eine bessere Zukunft, für ein geordnetes Leben... Obwohl Noras Gedankengänge im Moment nur reine Theorie bedeuteten, klammerte er sich fest daran und sah sich schon im Geist die Eisenbahneruniform tragen. Ein paarmal nahm er Nora dankbar in die Arme und begab sich dann zur Ruhe.

***

Kaum eine Woche war vergangen nach dem Gespräch mit Nora in der Gartenlaube, da flatterte auch schon ein blauer Brief ins Haus. Diesmal kein Zahlungsbefehl, sondern ein Bewerbungsbogen für den mittleren Beamtendienst bei der Deutschen Bundesbahn! Außer sich vor Freude, eilte Karl-Otto noch am selben Tag zu Nora und berichtete ihr von der überraschenden Nachricht.

"Na, siehst du... hab' ich dir zuviel versprochen, mein kleiner Pessimist? Optimist mußt du sein, dann nimmst du auch alles leichter! Den ersten Schritt haben wir also getan. Nun mußt du nur noch nach Hannover zur Einstellungsuntersuchung und dann..."

"Hoffentlich geht das gut!" warf Karl-Otto bedenklich ein.

"Warum nicht?"

"Na ja, der Test wird wohl nicht gerade leicht sein."

"Den schaffst du schon, Karlchen", winkte Nora beruhigend ab. "Ich habe dir einen Fragebogen mitgebracht, den wir gemeinsam durchgehen werden. Die Fragen entsprechen in etwa denen, die man dir vorlegen wird. Nur keine Bange, Karlchen, man wird dir schon nicht den Kopf abreißen. Du bestehst die Prüfung allemal. Später besuchst du dann auf Kosten der Bahn Lehrgänge, Kurse und weiterführende Schulen, bis du die Laufbahn des gehobenen Dienstes einschlagen kannst."

"Du spielst mir ja eine schöne Zukunftsmusik vor, Nora!"

"Nein, sondern ich sage es so, wie es ist. Es liegt ganz an dir, was du demnächst, in den folgenden Jahren, aus dir machst, ob du genügend Energie und Ausdauer aufbringst. Einstellen werden sie dich... Davon bin ich fest überzeugt!"

Und Nora behielt recht: Anfang Oktober meldete sich Karl-Otto bei der Bahnmeisterei Helmstedt zum Arbeitsantritt!

***

Ein frischer, naßkalter Ostwind wehte der zwölfköpfigen "Stoppkolonne" entgegen, als sie nach der Mittagspause den Bauwagen verließ und den Bahndamm erklomm. Vorneweg Rottenmeister Rost, ein 45jähriger mürrischer Beamter alten Schlages von kräftiger Statur. Unruhig trippelte er auf den Holzschwellen hin und her. Seine Hände tief in den Manteltaschen vergraben, den Kragen hochgeschlagen und die Eisenbahnermütze weit ins Gesicht gezogen, murmelte er unverständliche Worte vor sich hin. Ab und zu sog er genüßlich an seiner kurzen Tabakspfeife und stieß dicke Qualmwolken in den grauverhangenen Oktoberhimmel. Viel lieber hätte auch er bei dem ungemütlichen Wetter in der Baubude am warmen Ölofen gesessen als die ihm unterstellte "Stoppkolonne" zu beaufsichtigen, doch er war sich bewußt, wie wichtig die Bahnunterhaltung und der Gleisbau für die Sicherheit des Zugverkehrs waren. Täglich mußte ein enormes Arbeitspensum bewältigt werden. Überall dort, wo der Streckenläufer Mängel und

Schäden entdeckt hatte, erschien Rottenmeister Rost mit seiner Kolonne. Meistens mußten nur ein paar Schrauben festgedreht oder Schotter unter Schwellen nachgestopft werden. Die Arbeit erforderte kräftige, gesunde Männer, die hart anpacken konnten, sich nicht vor Regen und Kälte scheuten und in der Lage waren, stundenlang einen krummen Buckel zu machen, wie Rost sich auszudrükken pflegte. Wiederholt kam es vor, daß zwischen zwei fahrplanmäßigen Zügen ein Schienenstück ausgewechselt werden mußte. Dann ging es hektisch zu; jeder Handgriff mußte sitzen.

Rost war mit seiner Stammrotte sehr zufrieden. Alles willige, erfahrene Bahnunterhaltungsarbeiter, die ihm schon seit Jahren die Treue hielten. Wäre es nach ihm gegangen, dann hätte er sämtliche anfallenden Arbeiten ausschließlich mit seinem Stammpersonal durchgeführt und auch stets termingerecht geschafft. Und so konnte ihn auch jeder verstehen, wenn seine Laune manchmal nicht gerade die beste war und er mürrisch hin- und herlief, wie an jenem naßkalten Oktobertag. Am Wetter lag es nicht, auch war er nicht mit der Arbeit im Verzug, sondern es lag einzig und allein nur daran, daß ihm schon wieder von der Bahnmeisterei vier neue Anfänger zugeteilt worden waren, die kaum eine Kreuzhacke von einem Spaten unterscheiden konnten. Und mit diesen Leuten mußte er sich erst einmal herumärgern, ihnen jeden Handgriff zeigen, höllisch aufpassen, daß sie nicht unter die Räder des nächsten Zuges gerieten und ihnen beim Auswechseln keine Schiene auf die Füße fiel. Drei Monate mußten die angehenden Beamten des mittleren Dienstes bei ihm bleiben. Er hatte nichts dagegen einzuwenden, daß sie die Beamtenlaufbahn einschlagen wollten - er war ja selbst einer! Was ihn verärgerte, war, daß die Auszubildenden nur drei Monate blieben. Wenn sie sich gerade eben eingearbeitet hatten, gewissermaßen vollwertige Arbeitskräfte darstellten, nahm man sie ihm wieder weg für die weitere Ausbildung im Fahr-,

Verkehrs- und Rangierdienst.

Es dauerte verhältnismäßig lange, bis die Anfänger - unter ihnen Karl-Otto - mit den alten Rottenarbeitern engeren Kontakt fanden. Überall standen die Neuen angeblich im Wege, hatten zwei linke Hände, keinen Mumm in den Knochen und wurden immer wieder darauf hingewiesen, daß sie sich ja nichts einbilden sollten, die Beamtenlaufbahn einschlagen zu wollen. Verschiedentlich kam es sogar zu kleinen Reibereien, aber jedesmal stellte Rost sich vor die angehenden "Krawattenhengste", wie die Arbeiter die vier Neuen zu gern betitelten. Aber auch er geizte nicht mit Sticheleien. Besonders dann, wenn er die zweite Flasche Bier geleert hatte, denn - obwohl Alkohol offiziell verboten war - man mußte schließlich etwas gegen die Kälte tun! Wie ein Feldherr stand er dann breitbeinig zwischen den Schienensträngen, machte ein paar Züge aus seiner Tabakspfeife und sagte: "Ihr scheint wohl immer noch nicht begriffen zu haben, warum ihr hier seid."

Wie aus einem Munde konterten dann die vier jungen Leute: "Neee!" und kicherten.

"Na, denn will ich's euch zum zehntenmal sagen: Ihr seid momentan unter meinen Fittichen, damit ich euch beibringe, worauf ein Zug fährt! Und das sind die Schienen! Wie schwer sie sind, das wißt ihr mittlerweile. Und wie man den Schotter unter die Schwellen stopft, habt ihr auch schon gelernt. Außerdem..."

"Aber warum müssen wir uns hier so abquälen?" unterbrach ihn Karl-Otto. "Wir wollen doch nicht die Rottenmeisterlaufbahn einschlagen. Wir sind doch eigentlich nur billige Arbeitskräfte für die Bahnmeisterei."

Diesen Tenor mochte Rost absolut nicht. "Da seid ihr schwer im Irrtum, ihr jungen Burschen! Ihr wißt wohl nicht, daß jeder, der einmal mit dem Zug auf den Schienen entlangbrausen will, wissen muß, worauf er fährt, woraus sich der Bahnkörper zusammensetzt! Das ist ein ungeschriebenes Gesetz!"

Grinsend nickten dann die Vier und ließen Rost im Glauben, endlich begriffen zu haben, daß ihre dreimonatige Rottenarbeit für die Beamtenlaufbahn von Nutzen sein könnte. Natürlich vermieden sie es, sich mit ihm anzulegen, denn seine Beurteilung konnte für das Weiterkommen von Bedeutung sein... So biß man eben die Zähne zusammen, fluchte leise vor sich hin und zählte die Tage. Anfang Januar 1956 durfte dann auch Karl-Otto der "Stoppkolonne" den Rücken kehren und auf dem Bahnhof Frellstedt seine reguläre Ausbildung beginnen.

***

In den letzten Wochen hatte sich das Verhältnis zu Nora mehr und mehr abgekühlt. Vielleicht lag es auch daran, daß Karl-Otto abends erschöpft nach Hause kam und wenig Lust verspürte, auch noch stundenlang ihr Liebhaber zu sein. Meistens ließ sie ihn erst im Morgengrauen frei. Er versuchte den Gedanken immer wieder zu verdrängen, aber manchmal kam ihm Nora wie eine Nymphomanin vor, wie eine Unersättliche, deren Lebensinhalt nur aus Männern bestand, obwohl sie ständig beteuerte, nur ihn zu lieben. Allerdings überkamen Karl-Otto dennoch Zweifel, da er Nora wiederholt mit anderen Männern - sogar untergehakt! - in der Stadt gesehen hatte. Er nahm es hin, mußte es hinnehmen, denn momentan war ihm sein Fortkommen wichtiger. Er bereitete sich auf die Assistentenanwärter-Prüfung vor, belegte bei einer Fernschule allgemeinbildende Fächer und nahm an berufsfördernden Maßnahmen der Bundesbahn teil.

"Warum kommst du schon wieder so spät, Karlchen?" empfing Nora Karl-Otto schmollend, als er eines Abends gegen neun Uhr ihre Mansardenwohnung betrat. "Drei Abende warst du nicht bei mir... und jetzt ist auch schon bald der halbe Abend rum. Ich will, daß du jeden Abend zu mir kommst, jede Nacht bei mir bleibst und mit mir schläfst, Karlchen!"

"Ich möchte es auch, Nora, ab..."

"Ach, du mit deinem ständigen aber, aber... Komm doch immer gleich von der Arbeit zu mir!"

Karl-Otto grinste und sagte kopfschüttelnd: "Du weißt doch gar nicht, was du willst, Nora! Fortwährend gibst du mir zu verstehen, wir sollten unbedingt jeder seine eigene Wohnung behalten, weil du den Standpunkt vertrittst, ein ständiges Aufeinanderhocken brächte unvorhergesehene Probleme mit sich. Was willst du eigentlich überhaupt? Weißt du das bald?"

"Sicher, weiß ich das, mein Karlchen! Ich will nur dich!"

"Dann nimm mich doch ganz und nicht nur nachts!"

Ganz langsam bildete sich das Grübchen auf Noras Wange, wie eine geheimnisvolle Aufforderung, sie zu küssen, als sie lächelnd entgegnete: "Ich möchte meine Freiheit behalten!"

"Das ist doch engstirnig und egoistisch von dir, Nora! Du möchtest dir wohl gern ein Hintertürchen offenhalten, mit mir Schluß machen können, wie es dir gerade einfällt!"

"Jetzt spinnst du aber! Hat dir schon jemals eine Frau soviel Liebe entgegengebracht? Gebe ich dir nicht alles?"

"Natürlich, aber davon ist doch jetzt nicht die Rede. Laß uns doch zusammenziehen, Nora", schlug Karl-Otto vor. Aber Nora stellte sich taub, holte aus der Küche belegte Brote und brühte Tee auf. Dann setzte sie sich neben Karl-Otto auf die Couch, küßte ihn zärtlich und wechselte das Thema. "Gefällt es dir noch immer bei der Bundesbahn, Karlchen?"

"Natürlich gefällt es mir! Danach hast du schon so oft gefragt, Nora... Ich werde meinen Weg gehen; ich werde in absehbarer Zeit Bahnassistent sein! Wenn ich dich nicht getroffen hätte, wer weiß, wo ich heute..."

"Du brauchst mir nicht dafür zu danken, Karlchen. Ich freue mich, daß du damals meinen Rat annahmst. Was du aus dir machst, ist deine Angelegenheit. Ich bin eigentlich stolz auf dich!"

"Dann nimm mich doch! Laß uns ein Paar werden, Nora!"

"Ich will nicht... noch nicht!"

"Und was ist der Grund?"

Noras hübsches Gesicht schien plötzlich wie versteinert zu sein. Eine Weile starrte sie auf die gegenüberliegende Wand, bevor sie mit fast entschuldigender Stimme sagte: "Schau mal, Karlchen... ich schätze dich sehr, ich liebe dich über alles, und ich möchte dich auch nicht verlieren, aber da ist ein Punkt, der unbedingt ins reine gebracht werden muß, bevor ich dir mein Jawort geben könnte... Verstehst du das nicht?"

"Meinst du das, weil ich ab und zu mal einen über den Durst trinke?" fragte Karl-Otto ahnungslos.

"Nein, das ist es nicht! Dagegen habe ich im großen und ganzen nichts einzuwenden, denn du weißt ja, daß ich auch keine Kostverächterin bin, gern mal eine Flasche Wein trinke. Was mir Sorgen bereitet und mich davon abhält, mich mit dir endgültig zu liieren, ist leider die Tatsache, daß du nicht in geordneten finanziellen Verhältnissen lebst, ständig mit Zahlungsbefehlen bombardiert wirst und die erste Lohnpfändung gegen dich auch schon vorliegt..."

Wie von einem Keulenschlag getroffen, zuckte Karl-Otto unwillkürlich zusammen. Es waren harte Worte, wahre Worte, die er aus dem Munde seiner Geliebten vernehmen mußte. Nora hatte recht, aber sollte das der einzige Hinderungsgrund sein, sich nicht mit ihm zu verloben, ihn nicht zu heiraten? Nein, es gab bestimmt einen anderen Grund! Sie suchte wahrscheinlich nur einen Vorwand, sich nicht restlos an ihn zu binden. Aber warum dann die ständigen Liebesschwüre? Verstand sie unter Liebe nur das Bett? Nora war und blieb undurchsichtig!

Bedrückende Stille im Raum. Nur das monotone Tikken der Buffetuhr erinnerte daran, daß die Zeit noch nicht stehengeblieben war. Sie schlug elfmal, die braunlackierte mit einem goldfarbenen Zifferblatt versehene Uhr.

"Ich hab's doch gar nicht so gemeint, Karlchen", sagte Nora leise, als sie Karl-Ottos Niedergeschlagenheit wahrnahm. "Du mußt versuchen, mich zu verstehen! Ich würde gern deine Schulden begleichen... Ich habe genug Geld! Nur...", sie zögerte einen Augenblick, "... bin ich schon einmal schwer enttäuscht worden. Meine Gutmütigkeit wurde mit Füßen getreten von meinem damaligen Freund... Und so bin ich jetzt eben vorsichtig! Wenn wir noch länger zusammensein sollten, dann ließe..."

"Spar dir deine Worte, Nora... Ich werde mein Problem auch ohne deine Hilfe bewältigen."

"Nun sei nicht gleich eingeschnappt, Karlchen. Vielleicht finden wir irgendeinen Ausweg! Ich möchte dir ja helfen, nur bin ich mir nicht ganz sicher, ob..."

"Jede weitere Diskussion ist überflüssig, Nora", schnitt er ihr das Wort ab, reichte ihr lässig die Hand und sagte beim Hinausgehen: "Ich muß unser Gespräch erst einmal verarbeiten. Ich komm' mal wieder vorbei!"

Aber Karl-Otto kam nicht mehr vorbei! Er trennte sich von Nora. Er wollte sie vergessen, was leichter gesagt als getan war, denn die vielen, unbeschwerten und liebevollen Stunden mit ihr ließen sich nicht so einfach wegwischen. Sie klangen in ihm nach wie ein dahinschwebender Harfenton.

"Nimm es doch nicht so schwer, Karl-Otto", meinte Roland Sauter, ein Kollege, mit dem er in der Ausbildung war. "Mir geht es im Moment auch nicht besser. Zwei Jahre liebte ich meine Carola... und jetzt... Na ja, was soll ich noch dazu sagen! So sind eben die Frauen! Vielleicht sind wir Männer auch selbst schuld, wenn uns die Frauen fortlaufen."

"Ganz ohne Frauen möchte ich nun auch nicht leben", warf Karl-Otto ein und prostete dem gleichaltrigen Roland mit einem Glas Bier zu. "Beim nächsten Mal passen wir besser auf. Man kann doch nicht nur Pech haben."

Roland nickte seufzend. "Das stimmt wohl. Ich glaube, Karl-Otto, daß uns die kommenden Monate derart fordern werden, daß uns die Lust, an Frauen zu denken, vorläufig vergehen wird! Sind wir erst einmal in das Beamtenverhältnis übernommen worden, dann suchen wir uns wieder eine Frau, die zu uns hält, die man auch heiraten kann, die nicht nur im Bett gut ist."

"Ja, ja", stöhnte Karl-Otto. "Mit uns Männern macht man schon was... Wie wohl die Frauen über uns denken mögen?"

***

Das Bundesbahn-Ausbildungs-Programm befriedigte Karl-Otto vollauf. Er hatte sich für den Verkehrsdienst entschieden. Außer Fahrkartenschalter, Güterabfertigung und Stellwerk, gehörte auch die Einweisung in den Schrankendienst dazu, der ebenso wichtig war, wie die anderen Aufgabenbereiche. Natürlich war es nicht jedermanns Geschmack, 12 Stunden lang die Schranken hoch- und runterzudrehen. Das empfand auch Karl-Otto, als er kurzfristig für einen erkrankten Kollegen einspringen mußte... Voraussichtlich 14 Tage, hatte sein Dienststellenleiter gesagt.

Den Zugfahrplan vor sich auf dem Tisch liegend, saß Karl-Otto mißgestimmt in seinem Wärterhäuschen und vertrieb sich die Zeit bis zum nächsten Schrankenherunterdrehen mit Lesen und Schularbeiten für seinen Fernkurs. 12 Stunden waren eine lange Zeit. Kein Mensch weit und breit. Manchmal überkam ihn unwillkürlich die Langeweile. Dann lief er ein paarmal um das

Schrankenwärterhäuschen, machte Freiübungen oder hüpfte auf der Stelle, dabei laut irgendein Lied singend. Am eintönigsten war die Nachtschicht. Im Schein der Karbidlampe, die den Raum nicht nur spärlich beleuchtete, sondern auch mit einem penetranten Geruch füllte, nickte Karl-Otto wiederholt kurz ein, schreckte jedesmal verstört hoch, wenn der Wecker schrillte und somit kundtat, daß in wenigen Minuten der nächste Zug herannahte, die Schranke bedient werden mußte. Dann schnappte er sich das "ZG 3" (Laterne und Signalhorn), trat nach draußen, kurbelte die Schrankenbäume herunter und schlenkerte die Laterne, was dem Lokführer des herannahenden Zuges anzeigte, daß der Schrankenposten besetzt, die Schranke unten und der Wärter nicht eingeschlafen war. Jedesmal der gleiche Vorgang. Stupide! Man brauchte dabei seinen Geist nicht anzustrengen, aber für die Sicherheit des Zugverkehrs war auch diese Funktion bedeutungsvoll. Nur zu langweilig!

Karl-Otto hatte viel Zeit, um über einiges nachzudenken. Immer wieder erschien Noras Bild vor seinem geistigen Auge. Ob sie auch noch an ihn dachte? Wahrscheinlich hatte sie schon längst einen anderen Mann um sich. Seit seiner Trennung von ihr war er ihr nicht mehr begegnet. Vielleicht war es auch gut so. An seinen Sohn Martin dachte er des öfteren, der neuerdings einen Stiefvater hatte. Beate hätte er am liebsten restlos vergessen, aber sie ließ ihn laufend mit Gerichtsbeschlüssen eindecken und schrieb ihm primitive Briefe, drohte, ihn finanziell zu ruinieren, wenn er nicht bald seinen Verpflichtungen nachkäme. Sie würde rücksichtslos neue Lohnpfändungen erwirken. Natürlich zehrte dieser Umstand an Karl-Ottos Nerven. Hinzu kamen auch noch die ständigen Bittbriefe seiner Mutter, sie doch endlich aus dem polnisch verwalteten Ostpreußen herauszuholen. Aber wo sollte er sie unterbringen? In seiner engen Dachkammer, die ihm eine alte Dame vermietet hatte?

Es waren schon Probleme, mit denen Karl-Otto zu

kämpfen hatte. Jedoch hätten sie kein Grund sein dürfen, daß er vermehrt zur Flasche griff, seinen Kummer und seine Sorgen im Alkohol zu ertränken versuchte. In erster Linie würde das seiner Laufbahn abträglich sein. Alles konnte sein Dienststellenleiter verzeihen, aber nicht, wenn einer seiner Bediensteten mit einer Alkoholfahne herumlief. Dann zückte er sofort sein Notizbuch. Besonders streng hielt er es mit seinen Schrankenwärtern, die absolutes Alkoholverbot einzuhalten hatten. Um zu überprüfen, ob seine Anordnung auch befolgt wurde, ließ er in unregelmäßigen Abständen Kontrollen durchführen.

Auch Karl-Otto hatte eine solche Kontrolle über sich ergehen lassen müssen. Während eines Nachtdienstes, gegen drei Uhr in der Früh, war der Kontrolleur plötzlich erschienen, hatte sich noch eine ganze Weile mit Karl-Otto angeregt unterhalten, bevor er sich mit der Bemerkung verabschiedete: "Ich bin richtig stolz, daß sich unsere Stellwerksbeamten und Schrankenwärter strikt an das allgemeine Alkoholverbot halten. Stellen Sie's sich mal vor, Herr Franke: Ein betrunkener Fahrdienstleiter oder ein taumelnder Schrankenwärter..."

Zwei Tage später - Karl-Otto hatte wieder Nachtschicht - goß es in Strömen. Der kleine Kohleofen in der Ecke qualmte wie eine Dampflok. Aus allen Fugen. Karl-Otto fröstelte, warf seinen Mantel über und lief im Raum auf und ab. Gereizt nahm er schließlich am Tisch Platz, holte schon zum fünften- oder sechstenmal den Zahlungsbefehl über 300 Mark aus der Tasche und fluchte leise vor sich hin über die Forderung eines Geschäftsmannes aus Süpplingen, bei dem Beate vor langer Zeit Einkäufe getätigt hatte, von denen Karl-Otto bislang nichts wußte. Es war durchaus möglich, daß demnächst noch weitere ihm unbekannte Forderungen ans Tageslicht kamen. Wie lange er das noch nervlich durchstehen würde, schien ihm selbst ein Rätsel.

Soeben hatte er wieder einmal die Schranke bedient

und kehrte halbdurchnäßt in seinen Dienstraum zurück. Ein leichter Schüttelfrost packte ihn. Der Kaffee in der Blechkanne auf dem Ofen war nur lauwarm. Es war kurz nach Mitternacht. Karl-Otto überlegte: Vor zwei Nächten hatte man ihn kontrolliert. Das hieß, daß in absehbarer Zeit keine weitere Kontrolle zu erwarten war! In seiner Aktentasche steckte eine Flasche, aus der er gleich nach Dienstschluß einige Schlucke nehmen wollte, um seinen Kummer herunterzuspülen. Aber bis dahin war es noch lange! Jetzt, wo er sich nicht wohlfühlte, da würde ein Schluck guttun, sagte er sich. Ein Schluck, nur ein Schluck, dürfte überhaupt nicht ins Gewicht fallen, redete er sich ein - und nahm einen Schluck. Der Likör schmeckte köstlich und es ging Karl-Otto nach dem einen, wenn auch kräftigen Schluck bedeutend besser. Nach einer Weile nahm er noch einen - und noch ein paar Schlucke, bis die Alkoholprozente ihre erste Wirkung zeigten, Karl-Otto beinahe einen Interzonenzug bei geöffneter Schranke hätte passieren lassen. Aber es war noch einmal gutgegangen! "Sowieso alles Routine... Eine Beschäftigung für Hirnlose", murmelte er vor sich hin und setzte die Flasche erneut an den Mund...

Plötzlich wurde die Tür aufgerissen, so ruckartig, als wollte man Karl-Otto überfallen. Erschrocken fuhr er herum und griff nach dem neben dem Tisch stehenden Holzknüppel, ließ ihn jedoch sofort wieder los, als er in das versteinerte Gesicht des Kontrolleurs blickte. Seine Hand langte nach der Flasche, aber der Kontrolleur war schneller. "Was ist in Sie gefahren, Herr Franke?" fragte er mit ruhiger, aber unzweideutiger Stimme. "Nennen Sie das Zuverlässigkeit, Verantwortungsbewußtsein und Pflichttreue? Das sind doch alles Voraussetzungen, um die Beamtenlaufbahn einzuschlagen... Ist Ihnen das inzwischen entfallen? Mann, wo haben Sie Ihre fünf Sinne nur gehabt, als Sie die Flasche an den Mund setzten? Ich kann Ihnen jetzt auch nicht mehr helfen... Die Konsequenzen müssen Sie nun tragen!"

Sichtlich verärgert rief der Kontrolleur den Bahnhof Helmstedt an und meldete den Vorfall. Zu Karl-Otto gewandt, sagte er anschließend: "Sie sind ab sofort Ihres Dienstpostens enthoben, Herr Franke!"

Sich zu rechtfertigen, etwas gegen die Entscheidung des Kontrolleurs einzuwenden, eventuell um Nachsicht zu bitten, hielt Karl-Otto für völlig unangebracht, denn er war sich seines schwerwiegenden Vergehens voll bewußt. Vorerst mußte er zittern und damit rechnen, seine noch fast neue Eisenbahneruniform wieder an den Nagel hängen zu müssen.

Der Kontrolleur, sichtlich nicht davon erbaut, Karl-Ottos Platz bis zur Ablösung einzunehmen, schaute nicht einmal auf, als Karl-Otto mit einem knappen Gruß das Schrankenwärterhäuschen verließ und in die dunkle Nacht hinaustrat. Der Regen hatte nachgelassen. Mit einem leichten Brummschädel schwang sich Karl-Otto auf sein Fahrrad und radelte in Schlangenlinien nach Hause. Niedergeschlagen ließ er sich auf seine Liege fallen, starrte mit leerem Blick zur holzverschalten Zimmerdecke und murmelte immer wieder vor sich hin: "Mein Gott, wie konnte ich nur so dumm sein? Wo habe ich bloß meine Gedanken gehabt? Hätte ich doch nur nicht die Flasche angerührt..."

Jetzt ist sowieso alles hin, dachte Karl-Otto, nahm die Likörflasche aus der Aktentasche und trank auch noch den Rest aus.

Schuldbewußt und reumütig meldete sich Karl-Otto bei seinem Bahnhofsvorsteher. Er brauchte weder etwas zu sagen noch zu fragen - die Miene seines Vorgesetzten sprach Bände! Mit der lapidaren Bemerkung: "Ich werde über Ihren Fall noch nachdenken", schickte er Karl-Otto erst einmal in Urlaub. 14 Tage.

***

In der Innenstadt hatte eine gutbürgerliche Gastwirtschaft ihren Besitzer gewechselt. Es gab Freibier! Auch Karl-Otto nahm die Gelegenheit wahr. Aber nicht nur des Freibiers wegen erschien er dort, sondern vielmehr, um neue Freunde kennenzulernen, um schon vorsorglich seine Fühler auszustrecken, wenn die Bundesbahn ihn entlassen sollte. Arbeitslosenunterstützung wollte er unter keinen Umständen wieder in Anspruch nehmen. Es gab inzwischen relativ viele Stellenangebote in den Zeitungen.

Die Zahl der Arbeitslosen ging ständig zurück, jedoch bis zur Vollbeschäftigung konnte es noch eine Zeitlang dauern. Nur welche Arbeit sollte sich Karl-Otto demnächst suchen, wenn die Bahn ernst machte, ihn auf die Straße warf? Am liebsten hätte er sich selbständig gemacht - nur womit?

Dichtgedrängt verharrten die Männer mit den durstigen Kehlen vor dem blitzenden, messingbeschlagenen Tresen und reckten ihre Hände nach dem pausenlos eingeschenkten Freibier. Mittendrin Karl-Otto! Nach vier Gläsern zwängte er sich aus der Menschentraube heraus und suchte einen Platz an einem der Tische. Männer aller Altersgruppen hielten sich in dem Lokal auf. Überwiegend Arbeiter. Jedenfalls schien es so, wenn man sie nach ihrer Kleidung und ihrem Benehmen beurteilte. Auch die, bei denen Karl-Otto sich niedergelassen hatte, standen auf keinem besonders hohen geistigen Niveau, prosteten sich laufend lauthals zu und ließen schmutzige Witze vom Stapel.

Karl-Otto saß schon eine ganze Weile zwischen diesen grobschlächtigen und ungepflegten Männern, die es anscheinend nicht für nötig hielten, ihre Arbeitsklamotten gegen bürgerliche Kleidung auszuwechseln, wenn sie eine saubere, moderne Gastwirtschaft aufsuchten. Wahrscheinlich waren sie gleich von der Arbeit hierhergekommen, um möglichst viel vom Freibier abzukriegen oder sie liefen gern in Arbeitskleidung herum.

Plötzlich stutzte einer der Männer und fragte: "Ich werd' verrückt... Du hast doch mal bei unserer Firma gearbeitet... Im Tiefbau... als Rohrverleger! Sicher, du bist es! Erkennst du uns nicht wieder? Wir sind noch immer im Tiefbau! Warum bist du damals abgehauen? Bist jetzt was Feineres geworden, wenn ich dich so betrachte... Oder bist du arbeitslos?"

Was sollte Karl-Otto darauf antworten? Er hatte nichts gegen Arbeiter. Lange genug war er auch einer gewesen, aber sich mit diesen Männern hier am Tisch auf eine Diskussion einzulassen, hielt er dennoch nicht für angebracht. Gelangweilt drehte er sein Glas zwischen den Fingern und schaute zum Nebentisch, an dem zwischen mehreren Männern auch zwei junge Frauen saßen. Die eine lächelte herüber; winkte sogar zaghaft. Karl-Otto winkte unauffällig zurück.

"He, hast du nicht gehört, was ich gefragt habe?" hub der Tiefbauarbeiter erneut an und stupste Karl-Otto in die Seite. "Du bist wohl doch Beamter oder so was Ähnliches... Gibst dich nicht mehr mit Arbeitern ab, was? Na ja, lassen wir das Thema! Aber du kannst wenigstens dafür sorgen, daß wir noch 'ne Runde Freibier kriegen! Vielleicht erzählst du uns nachher, auf welchem Ministerium du jetzt sitzt..."

Schallendes Gelächter. Einer der Männer fügte noch hinzu: "Oder bist du etwa unser neuer Bürgermeister, ohne daß wir es gemerkt haben?"

Und wieder folgte ein schallendes Gelächter. Karl-Otto war nicht zum Lachen zumute, wenn er sich vorstellte, sollte die Bundesbahn ihn letztendlich doch feuern, notgedrungen, wenn auch nur vorübergehend, wieder eine Schippe in die Hand nehmen zu müssen. Das konnte früher eintreten, als er dachte. Aber noch waren die Würfel nicht endgültig gefallen.

Die sympathische junge Frau am Nebentisch winkte abermals. "Entschuldigt mich", sagte Karl-Otto mit einem Mal, "Ich geh' mal kurz zu einer Freundin am Nebentisch... Nachher können wir noch einen zusammen trinken."

"Gut! Genehmigt", meinte einer der Männer im zerschlissenen Arbeitsanzug, "aber das kostet dann eine Runde extra!"

"In Ordnung", sagte Karl-Otto, erhob sich und ging auf die blonde Frau am Nebentisch zu, streichelte flüchtig ihr Haar und verließ dann das überfüllte Lokal. Kaum war er einige Schritte gegangen, vernahm er hinter sich eine Frauenstimme: "Warum laufen Sie fort? Bleiben Sie doch noch ein bißchen! Nachher wird es bestimmt leerer. Dann können wir uns gemütlich an einen Tisch setzen und ein wenig plaudern... Sie scheinen mich wohl gar nicht mehr zu kennen, Herr Karl-Otto?"

Überrascht fuhr Karl-Otto herum und schaute der Frau in die Augen, aber er konnte sich nicht erinnern, sie jemals gesehen zu haben. "Nein, ich kenne Sie nicht", sagte er leise.

"Na, dann will ich mal etwas nachhelfen: Sie waren doch 1949, kurz vor Weihnachten, ins Krankenhaus eingeliefert worden und hatten sich später mit Schwester Bärbel angefreundet, nicht wahr?"

"Ja, so war es", bestätigte Karl-Otto, wußte aber immer noch nicht, wer da vor ihm stand.

"Und ich", sagte die junge Frau mit einem leichten Lächeln, "ich war damals die Lernschwester Maren! Auf der selben Station. Sie haben mich wohl kaum beachtet, aber ich habe Sie oft beobachtet. Ich betreute die Patienten im Saal nebenan. Na ja, Sie konnten mir ja auch nicht Ihre Aufmerksamkeit schenken..."

Nachdenklich blickte Karl-Otto die Straße entlang. Junge fröhliche Pärchen, Hand in Hand, untergehakt, eng aneinandergeschmiegt, bummelten durch den sonnigen Maientag. Überall pulsierte das Leben, offenbar das glückliche Leben, nur er war nicht glücklich. Wo versteckte sich sein Glück? Würde er überhaupt sein Glück finden? Oder stand es bereits vor ihm? Aus den Augenwinkeln heraus betrachtete er die blonde Krankenschwester und mußte über sich selbst, über seine absurden Gedanken lächeln. Hübsch und anmutig sah sie ja aus, die Frau vor ihm!

"Und Sie sind jetzt Vollschwester?" fragte Karl-Otto mit sichtlichem Interesse.

"Ja, ich habe sogar Schwester Bärbels Position eingenommen. Bärbel ist nicht mehr hier in Helmstedt... Sie hat einen Juwelier geheiratet und lebt seitdem in Bayern."

"Ach, was Sie nicht sagen", staunte Karl-Otto. "Und Doktor Weber... ist er noch hier?"

"Leider nein! Er ging vor einem Jahr nach Hannover."

"Kommen Sie, ich lade Sie zu einer Tasse Kaffee ein", schlug Karl-Otto vor. "Dort, ein Stückchen weiter, da ist ein..."

"Danke, das ist sehr freundlich von Ihnen, aber ich muß wieder zurück, in die Gastwirtschaft, zu meinem Bruder und aufpassen, daß er sich nicht so sehr betrinkt. Er kennt nämlich keine Grenzen, wenn er einmal dabei ist", lehnte die hübsche Blondine mit offensichtlichem Bedauern ab. "Aber wir beide sind ja nicht aus der Welt", fügte sie noch ermunternd hinzu. "Hier ist meine Telefonnummer! Rufen Sie mich aber auch bestimmt an... ja?"

"Natürlich! Gern! Vielleicht schon morgen", sagte Karl-Otto mit belegter Stimme, denn morgen kam der Tag der Entscheidung auf ihn zu. Vielleicht war er morgen abend nervlich am Ende.

"Ach, was ich noch fragen wollte", begann die Krankenschwester erneut, "wo sind Sie beschäftigt?"

"Bei der Bundesbahn!"

"Ach was... Beamter?"

"Na ja, was man so Beamter nennt... In der..."

"Also auf der Sprossenleiter, ständig bestrebt, einen Rang höher zu kommen..., nicht wahr?"

"Ja, ja, so ist es", seufzte Karl-Otto und schaute traurig zu Boden. Er fühlte sich im Moment so klein, so minderwertig und leer. Viele, die meisten in seinem Alter hatten bereits etwas erreicht, eine gesicherte Existenz, zumindest eine gutdotierte Position - und er? Er schien wieder einmal ganz unten zu stehen...

"Wir werden uns demnächst ausführlich unterhalten", holte die blonde Frau Karl-Otto aus seiner Grübelei, reichte ihm die Hand und ging zur Gastwirtschaft zurück. Bevor sie eintrat, winkte sie noch einmal freundlich. Karl-Otto winkte müde zurück, zerknüllte den Zettel mit der Telefonnummer und schlenderte planlos durch die Straßen bis zum Einbruch der Dunkelheit. Obwohl ihm die blonde Krankenschwester vom ersten Augenblick an gefallen hatte, nahm er sich vor, sie nicht noch einmal zu treffen. In seiner gegenwärtigen ungewissen Situation hielt er es für angebrachter, mit keiner Frau anzubändeln. Erst mußte seine verfahrene, selbstverschuldete Lage geklärt sein.

***

Karl-Otto konnte sich nicht erinnern, jemals eine solche unruhige Nacht wie die vergangene erlebt zu haben. Kein Auge hatte er zugemacht. Ein paarmal war er kurz davor aufzugeben, erst gar nicht vor seinen Dienststellenleiter zu treten, sich einfach telefonisch für immer abzumelden. Schließlich siegte doch die Vernunft und er rang sich dazu durch, für sein schwerwiegendes Vergehen geradezustehen.

Völlig übernächtigt und mit leicht schlotternden Knien pochte Karl-Otto an die Tür seines Vorgesetzten. Mit gesenktem Kopf nahm er vor dem mit Ordnern und diversen Schriftstücken überfüllten Schreibtisch Platz. Er wagte nicht hochzuschauen, obwohl er von Bahnamtmann Gerlach per Handschlag begrüßt worden war. Während Gerlach offensichtlich Karl-Ottos Akte studierte, saß dieser wie auf heißen Kohlen und spürte, wie ihm langsam der Schweiß aus allen Poren trat. Jede Sekunde des Wartens schien zur Ewigkeit zu werden. Vorsichtig blickte Karl-Otto auf. Gerlach blätterte noch immer in der Akte. Hinter ihm, an der Wand, ein großes Foto des Bundespräsidenten. Wie ein treuherziger Vater sah ihn Theodor Heuss an, als wollte er ihm Mut zusprechen, den Karl-Otto in seiner gegenwärtigen Lage unbedingt benötigte, um die wahrscheinlich niederschmetternde Entscheidung seines Chefs zu verkraften. Die Zeit wollte einfach nicht verrinnen. Warum werde ich nur so unbarmherzig auf die Folter gespannt, grübelte Karl-Otto und tippte nervös seine Fingerkuppen gegeneinander. Noch einmal vergingen einige Sekunden, bis sich der Mann, von dessen gnadenloser oder wohlwollender Entscheidung Karl-Ottos Schicksal abhing, endlich räusperte und in einem beinahe gütigen Tonfall sagte: "Ich möchte nicht auf Einzelheiten eingehen, Herr Franke, denn Sie dürften sich der Tragweite Ihres Vergehens voll bewußt sein. Haben Sie noch etwas dazu zu sagen?"

"Es tut mir furchtbar leid, Herr Gerlach! Ich war in einer seelischen Verfassung, die ich gar nicht schildern kann. Hinzu kam noch das Wetter, und daß der Ofen nicht..."

"Alles gut und schön, Herr Franke, aber ein angehender Beamter darf auch dann, trotz alledem, ganz gleich, welche widerlichen Umstände auch auftreten sollten, sein Pflichtbewußtsein nicht verlieren. Haben Sie nicht einen Moment darüber nachgedacht, was hätte passieren können, wenn Sie eingeschlafen wären, ein Zug bei geöffneter Schranke irgendein Fahrzeug erfaßt hätte? Sie wären doch zeitlebens nicht mehr froh geworden!"

"Hinterher kam mir das alles zum Bewußtsein, Herr Gerlach", druckste Karl-Otto herum, hob hilflos die Schultern und fügte mit reumütigem Gesicht hinzu: "Aber bei mir muß irgend etwas ausgehakt sein. Vielleicht fühlte ich mich auch zu sicher, daß in jener Nacht keine Kontrolle..."

Jetzt lächelte Gerlach sogar schwach. "Darauf haben sich schon einige Ihrer Vorgänger verlassen und fielen genau so wie Sie rein. Merken Sie sich für alle Zukunft: Sicherheit ist das oberste Gebot der Bundesbahn! Dazu gehört auch der verantwortungsvolle Schrankenwärterdienst!"

"Wie schon bemerkt, Herr Gerlach, war ich seelisch ganz unten", seufzte Karl-Otto.

"Setzen wir einen Schlußstrich, Herr Franke", sagte Gerlach. Was geschehen ist, kann nicht mehr rückgängig gemacht werden. Ich muß Sie aktenkundig verwarnen... Ihren Arbeitsplatz bei der Deutschen Bundesbahn verlieren Sie jedoch nicht. Allerdings werden Sie aufgrund Ihres Fehltritts noch eine gewisse Zeit warten müssen, um wieder an der untersten Sprosse der Beamtenleiter zu stehen. Ich bin überzeugt, daß Sie auf dem Bahnhof Frellstedt Ihre Pflicht tun werden. Als Bahnhofsarbeiter wird man Sie mit den verschiedenartigsten Aufgaben betrauen, die Sie unbedingt gewissenhaft versehen sollten. Je früher können Sie an Ihre Laufbahn denken."

***

Anfang Juni 1956 trat nicht nur Karl-Otto als "Strafversetzter" seinen Dienst auf dem Bahnhof Frellstedt an, sondern auch Dieter Hartwig, der sich mit einem Kollegen geprügelt hatte - auch unter Alkoholeinfluß! Er war 29 Jahre alt und spielte Schlagzeug. Was lag also näher, als daß die beiden jungen Männer bald gute Freunde wurden, in ihrer Freizeit zusammen musizierten und verschiedentlich Engagements annahmen, denn als Bahnhofsarbeiter hatten sie nur Tagdienst. Mit dem Bahnhofsvorsteher, Oberinspektor Landgraf, kamen sie gut aus. Er ließ sie nicht spüren, warum sie ganz unten stehen mußten. Hingegen die anderen Bediensteten des kleinen Bahnhofs, vornehmlich ein älterer Obersekretär, schienen sich daran zu ergötzen, die beiden "Strafversetzten" zu gängeln, ihnen Arbeiten zu übertragen, die normalerweise nicht in ihrem Aufgabenbereich lagen. So mußten sie unter anderem Aschenbecher leeren, den Dienstraum mehrmals täglich kehren und Fensterscheiben putzen. Mit Murren nahmen sie alles hin; die ihnen offiziell übertragenen Aufgaben versahen sie mit Engagement. Schließlich wollten sie in absehbarer Zeit eine gute Beurteilung in den Händen halten. Abwechselnd versahen Dieter und Karl-Otto Dienst an der Fahrkartenkontroll-Sperre, bezettelten Güterzug-Waggons, schmierten Weichen, putzten Signalanlagen und halfen beim Rangieren. Aber auch in der Güterabfertigung, am Fahrkarten- und Gepäckschalter sah man die beiden bisweilen agieren. Oberinspektor Landgraf tat alles, um den beiden "Gescheiterten" den Weg in die Beamtenlaufbahn zu ebnen, sie gewissermaßen illegal weiter auszubilden, damit sie am Schlußtag ihrer "Strafverbüßung" nicht ganz von vorn anfangen mußten.

"Das Jahr werden wir auch noch überstehen", meinte Karl-Otto, als er wieder einmal mit Dieter in seiner Dachkammer zusammensaß und sie über ihre Zukunft diskutierten.

"Da gebe ich dir recht, Karlchen", nuschelte Dieter, gab jedoch zu bedenken, daß die Aufstiegschancen bei der Bundesbahn äußerst schlecht wären. "Vom Assistentenanwärter bis zur Übernahme in das Beamtenverhältnis könnte es unter Umständen sehr lange dauern... sogar Jahre!" sagte er.

"Na und? Wenn wir Beamter werden wollen, dann müssen wir das in Kauf nehmen..."

"Richtig, aber rechne dir mal aus, wielange man brauchen würde, um Sekretär zu werden... Frag doch nur unsere älteren Kollegen auf dem Bahnhof. Jahrelang liefen sie als Assistent herum, bis endlich die..."

"Wüßtest du etwas Besseres als die Beamtenlaufbahn

bei der Deutschen Bundesbahn?" fiel Karl-Otto seinem Freund ins Wort.

Dieter grinste und nickte heftig.

"Ja, ja, ich weiß, Dieter", sagte Karl-Otto, "du hast natürlich wie immer sofort ein Allerweltsrezept parat! Du wärest ja am liebsten zur Polizei gegangen... Ich liebäugelte allerdings auch damit, aber aufgrund meiner Krankheit wurde damals nichts daraus..."

"Paß mal auf, Karlchen", sagte Dieter geheimnisvoll, "ich habe einen Zeitungsausschnitt mitgebracht. Das ist eine ganz tolle Sache! Sie wird dich bestimmt interessieren! Hier, schau mal, Karlchen, allein schon die Überschrift läßt vermuten..."

"Nun hör' doch mal endlich mit deinen Annoncen auf!" blockte Karl-Otto unwillig ab. "Jedesmal, wenn du zu mir kommst, hast du neue Stellenanzeigen in der Tasche. Sei doch froh, bei der Bundesbahn einen sicheren Arbeitsplatz gefunden zu haben!"

Aber Dieter ließ nicht locker. "Vielleicht hörst du dir's wenigstens einmal an, was hier geschrieben steht! Ich bin der Meinung, wir sollten darüber nachdenken, Karlchen!"

"Und ich bin der Meinung, wir sollten nicht unnötig unsere Zeit vergeuden... Nimm die Stellwerksvorschrift und frag' mich ab!" Ohne Dieters ablehnende Geste zu beachten, zitierte er laut: "Durch Umlegen der Weichen- und Riegelhebel werden die Verschlußbalken im Verschlußkasten mit ihren..."

"Mein Gott... wie oft sollen wir noch diesen alten Käse durchkauen!" protestierte Dieter. "Vielleicht können wir die Bundesbahn mitsamt ihren Vorschriften bald vergessen, wenn wir uns ernsthaft über diese Anzeige Gedanken machen. Wir müssen die einmalige Chance nutzen, sonst kommen uns andere zuvor, Karlchen", redete Dieter unentwegt auf Karl-Otto ein und hielt ihm den Zeitungsausschnitt vor die Nase.

Sichtlich gelangweilt und mit einem lauten Stoßseufzer, eigentlich nur, um seinem Freund den Gefallen zu tun, nahm Karl-Otto das Stück Papier in die Hand und las die Annonce. Kopfschüttelnd legte er sie wieder auf den Tisch und sagte: "Du hast wohl nicht alle Tassen im Schrank, Dieter!"

"Lehn' doch nicht gleich von vornherein ab, Karlchen! Wir müssen darüber diskutieren, Überlegungen anstellen! Auch für uns beide kann das ein völlig neuer Anfang sein... Ich habe mir sogar schon Informationsmaterial schicken lassen... Hier, schau dir mal an, was uns alles geboten wird!"

"Ohne mich!" lehnte Karl-Otto entschieden ab.

"Sei doch nicht so engstirnig... Laß uns darüber reden!"

"Nein, ich habe die Schnauze voll!"

"Aber ich werd's mir überlegen!"

"Von mir aus, geh' doch hin!"

"Karlchen", flehte Dieter beinahe, "überleg' doch mal, was wir bei der Bundesbahn zu erwarten haben, und was uns dort erwartet, welche Aufstiegschancen wir geboten bekommen!"

"Das kann ich dir sagen, Dieter, was uns erwartet: Kadavergehorsam, Schikanen, Krieg und erneut Gefangenschaft", meinte Karl-Otto mit wegwerfender Handbewegung.

"Du bist dumm, Karlchen!" meinte Dieter und tippte sich an die Stirn. "Die Bundeswehr ist eine Friedensarmee! Im Rahmen der NATO sichert sie den Frieden der westlichen Welt. Liest du überhaupt keine Zeitung?"

"Ich habe andere Sorgen."

"Ach, nun schalte doch nicht auf stur, Karlchen... Du weißt genau so gut wie ich, daß der Aufbau der deutschen Streitkräfte seit dem 5.5.1955 voll im Gange ist, und daß die verfassungsrechtlichen Voraussetzungen durch Grundgesetzänderung vom 26.3.1954 und vom 19.3. dieses Jahres geschaffen wurden. Das stand in allen Zeitungen zu lesen. Natürlich muß man damit rechnen, daß die allgemeine Wehrpflicht demnächst auch wieder eingeführt wird."

"Sie wird mich nicht betreffen", sagte Karl-Otto schroff.

"Stimmt, aber wir haben die Möglichkeit, uns freiwillig zu melden. Dann gehören wir noch immer zu den ersten Soldaten und haben die größten Aufstiegschancen. Denk mal darüber nach!"

"Ich will nicht darüber nachdenken... Ich will nicht mehr über den Kasernenhof flitzen und mich anbrüllen lassen!"

"Bist du so schwer von Begriff, Karlchen?" versuchte es jetzt Dieter auf eine andere Art, Karl-Otto davon zu überzeugen, welche Vorteile der Eintritt in die Bundeswehr mit sich brachte. "Erstens brauchen wir nicht mehr durch den Dreck zu robben, da wir den Kader für die neue Armee stellen werden. Wir sind die sogenannten Altgedienten. Nach gewissen Lehrgängen sind wir Vorgesetzte... verstehst du? Vorgesetzte sind wir dann und haben das Sagen... Was sind wir denn bei der Bahn? Untergebene sind wir... und werden es noch lange, lange bleiben! Zweitens, Karlchen - und das dürfte unseren Entschluß noch erleichtern - würden wir doch bei der Bundeswehr ein sorgloses Leben führen! Wo könnten wir es noch besser antreffen? Stell' dir mal vor: Sämtliche Bekleidung, Essen Unterkunft und Heilfürsorge... alles frei! Dazu noch ein gutes Gehalt. Mehr als bei der Bahn!"

"Und ein Schießgewehr!" bemerkte Karl-Otto spöttisch.

Dieter raufte sich ratlos die Haare, stand auf und ging ein paarmal, unverständliche Worte murmelnd, um den Tisch, blieb schließlich vor Karl-Otto stehen und sagte mit eindringlicher Stimme: "Versuch doch wenigstens einmal, nur einige Minuten, über unser Gespräch ernsthaft nachzudenken, Karlchen... Was hätten wir bei der Bundeswehr auszustehen? Könnten wir es irgendwo anders besser haben? Und dann stell' dir mal vor, die schöne Pension nach Beendigung unserer Dienstzeit!"

"Bis dahin hat es schon wieder einige Kriege gegeben", meinte Karl-Otto. "Noch nie wurden Soldaten fettgefüttert, um sie in den wohlverdienten Ruhestand zu schicken. Wir würden genau so Kanonenfutter sein wie damals für Hitler."

"Es wird keinen Krieg geben, Karlchen. Die Bundeswehr wird einen neuen Krieg verhindern... im Rahmen der NATO."

"Das ist mir alles egal", wehrte Karl-Otto ab. "Jedenfalls will ich kein Soldat mehr werden. Ich gehe nicht zur Bundeswehr; ich könnte nicht mit Leib und Seele dabeisein!"

"Glaubst du, Karlchen, du machst mich bald verrückt! Wenn wir nicht zur Bundeswehr gehen, dann gehen eben viele andere. Sehr viele sollen sich freiwillig melden, habe ich gelesen. Meinst du vielleicht, die wollen alle die Uniform anziehen, um begeistert Krieg zu führen? Karlchen... überleg' doch mal! Ich glaube kaum, daß sich unter den Freiwilligen auch nur ein Kriegslüsterner befindet. Nein, da wirst du vergeblich suchen. Weißt du, was das für Leute sind? Ich will's dir sagen: Alle sind sie Materialisten! Die meisten waren Berufssoldaten, arbeitslos oder solche, die bis heute noch nicht richtig Fuß gefaßt haben oder keine beruflichen Aufstiegschancen sahen."

Bis nach Mitternacht zog sich die heiße Diskussion hin, aber man konnte sich nicht einigen: Karl-Otto lehnte die Bundeswehr ab; Dieter hingegen spielte mit dem Gedanken, sich freiwillig zu melden.

Einige Tage waren vergangen. Weder Dieter noch Karl-Otto schnitten das Thema Bundeswehr noch einmal an. Es schien so, als würde auch Dieter davon absehen, sich freiwillig zu melden. Aber das schien nur so, denn Dieter hatte längst die entsprechenden Unterlagen für eine Freiwilligenmeldung beim "Bundesminister für

Verteidigung" angefordert.

An einem Sonntagnachmittag lag Karl-Otto auf seinem Bett und las verschiedene Zeitungen, die er vom Bahnhof mitgebracht hatte. Es waren Zeitungen, die von den Fahrgästen achtlos liegengelassen wurden.

In jeder Zeitungsausgabe, die Karl-Otto durchstöberte, fand er eine Anzeige der Bundeswehr. Zunächst beachtete er sie überhaupt nicht, aus sturer Opposition, aber schließlich siegte die Neugier. Je länger er die Werbetexte studierte, desto nachdenklicher wurde er. Verlockende Angebote! Ob man's sich doch noch einmal gründlich überlegen sollte? In Friedenszeiten dürfte das Soldatenleben eigentlich ganz angenehm sein!

Gedankenverloren legte Karl-Otto die Zeitungen beiseite, brühte eine Kanne Tee auf, verzehrte sein letztes Stück selbstgebackenen Kuchen und spielte dann auf dem Akkordeon einige neue Schlagermelodien durch. Um 19 Uhr erwartete ihn im Clubraum einer Gastwirtschaft ein Kegelverein, der sein zehnjähriges Bestehen feiern wollte. So sehr sich Karl-Otto auch in die Musik vertiefte, spukte dennoch die Bundeswehr in seinem Kopf herum, ließ ihm keine Ruhe. Erneut nahm er sich die Zeitungen vor, schnitt die Anzeigen aus und legte sie nebeneinander auf den Tisch. Seine Gedanken wanderten zurück in jene Zeit, als er sich "kriegsfreiwillig" gemeldet hatte. Zur Luftwaffe wollte er damals und wurde auch angenommen, aber die blaugraue Uniform hatte er nur einige Monate tragen dürfen. Nach der Grundausbildung mußte er dann die große Enttäuschung hinnehmen und die feldgraue Uniform anziehen. Obwohl schon offiziell in den Klauen der Waffen-SS, brachten es gewisse Umstände mit sich, daß seine Kompanie einer Panzereinheit unterstellt wurde, die andererseits doch einem SS-Kampfverband angehörte. Wer blickte damals schon richtig durch. Jedenfalls brauchte Karl-Otto den von ihm gehaßten "Totenkopf" nicht an seiner Uniform zu tragen. Man hatte ihn zum Funker ausgebildet. Ein guter Funker war er gewesen. Tempo 100 - fehlerfrei! Warum sollte er seine Kenntnisse und Fähigkeiten auf diesem Gebiet nicht ausnutzen? Eventuell als Ausbilder, als Hörlehrer bei der Bundeswehr? Dann wäre er doch ein gemachter Mann!

Eine geschlagene Stunde kämpfte Karl-Otto mit seinem Gewissen, ob er es verantworten konnte, aus rein materialistischen Motiven die Uniform wieder anzuziehen, seinem Vaterland nur scheinbar zu dienen, ohne Überzeugung, ohne Begeisterung und ohne Kampfeswillen, nicht darauf bedacht, erneut in einen sinnlosen Krieg zu ziehen. Den hatte er ja kennengelernt und bitter dafür bezahlen müssen. Man hatte auch ihn "verheizen" wollen, aber er hatte überlebt. Und so kam er zu dem Schluß, daß es nur recht und billig wäre, wenn sein Vaterland, dieses Vaterland, dem es damals ganz gleich war, ob er überlebte oder nicht, ihm jetzt ein angenehmes Leben ermöglichen würde. Allerdings durfte man nicht von ihm erwarten, daß er noch einmal einen Eid auf irgendeine sogenannte Persönlichkeit ablegte. Noch immer stieß es ihm sauer auf, wenn er daran dachte, dem "Führer" geschworen zu haben, für ihn in den Tod zu rennen.

Bis zu seinem Auftritt im Kegelklub waren noch zwei Stunden Zeit. So setzte sich Karl-Otto hin und schrieb einen Brief an den "Bundesminister der Verteidigung", forderte die Bewerbungsunterlagen für den Dienst in der Luftwaffe an. Insgeheim hoffte er, eventuell doch noch zum Fliegen zu kommen. Vielleicht bei einem Transportgeschwader, auf einem Hubschrauber oder sogar... Mit einer fahrigen Handbewegung verscheuchte er rasch den Gedanken, denn um ein Düsenflugzeug zu fliegen wurden hohe Anforderungen gestellt.

Die Bundeswehr schien es sehr eilig zu haben: Bereits nach fünf Tagen brütete Karl-Otto über einem Stapel Informationsunterlagen, füllte den Bewerbungsbogen aus und schickte ihn umgehend zurück. Seinem Freund Dieter erzählte er nichts davon, aber Dieter schien an Karl-Ottos neuerdings eigenartigem nachdenklichen Verhalten zu erkennen, daß er ein Geheimnis mit sich herumtrug. Und so fragte er ohne Umschweife, als sie wieder einmal auf dem Bahnsteig auf einer Bank saßen und den nächsten Zug erwarteten, um Gepäck und Stückgut zu verladen: "Na, Karlchen, du wartest wohl auch sehnsüchtig auf Post?"

"Auf Post? Ich soll auf Post warten? Wie kommst du..."

"Rede doch nicht um den heißen Brei herum, Karlchen! Seit Tagen verhältst du dich merkwürdig, bist schweigsamer als sonst und gereizt, wenn man dich anspricht... Hast du's dir nun doch überlegt und auch die Bundeswehr angeschrieben? Ich habe meine Bewerbungsunterlagen schon vorige Woche abgeschickt."

"Ehrlich! Du hast dich also beworben! Bei welcher Waffengattung?" versuchte Karl-Otto den Erstaunten zu mimen.

"Filme mir doch nichts vor, Karlchen", grinste Dieter, sah ihm scharf in die Augen und fuhr leise fort: "Du kannst doch gar nicht lügen! Willst du mal in den Spiegel schauen?"

Nun war das Eis gebrochen. Die beiden Freunde klopften sich gegenseitig auf die Schulter und hätten sie nicht mit ihrem vollbeladenen Handwagen zum Gepäckwagen des einlaufenden Zuges eilen müssen, dann wäre das Thema Bundeswehr zu einem Dauergespräch geworden. Sowohl Dieter als auch Karl-Otto fieberten dem in den nächsten Tagen zu erwartenden Vorstellungsbescheid entgegen. Weder der Bahnhofsvorsteher noch die anderen Kollegen ahnten etwas davon, was die beiden heimlich eingefädelt hatten, daß ihr gefaßter Entschluß nicht mehr umzustoßen war.

"Wie Landgraf wohl reagieren wird, wenn wir ihm unsere Einberufungsbescheide vorlegen", sagte Karl-Otto, als der Zug wieder abgefahren war und sie mit ihrem schweren Handwagen zum Güterschuppen zukkelten.

"Das sollte uns wenig interessieren", meinte Dieter. "Jedenfalls habe ich es satt, für jeden kleinen Beamten noch länger den Lakaien zu spielen. Glaub' mir, Karlchen... ich weiß nicht, ob es dir auch so geht... seitdem meine Bewerbung weg ist, hab' ich einfach keine Lust mehr! Man überträgt uns verantwortungsvolle Aufgaben, lobt uns sogar, läßt uns aber andererseits unter der abwertenden Bezeichnung 'Bahnhofsarbeiter' laufen. Soll der Herr Bahnhofsvorsteher von mir aus sehen, wo er neue Bahnhofsknechte herbekommt... Bald haben wir das Sagen!"

Karl-Otto nickte zustimmend. "Vielleicht wird dann der Herr Betriebswirt Suttkowski, der sich jetzt daran hochzieht, wenn wir mit diesem Karren zum Packwagen ächzen, seinen Aschenbecher mehrmals täglich leeren und im Bahnhofsgelände zwischen den Schienen Damenbinden und sonstige hinuntergespülten Gegenstände aufsammeln müssen, diese Tätigkeiten vorerst selber machen."

"Zu wünschen wär's ihm", grinste Dieter. "Laß uns schon anfangen, die Tage zu zählen, Karlchen... Soweit ich informiert bin, läuft momentan eine große Einstellungsaktion!"

Dieter behielt recht! Es hatte nur noch zwei Wochen gedauert, bis die Vorstellungsbescheide eintrudelten. Mitte August hatten sie sich bei der Freiwilligen-Annahmestelle in Hannover zu melden. Beide wollten sie ja zur Luftwaffe. Daher wohl auch das gleiche Vorstellungsdatum. In dem Schreiben wurde ausdrücklich darauf hingewiesen, daß es verfrüht wäre, das bisherige Arbeitsverhältnis zu kündigen. Allerdings kamen die beiden Freunde nicht umhin, Oberinspektor Landgraf "reinen Wein" einzuschenken, da sie ja einen Tag Sonderurlaub benötigten.

Ganz wohl war ihnen nicht zumute, als sie an die Tür

ihres Chefs klopften. Er war bestimmt ein netter und fürsorglicher Vorgesetzter. Besonders in letzter Zeit hatte er sich um die beiden "Bahnhofsarbeiter" gekümmert, ihnen Mut zugesprochen und wiederholt betont, daß sie - wenn ihre gute Führung weiterhin anhielt - bald in die Ausbildung zurückkämen. Und nun mußten sie ihn vor den Kopf stoßen.

Wie erwartet, wurde das Gesicht des Bahnhofsvorstehers länger und länger, als er den Entschluß seiner pflichtbewußten "Bahnhofsarbeiter" zur Kenntnis nehmen mußte. Lange schaute er sie völlig sprachlos an, erhob sich dann und ging auf sie zu, schaute ihnen wohlwollend in die Augen und fragte dann: "Haben Sie's sich auch gründlich überlegt? Sind Sie sich dessen nicht bewußt, daß der Beruf des Eisenbahners von Dauer und der des Soldaten nur ein Zustand ist? Ich kann es Ihnen nachfühlen, als Bahnhofsarbeiter frustriert zu sein, aber es ist doch nur eine Übergangslösung... Sie haben beide das Zeug, eines Tages Beamter zu werden. Natürlich sind Sie erwachsene Menschen, dürfen frei entscheiden, aber wenn Sie meine Meinung hören möchten: Bleiben Sie bei der Bundesbahn!"

"Noch wissen wir gar nicht, Herr Oberinspektor, ob man uns überhaupt nimmt", räumte Karl-Otto ein. "Erst müssen wir uns der Prüfungskommission stellen. Vielleicht sind wir untauglich, politisch unzuverlässig oder man findet sonst etwas."

Landgraf lächelte. "Ich will es hoffen, meine Herren!"

Als Dieter und Karl-Otto wieder draußen waren, meinte Dieter: "Ein feiner Mensch! Wahrscheinlich redeten wir genau so, wenn wir bereits Oberinspektoren wären..."

***

Dieter hatte schon zwei Fensterplätze im Eilzug nach Hannover besetzt und schaute nervös auf den Bahnsteig, aber von Karl-Otto keine Spur. Der Aufsichtsbeamte hob die Kelle, und in dem Augenblick hastete Karl-Otto heran, sprang auf den bereits anfahrenden Zug, ließ sich in die Polster fallen und sagte völlig außer Atem: "Also stell' dir das mal vor, Dieter: Läuft mir doch unterwegs die Nora in die Quere, hält mich am Ärmel fest, küßt mich auf offener Straße und will mich unbedingt zu sich nach Hause schleppen... Was hab' ich reden und reden müssen, daß sie mich endlich losließ, sag' ich dir!"

"Wer ist denn Nora?", fragte Dieter erstaunt. "Ich denke, du hast keine Freundin?"

"Ach, das ist eine ehemalige Freundin! Ich hatte mit ihr..."

Dann fang' bloß nicht wieder mit ihr an, Karlchen! Wenn wir erst einmal Soldat sind, lernen wir laufend neue Mädchen kennen... In jedem neuen Standort gibt es neue Mädchen!"

"Stimmt schon, aber Nora ist ein besonderes Mädchen", meinte Karl-Otto. "Vielleicht war ihr 'Überfall' auch nur Wiedersehensfreude; vielleicht liebt sie mich noch!"

"Vergiß sie, Karlchen! Heute haben wir uns auf andere Dinge zu konzentrieren als auf Frauen, auf das Liebesleben und auf mondhelle Nächte im Park!"

Obwohl mit seines Freundes Rat nicht ganz einverstanden, nickte Karl-Otto, lehnte sich zurück und schlief sofort ein. In der vergangenen Nacht hatte er höchstens eine Stunde fest geschlafen. Immer wieder meldete sich sein Gewissen. Schreckensbilder aus dem Krieg tanzten vor seinen Augen und er glaubte, eine Stimme gehört zu haben, die flüsterte: "Werde nicht Soldat!!!"

Auch jetzt, wo er sitzend schlief, quälten ihn Alpträume. Ein paarmal schreckte er hoch und streckte die Hände aus, als wollte er etwas abwehren, verdrängen, von sich schieben.

Kurz vor Hannover rüttelte Dieter seinen Freund wach. "Wir sind gleich da, Karlchen!" sagte er und reichte ihm eine Zigarette. "Du hast geschlafen wie ein Murmeltier. Ich könnte im Sitzen nicht so schlafen. Hast du schlecht geträumt? Du schrecktest ein paarmal hoch und murmeltest irgend etwas."

"Einen furchtbaren Traum hatte ich... Man wollte mich in eine SS-Uniform stecken. Ein riesiger Totenkopf kam immer wieder auf mich zu... Schrecklich war das!" sagte Karl-Otto mit kleinen, verschlafenen Augen, warf seine Leinenjacke über und folgte Dieter, der schon dem Ausstieg zustrebte, da der Zug langsam die Bremsen anlegte.

"So, Karlchen", wandte sich Dieter an Karl-Otto, als sie den Bahnhof verlassen hatten, "wir haben noch etwas Zeit, ein bißchen durch die Stadt zu bummeln. Vergiß vor allem die SS und den ehemaligen Barras! Alles war einmal! Befreie dich von der Vergangenheit! Damals wurden wir gezwungen, einer Angriffsarmee zu dienen und hatten einen Kriegsminister. Jetzt wollen wir freiwillig - richtig freiwillig! - einer Verteidigungsarmee beitreten, unter einem Verteidigungsminister im Rahmen der freien westlichen Welt, im Bündnis des Nordatlantischen Verteidigungs Paktes! Wir werden dazu beitragen, den Frieden zu erhalten! Du bei der Luftwaffe und ich bei der Artillerie!"

"Schade, daß wir nicht zusammenbleiben werden", seufzte Karl-Otto. "Na ja, im Urlaub sehen wir uns bestimmt wieder!"

Dieter grinste und meinte: "Vielleicht überleg' ich es mir noch in letzter Sekunde und laß mich für die Luftwaffe anwerben... Jetzt komm aber ein bißchen schneller, Karlchen wir müssen die Straßenbahn nehmen, sonst verspäten wir uns und das mögen wohl unsere künftigen Vorgesetzten nicht so gern!"

Und dann war der Augenblick gekommen, daß Karl-Otto wieder durch ein Kasernentor schritt. Ein eigenartiges Gefühl! Ein Wachmann in Zivil gab freundlich Auskunft, wo die Annahmestelle zu finden war.

Schweigend schlenderten die beiden Freunde über die

Asphaltstraße der Prinz-Albrecht-Kaserne, vorbei an den sich beiderseits erstreckenden Backsteinblocks. Himmlische Ruhe. Kein Uniformierte weit und breit zu sehen. Kein Herumgebrülle wie damals, als Karl-Otto zum erstenmal eine Kaserne betrat. Den ersten Soldaten, einen Feldwebel, entdeckten die beiden vor dem Block, in dem sich die Musterungskommission befand. Fast schon verdächtig höflich nahm er die Neuankömmlinge in Empfang. "Im ersten Stock... Zimmer 23! Dort melden Sie sich bitte an, meine Herren!" sagte er und lächelte sogar.

"Na, siehst du, Karlchen", meinte Dieter, "ist doch alles ganz anders als früher! Der Umgangston scheint sich grundlegend geändert zu haben."

"Na, na", winkte Karl-Otto ab, "ich traue dem Frieden nicht! Mir kommt das alles zu ruhig vor, zu höflich, zu unmilitärisch, nach der Devise: Mit Speck fängt man Mäuse!"

"Hör bloß endlich mal mit deiner Skepsis auf, Karlchen!"

"Das hat nichts mit Mißtrauen zu tun, mein lieber Freund", wehrte sich Karl-Otto. "Militär bleibt Militär! Oder meinst du, die Bundeswehr wird ein Gammelhaufen? Ein Oberkellner-Verein?" Er schmunzelte und fügte flüsternd hinzu, da sie nur noch ein paar Schritte vom Zimmer 23 entfernt waren: "Schau dir doch mal die sogenannten Waffenröcke an! Seh'n die nicht komisch aus? Wie Oberkellner-Jacken muten sie an! Aber davon dürfen wir uns nicht täuschen lassen, Dieter! Trotz Demokratie und vieler Neuerungen - wie es in den Prospekten heißt -, wird man die Bundeswehr straff und nach altbewährtem preußischen Muster aufbauen... Davon bin ich überzeugt!"

Nachdem Dieter und Karl-Otto in Zimmer 23 registriert worden waren, beorderte man sie zu der jeweiligen Musterungskommission. Karl-Otto mußte sich dem Luftwaffenstabsarzt vorstellen, wurde auf Herz und Nieren untersucht und war erstaunt, wie zivil alles zuging - eben ganz anders als damals! Anschließend erfolgte der psychologische Test, den Karl-Otto mühelos bestand. Ganz zum Schluß saß er einem Major gegenüber, der ein sogenannter "Gesinnungsprüfer" zu sein schien, denn die Antworten auf seine Fragen sollten wohlüberlegt formuliert werden. Ausdrücklich betonte er, auf seine Fragen präzise und ohne Scheu zu antworten.

"Warum wollen Sie zur Bundeswehr?" begann der Major mit freundlicher Stimme und bot Karl-Otto eine Zigarette an.

"Weil ich dazu beitragen will, daß der Bestand unserer Demokratie gesichert wird", antwortete Karl-Otto wie aus der Pistole geschossen.

"Wie schätzen Sie die Bundeswehr ein?"

"Als eine Verteidigungsarmee, die nur der Erhaltung des Friedens dient!"

"Auf wielange würden Sie sich verpflichten?"

"Auf 12 Jahre!"

Der Major machte sich ein paar Notizen und fragte dann weiter: "Wie würden Sie die Soldaten der Wehrmacht einschätzen?"

"Vom militärischen Standpunkt aus waren sie hervorragende Soldaten, aber sie wurden für eine verbrecherische Idee mißbraucht!"

"Welche alliierten Soldaten sind Ihrer Meinung nach die besten, Herr Franke?"

"Die Kanadier!" entgegnete Karl-Otto prompt.

"Und welche die schlechtesten?"

"Da würde ich die Amerikaner nennen, weil sie es nicht schafften, mit einer ungeheuren materiellen Übermacht uns nach der Invasion zu überrennen. Mit ihren ausgeruhten Soldaten hätten sie uns, die bereits am Boden liegende Armee, innerhalb weniger Monate überrennen müssen, zumal sie mit einer gewaltigen Luftwaffe operierten, die - leider! - überwiegend mißbraucht wurde, unnötig und verwerflicherweise unsere Städte in Schutt und Asche legte und unzählige Zivilisten sinnlos tötete... So denke ich wohl nicht allein darüber, Herr Major!"

Ohne eine Miene zu verziehen, ohne einen Kommentar, machte der Major erneut Notizen, blickte Karl-Otto fest in die Augen und fragte: "Wären Sie bereit, Ihr Leben für das Recht und die Freiheit der Bundesrepublik Deutschland gegebenenfalls bedenkenlos einzusetzen?"

"Ja!" antwortete Karl-Otto klar und deutlich.

Es folgten noch einige belanglose Fragen. Abschließend gab der Major zu verstehen, daß Karl-Otto mit einer kurzfristigen Einberufung rechnen müßte, da sich die Funkereinheit, für die er vorgesehen sei, bereits im Aufbau befinde.

***

Vierzehn Tage nach der Vorstellung bei der Annahmestelle in Hannover erhielt Karl-Otto seine Einberufung zur Luftwaffe und legte sie Bundesbahnoberinspektor Landgraf vor, der überraschenderweise keineswegs negativ reagierte, sondern seinem "Bahnhofsarbeiter" sogar viel Glück wünschte. Gleichzeitig betonte er aber, wie sehr er Karl-Ottos Zuverlässigkeit schätzte, und daß er jederzeit bereit wäre, ihn wieder aufzunehmen, wenn er es sich nach Ablauf der Probezeit bei der Bundeswehr doch noch anders überlegen sollte. "Ihre und die Mitarbeit Ihres Kollegen Hartwig werden wir sehr vermissen, Herr Franke!" beteuerte er. Es klang ehrlich!

***

Mit dem Dienstgrad eines Obergefreiten meldete sich Karl-Otto bei seiner künftigen Funk- und Radarbeobachtungs-Einheit auf dem Flugplatz Uetersen in Schleswig-Holstein. Zum zweitenmal in seinem Leben wurde er Soldat!

Auf den ersten Blick mutete es an, als befinde sich die Kompanie in der Auflösung, anstatt in der Aufstellung. Ein heilloses Durcheinander! Man schickte Karl-Otto von einer Schreibstube zur anderen, niemand wußte genau Bescheid, keiner war zuständig, bis endlich ein Hauptmann stutzte, als er Karl-Ottos Einberufungsbescheid gesehen hatte und sagte: "Mann, Sie sind ja meiner Gruppe zugeteilt! Vollständige Kompanien gibt es noch nicht! Melden Sie sich im Hangar zwo, bei Hauptfeldwebel Kohl!"

Es dauerte eine Weile, bis Karl-Otto den besagten Hauptfeldwebel entdeckte, der, etwa zehn Mann mit abgestellten Koffern um sich geschart, gerade eine Einweisungsrede hielt. Seine Stimme klang rauh. Einige Männer schwankten leicht. Karl-Otto war vom Abschiedsfeiern am vergangenen Abend auch nicht ganz nüchtern. Er stellte sich zwischen die Wartenden und lauschte.

"Also Kameraden", fuhr der Hauptfeldwebel fort, "ich brauche euch wohl nicht die Verhaltensregeln im Kasernenbereich näher zu erläutern. Ihr kennt sie ja noch von früher. In den ersten Tagen werdet ihr hier im Hangar die zur Verfügung stehenden Räumlichkeiten belegen und vorerst auf Matratzen schlafen. Wann ihr eingekleidet werdet, ist noch ungewiß, aber keine Sorge, es gibt eine angemessene Entschädigung für das Tragen der Zivilkleidung... So, und jetzt begeben wir uns zum Rechnungsführer und empfangen das erste Geld."

Nachdem Karl-Otto sich bei Kohl gemeldet hatte, zuckelte auch er zum Rechnungsführer, unterschrieb einige Formulare und empfing mehrere Geldscheine. Wofür, das wußte er im Moment selbst nicht. "Frag' nicht soviel und steck' ein!" meinte der Rechnungsführer und befaßte sich schon mit dem nächsten Mann. Alle strömten zur Kantine. Sie war brechend voll. An den Tischen lautes Palaver. Kriegskameraden feierten ein Wiedersehen. Nachdenklich musterte Karl-Otto die Uniformierten. Er konnte sich immer noch nicht mit der Bundeswehruniform anfreunden. Zugegeben: der Stoff war von guter Qualität, aber die Jacken...! Heer und Luftwaffe trugen die gleichen grauen Uniformen, nur, daß die Luftwaffe durch Unterärmelstreifen mit einer Schwinge darauf gekennzeichnet war. Auch das Emblem an der Schirmmütze trug eine Fliegerschwinge.

Karl-Otto begegnete keinem alten Kameraden. So weit er auch in die Runde schaute - alles fremde Gesichter! Nachdenklich nahm er seinen halben Liter Bier und setzte sich einfach an den nächstbesten Tisch und spitzte die Ohren. Was er da alles zu hören bekam, grenzte schon teils an Heldenepos. Vornehmlich die älteren Kameraden in der Runde prahlten mit ihrer ruhmreichen militärischen Vergangenheit, mit ihren unerschrockenen Bombenfliegereinsätzen und Nachtjagderfolgen. Einer, der den Spanienkrieg mitgemacht hatte, tat sich besonders hervor, rühmte sich damit, der "Legion Condor" angehört zu haben.

Karl-Otto hatte über den Spanienkrieg gelesen und machte sich seine eigenen Gedanken zu dem Thema. Er konnte sich nicht mit Heldentaten brüsten, genau wie der junge Kamerad neben ihm.

"Das sind sie", flüsterte er Karl-Otto zu, "die im zivilen Leben bislang nichts waren, nichts zu sagen hatten und jetzt wieder die Herren sind, die uns vorgesetzt werden, die uns bei jeder Gelegenheit, wenn ihr Geist versagt, auf ihren Dienstgrad hinweisen. Na, denn man Prost, Kamerad!"

"Prost, prost", sagte Karl-Otto wie geistesabwesend und schaute sich die vier Uniformierten mit den ungewohnten Dienstgradabzeichen auf den Schulterklappen näher an. Diese Männer waren um die Vierzig und darüber. Sie hatten bereits die sogenannten Einweisungslehrgänge hinter sich, die den Neuangekommenen noch bevorstanden. Langsam beugte sich Karl-Otto zu seinem Tischnachbarn und fragte leise: "Ob die Feldwebeldienstgrade wohl aus Überzeugung Soldat geworden sind?"

"Das würde ich bezweifeln", meinte der 30jährige dunkelhaarige Mann, der Bruno Mellin hieß und auch Obergefreiter war. "Diese Leute wissen ganz genau, warum sie die Uniform wieder angezogen haben: Sie reißen ihre 10, 15 Jahre ab und kassieren dann eine fette Pension! Die alte Dienstzeit wird doch angerechnet, wie wir in den Prospekten lesen konnten. Wir mit unseren paar Dienstjahren, wir müßten noch mindestens 25 Jahre bei der Bundeswehr bleiben, um in den Genuß einer lukrativen Altersversorgung zu gelangen... Ach, warum soll'n wir uns über andere Leute den Kopf zerbrechen", meinte Bruno abschließend. "Wir werden mit unseren Problemen genug zu tun haben. Vor allem müssen wir erst mal die Uniform anhaben."

Aber die Uniform ließ noch auf sich warten. Auch gab es noch keinen regulären Dienstplan. Morgens, bei der "Befehlsausgabe", wurden Arbeitskommandos eingeteilt zum Spindeschleppen, Bettenaufstellen und Revierreinigen. Natürlich bestanden diese Gruppen nur aus Mannschaftsdienstgraden. Zwischendurch hielt irgendein Feldwebel Unterricht über Rang- und Dienstgradabzeichen in der Bundeswehr oder über das Vorgesetztenverhältnis, das manchen der Altgedienten sehr am Herzen zu liegen schien. Jedoch die meiste Zeit hielt man sich in der Kantine auf. Manchmal hatte man den Eindruck, die Feldwebeldienstgrade hätten die Kantine gepachtet, denn einige von ihnen saßen von morgens bis abends an den rustikalen Tischen und ließen sich vollaufen. Obwohl es in der Bundeswehr nicht mehr zu preußisch zugehen sollte, schienen sich schon wieder bestimmte Leute in "Unnahbarkeit" zu üben, versuchten auch in der Kantine ihren Dienstgrad herauszukehren, wodurch es zu den ersten Reibereien kam.

Karl-Otto scherte sich wenig darum. Er machte abends auf seinem Akkordeon Stimmungsmusik und war bald

"Hahn im Korb"! Sogar im Offizierskasino durfte er stundenweise musizieren und verschaffte sich dadurch Vorteile, erhielt die Erlaubnis, während seine Kameraden Arbeitsdienst verrichteten, mit einem Gitarristen spezielle Melodien einzuüben, die von den Offizieren besonders gern gehört wurden, wenn sie zu fortgeschrittener Stunde im feuchtfröhlichen Kreis saßen. Karl-Otto fragte sich wiederholt, was es eigentlich Tag für Tag und Nacht für Nacht zu feiern gab. War es bei den einen die Freude, endlich wieder Uniform tragen zu dürfen, und bei den anderen ein versteckter Jubelschrei, einer kaputten Ehe entronnen zu sein? Wer wußte schon, wieviele unter den Offizieren bislang irgendwo in einer Firma untergeordnete Positionen bekleiden mußten und nichts zu sagen hatten? Jetzt waren auch sie wieder etwas, erhielten Befehlsgewalt und waren die absoluten Herren! Wie sie zur Bundesrepublik Deutschland standen, ob sie alle bereit waren, das Recht und die Freiheit t a p f e r zu verteidigen, vermochte niemand zu ergründen. Wahrscheinlich hatten auch sie - wie die meisten Altgedienten - die Uniform nur aus materiellen Motiven angezogen, was nicht unbedingt heißen sollte, daß sie Schmarotzer waren, denn ein wenig zur Sache zu stehen, verlangte das Gewissen schon.

Nach zehn Tagen wurde auch Karl-Otto eingekleidet. Immer wieder betrachtete er sich von allen Seiten vor dem Spiegel: Die Uniform saß wie angegossen! Zwei schrägverlaufende Streifen auf beiden Oberärmeln des kurzen Uniformrocks wiesen ihn als Obergefreiten der Bundeswehr aus. Bruno Mellin grinste, als er Karl-Otto vor dem Spiegel beobachtete. "Du siehst schick aus, Karlchen!" bemerkte er neidlos. "Ich bin etwas zu korpulent. Die 'Oberkellnerjacke' kneift unter den Armen. Vielleicht tausche ich sie um. Jedenfalls ist der Uniformstoff von bester Qualität, verglichen mit dem, was wir bei der Wehrmacht trugen."

"Da kann ich dir nur beipflichten", sagte Karl-Otto und

sortierte seine Unterwäsche in den Spind ein. "Weißt du, Bruno, wenn ich ehrlich sein soll, dann ist es das erste Mal, daß ich soviel neue Unterwäsche besitze, Oberhemden, Strümpfe und vor allem endlich mal gute Lederhalbschuhe..."

"Mir geht es nicht anders", sagte Bruno. "In den letzten Jahren mußte ich auch einen Schicksalsschlag nach dem anderen hinnehmen. Meine Scheidung brachte mich an den Ruin."

"Ja, ja", seufzte Karl-Otto, "heirate, und du lachst dich kaputt!"

"Oder du wirst kaputtgemacht", ergänzte Bruno. "Würdest du noch einmal heiraten, Karlchen?"

"Es käme darauf an", entgegnete Karl-Otto, stieg auf den Holzschemel und setzte den unförmigen amerikanischen Stahlhelm mit Plastikhelmeinsatz auf sein Sturmgepäck, das den Spind gewissermaßen krönte. "Wer weiß, wohin uns das sogenannte Soldatenglück noch verschlagen wird, Bruno. Hübsche Mädchen gibt..."

"Danke, danke... Keine Meldung", wehrte der Oberfeldwebel ab, der überraschend in die Sechs-Mann-Bude gestürmt kam. "Ich heiße Witt... Dienstgrade sind euch ja inzwischen geläufig! Ja, und ich bin ab sofort euer Lehrgruppenleiter! Wir werden uns fortan mit unserer alten 'Musik' befassen. Mir ist es gelungen, einen alten Funkempfänger aufzutreiben. Wenigstens etwas, um sich wieder mit dem Funkverkehr vertrautzumachen. Unter meiner Regie werdet ihr die besten Horchfunker der Bundeswehr! So, und jetzt seht zu, daß ihr eure Klamotten verstaut... In einer Viertelstunde treffen wir uns in der Kantine!"

Oberfeldwebel Witt legte nicht die, die den meisten anderen Feldwebeldienstgraden zu eigen sein scheinende, Arroganz zutage, sondern gab sich leger, verhielt sich wie ein Fachmann unter Fachleuten. Er war Funker unter Funkern, die schon immer von sich behaupten durften, die "Intelligenz der Nachrichtentruppe" zu sein. Allerdings warnte Oberfeldwebel Witt davor, damit hausieren zu gehen.

Innerhalb von ein paar Wochen hatte Witt seine Hörklasse auf das gewünschte "Tempo" gebracht. Karl-Otto schnitt am besten ab, und es stand schon jetzt fest, daß er künftig Witts rechte Hand werden würde, wenn die erste Fernmeldeabteilung aufgebaut werden sollte. Vielleicht schon bald!

Zunächst schleppte sich der Dienstbetrieb in Uetersen noch recht und schlecht über die Runden: Morgenappell, Dienst nach Dienstplan - natürlich auch Sport! -, Fachausbildung und abends in die Kantine. Jeder Gastwirt und Restaurantbesitzer wäre neidvoll erblaßt, hätte er auch nur einmal den Kantinenumsatz erfahren. Manchmal war es schon nicht mehr mitanzusehen, welche Mengen Alkohol allabendlich konsumiert wurden. Einige Soldaten, insbesondere Dienstgradhöhere, schienen gar nicht mehr nüchtern zu werden. Daß der Becher zu kreisen hatte, gehörte zum Soldatenleben, aber was Karl-Otto des öfteren erlebte, wenn er für Stimmung sorgte, alte Soldatenlieder spielte - auch solche, die als anrüchig gelten durften -, war schon nicht mehr mit dem zu vergleichen, was man feiern, fröhlich sein und gemütliches Beisammensein schlechthin nannte, sondern artete in ein sinnloses Besäufnis aus.

***

Kurz vor Weihnachten wurden die Funker vom Flugplatz Uetersen zum Flugplatz Nörvenich verlegt. Dort wehte plötzlich ein anderer Wind. Ein geregelter, straffer militärischer Dienst sorgte von vornherein dafür, daß die Kantine nur abends besucht werden konnte. Wer nicht gerade Nachtdienst oder Wache hatte, begab sich in das nur ein paar Kilometer entfernte Düren, besuchte eine der Soldatenkneipen und bändelte auch schon mal mit einer rheinischen Schönheit an. Im großen und ganzen gesehen, war Nörvenich ein Standort von dem man mit ruhigem Gewissen behaupten durfte: Hier liegt der Hund begraben! Es fehlte an Abwechslung! Die einzige Abwechslung in Karl-Ottos monotonem Alltag war, daß er nach Beendigung seiner viermonatigen Probezeit die Verpflichtungsurkunde überreicht bekam. 12 Jahre mußte er ab nun treu dienen! Eine lange Zeit, aber Karl-Otto wollte etwas daraus machen! Vor allem die Weiterbildung in Anspruch nehmen!

Auch Bruno hatte sich auf 12 Jahre verpflichtet. Mit zwei Flaschen Sekt begossen sie diesen für sie denkwürdigen Tag, der ihr Leben verändern sollte, der sie auf den geraden Weg bringen konnte, wenn sie sich nichts zuschuldenkommen ließen. Im "Schoß der Mutter Bundeswehr" waren sie gut aufgehoben, ihr "Arbeitsplatz" gesichert und das Gehalt stimmte. Dafür sorgte der Steuerzahler!

Die ersten Wehrpflichtigen trafen in Nörvenich ein, nach einer dreimonatigen Grundausbildung in irgendeinem Fliegerregiment und wurden in einem Horchfunk-Ausbildungszug zusammengefaßt. Selbstverständlich benötigte dieser Lehrgang auch eine Führung, einen militärischen Kopf, der zum Leidwesen des Fachpersonals, der schon namentlich verankerten Hörlehrer Oberfeldwebel Witt, Obergefreiter Mellin und Karl-Otto, nicht den geringsten Schimmer vom Fernmeldewesen hatte. Der Hauptmann kam von der Bereitschaftspolizei, der Kompaniefeldwebel ("Spieß") war bei der Wehrmacht Pionier gewesen, und die übrigen acht Unteroffiziers- und Feldwebeldienstgrade kamen auch von sonstwoher, nur nicht von der Nachrichtentruppe. Entweder sollten sie den 60 jungen Soldaten militärische Zucht und Ordnung beibringen, die diese bereits während der Grundausbildung kennenlernten oder man hatte für sie noch keine anderweitige Verwendung. Aber es war ja von oben so befohlen worden!

Kaum war die Einheit zusammengestellt, da wurde sie auch schon nach Bückeburg verlegt, in eine alte Garnisonsstadt.

Bei angenehmer Temperatur und strahlendem Sonnenschein formierte sich der Funkerzug vor dem Bückeburger Bahnhof und marschierte - vorneweg ein Musikkorps der Luftwaffe - durch die Stadt zum Rathausplatz, vorbei an teils begeistert winkenden Bürgern, die es offenbar begrüßten, endlich wieder eine deutsche Garnisonstadt zu sein. Soldaten brachten Geld in die Geschäftskassen!

Angenehm überrascht, tief beeindruckt und auch ein wenig stolz, ohne geschultertes Gewehr, ohne Stechschritt, ohne ein fanatisches Lied auf den Lippen - wie in vergangenen Zeiten -, marschierte Karl-Otto in der dritten Rotte mit und bedauerte es immer wieder, sich nicht nach den manchmal zugeworfenen kleinen Blumensträußchen bücken zu dürfen.

Vor dem girlandengeschmückten Rathaus erwartete der Bürgermeister mit einer Abordnung, umrahmt von einer größeren Menschenmenge, die ersten Bundeswehrsoldaten in seiner Stadt, hielt eine kurze Ansprache und wünschte ein gutes gegenseitiges Einvernehmen zwischen der Zivilbevölkerung und den Soldaten. "Wir blicken als Garnisonsstadt auf eine lange und erinnerungsreiche Tradition zurück und hoffen, daß sich die Angehörigen der neuen Streitkräfte bei uns wohl fühlen!" schloß er seine Rede.

Nachdem der Funkerlehrgang seine Unterkunft - die Räumlichkeiten der ehemaligen Musikschule - bezogen hatte, hielt es keinen mehr in dem alten, grauen Gemäuer. Alle strömten in die Stadt, in die Kneipen und Restaurants, wo es zum Teil Unmengen Freibier gab. Und überall junge Mädchen und junge Frauen! Die ersten Verabredungen kamen zustande. Bückeburg hatte seine Soldaten wieder - und manche Solofrau konnte aufatmen...

Oberfeldwebel Witt oblag die technische Ausbildung der angehenden Funker. Je 20 Mann bildeten eine Hörklasse. Ihm unterstand die erste, Karl-Otto die zweite und Bruno bekam die dritte. Karl-Otto war froh, daß er mit Bruno zusammengeblieben war. Die in Nörvenich zurückgebliebenen Kameraden sollten demnächst auf die einzelnen Funkstationen verteilt werden. Dazu hätte Karl-Otto keine große Lust gehabt. Ihm lag sehr daran, mit jungen Menschen umgehen zu dürfen, stets Gesprächspartner um sich zu haben und möglichst selbst entscheiden zu können. Das alles wurde ihm als Hörlehrer und Vorgesetzter geboten. Jedoch fühlte er sich nie veranlaßt, von seiner sogenannten Befehlsgewalt Gebrauch zu machen, da seine Schüler, seine Untergebenen, problemlos und eifrig bei der Sache waren, an der Funkerei riesigen Spaß hatten und selbst großen Wert darauf legten, möglichst schnell ein hohes Tempo zu erreichen. Wer seinen Lehrgang mit Tempo 120 abschloß, dem standen gute Verwendungsmöglichkeiten offen - und eine bessere Beförderungschance.

Damit sich die Bevölkerung an den "Staatsbürger in Uniform" gewöhnte, durften die Soldaten nur in Uniform ausgehen. Abends füllten sich die Lokalitäten der Garnisonsstadt Bückeburg, aber nicht nur mit den Angehörigen des Luftwaffen-Fernmelde-Lehrgangs, sondern auch mit den Soldaten der Heeresflieger aus der Jägerkaserne. Der Waffengattungen wegen kam es seltener zu Reibereien. Wenn es aber einmal kurz 'rundging', dann nur der Mädchen halber. Sie hatten die freie Auswahl, und es wurden auch bald die ersten festen Bande geknüpft.

Bruno und Karl-Otto verkehrten mal hier, mal dort, ließen sich jedoch nicht so vollaufen, wie es die meisten ihrer Kameraden vorzogen, mit der lapidaren Begründung: Laßt uns die Freiheit und den Frieden genießen! Wer weiß, wann uns das Vaterland zur nächsten Schlacht ruft!

Vielleicht plapperten sie diese Worte auch nur so daher. Im betrunkenen Zustand. Vielleicht kam gerade dann der in ihnen schlummernde Militarismus unbewußt zum Ausbruch. Wer durchschaute sie schon, diese ehemaligen, einstmals in der "Großdeutschen Wehrmacht" gefürchteten und meistens gehaßten Unteroffiziere, die als "Schleifer" auf den Kasernenhöfen absolute Herrscher sein durften, denen jeder Rekrut, jeder Untergebene, bedingungslos und häufig ohne Gnade, ausgeliefert war, physisch und psychisch restlos zur "Sau gemacht" wurde? Wer war so einer gewesen unter den Feldwebeln und Oberfeldwebeln, die zum Stammpersonal des Funkerlehrgangs gehörten, kaum in Erscheinung traten, und wenn, ihren Dienstgrad herauszukehren versuchten? Diese Masche zog nicht mehr! Nach den Richtlinien für die "Innere Führung der Bundeswehr", von General Graf von Baudissin, waren diesen Herren neuerdings die Flügel gestutzt worden. Vielleicht betranken sie sich auch deswegen so oft? Sie mußten sich damit abfinden, auch "Staatsbürger in Uniform" zu sein und mit ihren Untergebenen dementsprechend umgehen. Man mußte sie mit Vorsicht genießen. Hingegen bei Oberfeldwebel Witt, der ein hervorragender Könner auf technischem Gebiet war, der ein Vorbild für jeden Funker und der es werden wollte, darstellte, merkte niemand, empfand es nicht im geringsten, daß er es mit einem Feldwebeldienstgrad zu tun hatte. Und so gingen "seine Jungs", wie er stets zu sagen pflegte, auch für ihn durchs Feuer, machten ihm keine Schwierigkeiten, und er brauchte niemals einen militärischen Ton anzuschlagen. Auch Bruno und Karl-Otto hielten große Stücke auf ihn.

Es war an einem Sonntag, als Bruno und Karl-Otto durch Bückeburg bummelten und schließlich in ein Restaurant zum Frühschoppen einkehrten. Obwohl schon einige Soldaten anwesend waren, ging es dennoch in dem Lokal ziemlich ruhig zu. Hier sah man die Bundeswehr genauso gern wie in allen übrigen Gaststätten, nur durften sie in diesem vornehmen Lokal nicht aus der Rolle fallen, weder Soldatenlieder anstimmen noch laute Trinksprüche zum besten geben. Und auch die Bedienung war sehr höflich und zuvorkommend.

Die beiden Freunde legten ihre Mäntel ab und hielten nach einem geeigneten Tisch Ausschau.

"Kommen Sie, meine Herren", winkte die freundliche Kellnerin, "da drüben, der Tisch am Fenster, der wird Ihnen zusagen!"

Karl-Otto zog seine Krawatte zurecht, ordnete seine Haare, bedankte sich mit einem leichten Kopfnicken und nahm mit Bruno an dem weißgedeckten Tisch Platz. Sie orderten eine Flasche Wein. einen Rosé-Wein, den sie in Frankreich kennengelernt hatten. Er war süffig und belebend zugleich.

Die hübsche, dunkelhaarige Kellnerin kredenzte den Wein und blinzelte dabei heimlich Karl-Otto zu. Er hatte sich schon ein paarmal mit ihr unterhalten. Nur so. Ohne Hintergedanken.

Bruno war das Austauschen beinahe schon verliebter Blicke nicht entgangen. "Hast du mit der was vor?" fragte er, als die schlanke, enghüftige Kellnerin sich entfernt hatte. "Wir haben doch ausgemacht, uns keine feste Freundin anzulachen, bevor nicht unser endgültiger Standort feststeht. Bist du scharf auf sie?"

"Du bist ein kleiner Dummkopf, Bruno! Sie steht eben auf mich. Was ist denn schon dabei, wenn ich ihr schöne Augen mache?"

"Aber es könnte etwas daraus werden!"

"Bist du eifersüchtig, Bruno?"

"Vielleicht?"

"Na, denn frag' sie doch mal, ob sie mit dir ausgehen möchte."

Bruno schmunzelte, schüttelte den Kopf, warf dennoch einen verstohlenen Blick zu der Kellnerin und meinte dann: "Wir könnten ja um sie knobeln, Karlchen... Aber jetzt wird es Zeit, daß wir uns einem anderen Thema widmen: Wie geht es deinem Sohn?"

"Weiß ich nicht!"

"Nanu, ich denke, deine Ex-Frau schreibt dir Briefe?"

"Ja, aber nur Drohbriefe, weil ich noch immer Unterhaltsrückstände zu begleichen habe. Den Jungen dürfte ich nicht sehen, schreibt sie. Ihr Mann verbietet es."

"Das ist ja lustig! Erwirke doch einen Gerichtsbeschluß!"

"Und dann? Es finden sich doch immer Wege, mir den Jungen vorzuenthalten. Meine Geschiedene würde mit den schmutzigsten Tricks arbeiten. Aber noch ist nicht aller Tage Abend!"

"Dann mußt du eben wieder heiraten und das Kind zu dir holen, Karlchen. Du erzähltest mir einmal, deine Ehemalige würde dem Alkohol verfallen sein..., nicht wahr?"

"Stimmt, nur das müßte ich beweisen! Kommt Zeit, kommt Rat, Bruno. Vorläufig bleibe ich solo!"

"Hast du übrigens noch deine Wohnung in Helmstedt?"

"Seit Weihnachten nicht mehr", sagte Karl-Otto. "Als ich auf Urlaub war, hab' ich sie aufgegeben. Ja, jetzt ist meine Heimat die Bundeswehr! Mein Zuhause!"

"Für mich im weitesten Sinne auch, aber ich darf jederzeit bei meiner Mutter wohnen."

"Ich wollte, ich dürfte und könnte es auch, Bruno. Meine Mutter weiß noch nicht einmal, daß ich wieder Uniform trage. Sie würde aus allen Wolken fallen, wenn ich ihr das schrieb."

"Ach ja, Karlchen, wir haben's nicht leicht, aber wir wollten's doch auch nicht anders haben... Einen Grund zu klagen, den gibt es eigentlich nicht. Hast du's schon bereut, ist es dir bald über, ein "Adenauer-Knecht" zu sein?"

"Aber Bruno", tat Karl-Otto empört, "so spricht doch

kein treuer Bundeswehrsoldat über seinen Regierungschef! Stell' dir mal vor, Adenauer hätte es nie gegeben..."

"Wir benötigen aber Streitkräfte und müssen kampfbereit sein, Karlchen!"

"Verteidigungsbereit heißt das jetzt!"

"Von mir aus", winkte Bruno ab, "aber kannst du mir mal erläutern, wie sich eine nur auf Verteidigung gedrillte Armee verteidigen soll, wenn sie keinen Angriff geübt hat? Sie muß doch in der Lage sein, einen potentiellen Gegner zurückzuwerfen... Dazu muß man sich erheben, vorstürmen, zurückschlagen!"

"Das ist Haarspalterei", sagte Karl-Otto leise, denn die hübsche Kellnerin bediente gerade am Nebentisch und äugte mehrmals zu Karl-Otto herüber.

"Das ist keine Haarspalterei!" meinte Bruno, als die Kellnerin sich wieder entfernt hatte. "Verteidigung heißt nicht nur der Wille zum Frieden... Du mußt auch zum Kämpfen bereit sein, wenn es nicht mehr zu vermeiden ist!"

"Aha, jetzt verstehe ich auch, warum unser Bundespräsident, Theodor Heuss, vor den ersten Soldaten in Andernach gesagt haben soll: 'Na, denn siegt man schön!' Ich will aber nicht mehr in einen Krieg ziehen! Die Bundeswehr ist doch im Rahmen der NATO eine Friedens..."

"Ja, ja, das wissen wir doch alle, Karlchen, und ich akzeptiere auch den NATO-Spruch 'Wachsamkeit ist der Preis der Freiheit"! Allerdings kommen wir nicht umhin, uns stets vor Augen zu halten, daß sich die Streitkräfte an den Merkmalen eines Krieges und nicht am Einerlei des Friedens zu orientieren haben. Wir müssen ständig einsatzbereit sein!"

"Junge, Junge, an dir scheint ein Politiker verlorengegangen zu sein", lästerte Karl-Otto. "Vielleicht bringst du es noch zum General! Ganz egal, was auch kommen mag... Jedenfalls bin ich froh, daß wir keine 'Schießsoldaten' sind. Als Funker werden wir nicht gegen den eventuellen Feind stürmen müssen!"

"Und dennoch, Karlchen", sagte Bruno mit nachdenklicher Miene, "wären wir im Ernstfall indirekt am Zerstören, Töten und am unendlichen Leid der Zivilbevölkerung mitschuldig."

"Beten wir also, daß es keinen Krieg mehr gibt! Zumindest nicht während unserer Dienstzeit. Wir wollen leben! Ich meine: Besser manchmal betrunkene Soldaten als tote! Folglich, Bruno", sagte Karl-Otto mit gedämpfter Stimme, "laß uns einen Privatkrieg führen... gegen den Alkohol! Wir werden ihn vernichten, wo er sich auch blicken lassen sollte! Zum Wohl, Bruno!"

"Prost, Karlchen! Hoffentlich bleiben wir noch recht lange zusammen! Wir beide müssen die Trinkerei möglichst in Grenzen halten; können es uns nicht erlauben, mit einem Brummschädel uns an die Morsetaste zu setzen... Ich bin manchmal richtig sauer, daß wir Mannschaftsdienstgrade - natürlich auch Oberfeldwebel Witt! - den technischen Dienstbetrieb allein abwickeln, während die Herren Feldwebel, einschließlich 'Spieß' - sogar der Hauptmann! - an der Buddel hängen und auch noch dummes Zeug zusammenquatschen... Nach dem, was wir leisten, hätte man uns schon längst befördern müssen!"

Karl-Otto grinste kopfnickend. "Ja, ja, es ist schon ein Jammer, Bruno. Bei den Soldaten wird eben viel gesoffen. Wahrscheinlich gehört das zur Tradition? Manchmal kann es auch übertrieben werden, daß man sich an den..."

"Ach, du meinst neulich, als unser Hauptmann wankend in Hausschuhen zur Parole erschien? Das war doch lustig, Karlchen. Der Alte ist harmlos, dem verzeihe ich das, aber unserem 'Spieß', der doch häufig mit dickem Kopf vor der Front erscheint und dann auch noch herumgrölt, dem verzeihe ich's nicht. Bis zu seinem Eintritt in die Bundeswehr soll er Bauhilfsarbeiter gewesen sein, erzählt man sich. Na ja, und jetzt darf er endlich wieder selbst den Mund aufreißen. Leider müssen wir uns von ihm was sagen lassen, aber auch das geht vorüber, Karlchen!"

"Das meine ich auch, Bruno... Aber jetzt woll'n wir mal mit dem Politisieren und Tratschen aufhören. Überall findet man unbequeme Zeitgenossen... Warum nicht auch bei der Bundeswehr!"

Die nette Kellnerin schien tatsächlich auf Karl-Otto ein Auge geworfen zu haben. Ständig schaute sie zu ihm herüber und lächelte. Jetzt zündete sie sich hinter dem Tresen eine Zigarette an, hielt das flammende Streichholz einen Moment demonstrativ nach vorn und warf Karl-Otto einen vielsagenden Blick zu.

"Am liebsten würdest du doch sofort zu ihr rennen und der Aufforderung nachkommen", bemerkte Bruno scherzhaft, packte seinen Freund beim Ärmel und fuhr fort: "Daraus wird nichts, Karlchen! Nimm dich zusammen! Das Mädchen ist in dich verliebt! Willst du sie unglücklich machen? Du weißt doch ganz genau, daß wir in zehn Tagen zur ULK (Unteroffiziers-Lehr-Kompanie) abkommandiert werden. Wie und wovon willst du dann ständig innerhalb der drei Monate hin- und herfahren? Urlaub wird während des Lehrgangs sowieso kleingeschrieben, mein Lieber... Mach das Mädchen nicht ganz verrückt, laß uns zahlen und verschwinden!"

"Du kannst einem aber auch jede Freude am Spaß nehmen", knurrte Karl-Otto, nutzte aber dennoch die Gelegenheit, beim Verabschieden die Hand der Kellnerin zu drücken und ihr in die Augen zu schauen.

***

Vor acht Monaten hatte Karl-Otto als Zivilist mit dem Einberufungsbescheid zur Bundeswehr die Torwache zum Fliegerhorst Uetersen passiert. Jetzt durchschritt er sie mit einer Kommandierungsverfügung und der gesamten Ausrüstung. Obwohl stolz darauf, den Unteroffizierslehrgang besuchen zu dürfen, machte sich dennoch ein ungutes Gefühl in der Magengegend bemerkbar. Hier sollte er von Unteroffizieren zum Unteroffizier geformt werden. Hier sollte - wie man hörte! - es hart zugehen. Und das war nicht übertrieben!

Die langsamste Gangart innerhalb der Kaserne hieß Laufschritt! Geschlossen zum Essen marschieren, mehrmals täglich die Uniform wechseln, Kochgeschirre und Hände vorzeigen, wer 'auffiel', durfte ein paar Runden drehen und ähnliche, den Ausbildern offensichtlich spaßmachende Mätzchen, mußten die Lehrgangsteilnehmer über sich ergehen lassen, denn sie wollten ja bestehen, Unteroffiziere werden. Es war ein Herumgebrülle und ständiges Monieren seitens der Ausbilder wie in alten Zeiten, wie 1943 in der Rekrutenkompanie. Scheinbar hatten sich hier die alten "Schleifer" gesucht und gefunden. Besonders ein kleinwüchsiger Feldwebel und Zugführer, namens Stadler, kehrte den scharfen und unnahbaren Vorgesetzten heraus. Sein Zug sollte und mußte der beste werden. Hart und gerecht glaubte er seine Aufgabe zu bewältigen. Er fühlte sich in seiner Rolle wohl und glaubte, alle würden vor ihm zittern. Aber das glaubte nur er, denn die Lehrgangsteilnehmer, überwiegend Leute mit höherer Schulbildung, mußten ihm gehorchen und gute Miene zum bösen Spiel machen, wie sie jedoch über ihn dachten, daß sie ihn nicht für voll nahmen, denn sie hatten erfahren, daß er vor der Bundeswehr als Handwerker auf dem Bau beschäftigt gewesen war konnte er nicht ahnen. Allerdings galt jetzt der Dienstgrad!

Bruno und Karl-Otto hatten es relativ gut getroffen: Ihr Zugführer - auch ein Feldwebel! - und der Gruppenführer waren wohl auch streng, ließen jedoch mit sich reden. Beide kamen aus dem öffentlichen Dienst und wollten die Offizierslaufbahn einschlagen.

Mit seinem Gruppenführer, Stabsunteroffizier Lehmann, der Saxophon blies, bekam Karl-Otto bald näheren privaten Kontakt. Lehmann war es auch, der dafür sorgte, daß Karl-Otto, wenn das Ausbildungspersonal wieder einmal richtig feierte, auf einem geliehenen Akkordeon Musik machte. Natürlich lief keine Feier ohne Frauen. Die meisten Ausbilder waren verheiratet, ihre Frauen weit weg. Was scherte das schon die Frauen, die von weit und breit hergekommen waren. Sie suchten auch nur ihr Vergnügen mit den Soldaten.

Als Karl-Otto wieder einmal auf einer Umtrunk-Feier kräftig in die Tasten griff, waren auch zwei Kantinenmädchen zugegen. Die eine, rotblond, schlank und sehr ansprechend, hatte sich der überzackige Feldwebel Stadler mitgebracht. Sie war fast einen halben Kopf größer als er. Gitte hieß sie.

Mitternacht war längst vorbei. Kaum einer der Ausbilder wäre noch in der Lage gewesen, auf einem Strich geradeaus zu gehen. Aus vollem Halse grölten sie alte Soldatenlieder und gaben einen Trinkspruch nach dem anderen zum besten. Auch die Frauen, bis auf die rotblonden Gitte, hatten sich inzwischen einen kleinen Schwips angetrunken. Stolz hielt Stadler Gitte im Arm, aber sie schien davon nicht berührt zu sein. Unentwegt ruhten ihre blauen Augen auf Karl-Ottos Händen. Sie spielte nämlich Klavier und liebte Musik. Das flüsterte sie Karl-Otto beim Vorübergehen zu - und noch mehr: "Ich warte nachher draußen!"

Stadler bekam schnell spitz, wer ihm seine Freundin ausgespannt hatte und versuchte sich als indirekter Vorgesetzter an Karl-Otto zu rächen, indem er ihn bei jeder nur passenden Gelegenheit - wo Karl-Otto auch ging und stand - tadelte oder zurechtwies. Einmal grüßte er nicht ordentlich, ein ander Mal saß seine Mütze nicht richtig oder er beanstandete seinen angeblich latschenden Gang. Immer fand er etwas, um Karl-Otto zu beweisen, wer hier das Sagen hatte. Doch das änderte überhaupt nichts - Gitte, die flotte Dänin, blieb bis zum Lehrgangsende

Karl-Ottos Freundin. Wahrscheinlich hätte Stadler Karl-Otto durchfallen lassen, wenn er ihm direkt unterstellt gewesen wäre; vielleicht hätte er auch eingesehen, daß er zu Gitte unmöglich paßte, sich neben ihr wie ein Wichtel ausnahm. Als Karl-Otto den Feldwebel während der Abschiedsfeier daraufhin ansprach, meinte dieser im überheblichen Tonfall: "Das kann mir auch nur einmal passieren, mir mein Mädchen von einem Lehrgangsteilnehmer wegschnappen zu lassen!"

"Dazu noch von einem Obergefreiten!" ergänzte Karl-Otto.

***

Mit Erstaunen nahmen Bruno und Karl-Otto nach Lehrgangsende ihren Marschbefehl nach Münster in Westfalen in Empfang.

"Siehst du, Karlchen, hatte ich nicht eine feine Nase, als ich dich davon abhielt, mit der Kellnerin anzubändeln?" lästerte Bruno während der Fahrt zum neuen Standort.

"Du bist wohl noch immer verärgert, daß sie sich nicht für dich interessierte", konterte Karl-Otto. "Wir sollten uns lieber Gedanken machen, was die plötzliche Kommandierung auf sich hat. In Münster liegt der Stab der Luftwaffen-Gruppe-Nord und das Musikkorps. Was wir dort sollen, ist mir schleierhaft."

"Vielleicht werden wir 'Stabshengste'?"

"Du bist ein Spaßvogel, Bruno! In Stäben verwendet man ganz andere Leute! Möglich, daß wir noch eine Spezialausbildung erhalten, an neuen Funkgeräten üben müssen."

Jedoch beides traf nicht zu. Man bastelte am Fernmelde-Sektor-Nord! Tast-, Peil-, Horchfunker; Schlüssler, Übersetzer, Sprach- und Hörlehrer für Telegrafie wurden zusammengefaßt. Kurzum: überwiegend hochspezialisiertes Personal für die Funkbeobachtung, vom Obergefreiten angefangen bis zum Major aufwärts. Zum ersten Mal erlebten Bruno und Karl-Otto, daß die Dienstgradhöheren nur in den seltensten Fällen ihren Rang herauskehrten, sondern lediglich mit ihrem technischen Wissen glänzten. Während der zweiwöchigen Einweisungszeit torkelte auch nicht ein einziger des Lehrteams im Dienst durch die Gegend. Allerdings nach Dienstschluß, dann saß man gemeinsam in der Kantine oder in irgendeinem netten Lokal der Stadt und ließ die Gläser erklingen. Es wurde oft gefachsimpelt; nur ganz selten protzte jemand mit seinen heldenhaften Kriegserlebnissen.

***

"Wo soll denn hier die Kaserne sein?" fragte Karl-Otto, als er vom 7,5-Tonner MAN gesprungen war, sein Gepäck in Empfang nahm und ratlos um sich schaute.

"Die ist hier!" ertönte hinter ihm eine altvertraute Stimme. Freudig überrascht fuhr Karl-Otto herum und blickte in Oberfeldwebel Witts gebräuntes Gesicht. Er war sprachlos, seinen ehemaligen Vorgesetzten aus Bückeburg wiederzusehen. Sie schüttelten sich lange die Hände. "Kommt nur alle herein... Das Nest ist fix und fertig! Unsere Schüler sind auch schon eingetroffen. Überwiegend Offiziersanwärter, die anschließend nach Amerika kommen. Einige möchten Piloten werden... Na, wir unterhalten uns nachher. Erst nehmen wir einen Begrüßungstrunk und dann dürft ihr euch eine deftige Erbsensuppe einverleiben."

Der verhältnismäßig flache Bau mit den weißen Fensterrahmen glich eher einem Sanatorium als einer militärischen Unterkunft. Keine hohe Mauer, kein Kasernentor, nicht einmal ein Drahtzaun friedete das Objekt ein. Statt dessen streckten die beiderseits des weißgetünchten Gebäudes stehenden Rotbuchen ihre ausladenden Zweige wie eine schützende Hand über das rote Ziegeldach. Zu jeder Tages- und Nachtzeit konnte man das Haus von allen Seiten erreichen. Wer Einlaß begehrte, brauchte nur den Klingelknopf am Haupteingang zu betätigen, wurde vom Unteroffizier vom Dienst kontrolliert und durfte dann die Unterkunft betreten. Obwohl die Unterrichtsräume gesichert waren, gab es eigentlich nichts zu verbergen, zu verheimlichen, denn es wurde ja nur ausgebildet. Was interessierte den gegnerischen Geheimdienst schon ein Röhrensummer, Kopfhörer und die Gebevorlagen?

"Ja, wir sind eigentlich mit einer Großfamilie zu vergleichen", meinte Witt, als er mit seinen beiden Hörlehrern in der kleinen Kantine bei einem Bier saß. "Offiziere, Unteroffiziere und Mannschaften unter einem Dach, das hat man auch nicht alle Tage. Jeder bekommt hier seine Aufgabe... anders als in Bückeburg! Überhangpersonal kennen wir nicht. Tagsüber werden die Köpfe rauchen, denn wir haben ein umfangreiches Ausbildungsprogramm zu bewältigen. Wir werden es schon schaffen... Auf euch beide ist ja Verlaß!"

"Wieviele Hörklassen wird es geben, Herr Oberfeldwebel?" wollte Bruno wissen.

"Nur zwei", entgegnete Witt, erhob sein Glas, setzte es jedoch gleich wieder ab und sagte mit erhobenem Zeigefinger: "Also, was ich jetzt sage, das ist ein Befehl! Ihr beide seid meine besten Leute und werdet für den Ausbildungsstand der Funker verantwortlich sein. Ich weiß, daß ich mich auf euch verlassen kann, daß ihr die Männer auf das geforderte Tempo bringt. Folglich sind wir eine unzertrennliche Crew, und das heißt auch, daß wir das SIE begraben... Prost Karl-Otto, prost Bruno! Nennt mich bitte nicht Hans, denn Hans heißt bald jedes Pferd! Sagt Hänschen zu mir, wie alle meine Chargengleichen auch!"

***

In der Großstadt Osnabrück wurden die Bundeswehrsoldaten unterschiedlich aufgenommen. Es gab Kneipen, wo sie mit üblen Beschimpfungen vorliebnehmen mußten, in denen manchmal sogar der Versuch unternommen wurde, sie tätlich anzugreifen. Aber in fast allen Fällen zogen die Angreifer den Kürzeren; dann zahlte sich die in der Grundausbildung erworbene Selbstverteidigung mehrfach aus. Und auf die Schimpfworte "Arbeitsscheues Gesindel", "Adenauers Landsknechte" und "Kriegslüsterne Bande" reagierte kaum noch ein Bundeswehrangehöriger. Schließlich stand es jedem frei, dort zu verkehren, wo er sich wohlfühlte und nicht angemacht wurde.

Auch Bruno und Karl-Otto waren einmal in eine solche Spelunke hineingeraten und hatten mit zwei angetrunkenen Typen Streit bekommen, die sie kurzerhand mit gekonnten Nahkampfgriffen zu Boden warfen. Seitdem mieden sie zwielichtige Lokale und verkehrten in gutbürgerlichen Restaurants, obwohl dort die Getränkepreise teils gepfeffert waren.

"Laß uns doch mal eine Nachtbar besuchen, Karlchen", schlug Bruno an einem Samstagabend vor. "Ich weiß, daß du es ablehnen wirst, weil wir von dort wieder mit leerer Geldbörse hinausgehen, aber ich möchte unbedingt das Nachtleben gewisser Leute kennenlernen."

"Warum nicht", schlug Karl-Otto sofort ein. "Möglich, daß wir in solchem vornehmen Laden auch vornehme Frauen treffen. Wir brauchen ja nicht gleich den teuersten Sekt zu trinken. Ein gutes Pils tut's wohl auch... nicht wahr?"

Bruno nickte begeistert. Der Nachtbarbesuch war beschlossene Sache! Beide Freunde machten sich sofort auf den Weg.

Niemand nahm Anstoß daran, daß die beiden Freunde gegen 23 Uhr die "Domhof-Bar" in Uniform betraten. Es hielten sich noch einige Uniformierte in der bengalisch beleuchteten Räumlichkeit auf. Unmittelbar vor dem

Musikerpodium war noch ein Tisch frei. Das kam Karl-Otto wie gerufen. Es war selbstverständlich, daß seine ganze Aufmerksamkeit zunächst den drei Musikern galt. Eine ausgezeichnete Besetzung: Hawaiigitarre, Kontrabaß und Akkordeon! Dezente Musik. Engumschlungene Pärchen, behutsam über die Tanzfläche gleitend, dazu nur Damenbedienung. Freundliche, fröhliche Menschen ringsum. Eine Atmosphäre wie im Traumland. Und auch die Getränkepreise bewegten sich gerade noch im Rahmen des Erträglichen. Trotzdem blieben Bruno und Karl-Otto nur bei einer Flasche Exportbier. Mehr lag nicht drin!

Die Musiker machten Pause. Was lag also näher, als daß Karl-Otto sie in ein Gespräch verwickelte und zu seinem Glück erfuhr, eventuell einmal als Aushilfe einspringen zu können. Vielleicht schon demnächst, da der Akkordeonist sich unbedingt einer Magenoperation unterziehen müßte. Man wollte in Verbindung bleiben und käme wahrscheinlich schon in Kürze darauf zurück.

"Dann wäre ich ja wieder gerettet", flüsterte Karl-Otto seinem Freund Bruno zu. "Gestern kam schon wieder ein Zahlungsbefehl. Meine Ex-Dame stellt immer neue Forderungen, seitdem sie erfahren hat, daß ich beim Bund bin."

"Ja, ja, die Weiber", stöhnte Bruno, "die sind wie die Raben, picken dir auch noch das Hirn aus, wenn du den Hut abnimmst."

"Also Bruno, nun mach' aber bloß nicht unsere holde Weiblichkeit so schlecht! Es sind doch nur ganz wenige, die den geschiedenen Mann an den Rand des Ruins bringen."

"Da bin ich anderer Meinung, Karlchen. Man braucht sich doch nur im Kameradenkreis umzuhören, wieviele in einer ähnlichen Situation sind wie du. Schau dir doch mal die Frauen an, die hier herumsitzen... Ich möchte einmal ihre Gedanken lesen können."

"Das möchte ich gar nicht, Bruno... Weißt du, was ich

möchte? Ich möchte mir jetzt mal eine anlachen und mit ihr tanzen!"

"Ach, nun geht das schon wieder los mit deiner Anbändelei", seufzte Bruno, winkte die Bedienung heran und bestellte noch zwei Flaschen Export.

Karl-Otto setzte sich in Positur und ließ seinen Blick über die zahlreichen Tische schweifen. Er besaß Selbstbewußtsein. Er wußte, daß er gut aussah, daß ihm die Uniform gut stand und daß er bei den Frauen Chancen hatte. Vielleicht war er auch deshalb sehr wählerisch. Jetzt war er wählerisch. Wäre er es auch damals bei Beate gewesen, wäre ihm so manches erspart geblieben. Hinterher kann man immer gut reden, dann ist man schlauer! Wer vermag schon im voraus zu sagen, was lebenswichtig ist? Wer nimmt schon widerspruchslos einen gutgemeinten Rat an? Wer hört auf seine innere Stimme, folgt ihr, vertraut ihr? Jeder Mensch ist mit Fehlern, Schwächen und Fehlentscheidungen behaftet. Nicht selten werden ihm sein EGO und seine Unvernunft zum Verhängnis. Doch so tief ein Mensch auch manchmal fällt, keinen Boden mehr unter den Füßen zu haben glaubt, läßt ihn dennoch sein Selbsterhaltungstrieb nach oben, nach vorn schauen, nach dem winzigsten Strohhalm greifen - sonst wäre er kein Mensch!

"He, Karlchen, meditierst du? Ich denk', du willst dir eine schöne Frau anlachen? Wenn du weiterhin wie ein Trankopp rumdöst, kriegen die Damen ja vor dir Angst!" lästerte Bruno, als er seinen Freund mit gesenktem Kopf dasitzen sah.

Unmerklich zuckte Karl-Otto zusammen, schüttelte sich ein paarmal, trank hastig einen Schluck Bier und sagte mit belegter Stimme: "Ach, weißt du, Bruno, manchmal überkommt's mich ganz plötzlich... Dann scheint mich die Vergangenheit einzuholen und ich frage mich: Was hast du alles falsch gemacht? War es auch ein Fehler, zur Bundeswehr zu gehen?"

"Jetzt hör bitte auf zu philosophieren, Karlchen! Die

Musiker präparieren sich schon... Du wolltest doch tanzen!"

Die Kapelle spielte einen schmelzenden Tango. Nach und nach füllte sich die runde Tanzfläche. Mehrere Frauen hatten keinen Tänzer abbekommen. Karl-Otto nahm mit einer dunkelblonden Frau Blickkontakt auf. Es klappte. Sie tanzte leicht wie eine Feder. Ein betörender aus ihrem Kleidausschnitt aufsteigender Parfümduft verwirrte Karl-Ottos Sinne. Behutsam, zentimeterweise, glitt seine rechte Hand immer tiefer auf dem Rücken der schlanken Frau. Sie ließ ihn gewähren. Nur einmal schaute sie ihm flüchtig lächelnd in die Augen. Endlich mal wieder eine schöne Frau im Arm, dachte Karl-Otto. Bei jedem Tanzschritt drückte er sie noch fester an sich. Auch das duldete sie, aber sie schwieg. Nur, als sie ganz kurz ihren Kopf an Karl-Ottos Schulter lehnte, vernahm er, daß sie die Tangomelodie mitsummte. Das Bartrio spielte einen weiteren Tango. Karl-Ottos Tanzpartnerin schwieg noch immer mit einem Lächeln auf den vollen Lippen. Gewöhnlich bereitete es Karl-Otto keine Schwierigkeiten, mit einer Frau ins Gespräch zu kommen, aber dieser Frau gegenüber, die so geheimnisvoll tat, verspürte er Hemmungen und fand scheinbar nicht die richtigen Worte. Schließlich faßte er sich doch ein Herz und gebrauchte eine der üblichen Verlegenheitsfloskeln: "Ist doch ganz nett hier?"

"Ja!"

"Besuchen Sie des öfteren diese Nachtbar?"

"Nein!"

"Wohnen Sie in Osnabrück, wenn ich fragen darf?"

"Ja!"

"Darf ich nachher an Ihrem Tisch Platz nehmen?"

"Nein!"

"Aber ich darf doch gelegentlich zu Ihnen hinüberschauen?"

"Ja!"

Der Tanz war zu Ende. Die dunkelblonde Frau ließ

sich von Karl-Otto an ihren Platz begleiten, er verbeugte sich höflich und wollte gerade fragen, ob der nächste Tanz auch ihm gehören dürfte, aber da kam sie ihm zuvor und bemerkte: "Wenn ich wieder mit Ihnen tanzen möchte, dann gebe ich Ihnen ein Zeichen."

"Na, Karlchen, du bist wohl mit der Dame einig geworden?" wollte Bruno wissen. "Du bist ja bald in sie hineingekrochen!"

"Ich werd' schon mit ihr einig werden, Bruno! Bißchen komisch ist sie schon, aber ihre Nähe bringt mich beinahe aus dem Häuschen. Sie hat so etwas an sich, das man nicht erklären kann. Vielleicht ist es das kühle, abweisende Verhalten, was mich so reizt. Jedenfalls scheint sie so erfahren zu sein, daß sie unbedingt gemerkt haben muß, wie verrückt ich nach ihr bin. Warte ab, Bruno, die Dame zerschmilzt mir noch heute nacht unter den Fingern. Sie steht auf mich! Ich bin in sie verliebt!"

"Du bist ein Spinner!" sagte Bruno und bot Karl-Otto eine Zigarette an. "Ich weiß, daß die Frauen nicht auf mich steh'n, aber du mußt dir nicht einbilden, jede schöne Frau würde auf dich stehen... Soll ich dir mal was sagen, Karlchen: Die hübsche Dame da drüben, dein Schwarm, ist garantiert verheiratet! Die will nur mal tanzen, sich amüsieren, aber sonst..."

"Laß das meine Sorge sein, Bruno. Wir könnten wetten, daß die hübsche Dunkelblonde mich nachher mit nach Hause nimmt."

Die Wette hätte Karl-Otto verloren. Obwohl er noch einige Male mit seiner Angebeteten engumschlungen tanzte, sie sogar auf die Wange küßte, verabschiedete sie sich von einer Minute zur anderen und sagte - zu Karl-Ottos Erstaunen-: "Ich hoffe, wir sehen uns gelegentlich wieder!"

***

Wie von einem Magneten wurde Karl-Otto von der "Domhof-Bar" angezogen. Fast jeden Abend saß er auf der Eckcouch und starrte zur Tür, aber die dunkelblonde Frau erschien nicht! Und dennoch wurde seine ungebrochene Ausdauer belohnt: Er durfte für den erkrankten Akkordeonisten einspringen! Mit Genehmigung seines Majors, der übrigens auch die Nachtbar häufig besuchte, wurde der Dienstplan dahingehend geändert, daß Karl-Ottos Unterrichtsstunden künftig nur auf den Nachmittag fielen, er Vormittags ausschlafen konnte. Karl-Otto war wieder in seinem Element! Daß die Bundeswehrzeit so abwechslungsreich sein würde, hätte er sich nie träumen lassen. Im Moment träumte er jedoch nur von der dunkelblonden Schönen, aber sie ließ auf sich warten. Außer den ständigen Gästen, die der Nachtbar ihre Aufwartung machten, waren auch solche darunter, die nur auf der "Jagd" zu sein schienen. Auffallend viele Frauen. Schöne, junge und elegante Frauen, aber keine sagte Karl-Otto zu. Er hoffte, den "Traum seiner schlaflosen Nächte" wiederzusehen.

Und dann erschien sie eines Nachts! Karl-Otto hatte gerade die letzten drei Tänze angesagt und gab noch einen lustigen Witz zum besten, als die junge Frau die Bar betrat. Zielstrebig steuerte sie den Tisch unmittelbar vor dem Musikerpodium an und lächelte zu Karl-Otto hinauf. Sie himmelte ihn nicht an, sondern beobachtete ihn fortwährend, als würde sie ihn heimlich begutachten. Lässig legte sie ihr Nerzcape ab und ließ sich ein Getränk bringen. Karl-Otto schwankte zwischen Bösesein und Freude. Er rätselte, warum seine platonische Liebe solange ferngeblieben war und nun plötzlich auftauchte, zu einem seiner Meinung nach ungünstigen Zeitpunkt, denn in Kürze mußte sie ja schon wieder gehen, da die Bar geschlossen wurde.

Nach den zwei obligatorischen Zugaben packten die Musiker ihre Instrumente ein und schickten sich an, nach Hause zu fahren. Nach langem Überlegen sprach Karl-

Otto die Frau an: "Sind Sie zu Fuß gekommen?" So gedachte er herauszubekommen, ob sie in der Nähe wohnte.

"Ja!"

"Dann könnte ich Sie ja begleiten."

"Nein!"

Mein Gott, dachte Karl-Otto, jetzt geht das schon wieder los mit dem monotonen JA, NEIN, JA, NEIN... Warum war die schöne Frau nur so kurzangebunden? Irgend etwas stand da im Widerspruch, denn zum einen bekam sie kaum ihren Mund auf, und zum anderen warf sie ihm verliebte Blicke zu...

Ohne zu fragen, ob es ihr angenehm sei, setzte sich Karl-Otto einfach zu ihr. Nun wollte er es ganz genau wissen: "Sind Sie meinetwegen gekommen?"

"Ja!"

Schon wieder dieses kurze knappe JA! Mit einem leisen Seufzer leerte Karl-Otto sein Bierglas, schüttelte lächelnd den Kopf und meinte: "Na, dann woll'n wir mal geh'n!"

Von der Hoffnung beseelt, endlich die Frau fürs Leben gefunden zu haben, hatte Karl-Otto an jenem neblig trüben Sonntagmorgen die 30jährige Carmen Stöber nach Hause gebracht. Sie bewohnte in einer Nebenstraße ein okerfarbenes Einzelhaus. Ihr Ehemann lebte seit längerer Zeit von ihr getrennt. Wenn Karl-Otto darauf zu sprechen kam, wann sie sich nun endlich scheidenlassen würde, wich sie stets aus und meinte: "Das ist im Moment doch gar nicht so wichtig!"

Für Karl-Otto war es jedoch sehr wichtig, denn er liebte Carmen über alles. Nur noch ganz selten schlief er in der militärischen Unterkunft. Auch das Weihnachtsfest und Silvester verlebte er bei Carmen. Sie hatte ihn reichlich beschenkt. Auf das neue Hohner-Akkordeon war er besonders stolz. Aber das war noch nicht alles gewesen: Kurz vor dem Fest hatte er sich auf ihre Kosten vom Kopf bis zum Fuß neu einkleiden dürfen samt einer teuren Armbanduhr. Und was hatte er ihr schenken können? Belanglose Kleinigkeiten!

"Mir genügt deine Liebe, Karlchen", meinte Carmen, als sie eines Abends wieder einmal engumschlungen auf dem flauschigen Teppich vor dem offenen Kamin lagen und Karl-Otto sein Bedauern zum Ausdruck brachte, ihr finanziell nicht mehr bieten zu können.

"Vielleicht werde ich bald befördert... Dann wird es mir auch geldlich besser gehen", sagte Karl-Otto. "Im Moment..."

Carmen nahm ihren Geliebten in die Arme, preßte sich an ihn und bemerkte: "Laß uns jetzt nicht vom Geld sprechen, Liebster! Du weißt doch, daß ich dir jeden Wunsch erfülle!"

"Aber ich möchte dir auch einmal etwas Schönes kaufen, dich in ein nobles Restaurant einladen, mit dir verreisen und so."

"Solange du bei der Bundeswehr bist, Karlchen, wird in deinem Geldbeutel ständig Ebbe herrschen. Zieh doch die Uniform aus!"

"Den Rat gabst du mir schon ein paarmal, Carmen!"

"Und den gebe ich dir auch jetzt!"

"Wie stellst du dir das vor? Wie sollte das technisch ablaufen? Ich habe mich doch auf 12 Jahre verpflichtet!"

"Na und? Kündige doch einfach!"

"Das geht nicht, mein Liebes! Übrigens bin ich gern Soldat!"

Lächelnd nahm Carmen Karl-Ottos Gesicht in beide Hände, schaute ihm nachdenklich in die Augen, schüttelte den Kopf und sagte: "Nein, Karlchen, so wie du, so sieht nicht jemand aus, der gern Soldat ist... Weißt du, wie du aussiehst?"

"Na, da bin ich aber gespannt!"

"Wie ein netter, großer Junge siehst du aus, der immer bei seiner Carmen sein möchte, ihr im Geschäft helfen würde und froh wäre, nicht laufend versetzt zu werden..."

Behutsam glitt Karl-Ottos Hand über Carmens

schlanken Rücken. Fordernd, dabei verhalten stöhnend, drehte sie sich zur Seite und schmiegte ihren aufreizenden Po an die Oberschenkel ihres Geliebten. Wie elektrisiert zuckte Karl-Otto den Bruchteil einer Sekunde zusammen, als Carmens Pfirsichhaut ihn berührte. Zärtlich streichelte er ihre prallen Rundungen, die im Schein des flackernden Kaminfeuers aufreizend schimmerten. Obwohl er nun schon wochenlang Carmens Liebe auskosten durfte, erlebte er dennoch jedesmal dieses aufwühlende, glückliche und verwirrende Gefühl, wenn er ihre Haut spürte, sie ihren schlanken Körper wand, sich streckte und krümmte wie eine Schlange und zärtliche Worte in sein Ohr flüsterte. Es war immer, als würden sie das erste Mal zusammen sein und befürchten, es könnte das letzte Mal gewesen sein. Manchmal fragte sich Karl-Otto, woher Carmen nur die Kraft nahm, ihm so unendlich viel Liebe zu schenken, da sie doch selbst jahrelang von ihrem Ehemann lieblos, erniedrigt und sogar brutal behandelt worden war. Er fuhr als Steuermann über die Weltmeere, schickte ihr regelmäßig einen ansehnlichen Geldbetrag, schrieb auch dann und wann eine Ansichtskarte, aber im großen und ganzen bestand ihre Ehe nur noch auf dem Papier. Carmen, die ein gutgehendes Reisebüro betrieb, war finanziell von ihm nicht abhängig und lebte sparsam. Nur Karl-Otto gegenüber zeigte sie sich freigebig. Im Sommer wollten sie nach Italien verreisen.

Die Westminsteruhr auf der Anrichte schlug elfmal. Carmen war eingeschlafen. Sie lag ausgestreckt auf dem Rücken, ein Bein leicht angewinkelt. Leise knisterten die Buchenscheite im Kamin, umspielt von kleinen, lodernden Flammen, die um die Wette zu züngeln schienen, sich reckten und streckten, als wollten sie unbedingt alles mitbekommen, was sich vor ihnen auf dem Teppich abspielte, bevor sie erlöschen mußten.

Sanft streichelte Karl-Otto Carmens Busen, liebkoste ihren durch das Kaminfeuer rosarot anmutenden Körper und flüsterte ihr schließlich ins Ohr: "Liebling, ich habe Hunger!"

"Ich auch... auf dich, mein Karlchen", hauchte Carmen und tastete zärtlich nach seiner behaarten Brust. Behutsam schob er ihre Hand beiseite und erhob sich. "Ich stell' schon mal das Teewasser auf", sagte Karl-Otto über die Schulter hinweg, als er sich in die Küche begab.

Plötzlich schrillte die Türglocke. Einmal. Pause. Zweimal. Wieder eine kurze Pause. Und noch einmal das helle Schrillen.

Wie der Blitz fuhr Carmen hoch, ordnete rasch ihre zerzausten Haare und stöhnte mit kreidebleichem Gesicht: "Holger! Mein Mann ist das! Schnell, Karlchen, versteck' dich in der Speisekammer! Zieh' dich vorher an, denn man weiß ja nie..."

Es läutete schon wieder! Carmen warf ihren Morgenmantel über und eilte zur Haustür. Karl-Otto stellte sich ihr in den Weg und bat: "Bitte, Carmen, mach' doch gar nicht auf! Vielleicht ist dein Mann angetrunken und dann kann es zur..."

"Gerade deswegen muß ich öffnen, Karlchen! Sollte er angetrunken sein - was ich sogar vermute -, dann gibt er keine Ruhe. Er ist dazu fähig, mir die Tür einzutreten... Ich kenne ihn doch! Verschwinde du in die Speisekammer und ich versuche, Holger schnell abzuwimmeln! Mach schon! Du hörst doch, daß er erneut Sturm läutet!"

In seinem unbequemen Versteck bekam Karl-Otto nur Wortfetzen von der Begrüßung zwischen Carmen und Holger Stöber mit. Ein paarmal wurde der Steuermann etwas laut, dann wieder einige Minuten absoluter Stille. Ob sie sich wohl küßten, durchfuhr es Karl-Otto und er spürte Eifersucht in sich hochsteigen. Nun begann auch noch das Radio zu spielen. Vorsichtig öffnete Karl-Otto die Speisekammertür einen Spalt und spitzte die Ohren. Kein Gespräch zu vernehmen, nur Radiomusik. Ziemlich laut: Eine böse Ahnung packte ihn und trieb ihn aus seinem Versteck. Behutsam überquerte er den Flur und spähte durch die nur angelehnte Wohnzimmertür. Sein Blut stockte: Carmen saß engumschlungen auf dem Schoß ihres Mannes - und küßte ihn! Mit den Zähnen knirschend, sämtliche Muskeln angespannt wie ein Tiger zum Sprung, verharrte Karl-Otto vor der Tür und überlegte, ob er es mit dem Steuermann aufnehmen sollte, aber schließlich siegte doch die Vernunft, denn wie er sehen konnte, waren die beiden anscheinend noch immer ein Paar und er hatte demnach nur den "Lückenbüßer" spielen dürfen.

Immer wieder küßten die beiden sich aufs neue. Leidenschaftlich, als müßten sie etwas Langentbehrtes nachholen. Karl-Otto kochte vor Wut und Eifersucht gleichermaßen. Im Moment hätte er Carmens Mann umbringen können. Sein Herz schlug wie wahnsinnig, drohte sich zu überschlagen. Er ballte die Fäuste und wollte resigniert zu seinem Versteck zurückkehren, als Holger Stöber plötzlich seine Frau von sich stieß, den Aschenbecher vom Teppich an sich nahm und im barschen Ton fragte: "Seit wann rauchst du auch Zigaretten ohne Mundstück?"

Carmen erblaßte und starrte ratlos in den Aschenbecher.

"Du rauchst doch seit eh und je Zigaretten mit Mundstück, nicht wahr? Wie kommen die amerikanischen Zigarettenkippen in den Ascher? Kannst du mir das mal erklären? Hast du schon wieder einen fremden Kerl im Bett gehabt? Ist der Kerl womöglich noch hier? Carmen... ich warne dich!"

"Ach, die amerikanischen Zigarettenkippen meinst du?" entgegnete Carmen völlig ruhig und mit einem Gesichtsausdruck wie ein Unschuldsengel. "Die Packung 'Camel' kaufte ich mir gestern. Ich wollte sie mal probieren."

"Und so rauchtest du heute abend immer abwechselnd!"

"Ja!"

"Das soll ich dir glauben?" brauste Holger auf.

"Es stimmt, mein Schatz!"

"Mir kannst du das nicht weismachen, Carmen! Wer ist der Kerl, den du bei dir hattest?"

"Niemand war hier", log Carmen und versuchte ihren Mann zu umarmen, aber Holger schubste sie von sich.

"Komm, mach dich nicht lächerlich, mein Liebster... Zügle deine krankhafte Eifersucht! Hier war niemand!" beruhigte sie ihren Mann, nachdem er aufgestanden war und knurrend durch das Zimmer lief. Nach einer Weile blieb er ruckartig vor ihr stehen und schrie: "Du hast mich schon so oft betrogen, Carmen! Ich glaube dir kein Wort mehr! Sag mir sofort die Wahrheit: Ist dein Liebhaber eventuell noch im Haus?"

Karl-Otto flüchtete in sein Versteck. Er wußte, daß ihm nur noch einige Minuten Galgenfrist blieben. In aller Eile kleidete er sich vollständig an, schlich über den mattbeleuchteten Flur und stolperte die Stufen zur Haustür hinunter, jedoch die Tür war verschlossen. Der Schlüssel steckte nicht - wie sonst - von innen. Hatte ihn Carmen in der Aufregung abgezogen oder Holger bewußt, da er vielleicht etwas ahnte? Karl-Otto war gefangen! Und während er krampfhaft eine andere Fluchtmöglichkeit erwog, flammte plötzlich die helle Flurbeleuchtung auf. Langsam wie ein tapsiger Bär näherte sich der Steuermann mit hochgekrempelten Hemdsärmeln, packte Karl-Otto bei den Ohren, schüttelte seinen Kopf kräftig hin und her, brummte ein paar unverständliche Worte und schlug dann mehrmals mit der Faust zu. Obwohl Holger breitschultrig und fast einen Kopf größer als Karl-Otto war, wehrte sich Karl-Otto dennoch verzweifelt, trat mit den Füßen und landete sogar einen Treffer auf Holgers Nase, was diesen vollends in Rage brachte. Brutal drosch er nun auf sein Opfer ein. Wie ein Trommelfeuer mußte Karl-Otto zahllose Faustschläge vor die Brust, in die Magengegend und in das Gesicht hinnehmen, bis er blutüberströmt auf den

Fliesen liegenblieb.

Carmen, die inzwischen herbeigeeilt war und Karl-Otto in Schutz nehmen wollte, verprügelte Holger anschließend. Blut rann aus ihrer Nase und das linke Auge schwoll langsam zu. Laut weinend und schimpfend lief sie die Treppe hoch und schloß sich in ihr Schlafzimmer ein. Sie bekam nicht mehr mit, wie brutal Holger Karl-Otto aus dem Haus stieß und ihm noch auf der Straße einen schmerzhaften Tritt versetzte. Alles ohne Worte!

***

Als Karl-Otto mit zerschundenem Gesicht und stechenden Schmerzen in den Gliedern seinem Disziplinarvorgesetzten von dem Vorfall Meldung machte, fühlte er sich nicht wohl in seiner Haut, denn der Major verabscheute Schlägereien. Trotzdem blieb er bei Karl-Ottos Beichte gelassen und bemerkte nur: "Beim nächsten Mal gehen Sie aber als Sieger hervor...! Verstanden?"

Anschließend meldete sich Karl-Otto im Sanitätsbereich. Nach gründlicher Untersuchung stellte der Stabsarzt zwei Rippenbrüche, schwere Prellungen und mehrere Blutergüsse fest. Das Nasenbein war ebenfalls gebrochen. Unverzüglich mußte Karl-Otto das Bett hüten. "Zunächst sind Sie erst einmal hier gut aufgehoben", bemerkte der freundliche graumelierte Arzt. "Unter Umständen kann es Wochen dauern", fügte er noch schmunzelnd hinzu.

Wieder einmal hatte das Schicksal hart zugeschlagen. Die Schläge, die sich Karl-Otto von Carmens Mann eingefangen hatte, gerieten bald in Vergessenheit, aber nicht vergessen - jedenfalls nicht so schnell - konnte er die Zeit mit Carmen, die er geliebt und verehrt hatte, die sein Lebensinhalt werden sollte. Aber auch der Verlust seines Jobs in der "Domhof-Bar" bedeutete einen finanziellen Rückschlag. In seinem Krankenbett dachte

Karl-Otto über manche Dinge nach, die er bisher gern verdrängt hatte. Vor allem schrieb er seiner Mutter endlich einen langen, ausführlichen Brief. Auch einen an seinen Sohn Martin, dem er einen Geldschein beilegte. Carmen ließ Karl-Otto seine noch bei ihr verbliebenen Sachen bringen. Ein Brief mit hundert Mark lag dabei. Zuerst wollte er beides zurückgehen lassen, überlegte es sich dann doch anders, betrachtete den Geldbetrag als ein gewisses Schmerzensgeld, aber auf ihren Brief mit Entschuldigungen, tiefstem Bedauern und Dankesworten für die gemeinsame schöne Zeit reagierte er überhaupt nicht. Die Episode mußte der Vergangenheit angehören. Nicht noch einmal sollte ihm Ähnliches widerfahren...

In Udo Gansel, seinem Bettnachbarn, der wegen einer schweren Magenverstimmung im Krankenrevier lag, hatte Karl-Otto einen interessanten Gesprächspartner gefunden. Der 20jährige Wehrpflichtige wollte nach seiner Dienstzeit Jura studieren. Seine Einstellung zur Bundeswehr war nicht die allerbeste.

Als sie wieder einmal beim Thema "Staatsbürger in Uniform" angelangt waren, fragte Karl-Otto: "Sag mal, Udo, du hast doch Abitur? Warum willst du dann nicht Offizier werden?"

"Warum willst du denn nicht Berufssoldat werden?" kam prompt die Gegenfrage.

"Na, Udo, der Vergleich hinkt aber!"

"Überhaupt nicht!"

"Wieso denn nicht?"

"Für beide Laufbahnen mußt du ganz bestimmte Voraussetzungen mitbringen!"

"Und die wären?" fragte Karl-Otto scheinbar ahnungslos.

"Idealismus, absolute Ein- und Unterordnung und Überzeugung! Das alles liegt mir nicht, Karl-Otto... Manchmal spiele ich jetzt noch mit dem Gedanken, Kriegsdienstverweigerer zu werden. Du bist ja ein ganz vernünftiger Kerl mit logischen Ansichten, aber die meisten deiner Kameraden, besonders die Dienstgradhöheren, widern mich an. Schmarotzer, Arbeitsscheue und Heuchler sind das!"

"Also, Udo, jetzt mach' aber halblang!" entrüstete sich Karl-Otto. "So schlimm ist das nun wiederum auch nicht. Schließlich haben wir doch alle den Eid auf die Bundesrepublik..."

"Nur ein Lippenbekenntnis", konterte Udo. "Was ist denn die Bundeswehr? Hast du dir schon mal vor Augen gehalten, daß wir noch keinen Friedensvertrag haben? Obwohl wir ein souveräner Staat sind, befinden wir uns praktisch noch immer mit unseren ehemaligen Feinden im Kriegszustand... Nach wie vor haben wir nur einen Waffenstillstand."

"Was willst du damit sagen, Udo?"

"Daß die Bundeswehr mehr oder weniger eine Fremdenlegion für die Amerikaner ist! Oder hast du Gegenargumente?"

"Jetzt spinnst du aber, Udo. Die Bundeswehr steht unter..."

"Natürlich steht sie unter deutschem Kommando, aber befohlen und koordiniert wird in Washington. Auch hier, in der Bundesrepublik, sind die Amerikaner noch immer die Herren; soll ich noch deutlicher werden, Karl-Otto? Ob Amerikaner, Engländer oder Franzosen - die sogenannten Siegermächte -, alle führen sie sich auf, als wären sie Besatzungstruppen... sie machen hier, was sie wollen. Nimm doch nur mal die Engländer! Rücksichtslos zermalmen ihre Panzer frischbestellte Felder, walzen Schonungen platt und wir müssen die Kosten tragen. Schau dir doch mal die Lüneburger Heide an! Unseren Brüdern und Schwestern in der 'DDR' geht es doch genauso! Es geht ihnen - genaugenommen - in jeder Beziehung schlechter. Wirtschaftlich und auch was die Besatzer betrifft."

"Einiges will ich dir abnehmen, Udo, aber in manchen Punkten übertreibst du, denn wir haben hier doch nichts auszustehen. Sicher, du befaßt dich mehr mit Geschichte und Politik als ich, jedoch eines steht für mich fest: nur das westliche Bündnis kann den Frieden sichern und garantieren! Dazu tragen auch wir beide bei! Wir müssen bereit sein, für den Frieden einzutreten!"

"Das heißt also: sich auf einen Krieg mit dem Ostblock vorbereiten! Soll denn schon wieder ein neuer Krieg von deutschem Boden aus angezettelt werden? Warum betreibt man keine Friedenspolitik? Warum müssen sich die beiden Machtblöcke waffenstarrend gegenüberstehen? Wer hat diesen wahnsinnigen Zustand herbeigeführt? Das ist doch alles schizophren! Zuerst besiegt man Deutschland, umarmt und knutscht sich ab bei Torgau und dann wetzt man die Säbel..."

Karl-Otto stellte seine Kopfstütze etwas höher, trank den Rest Tee aus der Tasse und meinte dann: "Ich glaube an keinen Krieg. Ihn zu verhindern, dazu sind wir da! Unsere Wiedervereinigungspolitik wird eines Tages Früchte tragen."

"Und wie soll das vonstatten gehen?"

"Indem der Wiedervereinigungsgedanke ständig aufrechterhalten wird! Die in der 'DDR' von der kommunistischen Gewaltherrschaft unterdrückten Menschen dürfen keinen Tag daran zweifeln, daß sie eines Tages auch in Freiheit, in der Demokratie leben dürfen."

"Du bist ja ein Optimist, Karl-Otto. Ich bin auch dafür, daß wir wieder ein vereintes Deutschland haben, aber wann könnte das wahr werden? Noch halten die sogenannten Sieger ihre Hände über Deutschland! Mehr oder weniger machen sie sich auf unsere Kosten ein schönes Leben, überschütten uns mit ihrer Subkultur und machen uns zum Spielball zwischen den Großmächten."

"Na ja", sagte Karl-Otto seufzend, "wenn du so eingestellt bist, dann wäre es auch zwecklos für dich, die Offizierslaufbahn einzuschlagen."

"Ha, ha, ha, kann ich nur lachen, mein lieber Karl-Otto", stieß Udo grinsend hervor. "Denkst du vielleicht viel anders als ich? Aber du darfst dich ja nicht mehr negativ äußern, schließlich bist du doch Unteroffiziersanwärter..."

"Jetzt mußt du aber langsam aufhören!" rief Karl-Otto ziemlich laut und wollte gerade noch einige Sätze hinzufügen, als plötzlich die Tür geöffnet wurde. "Das meine ich auch", sagte der eintretende Stabsarzt und lächelte mit drohendem Zeigefinger. "Eure politische Debatte ist bis zum anderen Ende des Flurs zu hören... Habt ihr keine interessanteren Themen auf Lager?"

***

Inzwischen war Karl-Otto zum Unteroffizier ernannt worden. Monat für Monat bildete er Reserveoffiziersanwärter, Wehrpflichtige und Freiwillige zu Funkern aus. Eines Tages wurde der gesamte Lehrgang in eine andere Kaserne Osnabrücks verlegt. Er mietete sich ein kleines preiswertes Zimmer, oberhalb einer gutgehenden Kneipe. Anfangs mied er das Lokal, aber nach und nach trieb ihn die Langeweile aus seinen vier Wänden, lockte die Geselligkeit in der Kneipe unter ihm, die ein beliebter Treffpunkt der Bundeswehrsoldaten und jungen Mädchen war. Obwohl die "Bierquelle" nahe der englischen Kaserne lag, betrat nie ein braununiformierter "NATO-Bruder" dieses Lokal, wenn er es auch gern gewollt hätte, denn das unübersehbare Schild an der Eingangstür "Out of bonds" hielt ihn davon ab. Unverständlich! Warum isolierten sich die Briten? Waren sie etwas Besseres? Selten sah man britische Soldaten mit deutschen plaudern; man ging sich aus dem Weg! Fühlten die Engländer sich noch immer als Besatzer? Irgend etwas mußte ihr Verhalten doch begründen. Sie waren doch genauso wie die Bundeswehr in der NATO integriert, die Bundesrepublik war souverän und so war es eigentlich selbstverständlich, daß unter NATO-Partnern enger Kontakt gepflegt werden müßte. Scheinbar herrschte noch ein verdecktes Besatzungsrecht. Wer wußte denn schon, wie die Briten über die Deutschen dachten, ihre potentiellen "Kampfgefährten" einschätzten? Vielleicht fühlten sie sich auch noch immer als Besatzer, weil sie von ihrem Verbleiberecht Gebrauch machten? Dabei war doch alles klar geregelt worden: Bei Beendigung des Besatzungsregimes am 5. Mai 1955 durch den Deutschlandvertrag war das Besatzungsrecht, soweit es amtlich veröffentlicht worden war, bestehengeblieben. Die deutschen Gesetzgebungsorgane waren durch den Überleitungsvertrag vom 26.5.1952 jedoch - mit Einschränkungen (vor allem bezüglich der Besatzungsvorbehalte) - ermächtigt worden, es abzuändern und aufzuheben. Sollten das die Briten in den falschen Hals bekommen haben?

***

An manchen Abenden saß Karl-Otto in der "Bierquelle" auf seinem Stammplatz am Ende der Theke und döste vor sich hin. Auf ein Bier mehr oder weniger kam es ihm nicht an. Warum er neuerdings soviel trank, begriff er selbst nicht. War es Liebeskummer, die Sorge um seinen Sohn Martin oder war es die Angst vor der Zukunft? Im Moment belasteten ihn keinerlei finanzielle Sorgen, da er vor kurzem annähernd 1000 Mark im Fußballtoto gewonnen hatte. Einige hundert Mark davon hatte er wohlweislich auf ein Sparbuch gegeben.

Wieder einmal war das Wochenende angebrochen. Nach einem ausgedehnten Stadtbummel nahm Karl-Otto wie gewöhnlich auf dem Barhocker an der Theke Platz. Neben ihm ein strohblondes Mädchen, das fast jeden Abend eine Stunde hereinschaute, zwei, drei Liköre zu sich nahm und dann wieder verschwand. Sie schien nicht zu jenen Mädchen und Frauen zu gehören, die offenbar nur auf ein Abenteuer mit einem Soldaten aus waren, zumindest freigehalten werden wollten. Sie wirkte irgendwie deprimiert, melancholisch, eher frustriert. Trotzdem war es Karl-Otto nicht entgangen, daß sie ihm wiederholt freundliche Blicke zuwarf, aus denen er weder Sympathie noch Schüchternheit entnehmen konnte. Sie lächelte einfach so in sich hinein.

"Darf ich Sie zu einem Likör einladen, Fräulein?" fragte Karl-Otto vorsichtig, darauf gefaßt, eine Abfuhr erteilt zu bekommen, aber es schien, als habe die Blondine nur darauf gewartet, angesprochen zu werden.

"Danke, gern", sagte sie mit hellklingender Stimme und blickte Karl-Otto offenherzig in die Augen. "Sie sind wohl hier Stammgast?" fragte sie, nachdem der Kirschlikör serviert worden war.

"Ja und nein... wie man's nimmt", druckste Karl-Otto herum. "Wo und wie soll man sich als Soldat schon die Freizeit vertreiben? In vornehmen Lokalen wird man ausgenommen wie eine Weihnachtsgans. Also, was bleibt mir übrig: Ich halte mich in preiswerten Kneipen auf und suche Kommunikation!"

"Na, wissen Sie, wenn Sie hier, in dieser Kneipe Kommunikation suchen, denn tun Sie mir aber leid! Worüber woll'n Sie sich mit den meistens angetrunkenen Gästen unterhalten? Über die Bierpreise? Über leichte Mädchen? Über die Bundeswehr? Wohin ich auch schaue... nur Uniformen! Übrigens steht Ihnen die Uniform gut! Sind Sie überhaupt verheiratet?"

Über Karl-Ottos Gesicht huschte ein verschmitztes Lächeln. Eine Weile schaute er in die graugrünen Augen der blonden Frau und meinte dann mit gedämpfter Stimme: "Zunächst muß ich erst einmal Ihr Fragenbündel sortieren, Fräulein..."

"Erika heiße ich!"

"Danke, angenehm... Und ich bin der Karl-Otto!"

Erika lächelte und nippte an ihrem Likör.

"Warum lächeln Sie?" wollte Karl-Otto wissen. "Gefällt Ihnen mein Vorname nicht?"

"Doch, doch, aber er erinnert mich an' Karl den Großen' und 'Otto von Bismarck'..."

"Und bei Ihrem Namen muß ich an Heide, Romantik und Schafherden denken", sagte Karl-Otto schmunzelnd.

Erika lächelte erneut, überlegte einen Augenblick, beugte sich ein wenig herüber und flüsterte beinahe: "Aber ich bin nicht einer solchen entsprungen!"

Beide lachten hell auf und reichten sich die Hand.

An jenem Abend im Dezember 1958 erwachte nach langer Zeit in Karl-Otto wieder das Verlangen, eine Frau in den Arm zu nehmen. Obwohl ihm die 18jährige Kosmetikerin auf den ersten Blick gefiel, brachte er ihr dennoch ein gewisses Mißtrauen entgegen. Dafür waren seine Erlebnisse mit Frauen in vergangener Zeit zu gravierend gewesen. Zum einen wollte er Erika erobern, zum anderen überschlich ihn ein Gefühl der Unsicherheit. Bändelte er mit der ihm höchst sympathischen Erika erst einmal an, dann war doch schon jetzt vorauszusehen, wohin der Flirt führen würde. Eine Kneipenbekanntschaft mußte nicht unbedingt negativ eingestuft werden, nicht jede Frau, die nur mal unter Menschen sein wollte, war "Freiwild" für gewisse Männer und sexbesessen.

"Wissen Sie was", sagte Erika unvermittelt, "wir setzen uns da hinten an einen Tisch und trinken eine Flasche Wein. Ist der Vorschlag nicht gut?"

"Doch, sicher, ein guter Vorschlag, aber ich..."

"Keine Widerrede! Wir teilen uns die Flasche... Ich möchte mich gern mit Ihnen ernsthaft unterhalten."

"Mit mir woll'n Sie sich ernsthaft unterhalten?" staunte Karl-Otto. "Sie kennen mich doch gar nicht!"

"Und ob ich Sie kenne, Karl-Otto! Neulich, als Sie beschwipst waren und sich mit einem älteren Herrn unterhielten, konnte ich einiges über Sie erfahren... Jetzt stutzen Sie, was? Unter anderem weiß ich, daß Sie geschieden sind, einen Sohn namens Martin haben, Zeitsoldat sind und mit Frauen auf dem Kriegsfuß stehen... Warum denn? Jede Erfahrung, ob gut oder schlecht, prägt den Menschen und läßt ihn daraus Lehren ziehen. Manche Leute lassen sich fünf-, sechsmal und mehr scheiden, bis sie endlich an den richtigen Partner geraten. Taugen sie deswegen nichts? Sein Glück kann man nicht kaufen, nicht voraussagen, nicht erzwingen, man muß es suchen und finden..."

Unwillkürlich mußte Karl-Otto grienen, als er die Worte von der Achtzehnjährigen vernahm, die wie eine erfahrene Frau etwas zum Ausdruck brachte, worüber nachzudenken es sich lohnte. Erika war hübsch und jung. Sie trug ein enganliegendes Wollkleid, das ihre ohnehin schon schlanke Figur besonders betonte. Ab und zu warf sie den Kopf in den Nacken, damit ihr volles, gewelltes Blondhaar wieder auf die Schultern fiel, sich wie ein Fächer ausbreitete. Langsam wuchs Karl-Ottos Interesse an der jungen und dennoch so altklug daherredenden Frau. Konnte man ihre Ansichten, ihre Lebensweisheit überhaupt als altklug ansehen? Steckte dahinter nicht eine fundierte Philosophie?

"Na gut", meinte Karl-Otto, "mir soll's recht sein, Erika. Setzen wir uns dorthin, wo wir ungestört plaudern können."

Noch immer ein wenig gehemmt, stieß Karl-Otto mit Erika an.

"Ein guter Tropfen... nicht wahr?" bemerkte Erika.

"Köstlich! Lieblich! Ich würde sagen: Ein auserwählter Wein, mit dem man auf Brüderschaft anstoßen sollte."

Heimlich gaben sie sich einen Kuß; ihre Knie berührten sich unter dem Tisch. Erika streifte einen Schuh ab und legte ihren Fuß in Karl-Ottos Schoß. Allmählich rückten sie aneinander, hielten sich bei den Händen und schauten sich lange in die Augen. Karl-Otto war auf dem besten Wege, sich in Erika zu verlieben. Sie gefiel ihm. Oder war er bereits verliebt?

"Was ich dich mal fragen möchte, Karl-Otto... Oder darf ich Karlchen sagen?"

"Natürlich, Erika... Mich nennen alle Karlchen!"
"Na gut, also: Karlchen! Ich möchte einmal von dir wissen, warum du die Uniform trägst? Sie steht dir gut! Bestimmt, aber konntest du nichts anderes werden als Soldat?"
"Warum, warum?" druckste Karl-Otto herum. "Diese Frage wurde mir schon so oft gestellt. Ich will dazu beitragen, daß uns der Frieden erhalten bleibt! Im Rahmen der NATO verhindern wir..."
"... einen neuen Krieg in Europa", ergänzte Erika Karl-Ottos angefangenen Satz. "Diese Floskeln gebrauchte mein Vater auch immer. Er war Major. Im vorigen Jahr stürzte er bei einem Übungsflug in Amerika ab."
"Das tut mir ja leid, Erika... Dann lebst du also bei deiner Mutter, hast dein Zimmer und bist versorgt. Ich wünschte, auch noch bei meiner Mutter wohnen zu können."
"Meine Mutter ist auch tot", seufzte Erika und senkte den Blick.
"Mein Gott, das ist ja erschütternd! War sie schwer krank?"
"Eben nicht! Sie war kerngesund!"
"Also... verunglückt?"
Erika schüttelte traurig den Kopf und sagte leise: "Nein, sie nahm sich das Leben..."
"Entsetzlich! Wann und warum beging sie diese Verzweiflungstat?" fragte Karl-Otto und streichelte tröstend Erikas Hand.
"Unmittelbar danach, als die Todesnachricht aus Amerika eintraf. Mutti hinterließ keinen Abschiedsbrief..."

***

Obwohl Erika alles daransetzte, Karl-Otto für sich zu gewinnen, blieb er wankelmütig, vertröstete sie von einem Tag zum anderen und gab vor allem zu bedenken, daß sich der Altersunterschied bemerkbar machen könnte.

"Die paar Jahre spielen doch überhaupt keine Rolle, Karlchen", versuchte Erika Karl-Ottos Bedenken zu zerstreuen, als sie an einem sonnigen Maientag im Jahre 1959 auf einer Bank im Park saßen und über ihre Zukunft sprachen.

"Paar Jahre nennst du das", sagte Karl-Otto nachdenklich. "Jetzt, wo wir noch jung sind, Erika, da fällt der Altersunterschied nicht ins Gewicht, aber rechne dir doch mal aus, wie jung du noch bist, wenn ich 70 Jahre alt bin... Wärest du dann mit einem alten Mann zufrieden? Könnte er dir noch alles..."

Blitzschnell verschlossen Erikas volle Lippen Karl-Ottos Mund. Wehrlos lehnte er sich zurück, schloß für einen Moment die Augen und kämpfte schon wieder mit sich. Er liebte Erika. Sie bewohnte ganz allein das Haus ihrer Eltern und hatte auch eine ansehnliche Summe Bargeld geerbt. Nichts stand mehr im Wege, bei Erika einzuziehen. Allerdings wartete sie auf sein uneingeschränktes "Ja". Und das wollte einfach nicht über seine Lippen kommen. Die Furcht, wieder einen Reinfall zu erleben, war zu groß. Andererseits wollte er die junge Frau nicht verlieren. Ihr schwebte vor, in ein paar Jahren einen Kosmetiksalon zu eröffnen. Geldsorgen würden sie demnach beide nicht haben, denn Karl-Ottos Bestreben war, den zweiten Bildungsweg einzuschlagen, um im öffentlichen Dienst unterzukommen. Alles konnte verwirklicht werden. Manchmal begriff Karl-Otto selbst nicht, warum er noch zögerte, Erika nicht sein Jawort gab.

Behutsam löste sich Karl-Otto aus Erikas Umarmung, nahm ihr hübsches Gesicht in beide Hände und schaute ihr tief in die Augen. Dann fragte er forschend: "Willst du dir nicht doch einen jüngeren Mann nehmen, mein Liebling? Ich werde dir stets eine finanzielle Belastung sein, denn der Unterhalt für meinen Sohn läuft noch einige Jahre und auch..."

Erikas feine Gesichtszüge verfinsterten sich. Beleidigt, beinahe böse stieß sie hervor: "Du weißt doch ganz genau, daß wir deinen Sohn zu uns nehmen wollen, wenn wir verheiratet sind! Oder hab' ich dir das nicht schon hundertmal gesagt? Mach doch daraus kein Problem, Karlchen!"

"Du bist eine liebe Frau, Erika, doch laß mir noch ein bißchen Zeit. Ich weiß doch gar nicht, wann die nächste Versetzung bevorsteht. Womöglich können wir weit voneinander getrennt sein, uns nur wöchentlich einmal sehen, vielleicht sogar nur alle zwei Wochen. Das möchte ich dir nicht zumuten."

"Wenn man sich liebt, überbrückt man auch das!"

"Überleg's dir noch einmal, mein Liebes!"

"Da gibt es überhaupt nichts mehr zu überlegen, Karlchen", sagte Erika und stampfte ungehalten mit dem Fuß auf. "Wenn du mich auch immer noch für ein junges unerfahrenes Mädchen halten solltest, so kann ich dir nur entgegnen, daß ich sehr wohl weiß, was ich will. Du bist als erster Mann in mein Leben getreten und du bleibst es auch! Ich könnte keinen anderen lieben."

Nur die herabhängenden Äste der Buche, unter der sie auf der Bank engumschlungen saßen, vernahmen die zärtlichen Worte, die sie sich gegenseitig ins Ohr flüsterten. Erikas unmittelbare Nähe versetzte Karl-Otto jedesmal in eine andere Welt, ließ ihn in Träumerei verfallen, an längst vergangene Zeiten zurückdenken, an seine erste große Liebe, an Inge, obwohl er Erika fest in den Armen hielt. Er konnte und wollte Erika nicht mit Inge vergleichen, aber es gab zu viele übereinstimmende Charakterzüge, die ihn immer wieder stutzig machten.

Das Schicksal, von einem Tag zum anderen abkommandiert, versetzt oder einer anderen Funktion zugeordert zu werden, teilen alle Soldaten in jeder Armee auf der Welt. Die einen murren, die anderen freuen sich auf den neuen Standort. Karl-Otto murrte, als ihm befohlen wurde, innerhalb von sechs Stunden marschbereit zu sein. Per Taxi eilte Karl-Otto zu Erika und berichtete ihr von der unabänderlichen Tatsache. Zunächst starrte sie ihn fassungslos an und kämpfte mit den Tränen, aber dann meinte sie tapfer: "Na ja, so weit ist Bad Eilsen ja nicht von hier entfernt... Bleib mir treu, Karlchen! Ich werde dich jedes Wochenende besuchen kommen... Behalt mich lieb, hörst du? Ich weiß nicht... ich kann's mir nicht vorstellen, ohne dich... ohne deine Nähe, zu leben, mein Geliebter", stammelte sie, zog ihn in den Personalraum und küßte ihn unaufhörlich. Wer weiß, wie lange der Abschiedskuß sich noch hingezogen hätte, wenn Erikas Chefin nicht plötzlich aufgetaucht wäre mit den Worten: "Ach, wie muß Liebe doch schön sein! Leg erst mal eine kleine Pause ein, Erika... Im Laden möchten die Kunden bedient werden!"

Noch ein allerletzter Kuß und dann rannte Karl-Otto hinaus. Hinter der Schaufensterscheibe stand Erika und winkte traurig, als ihr Geliebter ins Taxi stieg. Zwei kleine Tränen rollten über ihre Wangen. Sie trocknete sie, winkte noch einmal wehmütig und wandte sich dann den Kunden zu.

Major Winkler ließ Karl-Otto noch einmal zu sich kommen. "So ist halt das Soldatenleben, Franke", bemerkte er freundlich. "In Bad Eilsen erwartet Sie eine verantwortungsvolle Aufgabe, die Sie spielend lösen werden. Hier haben sie Ihre Hörklasse bereits auf das erforderliche Tempo gebracht, nun dürfen Sie ab morgen in Bad Eilsen eine verwaiste Klasse übernehmen und zum Erfolg führen. Die Männer dort sind allesamt für die weitere Ausbildung in den Staaten vorgesehen. Teils sollen sie Piloten werden. Also, Franke, Sie kennen das Geschäft ja schon lange genug und werden die Leute mühelos hintrimmen, vor allem den durch einen schweren Verkehrsunfall zwangsweise entthronten Hörlehrer würdig vertreten. Höchstwahrscheinlich kehren Sie nicht mehr nach Osnabrück zurück, da wir in absehbarer Zeit hier keine Funkerlehrgänge mehr laufen lassen werden..."

***

Zum zweitenmal während seiner Dienstzeit war es Karl-Otto vergönnt, im schönen Weserbergland stationiert zu sein. Bad Eilsen war ein bekannter und vielbesuchter Kurort. Und in diesem idyllischen Städtchen, geduckt an einen leicht ansteigenden Hang, erstreckten sich mehrere barackenähnliche Flachbauten. Hier herrschte ein frischer, militärischer aber herzlicher Ton. Und hier traf Karl-Otto auch Witt wieder, der inzwischen den Dienstgrad eines Hauptfeldwebels trug und dem Ausbildungszug vorstand. Die Wiedersehensfreude war groß - und das Bier in der Kantine preiswert. Bei der Gelegenheit lernte Karl-Otto auch seine künftigen Unteroffizierskameraden kennen, die sich größtenteils ziemlich reserviert verhielten, dem Alkohol nicht abgeneigt zu sein schienen, eine Runde nach der anderen auffahren ließen, nach und nach gesprächiger wurden, aber keiner nahm mit Karl-Otto näheren Kontakt auf. Vielleicht war es darauf zurückzuführen, daß Witt Karl-Otto wiederholt vor allen lobte, seine hervorragenden technischen Kenntnisse herausstellte. Zwei ältere Oberfeldwebel grinsten ständig und winkten mißbilligend ab, wenn Witt erneut die Fähigkeiten seines "Mitstreiters der ersten Stunde" hervorhob.

"Komm, Hänschen, laß uns woanders hingehen", flüsterte Karl-Otto dem Hauptfeldwebel zu. Ich fühl' mich hier nicht wohl."

"Aber selbstverständlich, Karlchen! Ich wollte dir sowieso erst einmal Bad Eilsen bei Nacht zeigen."

Da gab es nicht viel zu sehen, in einem Kurort bei Nacht. Auf den Straßen kaum Verkehr, in den Gaststätten und Restaurants dezente Musik, und auch in den Cafés herrschte feierliche Stille, die nur dann etwas gestört wurde, wenn beschwipste Bundeswehrsoldaten "einen zur Brust nahmen". Jedoch blieb stets alles im Rahmen und die Soldaten waren überall gern gesehene Gäste. Niemals kam es zum Streit.

"So, Karlchen, wir sind hier", sagte Witt, als sie nach einem zehnminütigen Fußmarsch vor einem Café nahe des Kurmittelhauses verhielten. "Hier gehe ich des öfteren hin. Nette Bedienung und angemessene Preise. Dir wird's schon gefallen!"

Witt hatte recht: Eine tolle Atmosphäre, zwei hübsche Kellnerinnen und ein freundlicher Wirt, der Karl-Otto als seinen neuen Gast herzlich willkommen hieß.

"Laßt uns ins Hinterzimmer gehen", schlug der hochgewachsene, etwa 50 Jahre alte Wirt vor. "Dort können wir ungestört plaudern. Ich hol' erst mal die Cognacflasche."

"Ein sympathischer Mann", bemerkte Karl-Otto, als sie in dem gemütlichen Zimmer Platz genommen hatten. "Du bist hier wohl Stammgast, Hänschen?"

"Ja, schon seit längerem... Mit dem Wirt wirst auch du schnell warm werden. Er war Jagdflieger im Zweiten Weltkrieg."

"So, und nun laßt uns anstoßen", sagte der Wirt, nachdem er die Gläser gefüllt hatte. "Übrigens heiße ich Ludwig", wandte er sich an Karl-Otto. "Mit meinen Stammgästen bin ich grundsätzlich per DU! Schließlich war ich bei derselben Waffengattung. Nun habt ihr ja endlich auch die graublaue Fliegeruniform bekommen. Die graue Uniform mochte ich überhaupt nicht leiden mit den kurzen 'Affenjacken'. Jetzt aber prost!"

Ludwig war noch nie verheiratet gewesen. "Das tut eigentlich gar nicht nötig", meinte er vielsagend. "Frauen gibt es wie Sand am Meer. Bist du verheiratet?" fragte er Karl-Otto und blinzelte mit einem Auge.

"Gewesen!" gab Karl-Otto kurz zurück.

"Na, denn steht dir ja noch die Welt der Frauen offen."

"Ich hab' aber eine feste Freundin!"

"So... und die willst du heiraten?"
"Vielleicht!"
"Laß bloß die Finger davon, mein Junge! Ein Soldat sollte möglichst nicht heiraten, denn er weiß ja nie, wann sein Vaterland ihn in den Tod schickt. Beim letzten Mal überlebten wir, doch wer garantiert dafür, daß wir noch einmal heil davonkommen!"
"Es gibt keinen Krieg mehr!" warf Hänschen ein.
"Weil ihr glaubt, ihn verhindern zu können", konterte der Wirt und schenkte nach.
"Davon bin auch ich überzeugt!" meldete sich Karl-Otto. "Sagt mal, ihr beiden Vaterlandsverteidiger, seid ihr mit Scheuklappen versehen? Was war das denn in Korea und Vietnam? Waren das keine Kriege? Furchtbare, grausame Kriege waren das! Kriege wird es immer geben; ihr werdet sie nicht verhindern!"
"Mit wem sollen wir denn Krieg führen?" mischte sich jetzt der Hauptfeldwebel ein. "Wir sind doch keine Angriffsarmee!"
"Ha, ha, ha!" stieß Ludwig beinahe höhnisch hervor. "Ihr werdet genauso ausgebildet, wie jeder andere Soldat auf der Welt, übt stürmen, einnehmen und töten."
"Aber wir wollen davon keinen Gebrauch machen", sagte Karl-Otto mit Nachdruck. Hänschen schwieg nachdenklich.
"Ihr wollt nicht, aber wenn es eure Generäle wollen? Dann werdet ihr in den Tod gejagt. Wäre es nicht möglich, daß ihr schon morgen gegen die Russen antreten müßtet? Der Russe kann doch jederzeit angreifen und versuchen, bis zum Atlantik vorzustoßen, ganz Europa zu unterjochen. Das Ziel des Kommunismus ist es doch, die ganze Welt zu beherrschen... oder nicht?"
"Mag sein, daß du nicht ganz unrecht hast, Ludwig", entgegnete Karl-Otto, "aber in einem wesentlichen Punkt muß ich dir widersprechen, denn der Russe ist - meiner festen Überzeugung nach - an keinem Krieg interessiert! Er hat sich bis heute noch nicht einmal vom letzten

Krieg erholt. Überleg' doch nur, wie das Land verwüstet worden ist! 27 Millionen gefallener Soldaten! Nein, nein, Ludwig... Der Russe wäre der letzte, der uns angreifen würde, es sei denn, man provoziert ihn bis zur Weißglut. Man hat ihn uns zum Feindbild gemacht, Ludwig!"

"Das ist deine Meinung, mein junger Freund! Wir hatten auch 7 Millionen Soldaten zu beklagen. Die Politik ist unberechenbar. Zu allen Zeiten war der Soldat ein willenloses Werkzeug und mußte stets für nichts und wieder nichts den Kopf hinhalten. Wir haben doch selbst die Sinnlosigkeit des Krieges am eigenen Leib verspürt und müssen Gott danken, überlebt zu haben. Und ihr 'Staatsbürger in Uniform' rasselt schon wieder mit dem..."

"Wir dienen nur, um das Recht und die Freiheit des deutschen Volkes tapfer zu verteidigen", fiel Hänschen Witt dem Wirt ins Wort... "Wir stehen zur Demokratie und zum Soldatenberuf!"

Über Ludwigs Gesicht huschte ein ironisches Grinsen. "Das würde ich auch daherplappern, wenn ich bei der Bundeswehr ein sorgenfreies Leben führte... Aber was soll's: Verteidigt ihr man schön unser Vaterland und kehrt noch recht oft bei mir ein! Eine Frage brennt mir aber noch auf den Nägeln: Habt ihr euch schon einmal damit befaßt, darüber nachgedacht, daß in einem sogenannten Ernstfall die Nationale-Volks-Armee gegen euch antreten würde, Deutsche auf Deutsche schießen könnten?"

"Niemals wird das der Fall sein", sagte Karl-Otto spontan. "Die jungen Männer da drüben werden auch eingezogen wie unsere Leute hierzulande und sind froh, wenn ihre Dienstzeit zu Ende ist. Na ja, ich will es einräumen, daß unter den Berufs- und Zeitsoldaten Fanatiker sind, aber die überwiegende Mehrzahl sieht - genauso wie bei uns - den Soldatenberuf als einen ganz normalen Job an und nimmt die Vorteile in Anspruch. Kriegslüsterne wirst du weder hier noch bei der NVA finden. Eines Tages kommt die Wiedervereinigung. Daran glaube ich!"

Der Wirt Winkte ab und entgegnete: "Du kannst daran glauben - ich nicht! So, und jetzt laßt uns anstoßen!"

"Endlich ein vernünftiger Vorschlag!" rief der Hauptfeldwebel. "Woll'n wir lieber an schöne Frauen denken als an den häßlichen Krieg."

***

Die reizvolle Landschaft des Weserberggebietes ließ Karl-Otto zeitweilig vergessen, daß er Soldat war. Er fühlte sich wie ein Kurgast, durchstreifte stundenlang die Umgebung und lernte immer wieder Menschen kennen, mit denen er freimütig diskutieren konnte. Oftmals wurde er zum Essen oder zu einem Glas Bier eingeladen. Mittwochs und samstags ging er zum Tanztee. Dort fanden sich nicht nur die Tanzfreudigen ein, sondern auch solche, die einen Flirt oder eine Bekanntschaft suchten, auf der Jagd nach einem "Kurschatten" waren. Das Problem hatte Karl-Otto nicht, denn Erika besuchte ihn regelmäßig an den Wochenenden, versorgte ihn mit Delikatessen und ähnlichem aber das Liebesverhältnis begann allmählich zu bröckeln. Es schien so, als würde Karl-Otto an Erika das Interesse verlieren. Auch sie war nicht mehr wie früher die zärtlich und leidenschaftlich Liebende, suchte offensichtlich nur noch Befriedigung und bemerkte wiederholt, daß sie die Trennung nicht mehr lange durchstehen könnte.

"Ich brauche dich, Karlchen", sagte sie mit beinahe verzweifelter Stimme, als sie wieder einmal mit Karl-Otto in einem Hotelzimmer schlief. "Ich brauche dich jeden Abend. Jeden Tag mußt du bei mir sein, mein Liebling. Soll ich meinen Beruf aufgeben und zu dir kommen, hier irgendwo als Kellnerin oder Zimmermädchen arbeiten? Dann wäre ich immer in deiner Nähe. Du darfst ruhig lachen, aber ich halte es ohne dich nicht mehr lange aus!"

"Nein, das darfst du nicht machen, Erika. Ich weiß doch gar nicht, ob dieses mein endgültiger Standort wird. Von mir aus würde ich meine restliche Dienstzeit herzlich gern in Bad Eilsen verbringen, aber du kanntest es ja auch von deinem Vater, wie oft ein Soldat abkommandiert und versetzt wird. Mir paßt das 'Zigeunerleben' manchmal auch nicht. Wärest du denn gewillt, mit mir ständig von Ort zu Ort zu ziehen, jedesmal eine neue Arbeit zu suchen?"

Einen Moment schmollte Erika, doch dann sagte sie mit fester Stimme: "Ich glaube, ich habe doch einen Fehler gemacht! Meine Liebe zu dir ist grenzenlos... noch immer! Du bist in all meinen Träumen... Überall sehe ich dein Bild vor mir, aber ich bin nicht stark genug, dir weiterhin unbedingt treu zu sein."

"Aber Liebste, was redest du da? Weißt du überhaupt, was du soeben gesagt hast? Wie kannst du so widersprüchliche Worte formulieren? Du mußt doch wissen, was du willst! Entweder bin ich dein ein und alles und du wartest ab, bis ich die Bundeswehruniform..."

"Niemals könnte ich solange von dir getrennt leben. Ich will keine Nur-Wochenend-Freundschaft! Ich will dich immer in die Arme nehmen können, zu dir kommen, wenn mir danach ist! Ich bin jung und möchte die Liebe voll auskosten. Jederzeit!"

"Nun sei doch vernünftig, mein Liebes", versuchte Karl-Otto die temperamentvolle junge Frau zu beruhigen. "Dir entgeht doch nichts, wenn du einmal paar Wochen ohne..."

"Dir vielleicht nicht", sagte Erika leicht errötend, "aber ich bin anders veranlagt... Weißt du überhaupt, kannst du es ermessen, was es für eine Frau heißt, wenn die Liebe erst einmal entbrannt, und das Verlangen nicht mehr zu stillen ist? Du hast doch alles in mir zum Brodeln gebracht! Erst brichst du die Knospe auf und dann willst du die erblühende Rose so einfach verwelken lassen!"

Obwohl die Angelegenheit sehr ernst wahr, mußte Karl-Otto dennoch bei Erikas letzten Worten lächeln. Zärtlich drückte er sie an sich und meinte: "Du bist doch noch so jung, mein Kleines... Wir werden unzählige Stunden..."

"Was wir werden, interessiert mich im Augenblick überhaupt nicht, Karlchen", sagte Erika trotzig und schnellte im Bett hoch, verschränkte die Arme vor ihrem Busen und fuhr mit ihrer hellen Stimme fort: "Ich will jetzt, heute, morgen, übermorgen... jede Nacht will ich mit dir schlafen! Verstehst du das nicht?"

"Nein, das verstehe ich nicht!" wiederholte Karl-Otto gedehnt

"Wirst du langsam alt? Bist du impotent geworden oder hast du eine andere Frau kennengelernt, eine frigide?"

"Was redest du nur daher, Erika", stöhnte Karl-Otto und drückte die junge Frau behutsam auf das Laken zurück. "Normalerweise gibt es weder impotente Männer noch frigide Frauen, mein Schätzchen, aber es gibt Nymphomaninnen! Bist du etwa eine dieser unersättlichen Frauen?"

"Vielleicht in deinen Augen!"

"Aber dein sexuelles Verlangen ist doch nicht mehr normal!"

"Ich bin nicht 'mannstoll', wie du mich hinstellen möchtest, mein liebes Karlchen. Ich leide nicht unter schweren psychischen Störungen... Ich poche nur auf die sexuelle Gleichberechtigung! Was kann ich dafür, wenn ich ständig auf dich Lust habe? Ihr Männer stürzt euch auf die Frauen wie die Stiere und geltet dann als die tollen Hechte. Natürlich wir Frauen, wir werden sofort zu Nymphomaninnen abgestempelt, wenn wir unsere Gefühle, unser Verlangen kundtun..."

Trotz einer fast nicht enden wollenden Diskussion kamen die beiden jungen Leute auf keinen gemeinsamen Nenner und beschlossen, im Guten auseinanderzugehen.

Nicht nur während des Sommers war das Weserbergland eine reizvolle Augenweide, sondern auch im Winter, wenn die bewaldeten Hügel, Wiesen und Felder unter der schützenden Schneedecke schliefen. Meistens blies ein scharfer Wind über die freien Plänen. Aber das beeindruckte weder Füchse, Hasen noch die emsigen Rebhühner, die das Gelände und die Wälder durchstreiften, ständig auf Nahrungssuche. Bisweilen begegnete man auch einem mutigen, einsamen Wanderer, der der eisigen Kälte zu trotzen versuchte, jedoch bald umkehrte und durchgefroren in der nächsten Gastwirtschaft einen steifen Grog zu sich nahm. Ein Zivilist durfte selbst bestimmen, wie lange er sich der grimmigen Kälte aussetzte, hingegen ein Soldat, der mußte die im Dienstplan vorgesehenen Stunden mit "Tarnen und Täuschen", "Gangarten im Gelände", "Entfernungschätzen" und vielem anderen draußen verbringen.

"Womit haben wir das bloß verdient, daß wir uns den Hintern abfrieren lassen müssen!" fluchte Karl-Otto und nahm einen kräftigen Schluck aus der ihm von seinem Stubenkameraden dargereichten Cognac-Taschenflasche.

"Das hab' ich mich auch schon so oft gefragt", entgegnete Harald Fröbe und rieb sich die Ohren warm. "Beim Bundesgrenzschutz haben wir uns viel häufiger im Gelände herumtreiben müssen während der Grundausbildung. Dieses ist doch mehr oder weniger Spielerei! Ich bin sowieso gegen die sogenannte kombinierte Ausbildung. Entweder eine straffe militärische Ausbildung oder gar keine! Wir müßten die Leute viel härter anfassen. Die gammeln doch die meiste Zeit nur herum..."

"Also, Harald, du scheinst es noch immer nicht begriffen zu haben, einer Spezial-Fernmeldeeinheit der Luftwaffe anzugehören! Unsere Aufgabe besteht darin, erstklassige Funker, Schlüssler und Übersetzer auszubilden... Die militärische Ausbildung entspricht im großen und ganzen gesehen einer Bewegungstherapie. Uns kannst du mit der früheren Nachrichtentruppe vergleichen. Die Funker waren und sind auch noch heute die Intelligenz des Fernmeldewesens! Funker brauchen keine guten 'Bumm-bumm-Soldaten' zu sein! Auf das Köpfchen kommt es an, mein Lieber!"

"Nun gib bloß nicht so an, Karlchen! Willst du etwa behaupten, ich sei als Fernsprecher und Waffenkammer-Unteroffizier bescheuert? Beim Bundesgrenzschutz war ich..."

"Sammeln und Fertigmachen zum Abrücken!" ertönte Hauptfeldwebel Witts markante Stimme durch den ungemütlichen Wintertag. Von allen Seiten strömten die Soldaten in Windeseile heran, formierten sich und warteten auf weitere Befehle. Bevor Witt abrücken ließ, sagte er gedämpft zu seinen Unterführern: "Wir treffen uns anschließend in der Gastwirtschaft an der Hauptstraße! Wahrscheinlich ist heue wieder 'Jungferntreff'. Ich hörte gestern so etwas läuten... Im 'Diana' sollen ganz tolle Frauen eingetroffen sein. Meistens klappern die kurbedürftigen Damen erst alle Lokale ab, um die Lage zu peilen."

"Um uns zu entdecken", warf ein Stabsunteroffizier ein.

"Na, wen den sonst?" meinte ein anderer und fuhr sich mit der Zunge über die Lippen. Laut schmatzend.

"Ihr Lustmolche", meinte Witt grinsend. "Seht jetzt erst einmal zu, daß ihr eure Gruppen in die Unterkunft bringt! Ich geh' schon mal mit Karlchen Quartier machen... Alles klar? Also, dann Gruppen übernehmen und abrücken!"

Was Hänschen Witt orakelt hatte, traf tatsächlich ein: Die Soldaten waren noch beim ersten Bier, als auch schon die Tür aufging und eine fröhlich gestimmte Gruppe überwiegend junger Frauen das Lokal betrat, am größten der vorhandenen Tische Platz nahm und sofort ihre Bestellung aufgab. Alle tranken sie Wein. Immer wieder stießen sie ausgelassen an, juchzten und scherzten, als gebe es etwas Besonderes zu feiern.

"Die feiern wohl ihre Freiheit von den Ehemännern", sagte schmunzelnd Feldwebel Pickert, der die Kleiderkammer unter sich hatte - ansonsten keine weitere Funktion - und den man allgemein nur "Feldwebel Dornkaat" nannte, da er meistens unter Alkoholeinfluß stand.

"Soll'n sie doch feiern was sie wollen", flüsterte Hauptfeldwebel Witt, nahm Karl-Otto in den Arm und fügte hinter vorgehaltener Hand hinzu: "Schau sie dir ganz genau an, die lustigen Damen, Karlchen! Wenn mich mein Auge nicht täuscht, dann ist dein Schwarm dabei! Siehst du die Schwarzhaarige am Fenster, die mit den braunen Kulleraugen... Das wäre doch deine Kragenweite! Mann oh Mann, was die für einen Busen hat! Und von oben bis unten mit Schmuck behängt... Ist das nichts?"

Gelangweilt hatte Karl-Otto zugehört. Ihm war nach allem zumute, nur nicht nach einer Frau. Längst war die Trennung von Erika verwunden. Und dennoch fühlte er eine unerklärliche innere Leere, die ihn bisweilen melancholisch wirken ließ. Schon des öfteren hatte er sich vorgenommen, nie wieder mit einer Frau anzubändeln. Fast neigte er dazu, sie alle über einen Kamm zu scheren. Aber dann erwachte wieder das natürliche Gefühl, das Verlangen, eine Frau in den Arm zu nehmen. Natürlich hatte Karl-Otto in den vergangenen Monaten dann und wann mit einer Frau ein Glas Wein getrunken und mit ihr herumgealbert, auch schon mal einer einen Kuß auf die Wange gedrückt, aber sich für eine zu entscheiden, eine Freundschaft einzugehen, dazu war es nicht gekommen. Er hatte irgendwie Angst! Immer stand das Schreckgespenst im Raum, daß auch die neue Liebe wieder in die Brüche gehen könnte. Davor hatte er unheimliche Angst.

Während Karl-Otto seinen Gedanken nachhing, tuschelte Witt mit seinem Tischnachbarn, der daraufhin umgehend die Gaststätte verließ und nach etwa zehn

Minuten mit Karl-Ottos Akkordeon zurückkehrte. Begeistert trampelten die Soldaten mit den Füßen, klatschten in die Hände und forderten Karl-Otto auf, sofort in die Tasten zu greifen, was er sich nicht zweimal sagen ließ, denn so konnte er sich am besten ablenken, andere Gedanken fassen, sich nicht mehr mit vergangenen Frauengeschichten zu quälen. Natürlich fehlten in seinem Repertoire auch nicht Soldatenlieder. "Ein Heller und ein Batzen" wurde genauso laut mitgesungen wie "Hoch auf dem gelben Wagen". Auch die Frauen sangen eifrig mit. Dann spielte Karl-Otto Tanzmelodien. Bereits nach den ersten Takten wurden mit dem Einverständnis des Wirtes die Tische beiseite gerückt und in wenigen Augenblicken schwebte auch schon das erste Paar über die gebohnerten Dielenbretter. Nachdenklich beobachtete Karl-Otto die Paare. Am liebsten hätte er sich daruntergemischt. Die Frauen warfen ihm aufmunternde Blicke zu, fleißig weiterzuspielen. Vornehmlich die mit den langen schwarzen Haaren und den Kulleraugen lächelte ihn laufend an. Sie mochte 30 Jahre all sein und trug keinen Ehering.

"Mach dich bloß an die ran", ermunterte Hänschen Witt seinen besten Ausbilder, als Karl-Otto eine kleine Pause einlegte. "Merkst du nicht, wie sie sich andauernd den Hals nach dir verdreht? Das ist bestimmt eine von den Frauen, die nur zur Kur fahren, um einen Mann kennenzulernen! Die hat doch gleich, als sie dich vorhin zum erstenmal sah, Feuer gefangen. Versuch's ruhig, sie in ein Gespräch zu verwickeln, Karlchen..."

"Laß mich doch in Ruhe, Hänschen! Ich will keine Frau mehr sehen... Von einer zur anderen bin ich geirrt, und jedesmal lief etwas schief. Ich weiß doch gar nicht, wer die Frau da drüben überhaupt ist!"

"Eben deswegen solltest du sie einmal testen! Karlchen, wach auf! Sieh doch bloß mal hin, wie sie dich heimlich beobachtet! Sie wirft dir doch nicht nur aus Langeweile sehnsüchtige Blicke zu. Sie würde gut zu dir passen", ließ Witt nicht locker.

Nur einmal warf Karl-Otto einen schüchternen Blick zu der schlanken, dunkelhaarigen Frau mit den hübschen Kulleraugen. In dem Moment trafen sich ihre Blicke. Sekundenlang. Karl-Otto wurde unsicher. Die schöne Frau verwirrte ihn. Wollte sie nur flirten? Suchte sie ein Abenteuer? Dazu wäre er unter Umständen bereit gewesen, aber wer wußte schon, was danach kam? Davor hatte Karl-Otto Angst.

Hastig rauchte er seine Zigarette zu Ende, nahm das Akkordeon auf und spielte "Steig in das Traumboot der Liebe". Unmerklich zuckte er zusammen, erschrak über sich selbst. "Mein Gott, was spiele ich denn da?" murmelte er vor sich hin. "Das klingt ja wie eine Aufforderung!"

Scheinbar faßte die Frau es auch so auf, denn sie lächelte sofort zu Karl-Otto herüber und hob bedauernd die Schultern, was soviel heißen konnte wie: Schade, daß ich nicht mit dir tanzen kann! Dafür wollte ein anderer mit ihr tanzen: Feldwebel "Dornkaat!" Schon ziemlich angetrunken, wankte er auf sie zu, aber anstatt ihm den Tanz zu schenken, gab sie ihm einen "Korb". Erneut suchte sie Karl-Ottos Blick. Ihr betörendes Lächeln machte ihn fast wahnsinnig. Langsam begann er über die Frau nachzudenken und erwiderte ihre Blicke mit einem schwachen Lächeln. Trotzdem wollte er sie nicht kennenlernen.

Plötzlich brach die Damengesellschaft auf.

"Los, Karlchen, jetzt hast du die Gelegenheit, mit der eleganten Dame ein paar Worte zu wechseln!" drängte Hänschen. "Geh, und hilf ihr in den Mantel! Sie kuckt doch schon wieder sehnsüchtig zu dir herüber... Sei kein Frosch, Karlchen! Vielleicht siehst du sie nie wieder! Bring sie doch nach Hause!"

"So, wie ich bin, im Kampfanzug? Nein, nein, das woll'n wir man lieber lassen, Hänschen. Wenn ich sie nicht wiedersehe, so macht das gar nichts. Ich bleibe vorerst allein!"

"Du bist ein richtiger ungezogener Junge, dem man sofort die Hosen strammziehen müßte", bemerkte Witt beinahe ärgerlich. "Wie kannst du dir nur das greifbare Glück entwischen lassen? Bist du auf beiden Augen blind? Wie sollte die Frau sich denn sonst noch bemerkbar machen, dir kundtun, daß sie dich sympathisch findet und mit dir anbändeln möchte?"

"Sie wird schon einen anderen finden", sagte Karl-Otto mit wegwerfender Handbewegung. "Was kann ich dafür, wenn ich zufällig ihr Typ bin? Sicher, sie gefällt mir auch, aber muß das gleich ein Grund sein, ihr nachzurennen?"

"Überleg's dir noch einmal in aller Ruhe, Karlchen! Solch eine gutaussehende Frau läuft dir nicht jeden Tag über den Weg", meinte wohlwollend Harald, Karl-Ottos Stubenkamerad.

Karl-Otto antwortete nicht; für ihn war die Frau kein Thema mehr. Ein Zivilist am Nebentisch forderte Karl-Otto auf, doch noch einige Melodien zu spielen. Kurz nach Mitternacht begaben sich die ersten Gäste auf den Nachhauseweg. Bald darauf packte auch Karl-Otto sein Instrument ein. Nur Feldwebel "Dornkaat" wollte kein Ende finden, lümmelte weinselig an der Theke und lallte: "Wollt ihr jetzt schon... wo es doch erst richtig gemütlich wird... wo der Dornkaat zu schmecken an... anfängt, nach Hause gehen? Ich... ich bleib' noch!"

Mit vereinten Kräften - der eine hakte ihn links, der andere rechts unter - schleppte man "Dornkaat" in die Unterkunft. Was der Torposten beim Anblick des betrunkenen Feldwebels dachte, blieb sein Geheimnis. Er würde es wohl nie wagen, in einem solchen Zustand die Wache zu passieren - zumal in Uniform!

***

Petra Wegener drehte die Dusche ab, warf das Badelaken über und stellte sich vor den Spiegel. Nachdenklich rieb sie ihren feingliedrigen Körper trokken, betrachtete sich von allen Seiten und fragte schließlich ihre Zimmerkollegin: "Was meinst du wohl, Sonja, wie der Musiker reagieren würde, wenn er mich jetzt so sehen könnte?"

"Er würde dich hemmungslos vernaschen!"

"Glaubst du das? Ich bin davon nicht so überzeugt! Er kommt mir zu schüchtern vor."

"Ha, ha, daß ich nicht lache", sagte Sonja kichernd. "Der Kerl ist ein ganz raffinierter Typ! Der will erobert werden... Verstehst du? Die Frauen sollen ihm nachlaufen. Er weiß, daß er gut aussieht und Chancen hat. Der läßt alles auf sich zukommen. Vielleicht ist er auch verheiratet. Soldaten, die von ihren Familien getrennt leben, tragen selten einen Ehering."

"Jedenfalls mag ich ihn", sagte Petra.

"Lauf ihm bloß nicht nach", riet Sonja und erzählte, daß sie, als sie 20 Jahre all gewesen war, auch einem Mann hinterhergelaufen sei, der sich dann als absolute Niete entpuppte.

"Das nehm' ich dir gern ab, aber bedenke: mit 20 Jahren hat man doch noch gar nicht genügend Erfahrung! Laß mich nur machen, Sonja. Für mich ist dieser Musiker der richtige Mann! Ich will ihn haben! Und sollte er nicht ganz meinen Vorstellungen entsprechen, dann wird er eben hingebogen... Er ist schon in Ordnung! Was der braucht, ist eine Frau!"

"Und die bist du!" sagte Sonja verständnisvoll lächelnd.

"Worauf du dich verlassen kannst, meine Liebe!"

"Nun komm, Petra, zieh dich an, sonst verpaßt du erneut den Mann deiner Träume! Ich sag's dir aber gleich: Länger als eine Stunde halte ich mich nicht in Ludwigs Café auf! Du kannst von mir aus bis Mitternacht waren... auf deinen Traummann!"

Der plötzlich einsetzende Schneesturm hatte Karl-Otto davon abgehalten, an jenem Samstagnachmittag nach Minden zu fahren, um eine Kinovorstellung zu besuchen. Statt dessen trottete er gemächlich zu Ludwig. Der Zwei-Personen-Tisch am Eckfenster - sein Lieblingsplatz - war noch frei. Bei dem ungemütlichen Wetter hatten sich sowieso nur einige Gäste eingefunden. Karl-Otto bestellte ein Stück Torte und Kaffee. Ludwig setzte sich einen Moment zu ihm. "Wo sind denn heute die andern Kameraden?" fragte er lauernd. "Trauen sich wohl bei dem Wetter nicht raus?"

"Die sind schon seit mittags in der Kantine", brummte Karl-Otto. "Wahrscheinlich kommen sie noch nach. Angetrunken."

"Ja, ja", seufzte Ludwig, "diese Trinkerei bei den Soldaten ist ein wohl nie auszumerzendes Übel. Bei allen geschieht es nicht nur aus Langeweile... Viele sind schon alkoholabhängig in die Armee eingetreten und langen jetzt noch kräftiger zu. Aber so war es auch schon zu meinen Zeiten. Die Sauferei hat schon manche den Dienstgrad gekostet, ganz abgesehen von denen, die im besoffenem Kopp Dienstvergehen begingen und im Knast landeten. Na ja, vielleicht dämmen manche den Alkoholkonsum etwas ein, wenn sie wieder mit ihren Familien vereint sind, einen festen Standort haben. Aber stell' dir mal vor, Karlchen, die Soldaten würden überhaupt nicht zum Glas greifen, dann könnten die Kantinen - die meistens wahre Goldgruben sind - reihenweise dichtmachen! Zum andern leben wir Wirte doch auch in gewisser Beziehung vom Verzehr der Soldaten. Nun mal was anderes, Karlchen: Wie sieht's in der Politik aus? Wann wird wohl der 'Kalte Krieg' beendet sein? Die Lage ist gar nicht so rosig, mein Lieber. Hoffentlich geraten sich die beiden großen Siegermächte nicht demnächst in die Haare..."

"Niemals", blockte Karl-Otto sofort ab.

"Weil es euch, die Bundeswehr, gibt..., nicht wahr?"

grinste Ludwig. "Ihr werdet doch von der russischen 'Dampfwalze'..."

Mitten im Satz stockte er und blickte überrascht zur Tür. Auch Karl-Otto wandte sich neugierig um. Ludwig rückte kurz seine Krawatte zurecht, eilte den beiden in edle Pelze vermummten Damen freundlich lächelnd entgegen, führte sie zur Garderobe und sagte, nachdem er ihnen die Mäntel abgenommen hatte: "Alle Achtung, meine Damen! Das nenne ich Mut, bei dem Wetter zu mir herzufinden! Aber das ist wieder einmal der Beweis, wie gemütlich es bei Ludwig ist... Habe ich recht?"

Karl-Otto hatte sich schon längst wieder seiner Torte zugewandt. Mit halbem Ohr vernahm er, wie die beiden Frauen nur einmal kurz kicherten und dann zur Toilette gingen.

"Du, Karlchen, das ist was für dich!" meinte der Wirt und schlug Karl-Otto leicht auf die Schulter. "Die beiden waren schon einige Male hier. Mir kam es immer so vor, als erwarteten sie jemand. Beide hübsche Frauen, sag' ich dir."

"Laß mich mit den Weibern in Ruhe. Ich bin froh, daß..."

Die Toilettentür fiel ins Schloß. Schritte nahten. Ludwig schnellte sofort von seinem Stuhl hoch und nahm sich der beiden Damen an. "Wo möchten Sie Platz nehmen, meine Damen? Die Auswahl ist heute nicht groß, aber wir werden schon einen geeigneten Tisch finden."

"Soll das ein Scherz sein?" vernahm Karl-Otto eine weiche, angenehme Stimme hinter sich, drehte sich aber nicht um.

"Keineswegs, meine Damen", entgegnete Ludwig beflissen, "Aber die leeren Tische sind allesamt reserviert. Eine Geburtstagsgesellschaft hat sich angemeldet." Er warf einen Blick durch das Fenster und ergänzte. "Würde es nicht so stürmen, dann wären die Leute schon längst da... Hier, der Tisch vor Ihnen, den könnte ich

Ihnen noch anbieten. Der junge Herr wird bestimmt nichts dagegen haben, mit zwei netten Damen vorliebzunehmen. Ich hole nur noch einen Stuhl heran..."

Karl-Otto horchte auf: Gleich zwei Damen sollten bei ihm Platz nehmen? Zwei fremde? Das konnte ja heiter werden! Nun, schließlich hatte Ludwig so entschieden und Karl-Otto wollte kein Spielverderber sein. Langsam erhob er sich. Und da standen sie auch schon vor ihm - die beiden Damen! Wie von einer unsichtbaren Faust getroffen, prallte er geschockt einen Schritt zurück, strich sich verdattert mit der Hand über die Stirn und stammelte: "Bitte... bitte, nehmen Sie doch Platz... Es freut mich, daß Sie mir Gesellschaft leisten wollen."

Die Schwarzhaarige stellte ihre Kollegin vor. Sekundenlang schaute sie Karl-Otto tief in die Augen, bevor sie ihm die Hand reichte und beinahe flüsternd sagte: "Und ich bin Petra Wegener! Ehrlich, wir freuen uns, Ihre Bekanntschaft machen zu dürfen. Sie machen schöne Musik. Schade, daß wir neulich schon gehen mußten. Vielleicht ist es uns demnächst noch einmal vergönnt, Ihren Tönen zu lauschen. Warum spielen Sie nicht hier? Erlaubt der Wirt es nicht?"

Nervös drehte Karl-Otto seine Kaffeetasse hin und her, griff zur Zigarette, knöpfte seine Jacke auf und zu und sagte dann verlegen: "Zunächst möchte ich mich Ihnen auch vorstellen: Mein Name ist Karl-Otto Franke! Sagen Sie ruhig Karlchen zu mir! Karl-Otto klingt so antiquiert... nicht wahr?"

Die Frauen nickten zustimmend. "Einverstanden! So können wir uns dann gleich ungezwungener unterhalten, Herr Karlchen!" rief Petra, daß Ludwig hinter seiner Theke sogar aufhorchte und Karl-Otto einen verschmitzten Blick zuwarf.

"Um auf das Musikmachen zurückzukommen", meinte Karl-Otto, "da finden wir schon noch eine Gelegenheit, aber jetzt lassen Sie uns erst einmal ein wenig plaudern. Wie lange bleiben Sie noch hier?"

Petra senkte den Blick und sagte fast traurig: "Leider nur noch eine Woche! Trotzdem ist es noch eine lange Zeit, wenn man sie richtig nutzt! Oder meinen Sie nicht, Herr Karlchen?"

Karl-Otto spürte, daß er leicht errötete. Von unten herauf schaute er Petra in die Augen. Sie hatte doch gar keine Kulleraugen, wie Hänschen gemeint hatte. Es waren schöne, große und sanftblickende Augen, die ihn anstrahlten. Petra war eine schöne Frau! Jetzt, als sie vor ihm saß, greifbar nahe, sah sie noch begehrenswerter aus als neulich in der Kneipe. Sie trug ein maßgeschneidertes Kostüm und Stiefeletten, die ihre hübschen Beine eng umschlossen. Karl-Otto wurde immer verwirrter. Einmal huschten seine Augen über Petras nettes Gesicht, dann bewunderte er ihre schlanken Hände, ihren hübschen Mund und malte sich aus, wie weich ihre Lippen sein müßten. Je länger er Petra fixierte, desto mehr zog sie ihn an.

"Schöner wär's, wenn wir jetzt Sommer hätten", meinte Karl-Otto nach einer Weile des Schweigens. "Im Sommer müßten Sie mal hier sein! Wunderschöne Wanderwege und..."

"Holen wir alles im nächsten Jahr nach", sagte Petra lächelnd. "Aber jetzt woll'n wir erst mal eine Tasse Kaffee trinken, ja?"

Sie sagte das in einem milden, entwaffnenden Tonfall und dennoch bestimmt, daß Karl-Otto nichts anderes übrigblieb, als dem Vorschlag zuzustimmen.

Während die Bedienung die von Petra aufgegebene Bestellung zusammenfaßt, berichtete Sonja von ihren Eindrücken in Bad Eilsen und lobte den Kurort in den höchsten Tönen. Auch sie werde wieder hierher zurückkehren - möglichst im Sommer. Als hätte Petra Karl-Ottos Gedanken gelesen, fügte sie rasch den Worten ihrer Freundin hinzu: "Natürlich sind wir dann zeitversetzt hier! Meine Freundin Sonja hat schon immer Probleme mit der Urlaubsplanung gehabt, nicht wahr,

Sonja? Auf mich können Sie sich jedenfalls verlassen, Herr Karlchen: Ich bin im nächsten Jahr wieder hier! Würden Sie sich freuen?"

"Warum nicht? Nur als Soldat kann man nie voraussagen, ob..."

"Dann verbringen wir eben woanders unseren Urlaub", warf Petra lächelnd ein. "Ihnen bekäme es sicher auch, einmal richtig Urlaub zu machen, als ständig in der Kaserne zu hocken? Haben Sie überhaupt schon mal Urlaub gemacht, irgendeinen Urlaubsort kennengelernt? Soviel ich weiß, kennen Sie doch gar keinen Urlaub, verbringen stets Ihre Urlaubstage in der Kaserne und in den Kneipen. Stimmt's?"

Verwundert, woher Petra Wegener etwas über sein Privatleben erfahren haben könnte, schwieg Karl-Otto zunächst eine Weile und überlegte. Bei wem konnte sie sich nur über ihn erkundigt haben? Warum interessierte sie sich derart für ihn? Um mit ihr darüber offen zu reden, schien momentan nicht angebracht zu sein, denn Sonja, ihre Freundin, bekam schließlich jedes Wort mit und lächelte ständig in sich hinein, ja, sie versuchte sogar ab und zu Karl-Otto auch tief in die Augen zu schauen, was ihn natürlich noch mehr verwirrte. Mit Petra, nur mit Petra, wollte er sich unterhalten und herausbekommen, wer sie eigentlich war und was sie von ihm wollte. Er rühmte sich nicht, ein Frauenkenner zu sein, aber soviel glaubte er dennoch feststellen zu können, daß Petra nicht nur auf einen Flirt bedacht war. Sie schien sich über ihn Gedanken zu machen!

"Ich möchte jetzt nicht über meine privaten Probleme reden", sagte Karl-Otto, nachdem er sein Tortenstück verzehrt hatte. "Wir haben doch alle unsere Sorgen und Nöte! Vielleicht können wir uns ein andermal irgendwo ungestört unterhalten, Frau Wegener. Mein Problem ist viel zu ernst, um es öffentlich darzulegen. Zum andern bin ich Soldat und komme gut zurecht!"

Sonja nestelte an ihrer Handtasche, legte einen Geldschein auf den Tisch und bemerkte mit einem verstohlenen Lächeln: "Bezahlt bitte davon! Ich muß sowieso nach Hause... Du weißt doch, Petra, wenn ich meinen Nachmittagsschlaf nicht habe, dann fehlt mir etwas. Macht's gut und amüsiert euch noch schön!"

Natürlich bedauerte es Petra, daß ihre Freundin Hals über Kopf die Runde verließ, versuchte sogar noch sie zum Bleiben zu überreden, aber nur scheinbar, denn kaum hatte sich die Tür hinter Sonja geschlossen, rückte Petra näher an Karl-Otto heran und sagte sichtlich freier und erleichtert: "Endlich sind wir unter vier Augen, Karlchen! Ich befürchtete schon, Sie nicht mehr anzutreffen. Wiederholt saß ich hier im Café und habe auf Sie gewartet."

"Warum?"

"Weil Sie mich interessieren... Weil ich Sie mag, weil ich Menschen, die Musik machen können, besonders mag... und weil ich einiges über Sie weiß!"

"Woher? Von wem?"

"Von Ihrem Vorgesetzten... Herrn Witt!"

Verblüfft und mit halbgeöffnetem Mund starrte Karl-Otto Petra sekundenlang an, lächelte dann kopfschüttelnd und sagte halblaut: "Also, was doch alles so hinter dem Rücken getratscht wird, ist schon irgendwie bemerkenswert!"

"Wir haben nicht über Sie getratscht, Herr Karlchen", wehrte Petra entschieden ab. "Ich habe mich nur mit Herrn Witt lange über Sie unterhalten und erfahren, daß Sie kein Zuhause haben, geschieden sind und wiederholt mit Frauen Pech hatten."

"Was geht Sie das an?" fragte Karl-Otto beinahe unhöflich.

"Eigentlich nichts!"

"Na, seh'n Sie! Dann kümmern Sie sich um Ihren eig'nen..."

"Bitte, lassen Sie uns doch sachlich bleiben! Ich möchte Ihnen doch nur einen Vorschlag unterbreiten,

Herr Franke."

Offenbar allergisch geworden durch ähnliche Gespräche in den letzten Jahren, die teils genauso vielversprechend und aussichtsreich begonnen hatten und dann in einem Irrweg mündeten, wollte sich Karl-Otto auch jetzt gegen eventuelle mutmachende Vorschläge wehren. Obwohl er Petra mochte, sie insgeheim begehrte, durfte es mit ihr zu keiner Partnerschaft kommen, auch wenn sie noch so lieb sein sollte. Immerhin, dachte er, könnte es nichts schaden, Petras Vorschlag ruhig einmal anzuhören.

"Welchen Vorschlag hätten Sie mir denn zu machen?" erkundigte sich Karl-Otto lauernd.

"Ich möchte Ihnen helfen!"

"Ähnliches hörte ich schon mehrmals in meinem Leben", ging Karl-Otto sofort wieder in Abwehrstellung. "Was dabei herauskam, wenn ich mich darauf einließ, spricht Bände, Frau Wegener. Oftmals stand ich danach auf der Straße. Seien Sie mir nicht böse, aber ich brauche niemanden, der mir hilft! Mir geht es gut..."

"Nehmen Sie doch Vernunft an, Herr Franke! Ich bin nicht auf Männerjagd! Ich möchte nur, daß Sie ein Zuhause bekommen, eine eigene Wohnung haben, sich von Zeit zu Zeit in Ihren eigenen vier Wänden verkriechen können. Sie wollen mir doch wohl nicht weismachen, die Bundeswehr sei Ihr Zuhause! Das machen Sie sich doch nur vor! Warum belügen Sie sich selbst? Wollen Sie bis zum Lebensende ein Eremit bleiben? Dazu sind Sie doch gar nicht geschaffen! Sie brauchen den Umgang, den nahen Kontakt mit Menschen! Sie brauchen einen Menschen, eine Frau, um sich, sonst sind Sie eines Tages psychisch am Ende. Haben Sie sich das schon einmal überlegt? Sie sind doch kein Frauenfeind! Sic mögen mich doch?"

"Alles schon mal gehört", winkte Karl-Otto ab.

"Dann versuchen Sie's doch endlich zu begreifen!"

"Ich will alleinbleiben!"

"Und nach Ihrer Dienstzeit? Wo wollen Sie dann Ihre Zelte aufschlagen? Denken Sie überhaupt nicht weiter? 'Jeden Tag vergeht ein Tag' heißt ein sardinisches Sprichwort."

"Kommt Zeit, kommt Rat!" meinte Karl-Otto fast überheblich.

"Ach", seufzte Petra, "Ihr Gemüt möchte ich haben! Wir trinken jetzt erst mal einen Cognac und dann hören Sie mir endlich ernsthaft zu... Einverstanden?"

"Ja, ist schon gut, ich werde ganz Ohr sein, aber geben Sie sich keine Mühe: Ich bleibe allein! Ich will mich nicht mehr verlieben!"

Den letzten Satz hatte Karl-Otto wie ein Automat dahergeplappert. Im Inneren seines Herzens glühte es schon längst. Am liebsten hätte er beide Hände nach Petra ausgestreckt. Ihre imponierende Art, ihr gewinnendes Lächeln und ihr sachliches Feingefühl, wie sie mit ihm umging, zogen ihn an wie ein Magnet. Und dennoch schwankte er zwischen Wollen, Mögen und Ablehnen. Zur Zeit gehörte sein Herz keiner anderen. Es war frei! Für wen hielt er es frei? Für Petra?

In ihrer Verliebtheit ließ Petra Karl-Otto auch nicht einen Moment aus den Augen. So konnte es ihr nicht entgehen, daß er plötzlich leicht errötete. Sie lächelte bedeutungsvoll in sich hinein und sagte gedämpft: "Ich glaube, Ihre Gedanken lesen zu können, Karlchen! Wäre es nicht angebracht, Sie würden Ihren verklemmten Standpunkt aufgeben? Sehen Sie mich als das an, was ich bin: als eine Frau, als eine gute Freundin, die auch nicht immer auf der Sonnenseite des Lebens stand! Ich suche keinen Flirt, kein Abenteuer... Ich suche einen Menschen, einen Mann wie Sie, mit dem ich noch einmal von vorne anfangen möchte."

Die Kellnerin brachte den Cognac. "Stoßen wir an auf eine gute und lange Freundschaft, Karlchen", sagte Petra und schaute Karl-Otto tief in die Augen. Nachdenklich hielt er ihrem Blick einen Moment stand und wandte sich dann kopfschüttelnd ab. Noch nie zuvor hatte eine Frau ihm die Entscheidung so schwer gemacht. Ob sie es vielleicht doch ehrlich mit ihm meinte? Aber warum nur setzte sie gerade auf ihn? Sie wußte doch bereits, wie es um ihn bestellt war. Wollte sie die großzügige Wohltäterin spielen oder lauerte da etwas im Hintergrund?

"Zum Wohl!" gab Karl-Otto nachdenklich zurück.

"Das klingt aber nicht besonders ermutigend... Mißtrauen Sie mir immer noch?"

"Ach nein, aber wenn ich alles so durchdenke, dann..."

"Sie denken in die falsche Richtung, Karlchen! Denken Sie nur an Ihre Zukunft, vor allem daran, ein Zuhause zu bekommen."

"Und wo soll das sein?"

"Bei mir... in Lübeck!"

"Sie wohnen in Lübeck?" staunte Karl-Otto. "Von so weit kommen Sie her?"

"Ja, ich wohne seit meiner Geburt in Lübeck! Ich habe dort ein Acht-Familien-Haus, bin geschieden und arbeite in einem renommierten Unternehmen als Stenotypistin. Geldsorgen kenne ich nicht... und die würden Sie gegebenenfalls auch nicht mehr haben."

"Warum wollen Sie das alles für mich tun?" fragte Karl-Otto skeptisch und schaute demonstrativ auf seine Armbanduhr.

"Also, wissen Sie, Karlchen... Sie machen mir wirklich Spaß! Ist Ihre letzte Frage nicht völlig überflüssig?"

***

Im Frühjahr 1959 bereute Karl-Otto zum erstenmal, die Uniform der Bundeswehr angezogen zu haben. Petra war in sein Leben getreten, eine Frau, die mit keiner zuvor zu vergleichen war. Sie hatte ihn nicht umgarnt, nicht mit sexuellen Reizen und phantastischen Versprechungen an sich gezogen. Sie hatte ihm nur ins Gewissen geredet, ihm den Weg gezeigt, den zu beschreiten sie für den einzig richtigen hielt, wenn er nicht nach seiner Dienstzeit ins Trudeln geraten wollte. "Nur eine Frau kann dich führen, dir den nötigen Halt verleihen, den du unbedingt brauchst", hatte Petra Karl-Otto ans Herz gelegt, als sie ihn zu sich holte. Weihnachten war es gewesen, als er bei ihr in Lübeck an die Tür pochte. Seitdem fuhr er fast jedes Wochenende nach Lübeck. In ihrem Acht-Familien-Wohnblock nahm sie für sich eine Dreieinhalb-Zimmer-Wohnung in Anspruch. Ein Zimmer überließ sie Karl-Otto, worin er schalten und walten durfte, wie es ihm beliebte. Die meiste Zeit hielt er sich sowieso bei Petra auf. Sie hatte ihn ganz allmählich an sich gezogen, behutsam mit ihm seine Vergangenheit aufgearbeitet und ihn davon überzeugt, immer für ihn einzustehen.

Natürlich war Petra nicht aus Stein. Manches versetzte Karl-Otto in Erstaunen, was Petra in der Liebe zu bieten bereit war. Über alles konnte er mit Petra reden, nichts war tabu. Und das war es ja eben, was ihn offenbar zu einem ganz anderen Menschen hatte werden lassen. Jedesmal fuhr er wieder schweren Herzens zu seiner Einheit zurück und träumte Nacht für Nacht vom nächsten Wochenende mit Petra. Ja, er träumte sogar davon, der Bundeswehr den Rücken zu kehren, aber das war nicht möglich, denn er hatte ja 12 Jahre Verpflichtungszeit. Trotzdem reichte er ein Gesuch ein, seine Dienstzeit auf sechs Jahre zu verkürzen, was prompt abgelehnt wurde.

***

Wieder einmal war ein Funkerlehrgang erfolgreich beendet worden und die übliche, mit einem Besäufnis verbundene, Abschiedsfeier hatte stattgefunden. Jeweils zwei, drei Tage gönnte man den Ausbildern, bis die neuen Lehrgangsteilnehmer eintrafen, ihre "verdiente" Verschnaufpause, die von den meisten dazu genutzt wurde, ihre Zelte in der Kantine aufzuschlagen. Diesmal wurde nichts daraus, denn kaum waren die Mannschaftsstuben geräumt, ließ der Lehrgangsleiter sein Ausbildungspersonal antreten und verkündete, daß die Schuleinheit mit sofortiger Wirkung aufgelöst sei. "Sie erhalten anschließend Ihre Kommandierungsverfügungen und werden neuen Einheiten zugeteilt, die möglichst in der Nähe Ihres Wohnortes liegen und wo für Sie gute Beförderungsaussichten bestehen. Ob Sie in Ihrer bisherigen Tätigkeit Verwendung finden, kann ich leider nicht voraussagen. Jedenfalls danke ich Ihnen für die gute und erfolgreiche Zusammenarbeit und wünsche Ihnen viel Soldatenglück... Wegtreten!"

Das war ein harter Schlag! Deprimiert schlichen die sonst so aufgeschlossenen Ausbilder durch die Gegend, verglichen die Kommandierungsverfügungen, schimpften, fluchten und trafen sich schließlich zum Abschiedsumtrunk in der Kantine.

Karl-Otto wurde nach Goslar abkommandiert. Er hatte überhaupt keine Vorstellung, was ihn dort erwartete. Nur er mußte nach Goslar. Warum nur er? Erwartete ihn eine neue, spezielle Aufgabe mit ungeahnten Aufstiegschancen? Beim Bier und Korn rätselte man hin und her, aber niemand konnte sagen, nach welchen Kriterien die Verfügungen erlassen worden waren, warum man plötzlich die Fernmelde-Ausbildungseinheit auflöste und das technisch versierte Personal in alle Winde verstreute.. Nun, ein Soldat ist es gewohnt, Befehle auszuführen - beschweren darf er sich hinterher! Schließlich wurden die Befehle von übergeordneter Stelle ausgearbeitet und erlassen, und die da oben saßen hatten von allem Ahnung, blickten durch und wußten, wie und wo man den einzelnen Soldaten am besten einsetzte, wo er am optimalsten ausgelastet war. Oder fehlte ihnen manchmal doch der Durchblick? Eigentlich unvorstellbar, denn in den Stäben duldete man doch nur qualifizierte (!) Leute, die Erfahrung hatten, wie man einen Soldaten hin- und herschiebt wie einen Bauern auf dem Schachbrett. Obwohl der Bundeswehrsoldat mit- und nachdenken sollte, war es meistens doch nicht angebracht. Das Los, sich seinem Schicksal widerspruchslos zu ergeben, tragen wohl sämtliche Soldaten auf der Welt, ganz gleich, welche Uniform sie anhaben!

Der Abschied von Hänschen Witt ging Karl-Otto ganz schön an die Nieren. Einem solchen tadellosen Vorgesetzten würde er wohl kaum wieder begegnen. Ein letztes Glas Bier, ein langer Händedruck und dann trennte man sich.

***

Während der Fahrt nach Goslar döste Karl-Otto vor sich hin. Immer wieder fielen ihm die Augen zu. Der Abschiedsumtrunk machte sich bemerkbar. Um nicht gleich mit einer "Fahne" seiner neuen Einheit die Aufwartung zu machen, kaute er laufend Pfefferminzpastillen, die wohl den Atem etwas neutralisierten, jedoch keinen Einfluß auf die geröteten Augen ausübten.

Fasziniert verblieb Karl-Otto erst einmal eine Weile auf dem Bahnhofsvorplatz. Das war also Goslar - die etwa 50 Tausend Einwohner zählende Kreisstadt am Nordrand des Harzes, 320 Meter über dem Meeresspiegel. Der Silberreichtum des Rammelsbergs machte diese Stadt einst berühmt. Damals erkannten die Kaiser die Bedeutung der Stadt, machten sie zur Stätte ihrer Pfalz, ihrer Hof- und Reichstage, großer Kirchenstiftungen und schließlich - 1176 - zum Hauptstück der Auseinandersetzungen zwischen Welfen und Staufern. Damals hätte Karl-Otto entweder auf der einen oder der anderen Seite in den Kampf eingreifen müssen, aber jetzt kam er als friedlicher "Staatsbürger in Uniform", befand sich in einer malerischen Stadt, die von Bombenterrorangriffen verschont geblieben war, die als Garnisonsstadt den Bundeswehrsoldaten gegenüber weder Ablehnung noch

Argwohn zeigte.
Karl-Otto bestieg ein Taxi und ließ sich zur Kaserne fahren. Mit gemischten Gefühlen passierte er die Torwache. Wohin er auch blickte, überall rege militärische Betriebsamkeit wie in einer Grundausbildungseinheit. Hier brüllte ein Gruppenführer "... links, zwo, drei, vier", dort stimmte eine Gruppe "O du schöner Westerwald" an und der Grußpflicht schien man auch einen großen Stellenwert einzuräumen. Auf den ersten Blick schien hier alles anders zu sein, ganz anders als das, was Karl-Otto bisher bei der Bundeswehr gesehen hatte. Angefangen von der seiner Meinung nach teils unmöglichen Anzugsordnung, bis hin zum unmilitärischen Haarschnitt. Der Eindruck, den er in den ersten Minuten gewonnen hatte, entsprach keineswegs dem, was man sich unter einer Luftwaffeneinheit vorstellte. Wohin hatte man ihn nur abkommandiert?
"Na, endlich sind Sie auch eingetrudelt, Franke", empfing ihn der untersetzte Kompaniefeldwebel und hakte ihn demonstrativ auf seiner Liste ab. "Sie waren bislang Hörlehrer für Telegrafie", fuhr der "Spieß" fort, blätterte in einer anderen Liste und sagte dann grinsend: "Hier hat es sich ausgefunkt, Unteroffizier Franke. Natürlich werden Sie uns eine wertvolle Kraft sein, aber wir sind im allgemeinen nur auf Funksprechverkehr spezialisiert."
"Das ist ja die höhere Stufe des Fernsprechverkehrs", wagte Karl-Otto entgegenzuhalten.
"Nun erlauben Sie mal, Franke", brauste der "Spieß" auf, "ich war selbst jahrelang Fernsprecher an der Ostfront! Wir bauen hier eine Spezialeinheit auf, eine Luftraumbeobachtungseinheit, die mit Richtfunkgeräten ausgerüstet wird - also auch Funk!"
"Ach so ist das", sagte Karl-Otto, ließ sich seine Unterkunft, ein Vier-Mann-Zimmer, zuweisen, salutierte und kehrte dem von sich ziemlich eingenommenen "Spieß" den Rücken.

Abends, in der Kantine, beschnupperte man sich. Karl-Ottos Stubenkameraden waren durchweg Fernsprecher. Einer brüstete sich sogar damit, im Afrika-Korps in einem Divisionsstab in der Vermittlung tätig gewesen zu sein. "Generalfeldmarschall Rommel persönlich heftete mir damals das Eiserne Kreuz 'Zweiter Klasse' an die Brust. Das war ein Gefühl, kann ich euch sagen!"

"Und was hast du jetzt davon?" fragte Karl-Otto.

"Na, hör mal... Kannst du das aufweisen? Was hast du denn für Auszeichnungen?"

"Ich habe auch welche", entgegnete Karl-Otto, "aber ich will sie nicht tragen, denn an jedem Orden, an jeder Auszeichnung, die im Kriege verliehen wird, klebt in gewisser Weise Blut."

"Du hast vielleicht eine eigenartige Einstellung", meinte ein Stabsunteroffizier. "Ich trage das Infanterie-Sturmabzeichen und die Nahkampfspange - allerdings jetzt ohne Hakenkreuz! - und bin stolz darauf. Schließlich gibt es auch noch eine Tradition!"

"Aber noch nicht bei der Bundeswehr in dem Sinne", meinte Karl-Otto. "Natürlich werden die Rekruten in gewisser Weise nach altem preußischen Muster ausgebildet, wie jede andere gute Armee auch, aber vieles ist doch anders geworden, viel legerer."

"Das kommt drauf an", meldete sich ein anderer Stabsunteroffizier, der in der Luftwaffen-Felddivision gedient hatte. "Ihr wollt doch wohl nicht behaupten, daß sich die älteren Feldwebeldienstgrade - und auch die Offiziere -, die jahrelang Kadavergehorsam als ihre höchste Tugend ansahen, ihn auf ihre Untergebenen übertrugen, auf einmal grundlegend verändert haben? Einige schon, aber schaut euch doch einmal um, was hier herumläuft, welchen Ton die Leute anschlagen, wie arrogant und unnahbar sie sich uns gegenüber aufführen... Alte Barrasköppe sind das! Die kannten doch nichts anderes als das Soldatenleben! In den paar Jahren nach der Gefangenschaft bis zum Eintritt in die Bundeswehr waren sie Hilfsarbeiter oder..."

"Ja, ja", wehrte Karl-Otto ab, "das wissen wir mittlerweile. Was mich stört, ist ihr Bestreben, auf uns absolute Befehlsgewalt auszuüben. Wir waren doch auch alle bislang Vorgesetzte. Ich kann mich nicht daran erinnern, auch nur einmal mit meinen Untergebenen so herumgesprungen zu sein, wie manche Typen es mit uns tun. Verstehen gewisse Leute darunter Tradition? Sie ziehen zwischen sich und uns eine Trennlinie, als wären wir Rekruten. Was soll denn aus diesem neuen Verein werden, wenn man uns das Denken verbieten will - in gewisser Beziehung?"

"Ein ganz toller Verein wird das", warf der jüngste Unteroffizier der Runde ein. Er war während des letzten halben Kriegsjahres bei der Heimatflak gewesen. "Wie man hört, soll eine völlig neue, wichtige und moderne Einheit aufgestellt werden. Und wir sind der Kader!"

"Lassen wir uns überraschen", sagte Karl-Otto und bestellte noch eine Runde Bier.

***

Es war ein ungewohnter Massenbetrieb, ein schon längst vergessener, den Karl-Otto jetzt wieder über sich ergehen lassen mußte. Allein schon die Vier-Mann-Stube behagte ihm nicht. Hinzu kamen das Antreten zur Parole, das Anstehen zum Essenfassen und das geschlossene Abmarschieren zum Unterricht. Luftraumbeobachter wollte man aus dem buntzusammengewürfelten Haufen machen. Eine Spezialeinheit? Mit Soldaten, die größtenteils eine oder mehrere Disziplinarstrafen aufzuweisen hatten? Täglich wurden während der Befehlsausgabe neue ausgesprochen. Woher kamen diese Männer? Waren es Unbequeme, von ihren Einheiten Abgeschobene? Karl-Otto konnte es sich nicht vorstellen, daß diese Leute, mit denen er täglich die Schulbank drückte, der Kader für eine Spezialeinheit sein sollten. Vom

Offizier bis zum Gefreiten abwärts gab es kaum jemand, der sich so aufführte, wie es Karl-Otto von seiner ehemaligen Fernmeldeeinheit her gewohnt war. Komische Soldaten waren es. Mürrische, lustlose und teils dem Alkohol frönende Leute, die den LRB-Lehrgang mehr oder weniger apathisch über sich ergehen ließen. Auch Karl-Otto langweilte sich während des Unterrichts, empfand es als eine Erniedrigung, demnächst als Sprechfunker eingesetzt zu werden. Am liebsten hätte er die Uniform sofort an den Nagel gehängt. Innerhalb des Lehrgangs definierte man hinter vorgehaltener Hand die Abkürzung LRB mit: Lumpen, Räuber und Banditen! Nun, ganz so schlimm war es keineswegs, aber dennoch konnte man nicht davon ausgehen, die Crème de la crème für die Aufstellung der Luftraumbeobachtungs-Abteilung zusammengezogen zu haben. So dauerte es auch relativ lange, bis Karl-Otto einen Kameraden fand, mit dem er auf derselben Wellenlänge lag, der dem sogenannten Überhangpersonal einer Fernschreibstelle angehört hatte. Carsten Müller - auch Unteroffizier - kam aus Lübeck und hatte Elektromechaniker gelernt. Mit ihm verstand sich Karl-Otto gut, und mit ihm erkundete er auch Goslar. Beinahe hätte Karl-Otto sich seine erste Disziplinarstrafe eingehandelt, als er wieder einmal mit Carsten in einer Gastwirtschaft zechte - natürlich in Uniform! -, als es mit einem blutjungen Leutnant zum Streit kam und Karl-Otto sich dazu hinreißen ließ, den Offizier mit "Bübchen" zu titulieren. Es kam des öfteren zu Diskrepanzen zwischen Altgedienten und den jungen "Staatsbürgern in Uniform", die größtenteils harmloser Natur waren, fast immer unter Alkoholeinfluß zustandekamen. Am häufigsten kam es zu Reibereien und Meinungsverschiedenheiten - besonders in der Kantine -, wenn die "alten Hasen" ihre Heldentaten auftischten.

Nach bestandenem Lehrgang in Goslar durfte sich Karl-Otto "Luftraumbeobachter" nennen und wurde in die Planstelle eines Truppführers eingewiesen. Gute Aussichten, demnächst befördert zu werden. Aber das war noch nicht alles an Positivem im Jahr 1960. Karl-Otto traute seinen Augen nicht, als er auf seiner Kommandierungsverfügung las: "LRB-Abteilung Lübeck-Blankensee". Wie konnte ihm nur auf einmal soviel Glück widerfahren? Er durfte in Petras Nähe sein, wahrscheinlich täglich bei ihr sein!

***

Überglücklich lagen sie sich in den Armen, als Karl-Otto am ersten Abend vor Petras Wohnungstür stand. Sie konnte es kaum fassen, ihren Geliebten ständig in Reichweite zu haben, auf ihn immer warten zu können. Ein Anruf genügte und sie stand mit ihrem Wagen vor dem Kasernentor.

"Ich kann dir gar nicht sagen, wie glücklich ich bin, Karlchen", raunte Petra, als sie mit Karl-Otto auf der Couch schmuste. "Ich befürchtete schon, du würdest irgendwohin versetzt, wo sich Fuchs und Has' 'Gute Nacht' sagen. Aber nun bist du ja bei mir und jetzt können wir handfeste Zukunftspläne schmieden."

"Mir kommt alles noch wie ein Traum vor, Petra. Hoffentlich bleibt Lübeck auch für längere Zeit mein Standort", seufzte Karl-Otto und küßte zärtlich seine Geliebte, die ihm inzwischen so vertraut geworden war, daß er sie in gewisser Beziehung schon als seine Frau ansah. Petra hatte sich neulich ähnlich geäußert.

"Hoffen wir", meinte auch Petra. "Ganz gleich, Liebster, wie sich auch dein militärischer Werdegang gestalten sollte, eines lassen wir uns jedoch nicht nehmen - daß wir bald heiraten und deinen Sohn zu uns holen!"

"Du bist eine liebe Frau, Petra, aber ob wir Martin so einfach freibekommen, glaube ich nicht, denn erstens hat seine Mutter das Sorgerecht und zweitens muß nachgewiesen werden, daß sie das Kind vernachlässigt, was schwer oder gar nicht zu beweisen ist. Versuchen werden wir jedenfalls alles, um den Jungen herzuholen."

"Ja, es ist schon traurig", seufzte Karl-Otto. "Neun Jahre ist jetzt Martin alt. Ein hübscher Junge, nicht wahr?"

Beide schauten sie auf das Foto an der Wand. "Laß uns erst mal heiraten, Karlchen", meinte Petra, "dann seh'n wir weiter. Vielleicht finden wir einen Weg."

***

Ende Juli verlobten sich Petra und Karl-Otto. Im Oktober fand die Hochzeit statt. Sie ließen sich nur standesamtlich trauen. Gefeiert wurde in Petras geräumiger Wohnung. Alle mochten Karl-Otto. Petras Verwandte nahmen ihn mit offenen Armen auf. Vornehmlich Petras Bruder Anton, der im Krieg das linke Bein verloren hatte, schloß ihn gleich ins Herz. Als Redakteur einer Wochenzeitschrift befaßte er sich viel mit Politik und Geschichte. Das war natürlich etwas für Karl-Otto. Trotz seiner bitterbösen Erlebnisse im Krieg und der schweren Verwundung war Antons Meinung über die Bundeswehr als durchaus positiv zu bewerten.

"Nun sei mal ganz ehrlich, Karlchen: Was hältst du vom Bund?" wollte Anton wissen und starrte dabei Karl-Otto lauernd an.

"Ach, weißt du, Anton, die Frage wird einem immer wieder gestellt. Was willst du hören? Willst du die guten oder die..."

"Wie du allgemein denkst!"

"Ich darf das mal so zusammenfassen: Im Rahmen der Abschreckung und Verteidigung ist die Bundeswehr ein wichtiger Faktor im Verbund mit der NATO... Als Armee selbst halte ich sie noch nicht für unbedingt schlagkräftig, da sie sich ja noch immer im Aufbau befindet. Die Soldaten sind im allgemeinen recht gut.

Das bewiesen die ersten Manöver. Na ja, und die Führung - alles erfahrene Offiziere aus dem Zweiten Weltkrieg. Gute Generäle!"

"Ist der alte preußische Drill übernommen worden?"

"Ja und nein", druckste Karl-Otto herum. "Die Richtlinien der sogenannten 'Inneren Führung' sind einwandfrei, nur unten, bei uns in der Truppe, finden sie nicht immer Anwendung. Es gibt noch zu viele, die den Kadavergehorsam wieder gern einführen möchten, die auch heute noch auf ihren Dienstgrad, auf das Vorgesetztenverhältnis verweisen, wenn der Geist versagt. Davon haben wir auch einige in der Kompanie."

"Das war eines der schlimmsten Übel in der Reichswehr und in der Wehrmacht", sagte Anton nachdenklich. "Hätte es diesen absoluten Kadavergehorsam nicht gegeben, dann wären wahrscheinlich nicht Millionen blindlings in den Tod gejagt worden. Widerspruchslos Befehle ausführen war etwas Selbstverständliches. Ich bin heute der Überzeugung, daß damals unsere Generalität verbrecherisch handelte. Unzählige Soldaten hätten am Leben bleiben können, wenn die meisten Generäle Zivilcourage besessen hätten, aber nein, sie waren ihrem 'Führer' treuergeben, beriefen sich auf ihren Eid. Ich las neulich in einem Buch über den Rußlandfeldzug, daß die Generale frohgelaunt in russische Kriegsgefangenschaft gegangen sein sollen, nicht die leiseste Rührung zeigten, daß auf ihr Konto etwa 300000 gefallene Soldaten kamen."

"Möge uns so etwas nicht noch einmal widerfahren", seufzte Karl-Otto. "Weißt du, Anton, ich hab' mir auch schon so oft über dieses Thema meine Gedanken gemacht und mich gefragt, wieso die meisten hohen Offiziere den Krieg und die Gefangenschaft durchstehen und die Landser verrecken elendig... Ist das nicht irgendwie eigenartig? Haben die alle einen Schutzengel gehabt, vom Tod Sonderprivilegien eingeräumt bekommen? Schont er sie, weil sie ihm eine reiche Ernte garantieren? Muß es überhaupt Kriege geben?"

"Solange es Soldaten gibt, gibt es auch Kriege, Karlchen!"

"Damit stimme ich nicht überein, Anton. Jedes Land braucht für die innere Sicherheit Streitkräfte - und zur Abschreckung!"

Die Uhr zeigte die Mitternachtsstunde an. Petra nahte mit der Bowle. "Na, ihr beide... Ihr habt euch wohl gesucht und gefunden? Nett, daß ihr euch gleich so gut versteht." Sie gab Karl-Otto einen zärtlichen Kuß und flüsterte: "Nachher tanzen wir noch einmal, ja? Der Musiker spielt nur bis zwei Uhr. Unterhaltet euch man noch angeregt... Ich muß auch gleich wieder zu Tante Bertha zurück. Sie berichtet gerade von ihrer Italienreise."

Nachdem sich Petra entfernt hatte, meinte der 40jährige Anton Wegener, seit einigen Stunden Karl-Ottos Schwager: "Mit Petra hast du einen Glücksgriff gemacht, Karlchen. Aber das wirst du schon selbst gemerkt haben. Sie ist eine Seele von Mensch." Er beugte sich ein wenig herüber und zischelte: "Ein höherer Verwaltungsbeamter war in letzter Zeit andauernd hinter sie her. Den kannte sie von früher. Der wollte sie dir unbedingt abspenstig machen, aber ihr Herz hatte sie schon längst an dich verloren, erzählte sie mir gleich. Mit dir hat Petra ihr Glück gefunden und du mit ihr auch, kann ich nur bestätigen... Aber jetzt laß uns noch ein bißchen über die Politik und den Barras diskutieren. Wo waren wir stehengeblieben? Ach ja, bei den Streitkräften und der Abschreckung! Also, du glaubst, jedes Land muß Soldaten haben, eine Armee unterhalten, die enorme Steuergelder verschlingt?"

"Dafür schafft sie auch Arbeitsplätze... viele sogar!"

"Das ist eine Milchmädchenrechnung", konterte Anton gereizt. "Polizei und Bundesgrenzschutz würden uns normalerweise genügen. Kannst du voraussagen, ob die Bundeswehr eines Tages nicht auch mißbraucht wird wie unsere Wehrmacht?"

Karl-Otto schüttelte energisch den Kopf und sagte: "Daran glaube ich nicht, denn die Bundeswehr ist..."

"Ja, ja, ich weiß... eine Friedensarmee ist sie! Das hämmert uns die Presse ein... und ihr müßt glauben, was man euch einbleut, stimmt's?"

"Anton, laß uns doch sachlich miteinander reden... Solange es noch die beiden Machtblöcke gibt, schon beinahe übertrieben nachgerüstet wird, stehen auch wir Deutschen der gegenwärtigen Entwicklung ohnmächtig gegenüber und müssen in das Horn der sogenannten westlichen Siegermächte stoßen. Zum anderen, Anton, hast du schon einmal überdacht, wieviele Arbeitslose bei der Bundeswehr einen Job gefunden haben?"

Ein schwaches Grinsen huschte über Antons markantes Gesicht.

"Da sprichst du ein wahres Wort, Karlchen... Einen Job haben die meisten gesucht und gefunden! Kann ich auch keinem verdenken. Nimm nur dich! Jetzt bist du Stabsunteroffizier, hast deine Bundeswehrführerscheine gemacht, die dir nach Ablauf deiner Dienstzeit umgeschrieben werden. Überleg' mal: Auf Staatskosten hast du alle vier Klassen gemacht! Wieviel Geld hättest du als Zivilist dafür hinblättern müssen? Ach ja, hinzu kommt ja auch noch die Bundeswehrfachschule, die du demnächst besuchen wirst... Junge, sei froh, daß du den Frack angezogen hast! Besseres konnte dir nicht und nirgends geboten werden!"

Karl-Otto prostete seinem Schwager zu und meinte: "Also, bin ich in deinen Augen auch ein Schmarotzer und kein überzeugter Soldat?"

"Gut, wenn du meine ehrliche Meinung hören willst: ja!"

"Aber deswegen bleiben wir doch Freunde..., nicht wahr?"

"Natürlich, Karlchen! Vielleicht hätte ich", Anton zeigte auf seinen Beinstumpf, "wenn dieses nicht wäre, die Uniform auch noch einmal angezogen, um in den Genuß einer ansehnlichen Offizierspension zu kommen. Allerdings ohne Fanatismus und darauf bedacht, auf dem 'Felde der Ehre' mein Leben sinnlos zu opfern. So verirrt war ich damals, als ich noch an Hitler und an ein Großdeutsches Reich glaubte, meine Offiziersehre es nicht erlaubte, aufmüpfig zu sein, jeder, auch noch so sinnlos und verbrecherisch anmutende Befehl von oben, auch von mir bedenkenlos ausgeführt wurde."

Eine ehrliche Haut, mein Schwager, dachte Karl-Otto. Wenn nur alle ehemaligen Offiziere so denken würden. Vor allem sollten sie zugeben, die Uniform auch nur aus materiellen Gründen angezogen zu haben und nicht mit dem Lippenbekenntnis vor ihre Untergebenen treten, ihnen weismachen, daß der Soldat die Freiheit tapfer zu verteidigen habe, was im Klartext soviel hieß wie: Wenn es Krieg gibt, mußt du bereit sein, zu sterben! Und das wollte kein Bundeswehrsoldat! Ober gab es doch noch einige Unbelehrbare, die Spaß am Krieg, am sinnlosen Morden hatten? Eine Handvoll konnte es nur sein! Böse Zungen behaupteten, die Bundeswehr sei eine Firma. Sollte sie doch eine Firma sein, eine Glucke, die alles unter ihre Fittichen nahm, was im zivilen Leben nicht zurechtkam, was Soldatsein als Beruf ansah, wenn sie sich nur nicht eines Tages in Kriegshandlungen hineinziehen ließ, ging es Karl-Otto durch den Kopf.

Während Karl-Otto seinen Gedanken nachhing, verhandelte Anton mit dem Musiker an der Hammond-Orgel und erreichte, daß der junge Mann sich bereit erklärte, noch eine Stunde dranzuhängen. Karl-Otto sollte - es war Petras ausdrücklicher Wunsch - später auch einige Melodien auf der Orgel zum besten geben.

"So, Karlchen, hier bin ich wieder", sagte Anton mit einem verschmitzten Lächeln und schenkte Cognac ein. "Bevor du uns nachher noch etwas vorspielst, möchte ich nun auf einen Punkt zu sprechen kommen, der uns alle, die gesamte Menschheit, betrifft: Muß denn jedem Konflikt gleich mit Waffengewalt begegnet werden? Noch keiner wurde dadurch gelöst, sondern man beschwor ständig neue herauf. Ich habe das Gefühl, als würden gewisse Staaten förmlich darauf brennen, stets einen 'Feind' im Visier zu haben... oder sie machen sich bewußt jemanden zum 'Feind', dem sie ihre Stärke demonstrieren können. So sehe ich auch den sogenannten 'Kalten Krieg' an, der doch eigentlich nichts anderes ist, als einen Grund zu haben, hemmungslos aufzurüsten, Waffen in viele Länder der Welt zu verkaufen, denn das Waffengeschäft ist und bleibt für ganz gewisse Leute das einträglichste Geschäft, das keine Skrupel kennt. Keiner dieser Waffenhändler möchte davon etwas wissen, daß er Mordwerkzeuge verkauft. Er wird sich stets dahinter verschanzen, Waffen für die Verteidigung des Friedens zu liefern. Und was geschieht mit den Mordwerkzeugen? Sie werden angewendet, Karlchen! Hast du schon einmal darüber einen Gedanken verloren, wieviele Kriege nach 1945 auf der Welt geführt worden sind? Erinnerst du dich daran, was die sogenannten Siegermächte beim 'Nürnberger Prozeß' verkündet haben? Sie waren doch so verhaßt und engstirnig zu behaupten, daß durch die Strangulierung der verbrecherischen Nazigeneräle, jegliche Kriegsgefahr für jetzt und alle Zukunft gebannt sei... Und was war wahr daran? Nichts, Karlchen! Dieselben Mächte, die damals den Stab über uns brachen, führen uns nun vor, wie man sich einen Feind herbeizaubert. Und ihr, die Bundeswehr, werdet als potentielles Kanonenfutter für amerikanische Interessen bei der Stange gehalten."

"Ganz so ist es nun wiederum auch nicht", wehrte Karl-Otto ab. "Die NATO sichert den Frieden und wir leisten unseren..."

"Fang bloß nicht wieder damit an, Karlchen. Das ist alles ‘kalter Kaffee’. Wir dürfen nur hoffen, daß die Amerikaner von ihrer 'Politik der Stärke' abgehen und wir die Möglichkeit erhalten, uns mit den Russen zu versöhnen, sich politisch anzunähern, dann sind NATO und Warschauer Pakt nur noch Verhandlungspunkte. In Europa und weltweit kann der Frieden nur gesichert werden, wenn die Sowjetunion wieder zu Europa gehört und nicht durch dilettante Politik zu unserem Feind gemacht wird. So sehe ich das, Karlchen!"

Obwohl vom reichlichen Alkoholgenuß getrübten Sinnes, hatte Karl-Otto dennoch alles mitbekommen, was sein Schwager ihm ins Gewissen redete. So eindringlich und offen hatte noch niemand mit ihm diskutiert. Petra warf ihm einen sehnsüchtigen Blick zu. Karl-Otto nickte und rief: "Ich komme gleich! Nur noch ein paar Minuten!" Er war stolz auf Petra. Sie trug ein dunkelbraunes, enganliegendes Kostüm, dazu dezenten Schmuck. Alles harmonierte mit ihrem hübschen Gesicht, den schönen, langen Haaren und dem gekonnt aufgetragenen Make-up. Und in diesem Augenblick stellte er sich erneut die Frage, warum Petra gerade ihn auserwählt hatte? Wenn er sie danach fragte, erhielt er stets zur Antwort: "Weil ich dich liebe, und weil ich wollte, daß du endlich ein Zuhause hast, von deinem bisherigen Irrweg abkommst!" Petra verkörperte alles in sich, was ein Mann sich nur wünschen konnte. Sie war schön, unkompliziert, hatte keine finanziellen Sorgen und besaß eine überdurchschnittliche Allgemeinbildung.

Anton räusperte sich, schenkte Cognac nach und sagte: "Prost, Karlchen! Dieser soll vorerst der letzte sein. Laß uns noch kurz unsere Diskussion beenden und dann setzen wir uns zu den anderen, obwohl die auch in Gespräche vertieft sind. Zum Tanzen scheinen die Leute zu träge zu sein. Ich weiß gar nicht, wofür der Musiker überhaupt so fleißig spielt? Nachher spielst du uns ja noch was vor..., nicht wahr, Karlchen?"

"Geht in Ordnung, Anton! Jetzt zu deinen Betrachtungen: Ich bin voll und ganz deiner Meinung, daß uns der Frieden erhalten bleibt, wenn wir unseren Blick nach

Osten wenden. Und ich glaube nach wie vor daran, daß der russische Mensch gut ist, nur das Regime taugt nichts. So war es doch mit uns Deutschen unter Hitler auch. Der einfache Mensch, der normale Bürger, der kennt keinen Feind, ihm wird der Feind vorgesetzt, gegen den er anzutreten hat, den er ohne Grund töten soll - und muß, weil es 'Treue und Verpflichtung zum Vaterland' so verlangen. Welcher Wahnsinn!!!"

"Darüber denke ich auch so oft nach, Karlchen. Wie konnten sich Millionen für eine Wahnsinnsidee bedenkenlos abschlachten lassen? Warum begehrten sie nicht auf? Warum machten die Generäle mit?"

"Das müßte man sie selbst fragen... Als Soldat gingen sie bestimmt davon aus, jeden Befehl zu befolgen, gaben selbst ihre sogenannten taktischen Befehle, in dem Bewußtsein, daß dabei jedesmal unzählige Menschenleben den Tod fanden. Auf beiden Seiten geschieht das doch. Ein Krieg brachte noch nie Sieger hervor. Wann will man auf der Welt diesem Wahnsinn, dieser 'Politik der Stärke', diesem Drohen mit Waffenpotentialen endlich Einhalt gebieten? Soll es in Europa niemals zum echten Frieden kommen?"

"Hätte es eventuell nach Beendigung des Zweiten Weltkrieges kommen können, wenn die Russen und Amerikaner eine humane Politik betrieben hätten, sich darauf besonnen, gemeinsam Deutschland ausgelöscht zu haben, aber nein, sie zeigen bis heute anstatt Hirn ihre militärische Stärke."

"Und die Bundeswehr mischt voll mit", bemerkte Anton leise.

"Ja, im unbeugsamen Glauben, den Frieden zu sichern. Zu einem Krieg wird es nicht kommen, kann ich nur immer wieder betonen, Anton. Ich glaube fest daran, meine 12 Jahre abzureißen, ohne einen Schuß auf einen 'Feind' abgegeben zu haben. Die Bundeswehr trägt wesentlich dazu bei, den Frieden zu sichern. Wir sind eine Verteidigungsarmee, wenn uns auch von der 'Nationalen Volksarmee' unterstellt wird, wir seien Revanchisten und Aggressoren. Wahrscheinlich plappern sie das nach, was ihnen Kommunismus und Bolschewismus vorplappern. Ich glaube nicht, daß die Soldaten der 'NVA' im Ernstfall freiwillig auf uns schießen würden. Schließlich sind es unsere Brüder."

"Heute noch nicht!" hakte Anton nach. "Aber stell' dir mal vor, die sogenannte 'DDR' besteht noch einige Jahrzehnte, dann ist eine neue Generation herangewachsen, ideologisch verseucht. Diese jungen Menschen würden blindlings für die 'Errungenschaften der DDR' und für ihren 'Arbeiter- und Bauernstaat' kämpfen. Kannst du dir das vorstellen? Du müßtest doch zurückschießen!"

Mit ernster Miene griff Karl-Otto zum Cognacglas, leerte es bedächtig und sagte dann mit fester Stimme: "Ich hab's mir noch nie vorgestellt und auch nicht darüber nachgedacht, weil es nicht dazu kommen wird! Meine Hoffnung geht dahin, daß es in absehbarer Zeit Politiker geben könnte, die den 'Kalten Krieg' beenden. Der momentane Konflikt darf nicht mit Waffengewalt gelöst werden, denn dadurch würde ein neuer heraufbeschworen - eine Kette ohne Ende! Das russische und das deutsche Volk haben genug sinnlos geblutet. Ein künftiger Krieg gegeneinander könnte die restlose Ausrottung bedeuten."

Anton nickte zustimmend, überlegte eine Weile angestrengt und meinte: "Dabei haben sich Russen und Deutsche vor der Jahrhundertwende stets gut verstanden. Hoffen wir also, daß auch dein Dienst in der Bundeswehr nur ein Job bleibt und nicht einer mörderischen Kriegsvorbereitung zugute kommt. Nutze die Zeit, im Frieden Soldat zu sein, weidlich aus, Karlchen!"

"Worauf du dich verlassen kannst, Schwager! Ich werde mir..."

Eine weiche Hand legte sich auf Karl-Ottos Mund. "Jetzt habt ihr aber genug politisiert", sagte Petra mit ihrer angenehmen Stimme. "Laßt uns noch ein wenig tanzen und dann..."

"Was meinst du, liebes Schwesterlein, mit 'und dann'?" fragte Anton verschmitzt lächelnd.

"Das möchtest du gern wissen, Brüderchen", konterte Petra schlagfertig. "Frag doch mal deine Kolleginnen in der Hamburger Redaktion, was gewöhnlich nach der Hochzeitsfeier kommt, was dann ein verliebtes, jungvermähltes Paar wohl macht! Bestimmt nicht nur Händchenhalten..."

Alle drei lachten belustigt auf, nahmen sich gegenseitig in die Arme und begaben sich dann zu den anderen Gästen an der langen, festlich gedeckten Tafel und stärkten sich erst einmal, bevor sie nach den Klängen der Hammond-Orgel ausgelassen tanzten.

***

Seit Karl-Ottos Rückkehr aus der Kriegsgefangenschaft war 1960 sein erfolgreichstes Jahr. Jetzt konnte er sorglos in die Zukunft blicken. Allerdings belastete ihn dennoch ein Problem: Sein Sohn Martin! Was er auch diesbezüglich in die Wege zu leiten versuchte, scheiterte an gewissen Gesetzen, Paragraphen und Bestimmungen, denn in den amtlichen Schreiben hieß es jedesmal, daß sein Sohn bei der leiblichen Mutter gut untergebracht und versorgt sei, eine Trennung dem Kinde nicht dienlich sein würde. Der "Amtsschimmel" hatte wieder einmal gewiehert!

Auch Petra bedauerte die Entscheidung sehr. Zu gern hätte sie auch Karl-Ottos Sohn ein angenehmes Zuhause geboten, einen "Sohn" um sich gehabt. Sie selbst konnte aufgrund einer Operation keine Kinder bekommen. Manchmal litt sie darunter, machte jedoch daraus kein Problem; sie liebte Karl-Otto - und er sie!

***

Nach und nach nahm die Luftraumbeobachtungs-Abteilung in Lübeck-Blankensee Form an. Es dauerte lange, bis Karl-Otto sich in seiner neuen Einheit zurechtfand. Anscheinend wollte man seitens der Führung mit Disziplin und Härte aus einem zusammengewürfelten unmilitärischen Haufen eine Mustereinheit aus dem Boden stampfen, was von vornherein als sinnloses Unterfangen angesehen werden mußte, da kaum jemand der sich als "strafversetzt" fühlenden Soldaten begeistert seinen Dienst versah, mehr oder weniger seine Aufgaben unter Zwang erfüllte. Der Frust wurde noch verstärkt durch die altmodische technische Ausrüstung. Die kastenförmigen Borgward-Funkwagen, ausgestattet mit Siemens & Lorenz Geräten, stammten aus englischen Armeebeständen. Auf einem bis zu zehn Metern ausfahrbaren Mast befand sich die Doppel-Dipol-Antenne - gut sichtbar für die "gegnerische" Aufklärung. Natürlich war der Richtfunk eine störungsfreie und relativ abhörsichere Angelegenheit, was allerdings dazu verleitete, unbedacht und hemmungslos mit der Gegenfunkstelle zu "telefonieren", obwohl es sich im Grunde genommen um Funkverkehr handelte beziehungsweise um solchen handeln sollte. Wahrscheinlich wurde deshalb so sorglos dahergequasselt, weil das Funkgerät anstatt mit einer Morsetaste mit einem Fernsprechhörer versehen war, der lediglich eine Sprechtaste besaß; so glaubte jeder, der den "Funkverkehr" abwickelte, er telefoniere.

Karl-Otto raufte sich die Haare. Inzwischen zum stellvertretenden Zugführer ernannt, versuchte er zumindest auf die technische Ausbildung Einfluß zu nehmen, verwies immer wieder darauf, daß es sich bei den Geräten um Funkgeräte handele und daß auch der Richtfunk abgehört werde, aber das ging in die Köpfe seiner sogenannten Vorgesetzten, die aus allen möglichen Einheiten kamen, einfach nicht hinein. Angefangen vom Kompaniechef, einem Oberleutnant, der von der

Polizei kam, dem "Spieß", der vom Heer zur Luftwaffe übergewechselt war, sich ständig bemühte, militärische Zucht und Ordnung einzuführen, bis hin zu den älteren Feldwebeldienstgraden, die sich mehr um die Kantine als um die Ausbildung kümmerten. Die gesamte Ausbildung der Rekruten zu brauchbaren Luftraumbeobachtern oblag den Unteroffizieren und den Gruppenführern, die größtenteils Manschaftsdienstgrade waren, ihre Aufgabe jedoch sehr ernst und engagiert versahen.

Wieder einmal waren Fahrzeug- und Gerätepflege befohlen worden. In Reih' und Glied standen die Funkwagen auf dem Flugplatzgelände. Antennenzubehör und übriges Gerät lagen fein säuberlich ausgebreitet auf der Betonpiste, glitzerten und funkelten im strahlenden Sonnenschein und warteten darauf, den kritischen Augen des Zugführers, eines Oberfeldwebels, der auch von der Bereitschaftspolizei kam, wie einige seiner Chargengleichen in der Bundeswehr, beim anschließenden Appell standzuhalten. Bislang hatte er sich noch nicht blicken lassen. Vielleicht hatte er in der Kantine gerade eine wichtige "Besprechung"! Karl-Otto, seinem Stellvertreter, oblag die Aufsicht. Er brauchte sich nicht um die Truppführer zu kümmern. Sie waren zuverlässig und hatten ein gutes Verhältnis zu ihren Untergebenen, die bisweilen auch den Kopf schüttelten und sich fragten, was der oftmals angesetzte Gammeldienst nur bedeuten sollte. Sie wollten gefordert werden, möglichst viele Übungen fahren, um zu beweisen, daß sie ihren Mann stehen könnten, wenn es darauf ankäme. Und das hatten sie schon mehrmals bewiesen - als Wehrpflichtige! -, nur den schon bald überhandnehmenden Gammeldienst, den lehnten sie ab.

Karl-Otto schaute auf seine Armbanduhr und griff zur Trillerpfeife: "NATO-Pause!" rief er über den Platz. Unter "NATO-Pause" verstand man im Soldatenjargon die 20minütige Pause am Vormittag! Dann strömten die meisten in die Kantine und kauften sich ihr "Zweites

Frühstück" oder eine Flasche Bier.

Hinter einem Heckenrosenstrauch am Rande des Flugfeldes hatten Karl-Otto und sein Freund Carsten Müller während der Pause ein schattiges Plätzchen bezogen und rauchten eine Zigarette. Mit donnerndem Motor startete gerade wieder eine der rotlackierten Propellermaschinen nach Todendorf, wo sie, einen Schleppsack hinter sich herziehend, der Luftabwehr als Zielobjekt dienten.

"Jedesmal, wenn ich die roten Vögel starten sehe, juckt es mich in den Fingern, möchte ich den Steuerknüppel umspannen und die Maschine in meiner Gewalt haben", sagte Karl-Otto, dem sich stolz in die Lüfte erhebenden Flugapparat traurig nachschauend.

"So ähnlich geht's mir auch immer", bestätigte Carsten, "aber was soll's: Wir sind jetzt nur Luftraumbeobachter, kennen alle feindlichen und eigenen Flugzeugtypen und hatten sogar schon die Möglichkeit, mit einem Hubschrauber mitzufliegen. Ist das nichts?"

Karl-Otto brummte sich etwas in den Bart, setzte seine Sonnenbrille auf, legte sich auf den Rücken und meinte tief seufzend: "Weißt du, Carsten, was man mit uns macht, was man hier vorführt, ist schon mehr als fatal. Ich stehe mittlerweile zur Bundeswehr, habe ihre Notwendigkeit erkannt und glaube daran, daß sie dazu beiträgt, den Frieden zu sichern, aber nicht mit einem Verein, dem wir angehören. Im letzten Weltkrieg, als der Luftraum noch mit Flugzeugen wie das, das vorhin gestartet ist, besiedelt war, da hatte die Luftraumbeobachtung, der Flugmeldedienst in der Form einen Sinn, aber nicht mehr heute. Bis unsere Meldungen die Zentrale erreicht haben und ausgewertet sind, landen die feindlichen Flugzeuge schon wieder in ihren Heimathäfen und melden eventuell selbst: 'Fünf gegnerische Luftraumbeobachtertrupps ausgeschaltet!'... Eine vage Vision, nicht wahr? Wenn du jedoch selber einmal ernsthaft darüber nachdenkst, Carsten, dann mußt du mir recht geben."

"Und ob", stimmte Carsten zu. "Würden wir ständig unsere vorgesehenen Stellungen besetzt halten, dann könnten wir einige den Radar unterfliegende Flugzeuge erfassen und melden, aber bis wir im Ernstfall unsere Stellungen erreicht haben, vergeht zuviel Zeit. Außerdem müssen wir damit rechnen, daß auch unsere Kaserne auf der Liste der feindlichen Raketenbasen steht, zumal wir in günstiger Reichweite liegen. Dann brauchen wir überhaupt nicht auszurücken. Die Russen haben doch schon längst von uns Luftaufnahmen gemacht. Vielleicht ist sogar jetzt ein Flugzeug in großer Höhe über uns und macht Aufnahmen."

"Das dürfte ganz normal sein", meinte Karl-Otto. "Schließlich dreht die alliierte Luftaufklärung auch nicht nur Däumchen. Jedenfalls müssen wir verteidigungsbereit sein... Wachsamkeit ist der Preis der Freiheit!"

Carsten nickte nachdenklich, schnippte seinen Zigarettenstummel fort und fragte: "Wie würdest du dich verhalten, wenn die Bundeswehr plötzlich einen Angriffsbefehl erhielte?"

"Ich bin fest davon überzeugt, daß es nie dazu kommen wird", entgegnete Karl-Otto und fügte nach einer Weile, mit unterstreichender Geste in Richtung Osten, hinzu: "Eines Tages wird sich auch der angeblich so gefährliche 'Russische Bär' zähmen lassen. Ich glaube, wir beide könnten es noch erleben, daß die brutalen und menschenverachtenden Diktaturen in der Sowjetunion und den sogenannten Ostblockländern eines Tages der Vergangenheit angehören, neue progressiv denkende und handelnde Staatsmänner sich darauf besinnen, an einem europäischen Haus zu arbeiten, für alle Zeit Frieden in Europa zu schaffen, den Haß der Völker aufeinander abzubauen und eine Verständigung suchen, die das Wort 'Feind' aus dem Sprachgebrauch endgültig streicht. Es wird wohl noch ein langer Weg bis dahin sein, aber ich hoffe, man wird es fertigbringen, ein 'Vereintes Europa' bis zum Ural aufzubauen. Natürlich kann es immer wieder zu kleinen Plänkeleien kommen, aber es darf nie wieder zu einem Weltkrieg ausarten!"

"An dir ist ein Politiker verlorengegangen", grinste Carsten.

"Danke, das ehrt mich", sagte Karl-Otto schmunzelnd, "aber jetzt müssen wir unsere Unterhaltung abbrechen, denn schau mal auf die Uhr..."

***

An den Wochenenden, wenn es das Wetter erlaubte, unternahmen Petra und Karl-Otto in ihrem "VW-Käfer" Ausflugsfahrten in die nähere Umgebung Lübecks, manchmal auch einige Kilometer weiter bis zur Insel Fehmarn, nach Kiel oder sogar nach Dänemark. Den Ostseestrand von Timmendorf bis hinauf nach Neustadt, kannten sie bereits wie ihre Westentasche. Karl-Otto war glücklich. Es gab nichts, was er nicht mit Petra besprach, plante und gemeinsam durchführte. Sie war sehr großzügig - und nicht eifersüchtig -, obwohl sie aus Erfahrung wußte, daß ihn die Frauen in der Tanzbar, in der er dreimal wöchentlich musizierte, genauso anhimmelten, wie sie es seinerzeit getan hatte. Sie konnte treu sein - Karl-Otto auch! -, aber sie hatte ihm auch einmal zu verstehen gegeben, daß sie keinen 'Seitensprung' hinnehmen würde. Wenn es nach ihr gegangen wäre, dann hätte Karl-Otto lieber heute als morgen die Uniform ausziehen müssen. Sie hatte absolut nichts gegen die Bundeswehr, befürchtete jedoch, daß ihr Mann bei einer eventuellen Auseinandersetzung zwischen Ost und West zu den ersten gehören würde, die ihren Kopf für die Interessen gewisser Politiker hinhalten müßten. Sie sprach nicht viel über Politik, aber was sie aus der Presse entnehmen konnte, bereitete ihr doch Sorgen, besonders die Ereignisse in der sogenannten "DDR".

"Irgend etwas liegt da in der Luft, Karlchen", sagte sie am Abendbrottisch und zeigte auf eine Meldung über die erschreckend zunehmende Massenflucht der deutschen Menschen jenseits der Elbe.

"Natürlich gibt das zu denken", meinte Karl-Otto, "aber deshalb wird es keinen Krieg geben. Wir passen schon auf!"

"Na, Karlchen", sagte Petra verstohlen lächelnd, "so wie du mir eure Einheit immer schilderst, könntet ihr damit nicht einmal gegen die Heilsarmee antreten. Soviel mir bekannt ist, wird die Nationale-Volksarmee nach altem preußischen Muster ausgebildet und würde euch spielend überrennen."

"Sie wird uns nicht angreifen", blockte Karl-Otto ab, legte seine Serviette beiseite, ging um den Tisch, nahm Petra in den Arm und flüsterte: "Du hast mir doch neulich versprochen, nicht mehr über die Bundeswehr zu sprechen, mein Liebling. Es gibt für uns viel wichtigere Dinge, mit denen wir uns befassen sollten."

"Und die wären?"

"Indem wir uns jetzt auf die Couch setzen!"

"Und dann?"

"Dreimal darfst du raten!"

"Ich möchte nur einmal raten!"

"Bitte!"

"In deinen Armen möchte ich liegen, Liebster!"

Zärtlich küßte Karl-Otto Petra auf die Stirn, ihre kleinen enganliegenden Ohren, ihren Haaransatz im Nacken und zu guter Letzt auch noch ihren Busenansatz, was natürlich zur Folge hatte, daß Petra mit verklärtem Blick flüsterte: "Laß bitte Badewasser ein, mein Karlchen, ich möchte wieder so gern unter Wasser... weißt du, mein Liebling, so wie letztes Mal, als du ganz langsam wie ein starker..."

Plötzlich schrillte das Telefon. Verärgert nahm Karl-Otto den Hörer ab. Seine Stirn legte sich in Falten. Ein knappes "Jawoll" und er knallte den Hörer auf die Gabel.

"Was ist los?" fragte Petra nichtsahnend.

"NATO-Alarm", war Karl-Ottos knappe Antwort.

"Jetzt? Abends? Haben die das nicht früher gewußt?"

"Wer weiß, wer da in irgendeinem Führungsstab wieder eine fixe Idee hatte und uns schikanieren will", gab Karl-Otto ärgerlich zurück, küßte Petra noch einmal zärtlich, schwang sich auf sein Fahrrad und spurtete zur Kaserne.

Helle Aufregung in allen Blöcken. Funk- und Gerätewagen wurden vorgefahren, die Vollzähligkeit überprüft, Marschverpflegung und sogar scharfe Munition ausgegeben. Sofort kursierten die ersten Latrinenparolen: "Da hab'n wir den Salat... Es gibt Krieg!" meinten die einen. "Die woll'n uns bloß testen, wie wir auf diesen außergewöhnlichen Alarm reagieren!" trösteten sich andere, aber von fast allen Gesichtern der jungen Soldaten konnte man ablesen, daß sie irgendeine dunkle Ahnung verspürten, daß es diesmal nicht eine Übung nach dem Motto: Liegen, Ruhen, Bräunen - gemäß der Kürzel LRB - werden würde, denn dafür war die Hektik zu auffallend. Sogar die Offiziere und Feldwebel rannten in voller "Kriegsbemalung" umher. Vor allem erstaunlich zu beobachten, mit welchem Eifer die Wehrpflichtigen zu Werke gingen, nicht wie gewöhnlich murrten, schimpften und ihre eigene Einheit mit "Gammelhaufen" und "letztes Aufgebot der Bundeswehr" betitelten. Wenn es darauf ankam, wenn sie gefordert wurden, dann standen sie ihren Mann, dann war auf sie hundertprozentig Verlaß. Und das konnte man auch an jenem Abend im August 1961 feststellen. Kein Truppführer brauchte ein Wort zu sagen, Anordnungen zu treffen, alles erledigten seine fünf Leute, die ein eingespieltes Team darstellten.

Nach der Einsatzbesprechung nahm auch Karl-Otto seine Unterlagen entgegen. Er war der Zentrale (Hauptfunkstelle) zugeteilt worden. Seinen LRB-Trupp, der erste von insgesamt neun, übernahm ein Unteroffiziersanwärter.

Gegen Mitternacht verließ die LRB-Abteilung Lübeck-Blankensee. Karl-Otto steuerte einen 7,5 Tonner MAN, vollbepackt mit Aggregaten, Zelten und sonstigem Ausrüstungsmaterial. Sein Beifahrer, ein 25jähriger Obergefreiter, im Zivilberuf Im- und Exportkaufmann, dessen militärische Laufbahn aufgrund zweier Disziplinarstrafen vorerst blockiert wurde, entpuppte sich als ein angenehmer Gesprächspartner. Bislang hatte Karl-Otto mit ihm kaum Kontakt gehabt, da er in der Bekleidungskammer beschäftigt war. Bereits nach einigen hundert Metern Fahrt, waren sie in eine angeregte Diskussion verwickelt. Karl-Otto bot ihm gleich das "Du" an.

"Meinst du, es wird ernst?" fragte der Obergefreite lauernd.

"Ach was, das ist nur eine Alarmübung im NATO-Rahmen!"

"Und wofür die scharfe Munition?"

"Weil wir ganz dicht an der Grenze zur 'DDR' üben!"

"Jedenfalls ist mir nicht ganz geheuer zumute", sagte Ewald Luckner und zündete zwei Zigaretten an. "Irgend etwas wird sich in den nächsten Tagen ereignen", gab er zu bedenken.

"Vielleicht, vielleicht auch nicht", entgegnete Karl-Otto, wurde jedoch selbst nachdenklich und meinte nach einer Weile: "Die politische Lage im anderen Teil Deutschlands gibt natürlich Anlaß, die Situation kritisch zu betrachten. Wenn die Massenflucht weiterhin so anhält wie in letzter Zeit, dann ist die 'DDR' in Kürze leer. Die Menschen verlassen Haus und Hof, Hab' und Gut von einem Tag zum anderen, um dem Zwang und Terror des SED-Regims zu entgehen. Bald sind die kommunistischen Funktionäre ganz unter sich und müssen dann selbst den sozialistischen Aufbau übernehmen, ihre Parolen in die Tat umsetzen."

"Oder sie schicken die 'Volksarmee' los, sämtliche Flüchtlinge wieder aus der Bundesrepublik zurückzuholen."

"Ach, das ist doch absurd", wehrte Karl-Otto ab, obwohl er wußte, daß Ewald nur einen Scherz machen wollte. "Man sollte über dieses traurige Kapitel nicht scherzen, Ewald. Wir können es doch gar nicht ermessen, was es heißt, in Unfreiheit zu leben, unterdrückt zu werden."

Zunächst schwieg der Obergefreite, knipste die Taschenlampe an und ließ den Lichtkegel über die auf seinen Knien ausgebreitete Straßenkarte gleiten, denn er war verantwortlich für die vorgegebene Fahrtroute, war gewissermaßen Karl-Ottos Lotse. Seine Gedanken weilten auf einmal in Erfurt, wo zwei seiner Tanten wohnten. Ganz vorsichtig ließen sie in ihren Briefen durchblicken, wie es im "Ersten sozialistischen Arbeiter- und Bauernstaat" tatsächlich aussah. Laufend schickte er ihnen Pakete, aber damit konnte er nur ihre materielle Not etwas lindern, die Unfreiheit jedoch nicht lockern. Das totalitäre Regime saß fest im Sattel!

"Ja, du hast schon recht, Karl-Otto", hub Ewald Luckner nach einer Weile an, "wir können es nicht beurteilen. Vornehmlich ältere Menschen in der 'DDR' werden darunter leiden, von einer Diktatur in die andere hineingepreßt worden zu sein. Nachdem der Volksaufstand am 17. Juni 1953 von der Roten Armee blutig zusammengeschlagen worden war, wagte doch niemand mehr aufzumucken. Und dennoch glaube ich, daß der Freiheitswille ungebrochen ist. Hoffen wir also, daß unser Dienst in der Bundeswehr dazu beiträgt, den Frieden zu erhalten. Nie mehr darf ein deutscher Soldat für einen Angriffskrieg mißbraucht werden. Vielleicht schaffen es die einflußreichen Politiker doch, sich mit Worten anstatt mit Waffen auseinanderzusetzen..."

"Das hoffen wir alle", brummte Karl-Otto. "So, Ewald, und nun konzentrier' dich mal auf unsere Strecke. Gleich müßten wir in Mölln sein."

"Liegt schon vor uns", bestätigte Ewald. "Dann geht es

weiter über Schwarzenbek, Lauenburg bis Lüneburg. Von dort aus links ab in Richtung Dannenberg, aber wir biegen kurz zuvor auch wieder links ab und sind dann gleich an unserem Einsatzort, in Hitzacker. Hoffentlich finden wir auch sofort unsere vorgesehene Stellung."

"Ist doch mondhell", sagte Karl-Otto und trat das Gaspedal stärker durch, denn die Straße war wenig befahren. "Ich habe gewiß keine Angst", fuhr Karl-Otto fort, "aber hast du dir genau angesehen, wo Hitzacker liegt?"

"Ja! Warum?"

"Na, nicht besonders günstig für uns... Zum einen liegt unsere Einsatzstellung direkt an der Grenze, und zum anderen würden wir, käme es zu einer Auseinandersetzung, von den Russen und der 'Volksarmee' mühelos abgeschnitten, eingekesselt werden können, wie man militärisch sagt, da Hitzacker in einem sogenannten Landzipfel liegt, der weit in die 'DDR' hineinragt. Wir wären die ersten, die in Gefangenschaft gehen müßten..."

Ewald wurde nachdenklich, meinte aber dann: "Wenn die erst einmal unsere Präsenz bemerkt haben, vergeht ihnen schon die Angriffslust. Die vermuten im LRB sofort eine Geheimwaffe."

"Laß doch bloß mal deine spitzen Bemerkungen", sagte Karl-Otto schon beinahe ärgerlich. "Wir fahren eine ganz normale NATO-Übung und weiter nichts."

"Und dann mit scharfer Munition", konterte der Obergefreite.

***

Als Karl-Otto seinen Lastwagen in einem Waldstück zum Stehen brachte, wurde er sogleich von mehreren Soldaten umringt, die blitzschnell das Gerät abluden, umgehend die Zelte aufbauten, die Aggregate in Betrieb setzten und alles mit Tarnnetzen überspannten. Anschließend begannen sie Schützenlöcher und behelfsmäßige Unterstände zu buddeln - so, wie sie es in der Grundausbildung gelernt hatten. Obwohl alles einen kriegsmäßigen und ernsten Charakter hatte, schienen die Wehrpflichtigen die ganze Nacht- und Nebelaktion trotzdem nicht zu ernstzunehmen, alberten herum und machten sogar teils makabre Witze über die greifbar nahen Volksarmisten, aber sie waren eifrig bei der Sache, wie immer, wenn man sie forderte.

Etwa 20 Mann zählten zur Zentrale. Darunter zwei junge, unerfahrene Leutnante, ein engagierter Fähnrich, vier Feldwebeldienstgrade, die selbst nicht wußten, wofür man sie mitgenommen hatte, mehrere Unteroffiziere, denen mit Wehrpflichtigen der technische Dienstbetrieb oblag und ein sogenanntes Wachkommando, das Karl-Otto übernehmen mußte, um das Objekt Zentrale gegen 'feindliche' Überraschungsangriffe zu sichern.

Als der Morgen graute, hatten sämtliche neun LRB-Trupps mit der Zentrale Funkverbindung. Nun konnte es losgehen! Aber was sollte losgehen? Warum diese kriegsmäßige Hektik? Des Rätsels Lösung vernahmen die Soldaten aus ihren Radio-Koffergeräten: "Starke Kommandos der kasernierten Volkspolizei haben in der Nacht zum Sonntag die Sektorengrenze zwischen Ost- und Westberlin abgeriegelt!" Man schrieb den 13. August 1961. Also setzte Ulbricht dem nicht mehr versiegenden Flüchtlingsstrom nach Westen ein Ende! Jetzt sollte die Spaltung Deutschlands noch mehr vertieft werden, indem auf Anordnung der kommunistischen Machthaber ab sofort allen Bewohnern der Sowjetzone und Ostberlins das Betreten Westberlins untersagt wurde. Der Passierscheinzwang wird eingeführt. Stacheldraht wird an der Sektorengrenze verlegt, Betonpfähle errichtet man, Hindernisse werden angelegt, indem man das Straßenpflaster aufreißt und tiefe Gräben zieht. Und dann beginnt man mit dem Bau der Mauer... Die Welt horcht auf, protestiert, aber Tag für Tag schreitet der Mauerbau voran im Schutz der Volkspolizei und der Volksarmee - im Rücken die 'friedliebende' Sowjetarmee. Wird der Westen, werden die in West-Berlin stationierten alliierten Truppen eingreifen? Kommt es zu einer Auseinandersetzung?

Das fragte sich auch die im Raum Lüchow/Dannenberg eingesetzte Luftraumbeobachtungs- Einheit. Sie stand praktisch an "vorderster Front" - nur mit Handfeuerwaffen ausgerüstet. Jenseits der Grenze lagen Rotarmisten und Volksarmeeangehörige in getarnten Stellungen. Mit bloßem Auge konnte man sie wahrnehmen. Ein nicht gerade ermutigender Anblick. Vielleicht empfanden das die Soldaten des "Warschauer-Paktes" genauso!? Würde man gegebenenfalls aufeinander schießen, würden die teils schlecht getarnten Kanonen eventuell schon morgen losbellen, die Panzerkolosse ihre Motoren anwerfen? Niemand konnte es voraussagen, niemand wußte, ob irgendein voreiliger Militär die Nerven verlor oder sogar wieder einmal "seinen Krieg" haben mußte, heimlich den Wunsch hegte, "ruhmreich" auf dem Feldherrnhügel zu stehen. Gottlob schien man auf beiden Seiten die Zügel fest in der Hand zu haben!!!

Nach etwa 14 Tagen wich auch die anfangs auf den Soldaten der LRB-Stellung lastende Spannung, obwohl die meisten sie zu unterdrücken versuchten, mit Galgenhumor und scharfgeladener Waffe nachts ihre Streife liefen und auf alles schossen, was sich im Unterholz bewegte - Hasen, Dachse oder sonstwas! Aber auch auf der anderen Seite fielen vereinzelt Schüsse. Vielleicht aus den gleichen Gründen oder man wollte die Bundeswehrsoldaten nervös machen. Ansonsten verlief alles ruhig bis auf einen Zwischenfall, der ernste Folgen hätte haben können:

Karl-Otto verließ gerade den Nachschub- und Verpflegungswagen, den ein Oberfeldwebel zur Kleinstkantine umfunktioniert hatte, um die Wach- und

Streifenposten zu kontrollieren, als plötzlich ein schwarzer Mercedes den Waldweg entlanggebraust kam, das rote Absperrband durchbrach, unmittelbar zwischen den Fahrzeugen und Zelten hielt und sogar den Motor abstellte. Die Insassen, Offiziere der sowjetischen Militärmission, zückten ihre Kameras und begannen eifrig zu fotografieren. Spontan brachte Karl-Otto seine Maschinenpistole in Anschlag und näherte sich schnellen Schrittes dem Wagen mit dem sowjetischen Stander und deutete den Russen an, das abgesperrte Terrain sofort zu verlassen, worauf die Herren in den erdbraunen Uniformen überhaupt nicht reagierten, fleißig weiterfotografierten. Sie grinsten ihn sogar frech an, als er furchtlos und entschlossen gegen die Seitenscheibe pochte und sie anschrie: "Dawei, dawei!", was sie auch nicht zur Kenntnis nahmen. Nun war ihm alles egal. Er trat einige Schritte zurück, entsicherte seine Waffe und betätigte den Abzug. Sand spritzte hoch, als die Geschosse etwa einen Meter vor dem Mercedes einschlugen. Das war den Russen nun wohl doch zuviel. Einer richtete noch schnell seine Kamera auf Karl-Otto, schoß ein paar .Fotos und grinste verächtlich. Dann heulte der Motor auf und der Wagen raste davon, eine riesige Staubwolke hinter sich lassend.

Dem Leutnant, der die Zentrale unter sich hatte, war beinahe das Herz stehengeblieben, als er den Vorfall vom Auswertewagen beobachtete. "Das hätte ins Auge gehen können", bemerkte er völlig durcheinander. "Stellen Sie sich vor, Franke, die Russen hätten zurückgeschossen! Hoffentlich hat das keine unangenehmen Folgen."

"Nie im Leben, Herr Leutnant", zerstreute Karl-Otto die Bedenken des jungen Offiziers. "Ihnen dürfte doch bekannt sein, daß die Angehörigen der sowjetischen Militärmission aktive Spionage betreiben... Oder sind Sie der Meinung, die vier Herren wollten uns einen Höflichkeitsbesuch abstatten?"

"Das weiß ich selbst", sagte der Leutnant in überheblichem Ton. "Ratsamer wäre es gewesen, Sie hätten mich gerufen."

"Warum das denn, Herr Leutnant? Wollten Sie auch noch unbedingt fotografiert werden? Reicht doch, wenn ich..."

Mitten im Satz brach Karl-Otto ab und riß schon wieder die Maschinenpistole hoch, ließ sie jedoch sofort mit der Mündung nach unten zeigen, als er den rasch nahenden Kommandeurswagen erkannte. Der Leutnant machte Meldung. Arrogant wie eh und je inspizierte der Oberstleutnant die gut getarnte LRB-Stellung, bemängelte jedoch nichts. "Also keine Vorkommnisse, kein Zwischenfall", wiederholte der hagere Oberstleutnant mit seiner piepsigen Stimme, reichte dem Leutnant die Hand und setzte sich nach einem viertelstündigen Aufenthalt "bei der Truppe" wieder in seinen Wagen und fuhr von dannen. Aufatmen in der Hilfskantine, die der Kommandeur nicht besichtigt hatte, sonst hätte er wahrscheinlich Zustände bekommen, wenn er der bezechten Oberfeldwebel ansichtig geworden wäre, die schon tagelang den Geburtstag des einen feierten. Als funktionslose Dienstgrade konnten sie es sich erlauben! Den Leutnant, obwohl er das sagen hatte, nahmen sie sowieso nicht für voll und der war froh, daß der technische Dienstbetrieb reibungslos ablief, überwiegend dem selbstlosen Engagement der Wehrpflichtigen zu verdanken war. Aber nicht nur in der Hilfskantine wurde gefeiert und getrunken, sondern auch in der nahegelegenen Gastwirtschaft in Hitzacker. Dort ging es oft bis Mitternacht hoch her - und einige hundert Meter weiter stand der "Feind"! Jeder hatte schon mindestens zwei-, dreimal die gemütliche Kneipe während der Freiwache besucht und mit den Dorfbewohnern diskutiert, auch schon mal mit einer Dorfschönen ein Tänzchen gewagt.

Karl-Otto lag gerade nur mit einer Turnhose bekleidet auf einer Wiese und ließ sich von der Septembersonne bescheinen, als der Befehl zum Abbauen gegeben wurde. Endlich war die NATO-Übung vorbei! Die Mauer stand! Bauteile, die für Wohnbauten vorgesehen waren, wurden einer menschenfeindlichen Maßnahme geopfert. Ulbricht hatte sein großes Konzentrationslager eingemauert. Er ignorierte, was die Vereinten Nationen in ihrer Charta 1948 verkündet hatten, daß sie das Ende des imperialistischen Zeitalters als gekommen bezeichneten, daß sie erklärten, jeder Mensch habe ein Recht auf Freizügigkeit und freie Wahl seines Wohnsitzes, das Recht, jedes Land, einschließlich des eigenen, zu verlassen sowie in dieses Land zurückzukehren, und das Recht, die Staatsangehörigkeit zu wechseln. Kein Staat, der den Anspruch erhebt, ein Kulturstaat zu sein, darf diese Menschenrechte verletzen...

Alles dieses galt nicht für die SED-Machthaber. Das Selbstbestimmungsrecht des deutschen Volkes und die Wiedervereinigung in Freiheit rückten in weite Ferne. Die Menschen im anderen Teil Deutschlands waren von der Außenwelt, von der freien Welt, endgültig abgeschnitten, Willkür und Terror nahmen erschreckende Formen an. Seit dem 13. August 1961 verbot das Sowjetzonen-Regime den Menschen den Empfang westlicher Rundfunk- und Fernsehsendungen, stellte Republikflucht unter Strafe - und dann folgte auch noch der Schießbefehl!

***

"Haben wir auch nichts vergessen, nichts liegengelassen? Ist das Gerät vollzählig? Hast du alles noch einmal überprüft?" fragte Karl-Otto besorgt, als sie wieder auf der Heimfahrt waren.

Ewald Luckner gab Zwischengas, schaltete einen Gang höher, zuckte mit den Schultern und entgegnete: "Jedenfalls hab' ich's mit der Liste verglichen. Normalerweise dürfte nichts fehlen... Na ja, und wenn schon, dann ist das auch kein Beinbruch, Karl-Otto... Schließlich sind wir im Bundeswehrverband!"

"Da hast du recht, Ewald! Eine feine Sache ist das! So etwas kennt keine andere Armee. Man fühlt sich als Soldat in schwierigen und zweifelhaften Situationen nicht alleingelassen, man weiß, wo man sein Recht bekommt und braucht sich nicht alles gefallen zu lassen, ist nicht mehr der Willkür seiner Vorgesetzten hilflos ausgeliefert, wie es in der Wehrmacht häufig der Fall war. Unsere 'Gewerkschaft' ist eine gute Einrichtung."

"Wie lange gehörst du schon dem Verband an?"

"Seit 1957."

"Und hattest du schon Vorteile?" wollte Ewald wissen.

"Doch! Einmal, als ich während einer LRB-Übung ein wertvolles Gerät verschludert hatte und in Regreß genommen werden sollte, und ein anderes Mal, als ich mich in einer finanziellen Notlage befand, half mir der Bundeswehrverband schnell und unbürokratisch."

"Alle Achtung! Hoffentlich treten ihm noch recht viele Soldaten bei... Ich hab' schon mehrere geworben. Man fühlt sich doch viel sicherer, wenn man einen Interessenverband hinter sich weiß."

Lübecks sieben Kirchtürme grüßten aus der Ferne. Karl-Otto seufzte hörbar und sagte: "Ich kann es immer noch nicht fassen, daß unser 'Fronteinsatz' so glimpflich abgelaufen ist. Es stand doch eigentlich alles auf Messers Schneide! Demnach haben die Diplomaten Großartiges vollbracht. In Berlin sollen sich sogar sowjetische und amerikanische Panzer Auge in Auge gegenübergestanden haben... Na ja, nun ist alles vorbei und wir sind gleich in der Kaserne, dürfen uns wieder mit unserem supermilitärischen 'Spieß' herumärgern, aber uns kriegt er nicht klein!"

"Der spinnt sowieso", meinte der Obergefreite. "Leider hält er seine Hand über unsere Urlaubsscheine! Ich hab' auch schon einige Kompaniefeldwebel erlebt, aber so was..."

"Ja, ja", nickte Karl-Otto, "der scheint auch einer von denen zu sein, die bei der Wehrmacht auf dem Kasernenhof die absoluten Herrgötter waren, die Soldaten bis zur restlosen Erschöpfung schliffen, nach der Gefangenschaft bis zum Wiedereintritt in das Soldatenleben irgendwo auf dem Bau Handlanger oder Hilfsarbeiter waren und jetzt wieder im vollen Element zu sein glauben... Aber nicht mit uns!"

"Auf jeden Fall haben wir die 'Schlacht geschlagen'... Auch ohne den 'Spieß' und seine dummen Redensarten. Die Wehrpflichtigen waren einfach klasse! Sie motivierten sich selbst, wenn man ihnen die nötige Entscheidungsfreiheit ließ. Sie wollen nicht von so einem Typen gegängelt werden. Es klappte doch alles prima!"

"Ja, die 'Schlacht ist geschlagen', und wir sind noch einmal davongekommen", meinte Karl-Otto. "Zu verdanken haben wir es - meiner Meinung nach - den Friedensbemühungen der freien westlichen Welt, die es auf eine Auseinandersetzung nicht ankommen ließen."

Ewald Luckner grinste breit und fuhr sich über das Kinn: "Ich bin der Meinung, daß es deshalb nicht zum Krieg kam, weil wir, die Luftraumbeobachter, dem Feind ins Auge schauten, er es nicht mit einer Elitetruppe aufnehmen wollte, die zu allem entschlossen gewesen wäre, die Stellungen der Volksarmee im Handstreich..."

"Willst du mal endlich aufhören zu lästern, Ewald", fiel Karl-Otto dem Obergefreiten ins Wort. "Konzentrier dich lieber auf die Fahrbahn und setz' deine Mütze ordentlich auf, gleich fahr'n wir durchs Kasernentor..."

***

Petra war außer sich vor Freude, als Karl-Otto wieder vor ihr stand, küßte und drückte ihn unzählige Male, als käme er von einer Weltreise zurück. Es war überwältigend. Jetzt zeigte sich wieder einmal, wie sehr Petra ihn liebte. Auch er hatte noch nie zuvor so tief für eine Frau empfunden wie für Petra. Niemals wäre ihm der Gedanke gekommen, sie zu betrügen. Sie verkörperte nicht nur Geist und Schönheit, sondern auch Toleranz, Verständnis, Einfühlungsvermögen und bot ihm in der Liebe alles das, was er sich immer schon erträumt hatte. Für keine andere Frau, und sollte sie ihm auch Millionen bieten, würde er Petra tauschen.

"So, mein Schatz", sagte Petra, "jetzt nimmst du erst einmal ein Bad! Inzwischen bereite ich uns ein deftiges Abendbrot und dann... Ich kann es kaum erwarten, mein Liebster. Du hast mir so gefehlt! Hattest du auch große Sehnsucht nach mir?"

"Unbeschreiblich, Liebste!" flüsterte Karl-Otto und streichelte seiner Frau zärtlich über das weiche Haar. "Steht auch schon die Flasche Sekt kalt? Mir ist die Zunge schon ganz trocken."

"An alles hab' ich gedacht, Karlchen. Nachdem du angerufen hattest, stellte ich sie in den Kühlschrank. Auch 'Bärenfang', dein Lieblingsgetränk, habe ich besorgt. Nur wir zwei werden unser Wiedersehen feiern... Bei Kerzenschein und leiser Musik."

Wie neugeboren stieg Karl-Otto aus der Badewanne. Petra war sofort zur Stelle, trocknete ihn von oben bis unten ab und bedeckte immer wieder seinen braungebrannten Körper mit Küssen. Rasch schlüpfte Karl-Otto in den Trainingsanzug und nahm mit Petra das Abendbrot ein. Unentwegt schauten sie sich an wie Jungverliebte, die nur auf den einen Augenblick warteten, sich ganz nahe zu sein.

Während Petra das Geschirr abräumte, sah Karl-Otto die Post durch. Außer belanglosen Briefen befand sich auch einer von Beate darunter. Wieder eine Forderung: Martin sollte eine Kur machen und so bat sie um einen Zuschuß, da ihr Mann arbeitslos geworden sei. Martin hatte auch ein paar Zeilen beigelegt.

"Was geht das uns an, wenn ihr Mann ohne Arbeit ist",

meinte Petra, "aber weil es um deinen Jungen geht, überweise ich morgen einen Geldbetrag."

"Damit die beiden das Geld in Bier und Schnaps umsetzen können", knurrte Karl-Otto. "Wenn wir es schwarz auf weiß hätten, daß mein Sohn zur Kur fährt, dann hätte ich nichts dagegen, aber so... Beate arbeitet doch mit allen Raffinessen."

"Ganz gleich, wie es sich verhält", sagte Petra, "wir schicken das Geld ab! Vielleicht tun wir Beate unberechtigt verdächtigen. So, Liebster, und jetzt legst du mal alles beiseite und folgst mir ganz langsam, möglichst auf Zehenspitzen und mit geschlossenen Augen. Erst dann, wenn ich es sage, darfst du sie öffnen."

Voller Spannung und nichtsahnend, tippelte Karl-Otto hinter seiner Frau her, vernahm, wie sie die Türklinke herunterdrückte und nach ein paar Schritten flüsterte: "Und jetzt schau dich mal um, Karlchen! Gefällt's dir? Ist es nicht hübsch?"

"Himmlisch, mein Liebstes", staunte Karl-Otto und umarmte seine Petra. "So hab' ich mir schon oft den Himmel auf Erden vorgestellt, aber mir fehlte stets der dazu passende Engel. Und auf einmal habe ich beides, mein Engelchen."

Die schwache rote Glühbirne des nach unten gerichteten Tiefstrahlers tauchte das Schlafzimmer in ein warmes Halbdunkel wie aus "Tausend und einer Nacht" - vielleicht noch eine Nuance angenehmer und reizvoller. Auf dem Teppich stand ein Tablett mit einer Flasche Sekt, zwei Gläsern und einer Schachtel Pralinen. Petra schaltete das Radio ein. Dezente Musik erklang. Dann kniete sie vor Karl-Otto, ihm den Rücken zugewandt. Bevor er ihr den Reißverschluß beinahe im Zeitlupentempo öffnete, kraulte er ihr zärtlich den Nacken, küßte den Haaransatz und streichelte sanft ihre schmalen Schultern. Wie rosa Seide mutete ihre Haut an, als sie sich völlig entkleidet erhob, vor den Spiegel stellte und ihre wallenden Haare durchkämmte. Fasziniert von der

Schönheit des makellosen Körpers seiner Frau wagte Karl-Otto kaum zu atmen. Sie schien sich überhaupt nicht zu verändern, wirkte wie ein junges Mädchen. Ihre Augen begegneten sich im Spiegel. Eine ganze Weile. Karl-Otto kniete noch immer auf dem Teppich im Trainingsanzug und ließ seinen Blick von Petras dunklem Haar bis zu den Fersen wandern. Immer wieder, auf und ab. Bedächtig drehte sich Petra um, verharrte einige Augenblicke in dieser Position und näherte sich dann langsam. Seine Hände tasteten nach ihrem Busen, glitten an den Hüften herab und umspannten ihren straffen Po. Behutsam drückte sie seinen Kopf an ihren Schoß und kraulte sein kurzgeschnittenes Haar. Karl-Otto spürte, wie ihre warme Haut an seiner Stirn entlangglitt, bis sich ihre Lippen fanden. Nun legte auch Karl-Otto den Trainingsanzug ab, umarmte seine Frau und ließ sich mit ihr auf den Teppich fallen. Das Verlangen, die Zärtlichkeit und das Gefühl, für einander bestimmt zu sein, hatten nichts an Intensität eingebüßt, waren genauso vorhanden wie am ersten Tag, wie beim ersten Mal...

Die Zeit schien für beide stehengeblieben zu sein. Engumschlungen verharrten sie auf dem flauschigen Teppich und tasteten sich gegenseitig ab - Zentimeter für Zentimeter -, immer wieder aufs neue, als gebe es noch einen winzigen unentdeckten Punkt. Mit verliebtem Blick schaute Petra Karl-Otto tief in die Augen, drehte sich auf die andere Seite und hauchte: "Fahr mir bitte noch einmal mit den Fingerspitzen den Rücken rauf und runter, Karlchen. So zärtlich und langsam wie vorhin. Den Po darfst du ruhig etwas kneten und massieren... Und vergiß die Füße nicht! Nachher mache ich's bei dir auch. Du hast sehr schöne Hände. Ich könnte sie stundenlang auf meiner Haut spüren, Liebster... Ich möchte dich nie mehr missen!"

"Ich dich auch nicht", sagte Karl-Otto und begann Petras ebenmäßige Rückenpartie zu streicheln. "Warum haben wir uns nicht schon vor zehn Jahren kennengelernt, mein Liebstes? Vieles wäre mir erspart geblieben. Warum mußte ich nur jahrelang umherirren?"

Petra antwortete nicht. Ihr Kinn ruhte auf ihren verschränkten Armen. Sie stöhnte leise. Ab und zu wand sich ihr Körper wie eine Schlange im wohltuenden Sonnenschein. Langsam, rhythmisch, wie in Trance. Daß eine Frau so liebebedürftig sein konnte, hatte Karl-Otto noch nie zuvor erlebt. Stets war es nur ein sexuelles Aufflammen gewesen, das schnell verblaßte, wenn die Ernüchterung einkehrte, ihn der Alltag gefangennahm. Hier, mit Petra, da war es zum erstenmal ganz anders: Es war innige, außergewöhnliche Liebe, die sich überall, zu jeder Zeit und im tiefsten Herzen niederschlug, die ständig forderte und gab, nicht einen Augenblick verebbte, bei Tag und bei Nacht allgegenwärtig war.

Obwohl Karl-Ottos Hände mittlerweile zu erlahmen begannen, streichelte er unentwegt Petras samtene Haut. Schließlich richtete sich Petra auf, küßte Karl-Otto zärtlich und meinte mit einem verklärten Lächeln: "Weißt du überhaupt, Karlchen, daß wir den Sekt noch gar nicht angerührt haben? Er wird schon warm sein, aber schenk' trotzdem ein! Ich möchte mir einen ganz kleinen Schwips antrinken und dann mit dir schlafen. Sei so lieb und öffne die Flasche, mein Liebling!"

Die Wohnzimmeruhr schlug Mitternacht, als Petra und Karl-Otto endlich unter die Bettdecke schlüpften. "Schön, daß du drei Tage Sonderurlaub hast", raunte Petra. "Wir werden sie voll auskosten."

"Ja, das werden wir", wiederholte Karl-Otto und fügte noch hinzu: "Jetzt ist das Wetter noch schön, dann können wir..."

Rasch verschloß Petra Karl-Ottos Mund mit einem Kuß und sagte dann: "Du warst wochenlang von mir fort, Karlchen. Erst einmal haben wir viel nachzuholen. Ich glaube kaum, daß uns noch Zeit für andere Dinge bleibt... Meinst du nicht auch, mein Liebster?"

Karl-Otto nickte nur und kuschelte sich ganz eng an

seine Frau. Eine Weile Stille. Dann rutschte Petra langsam höher und flüsterte ihm ins Ohr: "Weißt du, Karlchen, du kannst nun von mir denken, was du willst, aber mit dir könnte ich ununterbrochen im Bett liegen und schmusen... Früher war es für mich undenkbar, morgens aufzuwachen und einen Mann neben mir zu haben. Das empfand ich lästig! Ich fühlte mich meiner Freiheit beraubt, wenn mich dann noch jemand in den Armen hielt. Warum es bei dir anders ist, kann ich mir selbst nicht erklären. Vielleicht bist du der erste Mann, den ich richtig liebe! Du darfst mich so lange festumschlungen halten, wie es dir gefällt. Ich wünsche es sogar! Du hast mich völlig verändert, mein Karlchen!"

"Mir geht es auch nicht anders", entgegnete Karl-Otto und drückte Petra noch fester an sich. "An deiner Seite hat sich auch mein Leben grundlegend verändert, Petra... Kurzum: Du machst mich glücklich! Durch dich hat mein Irrweg ein Ende gefunden."

***

Kaum war Karl-Otto wieder in der Kaserne, als er auch schon zum "Spieß" beordert wurde, was in ihm ein gewisses Unbehagen hervorrief, denn sie beide konnten sich absolut nicht leiden. Jedoch kam es diesmal nicht zum obligatorischen Disput. Schon fast höflich unterbreitete er, daß Karl-Otto den Feldwebellehrgang in Lechfeld besuchen dürfte, händigte ihm die Kommandierungsverfügung aus und bemerkte: "Na ja, Franke, dann gehören Sie auch bald den Portepee-Trägern an. Eine Planstelle ist Ihnen sicher."

Natürlich war das eine Überraschung. Lange hatte Karl-Otto auf die Kommandierung warten müssen. Zwei andere Stabsunteroffiziere, die bei der "hohen Führung" hoch im Kurs standen, hatten schon längst ihren Lehrgang hinter sich und warteten auf die Beförderung. Diesbezüglich hatte sich im Vergleich zur Wehrmacht scheinbar nichts geändert: Wer sich mit seinen Vorgesetzten gut stand, das berühmte "Kratzfüßchen" am richtigen Ort und zur richtigen Zeit einsetzte, niemals das sagte, was er wirklich dachte und stets den tadellosen Soldaten mimte, der durfte sich der Gunst seiner Vorgesetzten gewiß sein und mit ungeahnten Vorteilen rechnen.

Diese Kriechereien, Schmierereien und Anbiederungen lagen Karl-Otto nicht. Er wußte, was er zu leisten vermochte, besaß ein gesundes Selbstbewußtsein, war bei seinen Untergebenen beliebt und scheute sich nie, seine Meinung zu sagen, auch schon mal dann und wann beinahe aufsässig zu werden. Trotz zentraler Dienstvorschriften, eindeutiger Erlasse und der gepriesenen "Inneren Führung", die zweifelsohne gut durchdacht und auch anwendbar war, hielten sich noch längst nicht alle Vorgesetzten daran, also Offiziere und Unteroffiziere gleichermaßen, die mit der Ausbildung und Menschenführung in der Bundeswehr betraut worden waren... Es gab noch immer zu viele, die am "alten Zopf" festhielten, den jungen Soldaten das Denken abnehmen wollten, auf ihren Dienstgrad pochten, wenn der Geist zu versagen drohte. Daß eine moderne und technische Armee, wie die sich noch immer im Aufbau befindliche Bundeswehr, Mitdenken, Mitverantwortung und eine gewisse Entscheidungsfreiheit in außergewöhnlichen Situationen verlangte, schien in manche Köpfe einfach nicht hineinzugehen. Vornehmlich waren es jene, die etwa zehn, fünfzehn Jahre älter als Karl-Otto waren, wahrscheinlich zu lange Untergebenen "Zucht und Ordnung" beigebracht hatten, und nicht das geringste Aufmucksen duldeten. So kam es des öfteren zu Reibereien zwischen den jungen Altgedienten und den sogenannten echten Altgedienten.

Kurz vor seiner Kommandierung nach Lechfeld traf sich Karl-Otto noch einmal mit seinem Freund Carsten Müller - inzwischen war auch er Stabsunteroffizier geworden - zu einem kleinen Umtrunk in der Kantine. "Ich freue mich ehrlich für dich, Karlchen, daß es nun endlich geklappt hat", sagte Carsten und erhob sein Glas.

"Prost", brummte Karl-Otto, "aber nicht auf meine militärische Laufbahn. Die ist mir unwichtig!"

"Nanu?" staunte Carsten. "Wenn du erst einmal Feldwebel bist, steht dir doch der Weg, Berufssoldat zu werden, offen..."

"Du weißt doch, Carsten, wie ich über den Beruf Soldat denke", grinste Karl-Otto. "Für mich ist das kein Thema! Nach wie vor ist für mich Soldatsein ein Zustand und kein Beruf! Ich habe mich auf 12 Jahre verpflichtet und dabei bleibt es."

"Vielleicht überlegst du's dir doch noch!"

"Niemals! Ich werde sämtliche Möglichkeiten der Fort- und Weiterbildung nutzen. Wofür gibt es denn die Bundeswehrfachschule und den Berufsförderungsdienst? Man muß diese einmaligen Chancen nur in Anspruch nehmen. Warum habe ich denn schon mehrere Seminare besucht? Wofür mache ich Fernkurse? Etwa für meine militärische Laufbahn? Nein, Carsten... Alles dient der Vorbereitung auf mein späteres Zivilleben. Mein Ziel, irgendwie im öffentlichen Dienst unterzukommen, muß und werde ich erreichen."

"Deine Initiative ist bewundernswert, Karl-Otto! Vielleicht nehme ich die kostenlosen Bildungsmöglichkeiten zu gegebener Zeit auch in Anspruch; eigentlich bin ich ja lernfaul."

"Siehst du", meinte Karl-Otto kopfschüttelnd, "und das verstehe ich nicht. Zum Lernen darf man nie zu faul sein! Es ist doch alles umsonst! Mir ist es überhaupt unbegreiflich, warum nur relativ wenige Zeitsoldaten vom Angebot der Bundeswehrfachschule Gebrauch machen. Na ja, schließlich muß jeder selbst wissen, was er macht. Eines steht jedoch fest: Im Zivilleben fragt niemand danach, welchen Dienstgrad du beim Militär hattest, sondern lediglich, was du kannst. Nur dein Bildungsstand öffnet dir Berufschancen. Mit dem in der Bundeswehrfachschule erworbenen Wissen kannst du aufbauen, dich entwickeln, mein lieber Freund."

Nun wurde Carsten doch nachdenklich. Wortlos erhob er sich und holte noch einmal zwei halbe Liter Bier, stellte sie auf den Tisch und sagte gedehnt: "So unrecht hast du gar nicht, Karlchen. Ich werd's mir mal durch den Kopf gehen lassen... Auf Staatskosten den Betriebswirt zu machen, ist eigentlich eine feine Sache. Karlchen, ich glaube, du hast mich überzeugt!"

"Na, siehst du, manchmal braucht der Mensch nur ein bißchen angestoßen zu werden, um aus seinem Dornröschenschlaf zu erwachen. Natürlich sind wir als Soldaten, wir als Vorgesetzte, der Bundeswehr gegenüber verpflichtet, aber an uns, an unsere Zukunft, daran müssen wir auch denken - besonders wir, die Zeitsoldaten."

Carsten Müller nickte zustimmend. Er reichte Karl-Otto die Hand, umklammerte sie fest und sagte: "Du bist ein prima Kumpel, ein echter Freund, Karlchen! Die Bezeichnung ' Kamerad' mag ich nicht, weißt du. Das erinnert mich immer so an den Krieg, an den Schützengraben, obwohl bei den Soldaten Kameradschaft stets im Vordergrund zu stehen hat. Wir sind Freunde und werden es auch bleiben..., nicht wahr?"

"Wenn nur alle so dächten", entgegnete Karl-Otto. "Jederzeit für den anderen einzutreten, das ist unsere Verpflichtung. Wenn es bloß nicht diese übertriebene Kastenwirtschaft geben würde, dann wäre manches leichter zu ertragen, Carsten. Die Bundeswehr ist gut! Sie genießt mittlerweile - trotz gewisser Quertreiber - in der Öffentlichkeit die gebührende Anerkennung. Wir, die Halbaltgedienten, wir haben die Armee größtenteils aufgebaut, die jungen Soldaten im Sinne der Demokratie ausgebildet, und zu 'Staatsbürgern in Uniform' gemacht, ohne auch nur ein einziges Mal unsere Befehlsbefugnis überschreiten zu müssen. Vorbild sein, motivieren und bis zu einer gewissen Grenze Kameradschaft pflegen, das waren unsere Stärken und sind es auch noch hier bei der Luftraumbeobachtungs-Einheit. Sonst wäre diese Truppe ein Gammelhaufen, wie er im Buche steht."

"Da ist schon etwas Wahres dran", nickte Carsten. "Unvorstellbar, wenn der dienstgeile 'Spieß' und einige alte Ober- und Hauptfeldwebel sich so austoben dürften, wie es ihnen beliebte, dann hätten wir hier anstatt der aufgeschlossenen jungen Soldaten nur Duckmäuser und verängstigte Befehlsempfänger herumlaufen, die sich nicht so engagierten, wie beispielsweise während der NATO-Übung an der Grenze... meine ich!"

"Richtig, du hast es erfaßt, Carsten! Was das Gammeln in der Kaserne anbetrifft, dazu kann ich nur sagen, daß in anderen Armeen vielleicht noch mehr herumgegammelt wird. Auch dort sind die Dienstpläne meistens nur eine reine Formsache. Wie dem auch sei, Carsten, wichtig ist, daß auch nicht einer der Soldaten, die wir ausgebildet haben, jemals mit der Waffe in der Hand - wie wir es mußten! - gegen einen 'Feind' stürmen würde. Ich glaube felsenfest daran - dafür trage auch ich die Uniform! -, daß es in Europa keinen Krieg mehr geben wird! Einmal müßte doch die Vernunft siegen! Oder wäre das zuviel verlangt?"

"Nein, keinesfalls", sagte Carsten, "und dennoch traue ich dem Frieden nicht: Der Kommunismus strebt die Weltherrschaft an und wird seine Ideologie niemals ändern!"

"Glaube du, was du willst! Jedenfalls lasse ich mich nicht davon abbringen, an ein 'Vereintes Europa' zu glauben..."

"Sollst du auch, Karlchen, aber jetzt laß uns noch einen kräftig zur Brust nehmen und hoffen, daß in drei Monaten nach bestandenem Lehrgang deine Meinung sich nicht geändert hat..."

***

Untergehakt und verliebt wie eh und je schlenderten Petra und Karl-Otto an der Untertrave entlang und genossen den lauen Sommerabend. Aus einer Seemannskneipe drang Akkordeonmusik an ihr Ohr, vor einer anderen prügelten sich zwei "blaue Jungs" und aus einer dritten wurde gerade ein Volltrunkener ins Freie befördert. Stimmungsbilder am Hafen! Vor schon von außen eindeutig auf ihren Zweck hinweisenden Häusern lehnten "leichte Mädchen" an der Wand oder mit hochgeschobenem Minirock auf einer Bank sitzend und auf "Kundschaft" wartend.

"Gefällt dir eine davon?" fragte Petra verschmitzt lächelnd.

"Von welchen?"

"Na, die du hier um dich siehst!"

"Ja!"

"Und welche wäre das?" staunte Petra mit ernster Miene.

"Nur eine einzige wäre mein absoluter Typ!"

"Nun sag' doch schon endlich, welche dir gefallen würde!" drängte Petra sichtlich ungeduldig und gespannt zugleich.

Scheinbar doch unschlüssig, verhielt Karl-Otto seine Schritte, kratzte sich nachdenklich am Kinn, löste sich von Petra, trat einen Schritt zurück und ließ plötzlich seinen Zeigefinger vorschnellen, der schließlich sanft auf Petras Busenansatz zu ruhen kam. "Nur diese und keine andere gefällt mir!"

"Du hast mich vielleicht in Zweifel versetzt, Karlchen. Ich dachte eben schon, es sei dein Ernst", sagte Petra erleichtert.

"Entschuldige, mein Liebes... Ich wollte nur einmal testen, ob du überhaupt eifersüchtig bist. Also... du liebst mich noch!"

Ungeachtet der vielen Spaziergänger umarmte Petra Karl-Otto und gab ihm einen zärtlichen Kuß. "Laß uns bitte weitergehen! Vom Malerwinkel werfen wir noch einen Blick auf unsere schöne Stadt und bummeln dann langsam nach Hause", schlug sie vor.

"In Ordnung", sagte Karl-Otto und hakte sich bei Petra unter. Wie zwei Kinder hüpften sie von einem Bein auf das andere, einmal nach links, einmal nach rechts, um dann jeweils einen kleinen Sprung nach vorn zu machen, zum Erstaunen einer älteren Dame, die sich die Bemerkung nicht verwehren konnte: "Mein Gott, wie kann man nur so albern sein?"

Am liebsten hätte Karl-Otto ihr zugerufen, wie glücklich und zufrieden er an der Seite seiner Frau war, wieviel Lebensmut und Unternehmungsgeist in ihm steckte, aber Petra zog ihn weiter, lachte und scherzte in einem fort, als wären nur sie beide an diesem herrlichen Sommertag auf der Straße an der Obertrave, unbekümmert der Leute, die ihnen kopfschüttelnd nachschauten. Vielleicht waren manche von ihnen noch nie in ihrem Leben glücklich gewesen; vielleicht beneideten sie auch das junge Paar.

Auf dem Heimweg, entlang des Stadtgrabens, fragte Petra unvermittelt mit einem sanften Ton in der Stimme: "Könntest du dir noch ein Leben ohne mich vorstellen, mein Liebling?"

Auf diese Frage völlig unvorbereitet, entgegnete Karl-Otto ein wenig stotternd: "Petra... wie kannst du nur so fragen? Ich rätsele auch heute noch immer... also, mir kommt es wie ein Wunder vor, daß uns... damals, in Bad Eilsen, das Schicksal zusammengeführt hat... Dich muß mir der Himmel gesandt haben... Der strahlend blaue Himmel über uns, Geliebtes!"

Und wieder bekam Karl-Otto einen zärtlichen Kuß. Mittlerweile hatten sie den Holstentor-Platz erreicht, setzten sich auf eine Bank und bewunderten das Wahrzeichen Lübecks. Wie oft sie es bereits bestaunt hatten, wußten sie selbst nicht mehr. Stets aufs neue faszinierte sie das 1477 erbaute Holstentor, in dem das stadtgeschichtliche Museum, Lübecker Bodenfunde und ein

Modell der Stadt Lübeck um 1650 untergebracht waren.

"Unser Lübeck ist eine historisch, sehenswerte und gastfreundliche Stadt", bemerkte Petra und lehnte ihren Kopf an Karl-Ottos Schulter. "Wenn du erst einmal die Uniform ausgezogen hast, erkunden wir jeden Winkel, setzen uns wenigstens einmal auf jede Bank und zählen die Bäume im Park. Und wenn wir erst alt sind, dann gehen wir täglich spazieren, anschließend in ein gemütliches Café oder ein Konzert und unternehmen weite Reisen... Wird das nicht schön sein?"

"Ja, mein Liebes", seufzte Karl-Otto und senkte seinen Blick. "Es wird sehr schön sein mit dir, aber bis dahin ist es noch eine lange Zeit... Wer weiß, wohin man mich noch in den nächsten Jahren versetzen wird. Manchmal hängt mir das Soldatenleben zum Hals hinaus. Jeder Tag der Trennung von dir, kommt mir wie ein verlorener Tag vor. Du glaubst nicht, Petra, wie ich den Tag meines Dienstzeitendes herbeisehne!"

"Ich glaub's dir, Karlchen! Ich fühle, wie du mich liebst, aber jetzt komm, laß uns langsam nach Hause gehen... Unsere gemütliche Wohnung wartet auf uns."

Petra trug gerade das Abendbrot auf, als es läutete. Erstaunt horchte sie nach der Tür. "Wer könnte das nur sein?" murmelte sie. "Geh, schau mal nach, Karlchen, ich hol' inzwischen den Tee!"

Ein Blick durch den Türspion bestätigte Karl-Ottos vage Vermutung: Anton stand draußen!

"Hallo, Anton!" rief Karl-Otto sichtlich erfreut. "Komm herein! Was führt dich so überraschend zu uns? Gefällt dir Hamburg nicht mehr?"

"Natürlich gefällt mir Hamburg! Ich komme gerade von der Insel Fehmarn... Eine wunderschöne Insel, hab' dort herrliche Tage verlebt... Ja, leider beginnt morgen früh wieder mein Dienst in der Hamburger Redaktion. Eine Stunde werdet ihr doch mit mir vorliebnehmen... nicht wahr?"

Petra eilte aus der Küche herbei, fiel ihrem einzigen

Bruder um den Hals und sagte: "Du machst dich in letzter Zeit ziemlich rar, Bruderherz. Mit einer Stunde wirst du wohl nicht auskommen. Zunächst ißt du mit uns Abendbrot und dann..."

"Macht euch nur keine Umstände", wehrte Anton ab. "Ich habe auf Fehmarn ausgiebig gespeist. Einen kleinen Cognac, den nehme ich."

Allerdings nützte sein Einwand nichts: Petra trug auch für ihn auf.

Nachdem sie gegessen hatten, räumte Petra rasch ab, stellte die Cognacflasche auf den Tisch und meinte: "So, Anton, jetzt kannst du dich mit Karlchen unterhalten. Mich entschuldigt bitte. Ich fühle mich nicht. Mir ist wohl der lange Spaziergang nicht so recht bekommen. Vielleicht war es auch das Herumtollen am Hafen, was mich ermüdet hat. Ich fühle mich schlapp und abgespannt... Eine halbe Stunde Ruhe wird mir guttun."

"Leg dich nur hin, Schwesterlein", sagte Anton. "Wir werden uns schon die Zeit vertreiben. Etwas Cognac lassen wir noch für dich drin..."

Als Petra die Schlafzimmertür hinter sich geschlossen hatte, bemerkte Karl-Otto: "Petra gefällt mir in letzter Zeit ganz und gar nicht. Sie ist manchmal so verändert."

"Nanu, hat sie einen anderen?" scherzte Anton.

"Ach, was du da redest, Anton... Die Angelegenheit ist ernst! Petra ist auch nicht mehr so lebenslustig, sprüht längst nicht mehr soviel Temperament wie früher. Irgend etwas gefällt mir nicht an ihr."

"Du machst dir unnötige Sorgen, Karlchen", beruhigte Anton seinen Schwager. Wahrscheinlich ist Petra häufig überarbeitet. Und dann darfst du nicht vergessen, daß die Sommerhitze ihr auch zu schaffen macht. Das legt sich wieder, Karlchen."

"Na, ich weiß nicht so recht! Vielleicht müßte sie doch einmal den Arzt aufsuchen."

"Belaste dich jetzt nicht damit" Karlchen. Schenk' die Gläser voll und laß uns ein wenig plaudern!"

Karl-Otto schenkte ein, aber sein sorgenvolles Gesicht schien Bände zu sprechen. Seine Gedanken weilten bei seiner geliebten Frau.

"So, Karlchen, und jetzt erzählst du mir mal, wie man sich als frischgebackener Feldwebel-Aspirant fühlt... Steht schon bald die Beförderung an?"

"Ich wünschte, man würde mich möglichst schon morgen nach Hause befördern", sagte Karl-Otto humorvoll, "aber ich habe ja noch einige Jährchen."

"Vor allem kann die Bundeswehr auch nicht auf dich verzichten", lästerte Anton. "Ich frage mich des öfteren, wofür man überhaupt Soldaten braucht? Kann oder will die Menschheit nicht ohne Kriege auskommen?"

Karl-Otto spielte verlegen am Ohrläppchen, schien einen Moment nachzudenken und meinte dann: "Solange Politiker daran festhalten, daß es immer wieder Situationen geben wird, die nur mit Waffengewalt gelöst werden können und - ihrer Meinung nach - einen Krieg rechtfertigen, wird es Soldaten geben. Andererseits sind Soldaten in Friedenszeiten durchaus nützlich."

"Wann denn? Daß sie die Wirtschaft ankurbeln? Die Kneipen be..."

"Also, Anton... du enttäuschst mich! Du hast doch selbst Artikel über die Flutkatastrophe in Hamburg verfaßt! Haben die Soldaten dort nicht Hervorragendes geleistet? Soll ich dir noch mehr aufzählen, wo die Bundeswehr tatkräftig geholfen hat, sich um alte Menschen kümmert, Spendenaktionen startet und so weiter?"

"Ja, ja, ist schon gut", wehrte Anton ab, "aber das wiegt doch nicht auf, wenn man bedenkt, wieviel eine Armee kostet. Ob die Bundeswehr eines Tages den Ausbildungsstand und den guten Ruf wie die Wehrmacht erreichen wird, bezweifle ich, Karl-Otto."

"Wir vergleichen uns nicht - weder mit der Reichswehr noch mit der Wehrmacht, Anton. Das laß dir mal sagen! Wir sind die Bundeswehr, eine demokratische Armee... und wir sind gut! Wir sind aus den anfänglichen

Aufbauschwierigkeiten heraus und genießen immer mehr Ansehen bei der Zivilbevölkerung und im Ausland. Und was ihr manchmal über uns schreibt, das trifft überhaupt nicht zu."

Anton grinste breit. "Trink erst mal deinen Cognac aus, Karlchen, und reg' dich ab! Ich verstehe, daß du zur Bundeswehr stehst. Vor einem Jahr hattest du teils noch eine andere Meinung... Na ja, der Feldwebellehrgang scheint wohl doch bei dir auf fruchtbaren Boden gefallen zu sein. Jedenfalls bleibt die Bundeswehr für mich ein lahmer Haufen. In den Krieg ziehen dürfte man damit nicht!"

"Nun werd' nicht anzüglich, Anton", entrüstete sich Karl-Otto, "Wir wollen doch gar nicht in den Krieg ziehen! Unsere Aufgabe..."

"Weiß ich doch! Kenne ich schon alles! Woll'n wir das Kapitel erneut durchkauen?"

"Wieso wir?" fragte Karl-Otto fast ärgerlich. "Wer hat denn mit dem Thema angefangen? Du mußtest doch wieder deine Aversion loswerden... Jedenfalls kann ich dir versichern: Es hat sich inzwischen einiges in der Bundeswehr verändert! Leute mit einer Einstellung, wie du sie hast, gewinnen immer weniger Einfluß. Langsam werden die Altgedienten, die häufig nur die Uniform des Verdienens wegen tragen, von denen verdrängt, die der Bundesrepublik Deutschland treu dienen, sich ihres Auftrags bewußt sind."

"Ja, ja, du hast schon recht", gab Anton klein bei, aber offenbar nur um des lieben Friedens willen, denn er mochte Karl-Otto und wollte sich nicht noch mehr mit ihm anlegen. In gewisser Weise hielt er, Anton, auch zu den freiheitlichen Streitkräften der Bundesrepublik, jedoch zum anderen schwirrte wohl noch immer in seinem Kopf die "zackige" Wehrmacht mit ihrem "Stechschritt", umgeschnallten Lederkoppel zur Ausgehuniform und übertriebener Grußpflicht in der Öffentlichkeit herum. Ansonsten war Anton ein Pfundskerl, ein intelligenter und aufgeschlossener Schwager.

Die Cognacflasche leerte sich. Anton bremste ab: "Ich muß noch fahren", meinte er und klopfte Karl-Otto freundschaftlich auf die Schulter. "Also, alter Junge: Nichts für ungut! Ich drücke dir die Daumen, daß du bald befördert wirst... Und jetzt schau' mal nach, was deine Herzliebste macht! Die Stunde ist längst um. Ein bißchen möchte ich sie auch noch zu Gesicht bekommen."

***

Seinen 36. Geburtstag mußte Karl-Otto während einer LRB-Übung auf der Insel Wangerooge feiern. Petra schickte ihm ein Päckchen. In dem beiliegenden Brief bat sie ihn, daß er sich keine unnötigen Sorgen machen sollte, da es ihr schon bedeutend besser ginge. Allerdings davon, daß sie beim Arzt gewesen war, erwähnte sie nichts. Sie wollte ihren Mann nicht beunruhigen. Aber sie mußte es ihm doch sagen! Nur wie und bei welcher Gelegenheit? Oder war es besser, alles zu verschweigen?

Karl-Otto machte sich immer mehr Gedanken über den Gesundheitszustand seiner Frau. Manchmal wirkte sie eher apathisch als nur abgespannt, legte sich relativ früh schlafen und war gereizt, wenn Karl-Otto belanglose Fragen stellte. Vor allem gab Petras ständiger Gewichtsverlust zu denken. Von ihren reizenden Proportionen war nicht mehr viel übriggeblieben.

Um die Weihnachtszeit schien sich Petras Gesundheitszustand zu stabilisieren. Sie hatte wieder Appetit und fühlte sich auch bedeutend wohler als in den vergangenen Monaten. Jedoch Anfang des Jahres 1963 tauchten wieder die alten Krankheitssymptome auf: Müdigkeitserscheinungen und Lustlosigkeit! Aber das war noch nicht alles! Immer häufiger stellten sich hohes Fieber und Schüttelfrost ein, Petras Haut wurde blaß und stellenweise gerötet. Seit Wochen war sie bereits krankgeschrieben, mußte täglich zum Arzt und antwortete stets auf Karl-Ottos besorgte Fragen nach ihrem Krankheitsbild: "Ach, das ist nur eine langwierige Infektion... Meine Mutter litt unter ähnlichen Symptomen. Das wird sich schon wieder geben. Mach dir nur keine Sorgen, mein Liebling!"

Karl-Otto machte sich jedoch mehr Sorgen, als Petra ahnen konnte. Jedesmal, wenn er zu einer Übung fuhr, auf Fehmarn, an der Unterelbe oder sonstwo, mit seinem LRB-Trupp tieffliegende Flugzeuge der Zentrale melden mußte, belasteten ihn die Tage und Wochen aufs äußerste, ließen ihn kaum in den Schlaf finden. Ständig weilten seine Gedanken wieder bei Petra. Fortwährend stand ihm ihr Bild vor Augen. Bisweilen glaubte er, ihre kleine Hand zu spüren, wie sie zärtlich über sein Haar streichelte. Heimlich küßte er ihr Foto, worauf sie nur so voller Energie und Lebensfreude strahlte. Und jetzt? Was hatte die Krankheit aus Petra gemacht! Sie mußte wieder gesund werden! Es durfte nichts Schlimmes sein, es konnte nichts Ernsthaftes sein, Petra sollte bald wieder so fröhlich sein wie in glücklichen Tagen, so unbeschwert mit ihm herumtollen, ihr helles, mädchenhaftes Lachen durch die Wohnung erschallen lassen, wie er es gewohnt war, wenn er nach Hause kam, hämmerte es in seinem Hirn. Insgeheim hoffte er, Petras Zustand sei lediglich eine Folge ihrer Überarbeitung, ihrer vielen Überstunden. Und dann stand es wieder da, das Schreckgespenst, das ihn zermarterte, das wie ein Totenvogel über ihm zu schweben schien und ihm unaufhörlich einzureden versuchte: "Deine Frau ist unheilbar krank!" - Das durfte man ihm nicht antun! Nein, das durfte niemals wahr werden! Ihr junges Glück, sein endlich gefundenes Glück, es durfte nicht zerstört werden! Jahrelang war er umhergeirrt, bis er Petra traf. Konnte es eine noch größere, tiefere Liebe geben als zwischen Karl-Otto und Petra? Er durfte sie nicht verlieren! Aber warum verschwieg sie ihm ihre Krankheit?

Handelte es sich tatsächlich nur um eine harmlose Infektion?

***

Im Spätsommer 1963 - Karl-Otto besuchte gerade wieder einmal die Bundeswehrfachschule - wurde Petra in ein Krankenhaus eingeliefert. An verschiedenen Körperpartien hatten sich plötzlich größere Ekzeme gebildet. Die Ärzte bemühten sich aufopfernd, nahmen Bluttransfusionen und Röntgenbestrahlungen auf das Rückenmark vor, aber es trat keine Besserung ein.

Karl-Otto war von der Schulbank direkt ins Krankenhaus geeilt. Schwach lächelnd nahm ihn Petra in die Arme. Ihre Küsse waren zaghaft, kraftlos, fremd. Mit Tränen in den Augen streichelte Karl-Otto Petras eingefallenen, bleichen Wangen, nahm ihre Hände und schaute ihr in die Augen, die jeglichen Glanz verloren zu haben schienen. Auch ihre Sprache klang gequält. Schweratmend sagte sie leise: "Verzeih, mein Geliebter, wenn ich langsam sprechen muß, aber mein Mund ist voller kleiner Geschwüre. Ich hoffte immer, genauso wie die Ärzte, die ich in den vergangenen Monaten konsultierte, es würde sich alles zum Guten wenden, doch wie du siehst, Liebster, scheint für mich..."

"Petra... bitte, ich will nicht, daß du den Satz vollendest! Sag mir bitte, welche Krankheit dich hier ans Bett fesselt! Du hast es mir nie gesagt und ich wollte es nicht wissen, weil ich Angst hatte, der Wahrheit ins Auge zu schauen. Jetzt mußt du's mir jedoch sagen, mein Liebstes."

Tief seufzend starrte Petra zur Zimmerdecke, ihre Lippen begannen leicht zu beben. Behutsam tastete sie nach den Händen ihres besorgten Mannes, nahm sie in die ihren, drückte sie ganz fest und stammelte: "Du mußt jetzt sehr stark sein... hörst du? Du willst ja die Wahrheit... die unabänderliche Wahrheit... die willst du doch hören... nicht wahr? Ich bin unheilbar krank, Karlchen!"

"Nein, nein, nein... Sag, daß es nicht wahr ist! Sag, daß es nicht stimmt, daß du's dir nur einbildest, Petra, mein Liebstes! Sag, daß du dich geirrt hast!" schrie Karl-Otto mit tränenerstickter Stimme und warf sich über Petra, bedeckte ihr fahles Gesicht mit unzähligen Küssen.

Ermattet räusperte sich Petra nach einer Weile des spannungsgeladenen Schweigens, schaute Karl-Otto tief in die Augen und sagte beinahe flüsternd: "Ich habe mich inzwischen damit abgefunden, Karlchen... Ich kann nicht mehr gesund werden... Mein Blut ist verseucht... Ich habe Leukämie!"

Wie ein schwerer Vorschlaghammer traf Karl-Otto Petras unglaubliche Offenbarung. Spontan packte er sie bei den Schultern und schüttelte sie sanft hin und her. Unaufhaltsam flossen ihm die Tränen. Immer wieder aufs neue stöhnte er: "Sag, daß du dich versprochen hast... Du mußt dich verhört haben, mein Liebstes! Das kann der Arzt niemals zu dir gesagt haben... Auch er wird sich geirrt haben! Ich spreche anschließend mal mit ihm... Er wird mir sagen, daß du nicht Leukämie hast, Petra! Du hast nur..."

"Ich weiß, was ich habe", sagte Petra völlig ruhig. "Schau mich doch an! Sieht so ein gesunder Mensch aus? Nein, Liebster, so sieht nur ein Sterbenskranker aus... Ich habe keine Kraft mehr, Karlchen... Du, nur du mußt jetzt stark bleiben! Schöpfe die Kraft aus der kurzen, schönen Zeit, die wir in Liebe miteinander verbringen durften! Auch mir wird die Erinnerung daran helfen, mir alles leichter machen, wenn ich..."

"Hör auf, Petra... Bitte, hör endlich damit auf!" rief Karl-Otto verzweifelt. "Ich kann und will es nicht mehr hören, was du dir da einredest! Du hast sicher hohes Fieber! Morgen sieht die Welt für dich ganz anders aus... Versuch' zu schlafen! Ich liebe dich! Du darfst und wirst nicht sterben... Es wird alles wieder gut. Du darfst mich nicht allein zurücklassen, mein Liebstes! Ich brauche dich! Wir haben noch soviel vor! Unser Leben beginnt doch erst!"

Karl-Otto glaubte in Petras Augen ein schwaches Aufflackern zu erkennen wie ein letztes, tröstendes Signal. Behutsam nahm sie seinen Kopf in ihre Hände, zog ihn an sich, küßte ihn, aber ihre Küsse waren schwach, entkräftet, wie ihr gesamter Körper.

Bevor Karl-Otto sich von seiner todkranken Frau verabschiedete, fragte er: "Hast du noch einen Wunsch? Soll ich dir etwas Außergewöhnliches mitbringen? Vielleicht exklusive Pralinen oder so?"

"Ich brauche nichts, Karlchen... Ich habe nur den einen Wunsch: Behalt mich lieb!"

"Ich komme morgen wieder", sagte Karl-Otto mit bebender Stimme. Ein letzter Kuß, ein zaghaftes Winken und dann schloß sich die Tür.

Ganz gegen seine jetzige Gewohnheit suchte Karl-Otto erst einmal die nächstbeste Gastwirtschaft auf und trank einige Korn und Bier. Er schien mit seinen Nerven am Ende zu sein, obwohl er Petras Gesundheitszustand stets ernstgenommen hatte, aber daß es so bedrohlich um seine Frau stand, hätte er nie vermutet. Nun kannte er die bittere Wahrheit! Krampfhaft versuchte er den Gedanken zu verdrängen, daß Petra eines Tages nicht mehr bei ihm sein könnte. Unvorstellbar! Was so harmonisch und voller Liebe sein Leben bereicherte, durfte einfach nicht auf einmal vorbei sein. Petra durfte nicht sterben! wie sollte es ohne Petra weitergehen?

"Jetzt hast du aber langsam genug", sagte der Wirt und legte Karl-Otto die Rechnung auf den Tisch. "Immerhin trägst du Uniform. Oder willst du das Ansehen der Bundeswehr in der Öffentlichkeit schädigen? Von mir aus kannst du dich total betrinken, aber ich mein' es nur gut mit dir!"

"Um den mach' dir man keine Sorgen, Hubert! Der fällt schon nicht auf", vernahm Karl-Otto hinter sich eine altvertraute Stimme. Es war Rudi, der Bassist, mit dem er gelegentlich im Tanzcafé "Marli" musizierte. Der junge Mann setzte sich zu Karl-Otto an den Tisch, schaute ihm kurz in die Augen und meinte: "Gerade frohgelaunt siehst du ja auch nicht aus, Karlchen. Bist du von der Schule geflogen?"

"Nein! Wie kommst du denn darauf?"

"Könnte doch sein... Oder bist du krank?"

"Gib lieber noch ein Bier aus", knurrte Karl-Otto und schaute nachdenklich zu Boden. Das Wort "krank", ließ sofort seine Gedanken zu Petra wandern. Unwillkürlich machte er sich Vorwürfe: Petra lag schwerkrank danieder und er war auf dem besten Wege, sich zu betrinken. Wurde dadurch das tragische Problem gelöst? Im Moment fühlte sich Karl-Otto erleichtert, beschwingt und dennoch umfing ihn eine tiefe Traurigkeit, die er krampfhaft zu verdrängen suchte. Alkohol war nicht das problemlösende Mittel; das wußte er. Nur für einige Stunden würden seine Sinne vernebelt sein. Und dann? Würde er stark genug sein, um nicht einen Nervenzusammenbruch zu erleiden?

"Möchtest du nicht an unseren Tisch kommen, Karlchen?" holte ihn sein Musikerkollege aus seiner Grübelei. "Heide und Bärbel, die beiden Kellnerinnen vom 'Marli', leisten uns gerne Gesellschaft... Nur zu, dann kommst du auf andere Gedanken!"

"Laß nur", winkte Karl-Otto ab, "ich bin dazu nicht aufgelegt. Ich nehm' mir gleich ein Taxi und fahr' nach Hause. Ein andermal, wenn ich Zeit habe, dann machen wir mal einen richtig drauf..."

***

Unmittelbar an der steinigen Ostseeküste auf der Insel Fehmarn, unweit des Dorfes Staberdorf, ragte die Doppeldipol-Antenne in den Winterhimmel. Ein eisiger Wind strich um den Funkwagen und um das Mannschaftszelt. Frei, weit sichtbar, ohne jegliche Tarnung, präsentierte sich die LRB-Funkstelle. Ein paarmal war schon das Aggregat ausgefallen und somit auch die Heizung im Funkwagen. Es machte keinen Spaß, mit klammen Fingern die Geräte zu bedienen. Am übelsten dran war der sogenannte LRB-Posten, der sein Domizil in einem Baum, hoch in den Ästen, aufgeschlagen hatte. Die Männer fragten sich sowieso, warum die Übung überhaupt angesetzt worden war. Erstens klappte es mit der Funkverbindung nur selten und zweitens zeigte sich kaum ein Tiefflieger.

"Dieser 'Winter-Kurzurlaub' soll wohl nur der Abhärtung dienen", meinte Karl-Otto. "Hoffentlich wird die Übung bald abgeblasen. Ganz einschneien lassen wollen wir uns ja auch nicht."

"Übermorgen, am Freitag", warf ein Gefreiter ein, "müßte eigentlich Schluß sein, denn länger als 14 Tage waren wir doch noch nie hier... Ich hol' jetzt erst mal paar Eier vom Bauern."

"Und ich aus der Gastwirtschaft einen Kasten Bier", sagte ein anderer Wehrpflichtiger und trat ins Freie.

"Aber versackt nicht wieder im Dorf! Denkt daran, daß ihr auch noch Dienst habt!" rief Karl-Otto den beiden hinterher. Solange, bis sie wieder zurück waren, übernahm Karl-Otto die Funkwache. Er legte Petras Fotografie vor sich auf den Klapptisch und fuhr mit den Fingern zärtlich über ihr Gesicht. Sie war eine schöne Frau - auf dem Bild! Er durfte gar nicht daran denken, wie sie jetzt aussah. Der Arzt meinte wohl, es gebe noch einen kleinen Hoffnungsschimmer, da man Petra nach neuesten Erkenntnissen medikamentös behandele, jedoch sei die normale Blutbildung zerstört. Man habe ihr auch körpereigenes Knochenmark transplantiert, was leider auch nicht den erhofften Erfolgt erbrachte, meinte neulich der Arzt mit einem bedauerlichen Achselzucken.

Am Freitagmittag war Übungsende. Es war das erste Mal, daß Karl-Otto seine Untergebenen bedrängte, die Funkstelle so schnell wie nur möglich abzubauen.

Ungeachtet der Geschwindigkeitsbegrenzungen raste er mit seinem Trupp in Richtung Lübeck. Unter allen Umständen wollte er es noch schaffen, abends Petra zu besuchen. Er hatte wohl zwischenzeitlich ein paarmal mit ihrem behandelnden Arzt telefoniert und sich von ihrem jeweiligen Zustand berichten lassen, aber das ersetzte nicht das langersehnte Wiedersehen. Es sollte das letzte Wiedersehen sein: An jenem Abend im Januar 1964 schloß Petra in den Armen ihres geliebten Mannes für immer die Augen...

"Wir haben alles in unseren Kräften Stehende getan", sagte der Stationsarzt mit einem tiefen Bedauern in der Stimme, "aber die heimtückische Krankheit war stärker. Ihre Frau war sehr tapfer... Wahrscheinlich war es die tiefe Liebe zu Ihnen, daß sie den Todeskampf ungewöhnlich lange durchhielt, bis Sie eintrafen, um sie noch einmal, zum letztenmal, in die Arme zu schließen."

Der Arzt zog die Bettdecke über Petras Antlitz und führte Karl-Otto aus dem Krankenzimmer. Völlig verwirrt, einer Ohnmacht nahe, gestützt von dem Oberarzt, schlich Karl-Otto über den mattbeleuchteten Korridor und nahm vor dem Schreibtisch im Ordinationszimmer Platz. Wie aus einer viele Lichtjahre entfernten Galaxie vernahm er die tröstenden Worte des Arztes, der ihm noch einmal zu erklären versuchte, wie gefährlich Leukämie sich auswirken kann, und daß es - wie es bei Petra der Fall war - zu Infektionen kommen könnte, müßte man von vornherein einkalkulieren. Petra sei eine zähe Natur gewesen und er habe immer wieder gehofft, sie durchzubringen, betonte der freundliche Arzt in überzeugendem, ruhigem Tonfall.

Ein hilfreicher Trost, dachte Karl-Otto, schluckte die ihm dargereichte Beruhigungstablette, trank ein Glas Wasser hinterher und bat um ein Taxi.

Eine Weile stand Karl-Otto auf der Straße und starrte gedankenverloren das rotgeklinkerte Acht-Familien-Haus an. Petras Haus! Ihm war es im Moment so egal, ob es in Kürze ihm gehören würde, ob sie, Petra, es ihrem Bruder testamentarisch vermachte, oder ob es einem karitativen Verein zugedacht war. Gespenstisch wie ausgehöhlte Augen, als würden sie ihn angrinsen, verhöhnen, ihn fragen wollten: "Wen suchst du denn hier? Ist das noch dein Zuhause? Wer erwartet dich?" richteten sich die unbeleuchteten Fenster auf Karl-Otto. Obwohl die Nacht angenehm kühl war, die Temperatur auf null Grad gefallen war, empfand Karl-Otto plötzlich irgend etwas, daß ihn wie einen eisigen Hauch umgab, ihn erstarren ließ, ihm den Atem lähmte. Unwillkürlich schüttelte er sich. Sein Kopf schmerzte unter der Schirmmütze seiner Ausgehuniform, als hätte man ihn in einen Schraubstock gespannt. Langsam überquerte er die Straße, begab sich ins Haus und schloß die Wohnungstür auf. Leicht schaudernd betrat er die ungeheizten Räume, die ihn mit einer unheimlichen, beängstigenden Stille umfingen. Karl-Otto legte seinen Mantel ab und ließ sich im Wohnzimmer in einen Sessel fallen. Alles, was sich im Raum befand, wirkte im fahlen Schein des Mondes geisterhaft, bedrückend und spannungsgeladen, als müßte sich jeden Augenblick irgendeine Gestalt aus dem Halbdunkel lösen. Mit zitternden Fingern zündete Karl-Otto eine Zigarette an und blies den Rauch stoßweise in alle Richtungen, um so seine bizarren Gedanken zu verscheuchen. Behutsam nahm er Petras eingerahmtes Bild von der Wand, drückte es fest an die Brust und sagte halblaut mit benetzten Augen: "Du wirst immer bei mir sein, mein Liebstes! Ich behalte dich in meinem Herzen ewig lieb! Überall, wohin ich auch gehen sollte, wirst du mich begleiten. Ich danke dir für alles, geliebte Petra..." Dann rief er Anton an und teilte ihm die traurige Nachricht mit.

***

Im Sommer 1964 wurde Karl-Otto zum Feldwebel

befördert. Er hatte schon gar nicht mehr damit gerechnet, da er der Truppe immer weniger zur Verfügung stand, sich meistens auf einer Bundeswehrfachschule aufhielt und auch künftig gewissermaßen nur noch Uniformträger sein würde, denn drei Semester Aufbauschule standen ihm noch bevor. Sein Denken und Handeln galt schon jetzt der Zeit nach der Bundeswehr. Er hatte sich fest vorgenommen, seinen Weg zu gehen, unbeirrt das eine Ziel vor Augen, nach Beendigung seiner Dienstzeit einen Beruf zu ergreifen, der ihn ausfüllte und ein sorgenfreies Leben garantierte.

Eigentlich hätte es Karl-Otto gar nicht mehr nötig gehabt, noch länger die Schulbank zu drücken, denn die enorme Geldsumme aus dem Hausverkauf - wenn er sie richtig anlegte - würde ihm ein unbeschwertes Dasein bis zum Lebensende sichern, aber es lag ihm nicht, die Hände in den Schoß zu legen. Lange hatte er nach der Testamentseröffnung mit Anton über das Haus diskutiert, das Petra beiden zu gleichen Teilen vermacht hatte. Anton legte keinen Wert auf die Wohnungen, da sie - trotz lukrativer Mieteinnahmen - nach und nach erhebliche Unkosten mit sich brächten und vor allem müßte man sich vor Augen halten, wieviel Zeitaufwand die Unterhaltung und Pflege der Anlage erfordere, meinte Anton.

"Schau dir mal die Außenwände und die Fenster an", hatte er zu Karl-Otto gesagt. "In spätestens zwei Jahren muß daran etwas getan werden... Und das Dach! Na, ich weiß nicht, das wird auch bald neueingedeckt werden müssen. Laß es uns verkaufen! Ich habe mein Haus in Hamburg. Du müßtest Hypotheken aufnehmen, um mich auszuzahlen, was dich in Schwierigkeiten bringen würde... Also, bieten wir es zum Verkauf an, Karlchen!" hatte Anton damals vorgeschlagen; und so war es dann auch geschehen. Das Haus wurde verkauft - zu einem guten Preis!

Noch bevor das Haus den Besitzer gewechselt hatte,

war Karl-Otto aus seiner Wohnung ausgezogen. Zuvieles, was ihn ständig an die glückliche Zeit mit Petra erinnerte. Überall, ganz gleich in welchem Zimmer er sich aufhielt, tauchte stets Petras Bild im Geist vor ihm auf. Sogar nachts schreckte er aus dem Schlaf hoch und glaubte, seine geliebte Frau neben sich liegen zu sehen. Schließlich suchte er einen Nachmieter, der auch die gesamte Wohnungseinrichtung übernahm. Nur den Sessel, in dem Petra ihm immer gegenübergesessen hatte, den nahm er mit in seine bescheidene Zwei-Zimmer-Wohnung, obwohl er sich finanziell ohne weiteres ein Haus hätte kaufen können. Damit wollte er noch warten.

Stundenlang saß Karl-Otto auf dem Friedhof an Petras Grab. Er wollte und konnte es noch immer nicht begreifen, daß sie da unten, in der kühlen Erde, ihre ewige Ruhe gefunden hatte. Manchmal, wenn er an ihrem Grab Selbstgespräche führte, meinte er, sie gebe ihm Antwort, spreche ihm Trost zu. Für ihn war sie immer noch nicht tot; er konnte sich nicht mit dem Gedanken abfinden.. Ihm war noch gar nicht zum Bewußtsein gekommen, was er ihr alles zu verdanken hatte, angefangen von der Tatsache, daß sie ihn von seinem Irrweg abgebracht, ihm die wahre und große Liebe geschenkt und ein Vermögen hinterlassen hatte. Und dann mußte das Schicksal so hart zuschlagen! Warum mußte es alles so unbarmherzig zerstören? War es eine Fügung Gottes? Sollte Karl-Otto das Glück auf Erden nicht vergönnt sein? Sicher, er hatte jetzt viel Geld, aber was bedeutete es, wenn man den geliebten Menschen nicht mehr um sich hatte, ihn nur noch auf dem Friedhof besuchen durfte, um die Erinnerung wachzuhalten. Karl-Otto gehörte nicht zu denen, die ihren Verstorbenen gegenüber ihr Gewissen erleichtern wollten, zu festgelegten Zeiten am Grab mit einem Blumenstrauß erschienen und somit ihre "Pflichtübung" erfüllt hatten - bis zum nächsten Mal! Nein, Karl-Otto begab sich jeweils dann an Petras Grab, wenn ihm danach war und es seine Zeit erlaubte, wenn er das Bedürfnis verspürte, sich mit ihr ungestört zu "unterhalten", ihr das Neueste zu "erzählen". Obwohl Petra nicht antworten konnte, gab ihm ihr Grab jedesmal Hoffnung, Kraft und Stärke mit auf den Weg, ließ ihn nur nach vorn schauen.

***

In Erinnerung daran, wie liebevoll Petra jeweils alles angerichtet hatte, wie fröhlich sie stets gemeinsam im Kreise der geladenen Gäste zusammengesessen, wollte Karl-Otto eigentlich seinen 38. Geburtstag gar nicht feiern, aber dann entschloß er sich doch, wenigstens einen Gast einzuladen; seinen Kameraden und Freund Carsten Müller. Ihm vertraute er alles an. Carsten war ehrlich und heuchelte nicht. Er hatte Petra auch gern gemocht, sie bewundert und Karl-Otto manchmal beneidet, daß es ihm vergönnt war, solche Frau geheiratet zu haben.

"Ja, Karlchen", sagte Carsten, "laß uns auf die Zukunft trinken! Das Leben geht weiter! Auch du wirst darüber hinwegkommen müssen. Wer weiß, was uns schon morgen widerfahren kann. Stoß mit mir an, Karlchen, noch bist du jung, noch steht dir das Leben offen! Petra war eine liebe, einmalige Frau und du darfst sie nie vergessen, aber, wie gesagt: das Leben geht weiter! Vielleicht findest du eines Tages wieder eine so..."

"Darüber möchte ich jetzt nicht nachdenken, Carsten", blockte Karl-Otto energisch ab. "Es kann eventuell Jahre dauern, bis ich darüber hinweg bin, Petra verloren zu haben. Doch jetzt genug davon. Heute woll'n wir beide feiern! Wie es aussieht, könnte es unsere letzte gemeinsame Feier werden, denn was man in der Kompanie munkelt, hört sich gerade nicht berauschend an."

"Da hast du recht, Karlchen: Laß uns ein wenig feiern! Petra ist ja bei uns." Mit einer Kopfbewegung deutete Carsten nach der Fotografie an der Wand. "Sie hat bestimmt nichts dagegen... Nun zu deiner Bemerkung, Karlchen: Mir ist auch zu Ohren gekommen, daß sich mit unserer Einheit demnächst etwas tun soll. Böse Zungen wollen sogar wissen, der LRB werde aufgelöst. Wenn du mich fragst, Karlchen, so ist mir das völlig schnuppe."

"Na, so schnuppe kann uns das nun wiederum auch nicht sein, denn das würde doch heißen, wir müßten eine abermalige Versetzung in Kauf nehmen. Und davon wäre ich gar nicht begeistert."

"Vielleicht sind das auch alles nur Parolen", tröstete sich Carsten. "Abwarten, was die nächsten Tage bringen werden. Ich muß mich ja auch damit abfinden, in den nächsten Jahren noch einige Standorte kennenzulernen, denn wie du weißt, habe ich in der vorigen Woche 'nachgefaßt', mich auch auf 12 Jahre verpflichtet. Besser kann ich's doch überhaupt nicht haben als beim Bund. Höchstwahrscheinlich nehme ich auch die Weiterbildungsmöglichkeiten in Anspruch. Der Krieg und die Gefangenschaft haben uns ganz schön zurückgeworfen. Wir müssen manches aufholen."

Karl-Otto nickte zustimmend. "Und wie steht es mit deiner Einstellung zur Bundeswehr, zur Bundesrepublik Deutschland", fragte er fordernd.

"Wenn du's genau wissen willst: Ich stehe zur Sache! Ich habe mittlerweile erkannt, daß die Bundeswehr notwendig ist! Und sie ist gut - abgesehen von unserem Verein. Unser Haufen ist überholt, zu unbeweglich, altmodisch und würde im Ernstfall seine Aufgaben nicht erfüllen können. Deswegen löst man den Laden auch auf. Hoffentlich finden wir künftig eine vernünftige Verwendung."

"Hoffen wir's", meinte Karl-Otto, "aber große Hoffnungen können wir schon jetzt begraben, denn wohin uns das 'Soldatenglück' auch verschlagen sollte, wir werden hintenanstehen."

"Ja, ja, mit uns können sie's machen", seufzte Carsten

und warf einen Blick zur Uhr. "Ich glaube, es wird Zeit, daß ich so langsam nach Hause komme. Übrigens, Karlchen, wie geht es deinem Jungen? Hast du mit ihm Verbindung?"

"Kaum. Dann und wann schreibt er mal, aber ansonsten scheint er nicht viel von mir zu halten. Trotzdem habe ich über einen Rechtsanwalt verfügen lassen, daß er von mir seine berufliche Ausbildung finanziert bekommt. Davon weiß er noch nichts."

"Und wie geht es deiner Mutter?"

"Soviel mir bekannt, gut! Sie ist seit längerem hier in Westdeutschland, aber - wie ich dir schon erzählte - haben wir beide kein gutes Einvernehmen. Sie bleibt mir fremd wie eh und je."

"Eigentlich ist das schade", sagte Carsten. "Jeder ist doch froh und glücklich, noch eine Mutter zu haben. Vielleicht renkt sich doch noch alles ein..."

"Daran glaube ich nicht mehr, Carsten."

"Dann biete ihr doch Geld an... Du hast doch jetzt genug."

"Hab' ich schon versucht... sie lehnt es ab. Sie nimmt's mir noch immer übel, daß ich sie Anfang der 50er Jahre nicht aus dem polnisch besetzten Gebiet Ostpreußens herausgeholt habe. Ich wußte damals selbst nicht, wo mir der Kopf stand. Vor allem verzeiht sie mir nicht, daß ich mich von Beate trennte."

"Fahr doch mal zu ihr und sprich mit ihr über alles", schlug Carsten vor.

"Das werd' ich auch tun", nickte Karl-Otto, "aber jetzt trinken wir noch eine Flasche Sekt. Bleib ruhig noch eine Stunde! Du hast doch auch nichts zu versäumen. Deine Frau ruft schon an, wenn sie sich nach dir sehnt."

Was aus der Luftraumbeobachtungs-Abteilung werden sollte, ob sie nur umstrukturiert, verkleinert, modernisiert oder gänzlich aufgelöst wurde, wußte so recht niemand und interessierte vor allem jene nicht, die ihre

Kommandierungsverfügung in Empfang nahmen und zehn Tage vor Weihnachten in Marsch gesetzt wurden. Keiner weinte der Einheit eine Träne nach, wohl der schönen Stadt Lübeck, die besonders Karl-Otto zum Schicksal geworden war und wo er das Grab seiner geliebten Petra zurücklassen mußte. Er wollte es so oft wie möglich besuchen.

Durch einen glücklichen Zufall wurden Carsten und Karl-Otto zur selben Einheit abkommandiert, zum Luftwaffen-Ausbildungs-Regiment Pinneberg bei Hamburg. Mit gemischten Gefühlen meldeten sie sich im Geschäftszimmer. Carsten bekam seine Stube zugeteilt und durfte gehen. Karl-Otto möge noch einen Augenblick warten, unterbreitete ihm ein "Schreibstubenbulle". Gelangweilt schaute sich Karl-Otto in dem schlicht eingerichteten Dienstzimmer um. Sein Blick blieb an einem Dienstplan hängen, den er gerade unter die Lupe nehmen wollte, als plötzlich jemand hinter ihm im militärischen Ton laut und deutlich rief: "Feldwebel Franke... sofort zu mir!"

Verblüfft fuhr Karl-Otto herum und traute seinen Augen nicht: Da stand er leibhaftig vor ihm, der kleine Feldwebel von damals, vom Unteroffizierslehrgang in Uetersen, dem er die Freundin "ausgespannt" hatte! In Amt und Würden, als "Spieß" mit dem Dienstgrad eines Hauptfeldwebels stand er jetzt vor ihm und grinste. Eine peinliche Situation, dachte Karl-Otto, aber da kam auch schon Stadler auf ihn zu, reichte ihm beinahe freundschaftlich die Hand und meinte: "Nun fang' dich man schon und komm' erst mal herein!"

Erleichtert, daß die Konfrontation mit seinem einstigen Rivalen unerwartet glimpflich ablief, folgte Karl-Otto seinem neuen "Spieß", nahm in dessen Dienstzimmer stramme Haltung an und wollte, wie es bei den Soldaten allgemein üblich ist, seine Meldung machen, daß er zum Luftwaffen-Ausbildungs-Regiment abkommandiert worden sei. Mit einer wohlwollenden Geste winkte

Stadler ab und hieß seinen "Neuzugang", sich zu setzen. "Ja, so klein ist die Welt", bemerkte Stadler. "Wer hätte das gedacht, daß wir uns hier wiedersehen. Jedenfalls bin ich froh, einen alten 'Kämpfer' aus der Gründungszeit in meiner Kompanie zu haben. Es hat sich vieles geändert. Die Bundeswehr hat endlich Format angenommen. Hier wirst du als Zugführer eingesetzt werden und hast die Möglichkeit, an der Basis zu arbeiten. Überwiegend Wehrpflichtigen wirst du vorstehen. Auch hier, bei uns, betreiben wir eine sogenannte kombinierte Grundausbildung, wahrscheinlich straffer, als du es beim LRB erlebt hast. Na ja, du wirst es bald selbst testen können, daß hier ein militärischer Wind weht, daß leider noch immer in der Bundeswehr verankerte Gammeln in einer Ausbildungseinheit keinen Platz findet."

Halb staunend, halb grinsend, hatte Karl-Otto den Worten der "Mutter der Kompanie" gelauscht und sich seine eigenen Gedanken über die Bundeswehr gemacht, über das Soldatentum überhaupt. Sein Ziel stand fest: Schulen besuchen, Prüfungen bestehen und nichts wie weg, wieder hinaus ins zivile Leben. Ihm gegenüber saß ein Berufssoldat, ein überzeugter, der nichts anderes kannte, von Kindesbeinen an, als nur Befehl und Gehorsam.

Stadler räumte seinen Schreibtisch auf, schaute auf die Uhr und sagte: "So, jetzt begeben wir beide uns erst einmal in die Feldwebel-Messe und begießen unser Wiedersehen. Übrigens, dein Zimmer befindet sich hier in diesem Block. Am Ende des Korridors. Wenn du Fragen oder Probleme hast, ich stehe dir jederzeit zur Verfügung. Aber jetzt komm, du hast bestimmt auch schon Durst!"

In der Messe wurde Karl-Otto den dort anwesenden Feldwebeldienstgraden kurz vorgestellt. Kein Bekannter dabei. "Setzen wir uns hier", sagte Stadler und zog Karl-Otto in die äußerste Ecke des Raumes. "Hier sind wir ungestört. Und jetzt erzähl' mal, wie es dir so ergangen ist in den letzten Jahren."

Nachdem Karl-Otto seine Schicksalsschläge preisgegeben hatte, meinte Stadler sichtlich gerührt: "Das tut mir ja ehrlich leid, aber deswegen darfst du künftig nicht den Kopf in den Stand stecken, eines Tages bist auch du darüber hinweg. Oder willst du keine Frau mehr anschauen?"

"Das weiß ich heute noch nicht. Eine Frau wie Petra wird mir wohl nie wieder über den Weg laufen", seufzte Karl-Otto.

"Ich heiße übrigens mit Vornamen Rudi... Also, prost, Karl-Otto! Auf gute Zusammenarbeit! Ich freu' mich wirklich, daß du hier bist", sagte Stadler und erhob sein Glas.

"Wie fühlst du dich so als Berufssoldat?" fragte Karl-Otto völlig unvermittelt. "Stehst du voll und ganz zur Bundeswehr?"

"Na, die Frage hättest du dir ersparen können... Ich bin mit Leib und Seele Soldat! Die Bundesrepublik Deutschland hat im Rahmen der NATO ihren Auftrag zu erfüllen, und dafür stehe ich ein... Bist du anderer Meinung?"

"Grundsätzlich nicht", entgegnete Karl-Otto, "aber dir dürfte doch bekannt sein, daß Wehrpflichtige und Zeitsoldaten alles aus einer anderen Perspektive sehen und beurteilen. Wir geben uns bestimmt die größte Mühe, unsere Pflicht zu tun, jedoch denken wir manchmal über Dinge nach, die ihr als Berufssoldaten verdrängt oder nicht zugeben wollt, wenn sie zur Sprache kommen!"

"Was hat du an der Bundeswehr auszusetzen?" fragte Stadler und starrte Karl-Otto forschend an.

"Eigentlich nichts!"

"Na, bitte, dann sind wir uns ja einig!"

"Eben nicht, weil es da Punkte gibt, die mir nicht gefallen."

"Und welche meinst du?"

"Als erstes müßte die Bundeswehr attraktiver werden",

sagte Karl-Otto mit ruhiger Stimme, "und zweitens sollte man eine Möglichkeit finden, den Gammeldienst in diversen Einheiten abzuschaffen. Ich hab's erlebt, was Gammeldienst heißt, Rudi."

"Bei uns gibt es keinen Gammeldienst!" rief Stadler fast empört. "Hier wird straff ausgebildet... Verstehst du?"

"Bezweifle ich auch gar nicht, aber ich stellte mir schon wiederholt die Frage, was für einen Sinn die Bundeswehr überhaupt hat."

"Also, Karl-Otto, jetzt enttäuscht du mich aber... Du, als Feldwebel, du wirfst diese Frage auf? Da fehlen mir die Worte."

"Von mir aus sollen sie dir fehlen, Rudi. Aber nun eine andere Frage: Dienst du nicht auch - wie die meisten Berufssoldaten - um zu verdienen? Rechnest auch du dir nicht schon heute deine sogenannte Pension aus? Seid ihr Berufssoldaten denn einen Deut besser als wir Zeitsoldaten? Wir suchen doch alle nur unsere Vorteile! In den Krieg ziehen möchte doch keiner von uns. Oder?"

"Wenn es darauf ankäme, würde ich meinen Kopf hinhalten", sagte Stadler. "Dafür bin ich Soldat."

"Berufssoldat!" ergänzte Karl-Otto grinsend. "Ich wäre dafür, daß jedes Land nur eine Berufsarmee hätte, eine sogenannte Söldnertruppe, eine Art Fremdenlegion, die zum Sterben bereit ist."

"Du hast ja vielleicht Ansichten", sagte Stadler beinahe schon verärgert. "Auch Wehrpflichtige muß es geben! Sie müssen zum Kampf bereit sein, um das Vaterland zu verteidigen; den Feind zu zerschlagen müssen sie in der Lage sein."

Karl-Otto winkte die Ordonnanz heran, bestellte noch zwei halbe Liter Bier und meinte dann: "Weißt du, Rudi, eigentlich ist es in deinen Augen eines Feldwebels unwürdig, sich zu der folgenden Äußerung herabzulassen, aber ich tue es trotzdem: Wenn ich Gesetzgeber wäre, würde ich die Bundeswehr abschaffen! Ich plädiere sogar dafür, daß man sämtliche Armeen auflöst. Warum müssen junge Menschen zum Töten ausgebildet werden? Wir tun es doch auch! Muß das sein? Ist die Schießausbildung nicht..."

"Das gehört eben zu unserem Handwerk", blockte Stadler ab. "Wir müssen uns unserer Feinde erwehren können. Denk mal darüber nach, Karl-Otto!"

"Und wer sollte uns angreifen?" fragte Karl-Otto lauernd.

"Wenn wir so weitermachen", stöhnte plötzlich Stadler, "dann kommen wir vom Hundertsten ins Tausendste, Karl-Otto. Laß uns lieber einen zur Brust nehmen. Heut' nachmittag ist sowieso nichts mehr los. Der Kompaniechef kommt erst morgen früh wieder und mich vertritt ein Oberfeldwebel... Du bist ein patenter Kerl, aber ich kann mich trotzdem nicht des Eindrucks erwehren, daß du irgendwie pazifistisch angehaucht bist."

"Da bist du ganz schwer im Irrtum", wehrte Karl-Otto entschieden ab. "Ich werde mich bis zum letzten Tag, solange ich die Uniform tragen muß, auf die mir gestellten Aufgaben konzentrieren... und sie auch erfüllen. Darauf kannst du dich verlassen, Rudi, aber ich darf doch wohl noch meine persönliche Meinung äußern? Schließlich leben wir in der Demokratie und dürfen auch als Soldaten denken. Wir sind 'Staatsbürger in Uniform'!"

Stadler brummte etwas in den Bart und sagte dann: "Prost!"

***

Die Wochenenden verlebte Karl-Otto meistens in Lübeck. Gelegentlich besuchte er auch seinen Schwager Anton in Hamburg. Wochentags, bei schönem Wetter und wenn er keinen Sonderdienst hatte, fuhr er abends mit seinem "VW-Käfer" die nähere Umgebung Pinnebergs ab. Dann verweilte er manchmal eine halbe Stunde und länger vor einer Koppel, bewunderte rassige Pferde, Rinder und Schafe und fühlte sich in seine Jugendzeit zurückversetzt, sah im Geist seine Heimat Ostpreußen vor sich und dachte mit Wehmut daran, wie es wohl heute dort aussehen würde. Seine Heimat war von den Russen besetzt; die Hoffnung, sie einmal wiederzusehen, war gleich Null! Seine Heimat war jetzt Westdeutschland. Bei Petra, in Lübeck, da hatte er endlich ein Zuhause gefunden, und Lübeck sollte auch seine endgültige neue Heimat werden. Und nun? Petra war bereits anderthalb Jahre nicht mehr da. Obwohl Karl-Otto eine gemütliche Wohnung in Lübeck besaß, fühlte er sich dort nicht zu Hause. Ohne Petra war ihm alles fremd. Schließlich gab er seine Wohnung in Lübeck auf und suchte sich in Pinneberg eine gleichwertige.

Von dem gesprächigen Umzugsunternehmer erfuhr Karl-Otto, daß dieser außer seinem Möbeltransport auch noch ein unweit von Pinneberg gelegenes Ausflugslokal betrieb, in dem zweimal wöchentlich ein Tanztee veranstaltet wurde. Interessiert horchte Karl-Otto auf und erzählte dann, daß er auch musiziere, jedoch momentan kein Engagement habe. Nun stutzte der Umzugsunternehmer, überlegte kurz und sagte schließlich: "Das kommt mir ja wie gerufen! Ich suche schon seit längerem einen neuen Musiker. Den ich augenblicklich engagiert habe, der ist zwar gut, aber er trinkt mir zuviel. Hätten Sie Lust, einzuspringen?"

Noch während der Fahrt wurde man sich einig. Schon am kommenden Sonntag trat Karl-Otto mit einem neuen Akkordeon, einer Orgel und der dazugehörenden Verstärkeranlage in dem Ausflugslokal auf. Finanziell hatte er es gar nicht nötig, aber Musik war nun einmal ein wichtiger Aspekt in seinem Leben, der ihn jedesmal in eine andere Welt versetzte, seine Seele beflügelte und neuen Lebensmut schöpfen ließ. Zu Petras Lebzeiten hatte er das letzte Mal öffentlich musiziert. Zwischenzeitlich war ihm nicht danach gewesen. Ständig tauchte

Petras Bild vor seinem geistigen Auge auf. Er konnte sie einfach nicht vergessen. Erst ganz allmählich verblaßte die Erinnerung, denn das Leben ging weiter. Er fühlte sich noch zu jung, um den Rest seines Lebens allein zu verbringen, was nicht heißen sollte, daß er darauf bedacht war, mit allen Mitteln eine neue Frau zu finden. Und wenn er schon mit einer anbändeln sollte, dann müßte sie in etwa wie Petra aussehen und wenigstens einige ihrer Charaktermerkmale aufweisen.

Der Tanztee war bei dem herrlichen Spätsommerwetter gut besucht. Überwiegend Frauen. Meistens ältere. Karl-Otto interessierte sich nur für die jüngeren. Eine gefiel ihm auf den ersten Blick: Dunkelbraune Haare, schlank und feingliedrig...

Nach der ersten Pause spielte Karl-Otto "Die Liebe ist ein seltsames Spiel". Petras Lieblingsmelodie. Dabei wurden seine Augen feucht. Trotzdem warf er ab und zu einen Blick nach der dunkelhaarigen Frau, die gerade mit einem älteren Herrn tanzte. Sie erwiderte heimlich seine Blicke. Es schien sich etwas anzubahnen. Während der nächsten Pause erhob sich plötzlich die Frau, stolzierte auf ihren hohen Hackenschuhen auf Karl-Otto zu, lächelte charmant und sagte, die jedem Musiker geläufige Floskel anwendend: "Sie machen wirklich schöne Musik!"

"So", meinte Karl-Otto lächelnd, "Finden Sie das? Ich versuche nur, für jeden etwas zu bringen. Die Melodienpalette ist ungewöhnlich groß. Man muß sich eben auf das Publikum einstellen."

Die Frau warf ihren Kopf in den Nacken und schien zu überlegen.

"Haben Sie einen besonderen Wunsch?" fragte Karl-Otto.

"O ja, einen ganz besonderen", sprudelte es nur so aus der jungen Frau heraus. "Können sie auch 'Schenk mir ein Bild von dir' spielen? Ich hör' es so gern." Dabei schaute sie wie ein verschämtes Mädchen zu Boden.

Karl-Otto begriff sofort und konterte: "Muß es gleich sein oder beim nächsten Mal?"

"Zunächst möchte ich, von Ihnen auf der Orgel gespielt, den gewünschten Schlager hören. Vielleicht habe ich nachher noch einen Wunsch... Vielleicht läßt es sich auch einrichten, daß Sie auch heute abend mit mir eine Tasse Kaffee trinken. In zwei Stunden haben Sie doch Feierabend... nicht wahr? Ich erwarte Sie an meinem Tisch."

Die geht aber ran, dachte Karl-Otto. Er hatte sie noch nie zuvor gesehen. Und dennoch kam sie ihm irgendwie bekannt vor. Plötzlich fiel der Groschen: In der Feldwebel-Messe, als er neulich auf einer Beförderungsfeier gespielt hatte, war sie auch unter den zahlreichen Gästen gewesen! Jetzt erkannte er sie mit einem Mal wieder. Sie trug damals eine getönte Brille. Sie war es! Daran bestand kein Zweifel. Aber wie die Dinge auch lagen: Sie gefiel ihm! Und so nahm er auch ihre Einladung an.

Aus dem oberflächlichen Flirt mit der 35jährigen Anni Dwenger hatte sich eine tiefe Freundschaft entwickelt. Die junge Witwe - ihr Mann war an Krebs verstorben - arbeitete als Sekretärin bei der Stadtverwaltung und hatte eine 14jährige Tochter. Anni war wohl nicht mit Petra zu vergleichen, aber dennoch hatte sie etwas an sich, das Karl-Otto faszinierte. Ihre ruhige Art und Sachlichkeit zogen ihn an, aber er konnte sich nicht dazu durchringen, alsbald zu Anni zu ziehen, obwohl ihre Tochter Barbara darauf drängte, da sie Karl-Otto längst in ihr Herz geschlossen hatte. Er wußte es selbst nicht, aber irgend etwas hielt ihn davon ab. Mißtrauen war ihm fremd, aber Anni mißtraute er.

***

In der Feldwebel-Messe wurde wieder einmal tüchtig gefeiert. Ein Rekrut sorgte auf der Orgel für

Stimmungsmusik. Karl-Otto saß mit Stadler an der Bar. Sie hatten schon einige Gläser getrunken, als der "Spieß" beiläufig bemerkte: "Weißt du schon, Karlchen, daß sie dich in der Kompanie nur noch den 'Millionär' nennen? Hast du dich mal im beschwipsten Zustand damit gebrüstet? Vielleicht neulich auf der Beförderungsfeier?"

"Na ja, 'Millionär' ist wohl gewaltig übertrieben, aber daß ich ein bißchen Bargeld zur Verfügung habe stimmt schon. Die Summe nannte ich natürlich nicht. Mit wem ich mich über mein Vermögen unterhielt, Rudi, das weiß ich heut' nicht mehr."

"Laß dich bloß nicht anpumpen oder fall' auf die schönen Augen einer Frau herein, die nur auf dein Geld aus ist", riet Stadler. Abgesehen von seiner militärischen Einstellung, war er ein angenehmer Zeitgenosse, immer nach der soldatischen Devise: Rauhe Schale, weiches Herz!

***

Nach langem Zögern entschloß sich Karl-Otto eines Tages doch, mit Anni zusammenzuziehen und sogar seine Wohnung aufzugeben. Da Karl-Otto von Zeit zu Zeit die Bundeswehrfachschule besuchte, sahen sie sich nur übers Wochenende. Sie harmonierten gut, aber um sich richtig kennenzulernen hatte sich noch nicht die Gelegenheit geboten. Anni sprach wiederholt von Heirat; Karl-Otto versuchte ihr jedoch klarzumachen, daß für ihn vorläufig nur eine lockere Partnerschaft in Frage käme.

"Deine Theorie ist doch paradox", sagte sie eines Abends zu ihm. "Seit Weihnachten leben wir nun schon zusammen. Kannst du dich bei mir beklagen? Ich biete dir doch alles!"

"Davon soll hier gar nicht die Rede sein", entgegnete Karl-Otto. "Im nächsten Jahr können wir mal über eine Heirat reden. Ich mag dich bestimmt, Anni, aber jetzt schon wieder heiraten, das scheint mir etwas verfrüht.

Laß uns noch so ein bißchen zusammenleben. Was ändert sich schon, wenn wir uns die Ringe anstecken lassen? Ich möchte erst einmal meine Schule absolvieren. Noch zwei Semester und dann bin ich fertig... und jeden Abend bei dir."

"Dann haben wir Ende 1967", gab Anni zu verstehen. "Die Leute reden bereits über uns, Karlchen."

"Sollen sie", meinte Karl-Otto. "Immer mehr Paare leben ohne Trauschein zusammen. Daran wird man sich wohl demnächst gewöhnen müssen. Hauptsache, wir lieben uns und wissen, was wir wollen. Oder bist du anderer Meinung?"

"Na ja, ist schon recht, aber verheiratet ist eben verheiratet", gab Anni klein bei. "Man fühlt sich vielleicht doch geborgener und auch die gegenseitige Versorgung ist gesichert."

Karl-Otto stutzte: "Hast du dich nur der Versorgung wegen mit mir liiert?"

"Ach, du bist ein Dummerchen", zerstreute Anni Karl-Ottos Einwand. "Ich bin doch gut versorgt, habe meine Rente, wenn ich mal aus dem öffentlichen Dienst ausscheide und außerdem kann ich dann noch stundenweise arbeiten. Hinzu kommt deine Rente und wir könnten uns ein sorgenfreies Leben leisten. So meine ich das!"

Ob Anni es wirklich so meinte? Karl-Otto mißtraute ihr immer noch! Sie schien ihm nicht ehrlich zu sein. Schon mehrmals hatte er es bereut, Hals über Kopf zu ihr gezogen zu sein. Aber er konnte ja jederzeit abspringen. Mit dem ihm zur Verfügung stehenden Geld auf der Bank war er auf niemand angewiesen.

***

Einige Tage vor dem Weihnachtsfest rief völlig überraschend Karl-Ottos ehemaliger Schwager an und bat ihn, sich umgehend mit ihm zu treffen. Es sei sehr wichtig und dringend, betonte er.

"Na, du spannst mich ja auf die Folter, Anton", sagte Karl-Otto, nachdem er mit seinem ehemaligen Schwager in Hamburg in einem kleinen Café Platz genommen hatte. "Hast du einen Job für mich?"

"So etwas Ähnliches, Karlchen! Aber zunächst erzähl' mir mal, wie es dir geht... Bist du zufrieden?"

"Wie man's nimmt!"

"Also ist sie doch nicht die richtige Frau für dich!"

"Schon, aber mit Petra überhaupt nicht zu vergleichen."

"Ja, ja", seufzte Anton, "Petra war eine wunderbare Frau."

Karl-Otto nickte und seufzte auch hörbar.

"Liebst du die Anni?" fragte Anton schmunzelnd und schüttete einen Schluck Cognac in seinen Kaffee.

"Selbstverständlich liebe ich sie, aber das ist eine ganz andere Liebe, weißt du? Wir führen mehr oder weniger eine Vernunftspartnerschaft. Ich fühle mich wohl bei ihr, sie umsorgt mich, ich gebe ihr Kostgeld und die Hälfte der Miete... Na ja, und das Liebesleben klappt auch... Es ist schon alles in Ordnung. Trotzdem überkommt mich manchmal das Gefühl, als befinde ich mich schon wieder auf einem Irrweg. Sollte ich mich tatsächlich in Anni geirrt haben? Was meinst du, Anton?"

Bedächtig wiegte Anton den Kopf hin und her, holte sein Taschentuch hervor, schneuzte sich umständlich und sagte dann mit gekräuselter Stirn: "Du machtest neulich schon solche Andeutungen, als komme dir Anni nicht ganz geheuer vor. Vielleicht bildest du dir's auch nur ein! Im Unterbewußtsein vergleichst du ständig Anni mit Petra - was eigentlich ganz normal ist. Deine Anni hat eben ganz andere Eigenschaften und Qualitäten, als sie Petra hatte. Denke mal darüber nach!"

"Ich bemühe mich doch, Anton, aber immer aufs neue stehe..."

"Sag' mal, Karlchen", unterbrach ihn sein ehemaliger Schwager und Freund, "weiß Anni, daß du eine Menge

Geld auf dem Konto hast? Könnte es vielleicht sein, sie hat es von irgendwem erfahren und dich nur deines Geldes wegen an Land gezogen?"

Eine Weile überlegte Karl-Otto. Die Beförderungsfeier fiel ihm ein! Hatte er damals unüberlegt etwas dahergeplappert, im angeheiterten Zustand, woran er sich nicht mehr erinnern konnte? Hatte sie es schon zu dem Zeitpunkt gewußt, als sie sich kennenlernten, daß mit ihm eine gute Partie zu machen sei? Nur seinem Kameraden und Freund Carsten hatte er sich anvertraut; nur er wußte es, daß Karl-Otto nicht unvermögend war. Sollte er ausgeplaudert haben, wie Karl-Otto finanziell dastand? Auch unter Alkoholeinfluß? Unbewußt? Ohne böse Absicht?

"Ich weiß es bestimmt nicht", sagte Karl-Otto und blickte nachdenklich ins Leere, griff nach seiner Tasse, nahm einen kleinen Schluck Kaffee und zündete sich nervös eine Zigarette an.

"Nun, wie es auch sei: Noch bist du nicht mit ihr verheiratet, noch gehört das Geld dir und du kannst damit machen, was du willst... Hast du überhaupt schon mal überlegt, was du mit dem vielen Geld anfangen willst?"

"Nein! Warum?"

"Was glaubst du wohl, Karlchen, warum ich es so eilig hatte, mich mit dir zu treffen?"

"Darauf warte ich schon die ganze Zeit."

"Dann will ich's dir kurz und bündig sagen: Wir beide haben nämlich die einmalige Gelegenheit, unser Geld zu verdoppeln!"

"Das verstehe ich nicht", schüttelte Karl-Otto ungläubig den Kopf. "Sollen wir in der Lotterie spielen oder im Lotto?"

"Niemals!" rief Anton. "Das ist viel zu riskant! Dabei würden wir eventuell alles verspielen... Was wir machen müssen, das ist, unser Geld so anzulegen, daß es sich in kürzester Frist verdoppelt, zumindest einen beträchtlichen Gewinn abwirft. Die Bankzinsen, die man uns vergütet, sind doch lächerlich."

"Und was schwebt dir vor?" fieberte Karl-Otto.

"Mir schwebt nichts vor, Karlchen... Ich habe schon alles vorbereitet! Wir brauchen nur noch ja zu sagen und schon sind wir Gesellschafter einer neuen aufstrebenden Firma, die sich vor Aufträgen kaum noch retten kann. Sicherer könnten wir unser Geld nirgends anlegen, Karlchen... Den Firmenchef kenne ich seit längerem persönlich. Ein absolut zuverlässiger, strebsamer und umsichtiger Mann. Also, wie schon erwähnt: Aufträge über Aufträge!"

Anton hatte so überzeugend gesprochen, daß Karl-Otto auch nicht die leisesten Bedenken vorbrachte, sondern dem Plan seines ehemaligen Schwagers begeistert zustimmte. "Und wieviel müßte ich einsetzen?" erkundigte er sich völlig durcheinander.

"Soviel wie nur möglich", kam Antons knappe Antwort.

Zwei Tage später waren Anton und Karl-Otto Gesellschafter.

***

Bis auf ein paar tausend Mark hatte Karl-Otto in die angeblich aufstrebende Firma investiert. Seitdem war ein Jahr vergangen, aber es flossen keine Dividenden. Karl-Otto wurde unruhig. Irgend etwas mußte da schiefgelaufen sein. Die Bestätigung erhielt er auf der Gesellschafterhauptversammlung: Die einst vielversprechende Firma war mit vier Millionen Mark in Konkurs gegangen!

Tagelang brütete Karl-Otto abends niedergeschlagen in seinem Sessel und war kaum ansprechbar. Anni rätselte. Dann faßte sie sich schließlich doch ein Herz und fragte vorsichtig: "Hast du Ärger in der Kaserne, Karlchen, oder hast du das zweite Semester nicht bestanden?"

"Alles in Ordnung", brummte Karl-Otto. "Ich hab'

sogar schon die Kommandierung für das dritte Semester in der Tasche."

"Irgend etwas bedrückt dich doch... nicht wahr? Sag's mir doch endlich, was dich belastet. Hast du Spielschulden, Geld verliehen oder eine andere Frau kennengelernt?"

Nach längerem Hin und Her gestand Karl-Otto sein unglaubliches Pech. Annis Gesicht wurde aschfahl. "Nein, nein", rief sie mit verwirrtem Blick, "das darf nicht wahr sein, Karlchen! Ist das ganze Geld weg? Alles? Wie konntest du so leichtsinnig sein? Was machen wir denn bloß? Jetzt mußt du ja wieder von der Hand in den Mund leben! Hast du denn wenigstens etwas Geld zurückbehalten? Ich kann es immer noch nicht glauben..."

Annis emotionale Reaktion machte Karl-Otto stutzig. Bedächtig drückte er seine Zigarette im Ascher aus, langte nach seinem Weinglas und fragte, dabei Anni scharf beobachtend: "Warum berührt dich die Angelegenheit so sehr? Was hast du damit zu tun? Wußtest du, daß ich viel Geld auf dem Konto hatte?"

"Ja!"

"Woher?"

"Ich erfuhr es zufällig!"

"Wann? Vor oder nachdem ich zu dir gezogen bin?"

"Vorher!"

"Von wem?"

"Das spielt doch jetzt keine Rolle mehr!"

"O doch! Ich möchte es gern wissen!"

"Ich sag's dir nicht... Jedenfalls erfuhr ich es!"

"Und da hast du gleich kombiniert... oder etwa nicht?"

Anni schwieg. Sie schwieg verhältnismäßig lange. Keine Regung. Karl-Otto hatte erwartet, seine Lebenspartnerin würde ihn beschimpfen, sich eine derartige unverblümte Unterstellung verbitten, aber sie blieb völlig ruhig. Schließlich erhob sie sich und stellte das Radio an.

"Mach das Radio aus!" sagte Karl-Otto böse. "Erst

einmal möchte ich Klarheit haben, Anni!"

"Ich wüßte nicht, was es da noch zu klären gibt", meinte Anni ziemlich schnippisch. "Dein Geld ist eben weg und damit..."

"Wenn es dir so schwerfällt, dann werde ich ein bißchen nachhelfen", unterbrach sie Karl-Otto und stellte sich vor sie. "Du hast mich nur meines Geldes wegen an dich gezogen... Habe ich zuviel gesagt?"

Anstatt aufzubrausen, blieb Anni auch jetzt ruhig, aber ihre Augen verengten sich zu einem schmalen Spalt. Es verging eine geraume Zeit. Plötzlich brach es aus ihr heraus: "Ja, mir lag sehr daran, einen vermögenden Mann zu finden. Ich liebe den Luxus, der mir bislang verwehrt war. Mit dir und mit deinem Geld hätten wir uns ein schönes, sorgenfreies Leben machen können. Ein bißchen materialistisch muß man schon denken. Von der Liebe allein hat noch niemand in Saus und Braus gelebt. Warum hast du's mir verschwiegen, eine Menge Geld zu besitzen? Wir hätten es anders, sicherer angelegt, in Immobilien oder so."

Karl-Otto brach sich ein Stückchen Schokolade ab, kratzte sich nachdenklich am Kinn und sagte dann gedehnt: "Ich hab's dir bewußt verschwiegen, weil ich dir nicht traute. Ich habe dir nie vertraut! Mein Gefühl scheint mich also doch nicht getrogen zu haben. Du gehörst zu den Frauen, die nicht den Mann, den Menschen heiraten wollen, sondern sein Geld!"

Als würden sie Karl-Ottos Anschuldigungen überhaupt nicht berühren, entgegnete Anni mit fester Stimme: "Ich habe auch gespürt, daß deine Liebe zu mir nur oberflächlich war. Manchmal kamst du mir wie ein Kostgänger vor; deine Gedanken schienen ständig woanders zu sein. Insgeheim bliebst du mir fremd."

"Ach nee! Interessant, was du da vorbringst! Und warum drängtest du ununterbrochen auf eine baldige Heirat? Ist das nicht merkwürdig? Du bist ein ganz... Ach was, lassen wir das! Warum soll ich mich dazu hinreißen lassen, Vokabeln zu gebrauchen, die ich sonst auch nicht anwende."

"Wenn du mit mir streiten willst und es dir bei mir nicht mehr gefällt, dann pack' doch deine Sachen und verschwinde! Ich finde jederzeit einen anderen Mann, der mich auch wirklich liebt", keifte Anni plötzlich und stellte sich vor Karl-Otto in Positur. "Ich werde schon den richtigen Mann fürs Leben finden!"

"Das bezweifle ich nicht einen Augenblick", sagte Karl-Otto. "Dir schwebt ein Mann vor, der dir gleich von vornherein ein Paket Tausender auf den Tisch legt, den du ausnehmen kannst wie eine Weihnachtsgans. Ist es nicht so?"

Die Wohnungstür fiel krachend ins Schloß und herein stürmte Annis Tochter mit einem Karton unter dem Arm. "Schaut mal, was ich mir gekauft habe!" rief sie mit ihrer hellen Stimme. "Ein Paar Pelzstiefel! Aber warum schaut ihr beide so betroffen drein? Habt ihr euch schon wieder gestritten? So was macht man doch nicht, Mutti! Nehmt euch in den Arm und gebt euch einen Kuß! Los, ich will es sehen, daß ihr euch vertragt!"

Aber es geschah nichts. Anni lächelte nur flüchtig und begab sich in die Küche. Mit einem leichten Seufzer fuhr Karl-Otto Barbara über das volle Haar und meinte: "Nichts auf der Welt ist vollkommen, Babsi... Wenn zwei Menschen nicht zueinander passen, dann müssen sie sich trennen. Sonst wird der Schaden eventuell noch größer."

***

Es vergingen Monate, bis Karl-Otto sich von seinem letzten Schicksalsschlag erholte. In seiner am Stadtrand gelegenen Mansardenwohnung führte er ein Eremitenleben, nahm weder Einladungen an noch empfing er Besuche. Bis spät in die Nacht hinein vergrub er sich in seinen Schulbüchern, verfaßte Gedichte und Kurzgeschichten. Sein Ehrgeiz verlangte es, daß er den Weg nach oben schaffen mußte. Zwölf Jahre Bundeswehr sollten nicht umsonst gewesen sein. Er hatte sämtliche Möglichkeiten der Weiterbildung voll ausgeschöpft - durch Fleiß und Ausdauer! Sollte er die Abschlußprüfung bestehen, dann war es nur noch ein Schritt, um im öffentlichen Dienst unterzukommen.

Und dann war es eines Tages soweit: Karl-Otto hielt das Abschlußzeugnis mit dem Befähigungsnachweis für die Ausbildung zum Beamten des gehobenen nichttechnischen Dienstes in Händen! Nun bedurfte es nur noch der Protektion. Diesen Förderer fand Karl-Otto in einem seiner Parteifreunde, der bei der Behörde einen einflußreichen Posten innehatte. Er sorgte dafür, daß Karl-Ottos Bewerbung bevorzugt bearbeitet und schließlich auch berücksichtigt wurde. Allerdings war das noch lange kein Freibrief, kein Anlaß, vorzeitig zu jubilieren, denn erst einmal mußte auf höchster Ebene über den Bewerber entschieden werden. Das konnte sich längere Zeit hinziehen. Jedenfalls standen die Zeichen für Karl-Otto gut, wie er in Erfahrung bringen konnte. Es eilte sowieso nicht, da Karl-Otto noch ein paar Monate am Truppendienst teilnehmen mußte bis zu seiner Entlassung von der Bundeswehr. Noch einmal wurde er als Zugführer in der Rekrutenkompanie eingesetzt, zum letztenmal übte er mit den jungen Soldaten "Angriff und Verteidigung", lehrte sie auf "Pappkameraden" zu schießen und erteilte Unterricht über die NATO und den Warschauer Pakt. Manchmal kam es während des Unterrichts zu einer Diskussion. Dann gab Karl-Otto seine Meinung über Dinge, die ihm nicht paßten, offen preis, betonte jedoch im selben Atemzug, daß der Dienst in der Bundeswehr erforderlich und nützlich sei, dem Frieden diene, vor allem zur Abschreckung beitrage. Auch er, so betonte Karl-Otto, habe 12 Jahre geopfert, um die Freiheit und Sicherheit der Bundesrepublik Deutschland zu gewährleisten. Es war seine ehrliche

Meinung!

Während eines Umtrunks in der Kantine, sprach ihn ein Oberstabsfeldwebel vom Regimentsstab an. "Du wirst doch in einigen Monaten von der Bundeswehr verabschiedet, Karl-Otto... Hast du dir das auch gut überlegt, was du da machst?"

"Natürlich, Richard", sprudelte es nur so aus Karl-Otto heraus. "Endlich wieder Zivilist sein, endlich wieder tun und lassen können, was man will, ohne Zwang zu leben, nicht ständig willkürlichen Versetzungen preisgegeben zu sein... Ist das nicht ein schönes Gefühl?"

Der sympathische Oberstabsfeldwebel, mit dem Karl-Otto schon einige Male diskutiert und politisiert hatte, wiegte seinen Kopf hin und her, packte Karl-Otto beim Ärmel, zog ihn von der Theke weg und setzte sich mit ihm an einen Tisch. "So, Karl-Otto", begann er auf sein Gegenüber einzureden, "nun will ich dir mal etwas sagen: Du hast dich in eine Euphorie hineingesteigert, die du überhaupt nicht durchdenkst. Du benimmst dich in etwa so, als würdest du aus dem Knast entlassen, könntest die Freiheit kaum erwarten. Was hast du denn hier auszustehen? Bist du nicht frei? Dir tut doch niemand etwas! Wie du selbst weißt, fängt beim Militär der Mensch beim Feldwebel an. Und den Dienstgrad hast du doch. Du wärst schon bedeutend höhergestiegen, wenn du den militärischen Lehrgang Teil 2 gemacht hättest, aber dir war ja die Schule wichtiger."

"Selbstverständlich war mir die Schule wichtiger. Mit dem Abschluß kann ich im zivilen Leben vorankommen. Welchen Dienstgrad ich beim Militär hatte, wird mich niemand fragen. Mein Schulabschluß ist wichtig. Was zählt er denn hier?"

"Sehr viel", sagte Richard, beugte sich vor und sah Karl-Otto eindringlich an, bevor er weitersprach. "An deiner Stelle würde ich die einmalige Chance nutzen, gar nicht lange überlegen."

"Welche Chance?"

"Das weißt du ganz genau, Karl-Otto... Jetzt reicht dein Bildungsstand aus, um Offizier des militärfachlichen Dienstes zu werden. Du brauchst dich nur zu entscheiden, alles andere leite ich für dich in die Wege... Überleg' nicht lange!"

"Ach, das meinst du, Richard", sagte Karl-Otto und rümpfte abweisend die Nase. "Vielen Dank für deinen Vorschlag, aber ich halte nichts davon, denn..."

"Nun block' doch nicht gleich ab, Karl-Otto", warf der Oberstabsfeldwebel beinahe ärgerlich ein. "Du kommst frisch von der Schulbank und würdest den Lehrgang mühelos bestehen. In zwei, drei Jahren wärest du dann Leutnant. Und die Pension würde auch stimmen. Was kann dir noch mehr geboten werden? Überleg' mal!"

"Das tue ich ja gerade... Weißt du, Richard, ich stell' mir vor, wie das aussehen müßte, wenn ich mit 50 Jahren als Oberleutnant herumliefe. Oberleutnant ist man bereits mit 25."

"Jedenfalls wärest du Offizier", sagte Richard zustimmend.

"Und was für einer", seufzte Karl-Otto. "Weder ein halber noch ein ganzer wäre ich... Soweit ich informiert bin, werden die 'MfD-Offiziere' von der Offizierskaste nicht anerkannt. Sie vergleichen sie sinngemäß mit den Tapferkeitsoffizieren aus dem Zweiten Weltkrieg. Nein, nein, Richard, du meinst es gut mit mir, aber mir liegt es nicht, Nägel mit halben Köpfen zu machen. Entweder ein richtiger Offizier oder gar keiner!"

"Das ist doch engstirnig, Karl-Otto! Du legst dir ein dickes Fell zu, reißt noch deine Jahre ab und bist fein raus."

"Du bist ein netter Kerl, Richard, aber gib dir bitte keine Mühe mehr... Ich werde Zivilist! Deinen Dienstgrad zu erreichen, das könnte mich noch reizen. Allerdings müßte ich dann Berufssoldat werden. Meine Einstellung dazu kennst du ja..."

"Willst du die Möglichkeit nicht doch in Erwägung

ziehen?" versuchte der Oberstabsfeldwebel auf Karl-Ottos Ablehnung Einfluß zu gewinnen, jedoch biß er auf Granit. Das Thema 'Offizier des militärfachlichen Dienstes' stand daraufhin nicht mehr zur Debatte. Ebensowenig der Gedanke, überhaupt Berufssoldat zu werden.

Richard war Karl-Otto keineswegs gram; er hatte es nur gut gemeint!

***

Das gesamte Stammpersonal hatte Karl-Otto zu seiner Abschiedsfeier in der Kantine geladen. Essen und Trinken in Hülle und Fülle. Einige hundert Mark kostete die Verabschiedung. Bei der über zwanzigtausend Mark betragenden Abfindung spielte die Summe keine Rolle. Sogar der Kommandeur, ein hünenhafter Oberst, gab sich die Ehre und hielt seine obligatorisch, lobende Verabschiedungsrede. Beschämt schaute Karl-Otto zu Boden. Zum erstenmal vernahm er, was für ein guter Soldat er gewesen sein sollte, welchen hervorragenden Beitrag er beim Aufbau der Bundeswehr geleistet hatte und mit wieviel Engagement er an seine Aufgabe herangegangen sei. Dann empfing er seine Entlassungsurkunde und ein wertvolles Geschenk - eine vergoldete Armbanduhr!

Sichtlich gerührt hatte Karl-Otto die Zeremonie über sich ergehen lassen, richtete selbst noch ein paar Dankesworte an die Anwesenden und gab dann die Tafel frei.

Während das Bier und der Korn in Strömen flossen - wie in alten Zeiten -, und die Stimmung ständig zunahm, wurde Karl-Otto laufend von seinen Kameraden umringt, die mit guten Wünschen für die Zukunft nicht sparten. Aber es gab auch solche, die Zurückhaltung übten, ihn als einen "Abstauber" einstuften. In gewisser Weise war ja jeder Zeitsoldat ein "Abstauber". Allerdings war es seine ureigene Angelegenheit und entscheidend, was er aus sich gemacht hatte.

Karl-Otto hatte sämtliche gebotenen Möglichkeiten ausgeschöpft. Rechnete man die Kurse, Seminare und Schulen zusammen, so war es schon eine Menge Geld, die der Bund in ihn investiert hatte. Und jetzt zog er zum Dank die Uniform aus... Nein, Karl-Otto machte sich keine Vorwürfe. Dafür hatte er schließlich 12 Jahre seines Lebens der Bundesrepublik Deutschland geopfert. Treu gedient! Durfte man hier das Prinzip Leistung/Gegenleistung anwenden? Oder waren Zeitsoldaten tatsächlich "Abstauber"?

Bei leiser Radiomusik, den noch etwas vernebelten Blick zur getäfelten Zimmerdecke seiner Mansardenwohnung gerichtet, lag Karl-Otto mit einem Brummschädel auf der Couch und versuchte langsam klare Gedanken zu fassen, denn die Abschiedsfeier hatte ihn doch ganz schön mitgenommen. Aber jetzt war er wieder Zivilist. Endlich! Seit genau 18 Stunden. Viele schöne und unvergeßliche Stunden hatte er in den vergangenen 12 Jahren erlebt, aber er war auch mit schweren Schicksalsschlägen bedacht worden. Der Wunsch, seinen Sohn Martin zu sich zu holen, war nicht in Erfüllung gegangen. Vielleicht ergab sich demnächst doch noch eine Möglichkeit, mit ihm engeren Kontakt aufzunehmen. Zunächst mußte Karl-Otto den von ihm seit längerem eingeschlagenen Weg unbeirrt beschreiten. Gute Voraussetzungen waren vorhanden. Aber was bedeutete schon ein Schulabschluß, ein Zeugnis, ein Leistungsnachweis? War es nicht nur ein Stück Papier zum Vorzeigen mit guten und schlechten Noten, das dem Bewerbungsschreiben beigelegt wurde? Entscheidend war und das würde auch künftig nicht anders sein, mit dem erreichten Bildungsstand etwas anzufangen, sich nicht auf den Lorbeeren auszuruhen, sondern unermüdlich an sich zu arbeiten, um das gesteckte Ziel zu erreichen. Nur dann war es der Mühe wert gewesen, unzählige Male auf der Schulbank hin- und hergerutscht zu sein, um die jeweilige Klassenarbeit zu bewältigen. Manchmal hatte es viel Schweiß und Nerven gekostet. Aber Karl-Otto hatte es geschafft. Er war stolz darauf. Aber was hatte er denn schon erreicht? Eigentlich doch nur das, was man gewöhnlich mit 19 oder 20 Jahren vorzuweisen hat und dann seinen Weg zu gehen, mit 42 bereits Amtsrat oder Direktor sein kann. Karl-Ottos Karriere konnte erst mit 42 beginnen! Hatte er überhaupt noch Chancen? Er war sich des Risikos bewußt; Berufssoldat zu werden, wäre in jedem Fall sicherer gewesen. Aber er war zuversichtlich, seinen Weg zu gehen: Die Zusage, in zehn Tagen seinen Dienst bei der Verwaltung anzutreten, hatte er schon in der Tasche. Allerdings stand nicht fest - so äußerte sich auch der Personalchef beim Vorstellungsgespräch -, wann Karl-Otto die erste Sprosse der Beamtenlaufbahn erklimmen würde. Zunächst müßte er erst einmal die einzelnen Abteilungen der Verwaltung kennenlernen, sich eventuell mit dem Angestelltenverhältnis zufriedengeben, bis eine Planstelle frei würde, hatte ihm der rothaarige Personalchef zu verstehen gegeben. Auch damit war Karl-Otto einverstanden. Wichtig war, daß er überhaupt im öffentlichen Dienst unterkam. Und das hatte er seinem Parteifreund zu verdanken.

Karl-Otto erhob sich, öffnete eine Fertiggericht-Dose, leerte sie in den Kochtopf und wollte gerade die Heizplatte einschalten, als jemand zaghaft an die Tür pochte. Es war seine Vermieterin und Hauseigentümerin Karla Werding.

"Entschuldigen Sie, Herr Franke, wenn ich störe, aber ich habe noch soviel von meinem Mittagessen übrigbehalten und da dachte ich mir, mach' es schnell warm und bring' es deinem Mieter, der heute morgen mit schwerer 'Schlagseite' in seine Wohnung geschleppt wurde, wahrscheinlich mit leerem Magen auf seinem Bett liegt."

"Sie machen mich ganz verlegen, Frau Werding",

sagte Karl-Otto und blickte der 45jährigen Kriegerwitwe leicht errötend in die graugrünen Augen. "Es soll nie wieder vorkommen! Ich weiß selbst nicht, wie..."

"Das macht doch gar nichts, Herr Franke... Ich habe volles Verständnis dafür, daß Sie Ihren Abschied von der Bundeswehr gebührend gefeiert haben. Seien Sie froh, wieder Zivilist zu sein!"

"Bin ich auch; dennoch ängstigt mich die Zukunft, wenn ich bedenke, noch einmal ganz von vorn anzufangen."

"Sie werden es schon schaffen, Herr Franke! Vor allem hat für Sie das 'Zigeunerleben' ein Ende. Bei mir dürfen Sie von mir aus bis zum Lebensende wohnen. Sie stören mich nicht. Ihr Vorgänger, ein Postbeamter, na, ich kann Ihnen sagen: Der war vielleicht ein unangenehmer Zeitgenosse... Er wollte mir doch einmal in etwa Vorschriften machen, wie ich mich in meinem eigenen Haus zu verhalten hätte. Ich dürfte das Radio nicht so laut anstellen, meinte er."

"Unerhört", bestätigte Karl-Otto.

"Ja, das war schon ein Typ, Herr Franke... Sie sind ein ganz anderer, ruhiger und sympathischer Mensch! Ehrlich!"

Geschmeichelt schaute Karl-Otto zur Seite. Er mochte die gutaussehende schlanke, brünette Frau, die 1944 ihren Mann verloren hatte, der als Sturzkampfflieger irgendwo in Rußland abgestürzt war. Seitdem hatte sie für das Militär wenig übrig, obwohl sie gelegentlich immer wieder betont hatte, Karl-Otto würde die Uniform sehr gut stehen.

Da Karl-Otto eine Weile schwieg, fragte Karla Werding mit einem versteckten ironischen Lächeln: "Wie hat es Ihnen denn bei der Bundeswehr gefallen? Hat sie Ihnen etwas gebracht? War es anders, als in der 'Großdeutschen Armee? Wie würden Sie Bilanz ziehen? Warum wurden Sie noch einmal Soldat?"

"Ach, wissen Sie, Frau Werding, die meisten Ihrer

Fragen wurden mir schon so oft gestellt. Um sie konkret zu beantworten, müßten wir einige Stunden beisammensitzen. Alles hat seine guten und schlechten Seiten, seine Vor- und Nachteile. Ich glaube, die guten Seiten wiegen immer schwerer. Man behält das Gute in Erinnerung und vergißt oder verdrängt das, was einem arg mitgespielt hatte. Gewöhnlich ist es so."

"Ja, so sollte es sein", seufzte Karla Werding. "Allerdings gibt es bedauernswerte Menschen, die ständig in der 'Mottenkiste' herumwühlen müssen, nur in der Vergangenheit leben. Wahrscheinlich sind es Menschen, die mit sich und der Welt unzufrieden waren, noch immer mit ihrem Schicksal hadern."

Karl-Otto nickte zustimmend und ließ sich das Kotelett gut schmecken. "Vorzüglich, Frau Werding", bemerkte er. "So schmackhaft kochte auch meine Petra. Ich habe ihr etwas abgeguckt, aber meistens bereite ich mir Fertiggerichte zu. Bislang aß ich ja überwiegend in der Kaserne, nahm an der Gemeinschaftsverpflegung teil. War auch nicht immer die beste."

"Na ja, künftig werde ich Sie ab und zu zum Mittagessen einladen... Sonntags, meine ich!" lächelte Karla.

"Danke, das nehme ich gern an", sagte Karl-Otto spontan. Karla Werding räusperte sich. Verlegen zupfte sie an ihrer Halskette. Sie schien irgend etwas auf dem Herzen zu haben. Fast unmerklich bewegten sich ihre vollen Lippen, aber sie schwieg. Langsam tastete sich ihre feingliedrige Hand über den Tisch und berührte Karl-Ottos Fingerspitzen. Wie elektrisiert zog Karl-Otto seine Hand zurück und sagte mit ruhiger Stimme: "Sie sind eine herzensgute Frau, nur bin ich momentan nicht in der Verfassung, mich in eine Frau hineinzudenken... Ich muß erst einmal meine Gedanken ordnen. In letzter Zeit kam ziemlich viel auf mich zu. Momentan beschäftigt mich mein Einstieg in die Verwaltung. Weiß ich denn schon, ob alles so verläuft, wie ich's mir vorstelle? Vielleicht machte ich doch einen Fehler, der Bundeswehr den Rücken zu kehren... Ich bin lange genug umhergeirrt und befand mich meistens auf dem falschen Weg. Wieviele Irrwege ich schon beschritt, kann ich gar nicht mehr zählen. Inzwischen bin ich gelassener geworden, aber dennoch sitzt mir ständig die Angst im Nacken, es könnte wieder etwas schieflaufen. Versteh'n Sie das in etwa, Frau Werding?"

"Natürlich versuche ich mich in Ihre Lage hineinzudenken, Herr Franke. Wir haben doch alle mehr oder weniger Probleme, mit denen wir zurechtkommen müssen. Ihre Probleme sind im großen und ganzen zur Zeit bedeutungslos... Sie schaffen sich selbst welche!"

Bedächtig schob Karl-Otto den leeren Teller von sich, schaute Karla in die Augen und meinte: "Sie wissen doch gar nicht, womit ich mich vielfach im Leben belasten mußte."

"Nun, einiges haben Sie mir bereits erzählt, Herr Franke."

"Natürlich, aber es waren nur Bruchstücke von dem..."

"Streichen Sie die Vergangenheit... sie ist passé! Nur die Zukunft hat in unserem Leben noch einen berechtigten Platz. Was gestern war, ist vorbei; das Heute erleben wir, und was morgen auf uns zukommt, das wissen wir gottlob nicht! Programmieren Sie sich diese Faustregel ein; damit fahren Sie immer gut!"

"Danke für den Tip, Frau Werding! Seit Jahren bemühe ich mich, diese Lebensweisheit zu beherzigen. Manchmal half sie mir, holte mich aus einem momentanen Tief heraus, aber dann verfiel ich..."

"Das dürfen Sie nicht mehr! Konzentrieren Sie sich lediglich auf das Ihnen Bevorstehende, kapseln Sie sich nicht ab, suchen Sie Kommunikation, gehen Sie auf die Menschen zu, teilen Sie Ihr Schicksal... Ich bin gern bereit, Ihre Ansprechpartnerin zu sein."

Etwas Unverständliches murmelnd, erhob sich Karl-Otto und holte die Likörflasche aus dem Schrank, füllte die Gläser und sagte, beinahe flüsternd: "Ich weiß nicht,

Frau Werding, wie ich mich ausdrücken soll, aber Sie bringen mich mit Ihrer schon fast therapeutischen Art zum ernsthaften Nachdenken... Muß ich Ihnen erst sagen, daß ich Sie mag? Und Sie? Sie haben mir doch diese Wohnung nicht nur deshalb vermietet, weil ich Karl-Otto Franke heiße und drei Monatsmieten im voraus bezahlte, nicht wahr? Wir können uns nichts vormachen... Geben Sie mir noch etwas Zeit!"

Karlas charmantes Lächeln drückte mehr aus als tausend Worte. Zögernd kam sie um den Tisch herum, streichelte Karl-Ottos Wange und flüsterte: "Wir haben Zeit, Herr Franke! Sie brauchen mich nur zu rufen... Meine Tür und mein Herz werden für Sie künftig immer offenstehen..."

Nachdem Karla Werding gegangen war, legte sich Karl-Otto wieder auf seine Couch und ließ noch einmal das Gespräch mit seiner Vermieterin vor seinem geistigen Auge vorüberziehen. Sie gab ihm keine Rätsel auf; sie wußte, was sie wollte. Und er? Zunächst war sein Fortkommen wichtiger. Er wollte sich auf einen Weg konzentrieren, der ihn nicht mehr in die Irre führte. Oft genug hatte er auf halbem Wege stehenbleiben müssen, viel zu spät erkannt, daß es ein Irrweg gewesen war.

Vieles im Leben des einzelnen könnte und würde grundsätzlich anders verlaufen, wenn er in die Zukunft schauen dürfte. Wahrscheinlich würde er dann überlegter und abwägender handeln, könnte sich selbst vor Fehlentscheidungen und emotionalem Handeln bewahren, rechtzeitig vom eingeschlagenen Irrweg abzweigen. Aber wie verhält sich der Mensch? Er läßt sich trotz guter Vorsätze, eindringlicher, wohlwollender Mahnungen und häufig schon im Vorwege deutlich erkennbarer Abgründe in sein Mißgeschick stürzen, stets nach der Devise: Es wird schon nichts schiefgehen... Mir kann das niemals passieren, was anderen widerfahren ist! Und dann kommt das böse Erwachen: Die Vergangenheit zermartert das Hirn, läßt sich nicht verdrängen, reißt bei jeder sich nur bietenden Gelegenheit den Schleier beiseite, hinter dem das versteckt liegt, was unangenehme, schreckliche und tragische Erinnerungen hervorruft. Obwohl das Gewesene, das Geschehene nicht mehr abzuändern ist, beginnt bei labilen, nur rückwärtsblickenden Menschen ein sich selbst die Zukunft verbauendes Wechselspiel zwischen Schuldgefühlen, Angst, Selbstvorwürfen und Haßgefühlen, das zu Depressionen führen kann, sogar bis zur Selbstaufgabe.

Karla Werdings Worte: "Meine Tür und mein Herz werden für Sie künftig immer offenstehen", klangen in Karl-Otto noch lange nach. Sollte er noch einmal sein Glück versuchen? Blieb ihm eigentlich keine andere Wahl, um wieder ausgeglichener zu werden? Karla legte es nicht darauf an, geheiratet zu werden. Sie bezog eine gute Pension, die sie durch eine Wiederheirat nicht verlieren wollte. Sie war nicht auf Karl-Ottos Geld angewiesen, keineswegs zu vergleichen mit Anni Dwenger. Hier schien sich eine tiefe und uneigennützige Freundschaft anzubahnen, aber Karl-Otto zögerte noch. Sollte er mit Karla Werding eine Liaison eingehen, so sollte das auch die letzte in seinem Leben sein.

Bei weitgeöffnetem Fenster lehnte sich Karl-Otto hinaus und atmete die frische, kühle Abendluft in vollen Zügen ein. Seine Kopfschmerzen hatten nachgelassen. Aus einem Haus in der Nachbarschaft drangen fröhliche Kinderstimmen zu ihm herüber. Vielleicht feierten sie Geburtstag, bedacht mit vielen Geschenken, behütet von ihren Eltern und mit dem Bewußtsein, geliebt zu werden. Für einen Moment schloß Karl-Otto die Augen und lauschte den hellen, unbeschwerten Kinderstimmen. Plötzlich zog er die Fensterflügel ruckartig heran und warf sich auf die Couch. Was hätte er dafür gegeben, wenn er jetzt sofort in den Schlaf versunken wäre, aber in seinem Hirn rumorte und pochte es, als versuchten tausend bislang verdrängte Gedanken einen Ausweg zu finden. Er wollte sich ablenken, stellte das Radio lauter, trank kurz hintereinander zwei Weinbrand, lief laut vor sich hinpfeifend durch die Wohnung, aber es nützte alles nichts: die Vergangenheit stand vor ihm! Wie die Fangarme einer Riesenkrake nach ihrem Opfer greifen, so überfiel ihn die Erinnerung an seine Jugendzeit. Auf einmal war sie da, breitete sich vor ihm aus, lief vor seinem geistigen Auge ab wie ein Film, der erst gestern gedreht zu sein schien. Karl-Otto war viel zu realistisch, um jemandem die Schuld an seinem Lebensschicksal zu geben. Es war sinnlos, eventuell jetzt zu stöhnen, sich selbst zu bedauern und sogar noch zu sagen: "Ja, wenn ich ein Elternhaus gehabt hätte, wenn der Krieg nicht gekommen wäre, wenn ich gleich die richtige Frau gefunden hätte, dann wäre alles anders gekommen, mir wären die teils verhängnisvollen Irrwege erspart geblieben und ich hätte schon längst eine gute berufliche Position erreicht, wenn..."

Damit war das Rad nicht mehr zurückzudrehen; damit macht man sich nur selbst verrückt. Wie hätte sich Karl-Otto dagegen wehren können, daß er unehelich geboren wurde, sein Vater Nichtarier war, er drei verschiedene Pflegeeltern hinnehmen mußte, Krieg und Gefangenschaft kennenlernte, langjährig nach dem Krieg nicht Fuß fassen konnte und daß er mit und an den Frauen scheiterte? Immer, wenn er einen Halt, ein Zuhause, eine endgültige Lebenspartnerin gefunden zu haben glaubte, kam irgend etwas dazwischen, was ihn nicht aus der Bahn warf, jedoch zeitweilig in Resignation verfallen ließ, aber er gab nie die Hoffnung auf, denn das Leben ging weiter! Die vielen Schicksalsschläge hatten ihn reifer werden lassen. Ihm schwebte nicht mehr, wie vor 20 Jahren, die Traumfrau vor. Er gehörte nicht zu der Kategorie von Männern, für die nur eine bedeutend jüngere Frau in Frage kam. Für ihn war entscheidend, daß sie sich umstellen, anpassen und nach vorn schauen konnte, ohne dabei ihren persönlichen Freiraum einzubüßen. Vor allem müßte die "Wellenlänge" stimmen, denn nichts ist wohl für eine Partnerschaft gefährlicher als gegensätzliche Interessengebiete und ein zu unterschiedliches Niveau. Weder Reichtum noch ein schöner Körper vermögen hier einen Ausgleich zu schaffen. Nur Herzensbildung und Liebe können der Grundstock für eine dauerhafte Beziehung sein.

Während Karl-Otto noch philosophierte, pochte es an der Tür. Kopfschüttelnd warf er einen Blick zur Uhr. Wer konnte das noch sein zu so später Stunde? Sein Freund Carsten? Der wollte ihn doch erst morgen abend besuchen... Nicht gerade begeistert öffnete Karl-Otto. Unwillkürlich prallte er einen Schritt zurück. Wenn er mit allem gerechnet hatte, aber daß ihn seine Vermieterin noch einmal besuchen würde, nicht im entferntesten. Im Moment verschlug es ihm die Sprache. Er wußte selbst nicht, ob er sich freuen oder ärgern sollte über Karlas ungewöhnlichen Besuch. Noch nie zuvor hatte sie sich so spät zu ihm hochbemüht. Was wollte sie?

"Wollen Sie mich zwischen Tür und Angel stehen lassen?" fragte Karla mit ihrem gewinnenden Lächeln. "Entschuldigen Sie bitte die späte Störung, aber mir ist da gerade noch etwas durch den Kopf gegangen, was ich mit Ihnen gern besprechen möchte."

Etwas verwirrt fuhr sich Karl-Otto mit der flachen Hand über die Stirn und stammelte: "Kommen Sie nur herein... Bitte, nehmen Sie doch Platz... Ich hab' noch nicht aufgeräumt, aber... Na ja, wie es eben so ist, wenn man..."

"Verstehe", wehrte Karla Werding ab, "als Mann nimmt man's nicht so genau, weil ja morgen auch noch ein Tag ist, nicht wahr?"

Karl-Otto lächelte verlegen, holte aus der Küche ein Haushaltstuch, wischte den Tisch ab und stellte zwei Weingläser darauf. Ohne Karla zu fragen, schenkte er ein. "Zum Wohl, Frau Werding!" sagte er noch immer ziemlich verlegen. "Nun erzählen Sie mir erst einmal, was Sie noch um diese Zeit zu mir führt... Haben Sie

Kummer? Das kann ich mir jedoch nicht vorstellen, da Sie doch sonst stets guter Laune sind, mich sogar damit anstecken."

Karla Werding lächelte in sich hinein und schlug die Augen nieder wie jemand, dem man ein peinliches Geständnis abverlangte. Um Zeit zu gewinnen, zündete sie sich umständlich eine Zigarette an, machte genüßlich ein paar Züge und meinte dann: "Ich wünschte, Sie würden sich stets von meiner guten Laune anstecken lassen! Wenn ich etwas nicht leiden mag, dann ist es Verdrossenheit, womit sich viele Menschen das Leben selbst zur Hölle machen. Wenn es manchmal auch noch so ausweglos erscheint, sollte man immer den Kopf oben behalten, nach vorn schauen, aus jeder prekären Situation versuchen, das Beste zu machen. Das ist meine Devise!"

Scheinbar von Karlas Worten beeindruckt, nickte Karl-Otto zustimmend. Er vertrat die gleiche Ansicht. Karla wurde ihm von Minute zu Minute sympathischer. Sie war seine "Wellenlänge"! Sie besaß Charme, hatte Geist und war außerdem schön mit einem beinahe jugendlich anmutenden Körper. Sollte er es wagen?

"Nun möchte ich Sie nicht länger auf die Folter spannen, Herr Franke", hub Karla erneut an. "Der Grund meines Besuchs ist, Ihnen den Vorschlag zu machen, Ihre Wohnung so schnell wie möglich aufzugeben."

Mit weitaufgesperrtem Mund starrte Karl-Otto seine Vermieterin an. "Ist das Ihr Ernst?" fragte er ungläubig.

"Mein voller Ernst!"

"Und wo soll ich so rasch eine neue Wohnung finden?"

"Überhaupt kein Problem!"

"Das meinen Sie, Frau Werding, aber bei der noch immer bestehenden Wohnungsnot wird es schwer sein, eine..."

"Deswegen bin ich ja bei Ihnen."

"Könnten Sie mir eine neue Wohnung vermitteln?"

"Natürlich! Sofort!" sagte Karla und lächelte schelmisch.
"Hier in Pinneberg?" fragte Karl-Otto mißtrauisch.
"Ganz in der Nähe... Nur ein paar Meter weiter."
"Sie machen sich über mich lustig", stieß Karl-Otto unwirsch hervor. "Warum wollen Sie mich plötzlich aus dieser Wohnung herausschmeißen? Zahle ich nicht genug Miete?"
"Doch, Sie zahlen genug, aber ich möchte und wünsche es sogar, daß Sie künftig überhaupt keine Miete mehr zahlen, Herr Franke."
Nun schien es bei Karl-Otto angekommen zu sein. Nachdenklich stützte er das Kinn auf seine gefalteten Hände, schaute Karla tief in die Augen und sagte mit gedämpfter Stimme: "Ich wußte es vom ersten Tage an und habe versucht, mich dagegen zu wehren. Immer wieder unterdrückte ich meine Gefühle, stellte mich blind und redete mir ein, daß eine Frau keinen Platz mehr neben mir finden darf. Und jetzt? In diesem Augenblick scheinen meine guten Vorsätze zu zerrinnen wie der Sand in einer Eieruhr. Ich gebe mich geschlagen!"
Wortlos erhob Karla ihr Weinglas und stieß mit Karl-Otto an. Eine Weile schwiegen sie. Nur das Ticken der Wanduhr durchbrach die Stille des nur durch die Stehlampe matterleuchteten Zimmers. Plötzlich beugte sich Karla über den Tisch. "Reich mir deine Hände!" flüsterte sie. "Laß uns unseren weiteren Lebensweg gemeinsam gehen! Wir haben beide ausreichend Erfahrungen gesammelt, um die auf uns zukommenden Klippen leichter zu umsegeln, als es junge Menschen zu meistern vermögen... Ich werde dir eine gute Lebenspartnerin sein, Karl-Otto."
Wie eine Botschaft von einem anderen Stern hatte Karl-Otto Karlas Worte vernommen. Zaghaft lächelnd reichte er ihr die Hände. Ihre Blicke fanden sich. Minutenlang schauten sie sich an. Karla hatte weiche, warme

Hände. Er drückte sie. Immer fester wurde sein Druck. Jeden Pulsschlag spürte er. Fast gleichzeitig erhoben sie sich. Karla legte ihren Kopf an Karl-Ottos Schulter und hauchte: "Bitte, komm, wir gehen zu mir... Nachher gibt es im Fernsehen noch einen Edgar Wallace-Krimi... Du magst doch Krimis?"

Sanft nahm Karl-Otto Karlas hübsches Gesicht in beide Hände, küßte sie zärtlich und sagte naserümpfend: "Na ja, manchmal schon, aber ich bevorzuge Liebesfilme. Besonders solche, die das Leben schreibt... vielleicht noch für uns beide schreiben wird..."

"Und wer soll die Hauptrolle übernehmen?" fragte Karla mit einem verliebten Lächeln.

"Das weißt du nicht, Karla?"

"Nein, ich wüßte nicht, wer", gab sie prompt zurück.

"Aber Karla", meinte Karl-Otto vielsagend, "grundsätzlich doch immer der, der danach fragt..."